Axelle Tristello

La revanche d'une sacrifiée

« Tous droits de reproduction, d'adaptation et de traduction, intégrale ou partielle réservés pour tous pays. L'auteur ou l'éditeur est seul propriétaire des droits et responsable du contenu de ce livre. Le Code de la propriété intellectuelle interdit les copies ou reproductions destinées à une utilisation collective. Toute représentation ou reproduction intégrale ou partielle faite par quelque procédé que ce soit, sans le consentement de l'auteur ou de ses ayants droit ou ayants cause, est illicite et constitue une contrefaçon, aux termes des articles L.335-2 et suivants du Code de la propriété intellectuelle. »

« *On m'a destinée à l'ombre, j'ai choisi la lumière.* »

© 2025 Axelle Tristello
Édition : BoD · Books on Demand, 31 avenue Saint-Rémy, 57600 Forbach, bod@bod.fr
Impression : Libri Plureos GmbH, Friedensallee 273, 22763 Hamburg (Allemagne)
ISBN : 978-2-3225-3480-7
Dépôt légal : Mars 2025

CHAPITRE 1

Les bras liés devant elle, Sélène se tenait au centre d'une mascarade sinistre. On lui avait enfilé une robe blanche, simple, mais immaculée, symbole d'une pureté qu'elle ne comprenait pas. Elle frissonnait, incapable de dire si c'était de froid ou de peur.

Le vent glacial s'engouffrait entre les arbres noirs qui encerclaient le district, fouettant les maisons de pierre et de bois et faisant danser ses longs cheveux châtains aux reflets cuivrés. La Lune, pleine et livide, répandait sur le monde une lumière cruelle qui exposait les traits masqués des villageois rassemblés dans le temple, autour de l'autel central. Un silence écrasant régnait seulement perturbé par les murmures incantatoires des alchimistes en robes noires, leurs voix rauques s'élevant en un chant funèbre.

Alors que Sélène se tenait au centre de la cérémonie, ses pensées tourbillonnaient dans un chaos intérieur que personne ne semblait percevoir.

La jeune femme de dix-sept ans scruta les regards des villageois, ceux dont elle avait partagé la vie. Leurs visages se cachaient derrière des parures d'os, leurs yeux invisibles fixés sur elle comme si elle était une offrande déjà consommée.

— Pourquoi faites-vous ça ? demanda-t-elle, sa voix se brisant dans l'air glacial.

Aucune réponse. Désemparée, elle chercha les Anciens du regard, espérant déceler une once de pitié, mais ils détournèrent les yeux, dénués de compassion.

Pourquoi moi ? pensait-elle, luttant pour dissimuler la peur qui la tenaillait. *Qu'ai-je fait pour mériter ce sort ?* Tant de questions restaient sans réponse, tant de rêves volés… Elle prit une profonde inspiration, cherchant désespérément un souvenir réconfortant auquel se raccrocher. Mais même la douce image de Mira lui semblait floue, tel un voile de réalité s'effaçant lentement.

Sélène se remémora la journée vibrante de couleurs et de vie. Et dire que tout cela n'était qu'un leurre, un dernier éclat avant le vide. Ses réflexions l'étreignaient dans un tourbillon sombre, sa peur se lovait en elle comme un serpent silencieux, comprimant son souffle, immobilisant son être dans une toile invisible. Elle n'arrivait pas à comprendre comment tout avait pu basculer aussi vite. Quelques heures auparavant, la place du district vibrait de vie, des éclats de lumière et de couleurs tranchant avec l'ordinaire grisaille. Des guirlandes scintillantes s'étiraient d'une maison à l'autre, et les habitants, leurs visages illuminés de sourires, dansaient au rythme d'une musique joyeuse.

Elle riait avec eux, savourant une coupe d'hydromel légèrement épicée. C'était la célébration annuelle en l'honneur des dieux et de la lumière. Cette tradition lui paraissait étrange, mais elle aimait s'abandonner à l'ambiance enthousiaste qui imprégnait la cité entière.

Cette année était particulière : le Conseil des Anciens avait choisi Sélène pour incarner la pureté en lui demandant de porter une robe ornementée de symboles ancestraux. Mélas, le chef des Anciens, lui avait parlé d'un ton solennel : « C'est une grande responsabilité, Sélène. Je suis sûr que tu es prête.» Émue et fière de cette distinction, décernée seulement une fois par décennie, elle s'imaginait déjà un destin glorieux, à l'image de ceux de ses prédécesseurs racontés par ses ainés. La dernière célébration en l'honneur d'un élu remontant à ses sept ans, elle n'en gardait aucun souvenir.

Toute cette croyance en un parcours illustre… *Était-ce juste une mascarade cruelle ? Ont-ils simplement joué avec mes espoirs ?* Son cœur vacillait entre révolte et désespoir, chaque battement résonnant comme un cri d'injustice.

Elle ignorait le véritable enjeu du rituel. Personne ne lui avait dit que la réalité était tout autre : une vie sacrifiée tous les dix ans pour maintenir la sécurité du village par une barrière magique qui protégeait la région contre les fléaux et les attaques de créatures occultes. Il s'agissait d'une cérémonie alchimique conçue pour exploiter l'essence vitale d'un individu unique, souvent appelé « le Réceptacle ». Le but était de nourrir la Pierre Alchimique, une relique puissante capable de manipuler la matière, l'énergie et même le temps. Ce processus était autant un acte de magie historique qu'une démonstration de brutalité, reflétant les motivations impitoyables des alchimistes. Mais, la Pierre Alchimique était un artefact instable créé des siècles auparavant. Elle nécessitait une recharge périodique en énergie vitale pour rester fonctionnelle et maintenir le pouvoir des alchimistes.

Chaque recharge nécessitait une vie humaine, de préférence celle d'un individu doté d'une aura exceptionnelle pour maximiser son efficacité. Les alchimistes recherchaient donc des personnes dotées de qualités spécifiques : une pureté spirituelle ou émotionnelle, pareil à un cœur non corrompu et une lignée originelle, imprégnée de magie naturelle.

Sélène incarnait malgré elle le Réceptacle idéal en raison d'une lignée chargée de magie ancienne. C'est ce qui lui avait valu d'être sélectionnée pour servir de sacrifice. Inconsciente du rôle déterminant qui lui était réservé, elle s'amusait, entourée de ses amis.

— Regarde-toi, avait lancé une voix derrière elle.

Elle s'était retournée pour voir son amie Mira, une fille menue aux cheveux roux en désordre.

— Quoi ?

— Tu resplendis, Sélène. Telle une étoile parmi les mortels.

Elle avait roulé des yeux, amusée. Mira avait un sens aigu de l'exagération, pourtant ce compliment particulier lui avait réchauffé le cœur.

Au loin, les Anciens et les alchimistes étaient rassemblés près de la grande maison du Conseil. Ils observaient le rassemblement avec un sérieux surprenant, mais elle n'y avait pas prêté attention. Ce soir, elle voulait uniquement profiter des réjouissances.

Néanmoins, plus le moment de la cérémonie approchait, plus elle avait senti un changement d'ambiance, l'impression que certaines personnes évitaient son regard ou lui parlaient avec une chaleur forcée. Elle s'était persuadée qu'elle s'inquiétait sans raison. Si seulement elle avait su, si seulement elle avait compris alors…

Avec le recul, les mots prononcés par le prêtre du village lors de la bénédiction privée précédant le début de la célébration auraient dû la faire réagir. « Tu es un don béni, Sélène. Ton sacrifice sera chanté à travers les âges. » Ces paroles et son visage grave l'avaient troublée mais elle avait pensé qu'il parlait symboliquement. Quand elle lui avait demandé des explications, il avait répondu vaguement : « Tu comprendras lorsque le moment viendra. Aie foi en nos Anciens. » Puis la fête avait commencé et elle ne s'en était plus souciée.

Il y avait aussi eu cette discussion étrange qu'elle avait surprise quelques jours plus tôt. La lueur incertaine des torches projetait des ombres fugaces sur les murs de la taverne du district, un lieu habituellement chaleureux et animé. Ce soir-là, cependant, une atmosphère pesante régnait, et les conversations se tenaient à voix basse, comme si les murs eux-mêmes avaient des oreilles. Assis autour d'une table modeste, quelques villageois discutaient, indécis, le cœur lourd de questions morales non résolues. Parmi eux se trouvait Lysandre, un homme d'âge mûr, respecté pour sa sagesse et sa bienveillance. Il passait souvent ses journées à proposer des conseils et à aider ceux dans le besoin. Sa silhouette robuste était affaissée, ses mains jointes témoignant du tumulte intérieur qu'il ressentait. Ses yeux, d'habitude vifs et pleins d'humour, étaient voilés d'une sombre réflexion.

— Nous devrions faire quelque chose, avait-il murmuré, brisant enfin le silence. Cette jeune fille est l'une des nôtres. Nous ne pouvons pas simplement... permettre cela.

À côté de lui, Livia, une femme à la chevelure argentée et au visage buriné par le temps, avait secoué la tête. Son ton était empreint d'une tristesse résignée.

— Que pouvons-nous faire, Lysandre ? Nous avons tous grandi avec cette tradition. Elle fait partie de nos vies. Elle nous protège depuis toujours.

Un soupir rauque avait échappé à un autre villageois, Géraud, un fermier aux mains calleuses et au regard fatigué. Une peur ancestrale des créatures magiques l'habitait.

— Si nous intervenons, qui sait quelles misères risqueront de s'abattre sur nous ? avait-il dit, sa voix tremblante. Les besoins de la communauté passent avant ceux d'un individu. C'est le prix à payer pour la sécurité de nos familles.

Lysandre avait serré les poings, inquiet de la fatalité que ses amis semblaient prêts à accepter. Toutefois, l'idée de sacrifier une vie pour sauver le reste du village lui paraissait terriblement injuste, contraire à tout ce qu'il avait toujours professé.

— Mais est-ce juste ? avait-il insisté, cherchant à rallier les indécis. *Elle* ne souhaitait pas être un sacrifice. Nous ne lui donnons même pas le choix. La peur ne nous dispense pas de respecter notre humanité. Et, si notre rôle était de défier l'ordre établi ?

Il s'était interrompu, le poids de sa propre suggestion s'alourdissant dans l'air qui étouffe. Les voix de ceux qui l'entouraient avaient sombré dans le silence, chacun plongé dans ses propres préoccupations. Livia, le cœur déchiré, s'était levé lentement, jouant avec son collier d'ambre, un héritage transmis à travers les générations comme un symbole de foi en des temps meilleurs.

— Qui de nous aurait la force de braver une tradition aussi ancrée ? avait-elle murmuré d'un timbre trahissant sa peur et sa détermination.

Tous s'étaient accordés à sa remarque, l'air lourd de regret et de ce sentiment d'impuissance qu'ils partageaient. L'espoir vacillait dans cette pièce tout en questionnant leur conscience. Au fond, ils savaient qu'un changement radical de leur société serait nécessaire pour transformer ce qui était. Pourtant, le courage de franchir ce pas restait insaisissable, égaré quelque part entre le devoir et la survie.

Sélène faisait le lien seulement maintenant. C'était d'elle qu'ils parlaient.

Mélas était venu la chercher alors qu'elle dansait, annonçant que la cérémonie allait bientôt débuter. Il fallait que l'élue se prépare et qu'elle laisse les habitants rejoindre le temple. Il l'avait conduite dans une pièce dans laquelle il lui avait demandé de se changer et d'enfiler une longue chemise, beaucoup moins belle que sa robe, mais plus adaptée d'après lui. Alors qu'elle s'apprêtait à s'exécuter, elle avait surpris des bribes de phrases. Elles provenaient de derrière le rideau masquant l'accès latéral à la salle du rituel. Curieuse, elle s'était approchée pour écouter la conversation.

— La pierre est presque instable, si elle n'absorbe pas l'énergie du Réceptacle, elle se brisera et emportera toute la cité.

— Sélène est prête. Elle est docile et ne se doute de rien. La barrière sera bientôt renforcée, et nous serons en sécurité pour une nouvelle décennie.

— C'est très bien qu'elle ne se doute de rien. Plus le sacrifice est pur, plus la Pierre répondra.

Son cœur avait raté un battement. L'une des voix était celle du prêtre, l'autre devait appartenir à un alchimiste, car elle ne l'avait pas reconnue. Elle avait été saisie d'effroi. Puis le poids de la vérité l'avait écrasé : elle n'était pas une héroïne ou une élue, mais juste une victime destinée à mourir. Le souvenir des regards furtifs et des bavardages qui s'interrompaient à son approche pendant la soirée faisaient sens. Tout le monde savait, sauf elle. La tradition exigeait le secret jusqu'à vingt ans, préservant les jeunes de l'angoisse. Le silence des adultes, la peur des représailles divines désamorçaient toute velléité de révolte. Les proches des élus étaient contraints de se taire, certains par peur, d'autres par loyauté envers la coutume.

Sélène venait de comprendre qu'on lui avait imposé ce rôle dans la cérémonie, sans jamais lui demander son avis. Et, elle, naïve, elle ne s'était posé aucune question, pleine d'orgueil d'avoir été choisie pour le rituel. Ils l'avaient trompée. Ils lui avaient souri, offert des cadeaux, dansé avec elle, tout en sachant qu'ils la livreraient à… quoi ? La trahison se répandait dans ses veines comme une encre amère, teintant chaque souvenir joyeux d'une nuance sordide, dévorant lentement la lumière de son innocence passée.

La colère avait alors pris le dessus. Sans réfléchir, elle avait ouvert le rideau pour confronter le prêtre.

— C'est un honneur, Sélène. Ton sacrifice sauvera des vies, lui avait-il répondu d'un ton suave.

— Et qu'en est-il de ma vie ? Elle compte moins que les vôtres ? avait-elle rétorqué, enflammée.

— Ton rôle transcende ta vie. Tu ne peux pas fuir ton destin.

Son ton glacé et son autorité implacable l'avaient terrifiée. La panique s'était insinuée en elle et elle avait fait volte-face, prête à s'enfuir. Mais, sur un signe du prêtre, les gardes l'avaient encerclée. Elle était seule contre tous, entourée de personnes qui avaient accepté sa mort comme une nécessité.

Un mouvement la ramena à l'instant présent. Les gardiens la saisirent pour la conduire jusqu'à l'autel central, une dalle en pierre noire absorbant la lumière et gravée de symboles qui semblaient faiblement briller sous la lueur de la lune. Ces inscriptions guidaient l'énergie vitale vers la Pierre Alchimique. Des centaines de bougies ajoutaient à l'étrangeté du temple à ciel ouvert. Une coupole au-dessus du socle divin captait le rayonnement lunaire, amplifiant sa force.

Malgré la résistance de Sélène, les mains des sentinelles restaient fermes et leur détermination inébranlable.

Les villageois étaient silencieux. Pas de musique, pas de rire. Juste le bruit de ses pieds nus trainant sur le sol de grès. Chaque sourire échangé, chaque danse partagée, c'était juste un mensonge…

— Non ! cria-t-elle. Vous n'avez pas le droit !

Pas une âme ne daigna réagir à ses cris.

On la força à s'allonger et on l'attacha à la table rituelle avec de lourdes chaînes anciennes en métal magique. Mais, ces chaînes ne se contentaient pas de l'immobiliser, elles amplifiaient son aura en drainant progressivement son énergie. Les liens étaient mordants sur sa peau, pourtant ce n'était rien comparé à l'humiliation d'être si exposée.

Alors que les alchimistes entonnaient leurs sombres incantations, une larme solitaire traçait un chemin sur sa joue. *Non, je ne veux pas pleurer. Ils ne méritent pas de voir mes larmes…*, se dit-elle, serrant les mâchoires par la force de sa détermination. *Ma vie mérite mieux que ça. Je mérite de choisir.* Alignés en cercle, les alchimistes, levaient les bras vers le ciel, psalmodiant dans une langue ancienne, mélange de vibrations gutturales et de syllabes chantantes. Les voix résonnaient tel un écho dans l'air glacial. La clarté de la lune semblait s'intensifier, concentrée sur la victime sacrificielle comme un projecteur divin. Le chant créait une résonance tragique avec le Réceptacle, ouvrant un canal énergétique.

Sélène chercha un regard, un espoir dans la foule. Sa mère adoptive, où était-elle ? Et Mira ? Mais, il n'y avait rien que des masques impassibles, des figures sans âme. Elle se sentait trahie par les mêmes personnes qui avaient empli son enfance de rire et de sécurité. Dans ses pensées, elle se tourna vers sa mère adoptive. *M'as-tu aimée ne serait-ce qu'un peu pour éprouver de la douleur à l'idée de ma perte* ? Hélas, la foule était aveugle à sa recherche muette d'apaisement.

Elle ne ressentait plus qu'une peur palpable, qui l'étranglait. Elle allait mourir, mais de quelle manière ?

L'un des alchimistes, celui qui paraissait être le chef, s'avança vers l'autel. Il tenait la Pierre Alchimique, pulsant d'une lumière écarlate en harmonie avec le cœur de Sélène. Il leva la Pierre au-dessus de sa tête et une lueur menaçante éclata, l'inondant. Sa voix creva l'air, puissante et inhumaine : « Par cette offrande, nous nourrissons la Pierre, stabilisons l'équilibre et protégeons notre monde ! »

Les chants montèrent en puissance et un scintillement dorée commença à s'élever du corps de de la jeune femme, telle une vapeur, avant de se transformer en filaments lumineux. Ces filaments se perdaient dans la Pierre., qui brillait de plus en plus intensément à mesure qu'elle se chargeait. Cela déclencha une douleur diffuse, intérieure, qui se transforma rapidement en une brûlure insoutenable. Des flammes d'agonie parcouraient son corps. Quand elle perçut le halo émaner d'elle, tendant sa vie vers une fin inéluctable, Sélène s'accrocha à une dernière lueur de défi.

Je ne suis pas qu'un sacrifice. Je suis Sélène, et je ne me laisserai pas effacer sans traces.

Elle pressentait que la Pierre cherchait aussi à pulvériser ses barrières mentales pour accéder à l'intégralité de son essence et son esprit se mit à dériver. Des ombres générées par le socle religieux commencèrent à s'élever. Elles se tordaient et dansaient comme si elles répondaient à la souffrance du Réceptacle. Certaines croyances suggéraient que ces ombres étaient les esprits d'anciens Réceptacles, piégés à jamais dans la Pierre.

La faiblesse alourdissait le corps de Sélène, et elle comprit que son essence vitale était drainée lentement. Elle s'évertua à briser son entrave, cependant les chaînes restaient inébranlables et la vigueur lui manquait de plus en plus. C'est à cet instant que quelque chose au plus profond d'elle-même se réveilla, un feu caché, une force prête à répondre à l'injustice. *Ils pensent tout contrôler*, se dit-elle, captant la puissance primaire crépiter sous sa peau, *mais je suis bien plus que ce qu'ils savent*. Des vagues d'énergie brute s'échappèrent de son corps, perturbant momentanément le rituel et créant des fissures dans les runes gravées sur la dalle rituelle. Trop faible, elle n'entendit pas le chef des alchimistes murmurer :

— Elle n'est pas un Réceptacle ordinaire. Elle est un Nexus.

Sélène était non seulement une source de pouvoir, mais également un pont entre les dimensions magiques, un être capable de canaliser des pouvoirs immenses.

La lumière rouge de la pierre devenait instable, oscillant entre le rouge et le noir. Les ombres autour de l'autel semblaient répondre à l'intensité libérée par l'offrande. Elles s'épaissirent jusqu'à prendre forme et enveloppèrent la table sacrée, masquant l'éclat de la lune. Les bougies s'éteignirent et les chants moururent. Une silhouette sombre et imposante émergea de l'obscurité, créant un mouvement de panique dans l'assemblée. Des yeux d'or flamboyants percèrent la nuit, et un sourire cruel se dessina sur un visage indistinct. Sa voix, glaciale et autoritaire, résonna dans l'air :

— Ce sacrifice est terminé. Elle m'appartient.

— Cælum, murmura l'un des alchimistes, pétrifié.

Les alchimistes tentèrent en vain de le repousser, mais il dissipa leur magie comme de simples étincelles. Il neutralisa les runes, brisa le lien magique entre le Réceptacle et la Pierre Alchimique et dispersa l'énergie résiduelle, empêchant la Pierre d'exploser. Les yeux exorbités de terreur, Sélène le vit se pencher au-dessus d'elle. Un cri déchira le silence et il lui fallut un moment pour comprendre que c'était le sien. Puis le néant l'emporta et tout devint noir.

CHAPITRE 2

Quand Sélène revint à elle, le poids de ses paupières semblait insurmontable, de la même manière que si elle émergeait d'un sommeil profond. Pourtant, elle ne se sentait pas reposée. Sa tête lui faisait mal, une douleur sourde qui palpitait à chaque battement de son cœur.

Lorsqu'elle ouvrit enfin les yeux, elle ne vit… rien. Une obscurité totale l'enveloppait, épaisse et oppressante. Elle perçut une présence envahissante dans son esprit, telle une seconde conscience qui n'était pas la sienne, mais qui s'entrelaçait avec ses pensées. Elle secoua la tête pour tenter de se débarrasser de la sensation, malheureusement sans succès.

La survivante se redressa lentement, son corps raidi et douloureux, et prit une vive inspiration. Une odeur de fer et de pierre humide emplissait ses narines.

— Où suis-je ? murmura-t-elle.

Sa voix se perdit dans le vide.

Le bruit d'un souffle fit écho à sa question, rauque et lourd, et fit courir un frisson glacé le long de son échine. Elle se retourna brusquement, ses rétines guettant désespérément une source de lumière.

— Tu es avec moi.

Le son était bas, presque un chuchotement, pourtant elle résonnait, donnant l'impression de venir de partout à la fois.

— Qui est là ? cria Sélène, ses mains cherchant à tâtons quelque chose, n'importe quoi pour se repérer.

Une silhouette émergea des ténèbres. C'était une ombre vivante, mouvante, ses contours flous comme de la fumée, mais ses yeux... ses yeux brillaient d'un éclat doré qui transperçait l'obscurité.

— Moi, dit l'apparition. Je suis Cælum.

La jeune femme recula, son souffle se bloquant dans sa gorge. Elle se rappela la terreur qu'elle avait éprouvée quand il avait surgi pendant la cérémonie.

— Toi... Tu étais là... À l'autel. Qu'est-ce que tu es ? Et qu'est-ce que tu m'as fait ? balbutia-t-elle.

— Je t'ai sauvée, répondit-il simplement en inclinant la tête, amusé.

Il avança d'une enjambée, et bien que sa forme soit immatérielle, une onde de chaleur traversa Sélène. Elle recula, les poings serrés. Son instinct lui criait de fuir.

Au loin, des bruits feutrés paraissaient se mouvoir dans les ténèbres, des présences invisibles qui observaient sans intervenir. Tout son corps était en alerte, pressentant qu'elle pourrait être engloutie par cette obscurité si elle faisait un faux pas.

— Où sommes-nous ?

— Entre deux mondes, déclara la figure spectrale. Le Voile est l'endroit où je t'ai emmenée pour que tu sois en sécurité.

— En sécurité ? gronda-t-elle. On dirait que je vais être dévorée par cet endroit !

— Pas tant que je suis là, répliqua-t-il calmement. Mais ne t'y habitue pas. Nous ne pouvons pas rester ici trop longtemps.

Elle regarda autour d'elle, cherchant une issue, mais il n'y avait ni porte ni chemin visible. Méfiante, elle reporta son attention sur Cælum.

— Pourquoi m'as-tu amenée dans ce lieu ? Pourquoi pas ailleurs ?

Il s'avança vers elle, ses yeux dorés la transperçant.

— Parce que c'est le seul endroit où tu es hors de leur portée. Les alchimistes ne peuvent pas entrer dans le Voile. C'est un espace de nuances sombres et de ténèbres où l'éclat de la réalité peine à pénétrer, une frontière fragile entre le monde des vivants et celui des créatures qui s'y cachent.

Cet endroit semblait à la fois étrangement vide et oppressant. Le sol était une étendue lisse et froide, comparable à de l'obsidienne sous ses pieds nus, sans aucun relief. Le ciel, ou ce qui en tenait lieu, était d'un noir infini parcouru de vagues subtiles de lumière argentée, semblable à des éclairs silencieux. L'air y était dense, pesant sur les épaules, et pourtant aucun vent ne soufflait.

— Je n'ai pas l'impression d'avoir été sauvée, murmura la rescapée d'un ton acerbe.

La silhouette indistincte avança d'un pas supplémentaire, son corps ondulant comme un nuage d'encre.

— Si je ne t'avais pas libérée, tu serais morte. Ton essence vitale aurait été aspirée par la Pierre Alchimique pour alimenter leurs illusions de sûreté.

— Et maintenant ? hurla-t-elle, les paupières brûlant de larmes. Que veux-tu de moi ? Pourquoi je suis encore en vie ?

Cælum s'arrêta, ses yeux dorés fixant ceux de l'inconnue avec une intensité qui la fit frissonner.

— Parce que tu m'appartiens désormais.

Le souffle de Sélène se bloqua. La pression sourde dans un coin de son esprit se fit plus oppressante, une énergie obscure qui bruissait à la limite de son attention.

— Quoi ?

— Quand les alchimistes ont pratiqué le rituel, ils ignoraient que tu possédais une anomalie divine. C'est ce qui a interféré avec le processus. Lorsque ton flux vital a été extrait, ton âme fracturée m'a réveillé. Tu es devenue le catalyseur de ma libération. Mais, l'essence qui aurait dû être utilisée pour me ressusciter totalement est restée dans une certaine mesure liée à toi, formant une connexion spirituelle indissoluble entre toi et moi.

— Ça veut dire que tu étais mort ?

— Non, j'étais dans une ancienne prison magique scellée sous le temple depuis des siècles, enfermé dans un état d'oubli. Et, désormais, je suis incomplet, car tu détiens une partie de mon pouvoir. Donc, je le répète, tu es à moi.

La jeune femme recula encore, sa colère grondant sous sa peur.

— C'est faux. Je n'appartiens à personne.

— Une fraction de moi réside en toi à présent. Nos destins sont liés, que tu le veuilles ou non, répliqua-t-il, sa voix plus douce, mais tout aussi implacable.

Elle éclata d'un rire nerveux.

— C'est absurde. Je n'ai rien demandé.

— Crois-moi, je n'ai pas demandé ça non plus, rétorqua l'ombre, une pointe de sarcasme dans le ton. Malheureusement, il est trop tard pour regretter.

Sélène serra les poings, le regard flamboyant.

— Alors quoi ? Je suis censée te remercier ? Être reconnaissante pour cette... cette cage invisible ?

Son sauveur croisa les bras, sa silhouette s'immobilisa, paraissant presque humaine.

— Absolument pas. À vrai dire, je m'attends à ce que tu sois en colère. C'est normal. Toutefois, tu n'as pas le luxe de te noyer dans ta rage. Si tu veux survivre, tu dois comprendre ce que tu es devenue.

Elle le fixa, le souffle rapide.

— Et que suis-je devenue, Cælum ?

Il s'approcha, son timbre se faisant un murmure dangereux.

— Une aberration, selon eux. Une arme, d'après moi.

Elle demeura silencieuse, ses pensées tourbillonnant comme une tempête.

— Je ne veux pas être une arme, dit-elle finalement, la voix tremblante.

— Ce n'est pas une question de désir, répondit-il. C'est une question de choix. Soit, tu apprends à maîtriser ce pouvoir, soit tu laisses ceux qui t'ont sacrifiée te rattraper et finir ce qu'ils ont commencé.

Son regard doré s'adoucit légèrement, mais son ton restait ferme.

— Je ne suis pas ton ennemi, Sélène. Pourtant, le monde entier le sera, à moins que tu sois prête à te battre.

Elle détourna les yeux, les bras croisés sur la poitrine, les pensées confuses. Une partie d'elle voulait crier, frapper, le repousser jusqu'à ce qu'il disparaisse. Mais, une autre partie, plus sombre et plus terrifiante, savait qu'il avait raison. Cependant, elle ne pouvait pas lui faire confiance. Elle découvrait tout juste que sa vie n'était qu'un mensonge et elle refusait désormais de croire ce qu'on lui disait, d'autant plus si ça venait d'une créature inconnue. Néanmoins, elle devait donner l'impression de se montrer docile, au moins le temps de trouver comment s'enfuir.

— Alors, qu'est-ce que je suis censée faire maintenant ? balbutia-t-elle enfin.

Cælum sourit, un sourire autant menaçant que prometteur.

— Tu commences par accepter qui tu es. Ensuite, je t'apprendrai à ne plus jamais être faible.

— Tu parles toujours comme si tu savais tout. Pourtant, tu ne m'as pas encore expliqué ce que je suis exactement ni ce que tu attends de moi.

L'entité esquissa un sourire en coin, tandis que son regard restait grave.

— Je ne te dois rien, Sélène. Pas d'indications, pas de solutions. Mais, si tu veux survivre, tu ferais bien d'écouter.

Le ton de sa voix la fit frissonner, cependant elle ne baissa pas les yeux.

Elle ouvrit la bouche pour répondre, mais il leva une main.

– Pas tout de suite. Repose-toi. Ton corps a besoin de temps pour s'adapter. Quand tu seras prête, je t'aiderai à comprendre ce que signifie réellement ce lien… et ce que tu es censée devenir.

Elle serra les dents, sentant sa frustration monter, néanmoins elle savait qu'il avait raison sur un point : son organisme était faible, épuisé par le rituel et par cette transition vers l'inconnu. Et elle devait arrêter de le provoquer, elle avait tout à y perdre. Elle se laissa tomber au sol, glacé, mais curieusement réconfortant.

Le poids constant de l'intrusion mentale qu'elle ressentait, comparable à un fil invisible enroulé autour de son âme, la rendait de plus en plus nerveuse. Tandis qu'elle fermait ses paupières, et même si le murmure des ténèbres semblait s'éloigner, Sélène savait qu'elle était encore très loin d'être en sécurité.

Sélène s'éveilla dans le même décor oppressant. Le sol froid sous ses mains n'avait rien d'une illusion. Tout autour, l'obscurité paraissait vivante, comme si elle attendait que l'intruse fasse une erreur.

Elle se redressa, les muscles engourdis. Cælum était là, immobile, à quelques pas. Sa forme sombre apparaissait à moitié fondue dans l'environnement, se présentant comme une extension du Voile lui-même. Ses yeux dorés brillaient dans la pénombre.

— Tu es réveillée, dit-il. Bien. Nous avons beaucoup à faire.

Elle se passa une main sur le visage, l'esprit encore embrumé. Ses pensées paraissaient toujours occupées par une présence intangible.

— Combien de temps ai-je dormi ?

— Le temps n'a pas d'importance ici.

Elle fronça les sourcils, l'agacement revenant telle une vague.

— Arrête de tourner autour du pot. Explique-moi ce que tu attends de moi, Cælum.

Il s'avança vers elle, ses pas ne faisant aucun bruit.

— Nous en parlerons plus tard. Nous devons partir, tu n'es plus en sécurité ici.

— Pourquoi ne suis-je plus en sécurité ?

— Parce que je le sens, répondit-il d'un ton arrogant.

Cet homme, ou plutôt cette chose, était vraiment insupportable. Tellement sûr de lui.

Avant qu'elle ne puisse répliquer, elle perçut une pression étrange dans l'air, puis une onde lui traversa le corps. Quand que sa vision revint, elle n'était plus dans le Voile. L'éclairage, bien qu'atténué, la fit cligner des yeux, et le froid du sol lisse fut remplacé par une surface rugueuse et inégale.

Sélène découvrit une vaste salle en ruines, où des colonnes de pierre effondrées parsemaient le plancher tapissé de végétation. Le plafond, partiellement écroulé, laissait filtrer une lumière tamisée, presque irréelle. L'air était humide, chargé de l'odeur de mousse et de terre.

— Où sommes-nous ? demanda-t-elle en se redressant, les jambes encore faibles, une douleur persistante dans la poitrine, la même que lorsque son énergie vitale avait été drainée.

Son sauveur, désormais sous une forme légèrement plus humaine, mais toujours imprégnée de cette aura d'ombre, se tenait à ses côtés.

— Un sanctuaire oublié. Il appartenait à ceux qui pratiquaient autrefois une magie ancienne, bien avant que les alchimistes ne s'approprient leurs savoirs. Ils l'ont déserté, toutefois son pouvoir reste intact. Dans cet endroit, personne ne pourra te retrouver. Cet abri ancestral est en dehors de la cité.

— N'est-ce pas risqué d'être hors de la ville ? Plus rien ne nous protège des créatures…

— Il n'y a aucun danger ici. Et, je saurais m'occuper d'elles si jamais elles se présentent, répondit-il posément.

Son calme apparent la rasséréna un peu. Cependant, elle ne comptait pas s'appuyer sur lui pour la défendre. Cælum ne l'avait sauvée que parce qu'elle possédait une partie de son énergie. Elle ne se faisait aucune illusion, s'il comprenait comment récupérer son pouvoir, il l'abandonnerait ou se débarrasserait d'elle.

La survivante observa les lieux. Malgré leur état délabré, ils dégageaient une sérénité presque apaisante. Un bassin d'eau claire occupait le centre de la pièce, alimenté par un filet de liquide tombant d'un mur fissuré. Dans un coin, des herbes et des fruits étranges avaient poussé dans un désordre naturel.

— Au moins, il y a de quoi survivre, murmura-t-elle.

D'un côté de l'espace, de lourdes portes en bois noirci conduisaient probablement à l'extérieur du bâtiment. À l'opposé, une ouverture plus modeste semblait mener à une autre partie de l'édifice. En franchissant le seuil, elle découvrit une petite pièce de vie composée d'un lit de camp, d'une table, de deux chaises et d'une armoire imposante. Cette dernière contenait de la vaisselle sommaire, des couvertures et des vêtements. En y regardant de plus près, il y avait des chausses, des tuniques, des chemises de nuit et quelques dessous masculins. Le soulagement de retrouver un minimum de confort la submergea.

Après son examen rapide, elle retourna dans la salle principale. Elle s'approcha de la piscine naturelle et s'agenouilla pour plonger ses mains dans le liquide cristallin. La fraîcheur contre sa peau était un répit bienvenu après la suffocante obscurité du Voile. L'onde était si limpide qu'elle aperçut enfin son reflet... et les vit.

Des runes. Elles étaient parfaitement visibles sur son épiderme et elles étaient dorées ! Elles parcouraient son corps, s'enroulaient autour de ses bras, montant jusqu'à son cou, et disparaissant sous sa robe souillée. Ces marques pulsaient légèrement avec sa respiration. Et ce n'était pas tout : ses yeux, autrefois d'un bleu clair, avaient pris une teinte plus lumineuse, presque phosphorescente.

— Qu'est-ce que… murmura-t-elle en touchant l'un des motifs sur son poignet.

— Le rituel, dit son compagnon forcé de sa voix grave. Il a laissé son empreinte. Ces traces ne sont pas seulement décoratives. Elles sont le témoignage de la magie qui a failli te tuer… et de celle qui t'a sauvée.

Elle se leva brusquement, le regard furieux.

— Tu savais que ça arriverait ? Que je finirais… marquée de cette façon ?

La silhouette masculine croisa les bras, impassible.

— Je me doutais que le rituel avait changé des choses en toi. Mais, ces glyphes… ils te rendent unique.

La gorge de Sélène se serra.

— Tout cela m'a été imposé. Ces runes, ce pouvoir, ce lien avec toi. Comment suis-je censée vivre avec ça ?

Il la fixa un long moment, son regard perçant.

— Tu n'as pas besoin d'aimer ce que tu es devenue, Sélène. Malheureusement, tu dois apprendre à l'accepter. Ces symboles, ces nouvelles aptitudes… Ils sont la seule chose qui t'empêchera de mourir entre leurs mains.

Elle détourna les yeux, l'attention rivée sur l'étendue d'eau. Elle inspira profondément, cherchant à maîtriser sa colère.

— Très bien, dit-elle enfin. Si je dois subir tout ça, alors je veux savoir tout ce que ça implique.

Cælum hocha la tête.

— Je te montrerai. Mais, d'abord, tu dois te reposer, manger, te laver. Ce lieu t'offrira tout ce dont tu as besoin pour retrouver des forces. Le reste commencera demain.

— Très bien, rétorquai-je sur un ton excédé. Dans ce cas, je vais te demander d'aller faire une promenade. J'aimerais prendre un bain et je n'ai pas envie d'un spectateur.

Il arqua un sourcil, mais ne fit pas de commentaire. Il tourna les talons et elle vit son ombre intangible se diriger vers les lourdes portes menant à l'extérieur et passer à travers.

Satisfaite, elle se rendit rapidement dans la chambre attenante pour y récupérer une tunique et des chausses propres puis revint près du bassin. Elle se débarrassa de ses vêtements tachés et entra dans l'eau. Cette dernière était froide, néanmoins elle apaisa immédiatement les tensions de son corps.

Alors qu'elle plongeait ses mains dans l'onde fluide pour nettoyer son visage, une douleur atroce lui vrilla la tête. Elle se mit à hurler, les paumes pressées sur les tempes. Mais la sensation abominable ne cédait pas. Sa vision devint floue, les bruits du liquide ruisselant sur la roche se firent plus lointains. Après ce qui lui sembla une éternité, sa vue se fit plus nette et la souffrance reflua jusqu'à disparaître complètement. Ne resta finalement que le tiraillement constant dans sa poitrine qui résultait du rituel.

Le souffle court et le cœur affolé, elle aperçut Cælum faire irruption dans la pièce et s'effondrer sur le sol. Stupéfaite, elle demeura sans réaction. Lui aussi paraissait être hors d'haleine. Puis, elle se souvint qu'elle était nue et retrouva sa voix.

— Que fais-tu là ? rugit-elle. Je t'ai demandé de me laisser un peu d'intimité. Sors d'ici sur-le-champ !

Hébété, il tourna lentement ses yeux vers elle et se remit debout avec une grâce insolente.

— Je ne peux pas m'éloigner de toi donc tu vas devoir me supporter.

Elle resta interloquée par sa répartie.

— Dégage où je te jure qu….

— Inutile de me menacer, petite humaine fragile. Notre lien est plus puissant que je ne pensais. Quand j'ai mis de la distance avec toi, j'ai ressenti une douleur intolérable, comme si la parcelle de vie que tu m'as rendue essayait de te rejoindre. Alors, je ne vais pas réitérer l'expérience pour ménager ta pudeur. Mais, dans la mesure où je suis un homme d'honneur, je veux bien me retourner, ajouta-t-il en s'exécutant.

— Tu n'es même pas humain, juste une manifestation ténébreuse, ne put-elle s'empêcher de murmurer.

Cependant, sa colère était retombée. Seules l'inquiétude et la frustration persistaient. Si ce que Cælum disait était vrai, cela expliquait aussi l'agonie qu'elle avait ressentie. Malheureusement, ça voulait surtout dire qu'elle était réellement enchaînée à cette ombre par un lien invisible. Allait-elle devoir supporter son ton arrogant et son air narquois toute sa vie ? Non, elle n'y arriverait pas.

Sélène vit pulser plus intensément les runes dorées, de la même façon que si elles réagissaient à ses émotions.

Elle leva les yeux vers son sauveur, qui se tenait à une distance respectable, le dos tourné.

— Elles sont vivantes, pas vrai ? demanda-t-elle à voix basse.

— Oui, répondit-il sans se retourner. Elles sont liées à ta force vitale. Plus tu les utilises, plus elles brillent. Toutefois, cela a un prix.

— Quel prix ?

— La magie a toujours un coût. Chaque fois que tu puises dans ce pouvoir, il épuise une partie de toi. C'est pour cela que tu dois apprendre à le maîtriser.

La rescapée sortit de l'eau et enfila les vêtements qu'elle avait préparés.

— Alors, montre-moi, dit-elle, déterminée. Enseigne-moi comment me battre avec cette magie, à la comprendre.

Cælum esquissa un sourire, presque imperceptible.

— Demain. Ce soir, mange et repose-toi. Ton corps et ton esprit doivent être prêts.

Elle soupira devant son inflexibilité et porta son attention vers lui. Un hoquet de surprise lui échappa. Elle s'approcha lentement de lui et toucha timidement son bras. La stupeur la lui fit retirer aussitôt. Elle croisa son regard doré et s'aperçut qu'il l'observait d'un œil perplexe.

— Cælum, tu…

Elle se mordit la lèvre, ne sachant comment le formuler.

— Tu es ferme…

Un sourire suffisant releva un coin de sa bouche.

— Évidemment que je le suis. Et, je te montrerai jusqu'où je suis dur si tu me le demandes gentiment.

Sélène leva les yeux au ciel. Quel grossier personnage !

— Non, ce que je veux dire, c'est que tu es palpable. Tu n'es plus une ombre.

Il marqua un temps d'arrêt et un soupir satisfait lui échappa.

— Est-ce que ça signifie que nous ne sommes plus liés ? l'interrogea-t-elle, pleine d'espoir.

— Pas du tout, je perçois toujours notre connexion et si tu te concentres, tu le sentiras aussi. Ça veut seulement dire que j'ai récupéré suffisamment de force vitale pour être un homme à part entière.

Elle se retint avec difficulté d'exprimer sa déception.

— Explique-moi comment éprouver l'attachement. Sur quoi dois-je me focaliser ?

— Tu es bien exigeante. J'aurais été beaucoup mieux disposé à te satisfaire si tu avais dit s'il te plaît, répondit-il d'un ton railleur.

— Tu es tellement insupportable et arrogant ! Je comprends que quelqu'un ait eu envie de t'enfermer pour ne plus t'entendre.

Le visage de Cælum retrouva son impassibilité et il la fixa longuement sans parler. Sélène commençait à regretter ses mots et se sentait franchement mal à l'aise sous son regard inquisiteur. Finalement, il reprit la parole d'un ton glacial.

— Si tu te canalises, tu verras que tu partages ton esprit avec moi, tu n'y es plus toute seule. Je suis omniprésent dans ta tête, comme tu es omniprésente dans la mienne.

Puis, il lui tourna le dos et s'éloigna.

Tout en allant chercher de la vaisselle dans la petite chambre, Sélène fit le rapprochement avec le poids constant qu'elle percevait dans ses pensées. C'était donc son lien avec Cælum qui l'envahissait ainsi.

À son retour, il cueillait les fruits qu'elle avait remarqués à son arrivée.

Pour la première fois depuis leur rencontre, elle prit le temps de l'observer. Grand et élancé, il se tenait avec une grâce prédatrice. Ses gestes étaient précis et silencieux. Il portait une chemise noire ajustée à col large, brodée de fils argentés qui captaient la lumière et un pantalon en cuir sombre qui mettait pleinement en valeur ses fesses galbées. Elle percevait ses muscles qui roulaient sous ses vêtements à chaque mouvement. Sa cueillette terminée, il se tourna vers elle et elle remarqua que son visage était ciselé avec des traits nets et élégants, presque trop parfaits. Ses pommettes hautes et sa mâchoire anguleuse ajoutaient une touche d'aristocratie à son apparence. Sa peau était pâle, presque translucide, comme s'il absorbait la clarté autour de lui plutôt que de la refléter. Elle semblait parsemée de traces ténues de runes obscures qui s'entrelaçaient sur ses bras et son cou. Ses cheveux d'un noir d'encre, légèrement ondulés, retombaient juste au-dessus de ses épaules. Pourtant, le plus fascinant était ses yeux, d'un or incandescent. Sa beauté était troublante, mais son allure restait intimidante dans son ensemble, une parfaite harmonie entre élégance, mystère et menace.

— Ce que tu vois te plaît ? dit-il avec sarcasme.

Sélène sursauta, rouge de honte d'avoir été surprise à le reluquer. Sans répondre, elle installa ses trouvailles sur une desserte située à côté de la cheminée. Il y déposa les fruits et s'empara des gobelets qu'il alla remplir au filet d'eau qui tombait du mur. Puis, il revint prendre place sur un tabouret à ses côtés.

Ils mangèrent dans un silence oppressant. Cet homme ne faisait vraiment rien pour être aimable ou la mettre à l'aise. Elle n'avait qu'une hâte : s'éloigner de lui. Le repas terminé, il se leva pour aller se rincer les mains dans le bassin.

Elle l'observa du coin de l'œil alors qu'il avançait dans le sanctuaire, sa silhouette se découpant dans la lueur douce des cristaux suspendus au plafond. Le lieu était étonnamment chaleureux, une grande salle creusée dans la pierre, éclairée par des veines luminescentes qui pulsaient lentement tel un cœur vivant. Pourtant, ce confort ne parvenait pas à apaiser l'inquiétude qui rongeait l'esprit de la jeune femme.

Elle s'était lavée, habillée, nourrie. Son corps portait encore la fatigue et la douleur des derniers jours, mais ses pensées étaient bien plus lourdes. Chaque fois qu'elle regardait Cælum, elle ne pouvait s'empêcher de se demander à quel prix il l'avait secourue. Il était un parasite auquel elle était enchaînée.

— Tu affiches un air troublé, dit-il soudain, brisant le silence.

Sélène tressaillit légèrement. Son intimidant compagnon était de l'autre côté de la pièce, cependant ses yeux d'or semblaient transpercer la distance comme s'il pouvait lire dans ses pensées.

— Non… non, je réfléchis, répondit-elle en détournant le regard.

Il arqua un sourcil, un sourire amusé jouant sur ses lèvres.

— À quoi ?

Elle hésita, ses doigts frôlant distraitement les runes gravées sur sa peau. Celles-ci paraissaient doucement brûler, un rappel constant du rituel.

— À toi, finit-elle par avouer.

Sa gaieté disparut, remplacée par une expression indéchiffrable.

— Moi ?

— Oui, toi. Quelle est la vraie raison pour laquelle tu m'as sauvée ? Pourquoi suis-je liée à toi ?

La séduisante créature s'approcha lentement, son pas silencieux sur le sol lisse. Elle se redressa instinctivement, son cœur battant plus vite.

— Je te l'ai déjà dit. Parce que tu es spéciale.

— Spéciale ? répéta-t-elle avec une pointe d'ironie. Ça ne m'apprend rien. Pourquoi moi ? Il y avait sûrement d'autres victimes avant. Pourquoi ne pas les avoir libérées ?

Il s'arrêta à quelques pas, plongeant ses mains dans les poches de son pantalon.

— Peut-être que je ne pouvais pas. Peut-être que je ne voulais pas.

— Et pour moi, tu voulais ?

Il laissa échapper un soupir, presque agacé, mais son attention restait fixée sur elle.

— Sélène, tu poses beaucoup de questions.

— Et toi, tu ne donnes pas beaucoup de réponses.

Un silence tendu s'installa entre eux. Elle soutint son regard, refusant de baisser les yeux malgré l'intensité presque écrasante de ses prunelles dorées.

— Je ne te fais pas confiance, dit-elle finalement, la voix ferme malgré la peur qui grondait en elle.

Il haussa un sourcil, un éclat d'amusement revenant derrière ses cils.

— Je ne m'attendais pas à ce que tu le fasses.

— Alors, pourquoi me dire qu'on est « liés » ? Pourquoi me guider et proposer de m'aider ?

Cette fois, il prit un moment avant de répondre, comme s'il pesait soigneusement ses mots.

— Parce que, que tu le veuilles ou non, nos destins sont entremêlés. Je t'ai sauvée, oui. Mais, je ne l'ai pas fait pour toi seule.

Sélène sentit une colère sourde monter. Cet homme avait le don de la mettre hors d'elle.

— Alors c'est ça ? Tu attends quelque chose de moi ?

Il sourit de nouveau, un rictus énigmatique qui accentua son malaise.

— Peut-être.

Elle serra les poings, se détournant pour masquer l'émotion qui bouillonnait en elle.

— Je savais que tu avais une raison. Rien n'est gratuit, n'est-ce pas ?

— Rien dans ce monde ne l'est, Sélène, dit-il doucement.

Elle ferma les yeux, cherchant à calmer les battements frénétiques de son cœur. Elle croyait qu'il disait la vérité, pourtant l'admettre ne rendait pas les choses plus faciles.

— Je te préviens, déclara-t-elle en se tournant brusquement vers lui. Si jamais tu me trahis, si jamais tu te sers de moi… je trouverai un moyen de te détruire.

Cælum éclata d'un rire bref, mais sincère, surpris par son audace.

— Tu es fascinante, Sélène. Vraiment.

Elle ne partageait pas son amusement.

— Je suis sérieuse.

Son sourire s'adoucit, toutefois son regard devint plus grave.

— Je sais.

Il recula alors, s'éloignant vers l'autre extrémité de la pièce, où il s'adossa contre le mur.

— Repose-toi. Ton entraînement commence demain. Tu auras besoin de toute ton énergie.

Sélène se retira, l'esprit tourmenté par une myriade de pensées. Les réponses qu'il avait données ne faisaient qu'ajouter à ses doutes. Qui était réellement Cælum ? Et, pourquoi ce lien semblait-il aussi oppressant qu'irrévocable ?

Faire le lit l'aida un peu à reprendre le contrôle de ses émotions. Puis, elle se dévêtit rapidement, passa une chemise et se glissa sous les draps. Elle soupira d'aise en sentant le matelas moelleux sous son dos et une irrépressible fatigue s'empara d'elle. Elle se laissa sombrer dans le sommeil sans lutter avec pour seule réflexion : qu'attendait-il véritablement d'elle ?

CHAPITRE 3

Tout commença dans un tourbillon de couleurs vives, saturées de rouge et d'or, tandis qu'un bourdonnement continu emplissait l'air, s'enfonçant dans ses tempes. Sélène était de nouveau attachée, ses poignets engourdis par des liens invisibles qui semblaient brûler sa peau. Son souffle était court, chaque inspiration luttant contre une oppression latente qui serrait sa poitrine.

Autour d'elle, des silhouettes encapuchonnées murmuraient des incantations en une langue ancienne, leurs voix graves résonnant dans l'atmosphère, pareilles à des vagues martelant des rochers. La mélodie vibrante retentissait dans ses os, chaque note réveillant une douleur sourde qui se propageait à travers sa chair.

Devant elle, la Pierre Alchimique rougeoyait d'un éclat hypnotique, un reflet pulsant tel un muscle géant. Sa lueur paraissait s'amplifier à chaque battement de son propre cœur, qui frappait dans sa poitrine avec une rapidité effrénée. Une vague de frissons se répandait le long de sa colonne vertébrale, mais ce n'était pas un froid ordinaire : c'était une sensation étrange, comme si quelque chose de vital lui était arraché.

Elle baissa les yeux et vit des filaments d'une essence dorée, presque éthérée, s'élevant de son corps en spirales fragiles pour être absorbés par la pierre. Chaque traînée lumineuse qui s'échappait la vidait un peu plus, laissant en elle un trou oppressant, une absence glaciale qui donnait l'impression de se loger dans ses os. Sa bouche était sèche, son esprit embrumé, mais elle sentait chaque instant avec une acuité déconcertante — le poids des chaînes insaisissables, les picotements incessants sur sa peau, et cette impression insoutenable d'être aussi présente qu'effacée. Elle essaya de crier, malheureusement aucun son ne sortit de sa gorge. Le rituel continuait, implacable.

Puis, des ombres plus grandes apparurent autour de la Pierre, se tordant et s'étirant, prêtes à l'engloutir. Juste au moment où tout semblait s'effondrer, une clarté apaisante perça l'obscurité. Là, au milieu de son cauchemar, une présence se dessina, insufflant une réconfortante chaleur qui contrastait avec l'atmosphère suffocante.

Cælum. Mais pas le monstre forgé par les ténèbres qui hantait ses jours. Non, cette version de lui brillait, son profil sculpté dans un éclat velouté et solaire, marqué d'un regard d'une éternelle douceur. Ses traits étaient gravés de détermination, pourtant ses pupilles luisaient d'un mélange de tristesse et de tendresse.

— Sélène, murmura-t-il, sa voix basse coupant à travers les chants et le chaos environnant.

Il s'approcha lentement, tendant une main vers elle. Les liens qui l'enserraient tombèrent en poussière, et elle se retrouva debout, vacillante. Il l'attrapa par les épaules, son toucher en même temps solide et bienveillant.

— Je suis désolé, dit-il. Je n'ai pas su te protéger.

Le rituel disparut comme une brume dissipée par le vent. Ils étaient maintenant dans une plaine infinie, baignée d'un rayonnement doux. La brise jouait dans ses cheveux, et la présence de

Cælum était différente : il n'était plus un poids, mais un soutien, une force qui l'enveloppait sans l'étouffer.

— Qui es-tu vraiment ? demanda-t-elle, sa voix vacillante. Pourquoi as-tu changé ?

Ses paupières s'abaissèrent lentement, son expression altérée par une douleur qu'elle ne comprenait pas entièrement.

— Je suis ce que je devais être autrefois, avant que tout ne s'écroule, dit-il doucement. Avant que le monde ne m'arrache tout et que je me transforme en... cette chose.

Sélène voulait lui poser une autre question, mais il pressa une paume sur sa joue, ses prunelles la transperçant.

— Ce que je suis désormais est sans importance. Ce qui compte, c'est ce que tu es. Ce que nous devons devenir ensemble.

Puis, il réduisit la distance entre eux et ses lèvres effleurèrent celles de la jeune femme. Son cœur battait à un rythme erratique, par contre ce n'était plus la terreur qui l'animait. Elle ferma les yeux pour savourer cette sensation, cependant déjà son sauveur s'éloignait. Elle rouvrit ses prunelles.

Le paysage commença à se fissurer, des éclats noirs infiltrant la lumière.

— Reste ! cria-t-elle, tendant une main vers lui.

Il lui sourit, un sourire triste et sincère.

— Je suis toujours là, Sélène. Même dans les ténèbres.

L'illusion explosa en mille fragments, la ramenant brutalement à la réalité.

La survivante se réveilla en sursaut, son souffle court, sa poitrine résonnait encore de battements désordonnés sous l'effet du cauchemar. La perception de l'essence dorée s'évaporant de son corps, la douleur sourde dans ses membres, et surtout, cette image de Cælum, lumineuse et bienveillante, flottaient sans cesse dans son cerveau. Elle passa des doigts tremblants sur son front moite, tentant de reprendre ses esprits.

Un mouvement à l'entrée de la pièce attira son intérêt. Elle tourna la tête et se figea.

Cælum se tenait là, appuyé contre le cadre de la porte, ses bras croisés sur sa poitrine. Son visage, d'ordinaire si dur et énigmatique, était impassible, toutefois son attention était rivée sur elle, perçant comme s'il parvenait à voir à travers elle.

Une rougeur incontrôlable couvrit ses joues. Le songe lui revenait en pleine mémoire, et une vague de honte l'envahit. C'était ridicule, bien sûr, mais l'idée qu'il pouvait deviner qu'elle l'avait imaginé en train de l'embrasser, qu'elle avait ressenti une chaleur inattendue émanant de lui… c'était insupportable.

— Tout va bien ? demanda-t-il finalement, son timbre bas et mesuré brisant le silence.

Elle hésita, contemplant l'horizon.

— Oui, je… juste un mauvais rêve, répondit-elle d'une voix un peu trop aiguë à son goût.

Il resta là, immobile, ses iris sombres fixant les siens. Elle espérait qu'il ne percevait pas cette terreur persistante et le trouble mêlé à une autre émotion qu'elle ne voulait pas nommer.

— Tu avais peur, affirma-t-il placidement, son ton dénué de jugement cependant lourd d'une certitude tranquille.

Sélène déglutit, incapable de soutenir son regard.

— Ce n'était rien, insista-t-elle, mais ses joues brûlaient encore.

Cælum la jaugea un instant de plus, puis ses ombres frémirent doucement autour de lui, pareil à une cape mouvante.

— Si ce n'était rien, pourquoi es-tu rouge comme une tomate ?

Elle sursauta, ses yeux s'écarquillant en une expression de gêne profonde.

— Je... je ne suis pas rouge ! protesta-t-elle, touchant instinctivement sa joue pour y sentir la chaleur.

Il esquissa un sourire infime, presque imperceptible, pourtant il scruta soudainement les murs de façon à lui laisser un semblant de répit.

— Essaie de te reposer, dit-il simplement, avant de disparaître dans l'ombre du couloir.

Elle le regarda partir, ses idées encore brouillées par la confusion et l'embarras. Elle retomba sur le matelas, se couvrant les yeux, tâchant vainement de chasser l'image de son rêve. Ce n'était qu'un cauchemar, se répéta-t-elle. Rien de plus.

Et malgré tout, quelque chose en elle, quelque chose qu'elle n'osait identifier, lui murmurait le contraire.

Le soleil apparaissait à peine lorsqu'elle se réveilla, les pensées lourdes d'incertitude. Elle s'était levée avec une émotion indéfinissable dans la poitrine, une sorte de tiraillement qu'elle n'arrivait pas à expliquer. Après s'être habillée rapidement, elle rejoignit la pièce principale. Le sanctuaire était silencieux, les vitraux diffusant une lueur tamisée dans la grande salle.

Cælum se tenait près de l'entrée, appuyé contre un pilier de pierre, observant l'extérieur. Il semblait perdu dans ses réflexions, les épaules légèrement raidies, son visage plus fermé que d'habitude. Et il était de nouveau sous la forme d'une ombre intangible. Un malaise flottait dans l'air.

Sélène s'approcha, hésitante.

— Cælum ?

Il tourna subtilement la tête vers elle, mais demeura muet un court moment. Elle sentit ce frémissement dans son thorax s'intensifier, telle une boule de tension qui n'était pas la sienne.

— Qu'est-ce qui se passe ? demanda-t-elle finalement.

Il poussa un soupir et pivota complètement pour lui faire face.

— Rien qui te concerne.

Toutefois, elle devinait qu'il mentait. Ce n'était pas seulement dans ses propos, c'était dans ce qu'elle éprouvait. Une vague d'agitation, de frustration sourde, qu'elle ne pouvait pas ignorer.

— Tu es... contrarié, dit-elle, les mots sortant presque malgré elle.

Cælum haussa un sourcil, ses traits passant de la surprise à une méfiance calculée.

— Comment le sais-tu ?

La rescapée ouvrit la bouche pour répondre, mais s'arrêta. Comment le savait-elle ? Ce n'était pas logique. Quoi qu'il en soit, c'était là, aussi clair que si c'était son sentiment personnel.

— Je... aucune idée, avoua-t-elle, déstabilisée. Pourtant, je le sens. C'est comme si...

Elle posa une main sur son propre cœur, luttant pour mettre des termes sur cette sensation étrange.

— Comme si je ressentais tes émotions.

Son séduisant compagnon la fixa, son regard doré brillant d'une intensité nouvelle.

— C'est absurde, bredouilla-t-il, toutefois il semblait douter des propos qu'il venait de prononcer.

Elle plissa les yeux, sentant sa confusion et un soupçon de... peur ? Non, pas de la peur. De l'appréhension.

— Tu avais conscience que c'était possible ? s'enquit-elle, méfiante.

Il secoua lentement la tête.

— Pas de cette façon. Je savais que le rituel nous avait connectés, que je pouvais te trouver où que tu sois. Mais percevoir mes sentiments ? Non. Ça, c'est nouveau.

Elle fronça les sourcils, essayant de comprendre.

— Alors pourquoi est-ce que je peux ? Est-ce que ça va dans les deux sens ?

Cælum parut réfléchir un instant, puis il s'approcha avec nonchalance.

— Oui, je pense que c'est de cette manière que j'ai saisi que tu avais eu peur cette nuit.

Sélène sursauta.

— Tu es nerveuse, constata-t-il, son ton calme, son regard perçant.

Elle soupira, croisant les bras.

— Je ne suis pas nerveuse.

— Si tu le dis, lâcha-t-il, un sourire en coin effleurant ses lèvres avant de disparaître presque aussitôt.

Il s'avança prudemment, son expression redevenant sérieuse.

— Ce que j'ai capté cette nuit, pendant ton rêve...

Un nœud se forma dans son estomac.

— Tu... tu as ressenti quoi exactement ? balbutia-t-elle.
— Ta panique surtout. C'était écrasant. C'est ce qui m'a réveillé.

Elle jeta un coup d'œil gêné en direction du sol.
— Je... Désolée, murmura-t-elle.

Le jeune homme mystérieux plissa légèrement les yeux, de la même façon que s'il l'étudiait.
— Mais il y avait autre chose, reprit-il doucement. Quelque chose qui n'était pas de la crainte.

Les joues de Sélène s'enflammèrent.
— Autre chose ? demanda-t-elle, sa voix un peu trop stridente.

Un éclat amusé traversa les traits de Cælum.
— Oui, dit-il avec une nonchalance qui intensifia son malaise. Est-ce que c'est cette... autre chose qui te fait rougir une fois de plus ?

— Je ne rougis pas ! protesta-t-elle immédiatement, néanmoins son ton trahissait sa nervosité.

Il pencha imperceptiblement la tête, ses ombres frémissant faiblement autour de lui, telle une aura vivante.
— Si tu le dis, rétorqua-t-il, son amusement évident.

Il le dévisagea un instant de plus, puis d'une inflexion plus sérieuse :
— Alors, raconte-moi. Qu'est-ce qui se passait dans ton rêve à ce moment-là ?

Elle refusa de le fixer dans les yeux, fuyant son attention.
— Rien d'important, répondit-elle précipitamment.
— Rien d'important ? répéta-t-il, sceptique.

Elle fit un pas en arrière, repliant ses bras fermement devant son buste comme pour se protéger de sa vision pénétrante.

— Je ne veux pas en parler, d'accord ? lâcha-t-elle, son visage brûlant.

Cælum haussa un sourcil, ceci dit il n'insista pas.

— Très bien, fit-il avec un soupir presque exagéré. Mais, cette « autre chose »… C'était très intéressant.

Elle lui lança un regard furieux, tandis qu'il détournait les yeux, une ombre de sourire effleurant de nouveau ses lèvres.

— Si tu changes d'avis, je suis curieux.

Sélène resta plantée là, le cœur battant à tout rompre, tiraillée entre la colère, l'embarras, et une nouvelle émotion qu'elle n'osait pas nommer.

Secouant la tête, il ajouta :

— En tout cas, si c'est vrai que tu perçois aussi mes états d'âme, dans ce cas ce lien est bien plus profond que je ne le pensais.

La jeune femme croisa les bras, sa méfiance refaisant surface.

— Et qu'est-ce que ça signifie pour moi ?

Cælum eut un sourire amer.

— Ça signifie que tu es encore plus dangereuse pour eux, et pour moi.

— Pour toi ?

Il hocha la tête, son expression déterminée.

— Si tu peux ressentir mes sentiments, dans ce cas tu pourrais potentiellement les influencer. Et j'ignore si ce lien a des limites.

Un frisson parcourut l'échine de Sélène.

— Alors, que fait-on ?

— On apprend à le maîtriser, avoua-t-il simplement.

Cependant, dans ses prunelles, elle pouvait lire une trace de détresse. Elle préféra changer de sujet pour le moment.

— As-tu remarqué que tu es une fois de plus flou et que ton corps a l'air composé de fumée ?

— Oui, répondit-il. Mais...

Sa voix trahissait une confusion inhabituelle.

— Mais quoi ? siffla-t-elle, le souffle court. Pourquoi tu es comme... ça ?

Il sembla hésiter.

— Je ne sais pas, avoua-t-il finalement, son ton grave teinté d'un étonnement sincère.

Sélène fit un pas en arrière, le regard fixé sur cette masse mouvante qui se tenait devant elle.

— Tu veux dire que tu ignorais que ça allait arriver ?

— Oui.

Sa confidence la déstabilisa encore plus. Une vague d'irritation l'envahit, mais derrière cela, une autre émotion, plus profonde, qu'elle identifia : de la crainte. Et ce n'était pas la sienne.

— Attends... tu as peur, réalisa-t-elle à haute voix.

Son partenaire se figea.

— Quoi ?

— Je peux le sentir, Cælum, dit-elle, une pointe d'urgence dans la voix. Je discerne ce que tu ressens. Et, là, tu as peur.

Les iris dorés de l'ombre brillèrent plus intensément.

— C'est impossible...

Elle leva les yeux au ciel, sa contrariété prenant le dessus.

— Tu sais très bien que c'est la vérité. Dans l'immédiat, je sens ce que tu éprouves.

Cælum recula discrètement, son aura sombre semblant s'agiter autour de lui à l'image d'une tempête intérieure.

— C'est de pire en pire, chuchota-t-il, comme pour lui-même.

— Génial, ironisa Sélène. Dorénavant, je suis connectée à une ombre qui ne comprend même pas ce qui lui arrive.

Son sarcasme fit mouche.

— Fais attention à ce que tu dis, répliqua-t-il, son timbre gagnant en dureté. Ce n'est pas comme si je l'avais choisi.

Elle plissa les paupières, refusant de se laisser intimider.

— Et moi alors ? Tu crois que j'ai décidé de tout ça ? Le rituel, le lien, et maintenant toi ?

Un silence tendu s'installa uniquement brisé par les vibrations presque imperceptibles de l'air autour de Cælum. Puis, il reprit d'un ton plus calme, mais toujours grave.

— Tu as raison. Ni toi ni moi n'avons choisi cela. Pourtant, nous devons faire avec.

Elle le fixa un instant, cherchant une faille dans ses pupilles lumineuses.

— Du coup, que fait-on maintenant ? demanda-t-elle, sa voix trahissant une lassitude qu'elle ne voulait pas montrer.

Cælum sembla se concentrer, ses ombres ondulant légèrement de la même façon que s'il testait les limites de cette forme.

— La nuit devrait me ramener à une apparence plus... humaine. Jusque-là, je vais chercher à comprendre ce qui m'arrive.

— Une journée de plus à me poser mille questions, alors... Super.

— Bienvenue dans ma vie, murmura Cælum avec une pointe d'ironie.

Sélène lui jeta un coup d'œil empreint d'une exaspération palpable.

— Tu plaisantes ?

— Je n'en ai pas l'air ?

Malgré elle, un éclat de rire lui échappa, brisant pour un instant la tension qui planait entre eux. Cælum, même sous cette apparence étrange, la fixait, son regard brillant d'une intensité presque... amusée.

— Si je redeviens humain au coucher du soleil, reprit-il, nous parlerons plus sérieusement.

— Merveilleux, soupira-t-elle. Une conversation rationnelle avec un individu qui se mue en ombre au lever du jour.

Elle haussa les épaules, décidant de ne pas insister davantage.

— Alors ? Tu as promis de m'apprendre quelque chose aujourd'hui.

— Et je tiens mes engagements, répondit-il. Suis-moi.

Ils se dirigèrent vers une section de l'abri sacré que Sélène n'avait pas encore explorée. Là, des dalles de pierre s'alignaient en cercle autour d'un autel brisé, où des gravures anciennes étaient toujours visibles.

— Cet endroit a été conçu pour canaliser des énergies identiques à celles que tu possèdes maintenant, expliqua Cælum en s'arrêtant au centre du périmètre.

La jeune femme s'avança prudemment, posant les doigts sur l'un des pavés ciselés.

— Les runes... Elles ressemblent à celles sur mon corps, souffla-t-elle.

Cælum hocha la tête.

— Ce sanctuaire reconnaît ce que tu es. Les gravures résonnent avec ta magie. Tu peux t'en servir pour apprendre à la maîtriser.

Il tendit une main vers elle.

— Concentre-toi sur ta respiration. Ferme les yeux. Sens les symboles sur ta peau.

Sélène restait hésitante.

— Et si ça dérape ?

Cælum fit un pas vers elle, sa compagnie imposante, mais curieusement apaisante.

— Alors, je serai là pour t'arrêter. Fais-moi confiance.

Cependant, elle ne pouvait pas. Pas encore. Malgré ses mots et son assistance rassurante, une partie d'elle refusait de lui accorder cette confiance aveugle qu'il exigeait. Il incarnait tout ce qu'elle ne saisissait toujours pas : un lien étrange et indélébile, une puissance qu'elle n'avait jamais demandée, une ombre omniprésente dans sa vie. Il prétendait vouloir la soutenir, pourtant Sélène voyait aussi la noirceur qui l'entourait. Pouvait-elle vraiment se fier à lui, alors qu'il lui était impossible de lire au-delà de ce masque impassible ? Son instinct l'incitait à reculer, à garder ses propres ténèbres sous contrôle avant de se laisser guider par les siennes. Pas encore.

Elle décida de rester sur ses gardes, méfiante, quoique résolue. Elle ne pouvait pas lui accorder sa confiance, néanmoins elle ne pouvait pas non plus ignorer ce qu'il disait. Si ce lieu pouvait l'aider à comprendre ce qu'elle était devenue, à apprivoiser cette magie qui bouillonnait sous sa peau, alors elle devait essayer. Pas pour Cælum, mais pour elle-même. Elle suivrait ses exercices, tâtonnant dans cette obscurité qu'elle craignait, par contre sans jamais baisser complètement sa garde. Chaque étape serait prudente, calculée. Elle ne pouvait se permettre de perdre davantage de contrôle — ni de se perdre tout court.

Sélène ferma les yeux, aspirant une grande bouffée d'air. Le froid de la pierre sous ses pieds disparut progressivement alors qu'elle se connectait à cette déroutante chaleur pulsante dans son corps. Les runes étincelèrent plus intensément, projetant une lueur dorée autour d'elle.

— Bien. Maintenant, laisse cette énergie s'étendre. Imagine-la comme un cours d'eau. Pas un torrent. Une rivière calme.

Les mots de Cælum guidaient ses pensées, pourtant le pouvoir qui l'habitait semblait avoir sa propre volonté. Les motifs se mirent à briller avec plus d'éclat, et soudain, un éclair lumineux jaillit de ses mains. Une onde de magie déferla autour d'eux, ébranlant les murs de l'édifice sacré.

L'élève appliquée ouvrit précipitamment les yeux, essoufflée.

— Je... Je ne pouvais pas la canaliser !

Son professeur s'avança rapidement, posant une main sur son épaule.

— Ce n'est pas grave. Tu as libéré plus de puissance que prévu, mais tu n'as rien détruit. C'est un bon début.

La jeune femme serra les lèvres, frustrée.

— Si je ne peux pas gérer ça, je suis fichue.

Cælum la fixa, son regard sérieux, bien que non dépourvu de compassion.

— Il est normal de trébucher au départ. La maîtrise viendra avec le temps. Mais, cette force mystérieuse que tu portes... elle répond à tes émotions. Plus tu laisses ta peur ou ta colère avoir le dessus, plus il devient difficile à contenir.

Elle inspira profondément, tentant de calmer les battements frénétiques de son cœur.

— Alors, que dois-je faire ?

— Apprends à te contrôler. À dominer tes humeurs avant qu'elles ne te dominent.

Tandis qu'elle reprenait son souffle, ses doigts effleurèrent une gravure sur l'autel brisé. Une lumière douce émana du symbole, et une clameur ancienne résonna dans son crâne.

« **Le sang d'un sacrifice. L'éveil d'une clé. L'héritage des ombres.** »

Elle recula brusquement, choquée.

— Tu as entendu ça ? demanda-t-elle à Cælum.

Il hocha la tête, l'expression grave.

— Ce sanctuaire te reconnaît en tant que descendante de ceux qui l'ont créé, ou du moins à l'image d'une pièce maîtresse dans leur dessein. Tu as réveillé quelque chose en toi... et ici.

Son esprit était encore troublé par la sonorité.

— Je ne veux pas être une « clé ». Je ne veux pas être leur instrument.

— Dans ce cas, ne le sois pas, répondit Cælum. Mais, si tu refuses de te battre, ils s'assureront que tu n'as pas le choix.

Sélène se détourna, l'éclat de ses prunelles fixé sur l'autel. Elle savait que cette aptitude surnaturelle, ces runes, cette voix — tout cela était désormais lié à elle, qu'elle soit d'accord ou non.

Cependant, si elle devait affronter les alchimistes et le destin qu'ils lui avaient imposé, elle le ferait à sa manière.

— Très bien, dit-elle en se retournant vers Cælum. Si je dois apprendre, je veux tout connaître. Pas seulement sur moi. Sur eux aussi.

Cælum esquissa un sourire, satisfait de sa détermination.

— Donc, commençons par les fondations.

Sélène passa le reste de la journée à dompter son pouvoir sans qu'il ne déborde. Elle comprit que les marques sur son corps agissaient d'une façon identique à des conducteurs d'énergie, amplifiant son essence, mais exigeant une concentration absolue pour ne pas la laisser échapper.

Après des heures à juguler son flux mystique, l'apprentie se sentait vidée, bien qu'étrangement éveillée. Ses muscles étaient lourds, comme si elle avait couru une éternité, et pourtant, une douce chaleur pulsait encore dans ses veines, un écho lointain de la magie qu'elle avait invoquée. Sa peau picotait là où les runes brillaient auparavant, une perception à mi-chemin entre la brûlure et le frisson. Elle éprouvait une vulnérabilité troublante, elle avait la sensation que chaque tentative d'utiliser cette puissance avait effacé une couche de protection qu'elle ne savait même pas avoir. Mais, au fond d'elle, une petite étincelle de satisfaction s'embrasait timidement : elle avait tenu bon. Elle avait touché du bout des doigts ce qu'elle était capable d'être, alors que cela l'effrayait encore.

Le crépuscule baignait le sanctuaire d'une lumière dorée, adoucissant les silhouettes inquiétantes qui dansaient sur les murs en granit. Sélène observait le ciel changer de couleur à travers une ouverture dans le toit. Le silence s'installait lentement, brisé seulement par le murmure de l'eau dans le bassin.

Cælum, qui avait passé la majeure partie du temps dans sa forme d'entité obscure, était resté à distance, lui laissant l'espace nécessaire pour assimiler ce qu'elle apprenait.

Mais à mesure que le soleil disparaissait sous l'horizon, un changement subtil se produisit dans l'atmosphère. L'air autour de lui sembla s'épaissir, les reflets noirs qui l'entouraient se rétractèrent progressivement, révélant sa silhouette tangible. Assise sur un banc de pierre, la jeune femme tourna brusquement la tête vers lui.

— Tu redeviens toi, fit-elle remarquer d'un ton neutre, bien qu'une nuance de curiosité y perçât.

Son instructeur se redressa, regardant ses propres mains, qui reprenaient une texture solide, ses doigts s'étirant de façon à tester leur consistance.

— On dirait bien, répondit-il, son timbre plus chaleureux, plus humain.

Sélène le fixa un instant avant de croiser les bras.

— Alors, quoi ? Le jour, tu es une ombre. Et, la nuit, tu reviens à la normale ? C'est ça, ta « malédiction » ? demanda-t-elle, une pointe de sarcasme dans le ton.

Il arqua un sourcil, un sourire quasi imperceptible jouant sur ses lèvres.

— On dirait que c'est un cycle, oui. Mais, je ne le comprends pas entièrement moi-même.

Elle soupira et esquiva son regard, l'arrêtant sur le plancher en dalle.

— Ce serait bien que tu te mettes à saisir ce qui se passe. Moi, je n'ai pas toute ma vie pour m'habituer à ce genre de... transformations.

Cælum s'approcha sans hâte, ses pas discrets sur le sol.

— Tu t'adaptes déjà mieux que je ne l'aurais imaginé, dit-il d'une voix presque apaisante.

La nouvelle magicienne roula des yeux, exaspérée.

— Ne commence pas à me flatter, Cælum. Je ne suis pas d'humeur.

Il sourit imperceptiblement, pourtant son expression était devenue plus sérieuse tandis qu'il s'asseyait sur le banc à ses côtés, à une distance respectueuse.

— Alors, qu'est-ce qui te tracasse ?

Elle resta silencieuse un instant, le regard perdu dans la lumière décroissante. Puis, elle tourna lentement la tête vers lui.

— Pourquoi les alchimistes font-ils ça ? Ces sacrifices humains... Pourquoi ont-ils besoin de tuer des personnes telles que moi ?

Le visage de Cælum se ferma légèrement, ses traits se durcissant.

— Tu veux vraiment savoir ?

— Oui, dit-elle sans hésiter, le ton glacial. J'ai le droit de comprendre la raison pour laquelle ils ont essayé de m'assassiner.

Il inspira profondément et se pencha en avant, les coudes appuyés sur les genoux.

— L'Ordre des Alchimistes, commença-t-il doucement, n'a qu'un seul objectif depuis des siècles : l'immortalité.

Sélène haussa un sourcil, sceptique.

— L'immortalité ? Tu veux dire... ils ne meurent pas ?

— Pas tant qu'ils alimentent leur Pierre Alchimique sacrée.
Elle plissa les paupières, la colère grondant.
— Et pour ça, ils tuent des gens ?
Son acolyte hocha la tête, son expression obscure fixée sur le sol.
— Leur vie éternelle ne fonctionne pas seule. Elle nécessite de l'énergie vitale. Beaucoup d'énergie. À chaque génération, ils sélectionnent un individu qu'ils considèrent comme « pur », quelqu'un dont l'existence n'a pas encore été ternie par le désespoir, la corruption ou la haine.
— Et ils veulent cette force.
— Oui, répondit-il simplement.
Elle se détourna, l'esprit bouillonnant.
— Et cette pierre... c'est quoi, exactement ?
Cælum laissa échapper un souffle lourd.
— Une abomination. Une création interdite qui manipule le cycle naturel de la vie et de la mort. Elle stocke l'énergie vitale volée à chaque sacrifice. C'est elle qui les maintient en vie, mais c'est aussi elle qui les corrompt.
Les yeux de la jeune femme s'étrécirent légèrement.
— Que veux-tu dire ?
— La Pierre n'a pas été conçue pour être utilisée ainsi. Chaque âme qu'elle absorbe laisse une trace, un fragment de souffrance ou de rage. Ces fragments s'accumulent, et la gemme devient instable. Cela se manifeste dans la cité : les forces surnaturelles qui s'en échappent détruisent lentement ce qu'elles prétendent protéger.
Une boule se forma dans sa gorge.

— Alors, ils tuent des innocents pour survivre, tout en ravageant le monde autour d'eux ?

L'ombre aux yeux dorés hocha la tête, les traits durs.

— C'est leur paradoxe. Ils se disent gardiens de l'équilibre, mais ils ne font que semer le chaos.

Un silence s'installa de nouveau. Sélène enroula ses bras autour de son corps, essayant de calmer la tempête qui grondait dans son cœur.

— Et toi, murmura-t-elle, pourquoi tu fais tout ça ? Pourquoi t'opposes-tu à eux ?

Cælum la dévisagea, une lueur indéchiffrable dans les iris.

— Parce que ce cycle doit cesser. Parce que personne ne mérite d'être sacrifié pour leur soif insatiable.

Elle l'observa longuement, cherchant une faille dans ses mots.

— Et parce que je te dois la vérité, ajouta-t-il, plus doucement. Ce rituel… ce qu'ils ont fait, ce n'est pas juste toi qu'ils ont condamné. Ils m'ont également condamné.

— Comment ça ? demanda-t-elle, surprise.

— Ils m'ont lié à cette Pierre il y a des siècles. Pour y parvenir, ils m'ont trahi et m'ont volé une partie de mon essence. Ils m'ont privé de mon humanité.

Un frisson la parcourut et elle ressentit une fureur sourde venant de lui.

— Alors… c'est pour ça que tu deviens une ombre ?

Il acquiesça, la mine sombre.

— Oui. Tant qu'ils existeront, je serai leur prisonnier, incapable de briser ce lien.

— Tout ça pour de l'immortalité, souffla-t-elle, choquée par ses confidences.

— Tout ça pour échapper à la mort, corrigea son sauveur, une pointe d'amertume dans la voix. Mais, au prix de leur âme.

Elle croisa son regard, une nouvelle détermination s'allumant dans ses prunelles.

— Alors, on les arrête. On détruit cette Pierre.

Un mystérieux sourire étira les lèvres de Cælum.

— Ce ne sera pas simple, Sélène.

— Rien de tout ça ne l'est, répliqua-t-elle avec force.

Pour la première fois, elle vit dans ses yeux une lueur d'espoir.

Lorsque Sélène s'éloigna après cette conversation, une myriade de réflexions tourbillonnait dans son esprit. Les révélations de Cælum pesaient lourdement sur son cœur, malgré tout une question plus insidieuse s'y glissait tout autant, s'enroulait autour de ses doutes comme un serpent silencieux : pouvait-elle lui faire confiance ?

Le jeune homme avait l'air sincère, presque vulnérable dans ses mots, cependant une partie d'elle ne pouvait s'empêcher de supposer qu'il jouait sur sa compassion, sur ce lien déroutant qui les unissait. La manière dont il parlait de la Pierre et de son propre châtiment... était-ce seulement une justification pour la pousser à agir ? Avait-il réellement besoin d'elle pour exterminer cette abomination, ou cherchait-il simplement à capter son énergie à son profit ?

Elle sentait encore sur sa peau le poids des runes gravées, le souvenir du flux mystique qu'elle devait apprendre à canaliser. C'était une force qu'elle ne comprenait pas totalement, mais qu'elle savait précieuse, convoitée. Et, si elle n'était qu'un outil pour Cælum, un moyen de rompre ses chaînes ?

Sélène serra les poings, une résolution glacée s'insinuant dans ses pensées. Elle ne le laisserait pas la manipuler, pas sans se battre. Pourtant, elle ne pouvait ignorer l'étrange chaleur qu'elle avait vue dans son regard, ce mélange d'espoir et de douleur si profondément enfouis qu'on pourrait le croire imaginaire.

Elle devait rester sur ses gardes. Suivre son instinct. Même si cela signifiait marcher sur un fil tendu entre méfiance et coopération.

Sélène se trouvait dans une clairière baignée de lumière dorée, un lieu empreint d'une sérénité qu'elle n'avait jamais connue. Cælum était là, toutefois différent de l'ombre qu'il était devenu. Il portait une armure scintillante, gravée de runes semblables à celles qu'elle arborait dorénavant. Ses traits, autrefois impassibles, rayonnaient de bienveillance. Il lui souriait, un sourire rare, chargé d'une douceur qu'elle n'avait jamais associée à lui.

Ils étaient proches, plus proches qu'elle n'aurait cru possibles. Elle détectait la tiédeur de sa paume contre la sienne, un contact tendre et réconfortant. Ses doigts effleurèrent son visage et un frisson, non de peur, mais d'une émotion plus profonde, la traversa. Elle leva les yeux vers lui, son regard captif du sien. Pour la première fois, elle ne voyait pas un parasite ou une ombre pesante, simplement quelqu'un qui portait un poids immense avec une dignité poignante. Ses mains plongèrent dans sa chevelure cuivrée et inclinèrent délicatement sa tête vers lui.

Son expression semblait affamée et il frôla ses lèvres avec les siennes. Une vague de désir la submergea et elle poussa un petit gémissement. Prenant sa réaction pour une invitation, Cælum captura sa bouche de façon plus insistante.

Alors qu'ils commençaient à s'enlacer, une obscurité soudaine envahit la clairière. Des silhouettes encapuchonnées émergèrent des ténèbres, leurs chants graves brisant la tranquillité. Avant qu'elle ne puisse bouger, des phalanges glacées se refermèrent sur elle. Les alchimistes la tirèrent violemment pour la séparer de son protecteur, et elle sentit le sol disparaître sous ses pieds.

Elle vociféra, se débattant avec une panique viscérale, cependant leurs griffes invisibles la maintenaient fermement. Elle fut traînée jusqu'à un autel, un lieu qu'elle reconnaissait désormais trop bien. Ils l'y attachèrent avec des liens impalpables qui brûlaient sa peau. La Pierre Alchimique rougeoyait au-dessus d'elle, exhalant un rayonnement suffocant, et elle perçut l'énergie être arrachée de son corps, goutte après goutte.

Elle tourna la tête, cherchant son sauveur, mais il avait disparu. Elle était seule, ses hurlements se répercutaient dans un vide sans fin. Son cœur battait à tout rompre, chaque pulsation martelant un mélange de terreur et de désespoir.

Quand elle se réveilla, c'était comme si elle sortait d'un gouffre. Haletante, couverte de sueur, elle posa une main tremblante sur sa poitrine pour calmer ses palpitations affolées. La pièce était sombre, et une forme familière se tenait près d'elle.

— Sélène, murmura une voix basse.

Cælum était là, à quelques pas d'elle, ses prunelles accrochées aux siennes. Elle détecta leur lien qui s'éveillait, et avec lui une vague d'émotions : inquiétude, protection, mais également un étrange écho de la peur qu'elle avait éprouvée dans son rêve.

Avant qu'elle ne puisse parler, il s'approcha lentement, s'asseyant à ses côtés. Sans un mot, il toucha délicatement son épaule, telle une ancre dans la tempête qui faisait rage en elle. Sélène sentit une chaleur inattendue se propager dans tout son corps, tranchant violemment avec le froid du cauchemar qui l'avait tenue captive. C'était un contact simple, presque banal, pourtant elle en fut bouleversée. Son cœur, déjà affolé par son réveil brutal, redoubla de virulence. La sensation de sa paume, solide et réconfortante, déclencha un tourbillon de pensées qu'elle n'avait ni prévues ni voulues.

Elle tenta de se concentrer sur sa respiration, cependant l'attraction qu'elle discernait pour lui la perturbait profondément. La proximité de Cælum, son odeur subtile de pierre et de vent nocturne, et cette intensité silencieuse dans son regard éveillaient en elle des perceptions qu'elle ne savait pas gérer.

Sa méfiance habituelle envers lui vacillait sous le poids de ce moment intime. Elle n'arrivait pas à déterminer si ce qu'elle ressentait provenait de leur connexion forcée, ou d'autre chose, quelque chose de plus complexe, plus embarrassant à admettre.

Un frisson la parcourut, seulement ce n'était pas d'effroi. Ses joues s'embrasèrent et elle détourna instinctivement les yeux, espérant qu'il ne remarquerait pas son malaise.

Pourquoi maintenant ? Pourquoi lui ? Cette idée l'irritait autant qu'elle la fascinait, et elle se détesta un peu de ne pas pouvoir maîtriser ces élans indésirables. Mais, malgré ses efforts pour se convaincre du contraire, la vérité s'imposa à elle : une part d'elle voulait qu'il reste là, près d'elle, encore un instant.

Le séduisant guerrier, toujours immobile près de Sélène, discerna le flot d'émotions qui émanait d'elle, à l'image d'un courant d'énergie vibrante dans leur relation. Sa peur initiale s'était transformée en quelque chose de plus complexe, de plus difficile à saisir : un mélange de confusion, d'attirance et d'une pointe de frustration. Cette dernière le fit fugacement sourire, un sourire quasi imperceptible, mais bien là.

Il retira lentement sa main, craignant d'amplifier encore davantage son trouble. Malgré tout, son regard resta fixé sur elle, perçant et curieux. Il ne disait rien, toutefois il ne pouvait ignorer la montée de chaleur dans ses sentiments ni le rouge qui marquait ses pommettes.

Il inclina vaguement la tête, un éclat malicieux dans ses yeux d'or. Il n'avait pas besoin de mots pour comprendre ce qui se passait. Leur lien lui permettait de percevoir plus qu'elle ne voulait avouer. Néanmoins, pour une fois, il choisit de ne pas commenter, comme s'il respectait son embarras.

Cependant, un frémissement d'incertitude traversa Cælum lui aussi. Ce qu'il démêlait n'était pas uniquement un sentiment détaché des émois de Sélène : il y avait une résonance en lui qu'il n'avait pas anticipée, un écho étrange et déroutant.

Il se redressa légèrement, s'efforçant de masquer cette nuance d'hésitation en lui. Puis, d'une voix basse, il murmura simplement :

— Repose-toi. Je veille.

Ce n'était pas seulement une promesse, mais aussi un moyen pour lui de se détourner, de repousser les questions qui montaient doucement dans son esprit.

Pendant les premiers jours, Sélène tâtonna dans l'inconnu, ses tentatives souvent maladroites, quelquefois dangereuses. La connexion à cette nouvelle force était illogique et capricieuse, telle une rivière souterraine qu'elle ne réussissait pas toujours à localiser ou à contenir.

Au début, elle suivait les instructions de Cælum à la lettre : se concentrer sur les runes incrustées sur sa peau, les sentir frémir à l'image de cordes tendues prêtes à vibrer. Mais, chaque essai semblait la dépasser, le flux jaillissant parfois trop brutalement, pareil à un torrent qu'elle n'était pas capable de juguler. Elle percevait ensuite des frissons envahir son être, ses mains tremblaient, et son cœur battait à un rythme effréné, à mi-chemin entre l'exaltation et la peur.

Il y eut des moments où le débit se stabilisa, doux et fluide, coulant dans ses veines comme une lumière dorée. Ces instants étaient rares, fugaces, néanmoins ils lui donnaient un aperçu de ce qu'elle était apte à accomplir si elle parvenait à dompter cette force. Lorsqu'elle réussissait, même de façon minime, elle ressentait une étrange harmonie entre son corps et cette énergie : un sentiment de puissance mêlé à une sérénité inattendue.

Cependant, ces succès étaient souvent suivis de frustration. Un soupçon d'hésitation, une angoisse soudaine et l'équilibre fragile se brisait. Elle devinait alors la magie devenir lourde et brûlante, indomptable. Les marques sur sa peau palpitaient péniblement, et elle devait s'arrêter avant de perdre le contrôle.

Chaque nuit, elle s'endormait épuisée, ses muscles endoloris, sa tête pesante de doutes. Les cauchemars qui la hantaient enchevêtrés à ses rapprochements oniriques avec Cælum l'empêchaient de récupérer sa forme. Pourtant, elle s'accrochait. Il y avait quelque chose dans cette vigueur, une promesse implicite qu'elle pouvait l'utiliser pour protéger, pour créer. Peut-être pour réparer ce qui avait été pulvérisé.

Les jours passèrent, et lentement, elle commença à comprendre. Ce n'était pas une question de force brute ni de domination. C'était une danse subtile, une écoute attentive de cette énergie qui pulsait en elle, une négociation constante. Elle devait apprendre à la respecter, à en suivre les rythmes.

Et bien que ses progrès fussent encore précaires, un sentiment naissait dans son cœur : une conviction qu'elle arriverait, avec du temps, à maîtriser cette lueur et à l'exploiter comme elle l'entendait.

Un soir, alors que Sélène se reposait près du bassin, une douleur fulgurante lui traversa le crâne. Elle porta une main à sa tempe, étouffant un cri, tandis que des images floues se formaient dans son esprit.

Elle se vit, attachée à l'autel du rituel, mais cette fois, les runes brillaient d'une lumière écarlate, non dorée. Autour d'elle, des silhouettes encapuchonnées récitaient des incantations. Leurs tonalités se mêlaient en un chant oppressant.

Puis, l'illusion changea brusquement. Sélène se tenait dans un district en feu, entourée de cadavres. Ses mains étaient couvertes de sang, et ses glyphes luisaient de la même manière que si elles avaient pris vie.

Elle revint brutalement à elle, haletante.

— Tu as vu quelque chose, dit la voix grave de Cælum toute proche.

L'élève assidue releva des yeux hagards vers lui, ses prunelles encore hantées par les hallucinations.

— C'était... un avertissement ? Une vision de l'avenir ?

Il s'agenouilla à ses côtés, son expression indéchiffrable.

— Peut-être les deux. Les runes ne sont pas seulement des outils ; elles sont aussi des miroirs de ce qui pourrait être.

La jeune femme frissonna.

— Ce district... C'était mon district, murmura-t-elle.

Son compagnon imposé ne répondit pas immédiatement, mais la tension dans son regard était palpable.

— Si c'était le cas, alors cela pourrait être un présage. Les alchimistes ne tolèrent pas les échecs. Si leur rituel a échoué, ils reviendront pour s'assurer que tu ne restes pas une menace.

— Donc, ils brûleront tout, souffla-t-elle, d'un ton abattu.

Le lendemain, après un entraînement particulièrement difficile, Sélène posa la question qui l'obsédait depuis sa vision.

— Cælum, pourquoi demeurons-nous ici ? Ce sanctuaire ne pourra pas me dissimuler indéfiniment.

Il se redressa, croisant les bras.

— Dans cet endroit, tu es protégée. Les alchimistes ne peuvent pas te traquer tant que tu es dans ce lieu.

L'apprentie magicienne serra les poings, sa voix vibrante d'émotions contradictoires.

— Mais qu'en est-il de mon district ? riposta-t-elle. Des personnes y vivent encore. Ma mère adoptive, mon amie Mira... Si les sorciers s'en prennent à eux, ce sera ma faute.

Elle s'interrompit, une amertume qu'elle n'avait pas anticipée montait en elle. Elle n'avait pas oublié qu'elles n'étaient pas intervenues, qu'elles n'avaient rien fait pour la protéger durant le rituel. La trahison était un poids, et pourtant, leur sort continuait à la hanter.

Son instructeur sembla hésiter, ce qui était rare.

— Tu n'es pas encore prête. Si nous partons maintenant, nous serons une cible facile.

— Alors quoi ? Je reste là pendant qu'elles paient le prix ? Je préfère mourir en essayant de les défendre plutôt que de me cacher ici, répondit-elle avec une fermeté qui parut le surprendre, ses yeux étincelants de défi et de douleur.

Le silence s'étira. Son nouveau partenaire la fixa longuement, comme s'il pesait ses mots avec soin.

— Très bien. Mais, nous devons être stratégiques. Nous ne pouvons pas simplement retourner dans ton quartier sans savoir ce qui nous attend.

Malgré son accord, Sélène ne put s'empêcher de ressentir un vide amer. Sauver des vies, même celles des proches qui l'avaient laissée derrière, était une nécessité qu'elle ne pouvait pas ignorer. Pourtant, elle se demandait si, au fond, elle avait encore le droit de les considérer comme sa famille.

CHAPITRE 4

Ils quittèrent le sanctuaire quelques jours plus tard, au coucher du soleil. Sélène portait un pantalon de cuir souple sur lequel tombait une tunique simple, mais renforcée par des runes de protection que Cælum avait activées. Il avait développé une brume dense pour masquer notre passage, une magie qu'il se révélait manier avec une aisance inquiétante.

Le chemin fut long et morne. Cælum, constamment ombrageux et énigmatique, marchait aux côtés de la jeune femme, ses sens en alerte.

— Tu as toujours été aussi mystérieux ? l'interpella-t-elle à un moment, brisant le silence.

Il haussa un sourcil.

— Mystérieux ?

— Oui. Tu as l'air d'éternellement tout savoir, mais tu ne partages jamais rien. Qui es-tu vraiment, Cælum ?

Il hésita, un sourire fugace traversant son visage.

— Un être d'ombre, une erreur de l'alchimie ou une malédiction. Cela dépend de qui le demande.

Elle soupira, frustrée.

— Tu as dit que les sorciers t'ont emprisonné après t'avoir trahi. Quel était ton lien avec eux exactement ?

Son regard se posa sur moi, plus intense que jamais.

— Tu n'as pas besoin de le savoir.

Son ton sec la dissuada de le questionner davantage. Mais, elle ne s'avouait pas vaincue pour autant. Elle avait bien l'intention de percer ses secrets un jour prochain.

Sélène profita de cette marche muette pour se remémorer ce que son séduisant professeur lui avait appris la veille.

Il l'avait emmenée à l'abri de l'une des alcôves du sanctuaire, où les murs de pierre semblaient absorber la lumière, créant une atmosphère lourde et silencieuse. Il s'était assis en tailleur sur le sol, indiquant d'un geste à Sélène de faire de même face à lui.

— Ton empreinte surnaturelle est une cicatrice, avait-il expliqué d'un ton grave. Elle vibre tel un signal dans le tissu énergétique du monde. Les alchimistes n'ont qu'à suivre cette trace pour te trouver.

L'apprentie magicienne avait senti un frisson de panique monter, mais elle l'avait réprimé.

— Alors, que dois-je faire pour l'effacer ? avait-elle demandé, sa voix tendue.

Cælum avait secoué la tête.

— Pas l'effacer. C'est impossible. En revanche, tu peux l'envelopper, la masquer. Cela exige de la concentration, de la discipline. Je vais t'apprendre à dissimuler ton aura, à la rendre indétectable.

Il avait posé ses paumes sur ses genoux et avait clos les paupières.

— Commence par prendre une grande inspiration. Sens la magie en toi, cette énergie qui s'écoule à l'image d'une rivière.

Elle avait fermé les yeux à son tour, ses épaules raides. Il avait fallu plusieurs minutes avant qu'elle réussisse à calmer son esprit suffisamment pour percevoir cette force. Lorsqu'elle y était parvenue, ç'avait ressemblé à une tiédeur diffuse sous sa peau, pulsant au rythme de son cœur.

— Bien, avait susurré son partenaire. À présent, suppose que cette chaleur est une flamme. Une flamme que tu tiens dans tes mains.

Sélène en avait visualisé une petite, dorée, brillante et fragile, dans ses paumes.

— Parfait. Maintenant, imagine que tu l'enroules, que tu l'étouffes doucement. Pas pour l'éteindre, juste pour la cacher.

Ç'avait été plus facile à dire qu'à faire. La lueur avait donné l'impression de vouloir éclater, se propager, de même que si elle refusait d'être contenue. Chaque fois qu'elle avait tenté de l'envelopper, elle avait ressenti une résistance, une force vive qui demandait à s'échapper.

— Ne lutte pas contre elle, avait conseillé Cælum, ses mots calmes perçant le voile de sa frustration. Guide-la. Envisage un cocon autour d'elle. Une barrière qui ne l'oppresse pas, mais qui la protège.

La jeune femme avait inspiré profondément, focalisé son esprit. Lentement, elle avait représenté une coquille translucide, comparable à du verre dépoli, se formant autour de l'étincelle. La lumière s'était faite plus douce, plus tamisée, jusqu'à ce qu'elle devienne une lueur discrète à peine apparente.

— Oui, de cette façon, avait murmuré son professeur. Garde cette image. Sens cette clôture transformer une partie de toi.

Sélène avait maintenu la projection mentale, et cela avait exigé un effort constant, comme si elle tenait un équilibre précaire sur une corde raide.

Après ce qui lui avait semblé être une éternité, Cælum avait ouvert les paupières et observé son travail.

— Pas mal pour un premier essai. Mais, tu devras t'entraîner. Une seule distraction, et ta flamme redeviendra visible.

Elle avait relevé les yeux, la respiration saccadée et les muscles tendus. Elle avait compris que dissimuler son aura serait un exercice de chaque instant. Néanmoins, pour la première fois, elle avait senti qu'elle avait un peu de contrôle sur cette partie d'elle-même.

En quelques jours, elle avait bien progressé, mais cela épuisait ses ressources. Elle était bien contente que Cælum puisse s'occuper de masquer son halo avec sa brume dense.

En attendant, elle se concentrait sur le chemin. Le sanctuaire se situait en dehors de la cité et ils avaient marché plusieurs kilomètres au cœur de la forêt environnante avant de parvenir aux remparts.

Grâce aux ombres qui les entouraient, ils avaient pu franchir les portes sans difficulté. Avec l'aide de Cælum, ils avaient navigué secrètement dans la ville en empruntant ses tunnels cachés. C'était plus discret que de traverser différents districts pour accéder au sien. Sélène avait été stupéfaite de découvrir tout ce réseau clandestin dont elle ignorait complètement l'existence.

Quand ils atteignirent enfin les abords de son quartier, une pulsation intense envahit la poitrine de Sélène, comme un écho de la Pierre Alchimique. Le spectacle qui s'offrit à eux confirma ses pires craintes. Des colonnes de fumée s'élevaient au loin, et une odeur de cendres imprégnait l'air.

— Nous arrivons trop tard, bafouilla l'ancienne habitante, le souffle court, se frottant le buste pour tenter de faire disparaître le tiraillement.

Cælum posa une poigne ferme sur son épaule, provoquant le trouble qu'elle ressentait chaque fois qu'il la touchait.

— Pas encore. S'ils sont toujours ici, nous avons une chance.

Ils avancèrent avec prudence, se glissant entre les arbres pour rester cachés. Ce que Sélène vit en arrivant près de la place centrale la glaça jusqu'aux os.

Les alchimistes étaient là, leurs capuchons sur la tête, leurs rangs formant un cercle autour d'un nouvel autel improvisé. Des villageois étaient agenouillés, leurs mains liées, tandis qu'un sorcier à la voix puissante récitait une incantation.

Leur récente victime sentit une rage bouillonner en elle, une chaleur palpitante jaillissant de ses glyphes.

— Ils recommencent, balbutia-t-elle, les poings serrés.

Cælum lui lança un regard sérieux.

— Ne laisse pas ta colère te contrôler. Si tu attaques maintenant, tu pourrais tous les tuer... y compris ceux que tu cherches à sauver.

La jeune femme ferma les yeux, luttant pour maîtriser le flux qui grondait. Quand elle les rouvrit, son timbre était froid et déterminé.

— Alors, dis-moi quoi faire.

Son professeur esquissa un sourire, presque fier.

— Très bien. Respecte mon plan, et ensemble, nous renverserons leur jeu.

Il lui expliqua rapidement sa stratégie. Il utiliserait ses facultés pour semer le chaos et désactiver le bouclier magique qui entourait les alchimistes, tandis qu'elle pénétrerait le périmètre pour interrompre le rituel.

— Et ensuite ? demanda-t-elle.

— Ensuite, tu libères ton pouvoir. Mais, cette fois, canalise-le. Empêche ta rage de te guider, autorise les runes à effectuer leur travail. Elles ont été gravées sur toi pour une raison.

Sélène hocha la tête, bien que la peur lui serrât l'estomac.

— Et si ça rate ?

Elle avait connu plus d'échecs que de réussites pendant ses entraînements et la panique l'envahit.

— Alors je nous sortirai de là, répondit-il calmement. Mais, je ne crois pas que tu échoueras.

Puis, il disparut dans l'obscurité, son corps se dissolvant en une ombre mouvante. Quelques instants plus tard, les torches autour des alchimistes vacillèrent, leurs flammes se transformèrent en un noir étrange avant de s'éteindre complètement.

Les cris étouffés des tyrans percèrent le silence de la nuit.

— Que se passe-t-il ?!

— Quelqu'un a choisi de perturber le rite !

La nouvelle enchanteresse profita de la confusion pour se glisser entre les arbres, le cœur battant à tout rompre. Elle atteignit le cercle et posa une main tremblante sur la barrière invisible qui le protégeait.

Elle perçut une décharge électrique la repousser, mais au même moment, une onde d'ombre jaillit de Cælum, et l'obstacle se brisa comme du verre.

— Maintenant, Sélène !

Mais, elle resta figée, incapable de bouger. La crainte paralysa ses membres, son souffle se coinça dans sa gorge, et sa conscience se brouilla. Un murmure impérieux de Cælum s'infiltra dans son esprit, ramenant son attention à la réalité, la tira de sa transe et lui permit enfin de réagir.

Elle finit par s'élancer sur la place, les runes sur sa peau s'illuminant d'un éclat doré. Les alchimistes se tournèrent vers elle, leurs voix s'élevèrent en un cri collectif de surprise et de colère.

— Traîtresse ! hurla l'un d'eux.

Elle leva les mains en geste de défense, et sentit son pouvoir enfler.

— Non. Victime, corrigea-t-elle, le ton débordant d'une force qu'elle ne reconnaissait pas.

Un flot de magie explosa autour d'elle, jetant plusieurs sorciers par terre. Les liens métalliques retenant les villageois s'effondrèrent avec un bruit assourdissant, et ils se redressèrent, hébétés, mais libres. Sélène était ébahie de ce qu'elle venait d'accomplir, sans l'avoir vraiment décidé. Ses émotions, en ébullition, avaient paradoxalement simplifié sa mission.

Le chef des alchimistes, un homme grand et imposant, pivota dans sa direction, un bâton gravé de runes à la main.

— Tu crois pouvoir nous défier, enfant ? Tu n'es rien de plus qu'un outil, une clé imparfaite !

L'indignation l'inonda, cependant cette fois, elle la canalisa, se souvenant des paroles de son compagnon.

— Peut-être que je suis une clé, mais je ne suis pas à vous.

Le leader frappa le sol avec son bâton, projetant une vague de feu vers elle. Instinctivement, elle leva un bras. Les symboles sur son corps brillèrent plus intensément, absorbant l'énergie et la retournant contre lui sous la forme d'un éclair éclatant.

Le choc fit chanceler le sorcier, pourtant il ne tomba pas.

— Tu ne comprends rien au pouvoir que tu portes ! rugit-il.

— Alors, laisse-moi te montrer, rétorqua-t-elle.

Elle tendit les deux paumes, se concentra comme elle avait appris à le faire, et les marques s'alignèrent, libérant une lumière flamboyante. Une résistance invisible entoura le chef et le plaqua au sol, néanmoins elle s'évapora immédiatement. Sélène n'était pas parvenue à la maintenir. Son cœur manqua un battement, mais Cælum réapparut à ses côtés, l'air satisfait, et immobilisa l'alchimiste avec ses ombres.

— Impressionnant pour une première bataille.

Elle ne répondit pas, tremblante et vidée de son tonus. Elle n'avait pas réussi à se protéger seule. La pseudoguerrière vacilla et le jeune homme la stabilisa. Puis, il lui prit les mains et elle sentit une nouvelle vigueur affluer.

— Que fais-tu ? lui demanda-t-elle, méfiante.

— Je t'ai transmis un peu de ma vitalité. Maintenant, on doit partir, dit-il. Les Gardiens du Sang vont débarquer.

— Les Gardiens du Sang ? Qui sont-ils ?

— Je t'expliquerai plus tard. Accompagne-moi.

Il regroupa les villageois apeurés qui, bien qu'hésitants, les suivirent hors du cercle. Il leur ouvrit un passage pour rejoindre les souterrains, dissimulant leur fuite sous un voile de ténèbres.

Puis, il utilisa ses ombres pour envelopper l'alchimiste asservi, formant des liens noirs et sinueux qui bloquaient ses bras et ses jambes. Le sorcier, même s'il était parfaitement conscient, ne pouvait que se débattre faiblement contre la prise implacable. Les entraves se resserrèrent, le soulevant de terre avec une facilité troublante. Cælum le guida d'un simple geste, et le prisonnier flotta à quelques centimètres de hauteur, silencieusement transporté par la pénombre qui obéissait à la volonté du Veilleur déchu.

Sélène l'observa faire, interloquée, puis se retourna une dernière fois vers son district. Une partie d'elle était soulagée d'avoir sauvé ces personnes, mais une autre savait que ce n'était qu'un début.

Les torches crépitaient, luttant contre l'humidité des tunnels. L'air était lourd, imprégné de l'odeur de terre et de pierre.

Enfouie dans l'obscurité pesante des galeries, Sélène avançait à pas feutrés, jetant des regards furtifs à l'alchimiste entravé qui flottait derrière eux, enserré par les ombres mouvantes de Cælum. Les villageois, terrifiés et silencieux, marchaient en file, leurs pas résonnant faiblement contre les parois suintantes. L'air était épais et poisseux, chargé d'une tension palpable.

Une nervosité croissante s'empara d'elle. Elle avait laissé passer plusieurs minutes sans parler, mais l'incompréhension et la frustration la consumaient de l'intérieur. Elle s'approcha finalement de son compagnon, son regard brillant d'un mélange de colère et d'incertitude.

D'une voix basse, à peine un souffle, elle murmura :

— Pourquoi l'as-tu pris ? Tu ne m'as même pas consultée. Tu fais toujours tout sans rien expliquer.

Le jeune homme tourna légèrement la tête, sans ralentir. Ses yeux dorés étincelaient d'un éclat sombre, presque insondable, dans la pénombre.

— Pas ici, répondit-il sur un ton identique. Les murs ont des oreilles, et ce n'est pas le moment d'épiloguer.

Mais, Sélène n'était pas prête à reculer, bien qu'elle sentît son cœur s'emballer à l'idée de s'opposer à lui. Elle reprit, la voix encore plus basse, un chuchotement rauque chargé de méfiance et d'un soupçon de douleur :

— Tu n'as jamais besoin de mon avis, pas vrai ? Tout ça, c'est juste ton plan, et moi... je suis censée suivre ? Faire ce que tu veux ?

Cælum s'arrêta un instant, un éclair d'agacement passant furtivement sur son visage avant de disparaître.

— Ce n'est pas ça, Sélène, contesta-t-il, le timbre plus doux cette fois. Je te protège. Et, dans certains cas, il faut agir vite.

Elle serra les poings, sentant la colère couver. En réalité, l'irrésistible attraction qu'il exerçait sur elle l'irritait profondément. Elle détourna les yeux, mais pas avant de marmonner :

— Et moi, qui me protège de toi ?

Un bref silence tomba entre eux, et Cælum reprit la marche sans répondre, laissant Sélène en proie à ses pensées tumultueuses. Elle suivit, ruminant ses doutes, incapable de faire taire les palpitations affolées dans sa poitrine chaque fois qu'elle croisait son regard.

— On ne peut pas rester ici trop longtemps, soupira-t-il. Ces tunnels ne sont pas sûrs.

Elle acquiesça, bien que son esprit fût ailleurs. Le poids de la responsabilité qu'elle portait semblait écrasant. Elle avait sauvé ces âmes, mais pour combien de temps ? Ces gens qui l'avaient trahie, malgré qu'ils aient fait partie de son foyer. Même si elle s'inquiétait de ne pas apercevoir sa mère et Mira, elle remit à plus tard de partir à leur recherche, supposant qu'elles se fondaient dans la foule.

— Là, fit-elle en indiquant une cavité plus large dans la roche, un endroit où les fugitifs pourraient se reposer et reprendre haleine.

Ils s'y installèrent, les mères rassemblant leurs enfants et les vieillards s'asseyant avec difficulté.

— Que faisons-nous maintenant ? murmura-t-elle à son allié en revenant près de lui.

Mais, avant qu'il ne réponde, un bruit de pas précipités troubla la paix de la caverne sombre. Sélène se redressa brusquement, le cœur battant à tout rompre.

— Reculez! ordonna Cælum en se plaçant devant elle, ses pupilles révélant une lueur menaçante.

Des silhouettes émergèrent des ombres : cinq individus, armés de dagues et de bâtons de fortune, le visage partiellement couvert par des foulards. Ils donnaient l'impression d'être aussi surpris de les voir qu'eux de les rencontrer.

— Qui êtes-vous ? gronda un homme en tête, son timbre rauque et soupçonneux.

La jeune femme leva des mains tremblantes en signe d'apaisement, sur ses gardes.

— Nous avons fui la surface, dit-elle d'une voix chevrotante. Ces personnes sont des villageois. Nous les avons sauvés des alchimistes.

L'individu fronça les sourcils, scrutant le groupe d'un œil critique. Puis son attention se fixa sur Cælum et sur le sorcier immobilisé.

— Sauvés ? répéta-t-il avec méfiance. Vous voulez nous faire croire ça ? Alors qu'un Échappé vous accompagne ?

Cælum avança d'un pas, sa présence imposante suffisant pour rendre les étrangers nerveux.

— Imaginez ce que vous souhaitez, mais nous n'avons pas de temps à perdre avec des soupçons inutiles, lança-t-il froidement. Et, je ne suis pas un Échappé.

— Je vous confirme que ce n'est pas un Échappé. Comment serait-il entré dans la cité avec la barrière qui la protège de ces créatures ?

— Alors pourquoi est-il... comme ça ? insista-t-il en le désignant du menton.

— Les alchimistes lui ont volé une partie de son essence vitale, riposta-t-elle tandis que Cælum la dévisageait avec une expression désapprobatrice.

Sélène pouvait discerner son irritation.

Le chef des inconnus échangea un coup d'œil avec ses camarades. Après un instant de pause tendu, il abaissa légèrement son arme.

— Si c'est vrai... vous feriez mieux de venir avec nous. Vous n'êtes pas en sécurité ici.

Elle plissa les yeux, sceptique.

— Pourquoi nous faire confiance, dans ce cas ? interrogea Cælum.

L'étranger eut un sourire en coin.

— Parce que si vous êtes réellement des ennemis des tyrans de ce monde, vous pourriez nous être utiles.

Ils acceptèrent l'offre avec prudence. Le groupe les dirigea à travers un dédale de tunnels, les conduisant petit à petit profondément sous la cité. Les fugitifs restaient silencieux, leur peur palpable. Sélène était de plus en plus mal à l'aise, se demandant s'ils avaient eu raison de les suivre. Après un long moment, l'obscurité s'éclaira doucement : des lanternes étaient suspendues à des arches de pierre, laissant apparaître une immense entrée sculptée à même la roche.

— Bienvenue au *Refuge*, déclara l'inconnu en écartant les bras.

La vue qui s'offrait à eux était étonnante. Une petite société s'était développée au creux de la terre. Des habitations rudimentaires étaient creusées dans les parois, reliées par des ponts de bois et des escaliers improvisés. Une rivière souterraine traversait l'excavation, alimentant un système ingénieux de canaux.

Sélène sentit un élan d'espoir malgré elle.

— C'est... impressionnant, s'exclama-t-elle.

L'homme fit un signe à ses acolytes, qui prirent différents chemins.

— Suivez-moi. Notre dirigeant voudra vous parler.

Ils parcoururent le village enfoui sous les regards inquisiteurs des habitants, jusqu'à une grande structure taillée dans la pierre au centre de la caverne. À l'intérieur, un individu âgé les accueillit, assis derrière une table simple, un plan détaillé de la ville étalé devant lui.

— Voici Eldrin, le chef de notre communauté, annonça leur guide.

Eldrin leva les yeux, son visage marqué par la maturité et l'expérience.

— Vous avez amené des étrangers chez nous, Tharic ?

— Ils disent avoir sauvé des villageois des alchimistes, répondit Tharic. Je pense qu'ils pourraient nous être utiles.

Les prunelles acérées du vieil homme sondèrent Cælum puis le sorcier entravé.

— Expliquez-vous, dit-il humblement, sa voix grave emplissant la pièce.

Sélène jeta un coup d'œil à son partenaire avant de s'avancer.

— Nous avons défendu ces gens contre un groupe d'alchimistes qui les auraient tués pour un rituel. Nous cherchons un moyen de les protéger... et de mettre fin à tout ça.

Eldrin sembla peser ses paroles, son expression indéchiffrable.

— Mettre fin à tout ça ? répéta-t-il, un éclat d'intérêt au fond de ses iris. Savez-vous seulement ce que cela implique ?

— Pas encore, admit-elle. Mais, je crois que nous avons besoin d'alliés. Et, nous avons maintenant une source d'informations.

Un sourire discret étira les lèvres du vieil homme.

— Alors peut-être que vous avez trouvé les bons.

Tharic réapparut quelques instants plus tard pour les conduire à travers le dédale de galeries et de ponts suspendus qui formaient le *Refuge*. Des regards curieux, parfois méfiants, les suivaient, mais personne ne prononça un mot. L'espace regorgeait de vie : des forges improvisées, des ateliers dans lesquels des artisans fabriquaient des outils rudimentaires, et même de petits jardins où des plantes étranges poussaient sous la lumière artificielle de cristaux phosphorescents.

— Ici, dit Tharic en s'arrêtant devant une habitation exiguë incrustée dans le granit. Vous pourrez vous reposer.

Il ouvrit la porte en bois grossièrement coupée, révélant une chambre modeste, mais fonctionnelle : deux lits étroits recouverts d'édredons usés, une table basse avec une bougie et un broc d'eau posé sur une étagère.

— Si vous êtes en quête d'un endroit pour... garder votre « invité », continua-t-il en désignant l'alchimiste toujours immobilisé par les ombres de Cælum, je vous conseille la cellule en bas du couloir. C'était autrefois une cache pour les criminels exilés. Elle est solide, avec des barreaux renforcés, et surtout, elle bloque toute utilisation de magie.

Il pointa du doigt une ouverture à peine visible dans l'obscurité du tunnel adjacent. Sélène et Cælum échangèrent une œillade brève avant que ce dernier ne fasse un signe affirmatif.

— Eldrin a requis que vous soyez présents à une réunion demain soir, reprit-il. On discutera des prochaines étapes. En attendant, reposez-vous. Vous en aurez besoin.

Sélène hocha la tête, épuisée.

— Merci. Puis-je vous demander un service ?

— Je vous écoute, déclara-t-il, suspicieux.

— Les habitants que nous avons ramenés, ma famille doit se trouver parmi eux, mais je n'ai pas eu le temps de la chercher. Pourriez-vous m'indiquer où vous les avez conduits s'il vous plaît ?

— Je vais me renseigner et je vous tiendrai au courant.

— Je vous remercie.

Tharic leur lança un ultime regard, son expression indéchiffrable, avant de disparaître dans la pénombre des galeries.

Les ombres enveloppèrent l'alchimiste un peu plus étroitement alors qu'ils se dirigeaient vers la cellule. Ils y déposèrent leur prisonnier.

— Nous l'interrogerons demain, indiqua Cælum.

Sélène ne répondit pas, une fois de plus, il décidait seul. Elle avait réellement la sensation d'être uniquement un pion pour lui.

Ils regagnèrent la chambre qui leur avait été allouée. Dès la porte refermée, la jeune femme laissa échapper un long soupir, s'affalant sur le lit le plus proche.

— Un vrai matelas, s'extasia-t-elle, les yeux fermés. Je pensais que je n'en reverrais jamais.

Son compagnon, debout près de la table, alluma la bougie d'un geste habile avant de se tourner vers elle.

— Ne te détends pas trop. On ne peut pas encore leur faire confiance.

Elle ouvrit un œil, le dévisageant.

— Parce que tu crois réellement que je suis capable de faire confiance à qui que ce soit après avoir été trahie ? Je n'ai confiance ni en toi ni en eux.

— Moi, c'est vivre si longtemps sous le joug des alchimistes qui m'a appris à être prudent.

Un silence s'installa seulement troublé par le crépitement de la bougie. Après un instant, Sélène se redressa un peu, l'expression sérieuse.

— Cælum… Qu'est-ce que c'est, un Gardien du sang ?

Il s'arrêta, les traits se fermant légèrement. Puis il s'assit sur l'autre lit, ses prunelles dorées fixant la flamme vacillante.

— Les Gardiens du sang sont l'arme la plus redoutable des alchimistes, dit-il lentement. Une troupe d'élite formée dès l'enfance à obéir aveuglément à l'Ordre. Ils sont fanatiques, loyaux jusqu'à la mort.

Elle frissonna.

— Et qu'est-ce qui les rend si spéciaux ?

— Ils ne sont pas que des soldats ordinaires, poursuivit-il. L'Ordre a perfectionné des enchantements alchimiques pour les transformer. Leur force et leur endurance surpassent celles de n'importe quel humain. Ils sont presque insensibles à la douleur, et...

Il s'interrompit, hésita.

— Et ?

— Ils ont été modifiés pour percevoir la magie. En particulier les liens magiques.

Sélène sentit son estomac se nouer.

— Donc... ils pourraient discerner... notre lien ?

Il hocha la tête.

— Oui. Et, s'ils nous trouvent, ils ne s'arrêteront pas tant que nous ne serons pas morts.

Ses doigts nerveux peignèrent distraitement ses cheveux, cherchant à dompter la horde de ses pensées tourmentées.

— Comment peut-on leur échapper, dans ce cas ?

— C'est là que la Toile Vivante entre en jeu.

Elle fronça les sourcils.

— Quoi ?

Cælum se leva, se mettant à arpenter la pièce avec agitation.

— La Toile Vivante est l'une des créations les plus dangereuses des alchimistes. Les murs de la cité sont gravés de runes mystiques, activés par l'énergie de la pierre sacrée. Il s'étend partout : dans les rues, les bâtiments, et même les tunnels comme ceux-ci.

— Et que fait-elle ?

— Elle leur permet de surveiller les mouvements des êtres humains. De ressentir l'usage de la magie.

Une vague de panique submergea Sélène.

— Autrement dit, ils savent où nous sommes ?

— Pas nécessairement, la rassura-t-il. Nous avons brouillé nos empreintes depuis le rituel, et le *Refuge* est hors de portée de la Toile. Or, chaque fois que nous utilisons le flux magique, nous risquons de les alerter. Pour l'instant, je fais en sorte de nous camoufler avec mes ombres, mais sur le long terme, cela pourrait m'affaiblir.

Elle se redressa complètement, le cœur battant.

— Du coup… tout ce que nous faisons doit être calculé ?

— Exactement, dit-il en s'arrêtant pour croiser son regard. C'est pour ça que je t'entraîne. Tu dois apprendre à canaliser ta magie sans laisser de trace.

Elle acquiesça, tentant de masquer son anxiété.

— Et le *Refuge* ? Est-ce réellement sûr ici ?

— Autant que possible, avoua-t-il. Hélas, rien n'est certain tant que les alchimistes gouvernent cette cité.

Un silence pesant s'installa, alors qu'elle digérait ces révélations.

— On n'aura jamais de répit, pas vrai ? murmura-t-elle finalement.

Cælum lui jeta un coup d'œil empreint d'une étrange douceur, une rare expression de compréhension dans ses iris.

— Pas tant que cette Pierre Alchimique existera.

Elle le fixa un instant, cherchant une force qu'elle ne pensait pas posséder.
— Alors, on la détruit, affirma-t-elle.
Il esquissa un sourire en coin, tandis que son visage restait grave.
— Ce sera plus facile à dire qu'à faire. Mais oui, Sélène. C'est notre seul espoir.
La clarté ténue des cristaux accrochés aux parois des tunnels s'atténuait progressivement. Assise sur le bord de son lit, Sélène sentit un léger frisson parcourir l'air. Elle pivota vers son trop séduisant compagnon, debout près de la table, où il scrutait les recoins sombres.
Une vibration familière lui enjoignit de demeurer attentive. En une minute, la lueur éthérée de son corps s'évanouit, et il se matérialisa entièrement. L'obscurité autour de lui sembla s'estomper, comme si la pièce reconnaissait sa véritable existence.
La jeune femme avala péniblement. Malgré l'austérité de ce petit espace souterrain, son apparence dégageait quelque chose de magnétique, quasi irréel. Sans un mot, il retira sa chemise sombre, révélant son buste, marqué de cicatrices anciennes et de runes énigmatiques qui paraissaient parfois luire faiblement dans la pénombre.
— Tu te mets à l'aise, je vois, marmonna-t-elle, feignant une désinvolture qu'elle ne ressentait pas.
Il inclina la tête dans sa direction, son expression neutre.
— Ces vêtements sont inconfortables pour dormir, expliqua-t-il modestement en déposant l'habit sur la chaise.
Puis il se glissa sur le lit étroit libre, trop proche du sien.

Elle se détourna, mais ce qu'elle venait d'observer collait obstinément à sa rétine. Son torse n'était pas simplement sculpté par une vie de combat ; il racontait une histoire. Les stigmates qui parsemaient sa peau étaient des preuves de batailles qu'elle n'osait imaginer. Les motifs complexes qui serpentaient sur ses épaules et le long de ses bras suggéraient qu'ils étaient presque vivants, comme si une magie ancestrale y était encore enfermée.

— Tu comptes rester debout toute la nuit ? questionna-t-il nonchalamment en rompant le silence.

Sélène réalisa qu'elle était toujours assise, immobile, et se força à se coucher.

— Non, bien sûr que non, répondit-elle sèchement, en tirant la couverture jusqu'à son menton.

Le calme revint, mais il était différent cette fois. Chargé.

Elle contemplait la voûte de pierre, perdue dans un tourbillon de pensées. Elle était consciente de chaque mouvement de Cælum, de sa respiration régulière, de la chaleur de sa présence. Le drap rugueux irritait sa peau, cependant ce n'était pas la cause de son trouble.

Elle ferma les paupières, espérant que le sommeil viendrait rapidement. Pourtant, dès qu'elle relâchait son attention, son esprit revenait inévitablement à lui. À sa voix, à son regard, à cette façon qu'il avait de la protéger sans jamais le dire explicitement.

Elle pestait contre elle-même. Comment pouvait-elle ressentir cette attirance pour quelqu'un tel que lui ? Il était une énigme, un homme dont les motivations demeuraient floues, et elle était liée à lui contre sa volonté.

Cependant… il y avait cette douceur rare qu'il laissait parfois entrevoir. Ce sourire en coin qu'elle n'arrivait pas à ignorer.

Elle soupira discrètement, persuadée qu'il dormait.

— Tu es agitée, susurra-t-il subitement.

Les yeux de Sélène s'ouvrirent brusquement, et elle pivota vers lui. Il était étendu sur le dos, les bras croisés sous sa tête, fixant le plafond.

— Non, absolument pas, mentit-elle.

— Tu n'es pas très douée pour cacher ce que tu éprouves, Sélène, dit-il sans bouger.

Elle se redressa légèrement sur un coude, piquée au vif.

— Et toi, tu es doué pour tout deviner, n'est-ce pas ?

Il reporta son attention sur elle, un sourire imperceptible aux lèvres.

— Pas la peine d'être voyant pour savoir que tu réfléchis trop. Et, je te rappelle que je ressens tes émotions.

Prête à répliquer, elle se trouva tout à coup à court de mots. Il avait raison, bien sûr.

— Repose-toi, continua-t-il, se radoucissant un peu. Tu en as besoin.

Elle se rallongea, frustrée, mais une question lui brûlait les lèvres.

— Pourquoi tu fais ça ? demanda-t-elle soudain, brisant le silence.

— Je fais quoi ?

— Être… ainsi. Une seconde, tu es glacial, lointain. L'autre, tu es… différent.

Il ne répondit pas tout de suite.

— Peut-être parce que j'ignore encore ce que je suis censé être avec toi, murmura-t-il finalement.

Sa réplique la laissa sans voix. Elle tourna la tête pour l'observer, mais il fixait de nouveau le plafond, son expression impénétrable.

Elle finit par fermer les yeux, le cœur battant, troublée en même temps par ses paroles et par sa proximité. Le sommeil mit longtemps à venir, emportant avec lui ses doutes et ses désirs inavoués dans un tourbillon confus.

Le matin terne baignait le *Refuge* dans une lumière maussade, rehaussée seulement par le scintillement chancelant des cristaux. Le bourdonnement constant des discussions et des activités des rebelles emplissait les lieux. Sélène traversa la grande salle commune, ses bottines frappant doucement le sol de pierre, les pensées tourmentées.

Tharic lui avait indiqué quelques minutes plus tôt la section du village abritant Mélas, le chef des Anciens de son district. L'idée de le retrouver lui avait donné une lueur d'espoir : peut-être aurait-il des nouvelles de Mira, sa sœur, ou de sa mère adoptive.

Elle le localisa enfin, assis près d'un feu de fortune, ses traits burinés par l'âge et la fatigue. Son esprit semblait errer ailleurs, mais il redressa la tête en entendant ses pas.

— Mélas ! s'exclama-t-elle en accourant.

Le vieil homme la dévisagea, sa bouche s'étirant en un sourire chargé de tristesse.

— Sélène... Je n'arrive pas à croire que tu sois là.

Il se leva avec difficulté, lui tendant les bras. Elle esquiva adroitement son étreinte, mal à l'aise, le poids de sa trahison pesant encore sur ses épaules.

— Vous allez bien ? Et, les autres ? Ma mère adoptive, Mira... sont-elles ici ?

Le visage de Mélas s'assombrit, et son regard se détourna.

— Non, ma petite. Elles ne sont pas avec nous.

La jeune femme sentit son estomac se nouer.

— Mais... elles n'étaient pas là, lors du rituel ?

— Non.

— Vous êtes sûr ?

— Certain, hélas, soupira Mélas en hochant la tête. Ta mère et Mira n'étaient pas dans le village quand... tout est arrivé. Je crois qu'elles ont été emmenées par les alchimistes avant que tout ne commence.

Elle blêmit, reculant d'un pas, le souffle court.

— Non... ça ne peut pas être vrai. Pourquoi les auraient-ils enlevées ?

Mélas lui posa une main sur l'épaule, ses traits débordant de pitié.

— Les sorciers prennent ceux qu'ils considèrent comme utiles à leurs expériences. Mira... elle est jeune et pleine de vie, de même que toi. Et, ta mère adoptive... elle a un savoir précieux sur les plantes et les remèdes. Peut-être les ont-ils jugés dignes d'être capturées.

Elle sentit son cœur se serrer. Une rage sourde montait en elle, mêlée de peur.

— Je dois les retrouver, balbutia-t-elle.

Mélas inspira profondément, son ton se faisant presque suppliant :

— Sélène, écoute-moi. Ces monstres sont rusés. Ils savent ce que tu es devenue. Si tu pars à leur recherche, tu tomberas dans un piège.

Avant qu'elle ne puisse répliquer, une voix glaciale coupa l'air.

— Il n'a pas tort.

Elle tourna la tête pour voir Cælum, adossé à une colonne, ses bras croisés. Il avait écouté la conversation en silence, ses yeux sombres fixés sur Mélas.

— Que veux-tu dire ? demanda-t-elle.

— Il espère que tu te jettes dans la gueule du loup, répondit-il d'un ton acerbe. C'est évident.

Mélas fronça les sourcils.

— Je ne ferai jamais ça, grogna-t-il. Je suis un des siens.

Cælum s'avança lentement, son attention rivée sur le chef des Anciens.

— Peut-être. Ou peut-être vois-tu en elle un moyen de négocier avec les alchimistes. Une étincelle d'espoir pour sauver les autres, même si cela signifie sacrifier Sélène.

— C'est absurde ! s'indigna Mélas, le visage rouge de colère.

Sélène intervint, sa voix chancelante, mais inébranlable.

— Assez ! Cælum, ça suffit. Mélas ne ferait jamais une chose pareille.

Il en vint à l'examiner attentivement, son expression adoucie gardant une lueur de méfiance.

— Probablement. Mais, ne sois pas aveugle, Sélène. Ton pouvoir attire la cupidité et la perfidie. Les alchimistes ne sont pas les seuls à vouloir t'utiliser. Et, tu sembles oublier qu'il t'a déjà trahi une fois, quand il t'a livrée pour le rituel.

Le silence s'étira. Une fissure venait de se creuser dans son lien avec Mélas, résultat de la suspicion insidieuse plantée par Cælum. Malgré ses incertitudes, elle était consciente qu'il existait un fond de vérité dans ses paroles : elle devait se montrer prudente. Effectivement, Mélas n'avait rien fait pour la secourir lorsqu'elle était enchaînée sur l'autel du temple.

— Je ne me laisserai pas prendre au piège, articula-t-elle durement. Mais, je ne les abandonnerai pas non plus.

Elle s'éloigna, quittant Mélas et Cælum, une tempête d'émotions tourbillonnant en elle.

Son partenaire la rejoignit rapidement.

— Il est temps d'aller interroger notre invité, déclara-t-il.

Dans la cellule gelée et sombre, Cælum fit un pas en avant, ses ombres se resserrant autour de l'alchimiste ligoté. Sélène resta en retrait, son cœur battant plus vite à chaque mouvement brusque de son étrange allié. Bien qu'elle ait conscience qu'ils étaient en quête de réponses, elle ne parvenait pas à endiguer le malaise croissant en elle.

Le sorcier, un homme au visage marqué par les années et les épreuves, gardait les lèvres pincées. Ses yeux défiants glissèrent sur ses geôliers, mais il ne dit rien.

— Tu sais qui elle est, lança Cælum d'une voix basse et acérée. Tu sais pourquoi ils la voulaient. Et, tu vas nous le dire.

Pas de réaction. Il claqua des doigts, et une ombre froide et tranchante se referma sur la jambe du prisonnier, le faisant crier.

— Je peux rendre cette douleur insignifiante comparée à ce que tu as déjà vécu, gazouilla le tortionnaire. Parle.

— Je ne dirai rien, cracha l'alchimiste, la mâchoire crispée. Vous êtes condamnés de toute façon.

Sélène détourna les yeux, et sa respiration se fit plus hachée quand l'air devint lourd de tension. La voix de Cælum s'insinua alors dans sa tête, calme, mais inflexible :

Reste forte. Tu dois savoir la vérité. Elle sursauta en le regardant.

Il intensifia la pression des ombres, et l'alchimiste finit par céder, haletant.

— D'accord, d'accord... Je vais parler !

Le jeune homme desserra légèrement son emprise. Le prisonnier cligna des yeux pour s'échapper un instant, cherchant ses mots.

— La fille... elle est un Réceptacle. Un conduit. Une ancre capable de canaliser et de stabiliser l'essence des entités comme toi.

Ses cils se relevèrent et dévoilèrent une étincelle de triomphe.

— Vous êtes connectés. Elle est la lumière qui empêche tes ombres de te consumer. Mais, ce lien a un coût. Chaque fois qu'elle l'utilise, c'est sa vie qu'elle brûle. Trop, et elle disparaîtra.

Le cœur de Sélène se serra. Ces mots expliquaient pourquoi elle s'était sentie vidée après leur confrontation avec les alchimistes, pourquoi son pouvoir semblait dévorer une partie d'elle-même.

— Et si elle disparaît ? demanda Cælum d'une voix glaciale.

Le sorcier esquissa un sourire amer.

— Alors, tu seras aspiré par le néant. Vous êtes les deux faces d'une même pièce. L'un ne peut pas survivre sans l'autre.

Un calme écrasant s'abattit sur la cellule. Sélène sentit ses jambes trembler sous le poids de cette révélation. Son compagnon resta immobile, mais elle perçut une tempête intérieure derrière son assurance apparente.

Je ne te laisserai pas disparaître, entendit-elle dans un murmure à travers leur connexion.

Elle ferma les yeux, tentant de contenir le tumulte d'émotions qui l'envahissait : la peur, la colère, et quelque chose de plus profond qu'elle n'arrivait pas encore à identifier.

L'espace dans lequel la réunion se tenait ressemblait à une ancienne caverne naturelle, aménagée en une sorte d'amphithéâtre rudimentaire. Les rebelles étaient regroupés, formant un cercle autour d'une table chargée de cartes, de documents froissés, et de cristaux lumineux projetant une lueur pâle. Eldrin se situait au centre, entouré de ses lieutenants, son regard perçant balayant les visages de l'assemblée.

Cælum et Sélène, un peu en retrait, observaient en silence. La jeune femme se sentait nerveuse. La tension dans la salle était palpable alors qu'Eldrin, leader des insurgés, fixait les nouveaux arrivants de ses orbes captivants. Les chuchotements des autres participants s'éteignirent progressivement, et Eldrin croisa les bras, une expression aussi méfiante que curieuse sur les traits.

— Vous convoitez notre aide, nos ressources, et peut-être nos vies, commença-t-il gravement. Expliquez-nous pourquoi nous devrions vous faire confiance.

Cælum, adossé contre un pilier de pierre, se redressa lentement. Son ombre parut s'étendre derrière lui, un écho de son pouvoir qui fit frissonner les personnes les plus proches.

— La question est légitime, admit-il d'un ton égal. Cependant, avant que j'y réponde… j'aimerais savoir pourquoi, moi, je devrais vous faire confiance.

Un murmure surpris parcourut le public. Eldrin arqua un sourcil, intrigué.

— Nous n'avons rien à prouver à quelqu'un comme toi, répliqua Kael, le second d'Eldrin, en serrant les poings.

— Et pourtant, c'est ce que je ressens aussi, rétorqua Cælum, un sourire froid sur les lèvres. Vous me voyez tel un monstre, une aberration. Vous vous méfiez de moi, de la même façon que je me méfie de vous. Nous sommes deux factions brisées, chacune prête à combattre pour sa propre survie. Alors pour quelle raison devrais-je croire que vous êtes différents des alchimistes que vous détestez ?

Le silence retomba, lourd et oppressant. Eldrin plissa les yeux, jaugeant l'homme devant lui.

— Dans ce cas, nous sommes dans une impasse, déclara-t-il calmement.

Restée en retrait jusque-là, Sélène s'avança.

— Nous avons tous un motif de nous battre, dit-elle avec détermination. Vous, pour votre peuple. Nous, pour détruire la Pierre Alchimique et mettre fin à cette tyrannie. Ce but commun ne suffit-il pas ?

Eldrin tourna son attention vers elle, ses traits adoucis par un semblant de curiosité.

— Peut-être, mais les mots ne suffisent pas. Nous avons perdu trop de partisans à cause de fausses alliances.

Cælum haussa tranquillement les épaules.

— Par conséquent, établissons des règles. Nous sommes tous conscients du danger que représente cette collaboration. Cela étant dit, si nous voulons réussir, nous devons avancer. Pas à pas.

Eldrin considéra ses paroles un moment, puis hocha lentement le crâne.

— Très bien. Si vous êtes prêts à démontrer que vous êtes dignes de notre confiance, nous le sommes aussi. N'oubliez pas que si vous choisissez la trahison, notre réaction sera implacable.

Un mouvement de tête presque imperceptible accompagna le regard glacial de Cælum.

— Ce sentiment est réciproque.

Sélène observa l'échange avec un mélange de soulagement et de tension. Le fragile compromis qui venait d'être trouvé serait difficile à maintenir, néanmoins, c'était un début.

— Bien, continua Eldrin en tapant légèrement sur la table pour attirer l'attention. Nous allons discuter des priorités de nos prochaines actions. Mais, avant d'aller plus loin, nous devons parler de ce qui pourrait nous donner une chance réelle contre l'Ordre.

Il pivota vers les nouveaux venus.

— Les Archives Interdites.

Un brouhaha discret anima l'auditoire.

— Vous prenez des risques inutiles, grogna Kael. Nous devrions concentrer nos efforts sur les camps d'esclaves, pas sur une bibliothèque piégée.

— Ces « camps », comme tu les appelles, sont surveillés par des Gardiens du Sang, rétorqua Eldrin avec colère. Si nous voulons libérer qui que ce soit, nous avons besoin d'appréhender leurs faiblesses. Et, les réponses se trouvent dans les Archives.

Sortant de sa réserve, Sélène se redressa soudain, le cœur battant.

— Attendez, intervint-elle, son timbre vibrant dans l'air. Je ne comprends pas pourquoi vous souhaiteriez risquer tant pour délivrer ces gens. Ces zones confinées sont faites pour les criminels, non ? Ceux qui violent les lois des alchimistes.

Kael releva brusquement la tête, ses yeux brillants d'animosité contenue.

— Qui t'a dit ça ? Les tyrans eux-mêmes ?

Sélène hésita, prise de court par la virulence de son ton.

— Eh bien... oui. C'est ce que tout le monde sait.

Un rire dédaigneux échappa à Kael.

— « Ce que tout le monde sait » ? Les alchimistes contrôlent tout, y compris ce que tu es autorisée à croire. Ces centres ne contiennent pas de criminels, demoiselle. Ils sont remplis de citoyens innocents, arrachés à leur foyer, leurs familles, leurs vies.

Eldrin posa une main apaisante sur l'épaule de son lieutenant avant de poursuivre, plus calmement.

— Les sorciers se servent de ces zones de réclusion pour deux choses. D'abord, pour alimenter leur Pierre Alchimique. Chaque esclave, chaque personne enfermée là-bas, est une source d'énergie vitale. Ils les drainent lentement, parfois sur des années, jusqu'à ce qu'ils soient réduits à des coquilles vides.

Un frisson fit tressaillir Sélène.

— Et la seconde raison ? murmura-t-elle.

Eldrin détourna brièvement les yeux, comme s'il peinait à articuler sa réponse.

— Ils les utilisent pour leurs expériences. Les alchimistes cherchent constamment à améliorer leurs techniques, à renforcer leur Pierre, à perfectionner leurs sortilèges. Les esclaves sont leurs cobayes.

Kael reprit, sa voix tremblant d'indignation :

— Tu as entendu parler de ces « monstres » que certains habitants jurent avoir vus dans les rues ? Des aberrations cachées par les sorciers ? Ce sont les résultats de leurs expérimentations. Des corps brisés, tordus par leur soif de pouvoir.

Elle sentit son cœur se serrer.

— Mais... pourquoi personne ne dit rien ? Pourquoi tout le monde accepte ça ?

Eldrin plongea ses iris dans les siens, son regard aussi inflexible que l'acier.

— Parce qu'ils nous maintiennent dans la peur et l'ignorance. Ils maîtrisent tout, et ceux qui osent demander des explications disparaissent.

Un mutisme écrasant s'abattit sur le groupe. La nouvelle venue vacilla, luttant contre une vague de nausée. Tout ce qu'elle avait cru connaître sur son monde se fissurait sous le poids de ces découvertes.

— Ils t'ont menti, Sélène, conclut Eldrin doucement, mais fermement. Comme ils ont menti à tous les autres.

Cælum, demeuré en arrière jusqu'à présent, fit un pas en avant, sa voix grave traversant l'espace avec autorité.

— Maintenant, tu sais pourquoi nous devons agir. Ce n'est pas seulement pour leur survie. C'est pour rompre ce cycle de terreur et de corruption.

Sélène resta silencieuse, les mots d'Eldrin et de Kael résonnant dans son esprit à l'image d'un glas funèbre. Tout ce qu'elle avait cru comprendre de son univers venait de s'effondrer, laissant uniquement des ruines et des interrogations brûlantes.

— Et où exactement les alchimistes retiennent-ils les habitants qu'ils enlèvent ? poursuivit-elle faiblement.

Un calme électrique se répandit autour de la table. L'attention de tous se tourna vers elle, certains la scrutant avec curiosité, d'autres l'observant avec méfiance.

— Pourquoi cette question, Sélène ? exigea Eldrin avec prudence.

Elle hésita un instant, son regard cherchant celui de Cælum. Il hocha légèrement la tête, comme pour lui donner le courage de continuer.

— Deux personnes que j'aime ont été kidnappées, révéla-t-elle enfin, la voix tremblante d'émotion. Ma mère adoptive et mon amie Mira. Si vous savez où ils les gardent... je dois être au fait.

Un murmure traversa les rangs des rebelles. Les uns semblaient touchés par sa détermination, tandis que les autres échangeaient des regards inquiets.

Eldrin soupira.

— Nous avons des informations fragmentaires, admit-il. Les alchimistes exploitent différentes infrastructures à l'intérieur de la cité et autour de celle-ci. Les prisonniers sont généralement acheminés vers leurs laboratoires, mais pas seulement. Certains disparaissent dans des endroits que nous ne pouvons même pas localiser.

— Que voulez-vous dire ? insista-t-elle, les poings serrés.

C'est alors qu'une femme assise à la droite d'Eldrin prit la parole. Son visage sévère était encadré par des mèches grisonnantes.

— Nous pensons que les captifs sont répartis selon leur « utilité », expliqua-t-elle. Les plus robustes sont envoyés vers des stations de travail pour canaliser leur énergie vitale. Les autres, ceux que les alchimistes jugent… spéciaux, sont emportés dans le Sanctuaire Central.

— Le Sanctuaire Central ? répéta-t-elle, les lèvres sèches.

Eldrin acquiesça.

— C'est leur cœur. Le lieu où ils mènent leurs expériences les plus sombres, où ils tirent profit des âmes des vivants pour alimenter leurs abominations alchimiques. Si ta mère ou ton amie ont été estimées précieuses, c'est là qu'elles se trouvent vraisemblablement.

Sélène sentit son estomac se nouer.

— Et personne n'a essayé d'y pénétrer ?

Un rire cynique éclata de l'autre côté de la table.

— Essayé ? Oui, dit Kael en se penchant vers elle. Et, aucun n'en est jamais revenu. Ce lieu est une forteresse. Même si tu avais une armée, tu n'y arriverais pas.

Cælum intervint d'une voix basse, mais tranchante :

— Alors, il faudra s'y rendre avec autre chose qu'une armée.

Tous les regards convergèrent vers lui.

— Qu'est-ce que ça signifie ? l'apostropha Eldrin, les sourcils froncés.

Le jeune homme croisa les bras, un éclat ténébreux traversant ses iris.

— Cela signifie que si les réponses à vos questions se situent dans les Archives, celles qui concernent le Sanctuaire s'y trouveront probablement aussi. Une fois que nous aurons compris comment il fonctionne, nous pourrons envisager d'y entrer.

Sélène hocha la tête.

Eldrin se rapprocha de leur côté de la table, posant une main sur la paperasse étalée devant eux.

— Ce qui nous ramène aux Archives Interdites. C'est une bibliothèque souterraine, ancienne et surveillée par les alchimistes depuis des siècles. C'est dans cet endroit qu'ils gardent leurs secrets les plus précieux : des grimoires oubliés, des recherches sur leurs rituels prohibés et des artefacts magiques.

Cælum redressa le menton, intrigué.

— Et comment cela nous aide-t-il ?

Eldrin pointa un cristal qui diffusait une carte sur le mur.

— L'Ordre alchimique s'est appuyé sur cette bibliothèque pour construire son pouvoir. Si nous voulons comprendre de quelle manière ils maintiennent leur immortalité et l'emprise de la Pierre Alchimique, c'est là qu'il faut chercher.

Sélène scruta le plan projeté, son attention attirée par un symbole marqué d'un cercle rouge.

— Et qu'est-ce qui rend cet endroit si spécial ?

Une autre rebelle, une femme aux cheveux courts nommée Ivryn, se manifesta :

— Les Archives sont protégées par des illusions complexes et des pièges magiques. On raconte qu'elles changent de configuration pour égarer les intrus. Et, il y a… Maître Velyar.

Un silence s'abattit.

— Qui est Maître Velyar ? questionna-t-elle prudemment.

— Un des chefs de l'Ordre, répondit Eldrin d'un ton grave. Il est paranoïaque, cruel et obsédé par la sécurité des Archives. C'est lui qui a conçu une grande fraction des enchantements qui les protègent. Personne ne sait vraiment ce qu'il cherche à cacher, mais il passe la majeure partie de son temps là-bas.

La mâchoire de Cælum se crispa légèrement et une ride se creusa sur son front.

— Et vous voulez qu'on s'y infiltre malgré ça ?

Eldrin planta son regard dans celui du jeune homme.

— Vous êtes les seuls à pouvoir le faire.

— Pourquoi nous ? demanda Sélène, mal à l'aise.

— Parce que toi, dit Eldrin en la désignant, tu as survécu au rituel. Ce que tu es devenue… pourrait te permettre de franchir les barrières qu'aucun de nous ne peut traverser. Et, toi, Cælum… Tu sembles avoir des connaissances sur la magie alchimique que nous n'avons pas.

La jeune femme détourna les yeux, gênée par cette attention soudaine.

— Comment êtes-vous au courant pour moi ?

— C'est notre rôle de nous tenir informés. Et… les villageois ont été loquaces sur ce qu'il s'est passé hier au sein votre district.

— Même si on entre, intervint Cælum en croisant les bras, il nous faudra exactement savoir que chercher. Ces archives contiennent des milliers de documents.

Eldrin acquiesça.

— Notre objectif est clair : mettre la main sur le fonctionnement de la Pierre Alchimique et toute autre information.

Ivryn ajouta :

— Si nous comprenons de quelle façon elle marche, nous pourrons peut-être trouver un moyen de la détruire.

Sélène sentit une étincelle d'espoir naître en elle. La perspective de briser le pouvoir des alchimistes paraissait presque tangible.

— Ça ne va pas être simple, dit Cælum après un moment de méditation. Mais, ce n'est pas impossible.

— Rien ne l'est, rétorqua Eldrin avec un sourire grave.

Tandis que la réunion continuait, Sélène était déjà perdue dans ses réflexions. La mission semblait insurmontable, et pourtant, c'était sûrement leur seule alternative.

En quittant la salle de conférence, Sélène marchait en silence aux côtés de son partenaire dans les tunnels faiblement éclairés.

— Qu'en penses-tu ? le consulta-t-elle finalement.

— Que c'est une folie, répondit-il sans détour. Une folie indispensable, malgré tout.

— Tu crois qu'on a une chance d'y arriver ?

Il la dévisagea, son regard intense la déstabilisant légèrement.

— Peut-être. Mais pas sans préparation.

Elle hocha la tête, partageant sa détermination.

— Alors, on va s'y préparer.

CHAPITRE 5

La lumière dorée de l'aube effleurait à peine les cimes des arbres lorsque Sélène et Cælum commencèrent l'entraînement. Le *Refuge* souterrain, bien qu'accueillant, ne permettait pas les exercices à grande échelle que nécessitait leur préparation. Leur nouveau campement, un plateau boisé niché entre deux montagnes, tout proche du Sanctuaire qu'ils pouvaient rejoindre le soir venu, offrait autant de discrétion que d'espace. Mais, pour Sélène, la place n'était pas suffisante pour échapper à la tension croissante entre elle et son mentor.

— Concentre-toi, ordonna Cælum d'une voix basse, presque rauque.

Elle ferma les yeux, tentant de maîtriser l'énergie instable qui émanait de ses mains. Ses paumes vibraient, irradiant une lueur dorée qui sortait en pulsations incontrôlées.

— Je fais de mon mieux ! marmonna-t-elle, le souffle court.

— Ton « mieux » ne suffit pas. Pas cette fois, répondit-il en s'approchant.

La proximité de cet homme viril, toujours silencieuse, mais envahissante, faisait monter la chaleur sur ses joues. Il s'arrêta derrière elle, ses doigts frôlant à peine son poignet.

— Respire, murmura-t-il près de son oreille. Tu veux que cette lumière te consume ? Alors, laisse-la t'obéir.

Son souffle contre la peau de la jeune femme provoqua un frisson inattendu qu'elle tenta de réprimer. Elle se concentra, cherchant à ralentir les battements de son cœur — mais était-ce dû à l'effort ou à lui ? Paresseusement, la lueur se rétracta, mourant presque entre ses doigts.

— Ça y est, chuchota-t-elle avec un sourire hésitant.
— Pas encore.

Un éclair d'énergie jaillit soudain, frappant Cælum au torse et le projetant en arrière. Il grimaça en se redressant.

— Tu vois ? fit-il, un sourire amusé jouant sur ses lèvres. Toujours incontrôlable.

— Tu mérites peut-être cette décharge, lança-t-elle, croisant les bras.

Il éclata d'un rire bref, un son qu'elle n'avait jamais entendu. Quelque chose avait changé dans son expression — un mélange de défi et d'admiration — et cela la troublait plus qu'elle ne voulait l'admettre.

La nuit venue, de retour au Sanctuaire, dans son sommeil agité, Sélène était de nouveau prisonnière des ténèbres. Les entraves invisibles qui la séquestraient palpitaient comme un cœur, brûlant ses poignets à mesure qu'elle luttait. Autour d'elle, des sorciers encapuchonnés récitaient leurs incantations, leurs voix gutturales résonnant tel un écho funèbre. La Pierre Alchimique rougeoyante pulsait au centre de la pièce, une lumière écarlate aspirant sa propre énergie vitale.

Soudain, la scène changea. Sélène était emportée dans un camp lugubre où des esclaves, amaigris et brisés, travaillaient sous l'attention impitoyable de surveillants alchimistes. Elle tenta d'intervenir, de les délivrer, mais son corps refusait de bouger, comme pétrifié par la peur et l'impuissance.

Puis une silhouette familière apparut. Cælum. Il émergea des ténèbres, ses prunelles enflammées d'une rage qui semblait pouvoir consumer le monde entier. En quelques gestes, ses ombres réduisirent les tyrans à néant, libérant les captifs. Il se focalisa sur elle, et en une fraction de seconde, il était à ses côtés.

— Tu n'as rien à craindre, murmura-t-il, son timbre grave et envoûtant résonnant étrangement dans ce cauchemar.

Ses mains, d'abord fermes et protectrices, effleurèrent légèrement contre son bras, jusqu'à frôler sa joue. Le contact fit naître en elle un frisson mêlé de trouble et de réconfort. Alors qu'il caressait doucement son visage, ses gestes devinrent plus audacieux. Ses doigts explorèrent sa nuque, glissèrent dans ses cheveux. Il la rapprocha, et leurs regards se croisèrent, intenses, brûlant d'une émotion qu'elle ne savait pas nommer.

Un souffle chaud effleura sa peau alors qu'il se penchait, ses lèvres presque sur les siennes. Sélène sentit son cœur battre furieusement, une chaleur envahissant tout son être. Mais, avant que le rêve n'aille plus loin, tout s'effondra.

Elle se réveilla brusquement, haletante. Son expiration saccadée se mêla à l'obscurité de la pièce, et elle comprit qu'elle n'était pas seule. Une silhouette se tenait près d'elle, allongée contre elle sur le bord du lit.

— Calme-toi, souffla Cælum d'une voix basse et rauque.

Elle discerna sa main s'attarder subtilement sur son visage, ses doigts dérapèrent sur sa tempe avant de s'aventurer dans ses cheveux, reproduisant curieusement les gestes de son rêve. Sa respiration se suspendit un instant, ses joues s'empourprèrent malgré la pénombre.

— Ce n'était qu'un cauchemar, continua-t-il. Rendors-toi. Je veille sur toi.

Son ton était étonnamment tendre, dépourvu de la froideur qu'il affichait habituellement. Elle hésita, incapable de prononcer un mot, avant d'abaisser progressivement les cils. Sa poitrine palpitait toujours vivement, cependant sous le contact apaisant de Cælum, elle perçut la tension se dissiper peu à peu.

Et, malgré le trouble qui persistait en elle, elle finit par sombrer de nouveau dans le sommeil, cette fois sous la garde silencieuse de l'ombre qui veillait sur elle.

Le jour suivant, ils abordèrent une leçon encore plus difficile : sentir et manipuler l'énergie vitale.

Sélène inspira profondément, respirant l'odeur humide de la mousse et le bruissement des feuilles dans le vent. Cælum se tenait près d'elle, immobile, ses ombres à peine visibles sous la lumière diffuse.

— Ici, dans la forêt, l'énergie vitale est plus brute, plus pure, expliqua-t-il. Cela te permettra de mieux la percevoir.

Sélène hocha la tête, bien qu'une nervosité palpable l'envahît. Chaque fois qu'ils s'entraînaient, elle ressentait cette proximité, ce poids indéfinissable entre eux.

— Ferme les yeux, susurra-t-il, sa voix grave et calme. Écoute avec ton corps, pas seulement tes oreilles.

Elle obéit, laissant sa respiration ralentir. Au début, il n'y avait que le bruissement des feuilles et les battements réguliers de son cœur. Mais alors, quelque chose d'autre apparut. Une chaleur douce, réconfortante, irradiait à côté d'elle : le courant ésotérique de Cælum. Elle la discernait comme une pulsation lente, presque apaisante, et s'efforça de ne pas se perdre dans cette sensation.

Autour d'elle, la forêt vibrait. Les arbres émettaient un flux stable, ancien, semblable à un fredonnement discret. Un oiseau qui voletait près d'une branche projetait un frémissement rapide et agité, quasi étourdissant. Chaque être vivant devenait une présence distincte, une onde unique qu'elle pouvait percevoir.

Toujours plongée dans l'obscurité visuelle, elle leva une main, tentant de concentrer son attention sur un érable robuste à proximité.

— Tu ressens sa force, non ? murmura Cælum.

— Oui, répondit-elle, sa voix à peine audible. C'est stable... relaxant.

Mais, lorsqu'elle se tourna insensiblement, l'essence qu'elle capta fut différente. Brusquement, son souffle s'accéléra. Elle n'avait pas besoin de jeter un coup d'œil pour comprendre : c'était lui. Cælum.

Sa chaleur était plus intense, plus complexe, pratiquement écrasante. Cela lui fit l'effet d'un courant qui la traversait, son propre corps réagissant malgré elle. Ses doigts tremblèrent légèrement, et elle perçut un frisson parcourir son échine.

— Respire, dit-il doucement, remarquant son trouble. Ce que tu éprouves, c'est normal. Apprends à laisser passer l'énergie, sans t'y accrocher.

Mais, comment aurait-elle pu ignorer cette sensation ? La force mystique qui émanait de lui semblait l'envelopper, brouiller sa vigilance. Elle se secoua, essayant de se libérer de ce sentiment déroutant, et ses pupilles croisèrent les siennes. Il était si proche qu'elle pouvait distinguer chaque nuance de doré dans ses prunelles, l'intensité de son regard la clouant sur place.

Il fit un pas vers elle, ses mouvements lents et mesurés.

— Tu comprends mieux maintenant ?

Elle hocha la tête, incapable de parler. Ce n'était pas seulement l'entraînement, ce n'était pas seulement la puissance. C'était lui. Et, malgré toute sa méfiance, toute sa raison, elle sentit son cœur battre plus fort, pareille à une réponse instinctive qu'elle ne pouvait négliger.

L'homme un peu trop attirant recula finalement, rompant ce moment suspendu.

— Encore, dit-il. Concentre-toi sur la forêt. Fais abstraction de ma présence.

Elle aurait voulu manifester, pourtant elle ferma les yeux à nouveau. Lutter contre ses émotions était un défi bien plus grand que maîtriser cette étrange vibration, toutefois elle n'avait pas le choix.

Cælum l'observa un instant, ses bras croisés, avant de s'approcher lentement.

— Percevoir l'énergie, c'est une chose, déclara-t-il. Mais, la contrôler... c'est différent. Tu ne peux pas simplement la saisir comme un objet. Elle est fluide, capricieuse. Tu dois danser avec elle.

Il se plaça derrière elle, à une distance respectueuse, bien qu'assez proche pour qu'elle discerne sa présence.

— Tends ta main vers ce ruisseau, ordonna-t-il calmement.

Sélène obéit, dirigeant sa paume vers le mince filet d'eau qui serpentait à travers la clairière. Le murmure apaisant du courant semblait s'amplifier dans ses oreilles tandis qu'elle essayait de se focaliser.

— Tu vois ces oscillations ? C'est la vie en mouvement. Imagine que tu veux capter une partie de ce flux, mais sans le briser. De la même manière que si tu effleurais les flots sans les troubler.

Sélène fronça les sourcils, tâchant d'appliquer ses mots. Elle éprouva une résistance douce, comme si l'onde mystique du ruisseau se rebellait contre son intrusion.

— Tu forces trop, observa Cælum en posant sa main sur son bras. Son contact était léger, pourtant elle ressentit une chaleur parcourir son épaule. Libère cette tension. N'essaie pas de prendre. Invite-la.

Elle inspira profondément et tenta à nouveau. Cette fois, elle imagina sa propre énergie semblable à un fil délicat, s'étirant lentement vers celle du cours d'eau. À sa surprise, une sensation se manifesta. Une chaleur subtile traversa sa paume, et elle ouvrit les yeux juste à temps pour voir une ondulation inhabituelle dans le liquide, de la même façon que si elle avait répondu à son appel.

— C'est ça, s'exclama-t-il. Maintenant, tiens-la sans l'étouffer.

Elle tenta de maintenir ce lien, mais il glissa brusquement hors de sa portée.

— C'est équivalent à retenir un souffle trop longtemps, grogna-t-elle, frustrée.

Cælum avait un léger sourire.

— Exactement. La clé est d'apprendre à équilibrer. Ta propre essence magique est en mouvement, à l'instar de celle de ton environnement. Si tu es trop rigide, tu la perdras.

Il s'écarta un peu et ramassa une petite pierre, la déposant dans sa paume.

— Maintenant, essaie avec moi. Discerne ma puissance et utilise la tienne pour déplacer cette pierre.

Elle hésita.

— Et si je... te blesse ?

— Tu ne le feras pas, affirma-t-il, une certitude implacable dans sa voix. Fais-le.

Sélène ferma les yeux à nouveau, tendant un fil invisible vers la pulsation intense qu'il dégageait. La chaleur qui l'entourait était presque écrasante, néanmoins elle força sa propre essence à rester fluide, à s'entrelacer subtilement avec la sienne.

Elle sentit un picotement dans la pierre. Un frémissement ténu, bientôt prêt à se manifester. Mais, à cet instant, un frisson plus violent la traversa. Le lien entre leurs courants énergétiques devint presque trop intime, équivalent à une fusion brutale. Elle lâcha prise, le caillou tombant au sol avec un bruit sourd.

Elle souleva ses paupières lentement, essoufflée, cependant Cælum ne semblait pas irrité.

— Tu progresses, dit-il calmement. Toutefois, tu dois apprendre à supporter ce lien, même lorsqu'il te perturbe.

Ses prunelles la fixaient, empreintes de sérieux, pénétrantes, comme s'il savait exactement ce qui la troublait.

— Encore, ordonna-t-il sans brusquerie. Tu y arriveras.

Le soir venu, après une journée d'entraînement harassante, Sélène s'apprêtait à se retirer dans sa chambre lorsque Cælum se dirigea vers elle d'un pas décidé. Il s'arrêta devant elle, son regard profond, bien que dépourvu de sa froideur habituelle.

— Tu devrais envisager de ne pas dormir seule ce soir, suggéra-t-il.

Sélène haussa un sourcil, tentant de cacher le rougissement soudain qui montait à ses joues.

— Pourquoi ? demanda-t-elle, feignant l'indifférence.

— Pour éviter les cauchemars, expliqua-t-il prudemment. Tu as besoin de récupérer. Ces entraînements drainent ton énergie, et chaque nuit où tu te débats dans ton sommeil ne fait que t'affaiblir davantage.

Elle hésita, troublée par sa proposition. Cependant, son ton pragmatique et la fatigue écrasante qu'elle ressentait eurent raison de sa méfiance.

— Très bien, dit-elle en haussant les épaules, essayant de paraître nonchalante. Mais si ça ne fonctionne pas, tu reprends ta place.

Cælum inclina légèrement la tête, une étincelle taquine illuminant ses prunelles.

Lorsqu'ils s'allongèrent côte à côte dans le petit lit, l'atmosphère était étrangement paisible, pourtant Sélène ne pouvait ignorer la tension qui s'insinuait en elle. Elle fixait le plafond, son esprit refusant de s'apaiser. Les pensées qu'elle avait tenté de repousser toute la journée refirent surface : des images de Cælum, ses gestes protecteurs, son regard intense... et, à mesure que son imagination s'emballait, ces pensées prirent un tour bien plus sensuel. Elle avait envie de sentir ses mains sur elle, ses lèvres sur les siennes. Non, en fait, elle en avait besoin. Le poids de sa présence à ses côtés rendait tout cela encore plus réel, presque insoutenable. Ses joues brûlèrent, et elle se mordit la langue pour tâcher de retrouver son calme.

— Sélène.

Sa voix la fit sursauter. Elle tourna la tête vers lui, ses yeux rencontrant les siens dans la pénombre.

— Tu sais que je ressens tout, murmura-t-il d'un ton neutre, presque nonchalant.

Son cœur, trahi par l'émotion, dérailla l'espace d'un instant, puis repartir à toute allure.

— Tu dois te reposer, ajouta-t-il. Ne pas autoriser ton esprit à s'égarer.

La honte s'abattit sur elle comme une vague. Elle se détourna brusquement, serrant les dents.

— Bonne nuit, finit-il par dire d'une voix plus douce, laissant la tension s'évanouir.

Malgré la réprimande implicite, Sélène trouva une déroutante sécurité dans sa présence. Progressivement, ses pensées se stabilisèrent, et elle sombra dans un sommeil profond.

À son réveil, elle fut surprise par la sérénité environnante. Pas de sueur froide, pas de battements frénétiques de son cœur, pas de cauchemars. Depuis le rituel, c'était le premier matin qu'elle se sentait aussi reposée.

Ce soir-là, et les suivants, ils répétèrent cette routine. À chaque fois, Sélène tentait de garder ses pensées en ligne, et à chaque fois, la présence apaisante de Cælum chassait ses angoisses. Une étrange habitude s'installa entre eux, tissant un lien plus intense, d'une manière autant troublante que réconfortante.

Les jours qui se succédèrent furent un calvaire physique. Cælum insista pour que Sélène coure afin de renforcer son endurance, l'obligeant à grimper et à se battre avec des armes rudimentaires.

Un après-midi, alors qu'elle s'effondrait, essoufflée et les doigts couverts d'ampoules, il lui tendit une gourde d'eau.

— Tu ne peux pas survivre seulement avec ta magie, dit-il doucement.

— Je vais finir par m'écrouler avant même d'affronter les alchimistes, grogna-t-elle en acceptant le récipient.

Il s'accroupit à ses côtés, son regard perçant.

— Tu es plus forte que tu ne le crois, dit-il simplement.

Il tendit la main, essuyant une tache de terre sur sa joue du bout de ses doigts. Ce geste inattendu — presque tendre — fit bondir son cœur.

Puis, il se leva et disparut derrière les arbres, la laissant à ses réflexions. Sélène décida de ramasser des baies pour soulager la faim qui grondait dans son estomac. Elle s'éloigna un peu, trouvant un buisson rempli de petits fruits rouges luisants.

Le soleil déclinait tranquillement, projetant des reflets dorés sur la surface ondoyante de la rivière. Tout en récoltant, elle entendit le bruit distinct d'eau éclaboussée. Curieuse, elle se redressa et tourna la tête en direction du ruisseau.

C'est là qu'elle le vit.

Cælum était immergé jusqu'à la taille, son dos nu exposé à la lumière du crépuscule. Le liquide glissait sur sa peau telle un voile scintillant, soulignant la puissance contenue de ses muscles et la fluidité de ses mouvements. Il leva une main pour repousser ses cheveux en arrière, l'onde coulant le long de ses bras tendus.

Sélène sentit son cœur s'emballer, une chaleur inattendue se diffusant dans tout son corps. Elle savait qu'elle ne devrait pas regarder, pourtant elle était captivée par ce qu'elle voyait. Chaque détail se révélait exacerbé : les gouttelettes d'eau qui descendaient lentement le long de sa nuque, la manière dont la lumière dansait sur son torse.

Elle se mordit la lèvre, troublée par l'éveil soudain de son désir. Ses pensées tourbillonnaient, un mélange de honte et de fascination. Elle serra les baies dans sa main, tentant de détourner les yeux, mais elle n'y parvint pas.

C'est alors que Cælum se retourna un peu, percevant instinctivement sa présence. Son regard rencontra le sien à travers les arbres.

— Tu veux quelque chose ? demanda-t-il, un léger sourire amusé au coin des lèvres, visiblement peu perturbé par son état de nudité partielle.

Le sang monta si vite aux joues de Sélène qu'elle crut s'enflammer. Elle changea promptement son angle de vue.

— Je... Je ramassais juste des baies ! lança-t-elle d'une voix aiguë, tenant les fruits dans sa main comme une preuve de son innocence.

Sélène, dans sa panique pour s'éloigner, recula maladroitement et trébucha sur une racine dissimulée par les feuilles. Elle perdit l'équilibre et chuta en arrière, atterrissant directement dans un bosquet épineux. Les branches griffèrent sa peau, s'accrochant à ses vêtements.

— Aïe ! s'écria-t-elle, essayant de se débattre. Mais plus elle bougeait, plus les piquants s'agrippaient à elle.

— Tu es sérieusement coincée dans un buisson ? La voix amusée de Cælum retentit derrière elle, suivie du bruit de ses pas sur l'herbe.

— Pas un mot, grogna-t-elle, son visage brûlant de honte.

Elle entendit son rire grave se rapprocher, et avant qu'elle ne puisse protester, il était là, toujours nu, tendant une main pour la secourir. Elle essaya de fixer son attention ailleurs, mais c'était impossible.

— Tu vas rester coincée ici toute la nuit, ou tu veux de l'aide ? demanda-t-il avec un sourire taquin.

— Fais vite, marmonna-t-elle, les joues rouges.

Avec une facilité déconcertante, Cælum attrapa ses bras et la tira hors de la haie sauvage d'un mouvement fluide. Sélène sentit les épines relâcher leur prise alors qu'elle tombait en avant... directement sur lui.

Ils atterrirent lourdement sur le sol, elle à plat ventre sur son torse, son visage à quelques centimètres du sien. Le souffle coupé, elle perçut sa peau brûlante contre la sienne et leurs regards s'accrochèrent dans une intensité troublante.

Le temps sembla s'arrêter. Sélène pouvait entendre son propre cœur tambouriner dans ses oreilles. Mais ce fut une autre sensation qui la figea complètement : le contact inattendu et indéniable d'une certaine partie du corps de Cælum durcissant contre sa cuisse.

Elle se raidit, ses joues en feu, et se redressa brusquement, rompant l'étrange magnétisme entre eux.

— Je... Je retourne au camp ! balbutia-t-elle, évitant à tout prix son regard.

Elle s'élança, trébuchant presque dans sa précipitation, tandis que Cælum restait allongé là, un sourire énigmatique se dessinant sur ses lèvres.

La nuit était tombée, et avec elle un silence lourd s'était installé dans leur modeste chambre. Sélène était assise sur le lit, dos tourné à Cælum, ses ruminations tourbillonnant sans fin autour de l'incident de l'après-midi. Elle revoyait sans cesse sa silhouette, sculptée et imposante, émergeant de l'eau cristalline du ruisseau. Et, surtout, elle éprouvait encore le poids de son enveloppe charnelle contre elle lorsqu'il l'avait tirée des broussailles, cette fièvre envahissante et indéniable.

Elle secoua la tête, tentant désespérément de chasser ces images et sensations. Mais, à chaque battement de son cœur, la tension qu'elle ressentait se répercutait dans chaque fibre de son être.

Cælum, assis sur une chaise non loin d'elle, paraissait calme en apparence, cependant Sélène décelait une barrière émotionnelle invisible chez lui, comme si lui aussi était affecté par ce qui s'était passé. Il avait à peine parlé depuis leur retour au sanctuaire, et cette distance inhabituelle ne faisait qu'accentuer son malaise.

Elle se glissa sous les couvertures avec une raideur exagérée, refusant fermement tout contact visuel. Il la dévisagea, son expression indéchiffrable. Lorsqu'il s'allongea à son tour, l'espace restreint du lit semblait soudain devenir encore plus étroit.

La pression dans l'air était presque palpable. Sélène se tourna sur le côté, dos à lui, espérant que l'obscurité dissimulerait les rougeurs qui s'étendaient sur sa figure. Toutefois, la flamme intérieure de son corps si proche du sien paraissait amplifier ses pensées troublantes.

Un frisson la parcourut lorsqu'elle discerna un mouvement derrière elle. Cælum s'installa plus confortablement, mais l'espace réduit fit en sorte que sa cuisse effleura ses fesses.

Elle retint sa respiration, consciente de chaque centimètre qui les séparait — ou plutôt qui ne les séparait pas.

— Tu es tendue, murmura-t-il finalement, sa voix grave brisant l'absence de bruit oppressant.

Elle ferma les yeux, maudissant son incapacité à dissimuler son trouble.

— Je vais bien, répondit-elle, son débit trop rapide pour être convaincant.

Il ne protesta pas, bien qu'elle sentît son regard peser sur elle. Malgré elle, ses souvenirs retournèrent au ruisseau, et la chaleur de l'embarras remonta à ses joues. Elle essaya de changer de position pour éviter le contact.

— Tu devrais arrêter de te trémousser contre moi si tu ne veux pas provoquer une réaction comparable à celle de cet après-midi.

Elle s'immobilisa, la folie s'allumant dans son sang et son cœur se mit à battre frénétiquement.

Le silence s'étira de nouveau, dense et chargé, jusqu'à ce que finalement, elle l'entende chuchoter, presque pour lui-même :

— Bonne nuit, Sélène.

Elle resta figée, incapable de répondre, son esprit encore agité. Elle n'était pas certaine de pouvoir dormir avec cette nervosité omniprésente dans l'air. Mais, étrangement, la simple proximité de Cælum, malgré tout ce qu'elle provoquait en elle, finissait toujours par calmer ses cauchemars.

Peut-être cette nuit ne ferait-elle pas exception... même si, pour une fois, ce n'étaient pas les mauvais rêves qu'elle redoutait.

L'entraînement culmina avec un exercice risqué. Cælum utilisa ses pouvoirs pour créer un pont d'ombre au-dessus d'un gouffre.
— Tu veux que je traverse ça ? demanda-t-elle, incrédule.
— Oui. En contenant ta lumière et grâce à mes ténèbres mouvantes pour renforcer la structure.
Sélène hésita, mais la détermination qu'elle lisait dans son expression la conduisit à avancer. Chaque pas sur la passerelle semblait un défi impossible. À mi-chemin, elle perdit le contrôle. Un halo jaillit, fragilisant le support qui commençait à s'effondrer.
— Concentre-toi ! cria-t-il.
— Je n'y arrive pas !
— Si, tu peux. Je crois en toi.
Ces mots s'enfoncèrent au tréfonds de son âme. Elle se força à inspirer profondément, puis à fusionner lumière et ombre. Le pont se stabilisa. Elle avança, jusqu'à atteindre la rive, haletante, mais vivante.
Lorsqu'elle arriva de l'autre côté, Cælum l'attira par les épaules.
— Tu l'as fait, s'exclama-t-il, un sourire sincère éclairant ses traits.
La nouvelle aventurière capta la douceur de son regard qui l'enveloppait, plus tendre qu'à l'accoutumée. Sans réfléchir, elle

leva les yeux vers lui. Leurs visages étaient si proches qu'elle pouvait sentir la chaleur de son souffle.
— Merci, soupira-t-elle d'une voix à peine audible.
— Pour quoi ?
— Pour croire en moi.
Ce fut instinctif. Avant qu'elle ne puisse comprendre, leurs lèvres se touchèrent lentement, presque timidement. L'instant fut bref, mais il laissa un écho brûlant dans la poitrine de Sélène.
— C'était... inattendu, dit-il, son sourire en coin réapparaissant.
Elle rougit violemment, reculant d'un pas.
— C'était une impulsion, balbutia-t-elle.
— Une impulsion agréable, murmura-t-il, avant de s'éloigner légèrement.
La fin de la journée fut étrangement silencieuse. Pourtant, quelque chose avait changé. La tension entre eux, autrefois source de méfiance, semblait s'être transformée en une énergie plus intime — une connexion qui, bien qu'imprévue, était indéniable.
Le baiser restait suspendu dans l'esprit de Sélène, similaire à une lueur vacillante qui refusait de s'éteindre. Alors qu'ils continuaient leur apprentissage, l'atmosphère entre Cælum et son alliée se manifestait comme chargée d'une excitation nouvelle. Pas un mot n'avait été échangé à ce sujet, toutefois chaque geste, chaque regard trahissait un changement subtil, mais puissant.
La journée suivante commençait de la même manière que les autres : Sélène s'entraînait à masquer son aura tandis que Cælum la guidait, parfois avec une patience surprenante, d'autres fois avec une sévérité implacable.

— Encore, ordonna-t-il. Ta lumière vacille.
— Je fais ce que je peux, s'insurgea-t-elle, exaspérée.
— Ce n'est pas assez.

Il s'approcha rapidement, ses ombres ondulant autour de lui à l'image d'un manteau vivant. Il leva une main vers son visage, et elle sentit une vague de froid l'envahir lorsqu'il plaça ses doigts sous mon menton, la pressant de relever la tête vers lui.

— Ce que tu fais, c'est bien. Mais, ce n'est pas suffisant pour survivre là où nous allons, dit-il, sa voix plus douce.

Sa gorge se serra en réaction à l'intensité de ses pupilles sur elle. Il n'y avait ni moquerie ni mépris, seulement quelque chose de plus profond : une inquiétude sincère, presque palpable.

— Pourquoi t'en soucies-tu autant ? articula-t-elle avant de pouvoir s'en empêcher.

Il baissa les yeux un instant, comme s'il cherchait la réponse en lui-même.

— Parce que je ne veux pas te perdre, dit-il finalement, à voix basse.

Son cœur bondit dans sa poitrine, mais avant qu'elle ne puisse réagir, il recula brusquement, reprenant son ton habituel.

— Encore.

Elle obéit, bien que son esprit fût loin de l'exercice.

Le soir venu, alors que le soleil se couchait, ils s'accordèrent un rare moment de repos. Épuisée, bien que satisfaite de ses progrès, la jeune femme s'assit près du feu que Cælum avait allumé. Ce dernier s'adossa à un rocher, Sélène observa les flammes danser dans ses iris.

Le silence entre eux était confortable, pourtant un sujet la rongeait.

— Cælum, dit-elle enfin. Pourquoi m'avoir embrassée hier ?
Son visage s'orienta de nouveau vers elle, impénétrable.
— Et toi ? Pourquoi avoir répondu ?
Elle rougit, cherchant comment s'exprimer.
— Ce n'est pas une explication.
— Ce n'est pas une question évidente, rétorqua-t-il.
Il soupira, passant une main dans ses cheveux ébène.
— Sélène, nous sommes liés par ce rituel. Que cela nous plaise ou non, nous partageons quelque chose d'unique, quelque chose qui va au-delà de simples mots. Peut-être que…
Il s'interrompit, hésitant.
— Peut-être que cette attirance n'est qu'un effet de cet attachement.
— Ou peut-être que c'est plus que ça, murmura-t-elle sans réfléchir.
Ils se regardèrent, le feu projetant des ombres mouvantes sur leurs visages. Le moment semblait en même temps fragile et inéluctable.
— Peut-être, admit-il finalement. Mais, ce « peut-être » ne doit pas nous détourner de notre mission.
Elle hocha la tête, bien qu'un peu déçue par sa réponse prudente.
Le lendemain, la formation atteignit un nouveau niveau de difficulté. Cælum introduisit des tâches encore plus périlleuses, mettant en jeu à la fois les capacités magiques et physiques de Sélène.
Lorsqu'il passa à un exercice d'esquive dans une brume de ténèbres changeantes qu'il avait provoquées, la novice trébucha

et chuta lourdement. Son entraîneur fut à ses côtés en un instant, l'aidant à se relever.

— Tu vas bien ? exigea-t-il, ses sourcils froncés.

— Oui... oui, je vais bien, répondit-elle, bien que son genou protestât douloureusement.

Il resta accroupi devant elle, ses yeux scrutant les siens avec une intensité déconcertante.

— Tu es plus forte que tu ne le crois, énonça-t-il.

Ses mains demeurèrent sur ses clavicules un peu plus longtemps qu'elles n'auraient dû.

— Pourquoi dis-tu toujours ça ? souffla-t-elle.

Il haussa légèrement les épaules.

— Parce que c'est vrai. Et, parce que, parfois, tu as besoin de l'entendre.

Avant qu'elle ne puisse répondre, il se redressa, tendant un bras pour l'aider à se relever. Elle accepta, bien que son cœur batte à tout rompre.

Ce soir-là, alors qu'ils se reposaient, elle sentit une impulsion qu'elle ne pouvait plus ignorer.

— Cælum, dit-elle timidement.

Il la regarda, la lumière du feu éclairant son visage angulaire.

— Merci.

Il fronça les sourcils, intrigué.

— Pour quoi ?

— Pour m'aider à devenir quelqu'un de meilleur. Pour croire en moi, même quand moi, je n'y crois pas.

Il sembla surpris par ses mots, cependant son expression s'adoucit.

— C'est toi qui fais le travail, Sélène. Je te pousse juste dans la bonne direction.

Elle s'approcha un peu, ses yeux cherchant les siens.

— Peut-être. Mais, je pense que tu fais plus que ça.

Leurs regards se croisèrent et aucun d'eux ne tenta de s'éloigner. Lentement, elle se pencha, et il fit de même. Il caressa légèrement sa bouche avec la sienne, puis il glissa sa langue à la rencontre de celle de sa partenaire. D'abord tendre, il devint plus passionné, comme s'il buvait à ses lèvres. Le baiser fut plus assuré cette fois, plus intense, chargé d'une émotion qu'aucun d'eux ne pouvait nier.

Quand ils se séparèrent, il murmura doucement :

— Tu es bien plus forte que tu ne l'imagines.

Et, à ce moment-là, elle le crut.

Quelques jours plus tard, Cælum décida que Sélène était prête et qu'il était temps de rentrer au *Refuge*.

À leur retour, Tharic les accueillit avec sa méfiance habituelle. Eldrin avait sûrement déjà été prévenu de leur présence. Le rebelle les informa qu'une réunion se tiendrait le lendemain au lever du soleil et que leur participation était requise.

La nuit était calme, néanmoins l'atmosphère dans la petite chambre était chargée d'une tension palpable. Le feu dans l'âtre jetait des ombres vacillantes sur les murs, illuminant par intermittence l'expression impénétrable de Cælum.

Assise sur le bord de son lit, Sélène l'observait du coin de l'œil. Il était étrangement taciturne depuis leur arrivée. Elle savait qu'il portait en lui une histoire sombre, un passé qu'il semblait garder jalousement, pourtant ce soir, quelque chose dans son attitude trahissait un conflit intérieur.

Elle hésita avant de rompre le silence.

— Tu parles toujours de ce que nous devons affronter, mais jamais de ce que toi, tu as vécu. Qui étais-tu avant… tout ça ?

Cælum, adossé contre le mur, tourna lentement la tête vers elle. Son regard, habituellement froid et distant, paraissait s'être adouci, de même que si les ombres dans ses yeux avaient baissé leur garde pour un instant fugace.

— Tu veux vraiment savoir ? questionna-t-il, sa voix basse, bien qu'intense.

Elle acquiesça, sa curiosité piquée.

— Oui. Je crois que j'en ai besoin.

Il poussa un soupir, croisant les bras sur sa poitrine comme s'il essayait de se protéger de souvenirs douloureux.

— Très bien. Mais ne t'attends pas à une histoire glorieuse.

Il se leva lentement, les ombres du feu dansant sur son visage, et commença à parler.

— Il y a longtemps, bien avant que l'Ordre des Alchimistes ne devienne ce qu'il est aujourd'hui, j'étais un Veilleur de l'Éther. Nous devions maintenir l'équilibre entre les vivants et les morts. Chaque âme avait un chemin, une destinée, et nous faisions attention à ce que le cycle ne soit jamais perturbé.

Sélène resta silencieuse, pendue à ses mots.

— Nous collaborions parfois avec les alchimistes. À l'époque, ils étaient encore purs dans leurs intentions, ou du moins, c'est ce que je croyais. Ils utilisaient leur magie pour soigner, pour renforcer les barrières entre les mondes. J'avais foi en eux… et ils se sont servis de cette foi pour me trahir.

Il marqua une pause, son regard fixé sur le feu, emprisonné dans le souvenir de ces événements

— Ils m'ont manipulé. Ils m'ont convaincu qu'ils pouvaient stabiliser les failles dans le cycle des âmes grâce à un fragment de mon essence. Une énergie divine, tirée directement de mon lien avec l'Éther.

— Et tu as accepté ? murmura-t-elle.

Cælum tourna la tête vers elle, son expression saisie par le regret.

— Oui. Je pensais accomplir mon devoir. Mais, dès que j'ai libéré une partie de cette essence, ils l'ont scellée dans ce qui est devenu la Pierre Alchimique.

Il serra les poings, ses ombres frémissant autour de lui de la même manière que si elles réagissaient à sa colère.

— Cette pierre... elle leur a donné l'immortalité, mais au prix de milliers d'âmes piégées. Ils m'ont utilisé, et quand j'ai compris ce qu'ils avaient fait, j'ai essayé de les arrêter.

Le souffle de la jeune femme se suspendit en imaginant la scène.

— Que s'est-il passé ?

Il glissa une main dans ses cheveux, visiblement en lutte contre ses propres souvenirs.

— J'ai perdu le contrôle. Ma rage était indomptable. J'ai attaqué les alchimistes, détruit leurs laboratoires, et tenté de briser leur pierre. Pourtant, en faisant cela, j'aurais libéré les âmes qu'elle contenait... d'une manière qui aurait anéanti l'équilibre même que j'étais censé protéger.

Il scruta un instant la surface qui les séparait, sa voix s'adoucissant.

— Les autres Veilleurs sont intervenus. Ils m'ont arrêté avant que je ne commette l'irréparable. Pour eux, ma colère était une trahison de tout ce que nous représentions. Alors, ils m'ont jugé.

— Et c'est là qu'ils t'ont condamné, affirma-t-elle, devinant la suite.

Il hocha lentement la tête.

— Ils m'ont privé de mon statut divin et m'ont enfermé sous le temple des alchimistes, piégé dans une prison d'avatars sombres pour l'éternité.

Sélène sentit une douleur aiguë dans la poitrine en écoutant.

— C'est pour ça que tu les hais autant, dit-elle doucement.

Cælum la fixa, ses yeux brillants d'une intensité troublante.

— Je ne les déteste pas seulement pour ce qu'ils m'ont fait. Je les exècre pour ce qu'ils ont fait au monde. Leur soif d'immortalité a brisé l'équilibre que j'étais censé protéger. Chaque sacrifice, chaque pierre gravée de runes, chaque vie qu'ils prennent... tout cela est ma faute.

Il détourna le regard, serrant la mâchoire.

— Et maintenant, je ne suis plus qu'une ombre. Une vengeance incarnée.

Sélène s'approcha lentement jusqu'à être à quelques pas de lui.

— Tu n'es pas qu'une ombre, dit-elle avec conviction. Tu es aussi quelqu'un qui lutte encore pour ce qui est juste.

Il releva la tête vers elle, surpris par la chaleur dans son timbre.

— Pourquoi es-tu si sûre de ça ?

— Parce que tu m'as sauvée, répondit-elle, sa voix tremblant légèrement. Et, parce que, malgré tout, tu continues d'avancer.

Cælum la fixa un instant, ses volutes obscures se calmant autour de lui.
— Peut-être, murmura-t-il. Peut-être que toi, tu vois quelque chose en moi que je ne perçois pas.
Un silence chargé d'émotions s'installa entre eux. Puis, dans un geste quasi instinctif, il posa la paume sur sa joue.
— Merci, Sélène.
Elle sentit son cœur s'emballer à son contact, toutefois elle se contenta de sourire, les pommettes chauffant légèrement.
— Nous avons une chance de réparer ça, dit-elle. Ensemble.
Elle virevolta vers son lit, l'âme lourde de tout ce qu'elle venait d'entendre. Les révélations de Cælum tourbillonnaient en boucle dans sa tête, cependant ce n'était pas seulement la tragédie de son passé qui la troublait. C'était lui. Sa présence. Ses gestes, sa voix. La manière dont il l'observait parfois, comme s'il la voyait entièrement, au-delà de ses failles et de ses peurs.
Elle se glissa sous les couvertures, mais son esprit ne trouvait pas le repos. Elle pouvait encore percevoir la pression de sa main sur son visage, ce contact bref, bien que chargé d'une sensation qu'elle n'arrivait pas à définir. Un flamboiement, un ancrage, une intimité inattendue.
Le bruit de ses pas attira son attention. Elle se tourna et le vit s'approcher, hésitant un instant avant de s'asseoir sur le bord de son lit.
— Tu veux que je parte ? la consulta-t-il, sa voix basse, presque un murmure.
Elle secoua la tête, incapable de répondre avec des mots. Elle ignorait pourquoi, pourtant l'idée de se retrouver seule à cet instant lui semblait insupportable.

Cælum s'allongea alors près d'elle, laissant une légère distance entre leurs corps. Néanmoins, sa proximité était suffisante pour qu'elle décèle la chaleur de sa peau, la subtile odeur de nuit et de mystère qui avait l'air de l'envelopper.

Sélène ferma les yeux, s'imposant de calmer les battements erratiques de son cœur. Malheureusement, son esprit ne faisait que s'attarder sur lui. Chaque respiration qu'il prenait résonnait, chaque mouvement de ses muscles provoquait la naissance d'une effusion brûlante, diffuse, envahissante dans sa poitrine.

Ses joues s'enflammèrent alors que quelque chose s'éveillait au fond d'elle. Ses pensées dérivaient, malgré elle, vers des images interdites. Elle s'imaginait ses mains, si fortes et si délicates, effleurant sa peau. Le frisson qui parcourait son corps à cette idée la terrifiait autant qu'il la fascinait.

Elle desserra ses paupières et tourna la tête vers lui. Il donnait l'impression d'être détendu, les yeux fixés sur le plafond, pourtant elle percevait un non-dit, une tension sous-jacente. Peut-être que lui aussi ressentait cette étrange alchimie entre eux, ce fil invisible qui s'étirait un peu plus à chaque instant qu'ils partageaient.

— Tu es bien ? chuchota-t-il, sans la regarder.

Sa voix la fit frémir. Une fois de plus, elle hocha la tête, incapable de formuler une réponse.

Progressivement, sa respiration ralentit. La fièvre dans son corps ne s'éteignit pas complètement, mais elle se mélangea à un étonnant sentiment de sécurité. Sa présence à ses côtés était réconfortante, comme toujours. Malgré les ombres qui faisaient partie de lui, malgré tout ce qu'il représentait, il était une ancre dans ce chaos.

Elle sentit ses paupières s'alourdir, le poids des émotions de la journée l'emportant enfin.

Et, c'est dans ce moment de vulnérabilité qu'elle sombra dans le sommeil.

Le monde dans lequel Sélène se retrouva était baigné d'une lumière douce, presque irréelle. Elle était seule, ou du moins, elle le croyait, jusqu'à ce qu'une silhouette se matérialise derrière elle.

— Sélène...

La voix de Cælum, plus grave, plus intime, résonna contre sa peau nue. Elle se retourna et le vit. Pas l'image indistincte qu'il était souvent, mais l'homme, entier, tangible, et plus séduisant que jamais.

Il s'approcha, ses doigts effleurant sa joue. La fébrilité de son toucher lui causa un frémissement, une vague d'envie déferla au creux de son ventre.

— Tu n'as pas à craindre ce que tu ressens, murmura-t-il.

Son souffle s'accéléra alors qu'il glissait une main dans ses cheveux, l'attirant doucement contre lui. Son odeur l'enivrait, et la manière dont il la contemplait, comme si elle était le centre de son univers, la faisait vaciller.

— Ce n'est qu'un rêve, tenta-t-elle de dire, toutefois son inflexion se brisa sous l'intensité de ses émotions.

— Peut-être, répondit-il, un sourire énigmatique sur le visage. Mais, cela ne le rend pas moins réel.

Ses gestes se firent plus audacieux, explorant la courbe de sa taille, la ligne de son dos, jusqu'à ce qu'elle sente une chaleur brûlante se répandre là où il la touchait.

Elle s'abandonna à lui, ses lèvres cherchant les siennes. Lorsqu'elles se rencontrèrent, une explosion de sensations envahit son corps. Leurs langues dansaient l'une avec l'autre, une vraie démonstration de sensualité. Le baiser était doux, mais avide, une promesse et une revendication en même temps.

Sélène se redressa brusquement, le souffle court, le cœur battant à tout rompre.

La lumière des cristaux pénétrait faiblement dans la chambre, dissipant les derniers vestiges de son songe. Elle dévia légèrement la tête, et ses yeux tombèrent sur Cælum. Il dormait toujours, paisiblement, une main posée près d'elle sur la couverture.

Elle porta ses doigts à ses lèvres, encore en feu à cause du baiser de son imaginaire.

— Ce n'était qu'un rêve, balbutia-t-elle pour elle-même, pourtant l'ardeur émanant de son corps lui disait le contraire.

Et, pour la première fois depuis longtemps, elle se demanda si elle désirait vraiment que ce ne soit qu'un mirage nocturne.

Elle était toujours assise sur son lit, l'esprit embrouillé par les images persistantes. La montée de température de ses joues ne voulait pas s'estomper. Elle se sentait piégée entre le souvenir envoûtant de ce qu'elle avait vécu en songe et la réalité froide de la chambre dans laquelle elle se trouvait.

À côté d'elle, Cælum bougea. Sa respiration, jusque-là lente et régulière, se fit plus audible, plus saccadée. Elle n'eut pas le courage de faire pivoter la tête.

Elle devina plus qu'elle ne vit son réveil. Le froissement des draps, le léger mouvement de son poids sur le lit... et finalement, son timbre grave et encore teinté de sommeil :

— Tu ne dors déjà plus ?

Sélène sursauta faiblement, surprise par son ton nonchalant. Elle ne répondit pas immédiatement, espérant qu'il ne la questionnerait pas davantage. Mais, fidèle à lui-même, il n'était pas du genre à se contenter de silence.

— Qu'est-ce qui te tracasse ?

Le sous-entendu dans sa voix, ou du moins ce qu'elle croyait déceler fit battre son cœur plus fort. Elle fit mine d'examiner les murs, les doigts serrant nerveusement les draps autour d'elle.

— Non, rien... répondit-elle, la gorge sèche.

Il y eut une atonie ambiante, suivie du bruit de Cælum se redressant. Elle discerna son regard sur sa nuque, pénétrant, comme s'il cherchait à déchiffrer ce qu'elle tentait de cacher.

— Tu as l'air agitée, dit-il doucement, telle une provocation. Mauvais rêve ?

Sélène tourna enfin la tête vers lui, et immédiatement, son visage s'enflamma. Il était là, assis sur le bord de son lit, torse nu, ses cheveux vaguement en bataille, l'allure décontractée, bien qu'attentif. Tout, dans son apparence, la ramenait aux détails troublants de son fantasme nocturne. Ses mains sur sa peau, sa bouche...

Elle détourna les yeux si brusquement qu'elle se sentit ridicule.

— Non, ça va, mentit-elle rapidement, espérant que son intonation ne trahissait pas son agitation.

Cælum haussa un sourcil, et un sourire à peine décelable effleura ses lèvres. Il paraissait amusé par son malaise, cependant il n'en dit rien.

— Bien. Alors, tu devrais te détendre. Une longue journée nous attend.

Toutefois, il ne bougea pas. Au contraire, il s'étira lentement, semblant savourer le moment. Ses muscles se tendirent délicieusement sous la lumière matinale, et elle perçut une vague de chaleur monter de nouveau en elle.

Le calme pesant qui suivit était presque insupportable. Sélène avait l'impression qu'il pouvait entendre les battements erratiques de son cœur, qu'il savait exactement quelles images défilaient dans son esprit.

— Tu es sûre que ça va ? reprit-il, cette fois avec une légère pointe d'inquiétude.

Elle hocha la tête, toujours incapable de le regarder en face.

— Oui, j'ai juste… mal dormi. Rien d'important.

Cælum donna le sentiment de peser ses mots, et un éclat de malice traversa ses prunelles.

— Tu as rêvé de moi, n'est-ce pas ?

Sa remarque était dite sur un ton léger, un peu joueur, mais elle la frappa comme une décharge électrique. Elle le fixa, bouche bée, inapte à réagir, avant de se détourner précipitamment.

— Quoi ?! Non ! Bien sûr que non ! protesta-t-elle, beaucoup trop vite.

Il rit doucement, un son rare, mais étrangement agréable.

— Tu es une très mauvaise menteuse, Sélène.

Elle eut la sensation que le sol se dérobait sous ses pieds, incapable de répondre ou de soutenir son regard. Son silence ne faisait que confirmer ses soupçons, et il ne semblait pas décidé à la laisser tranquille.

— Si ça peut te rassurer, murmura-t-il en s'approchant légèrement, je n'ai rien contre l'idée.

Le rouge de ses joues s'intensifia, et Sélène bondit quasiment hors du lit, cherchant une excuse pour s'éloigner de lui.

— Je vais… me préparer. On a une réunion qui nous attend.

Elle quitta la pièce, le cœur battant à tout rompre, laissant derrière elle un Cælum visiblement amusé par sa fuite précipitée.

Alors qu'elle s'échappait, une part d'elle se sentait honteuse, terrifiée à l'idée qu'il ait pu effleurer la vérité. Mais, une autre partie, plus enfouie, savourait ce souvenir interdit, ce songe qui avait rendu son attirance pour lui plus impossible à nier.

CHAPITRE 6

Sélène suivit Cælum à travers les galeries sinueuses jusqu'à la vaste salle de conférence creusée dans la roche. La lumière vacillante des torches dessinait des ombres dansantes sur les murs et les murmures d'impatience résonnaient parmi les rebelles déjà présents. Au centre de la pièce, la table improvisée, faite de larges planches posées sur des tonneaux, était entourée par Eldrin et ses lieutenants.

— Vous êtes là, enfin, remarqua Eldrin en les voyant arriver. Prenez place.

Ils s'assirent sur des tabourets, observant les visages crispés des collaborateurs du *Refuge*. La tension était palpable, et il était évident que la situation ne faisait pas l'unanimité. La méfiance restait de mise pour tous les partis concernés.

— Commençons, déclara le dirigeant d'une voix grave. Comme vous le savez, les Archives Interdites abritent non seulement des secrets qui pourraient renverser l'Ordre, mais également des réponses à nos plus grandes questions.

— Si on y parvient, marmonna un homme trapu aux cheveux poivre et sel. Et, si on survit.

— Garrik, tu exagères, commenta une femme élancée au profil déterminé, assise à sa droite. Nous avons déjà infiltré des endroits bien plus sécurisés.

— Mais pas avec un alchimiste paranoïaque comme Maître Velyar à nos trousses, tempéra Garrik. Ce sorcier a des yeux partout. Il est prêt à tuer au moindre soupçon.

— Nous n'avons pas le choix, intervint Eldrin en tapant du poing sur la table. L'occasion est trop précieuse pour la laisser passer.

— Quelle occasion ? grogna le lieutenant. Tu parles de la réunion des Maîtres alchimistes que Velyar organise demain soir ? Rien ne garantit que la sécurité sera relâchée. S'il a un tant soit peu de jugeote, il doublera les patrouilles dans les Archives.

— C'est là que tu te trompes, coupa un autre collaborateur. Ivryn, la jeune femme à la chevelure courte et aux cicatrices marquant ses bras, se redressa. J'ai entendu dire que Velyar a convoqué la plupart de ses Gardiens du Sang pour impressionner ses confrères. Il ne peut pas se permettre de disperser ses forces.

— Impressionner ses confrères ? ironisa-t-il. Avec quoi, un autre sacrifice ?

Un silence lourd s'abattit.

— Oui, avoua le chef des rebelles. Il proposera sûrement un rituel pour remplacer le dernier qui a échoué. Et, c'est justement pour cela que nous devons agir. Les Archives seront moins surveillées, et nous pourrons profiter de la confusion que ce genre d'événement suscite toujours dans les rangs.

— Et si ça tourne mal ? s'enquit l'officier grincheux, en croisant les bras. Tu es disposé à sacrifier combien des nôtres cette fois ?

— C'est pourquoi nous devons procéder avec méthode, avisa Cælum, entrant dans le débat.

Tous les regards convergèrent vers lui.

— Continue, rebondit Eldrin, intrigué.

— Il ne s'agit pas de prendre d'assaut les Archives tels des soldats désespérés. Nous devons nous introduire, invisibles, sans déclencher d'alarme. La plus petite erreur nous condamnera tous.

— Facile à dire, ricana Garrik. Vous êtes une ombre. Nous, on ne peut pas disparaître aussi aisément.

— Ce n'est pas une question de magie, riposta-t-il, impassible. Uniquement de stratégie. Divisez les forces. Détournez l'attention des Gardiens pendant que quelques-uns d'entre nous pénètrent dans les Archives.

— Pas bête, murmura Ivryn. Une diversion pourrait nous donner une chance d'entrer.

— Cependant, elle doit minutieusement être calculée, poursuivit le dirigeant de l'assemblée. Si le subterfuge avorte, tout est perdu.

— Qui sera responsable de l'infiltration ? s'informa le rebelle grisonnant.

— Sélène et moi, affirma Cælum, sans hésiter.

Surprise, cette dernière le fixa.

— Nous sommes les mieux équipés pour franchir les illusions et les pièges alchimiques.

— Vous êtes peut-être puissants, mais si vous êtes repérés, comment fuirez-vous ? objecta Garrik.

— C'est pour cela que vous devez nous couvrir, reprit Cælum. La diversion devra durer assez longtemps pour que nous atteignions notre objectif et ressortions.

— Et si vous échouez ?

— Nous n'échouerons pas, répondit l'ombre aux yeux dorés d'un ton tranchant.

Le silence tomba de nouveau, pourtant cette fois, il était chargé d'une étrange détermination.

— Très bien, conclut Eldrin. Voici le plan : une petite troupe sera responsable de semer le chaos près des quartiers des Gardiens, attirant un maximum de gardes. Parallèlement, nos deux nouvelles recrues s'introduiront dans les Archives.

— Nous attaquerons demain soir, ajouta la femme aux cicatrices. Durant le congrès, comme prévu.

— Assurez-vous que tout le monde soit prêt, ordonna-t-il. Nous ne disposerons pas de seconde chance.

Les lieutenants hochèrent la tête, bien que certains, comme Garrik, conservassent une expression sceptique.

Alors que la réunion touchait à sa fin, Eldrin se tourna vers Sélène.

— Vous êtes sûre de vouloir participer ?

Elle prit une inspiration profonde, sentant le poids des regards sur elle.

— Oui, confirma-t-elle fermement.

— Donc, reposez-vous. Demain, nous entrerons dans l'antre du serpent. Que chacun fasse ses préparatifs.

L'assistance se dispersa dans un murmure tendu, chaque rebelle retournant à ses tâches. Tandis qu'ils quittaient la salle, Sélène discerna la présence de Cælum à ses côtés, rassurante et apaisante malgré la tempête à venir.

Sélène se tenait devant le miroir de leur petite chambre après s'être apprêtée. Son habit était commode et taillé pour l'infiltration, mais elle ne put s'empêcher de noter la façon dont elle mettait en valeur ses courbes.

Le pantalon en cuir souple suivait le contour de ses hanches et épousait ses jambes sans entraver ses mouvements. Sa chemise, cintrée et légère, soulignait sa taille fine tout en lui permettant une liberté totale en vue de bouger. Elle avait ajouté une veste dans la même matière, renforcée aux coudes et aux épaules pour une protection discrète. Ses bottines plates en peau flexible, elles aussi, étaient parfaites pour se déplacer sans bruit, tout en garantissant une adhérence solide. Elle compléterait son ensemble avec des gants assortis.

Elle rassembla ses cheveux en une tresse serrée qui tombait sur son dos, résolue à affronter les événements à venir. En s'examinant une dernière fois, elle sentit un mélange de détermination et d'appréhension. Ce soir, tout allait se jouer.

En sortant, elle trouva Cælum qui patientait dans le couloir sombre. Il portait des vêtements noirs, discrets et fonctionnels : une tunique près du corps, des gants en cuir, et une ceinture dans laquelle étaient accrochés plusieurs outils mystérieux, probablement des artefacts d'ombre qu'il savait utiliser.

Lorsqu'il posa les yeux sur elle, un frisson la parcourut. Son regard s'attacha un instant de trop sur sa silhouette, toutefois il se contenta d'un bref signe de tête.

— Prête ? s'enquit-il.

— Aussi prête que possible, assura-t-elle, en enfilant ses gants afin de se donner contenance.

Il ne fit aucun commentaire sur son choix vestimentaire, mais son expression parlait d'elle-même. Malgré le calme apparent de son visage, ses iris avaient trahi une lueur de désir fugace.

Le binôme rejoignit le reste des rebelles dans une salle de réunion plus petite, où Eldrin les attendait avec une carte détaillée de la cité souterraine et des Archives interdites.

— Voici le dernier briefing, dit-il en désignant les points clés sur le plan. La diversion commence ici, près des quartiers des Gardiens. Cela attirera les patrouilles. Pendant ce temps, vous prenez ce chemin-là, en longeant les canaux désaffectés. Ils déboucheront à une distance proche de l'accès secondaire des Archives.

— Et si l'entrée est verrouillée ? demanda Sélène.

— Cælum peut neutraliser les protections magiques, répondit le chef. Néanmoins, si vous êtes repérés, fuyez. Ne tentez pas de forcer les lieux.

Garrik, appuyé contre le mur, grogna.

— Si on doit s'esquiver à chaque fois, on ne s'en sortira jamais.

Eldrin ignora sa remarque et se tourna vers Cælum et Sélène.

— Vous savez ce qu'il faut chercher ?

L'ancien Veilleur hocha la tête.

— Des informations sur l'origine et le fonctionnement de la Pierre Alchimique.

— Exact. Et, si vous trouvez autre chose d'utile, prenez-le.

Le groupe sortit sans bruit, chaque membre de la mission récupérant son équipement. L'air était chargé d'une tension nerveuse, mais également d'une excitation sourde.

Le duo avança en première ligne, guidé par une des lieutenantes rebelles, une éclaireuse nommée Teyra. Les tunnels étaient sombres et humides, leurs parois suintantes miroitant uniquement grâce à des lanternes faiblement enchantées pour ne pas attirer l'attention.

Le silence était pesant, brisé seulement par le bruit subtil de leurs pas sur le sol. Sélène se concentra sur sa respiration, tentant d'atténuer les battements désordonnés de son cœur.

Cælum, juste à côté d'elle, restait d'un calme presque inquiétant. Par moments, il posait une main légère sur son épaule pour l'immobiliser, signalant un danger potentiel ou un obstacle à contourner. À chaque contact, la jeune femme éprouvait un étrange mélange de chaleur et de réconfort.

— Ça va ? chuchota-t-il.

— Oui, prétendit-elle, bien qu'elle ne soit pas tout à fait certaine de sa réponse.

Ils atteignirent enfin une porte massive en fer ornée de runes alchimiques. Teyra s'arrêta et se retourna.

— À partir d'ici, c'est à vous.

Sélène prit une bouffée d'air, le poids de la mission la submergeant. Elle croisa les yeux de son partenaire, dont les prunelles brillaient légèrement dans la pénombre.

— Prête ? demanda-t-il à nouveau.

Cette fois, elle répliqua avec une certitude qu'elle ne pensait pas posséder.

— Oui.

Ils posèrent leurs regards sur la porte, parés à affronter ce qui se cachait au-delà.

Le battant épais se dressait devant eux, imposant et mystérieux. Le guerrier ombrageux appuya délicatement ses doigts sur la surface froide du métal et des taches semblèrent glisser le long des gravures alchimiques, comme si elles répondaient à son appel.

— Ces runes servent à détecter l'usage de la magie, murmura-t-il en évaluant les symboles. Elles réagissent aux flux de vie.

Un frisson d'appréhension traversa Sélène.

— Alors, si je m'approche...

— Elles pourraient s'activer, oui, coupa-t-il. Mais, je vais neutraliser leur sensibilité. Reste près de moi et concentre-toi sur ta lumière. Pas trop, juste assez pour qu'elle se fonde dans mon ombre.

La nouvelle magicienne inspira profondément et ferma les yeux, appelant son énergie à se stabiliser. Elle avait appris à contenir sa force au cours des entraînements, toutefois cette application était inédite. Lorsqu'elle les rouvrit, les ténèbres de Cælum enveloppaient doucement son aura, telle une couverture protectrice.

— Parfait, dit-il après un moment. Maintenant, aide-moi à déverrouiller cet accès.

Elle plaça ses paumes à côté des siennes, ressentant un léger picotement au contact des glyphes. Une pulsation d'énergie courut entre eux, et elle sentit leur lien se solidifier encore davantage. Sous leur effort combiné, les runes vacillèrent, puis s'éteignirent. La porte émit un grondement sourd et commença à s'écarter.

L'intérieur des Archives Interdites était aussi oppressant que majestueux. De vastes couloirs s'étendaient devant eux, remplis de rangées interminables de livres, de parchemins et de reliques confinées dans des vitrines enchantées. L'éclairage était tamisé, provenant de globes flottants qui diffusaient une lueur verte.

— On se divise, proposa Cælum à voix basse. Recherche des indices sur la Pierre Alchimique. Évite tout ce qui semble piégé.

— Et toi ?

— Je vais m'occuper des protections magiques qui pourraient activer une alarme.

Sélène hocha la tête, son cœur battant à tout rompre. Tandis que son compagnon disparaissait dans l'obscurité, elle se força à avancer seule.

Elle se déplaça dans les galeries silencieuses, examinant les manuscrits enfermés dans des champs de force. Beaucoup devaient raconter l'histoire de l'Ordre, cependant ils étaient écrits dans une langue ancienne qu'elle ne pouvait pas déchiffrer. Pourtant, un ouvrage attira son attention : un épais grimoire noir, posé sur un piédestal au centre d'une salle circulaire.

Elle progressa lentement, son instinct en alerte. Un halo émanait du registre, puissant et suffocant. En pressant ses doigts sur la surface vitrée qui protégeait le livre, elle discerna une vague d'énergie familière : c'était la même que celle qu'elle avait ressentie lors du rituel.

Avant qu'elle ne puisse aller plus loin, une main se posa doucement sur son épaule. Elle sursauta, mais c'était son sauveur.

— Attention, chuchota-t-il. Ce manuscrit est un leurre.

Elle recula précipitamment.

— Comment le sais-tu ?

Il leva l'index vers un symbole presque invisible gravé dans le socle du piédestal.

— C'est un sceau de traque. Si tu avais essayé de le toucher, l'Ordre aurait été immédiatement alerté.

Un frisson glacé parcourut la colonne vertébrale de la jeune femme.

— Merci, bafouilla-t-elle, sa voix à peine audible.

Cælum se contenta de hocher la tête.

Ils continuèrent à chercher, toutefois le temps leur manquait. À un moment donné, un bruit sourd résonna dans les rangées : le signal des rebelles qui signifiait qu'il était l'heure de battre en retraite.

— On n'a pas trouvé grand-chose, soupira l'espionne improvisée, frustrée.

Son partenaire serra un petit parchemin qu'il avait récupéré.

— Mais on a ça. Avec un peu de chance, ça suffira.

Ils se mirent à courir en suivant les couloirs, évitant soigneusement les pièges et les protections. Alors qu'ils s'approchaient de la sortie, une vibration intense toucha le sol.

— Ils savent qu'on est là, siffla Cælum.

Le cœur de Sélène s'emballa.

— Que fait-on ?

Il se tourna vers elle, son regard brûlant de détermination.

— On improvise.

Les couloirs s'emplirent bientôt du bruit de pas lourds et de voix autoritaires. Les gardes de l'Ordre arrivaient. Cælum saisit la main de sa compagne, et une onde d'ombre les enveloppa, les rendant presque indétectables.

Ils avancèrent hâtivement, se faufilant entre les colonnes et les passages lugubres. En revanche, l'énergie de la jeune femme commençait à chanceler. Elle pouvait sentir son aura dorée percer à travers la dissimulation de son binôme.

— Tiens bon, murmura-t-il, son ton étrangement apaisant malgré l'urgence de la situation.

Avec un dernier effort, ils atteignirent la sortie des Archives. Les rebelles les attendaient dans les tunnels, les visages contractés, mais soulagés.

— Vous avez quelque chose ? demanda Eldrin alors qu'ils rejoignaient le groupe.

Il déroula le parchemin sans un mot. Le chef le prit, ses yeux brillants d'espoir.

— Bien joué. Maintenant, sortons d'ici.

Ils s'éloignèrent rapidement, laissant derrière eux les mystères des Archives Interdites... mais emportant avec eux un fragment de vérité.

Les souterrains, éclairés par des torches vacillantes, donnaient l'impression de s'étirer à l'infini pendant que l'équipe progressait dans un silence de plomb. L'air était chargé d'adrénaline et d'une subtile odeur d'humidité.

Sélène cheminait juste derrière Cælum, consciente du lien imperceptible qui les maintenait ensemble. Elle avait appris à ses dépens que s'écarter de lui entraînait une souffrance si déchirante qu'elle avait failli s'évanouir lors d'un essai précédent. Désormais, elle marchait instinctivement à proximité, incapable de savoir si c'était la douleur ou une autre force qui l'incitait à demeurer près de lui.

Son cerveau fonctionnait à plein régime. L'expédition avait été plus risquée qu'elle ne l'avait imaginé, et l'énergie qu'elle avait dû mobiliser pour rester dissimulée l'avait épuisée. Pourtant, une chaleur discrète persistait au creux de sa paume, là où son séduisant compagnon avait tenu sa main pour l'aider à avancer dans les galeries obscures.

Elle leva les yeux vers lui. Sa silhouette sombre se détachait à la lueur des flambeaux, chaque mouvement empreint d'une aisance féline. Malgré elle, elle se surprit à observer les détails : la tension dans ses épaules, la courbe de sa mâchoire, la façon dont ses cheveux semblaient absorber la lumière plutôt que la refléter.

Elle cligna des paupières, une gêne soudaine la submergeant.

— Arrête de me fixer, susurra Cælum sans se retourner, sa voix moqueuse.

Elle sursauta, son cœur manquant un battement.

— Je ne… je ne te fixais pas !

Il pivota vers elle, un sourire énigmatique sur les lèvres.

— Bien sûr.

Son ton détaché lui mit le visage en feu, mais elle n'eut pas l'opportunité de riposter. Eldrin, en tête du groupe, s'arrêta brusquement devant une intersection.

— Silence ! ordonna-t-il d'un geste.

La troupe s'immobilisa, chacun retenant son souffle. Pendant un instant, tout fut calme, puis un bruit lointain résonna dans les souterrains. Des voix, accompagnées d'un martèlement régulier.

— Les gardes, signala un des guerriers.

Le dirigeant des rebelles fronça les sourcils et se tourna vers Cælum.

— Tu peux les ralentir ?

Il acquiesça d'un signe de tête.

— Continuez. Je vais m'occuper d'eux.

— Seul ? protesta Sélène à voix basse. Si tu pars d'ici et que je reste avec eux…

Il posa sur elle un regard tranquille, mais intense.

— Tu sais bien que ce n'est pas une option.

Elle se mordit la lèvre, le cœur battant plus vite autant de frustration que d'inquiétude. Ils n'avaient pas encore trouvé de moyen de neutraliser leur lien, et l'idée de se retrouver séparée de lui, même un instant, la terrifiait.

— Alors, je reste et je t'aide, déclara-t-elle, le menton levé avec détermination.

— Hors de question, répliqua-t-il avec un soupir exaspéré. Je peux me battre tout en te gardant près de moi, mais tu devras te tenir en arrière. Ne fais rien de stupide.

Eldrin intervint, coupant court à la discussion.

— Nous n'avons pas le temps pour ça. Restez ensemble, mais ne traînez pas.

Cælum s'immergea dans les ténèbres, ses pouvoirs s'étendirent autour de lui comme un voile protecteur. Sélène le suivit de près, ses pas calqués sur les siens, sa lumière intérieure soigneusement contenue pour ne pas les trahir.

Les gardes n'avaient aucune chance. Les ombres créées par Cælum s'enroulèrent autour d'eux, les plongeant dans une confusion totale. Sous les directives de l'un des guerriers, les autres membres de l'équipe s'éclipsèrent silencieusement.

Quand ils rejoignirent finalement un passage plus sûr, loin des sentinelles qui allaient certainement chercher dans les mauvais tunnels pendant des heures, son cœur se détendit légèrement. Mais, la tension qui pulsait entre Cælum et elle persistait.

— Tu as pris de gros risques, lui reprocha-t-elle.

Il lui jeta un regard sombre, presque agacé.

— Et toi, tu refuses de m'écouter. Si je n'avais pas été là…

— Mais tu étais là, rétorqua-t-elle. Nous n'avons pas le choix, de toute façon.

Leurs prunelles se trouvèrent quelques secondes, et malgré l'exaspération mutuelle, une chaleur inattendue s'empara de la jeune femme. Elle détourna les yeux, ses joues s'embrasant soudainement.

Quand ils atteignirent enfin la sécurité du *Refuge* souterrain, l'atmosphère était lourde. Les résistants s'étaient éparpillés pour reprendre leur souffle ou monter la garde avant leur retour. Eldrin inspectait le parchemin déniché par Cælum, ses sourcils froncés dans une concentration intense.

Pour sa part, Sélène se laissa tomber sur une caisse en bois, l'organisme épuisé et les pensées embrouillées.

— Tu as fait du bon travail, dit une voix familière derrière elle.

Elle sursauta imperceptiblement et roula des yeux, mais ses lèvres se courbèrent malgré elle.

Il s'assit à ses côtés, son corps rayonnant d'un halo réconfortant en dépit de sa silhouette obscure. Leurs épaules se frôlèrent, et elle sentit une vague de picotements parcourir sa peau.

Eldrin déroula le parchemin sur une table improvisée. Les rebelles se rapprochèrent, formant un périmètre compact, leurs visages éclairés par une flamme oscillante. Encore consciente de la proximité de Cælum, Sélène s'efforça de se concentrer.

— Voici ce que nous avons découvert, annonça-t-il en tapotant la carte des Archives qu'ils avaient récupérée.

Il désigna un point central entouré de plusieurs cercles concentriques.

— Cette salle est la clé. C'est ici que se trouve le Vortex, le cœur du réseau alchimique qui alimente les protections de la cité. Si nous parvenons à le neutraliser, cela affaiblira l'Ordre et leur surveillance.

Un des lieutenants, Ivryn, croisa les bras.

— Et comment entrer sans déclencher toutes les alarmes ?

— Pendant le Banquet Alchimique, proposa Eldrin.

Les discussions s'enflammèrent rapidement. Le chef maintenait un calme apparent, cependant la jeune femme pouvait voir la crispation de sa mâchoire.

— Le Banquet Alchimique ? s'informa-t-elle.

— Le Banquet Alchimique est une tradition très rare, mais elle s'accompagne toujours d'une certaine désorganisation, commença-t-il en pointant un segment de la carte. Ces zones-ci, normalement imprenables, seront vulnérables.

— Vulnérables ne veut pas dire sans danger, grogna un lieutenant, l'homme massif nommé Garrik. Les alchimistes n'ont jamais été stupides. Il y aura des pièges que nous ne pourrons pas prévoir.

— C'est pour cela que nous devons frapper vite et efficacement, répliqua Eldrin avec assurance. Si nous agissons tandis qu'ils se prélassent à la fête, nous avons une probabilité de nous infiltrer dans les salles principales sans alerter tout l'Ordre.

Une femme élancée, aux cheveux noirs tressés et au regard perçant, ajouta :

— Toutefois, si nous sommes repérés, ce sera un massacre. Une fois les protections réactivées, il n'y aura aucune chance de s'en sortir.

— Ce risque est inévitable, trancha-t-il.

La tension monta lorsque l'officier massif frappa la table de son poing.

— Et si on préparait une embuscade au banquet ? On pourrait faire d'une pierre deux coups : éliminer plusieurs membres de l'Ordre et s'emparer du Vortex !

— Une idée aussi bête que toi, Garrik, répondit sèchement la femme tressée. Le festin aura lieu dans un espace entièrement protégé. Une attaque frontale serait suicidaire.

La grave voix de Cælum résonna dans le silence qui suivit :

— Le banquet est une couverture. Nous n'avons pas besoin de nous en approcher. Ce que nous cherchons, c'est le Vortex. La diversion est déjà en place : leur orgueil.

L'attention du public convergea vers lui.

— Si nous nous infiltrons pendant que leur vigilance est ailleurs, nous pourrons atteindre le Vortex avant qu'ils ne réalisent notre présence. Mais, uniquement si nous restons discrets.

Eldrin hocha la tête, semblant impressionné.

— Exact.

Il marqua une pause avant de poursuivre, le regard sombre :

— Et si nous avons accès au Vortex, nous pourrons non seulement briser une partie de leur pouvoir, mais également ouvrir un chemin vers le temple d'Euzohra.

Un murmure traversa l'assemblée, et le pouls de la magicienne débutante hésita un bref moment.

— Le temple d'Euzohra ? répéta Sélène, sa voix vibrante d'émotion.

Il acquiesça.

— Oui. Le Vortex est directement relié au temple d'Euzohra. Si nous pouvons le contrôler, nous pourrons peut-être localiser les captifs qu'ils y retiennent.

La jeune femme déglutit difficilement, les images de Mira et de sa mère adoptive envahissant son esprit.

— Alors, nous n'avons pas le choix, clama-t-elle, prise d'une résolution indéfectible. Nous devons réussir.

Cælum posa doucement une main sur son bras, sa chaleur la ramenant à la réalité.

— Nous réussirons, chuchota-t-il.

Et, dans ses yeux brillait une lueur inquiétante, un mélange de promesse et de détermination inébranlable.

De retour dans leur logement, Sélène s'assit sur le bord du lit, le cœur serré par l'appréhension. Son protecteur était resté silencieux depuis la réunion, mais elle sentait son regard peser sur elle.

— Tu penses qu'on a une chance ? demanda-t-elle finalement.

Il s'appuya contre le mur, les bras croisés.

— Une petite chance et c'est suffisant pour nous en sortir.

Elle esquissa un faible sourire, cherchant à puiser du courage dans ses mots.

— Dors, ajouta-t-il en se redressant. Tu auras besoin de toute ton énergie demain.

Elle se glissa sous les couvertures, mais son esprit tourbillonnait, entre peur et espoir partagés. Cælum resta un instant à l'observer, ses traits adoucis par une étincelle qu'elle n'arrivait pas à décrypter.

Rougissante, elle finit par prendre son courage à deux mains.

— Tu veux bien t'allonger près de moi ?

Sans un mot, il retira sa chemise et la rejoignit dans le lit. Mais, au lieu de garder ses distances comme il l'avait fait les nuits précédentes, il se tourna sur le flanc et se lova contre elle. Le souffle de Sélène se bloqua dans sa gorge et son cœur se mit à tambouriner dans sa poitrine. Des papillons s'appliquèrent à voleter dans son ventre et une douce chaleur se répandit dans tout son être.

— Dors, lui répéta-t-il.

Le sommeil l'emporta tandis qu'elle s'enivrait de son odeur de mystère.

Le *Refuge* s'étendait en un réseau labyrinthique de galeries, de grottes et de chemins escarpés que le duo n'avait pas encore pleinement explorés. Ce matin-là, après une nuit tranquille, Cælum lui avait proposé de chercher la fameuse source chaude dont les rebelles parlaient souvent. L'idée d'un bain réparateur, loin de la poussière et de l'austérité des lieux, était alléchante, bien que Sélène se demandât si être seule avec lui dans un tel endroit n'était pas une dangereuse décision.

Ils progressaient à travers les couloirs sinueux, la lumière de leur lanterne projetant des ombres mouvantes sur les murs de pierre. Son charmant partenaire marchait devant, sa silhouette imposante coupant l'obscurité avec assurance.

— Tu es sûr que c'est par là ? l'interpella Sélène, le silence des tunnels amplifiant le moindre de leurs bruits.

— Presque certain, répondit-il en jetant un coup d'œil par-dessus son épaule. Tu me fais confiance, n'est-ce pas ?

Elle détourna le regard, gênée par la question et par l'étincelle amusée dans ses yeux.

Enfin, ils débouchèrent dans une vaste crypte illuminée par des cristaux phosphorescents incrustés dans les parois. Au centre, une large étendue d'eau fumante s'étalait dans des teintes d'un bleu profond, des volutes de vapeur s'élevant paresseusement dans l'air. L'endroit était étrangement paisible, quasiment irréel.

— Voilà notre source chaude, déclara Cælum en posant la lanterne sur un rocher.

Sélène s'approcha du bord, fascinée par la douceur de l'onde qui miroitait sous la luminosité diffuse. Elle s'agenouilla et plongea une main dedans. La chaleur enveloppante était un baume instantané pour sa peau fatiguée.

— C'est... parfait, ronronna-t-elle.

Lui, silencieux, s'était déjà débarrassé de sa chemise, de son pantalon et de ses bottes. Il ne lui laissait aucun répit ; il était parfaitement à l'aise, tandis qu'elle, elle sentait ses joues chauffer pour une tout autre raison.

Elle s'écarta maladroitement, s'évertuant à rassembler son courage. Ils étaient tous les deux adultes, après tout. C'était un bain. Rien de plus.

Elle finit par retirer ses chaussures et sa tunique, ses mouvements précautionneux trahissant son hésitation et sa gêne. Lorsqu'il ne lui resta que ses sous-vêtements, elle entra dans le liquide et fut envahie par une fièvre qui paraissait pénétrer jusqu'à ses os.

Cælum s'installa de l'autre côté du bassin, cependant son attention ne la quittait pas. Il semblait l'observer avec une ardeur qui faisait écho à la température de l'eau.

— Tu devrais te détendre, lança-t-il tranquillement, sa voix grave résonnant dans la caverne.

Elle tenta un sourire, mais ses nerfs prenaient le dessus. Ses pensées revenaient sans cesse aux événements récents, au poids de ses émotions contradictoires.

Ils demeurèrent ainsi, dans un mutisme chargé, jusqu'à ce qu'il se rapproche imperceptiblement. L'écume se plissait légèrement autour de lui, toutefois c'étaient ses prunelles qui la captivaient.

— Quoi ? demanda-t-elle, troublée par l'intensité de ses yeux.

— Tu es tendue, répondit-il simplement.

Il leva une main, et elle sentit son cœur bondir. Lentement, il effleura une mèche de cheveux humide qui s'était collée à son visage, la replaçant derrière son oreille. Son geste était à peine perceptible, pourtant l'effet qu'il eut sur elle était dévastateur.

— Cælum... murmura-t-elle, mais elle ne savait même pas pourquoi elle avait prononcé son nom.

Un sourire énigmatique passa sur ses lèvres.

— Rappelle-toi, Sélène. Ici, personne ne peut nous atteindre.

Elle hocha la tête, à court de mots. L'eau chaude apaisait son corps, alors que la présence de Cælum éveillait tous ses sens. Ils conservèrent leur immobilité, leurs regards se croisant, leurs souffles se mêlant à la vapeur.

Lorsqu'il frôla de nouveau sa joue, cette fois en traçant doucement la courbe de sa mâchoire, elle ne s'écarta pas. Elle ignorait si c'était les flots, la fatigue, ou seulement lui... pourtant à cet instant, elle n'avait plus envie de fuir.

Il laissa ses doigts glisser timidement vers son cou, son toucher léger, mais électrisant. Sélène sentait son souffle décélérer, comme si chaque contact s'appropriait un fragment de sa volonté. Les mains continuaient leur exploration, caressant l'arrondi de ses épaules puis descendant le long de ses bras avec une lenteur délibérée. Elle frissonna malgré la chaleur de l'eau, incapable de détourner les yeux de lui.

Son regard, sombre et envoûtant, capturait le sien, et quand il effleura sa nuque, ses lèvres s'entrouvrirent comme si elle voulait dire quelque chose. Mais, aucun son ne sortit. Son esprit était une tempête, tiraillée entre la prudence et un désir qu'elle n'arrivait plus à retenir.

Quand ses doigts frôlèrent le galbe délicat de son sein, elle sentit une chaleur envahir son corps, plus brûlante encore que l'eau qui les entourait. Cælum se rapprochait, son visage à quelques centimètres du sien. Elle se souvenait de ses rêves, de ce moment où il avait comblé cette distance pour l'embrasser. Et, maintenant, c'était réel.

Mais, au moment où ses lèvres allaient rencontrer les siennes, des voix retentirent brusquement dans la salle.

Le son rompit la bulle intime qu'ils avaient créée. Sélène sursauta, le cœur battant à tout rompre, et recula précipitamment, faisant éclabousser l'eau autour d'elle. Cælum, toujours immobile, ferma brièvement les paupières, ses mâchoires se crispant comme pour contenir une frustration évidente.

Deux rebelles apparurent à l'entrée de la caverne, leurs silhouettes se découpant contre la lumière des cristaux. Ils leur firent un signe de tête et commencèrent à se dévêtir.

La jeune femme pivota, le visage rouge de honte, et quitta la source. Elle récupéra rapidement sa tunique, l'enfilant en silence. Cælum fit de même, son expression impassible, mais ses gestes étrangement raides, comme s'il se maîtrisait avec difficulté.

Ils se rhabillèrent sans échanger un mot. Sélène évitait de croiser son regard, sentant une tension palpable suspendue dans l'air.

Alors qu'ils se dirigeaient vers la sortie, son esprit était un chaos de pensées contradictoires. Elle ne parvenait pas à décider si elle ressentait plus de soulagement ou de regret d'avoir été dérangée. Cependant, une chose était certaine : cet événement hanterait ses prochains rêves.

Pendant qu'ils marchaient dans le dédale de couloirs et de passages éclairés par des cristaux luminescents, le couple avançait sans bruit. Les souvenirs encore brûlants de leur moment interrompu alourdissaient l'atmosphère entre eux. Sélène essayait de chasser les images qui lui revenaient en boucle, mais la tension dans ses muscles et la proximité de son partenaire rendaient la tâche impossible.

Ils prirent un embranchement à gauche, puis un autre à droite, néanmoins rien ne leur paraissait familier.

— Ce n'est pas le bon chemin, prononça-t-elle, incertaine.

Cælum fronça les sourcils, observant les murs humides et les gravures érodées par le temps.

— Non, concéda-t-il d'un ton bas, mais continuons, nous retrouverons notre route.

Ils progressèrent encore, leurs pas résonnant légèrement sur la pierre, jusqu'à ce qu'un chuchotement leur parvienne. Sélène s'arrêta net, tendant l'oreille.

— Attends, tu as entendu ça ?

Il posa une main sur son épaule, un signal pour qu'elle ne bouge pas. Ils s'approchèrent lentement d'une alcôve sombre, cachée derrière un amas de stalactites, où des voix basses s'élevaient.

— ... On ne peut pas les attaquer de front, ils sont trop puissants, disait l'une, rauque et teintée de frustration.

— Je sais, répondit une autre, plus aiguë et nerveuse. Mais, on doit agir vite. Veylar attend des résultats. La fille est essentielle pour le rituel. Si on échoue, on est morts.

Sélène sentit son estomac se tordre. Elle échangea un regard inquiet avec Cælum, qui restait immobile, son visage impénétrable.

— Et comment veux-tu qu'on les sorte d'ici ? poursuivit la voix rauque. Eldrin et ses lieutenants surveillent tout. On ne sait même pas quels sont leurs plans.

— Pas besoin de savoir, riposta l'autre avec une froideur calculée. On n'a qu'à les isoler, les neutraliser, et les livrer aux alchimistes dans le chaos qui suivra.

— Plus facile à dire qu'à faire. Tu crois qu'ils vont gentiment aller se promener hors du *Refuge* sans poser de questions ?

— Pas s'ils sont conscients. Veylar nous a donné un artefact pour les immobiliser. Il faut les attirer quelque part où personne ne viendra les chercher.

— Et après ? Tu penses qu'on peut les traîner jusqu'à un point de rendez-vous sans que quelqu'un s'aperçoive de leur absence ?

Un silence pesant s'installa, brisé seulement par le souffle guttural du premier traître.

— On trouvera une solution. La priorité, c'est de les avoir. Et, crois-moi, si on réussit, on sera récompensés au-delà de nos espérances.

Cælum se raidit, prêt à intervenir, mais Sélène bloqua son bras, secouant la tête avec insistance. Elle désigna le couloir par lequel ils étaient venus, ses yeux suppliant de ne pas se faire remarquer.

Ils reculèrent progressivement, leur respiration retenue, jusqu'à ce que les voix des deux félons s'éteignent dans le lointain.

Une fois hors de portée, la jeune femme balbutia :

— Ils veulent nous tendre un piège.

— Et ils ont quelque chose capable de nous neutraliser, répondit Cælum, son ton chargé de menace.

Ils s'observèrent sombrement. Les rebelles n'étaient pas aussi unis qu'ils l'avaient cru, et désormais, le danger venait également de l'intérieur.

De retour dans leur chambre, Sélène referma la porte avec précaution, jetant un regard nerveux vers le couloir. Cælum, lui, n'attendit pas plus longtemps pour éclater.

— Pourquoi m'as-tu arrêté ? siffla-t-il, les pupilles brillant d'une colère contenue. Ils étaient tout près. Sans l'artefact, je les aurais stoppés avant qu'ils n'aient eu le temps de cligner des yeux.

La magicienne débutante se redressa, refusant de se laisser intimider par son ton, bien que son cœur batte à tout rompre.

— Et si quelqu'un nous avait surpris ? Et, si leur disparition avait alerté les autres résistants ? Nous ne savons même pas combien de traîtres il y a ici !

— Nous sommes sûrs qu'il y en a au moins deux ! gronda Cælum, faisant les cent pas dans la pièce exiguë. Maintenant, ils sont libres de comploter et de frapper quand bon leur semble. Tu comprends ce que ça signifie ?

— Bien sûr que je comprends, rétorqua-t-elle, sa voix plus forte qu'elle ne l'aurait voulu. Mais, tuer deux personnes dans une alcôve lugubre n'aurait résolu qu'une partie du problème. Il faut connaître l'étendue de la menace avant de réagir !

Il s'arrêta net et se tourna vers elle, son regard perçant.

— Et pendant ce temps, on joue avec nos vies ? murmura-t-il, son ton plus bas, mais toujours chargé de rage.

Elle soupira, mal à l'aise.

— Ce n'est pas le problème de jouer avec nos vies, répondit-elle plus calmement. C'est une question de stratégie. Si Eldrin peut confirmer que ces traîtres ne sont pas isolés, on pourra agir de manière plus efficace.

Cælum émit un grognement de frustration, croisant les bras.

— Tu penses vraiment qu'Eldrin va nous croire ? Deux inconnus qui accusent ses hommes sans preuve ?

Elle haussa les épaules, déterminée.

— Dans ce cas, on trouve des preuves.

Il la dévisagea longuement, ses traits toujours crispés. Enfin, il soupira, sa colère se transformant en résignation.

— Très bien. Mais si ces deux-là font le moindre mouvement contre toi…

Il s'interrompit, serrant les poings comme pour contenir la promesse implicite de violence.

Sélène, bien que troublée par la lueur sombre dans ses yeux, hocha lentement la tête.

— Je ne te demande pas de te retenir si ça devient nécessaire, précisa-t-elle. Mais, pour l'instant, on doit rester discrets.

Il détourna le regard, ses mâchoires toujours crispées.

— Alors, par où commençons-nous ?

Elle inspira profondément, le poids de la situation pesant lourd sur ses épaules.

— On observe, on écoute. Et, quand on aura ce qu'il nous faut, on déterminera quoi faire.

Bien qu'il ne dise rien, elle sentit qu'il n'était pas convaincu. Pourtant, il acquiesça brièvement, un signe tacite qu'il respecterait sa décision… pour le moment.

Le malaise demeurait palpable dans la petite pièce. Sélène s'assit sur le lit, ses pensées tourbillonnant. Elle percevait le regard perçant de Cælum, cependant elle n'osait pas relever les yeux.

— Ils ont parlé d'un artefact, finit-elle par ajouter, brisant le silence oppressant. Si les alchimistes leur ont confié quelque chose d'aussi puissant, c'est qu'ils prévoient une attaque imminente.

Cælum s'appuya contre le mur, les bras dans le dos, son expression morose.

— Probablement. Et, cet artefact n'est pas là pour les défendre. Il est conçu pour nous immobiliser, toi en particulier.

Sélène frissonna malgré elle.

— Il faut savoir ce que c'est et comment ça fonctionne.

— Encore une raison de les avoir éliminés sur-le-champ, répliqua Cælum, son ton acerbe.

Elle releva la tête, prête à rétorquer, pourtant elle se retint. Elle comprenait sa frustration. Sa nature même l'incitait à opérer rapidement, sans détour. Néanmoins, elle ne pouvait pas s'y résoudre.

— Il faut qu'on réfléchisse, insista-t-elle. Qu'on soit méthodiques. Si on fait une erreur, ça ne mettra pas que nous en danger, mais tout le *Refuge*.

Il poussa un soupir agacé et s'approcha du lit, s'asseyant à côté d'elle. Ses traits s'étaient adoucis, toutefois une raideur persistait dans sa posture.

— Tu penses vraiment qu'Eldrin peut gérer cette situation ? demanda-t-il.

Sélène hésita.

— Je ne sais pas. En revanche, je crois qu'il veut protéger ses hommes et ce lieu. S'il apprend qu'il y a des traîtres, il ne pourra pas l'ignorer.

— Et s'il est trop lent à agir ?

Elle le regarda, son cœur serré.

— Dans ce cas, on interviendra. Mais pas avant d'être sûrs.

Leurs pupilles s'accrochèrent, et pour un instant, la tension changea de nature. Sélène détourna précipitamment les yeux, sensible à la chaleur qui montait en elle.

Cælum rompit le moment en se levant brusquement.

— Très bien. On les surveille. Par contre, si ces traîtres essaient quoi que ce soit, je n'hésiterai pas.

Sélène acquiesça, reconnaissante qu'il accepte au moins temporairement sa stratégie.

Le dilemme était éprouvant pour leurs consciences. S'engager pour infiltrer le Vortex sans confondre Eldrin à propos des félons semblait suicidaire, mais dévoiler ce qu'ils savaient comportait ses propres dangers.

Elle brisa le silence :

— On ne peut pas partir sans lui dire, murmura-t-elle. Si nous tombons dans un piège, nous serons isolés.

Cælum, debout près de la porte, était prêt à exploser.

— Et si le dirigeant est impliqué ? Ou s'il fait confiance aux mauvaises personnes ? Nous risquons de lui révéler des renseignements qu'il pourrait utiliser contre nous.

La jeune femme fronça les sourcils, mal à l'aise.

— Eldrin a tout intérêt à garder le *Refuge* en sécurité. Ces traîtres pourraient causer des ravages, et il doit en être informé, même si ça signifie faire un pari audacieux.

Il soupira, passant une main dans ses cheveux.

— Très bien. Mais, on le fait à notre manière. Pas devant tout le conseil, pas avec ses lieutenants autour. Juste lui.

Sélène acquiesça, soulagée qu'il cède.

— Et si ça tourne mal ?

Il croisa son regard, une lueur sombre dans ses yeux.

— Alors, on se débrouillera seuls. J'ai l'habitude.

Cette réponse, bien que peu rassurante, semblait être l'unique option viable. Ils sortirent de leur chambre à la recherche du chef des rebelles.

Ils le trouvèrent dans une petite salle de réunion, isolé, penché sur une carte des tunnels entourant le Vortex. Lorsqu'ils entrèrent, il releva la tête, l'air surpris.

— Vous ne devriez pas vous préparer pour ce soir ? demanda-t-il calmement.

— Eldrin, il y a un problème, déclara Sélène, sa voix tendue.

Elle expliqua brièvement ce qu'ils avaient entendu : les traîtres, l'artefact, et leur intention de livrer la survivante aux alchimistes. Il l'écouta en silence, ses traits se durcissant au fil du récit.

— Vous êtes sûrs de ce que vous avancez ? demanda-t-il avec une pointe de méfiance.

Cælum s'approcha d'un pas, son ton glacial :

— Nous n'avons aucune raison de mentir. Mais, maintenant que vous savez, qu'allez-vous faire ?

Eldrin fixa le vide un instant, réfléchissant.

— Si ce que vous dites est vrai, alors nous avons un problème sérieux. Pourtant, vous comprenez que je ne peux pas accuser mes hommes sans preuve.

Sélène intervint, tentant de tempérer la tension :

— Nous ne vous demandons pas d'agir immédiatement. En revanche, soyez vigilant. Si vous remarquez des comportements suspects ou si un événement inhabituel se produit, vous saurez quoi faire.

Il hocha lentement la tête.

— Très bien. Je garderai cela à l'esprit. Mais soyez prudents. Si ces traîtres sont aussi déterminés que vous le dites, ils ne reculeront devant rien.

En quittant la salle, Sélène sentit l'appréhension peser sur elle. Ils avaient fait ce qu'ils pouvaient, toutefois la méfiance et les secrets rendaient l'atmosphère suffocante.

Cælum resta silencieux tout le long du chemin vers les préparatifs. Finalement, il murmura à Sélène, sa voix basse, mais teintée d'ironie :

— Espérons qu'Eldrin ne soit pas un excellent menteur.

Elle ne répondit pas. Elle se contenta de serrer les poings, priant pour que leur pari ne se retourne pas contre eux.

CHAPITRE 7

La nuit était tombée, drapant la cité d'un silence trompeur. À travers les ruelles obscures et les galeries oubliées, le groupe progressait, chaque mouvement calculé pour éviter les patrouilles alchimiques. Le Banquet Alchimique battait son plein dans la grande salle de l'Ordre, et les échos lointains de rires et de musique s'entremêlaient avec le grondement sourd des engins ensorcelés.

Eldrin ouvrait le chemin, une carte en main, ses gestes précis et assurés. Derrière lui, les lieutenants Ivryn et Kaera, la guerrière tressée, suivaient en silence, leurs armes prêtes. Cælum et Sélène fermaient la marche. La jeune femme sentait l'énergie sombre de son compagnon se mouvoir telle une ombre protectrice autour d'elle, une présence réconfortante dans cet endroit chargé de magie pervertie.

— Nous approchons, murmura le chef des rebelles en désignant une arche ornée de runes luminescentes. Derrière, un escalier en spirale mène dans les profondeurs de la cité.

Le Vortex se trouvait là-bas, sous les Archives Interdites.

À peine avaient-ils descendu quelques marches qu'un hurlement guttural fendit l'air. Ils se figèrent tous, la main sur leurs équipements. Un autre cri lui répondit, plus proche cette fois, suivi du bruit de griffes raclant la pierre.

— Des Échappés, souffla Kaera, son visage blême.

Sélène n'avait vu ces créatures à qu'une seule occasion auparavant, et l'horreur de leur existence lui revint en mémoire. Ces monstres étaient des expériences ratées des alchimistes, des corps humains fusionnés à la magie jusqu'à devenir des abominations incontrôlables.

L'une d'elles surgit alors, un amas informe de muscles et de métal, son regard brillant d'une lueur démente. Elle bondit dans leur direction.

— En formation ! hurla Eldrin.

Cælum se plaça immédiatement devant Sélène, son ombre se déploya pour l'envelopper d'une barrière mouvante. Les rebelles engageaient le combat, leurs armes enchantées pourfendaient l'air dans un chaos maîtrisé. Une seconde créature se jeta sur eux, mais le guerrier ténébreux, rapide comme l'éclair, envoya une vrille d'énergie obscure qui la transperça, la transformant en cendres.

— Dépêchons-nous, ces choses vont rameuter toute la garde, lança-t-il en tirant sa protégée par le bras.

Sélène demeurait là, pétrifiée, les yeux rivés sur les Échappés qui se précipitaient vers eux, une terreur intense serrant son estomac. La scène évoquait un rêve, ou plutôt un cauchemar. Ses jambes refusaient de bouger, et sa respiration était saccadée, comme si l'air autour d'elle s'était épaissi. L'angoisse la tenait en étau, impitoyable, écrasant ses pensées sous le poids de l'épouvante. Comment allait-elle pouvoir accomplir la mission, si elle ne parvenait même pas à remuer, à réagir face à cette menace immédiate ?

L'hésitation l'envahit, lourde et oppressante. Elle n'était pas prête, elle le savait au fond d'elle. Elle avait beau essayer de gonfler ses poumons d'air frais, la panique restait là, dans son ventre, dans ses veines, sur le point d'exploser.

Cælum s'approcha d'elle, la dévisageant avec intensité. Il l'attrapa délicatement par les épaules, son regard doré et calme s'ancrant dans le sien. Malheureusement, rien ne semblait l'atteindre. Elle ouvrit la bouche pour protester, pour dire que c'était trop, qu'elle n'en pouvait plus, mais ses mots se perdirent dans un déluge incohérent, une cacophonie de doutes et de terreur qui se déversait sans fin.

Soudain, sans prévenir, Cælum se pencha et captura ses lèvres dans un baiser puissant, impétueux. Ce geste, inattendu et intime, coupa net le flot de ses pensées. Tout autour d'elle parut s'arrêter, comme si le monde avait suspendu son souffle. Ses jambes, qui tremblaient de peur, se stabilisèrent lentement alors qu'elle se retrouvait plongée dans un silence apaisé, l'écho de la panique se dissipant peu à peu.

Quand il s'éloigna enfin, ses yeux se verrouillèrent aux siens, plus profonds que jamais, et quelque chose, à l'image d'un ancrage, passa entre eux. Elle inspira à fond, son souffle recouvrant progressivement son rythme normal. Son esprit était encore un peu brumeux, pourtant la clarté revenait. Elle n'était pas seule, et ça, ça suffisait à la ramener à la réalité.

Cælum et Sélène rejoignirent Eldrin et Kaera, et franchirent les derniers mètres dans une course effrénée, laissant derrière eux les cris des monstres et les éclats de fer.

Pour pénétrer le Vortex, il fallait contourner les protections principales des Archives. Cela signifiait traverser un antique réseau souterrain : les égouts alchimiques. Ce labyrinthe de galeries servait autrefois à canaliser les résidus des expériences, mais il avait été scellé depuis des décennies.

Eldrin menait la marche avec une torche enchantée dont la lumière pulsait doucement, révélant des murs couverts de runes d'alerte éteintes. L'air était épais, saturé d'une odeur métallique et de magie ancienne.

— Si ces symboles s'activent, remarqua Kaera, nous serons repérés aussitôt.

— Alors, prions pour qu'elles restent endormies, répondit Eldrin en traçant un signe de dissimulation dans l'atmosphère.

À chaque intersection, Cælum s'arrêtait un instant, son énergie sombre s'étendait comme une onde imperceptible pour détecter des pièges surnaturels. Sa voix grave résonnait à travers l'obscurité.

— Par ici. Ce passage est sûr.

Sélène demeurait près de lui, consciente que chaque fois qu'ils s'éloignaient, une douleur sourde menaçait de se réveiller dans sa poitrine.

Après une heure de déambulation feutrée, ils atteignirent une porte massive en métal, ornée de runes brillantes. C'était l'entrée inférieure des Archives, verrouillée par une combinaison complexe de magie alchimique.

Le chef des rebelles sortit un cristal bleuâtre qu'il avait subtilisé à un sorcier lors d'une mission précédente.

— Cette clé fonctionnera pour une seule utilisation, prévint-il. Si nous échouons ici, il n'y aura pas de seconde chance.

Il l'inséra dans une cavité au centre du battant. Les symboles s'illuminèrent, se tordirent, et, dans un grincement lourd, la porte s'ouvrit lentement, découvrant un escalier glissant plongeant dans la pénombre.

— Descendons vite, dit-il.

Au bas des marches, le véritable défi les attendait : des sentinelles spectrales, des entités intégrées par l'Ordre pour patrouiller les lieux. Invisibles à l'œil nu, elles se déplaçaient silencieusement, leur présence marquée uniquement par un léger frémissement dans l'air.

— Si elles nous touchent, elles absorberont notre énergie et alerteront les alchimistes, avertit Kaera.

Cælum s'approcha, une lueur déterminée dans le regard.

— Laissez-moi m'en occuper.

Il ferma les yeux, ses ombres se propageant sur le sol à l'image d'une nappe de brouillard. En quelques instants, il sembla fusionner avec l'obscurité environnante.

— Avancez, murmura-t-il. Je les tiendrai à distance.

Ils progressèrent sans hâte, retenant leur souffle à chaque pas. Les ténèbres de Cælum dansaient autour d'eux, repoussant les sentinelles à la dernière seconde. Lorsque l'une d'elles s'approcha trop près, il fit un mouvement brusque, et l'entité s'éparpilla telle de la fumée dissipée par le vent.

Finalement, ils parvinrent à une autre porte, plus petite, mais tout aussi imposante. Une barrière magique scintillante bloquait le passage, alimentée par de gros cristaux enchâssés dans les murs. La lumière qu'ils émettaient frétillait, presque hypnotique, cependant leur énergie dégageait une tension oppressante.

— Voilà le Vortex, commenta Eldrin, sa voix teintée de gravité.

Il se tourna vers Sélène, un mélange d'espoir et de doute dans le regard.

— Nous aurons besoin de toi. Ces minéraux sont liés aux âmes piégées. Ta connexion avec Cælum, avec les Ombres, peut interagir avec leur magie pour désactiver l'enceinte.

Une boule se forma dans l'estomac de l'enchanteresse débutante. C'était une responsabilité immense à porter.

— Et si je n'y arrive pas ? demanda-t-elle à voix basse.

Son protecteur, silencieux jusqu'à présent, posa une main ferme sur son épaule.

— Tu y arriveras. Fais-moi confiance.

Elle inspira profondément, plongea ses yeux dans le noir et tendit ses paumes vers le cristal le plus proche. Une vague de chaleur et de froid la traversa simultanément, la désorientant. Elle essaya de canaliser cette puissance, de la guider comme elle l'avait fait lors de ses entraînements. Mais, dès qu'elle tenta de la manipuler, elle la sentit se dérober brutalement. Une violente décharge parcourut ses bras, la projetant en arrière.

— Sélène ! s'écria Cælum en la rattrapant avant qu'elle ne heurte le sol.

Elle haletait, les doigts engourdis.

— Je... je ne peux pas. C'est trop intense.

— Si, tu peux, insista-t-il, son ton plus autoritaire. Par contre, tu dois rester concentrée. Tu laisses tes doutes te submerger.

Eldrin intervint, son visage crispé.

— Nous n'avons pas le temps pour des hésitations. Si elle échoue une nouvelle fois, nous devrons trouver une autre solution.

Cælum lança un regard tranchant au chef des opérations pendant qu'il aidait Sélène à se redresser.

— Ignore-le, intima-t-il. Respire. Essaie encore.

La jeune femme, tremblante, se remit face au cristal. Cette fois, elle inspira longuement puis posa ses mains dessus. L'énergie l'envahit de nouveau, brutale et indomptée. Elle s'évertua à la juguler, à l'intégrer à son propre flux... mais elle se rebella, échappant de son contrôle. La barrière vacilla légèrement avant de se stabiliser une fois de plus.

— Non ! pesta-t-elle, reculant avec rage.

— Sélène... concentre-toi, répéta Cælum, ses iris plongés dans les siens. Tu te bats contre cette puissance comme si c'était une ennemie. Tu dois l'accepter.

— C'est facile à dire ! répliqua-t-elle, la frustration éclatant dans le ton.

Il réduisit encore la distance qui les séparait, lui prenant les mains et les serrant doucement.

— Je sais que c'est difficile. Mais, tu n'es pas seule. Ressens le lien entre nous. Utilise-le.

Ses paupières se rejoignirent de nouveau, s'accrochant à sa voix, à sa présence. Cette fois, elle tenta de ne pas dominer l'énergie, mais de l'harmoniser avec la sienne. Une pulsation douce résonna en elle, un écho des Ombres et de la lumière en équilibre.

Lentement, elle sentit l'obstacle s'affaiblir. La lueur des minéraux s'estompa, leur flux absorbé dans un murmure apaisant. Lorsqu'elle ouvrit les yeux, la barrière avait disparu.

Eldrin s'approcha précipitamment.

— C'était... suffisant. Allons-y.

Sélène vacilla, épuisée, mais Cælum la rattrapa encore une fois.

— Tu as réussi, s'exclama-t-il.

Elle hocha la tête, toutefois un sentiment d'humilité la traversa. Ce succès avait été arraché à grand-peine, et elle savait que le chemin restait encore long.

La salle du Vortex était à la fois magnifique et effrayante. Au milieu, un immense châssis circulaire flottait, un réseau complexe de glyphes et de cristaux qui crépitaient d'une clarté dorée. À ses pieds se trouvait une vaste dalle de pierre, gravée de symboles anciens qui paraissaient vibrer à l'unisson avec le Vortex. Des arceaux translucides s'élevaient autour de la structure centrale, reliés par des fils d'énergie qui s'entrelaçaient et se tordaient dans l'air, à l'image de serpents rayonnants. L'atmosphère était chargée, saturée d'une magie primitive et impitoyable, une puissance qui donnait l'impression d'aspirer la lumière et l'espoir.

Sélène s'arrêta, les yeux écarquillés, fascinée et terrifiée en même temps. Le Vortex émettait une force quasi palpable, une pression qui appuyait sur sa poitrine et lui coupait presque le souffle.

— Voilà la source de leur pouvoir, murmura Eldrin, ébloui malgré lui.

— C'est ici, enchaîna Cælum, ses rétines se fixant sur le cœur battant du maillage. Si nous voulons avoir une chance de les fragiliser, c'est maintenant qu'il faut agir.

Le dirigeant des opérations se tourna vers la débutante, son expression grave.

— Tu sais ce que tu dois faire, n'est-ce pas ?

Elle acquiesça posément, bien qu'un tremblement d'incertitude l'envahisse. Les minéraux, les runes, tout semblait relié par un fil invisible, une toile de maléfice accablante. Chaque mouvement qu'elle ferait risquait de tout faire imploser. Et, pourtant, ils ne disposaient pas d'autre choix.

La jeune femme se rapprocha, concentrée, tendant les paumes vers le centre du Vortex. La lueur dorée pulsait devant elle, presque hypnotique. Elle ferma les yeux un instant, se focalisant sur la connexion avec Cælum, sur leur lien. Elle devait réussir. Elle savait que tout dépendait d'elle.

Mais, à peine ses mains effleurèrent les cristaux que l'énergie emmagasinée dans la salle parut violemment la repousser, telle une décharge de flamboiement pur. Elle grimaça sous l'impact, les doigts en feu, incapable de maintenir son contact.

— Sélène, tu dois te calmer, l'encouragea son partenaire, sa voix perçant le tumulte qui les entourait.

Elle serra les dents et tenta à nouveau, se polarisant son attention sur le flot de puissance qui passait entre eux. Graduellement, elle sentit la magie des minéraux réagir à son appel. L'énergie s'ouvrit devant elle de la même façon qu'une mer paisible après la tempête. La résistance s'affaiblit lentement, cependant elle n'était pas encore brisée.

Les glyphes se mirent à vibrer davantage, une lueur rouge commençant à se mêler à la lumière dorée, signalant que le système s'opposait à leur intrusion. Une onde de chaleur l'envahit, pourtant elle ne s'arrêta pas. Sa concentration, déjà fragile, se disloquait sous l'intensité de l'effort.

D'un geste désespéré, elle força la magie à s'aligner sur sa propre essence intérieure, cherchant à apprivoiser l'agitation autour d'elle. Une secousse d'énergie traversa la salle, puis un silence lourd se fit.

Les cristaux clignotèrent une dernière fois avant de s'éteindre, et le rayonnement s'effondra, laissant place à l'obscurité.

Sélène, tremblante, se laissa tomber à genoux, épuisée, mais victorieuse. Le Vortex était enfin neutralisé. Toutefois, elle savait que cela ne signifiait qu'une seule chose : la bataille venait juste de commencer.

Cælum, lui, restait figé, les poings serrés.

— Quelque chose ne va pas, dit-il d'une voix rauque.

La jeune femme, vacillante, posa une main sur son bras, cherchant à comprendre.

— Quoi ?

— L'énergie... Elle m'appelle.

— Quelle énergie ? Il n'y a plus rien.

— Si, il reste quelque chose.

Eldrin et Kaera s'approchaient déjà de la dalle en granit au centre de laquelle ils aperçurent une pierre transparente scellée sous une paroi vitrée. Elle pulsait légèrement d'un scintillement faible. Cælum, la mâchoire crispée, avança à son tour.

— Non... murmura-t-il, horrifié.

Sélène suivit son regard et vit ce qu'il percevait. À l'intérieur de la gemme, une lumière brillait : sombre, intense, et terriblement familière.

— Qu'est-ce que c'est ? demanda-t-elle, sa voix vibrante d'appréhension.

— Des fragments de moi, répondit-il d'un ton glacé.

L'attention de tous convergea vers lui.

— Quand ils m'ont trahi... Quand ils ont emprisonné mon essence pour alimenter leur Pierre, ils ont pris plus que je ne le pensais.

Il recula d'un pas, son ombre vacillante comme si elle luttait contre une force invisible.

— C'est pour ça que je suis incomplet, expliqua-t-il, les dents serrées. Ils ont utilisé ces fragments pour nourrir leur magie et maintenir leur immortalité.

Le silence qui suivit fut chargé de nervosité. Eldrin le rompit le premier.

— Si nous détruisons la pierre, nous briserons leur emprise.

— Mais cela pourrait tuer Cælum, protesta la jeune femme en faisant volte-face vers lui.

Il secoua la tête.

— Pas ici. Pas maintenant. Retirons ces bribes. Si nous les récupérons, je retrouverai peut-être une partie de ce que j'ai perdu.

Kaera opina du chef, bien que l'incertitude dans ses yeux fût palpable.

— Alors, faisons-le vite. Nous ignorons combien de temps nous avons avant qu'ils ne s'aperçoivent de notre intrusion.

Avec des mouvements précis, Eldrin commença à manipuler les dispositifs sécurisant la paroi verrouillée, cherchant à extraire les morceaux sans déclencher d'alarme.

Sélène resta près de Cælum, percevant la douleur et la colère bouillonner en lui. Néanmoins, dans ses yeux, au-delà de l'ombre, elle capta une détermination féroce.

Il n'allait pas permettre aux alchimistes de lui voler davantage.

Elle demeura muette, observant l'ancien Veilleur. Son regard, d'abord dur et résolu, se fit soudainement vulnérable, presque brisé. Elle le vit se refermer sur lui-même, un voile d'émotion qu'il ne laissait habituellement jamais transparaître. Un élan de compassion inonda Sélène, aussi inattendu que puissant. Elle se retrouva à le dévisager dans un silence lourd, son cœur se serrant pour lui.

Elle se demanda, tout à coup, à quel moment elle avait cessé d'être méfiante. Quand les murs qu'elle avait dressés autour d'elle, ces barrières qu'elle avait soigneusement érigées pour se protéger, avaient commencé à s'effondrer. Était-ce à cause de son attirance pour lui ? Ce désir qu'elle n'avait jamais voulu reconnaître, qui l'avait frappée tel un éclair, envahissant chaque pensée, chaque geste lorsqu'il se trouvait près d'elle. Mais, cela ne pouvait pas être uniquement cela, n'est-ce pas ? Après tout, il représentait bien plus qu'une simple pulsion. Il était son protecteur, toujours là quand elle chancelait, prêt à la soutenir dans ses moments de faiblesse. Il avait été une ancre pour elle, un point de stabilité dans un océan de chaos.

Elle sentit une brûlure dans sa poitrine, partagée entre son envie de s'en remettre à lui et la peur d'être trahie. Peut-on réellement faire confiance à quelqu'un qui porte en lui tant de secrets, tant de souffrances ? Quel était son véritable rôle dans tout cela ? Elle n'avait pas toutes les réponses, et ça la perturbait. Elle avait l'impression d'être piégée dans un dilemme silencieux : son cœur l'incitait à le croire, à l'accepter tel qu'il était, malgré son passé ténébreux. Cependant, sa raison, cette voix intérieure, lui soufflait qu'elle devait être prudente, encore plus maintenant que les dangers étaient si proches.

Elle détourna son regard de Cælum, un soupir s'échappant de ses lèvres. Elle ne savait pas si elle devait continuer à le voir comme un allié, ou s'il était simplement une autre ombre à laquelle elle se raccrochait par peur d'être seule. Toutefois, au fond d'elle, quelque chose la conduisait à supposer qu'il y avait plus en lui. Quelque chose de sincère, malgré tout.

Les minutes qui suivirent furent empreintes d'une pression insoutenable. Eldrin et Kaera travaillaient avec une précision fébrile, leurs doigts dansant sur les runes et les mécanismes entourant la pierre transparente. Les glyphes brillaient d'une lumière vacillante, comme si l'énergie contenue à l'intérieur luttait pour rester sous contrôle.

Sélène jeta un regard au séduisant guerrier. Son visage reflétait une tempête d'émotions : la colère, la douleur et quelque chose de plus profond... peut-être de l'espoir.

— Ils ont pris une partie de toi, murmura-t-elle. Mais, on va la récupérer.

Ses yeux dorés rencontrèrent les siens, et il hocha lentement la tête, bien que ses traits restassent tendus.

Eldrin s'agenouilla devant la paroi, ses mains entourées d'un halo magique alors qu'il tissait des formules complexes dans l'air.

— Ces fragments... marmonna-t-il en scrutant la pierre, ils sont enchâssés dans une trame énergétique significativement dense. Si je retire les mauvais liens, cela pourrait provoquer une implosion.

— Alors, ne te trompe pas, répondit Cælum d'un ton tranchant.

Après quelques manipulations supplémentaires, la cloison s'évapora, libérant l'accès à l'objet.

Kaera s'approcha d'un appareil en forme de cristal serti de cuivre, qu'elle plaça au sommet sur la gemme.

— Cet extracteur va canaliser les fragments directement vers toi, dit-elle en s'adressant à Cælum. Mais, tu dois te préparer : ça risque d'être… brutal.

Il se redressa, imposant et immobile, ses ombres s'épaississant autour de lui à l'instar d'une armure parée à encaisser l'inévitable.

— Je suis prêt.

Eldrin activa le mécanisme. Une vibration sourde emplit la pièce alors que la pierre commençait à libérer une lumière sombre et tourbillonnante. Les éclats d'essence de Cælum, retenus par des chaînes d'énergie dorée, émergèrent progressivement.

Cælum tituba lorsque le premier morceau fut extrait. Une onde de magie brute le frappa, le forçant à poser un genou à terre.

— Arrêtez ! s'écria Kaera, mais il leva la main pour l'interrompre.

— Continuez, grogna-t-il entre ses dents.

Sélène s'accroupit tout près de lui, ses doigts effleurant son épaule. Une chaleur traversa sa paume, une connexion entre eux qui semblait apaiser sa souffrance, ne serait-ce qu'un peu.

— Tu n'es pas seul, chuchota-t-elle.

Il tourna légèrement la tête vers elle, ses prunelles dures s'adoucissant juste un instant avant qu'une nouvelle vague de douleur ne le submerge.

Le silence crispé fut brisé par un hurlement guttural, résonnant dans les couloirs derrière eux.

— Les Échappés, prévint le chef des rebelles en jetant un coup d'œil rapide par-dessus son épaule.

Kaera attrapa son arme et se plaça en garde près de l'entrée.

— Je m'occupe de retenir ceux qui arrivent. Eldrin, ne t'arrête pas !

La jeune enchanteresse se redressa hâtivement, se positionnant à ses côtés, tandis que Cælum luttait pour assimiler les fragments.

— Sélène, reste avec lui, ordonna Eldrin, mais elle serra les dents et leva sa lame.

— Je peux gérer.

Les Échappés surgirent dans la pièce en masse, leurs griffes étincelant sous la lumière magique. Kaera les affronta avec des mouvements agiles, esquivant leurs attaques et les abattant méthodiquement.

L'un d'eux bondit vers Sélène, mais elle l'arrêta d'un coup net à la gorge. Son sang, noir et visqueux, éclaboussa le sol. Elle resta interdite quelques instants, comprenant que pour la première fois de sa vie, elle s'était défendue seule.

Cælum, toujours à genoux, fit un geste de la main, et une vague d'ombre jaillit pour balayer plusieurs créatures, les engloutissant dans une obscurité totale.

Enfin, Eldrin retira le dernier éclat. Une lumière aveuglante explosa dans l'espace, suivie d'un calme saisissant. La pierre semblait éteinte, sa surface ternie, cependant l'énergie flottait désormais autour de l'ancien Veilleur, vibrante avec une intensité à la limite du supportable.

— Assimile-le, maintenant, conseilla Eldrin.

Cælum ferma les paupières, les fragments d'essence se dissolvant dans son corps. Ses ombres oscillèrent, puis devinrent plus denses, plus puissantes. Lorsqu'il releva les yeux, ils brillaient d'une étincelle nouvelle, presque divine.

— Je sens... qu'une sensation revient, dit-il d'une voix rauque, toutefois il chancela légèrement.

Sélène le rattrapa juste avant qu'il ne tombe.

— Ça va aller, le rassura-t-elle.

Kaera et Eldrin retournèrent vers eux, haletants, mais victorieux.

— Nous avons ce que nous étions venus chercher, dit le rebelle en regardant le Vortex éteint. Mais, ils sauront bientôt que nous sommes là.

— Alors partons, à présent, déclara Cælum, sa voix retrouvant sa force.

Ils sortirent de la salle, laissant derrière eux un Vortex brisé et un Ordre en passe de perdre son pouvoir. Néanmoins, dans la pénombre des corridors, un doute subsistait : qu'avaient-ils prévu en cas de disparition ? Et, qu'était réellement la Pierre Alchimique sans son Vortex ?

Ils avancèrent dans les couloirs silencieux des souterrains des Archives Interdites, mais l'atmosphère était tout sauf apaisante. L'obscurité semblait les épier, teintée de magie résiduelle. Chaque pas résonnait, amplifiant l'impression que des centaines d'yeux invisibles étaient braqués sur eux.

Cælum, malgré sa récente récupération, menait le groupe. Ses ombres ondulaient autour de lui comme un manteau vivant, et il ne faisait aucun doute qu'il était en alerte maximale. Eldrin tenait fermement le parchemin, ses rétines scrutant chaque embranchement à la recherche de la sortie. Kaera fermait la marche, jetant des regards méfiants derrière eux. Quant à Sélène, elle était à côté de son protecteur, une main sur sa lame, l'autre presque tentée de le toucher pour se rassurer.

Ils atteignirent une vaste pièce, bordée de piliers gravés de runes alchimiques. Eldrin s'arrêta soudainement, levant le bras pour signaler un danger.

— Attendez, chuchota-t-il. Ces runes… elles ne sont pas seulement décoratives.

Cælum plissa les yeux, observant les colonnes avec méfiance.

— Elles émettent encore de l'énergie, murmura-t-il. Ce ne sont pas des glyphes défensifs. Ils… surveillent.

Kaera jura à voix basse.

— Nous avons détruit le Vortex. Comment ça se fait qu'elles fonctionnent toujours ?

— Elles doivent être alimentées par un courant extérieur, marmonna Eldrin, comme pour lui-même.

— Si elles détectent une intrusion, elles enverront un signal. Combien de temps avant que les alchimistes soient sur nous ?

Il fronça les sourcils, calculant rapidement.

— Peut-être quelques minutes, au mieux.

Sélène serra la mâchoire, son cœur battant à tout rompre. Une vague de panique la submergea.

— Du coup, que fait-on ? On traverse en courant, ou on essaie de les désactiver ?

— Trop risqué de les toucher, répondit Cælum d'un ton tranchant. Si elles explosent, nous sommes fichus.

— Donc, on court, conclut Kaera en ajustant son arme.

Eldrin soupira, mais acquiesça.

— Restez serrés. Si vous vous éloignez de quelques mètres, vous stimulerez leur sensibilité. Et, surtout, ne ralentissez pas.

Sans attendre davantage, ils filèrent. Le bruit de leurs pas sur le sol de pierre résonnait avec force, couvrant à peu près le bourdonnement des runes. Elles s'éclairèrent faiblement tandis qu'ils passaient, mais elles ne se déclenchèrent pas immédiatement.

Les poumons de Sélène brûlaient alors qu'elle tentait de suivre le rythme imposé par Cælum. Malgré sa récente défaillance, il se déplaçait avec une agilité impressionnante, guidé par un instinct pratiquement surnaturel.

Mais, au milieu du hall, un hurlement retentit, déchirant l'air.

— Les Échappés, grogna Kaera en pivotant.

Ils surgirent de l'obscurité pareils à une vague cauchemardesque, leurs formes tordues se précipitant vers eux.

— Continuez ! cria Eldrin. Je vais freiner leur progression !

Il s'arrêta, levant les mains pour invoquer une barrière d'énergie. Un mur scintillant s'éleva entre eux et les créatures, mais il tremblait sous leurs assauts.

Cælum hésita, ses ombres frémissant autour de lui.

— Tu ne peux pas rester seul, lança-t-il à Eldrin.

— Je vous rattraperai, allez-y !

Avec réticence, ils poursuivirent leur course. Derrière eux, le bruit des Échappés frappant la barrière d'Eldrin s'intensifiait, tout comme leurs hurlements.

Ils débouchèrent dans une salle latérale, plus petite et plus sobre. Une porte massive, gravée de symboles complexes, se dressait devant eux.

— La sortie, dit Kaera en haletant. Mais elle est scellée.

Cælum s'approcha, posant ses mains sur les ornements.

— Ce n'est pas un verrou ordinaire. Ces marques sont liées au Vortex. En le désactivant, nous avons fragilisé la magie ici, mais il subsiste une faille…

Il ferma les yeux, ses ombres s'épaississant tandis qu'il concentrait son pouvoir.

— Si je canalise une partie des fragments que je viens de récupérer, je peux briser ce sceau.

Sélène se tendit.

— Mais ça pourrait t'affaiblir, ou pire !

Il la regarda, et pour la première fois, un sourire triste effleura ses lèvres.

— Nous n'avons plus le choix, soupira-t-il.

Avec un geste précis, il mobilisa une portion de l'énergie qu'il avait absorbée. Une lumière sombre jaillit de ses paumes, se mêlant aux runes qui brillèrent intensément avant de se décomposer en un nuage de poussière.

— Ça a marché, dit Kaera en s'élançant vers la porte qui s'ouvrait lentement.

Mais, avant qu'ils puissent la franchir, un frémissement parcourut la pièce. Une silhouette se matérialisa, vêtue d'un manteau brodé d'or.

— Vous pensez vraiment pouvoir partir si facilement ? lança une voix froide et cinglante.

Un alchimiste, entouré d'un halo lumineux, se tenait devant eux, accompagné d'un Échappé plus massif que tous ceux qu'ils avaient croisés.

— C'est Maître Velyar, bredouilla Kaera.

Sélène leva son arme en tremblant, mais son estomac se noua. Ce sorcier dégageait une puissance écrasante.

Cælum, les ombres bouillonnant autour de lui, se plaça entre elle et l'ennemi.

— Retournez dire à votre Ordre que nous sommes bien plus forts que ce qu'ils avaient prévu, grogna-t-il.

Le nouveau venu esquissa un rictus cruel.

— Très bien. Montrez-moi ce que vous valez.

La confrontation allait commencer.

L'atmosphère sembla se contracter, saturée par l'énergie alchimique qui émanait de Maître Velyar. Ce dernier était imposant, cependant, c'était la créature à ses côtés qui attirait toute l'attention : un golem gigantesque, formé de cendres tourbillonnantes et de flammes mourantes, ses yeux rouges incandescents perçant l'obscurité. Sa taille dépassait celle de tout ce qu'ils avaient affronté jusqu'ici.

— Vous êtes audacieux, je vous l'accorde, déclara Velyar avec un sourire carnassier. Mais, vos espoirs sont vains. Le Vortex a peut-être été détruit, par contre, il reste assez de puissance pour que cette chose vous réduise en poussière.

Le titan de braises et de fumée poussa un hurlement déchirant, touchant la pièce. Ses membres monumentaux écrasaient le sol, envoyant des éclats de roche dans toutes les directions.

— Sélène, recule ! ordonna Cælum, ses ombres jaillissant autour de lui.

— Pas question, rétorqua-t-elle en dégainant son arme, essayant de paraître assurée.

Le monstre chargea, son poing colossal s'abattant là où ils se trouvaient une seconde plus tôt. Ils esquivèrent de justesse, néanmoins l'impact provoqua une onde de choc qui les déséquilibra. Velyar, quant à lui, restait immobile, observateur comme un chef d'orchestre jouissant du chaos qu'il avait déclenché.

— Il faut séparer le golem de sa source d'énergie, cria Cælum en bloquant une attaque avec une barrière d'ombre.

Sélène jeta un coup d'œil rapide. Au centre du torse de l'entité, un noyau brûlant brillait, entouré de glyphes élaborés. Une puissante pierre occulte semblait alimenter la créature.

— C'est ça, son point faible !

Mais, s'approcher paraissait être de la folie. Chaque geste du golem générait une vague de chaleur suffocante, et ses offensives dévastatrices rendaient toute attaque frontale impossible.

Cælum l'appela, ses ombres se déployèrent pour ralentir les mouvements du monstre.

— Je vais l'immobiliser, mais je ne tiendrai pas longtemps. Trouve un moyen de détruire ce noyau !

— Plus facile à dire qu'à faire !

La jeune femme parcourut la pièce du regard, à la recherche d'un avantage. Près du mur, des structures anciennes, peut-être des mécanismes oubliés, attirèrent son attention. Elle courut vers elles, évitant in extremis une autre frappe titanesque du colosse.

Ce dispositif évoquait un canon à énergie, mais il était inactif. Ses gravures lumineuses étaient éteintes, et des couches de poussière cachaient des détails essentiels.

— Velyar ne laissera jamais ce truc fonctionner, murmura-t-elle en comprenant l'enjeu.

— Dépêche-toi, Sélène ! grogna Cælum, sa voix faiblissant sous l'effort.

Elle jeta un coup d'œil paniqué à son envoûtant protecteur. Il avait réussi à piéger le golem dans un réseau complexe d'ombres qui rongeaient progressivement sa carapace de cendres. Mais, chaque fois que les ténèbres semblaient gagner du terrain, la chaleur et la puissance brute de la créature les repoussaient. Cælum fléchissait, et elle savait qu'il ne tiendrait pas indéfiniment.

— Tu crois vraiment pouvoir rivaliser avec nous ? lança Velyar en avançant lentement, son regard dédaigneux posé sur elle.

Elle ignora sa provocation et examina frénétiquement les runes de l'appareil. Enfin, elle trouva une poignée incrustée d'un cristal. Elle l'actionna, et une vibration sourde traversa la machine. Des éclairs d'énergie jaillirent faiblement, mais ce n'était pas suffisant.

— Il manque une source d'alimentation !

Elle pivota vers Cælum, ses pensées s'emballèrent.

— Cælum ! Tu dois insuffler ton pouvoir dans cet engin !

Il jeta un coup d'œil vers elle, la sueur perlant sur son front malgré son apparence immatérielle.

— Ça pourrait nous exposer davantage, grommela-t-il.

— Nous n'avons pas le choix !

Il hocha la tête, et avec un geste précis, une partie de ses ombres s'infiltra dans le dispositif. Les gravures s'embrasèrent brusquement, et l'appareil se mit à vibrer avec une puissance palpable.

— Ça y est, cria Sélène. Maintenant, je dois viser !

Le canon s'activa, projetant une lumière aveuglante vers le colosse. L'énergie frappa l'énorme créature avec une force effrayante, malheureusement, à la grande horreur de Sélène, elle dévalait sans toucher son cœur. Le rayon se perdit dans les airs, effleurant le golem sans parvenir à le détruire.

Un frisson de terreur s'empara d'elle tandis qu'elle l'observait, toujours aussi imposant, résister à l'attaque. Le noyau, animé d'une lueur rougeoyante, était parfaitement intact. La magicienne, paralysée par la peur, sentit l'adrénaline lui monter, son cœur s'emballant avec frénésie. Elle redoutait déjà l'échec.

Reprenant tant bien que mal le contrôle de ses émotions, les mains tremblantes, elle visa de nouveau la source de vie du golem. Elle se concentra, maîtrisant sa respiration comme son professeur le lui avait enseigné, et activa une fois de plus le canon. Cette fois, l'énergie transperça directement son centre, le fissurant sous la pression. La créature poussa un cri déchirant, ses mouvements ralentissant alors que ses cendres se désagrégeaient.

Pourtant, le cœur lutta, brillant encore, alimenté par les résidus de magie alchimique.

Cælum fit un pas en avant, ses ombres ondulaient furieusement.

— Ce n'est pas assez. Je vais devoir le finir.

— Cælum attends !

Il ne l'écouta pas. Avec une détermination implacable, il projeta toute sa puissance contre le monstre. Les ténèbres s'enroulèrent autour du noyau fissuré, forçant sa désintégration. L'explosion qui suivit fut sourde, mais brutale, et le golem s'écroula dans un nuage de cendres.

Velyar, surpris, recula d'un pas.

— Impossible... gémit-il.

Mais, Cælum chancela, visiblement affaibli par l'effort colossal qu'il venait de fournir.

Sélène accourut vers lui, le soutenant avant qu'il ne tombe.

— Tu tiens le coup ?

Il hocha la tête, cependant elle pouvait sentir la fragilité dans ses prunelles.

Voyant sa création détruite, Velyar resserra sa prise sur un cristal pendu à son cou.

— Vous n'avez gagné qu'une bataille. Mais, la guerre ne fait que commencer, cracha-t-il avant de disparaître dans un éclair de lumière alchimique.

Le silence retomba, poignant.

— Nous devons partir, dit Kaera en arrivant à leur hauteur, son regard inquiet fixé sur le combattant.

Sélène acquiesça, serrant les mâchoires.

Cælum vacilla, son corps d'ombre oscillant entre tangible et éthéré. Ses genoux touchèrent le sol, et il leva les yeux vers sa protégée, brillants de douleur et d'épuisement. Puis, sans un mot, il s'effondra.

— Cælum !

Elle se précipita vers lui, s'accroupissant à ses côtés. Ses ténèbres étaient faibles, presque inexistantes, son essence sur le point de s'évaporer. Elle posa sa main sur son torse, où elle sentait encore un léger soubresaut, preuve qu'une étincelle de vie subsistait en lui.

— Non, tu ne vas pas disparaître, souffla-t-elle, la voix tremblante.

Kaera s'approcha tout de suite.

— Sélène, nous devons partir. S'il est trop souffrant pour se régénérer, nous le ramènerons au *Refuge* et…

— Ce ne sera pas assez rapide, coupa-t-elle.

Elle regarda autour d'elle, le sol était encore couvert des débris de l'explosion, l'air saturé de magie résiduelle. Une idée dangereuse lui traversa l'esprit.

— Tu ne peux pas... devina la rebelle, horrifiée.

— Si je ne fais rien, il va mourir !

Elle se concentra, cherchant en elle cette flamme de vie, ce lien qui les unissait. Depuis que Cælum avait été rattaché à elle, elle percevait parfois cette étrange connexion : une chaîne invisible entre leurs essences. Aujourd'hui, elle comptait l'utiliser. Pourtant, elle peina à le trouver, comme s'il s'était affaibli avec le temps. Mais enfin elle le discerna.

— Sélène, attends ! C'est trop risqué ! protesta Kaera.

— Recule, Kaera, ordonna-t-elle fermement.

Elle ferma les yeux, posant ses mains sur le torse de Cælum. Une chaleur familière monta en elle, une énergie vitale qu'elle puisait au plus profond de son être. C'était exténuant, brûlant, mais elle continua, refusant de céder à la douleur. Petit à petit, ses ombres commencèrent à se reformer sous ses paumes.

Un flot d'épuisement déferla sur la jeune femme, mais elle persévéra. Finalement, elle le vit battre des paupières. Son regard, brillant d'un éclat mêlé de gratitude et d'inquiétude, croisa le sien.

— Sélène...

Mais, à peine avait-elle entendu sa voix que ses forces la quittèrent. Sa vision s'obscurcit, et tout devint flou.

— Non, Sélène !

Elle tomba sur sa poitrine, incapable de résister davantage.

Lorsqu'elle reprit vaguement connaissance, elle sentit des bras puissants la porter. Cælum. Sa chaleur, bien qu'étrange et éthérée, la rassurait. Il avançait rapidement, ses mouvements accélérés, sa respiration lourde malgré son état.

— Tiens bon, murmura-t-il, son timbre rauque d'émotion.

Le trajet vers le *Refuge* fut un mélange d'ombre et de silence. Elle ne pouvait qu'entrevoir ses traits de temps en temps, entre deux vagues de noirceur, et à chaque fois, elle percevait une détresse inhabituelle dans ses prunelles.

Enfin, elle éprouva une fraîcheur empreinte de souvenirs, le parfum de la roche et l'écho des voix des rebelles.

— Elle a besoin d'aide ! rugit-il en entrant dans la salle principale.

Des pas précipités résonnèrent autour d'elle, et elle fut déposée sur une couchette. Le froid de la pierre fut remplacé par la douceur des couvertures, mais elle n'avait plus la force d'ouvrir les yeux.

Elle rêvait. De quoi, elle ne savait pas vraiment. Des ombres, des murmures indistincts et cette impression d'être mentionnée. Une main chaude sur la sienne, familière et rassurante, refusait de la lâcher.

Quand elle revint à elle, la première chose qu'elle perçut fut la sensation d'un tissu rugueux sous sa paume. Une couverture. L'air était frais, mais pas froid, chargé d'une odeur de terre et de cendres. Ses paupières lourdes lui semblaient impossibles à ouvrir complètement, mais elle y parvint, clignant des yeux dans la pénombre tamisée.

Une silhouette sombre était assise près d'elle.

— ... Cælum ?

Il tourna brusquement la tête, et même dans son état affaibli, elle capta l'éclat de soulagement dans son regard.

— Sélène, chuchota-t-il d'une voix éraillée, comme s'il n'avait pas parlé depuis des heures.

Elle sentit un sourire infime étirer sa bouche malgré elle.

— Tu as l'air... pire que moi.

Un souffle exaspéré s'échappa de ses lèvres, presque un rire.

— Tu aurais dû rester tranquille, lui reprocha-t-il. Tu m'as donné une partie de toi-même. Tu réalises ce que ça signifie ?

Elle demeura muette quelques secondes, puis soupira.

— Pas vraiment. Mais, je savais que je ne pouvais pas te perdre. Pas toi.

Elle roula les yeux à temps pour voir quelque chose traverser son visage — une émotion brute et insondable qu'il effaça aussitôt.

— Incorrigible, taquina-t-il en penchant la tête.

— Peut-être, répondit-elle doucement, les pupilles fixées sur lui. Mais, ça en valait la peine.

Elle sentit sa conscience vaciller, et avant de sombrer de nouveau, elle balbutia :

— Ne pars pas.

CHAPITRE 8

Quand Sélène émergea de son sommeil pour de bon, plusieurs heures ou peut-être même un jour plus tard, elle était seule dans la petite alcôve. La lumière d'une lanterne vacillante dansait sur les murs, projetant des ombres mouvantes qui lui donnaient un sentiment de déjà-vu. Son corps était encore faible, cependant elle parvint à s'asseoir en grimaçant.

— Enfin réveillée, dit une voix qu'elle reconnut immédiatement.

Elle leva les yeux pour voir Eldrin entrer, un sourire d'apaisement mêlé de tension sur le visage.

— Trois jours, Sélène. Tu nous as fait une belle frayeur.

Trois jours.

— Où est... Cælum ? demanda-t-elle.

Il croisa les bras, l'observant avec attention.

— Il n'est jamais resté loin de toi. Mais, il avait besoin de... réfléchir, je suppose.

Elle fit une moue dubitative.

— Réfléchir à quoi ?

Le dirigeant du *Refuge* haussa un sourcil.

— Aux fragments qu'il a récupérés. Et, peut-être à toi.

Il n'ajouta rien d'autre, les mots ayant déjà saturé l'air d'une charge invisible. Puis, il quitta la pièce.

Elle repoussa les couvertures d'un geste lent et balança les jambes hors du lit, les pieds rencontrant la surface gelée du sol. Chaque muscle se révélait encore engourdi, vidé d'énergie, pourtant ce n'était rien comparé à la déception sourde qui l'avait envahie lorsqu'elle avait réalisé qu'il n'était pas à ses côtés. Cælum. *Il aurait pu rester, au moins jusqu'à ce que je me réveille...* pensa-t-elle avec amertume. Elle rejeta cette idée aussi vite qu'elle était venue. *Non. Il doit avoir ses raisons.* Après un moment à reprendre son souffle, elle se força à se lever. Chacun de ses mouvements était un rappel de sa faiblesse actuelle, toutefois elle refusa de céder. Elle ne pouvait pas demeurer là à l'attendre sinon elle allait devenir folle.

D'un pas hésitant, mais déterminé, elle s'approcha d'une modeste bassine d'eau posée sur une table. À côté, un linge propre et une petite fiole d'huile parfumée avaient été disposés, probablement par un membre du groupe. Elle contempla son reflet dans le liquide clair. Son teint était pâle, ses cheveux en désordre, et ses traits étaient tirés par la fatigue. Elle se mordit la lèvre. Ce n'était pas uniquement son corps qui était à bout de force : son mental également était épuisé.

Avec soin, elle trempa l'étoffe dans l'eau froide et commença à se laver, passant le tissu sur son visage, sa nuque, ses bras. La sensation de fraîcheur l'éveillait peu à peu, lui redonnant un semblant de vigueur. Elle prit son temps, comme si ce rituel pouvait effacer non seulement la crasse, mais aussi les pensées troubles qui l'assaillaient. Après avoir appliqué une touche de l'huile sur ses poignets et son cou, elle remarqua quelques vêtements propres laissés à son intention : une tunique bleu nuit et un pantalon noir, confortables, quoique simples. Une fois habillée, elle se sentit un peu plus elle-même, prête à affronter ce qui l'attendait.

Cependant, son esprit revenait sans cesse à Cælum. Où était-il ? Pourquoi l'avait-il abandonnée là ? Eldrin avait dit qu'il devait « réfléchir », pourtant cette réponse était loin de la satisfaire. Elle serra les poings. Elle n'allait pas s'attarder ici à se poser des questions. Elle devait le débusquer, c'était un besoin.

Sélène quitta la chambre d'un pas plus assuré, l'air frais du couloir mordant légèrement sa peau encore sensible. Elle ne savait pas exactement où chercher, néanmoins elle se laissa guider par une intuition qu'elle ne comprenait pas entièrement, un lien palpable entre elle et son protecteur.

Elle le trouva dans un recoin isolé du *Refuge*, assis sur une vieille caisse de bois, à quelques mètres de l'infirmerie. Les ombres autour de lui apparaissaient plus calmes, moins agitées, toutefois leur présence était toujours imposante. Il releva la tête en entendant ses pas, et elle vit un éclat de soulagement, quasi imperceptible, traverser son expression.

— Tu es debout, dit-il, son ton neutre.

— Grâce à toi, rappela-t-elle en s'avançant.

Il détourna les yeux.

— C'est toi qui m'as sauvé, Sélène. Pas l'inverse.

Elle se planta devant lui, croisant les bras.

— Et toi, qu'as-tu protégé là-bas ?

Son regard se durcit un peu, mais pas contre elle.

— Des fragments de ce que j'étais. Pas assez pour retrouver ce que j'ai perdu... mais suffisamment pour me rappeler ce que ça signifie.

Elle pencha la tête, le défiant silencieusement de lui en dire plus.

— Et qu'est-ce que ça signifie, Cælum ?

Il se leva, la dominant de toute sa hauteur, son ombre engloutissant l'espace qui les séparait. En dépit de cela, sa voix, quand il parla, était douce.

— Cela signifie que je suis plus proche de ce que j'étais... mais encore loin d'être entier.

Elle ne baissa pas les yeux, même si elle pouvait éprouver la puissance qu'il dégageait, cette tension entre l'obscurité et la lumière.

— Et maintenant ? s'enquit-elle.

Il s'avança d'un pas, à une distance permettant de cerner cette chaleur singulière émaner de lui, un contraste avec sa nature ombrageuse.

— Maintenant, répondit-il, on les détruit. Et, si nous en avons la chance, on délivre les tiens.

Il effleura son épaule, un contact si léger qu'elle doutait qu'il l'ait fait intentionnellement.

— En revanche, je ne te laisserai plus te sacrifier pour moi, ajouta-t-il, son ton soudain dur.

Elle observa avec perplexité, les bras noués autour de son buste.

— Tu ne peux pas m'empêcher de faire ce qui doit être fait, Cælum.

Son sourire était triste, pratiquement résigné.

— Non, avoua-t-il. Pourtant, je peux essayer.

Avec ces prunelles ardentes et pénétrantes tournées vers elle, elle vit une promesse muette : il était prêt à tout pour lui épargner les ténèbres qu'il abritait en son âme.

Et, elle était bien décidée à prouver qu'il n'avait pas besoin de porter ce poids seul.

Le temps sembla suspendre son vol, tandis que chacun s'égarait dans ses pensées. Sélène fut la première à le rompre.

— Cælum, est-ce que tu crois... qu'ils ont encore d'autres fragments de toi ? demanda-t-elle, son timbre trahissant une pointe d'anxiété.

Il releva lentement la tête, ses iris dorés insondables. Il avait l'air de peser ses mots avant de répondre.

— Je n'en sais rien, admit-il enfin, sa voix grave et légèrement rauque. Mais je l'espère.

— Tu espères ? répéta-t-elle, surprise.

Il se leva, les ombres se rétractant doucement autour de lui.

— Oui, Sélène. Si ces fragments existent, cela signifie que je peux les récupérer. Que je peux redevenir... entier. Redevenir ce que j'étais avant que les alchimistes ne me brisent.

Il serra les poings, et elle perçut l'intensité de sa frustration, pratiquement palpable. Un silence tendu s'installa entre eux avant qu'elle n'ose de nouveau parler.

— Alors... peut-être qu'on devrait interroger une fois de plus le prisonnier, proposa-t-elle, hésitante.

Il haussa un sourcil, sceptique.

— Pourquoi ? Tu présumes qu'il nous dira quelque chose de plus qu'il ne nous a déjà donné ?

— Peut-être. Peut-être pas, concéda-t-elle, en étirant les bras. Mais, ça vaut le coup de tester. Tu veux savoir s'il subsiste des fragments, non ? C'est notre seule piste pour l'instant.

Il la fixa, les traits crispés, avant de détourner les yeux, comme s'il luttait contre un conflit intérieur.

— Et si ça ne mène à rien ? murmura-t-il, presque pour lui-même.

— Au moins, on aura essayé, insista-t-elle. Tu ne peux pas continuer à vivre avec ce doute, Cælum. Pas si ça te ronge de cette façon.

Il demeura muet un long moment, puis poussa un soupir résigné. Il posa un regard lourd de sens sur elle.

— Très bien. Mais, tu restes derrière moi, ajouta-t-il, son discours retrouvant sa sécheresse naturelle. Cet alchimiste est dangereux, en dépit de sa détention. Et, je ne prendrai pas le risque qu'il tente quoi que ce soit contre toi.

Sélène ouvrit la bouche pour protester, mais il fit un geste de la main pour l'interrompre.

— C'est non négociable, dit-il fermement.

Elle finit par hocher la tête, même si ses prunelles trahissaient une pointe de défi. Ils sortirent ensemble de l'alcôve, un objectif clair à l'esprit.

La magicienne marchait juste derrière son protecteur, sa conscience déjà focalisée sur les requêtes qu'elle projetait de formuler au captif. Les couloirs du *Refuge* étaient silencieux, trop silencieux. Un malaise inexplicable flottait dans l'air, alourdissant leurs pas.

Soudain, Cælum s'arrêta brusquement.

— Qu'y a-t-il ? chuchota Sélène.

Il leva une main, lui intimant de se taire. Ses ombres s'agitèrent légèrement autour de lui, réagissant à une menace imperceptible. Avant qu'elle ne puisse énoncer une autre question, deux silhouettes émergèrent de l'obscurité devant eux, bloquant leur chemin. Elle reconnut immédiatement les traîtres qu'ils avaient découverts en pleine conversation quelques jours plus tôt.

— Quelle surprise de vous croiser ici, déclara l'un d'eux, un sourire carnassier sur le visage. Vous paraissez bien pressés ?

Cælum recula d'un pas, positionnant la jeune femme dans son dos.

— Je suppose que ce n'est pas une coïncidence, grogna-t-il. Vous êtes là pour nous.

— Bravo, répondit le second traître, un éclat malveillant dans les pupilles. Vous êtes observateurs, je vous l'accorde. Dommage que ça ne vous sauve pas.

Sans prévenir, l'un des félons lança un petit artefact dans leur direction. Une lumière éblouissante explosa, et Sélène fut forcée de fermer les yeux. Lorsqu'elle les rouvrit, ses jambes étaient engourdies, et elle s'aperçut avec horreur qu'elle était immobilisée.

Cælum, lui aussi entravé par une puissance invisible, luttait pour retrouver le contrôle. Ses ombres s'étiraient frénétiquement autour de lui, mais semblaient incapables de briser la cloison intangible qui le retenait.

— Vous n'êtes pas autant invincibles qu'on le disait, ricana l'un des hommes, approchant avec un sac en tissu renforcé.

— Nous allons gentiment vous conduire à Veylar, reprit l'autre. Enfin, si gentiment signifie drogués et enfermés dans une cage.

L'ancien Veilleur gronda, ses yeux flamboyant d'une colère contenue. Il continuait à résister, néanmoins ses efforts se révélaient vains.

Sélène sentit une vague de panique la submerger. Ils allaient les livrer. Ils finiraient entre les mains des alchimistes.

C'est alors que le bruit de pas précipités résonna dans la galerie. Une voix rugit à travers le silence oppressant.

— Qu'est-ce que vous êtes en train de faire ?!

Garrick, l'un des lieutenants d'Eldrin, apparut à l'angle du couloir, son regard furieux fixé sur les deux conspirateurs. Sans attendre leur réponse, il leva une arbalète rudimentaire et tira un carreau, touchant le dispositif au sol qui alimentait la barrière. L'engin éclata en un nuage de fumée et d'étincelles, libérant le couple de leur immobilité.

Cælum fut sur eux en une fraction de seconde. Ses ombres s'enroulèrent autour des hommes, les soulevant légèrement. Garrick les rejoignit rapidement, l'arme toujours braquée sur eux.

— Je savais qu'il y avait des traîtres parmi nous, pourtant je n'aurais jamais cru vous attraper en pleine action, cracha-t-il, son ton acéré.

Les deux individus, terrifiés, balbutièrent des excuses incohérentes, mais Cælum resserra son emprise sur eux.

— Assez, grogna-t-il.

Le lieutenant adressa un regard inquiet à Sélène.

— Vous allez bien ? s'assura-t-il.

Elle hocha la tête, malgré les soubresauts de peur qui persistaient. Elle se tourna vers Cælum, prêt à faire disparaître les félons sur-le-champ. Elle posa une main tremblante sur son épaule.

— Cælum... On doit les remettre à Eldrin, précisa-t-elle.

Il hésita, les ombres palpitant autour de ses doigts, puis les libéra brusquement. Les traîtres s'effondrèrent au sol, incapables de bouger sous la menace de Garrick.

— Ils répondront de leurs actes, dit-il sombrement.

Tous les trois prirent la direction de la salle de commandement, les conspirateurs sous bonne garde.

Le chemin jusqu'au bureau du responsable de la communauté fut lourd de tension. Sélène et Cælum marchaient en silence, leurs pensées troublées. Les deux félons étaient encadrés par Garrick et un rebelle qui les avait rejoints, les yeux baissés, mais la crainte visible sur leurs traits. À chaque tournant du *Refuge*, des habitants les observaient avec inquiétude et méfiance, murmurant entre eux, confus par cette scène inhabituelle.

La jeune femme sentit les regards peser sur elle. Elle serra les poings, se demandant combien d'autres pourraient être des espions, prêts à les trahir.

Lorsqu'ils atteignirent enfin le bureau d'Eldrin, ce dernier travaillait. Il se retourna et écouta Garrick lui relater les faits, les bras croisés, un air grave sur le visage. La pièce était éclairée par des lampes à huile, projetant une lumière chaude, mais insuffisante pour alléger l'atmosphère tendue. Le chef des rebelles posa un regard perçant sur les deux captifs.

Ces hommes, dont les noms se murmuraient dans les couloirs de la communauté comme des modèles de résilience, avaient été accueillis des années auparavant. Le premier, Rhazen, était arrivé avec une femme à moitié inconsciente dans ses bras et deux enfants accrochés à ses jambes. Son expression portait la fatigue de celui qui avait tout perdu, mais aussi la détermination de protéger ce qu'il lui restait. On racontait qu'il avait fui un village rasé par les alchimistes, marchant des jours à travers les bois pour atteindre le *Refuge*. Là, il s'était immédiatement intégré, travaillant aux forges improvisées et offrant toujours une main secourable à ceux qui en avaient besoin.

Le second, Harlan, avait été trouvé errant près des cavernes extérieures, un jeune garçon à ses côtés. Il disait avoir échappé à un convoi d'esclaves, son fils dans les bras, après avoir tué un garde avec rien de plus qu'une pierre. C'était une personne calme et réservée, connue pour son habileté à confectionner des armes rudimentaires, mais efficaces. Il avait aussi une réputation d'homme juste, prêt à partager le peu qu'il possédait avec les nouveaux arrivants du *Refuge*.

Tous deux s'étaient fondus dans la communauté, devenant des piliers silencieux de cet équilibre précaire. Ils n'étaient ni les plus charismatiques ni les plus ambitieux, cependant leur présence inspirait une forme de sécurité. Rhazen s'occupait souvent des enfants du village, racontant des histoires autour des feux, tandis qu'Harlan entraînait les plus jeunes à manier des outils pour leur donner une opportunité de se défendre.

Leur trahison semblait inconcevable. Ils avaient tous deux bâti une vie dans le *Refuge*, tissé des liens solides, et rien dans leur comportement n'avait jamais laissé soupçonner une telle duplicité. Et, pourtant, derrière cette façade d'hommes brisés, mais reconstruits, un secret plus sombre s'était enraciné, un secret nourri par la peur et la manipulation des alchimistes.

— Expliquez-vous, lança Eldrin d'une voix froide en regardant les deux conspirateurs.

Les deux individus baissèrent la tête, comme accablés par leur propre aveu, tandis que leur dirigeant se redressait, les doigts crispés sur le bord de son bureau.

— Ils nous ont promis... l'immortalité, souffla Rhazen.

Harlan acquiesça, la mâchoire serrée.

— Vous ne comprenez pas, continua-t-il. Nous vivons chaque jour dans la peur. Toujours à nous cacher, toujours à nous méfier... Ce n'est pas une vie. Nos familles méritent mieux. Les alchimistes nous ont dit qu'en échange de votre capture, ils nous protégeraient. Ils nous donneraient une vraie chance.

Le chef resta immobile un instant, ses yeux brillants d'une colère contenue. Puis, il éclata :

— Naïfs ! Vous êtes naïfs et crédules ! Vous croyez réellement que ces monstres vous auraient offert l'immortalité ?

Rhazen ouvrit la bouche pour protester, mais il le coupa d'un geste vif.

— L'immortalité ? Vous savez ce qu'il faut pour y parvenir ? Seuls les Maîtres alchimistes peuvent espérer atteindre un tel état, et même pour eux, le chemin est semé de sacrifices atroces. Aucun humain normal, aucun esclave, aucun simple serviteur n'a jamais été béni de cette « faveur ». Jamais.

Harlan serra les poings.

— Mais ils avaient l'air sincères...

— Sincères ? rugit Eldrin. Les tyrans sont passés maîtres dans l'art de manipuler et de mentir. Ils vous auraient exploités de la même façon qu'ils utilisent tout le monde : des outils jetables, rien de plus.

Il parcourut la pièce du regard, comme s'il cherchait des mots capables de percer l'aveuglement des deux traîtres.

— Et vous avez mis tout le *Refuge* en danger pour une promesse creuse. Vos familles ? Vous croyez vraiment qu'elles auraient été épargnées ? Non, elles auraient été les premières à être sacrifiées, leur essence volée pour alimenter leurs rituels immondes.

Les deux hommes semblaient rétrécir face à la véracité de ses paroles. Rhazen s'effondra presque sur lui-même, murmurant un *« qu'avons-nous fait ? »*. Harlan serrait la mâchoire, des larmes de rage et de regret perlant à ses paupières.

Eldrin les fixa un moment encore, le visage dur.

— Votre trahison ne sera pas oubliée. Vous auriez vendu vos âmes et celles de vos enfants pour un mensonge. Et, pour cela, vous paierez.

Le silence s'installa dans la salle, brisé seulement par le bruit du grattement des bottes de Cælum sur le sol. Le dirigeant s'avança, son ton devenant plus tranchant.

— Vous avez utilisé un artefact contre eux, poursuivit-il en désignant le couple. D'où vient-il ? Comment fonctionne-t-il ?

Rhazen releva craintivement la tête, balbutiant :

— Les alchimistes… ils nous l'ont confié. Il est conçu pour… pour neutraliser ceux qui puisent dans les énergies comme lui, dit-il en pointant timidement Cælum.

Eldrin plissa les yeux.

— Pourquoi cet artefact est-il si efficace ? demanda-t-il.

— Il… il agit sur l'essence vitale directement, répondit l'homme. Mais… sa durée d'action est limitée. Quelques minutes tout au plus. C'était juste assez pour que nous puissions les immobiliser… et les droguer ensuite.

Il contracta ses muscles, le visage assombri.

— Et en existe-t-il d'autres ? ajouta-t-il, sa voix se faisant glaciale.

— Nous... nous ne savons pas, admit le traître. Les alchimistes ne nous ont pas donné plus d'informations.

Le chef se détourna, pinçant l'arête de son nez, clairement en lutte contre l'envie de perdre son calme. Puis, il se tourna vers Garrick.

— Mettez-les sous bonne garde pour l'instant. Ils seront exécutés à l'aube.

— Pitié ! s'écria Harlan, tombant à genoux. Nous avons été manipulés ! Ce n'était pas... ce n'était pas notre décision !

Eldrin s'approcha lentement, les traits durs.

— Vous avez fait votre choix quand vous avez accepté leur offre. Et, vous avez failli nous condamner tous. Nous ne pouvons pas tolérer ce genre de trahison.

Les deux hommes furent emmenés, leurs supplications résonnant dans le couloir. Une fois la porte refermée, le dirigeant se tourna vers Sélène et Cælum.

— J'ai toujours cru pouvoir juger les gens à leur véritable valeur, murmura-t-il. Ces hommes étaient des pères de famille exemplaires, sans histoire. Cela prouve que nous sommes tous vulnérables aux manipulations des tyrans.

Cælum hocha doucement la tête, toutefois son regard demeurait sombre.

— Si cet artefact fonctionne si bien contre moi, dit-il, combien d'autres peuvent exister ? Et, si les alchimistes trouvent un moyen de l'améliorer ?

Eldrin soupira profondément.

— Nous devons agir rapidement. Si les tyrans savent déjà où frapper, notre temps est compté.

Sélène se sentit glacée par la gravité de leurs paroles. Chaque nouvelle révélation renforçait le danger qu'ils couraient, et la nécessité de garder leur vigilance à son maximum.

Sélène et Cælum descendirent dans les profondeurs moites du *Refuge*, leur destination une geôle sombre et austère où le sorcier captif était retenu. Les torches le long des murs projetaient des illusions dansantes, accentuant l'atmosphère inquiétante. À l'intérieur de la cellule, l'homme était attaché sur une chaise de bois, sa peau marquée par des coups récents, cependant ses prunelles brillaient d'un éclat de défi.

L'ancien Veilleur s'avança en premier, son regard glacial fixé sur le prisonnier. Ses ombres ondulaient doucement autour de lui, comme une menace silencieuse. Sélène resta en retrait, observant avec une certaine appréhension.

— Il y a d'autres fragments de mon essence, n'est-ce pas ? interrogea Cælum, son timbre grave faisant écho dans la petite pièce.

L'alchimiste l'examina avec perplexité, esquissant un sourire amer.

— Peut-être. Mais, pour quelle raison te le dévoilerais-je ?

Cælum ne répondit pas immédiatement. Il tendit une main, et une ombre jaillit, enserrant le poignet du sorcier. La pression augmenta lentement, jusqu'à le lui briser. L'homme hurla. La jeune femme détourna hâtivement les yeux néanmoins elle garda sa posture, le visage impassible.

— Ça, c'était la dernière fois que je posais poliment la question, murmura le tortionnaire avec un calme glaçant.

La victime serra les dents, essayant de résister, mais le pouvoir oppressant de Cælum s'enroulant autour de son autre poignet était implacable.

— Oui !, finit-il par cracher. Oui, il y en a d'autres !

Sélène se contracta, son cœur battant plus vite à cette confirmation. Elle fit un pas en avant, se tenant aux côtés de son partenaire.

— Combien ? demanda-t-elle, sa voix plus douce, mais tout aussi exigeante.

L'homme secoua la tête, ses cheveux humides de sueur.

— Je ne sais pas exactement... Une dizaine, peut-être.

Cælum plissa les yeux, serrant plus l'ombre autour du bras de l'alchimiste, qui poussa un cri étouffé.

— Où ? Où sont-ils ?

Le sorcier grogna, ses traits se tordant de douleur.

— Je... Je ne sais pas ! Je ne sais pas où ils sont !

Il affaiblit vaguement son emprise, toutefois sa colère était palpable.

— Ne joue pas avec moi. Quelqu'un doit bien être au courant.

Le captif haletait, le visage rougi par la souffrance.

— Les Maîtres ! Ce sont eux qui les ont répartis. Moi... je ne suis qu'un collecteur. Ils ne me disent rien de plus.

Sélène le toisa attentivement, cherchant des signes de mensonge. L'alchimiste semblait sincère, par contre, elle savait que la peur pouvait l'inciter à dissimuler la vérité.

— Et ces fragments, que font-ils ? Pourquoi les conserver ?

L'homme ferma brièvement les paupières, en quête d'une étincelle de hardiesse.

— Ils... ils les utilisent. Afin de renforcer leurs rituels, leurs protections, leurs infrastructures. Pour t'écraser, toi, ajouta-t-il en toisant Cælum avec une lueur mesquine.

Ce dernier se pencha davantage, ses ténèbres s'intensifiant.

— Si tu me mens...

— Je ne mens pas ! coupa l'alchimiste, désespéré. Je suis juste un collecteur. Ils ne partagent pas ces informations avec les subalternes.

Le prisonnier hocha frénétiquement la tête, ses yeux remplis de terreur.

Sélène posa une main sur le bras de Cælum, un geste qui apaisa légèrement les ombres.

— Ça suffit, décréta-t-elle. Nous en savons assez pour avancer.

Il recula, relâchant complètement l'homme, qui s'effondra en tremblant sur sa chaise.

— Si on découvre que tu nous as caché quoi que ce soit, je reviendrai. Et, cette fois, il n'y aura pas de conversation.

Ils quittèrent la cellule, leurs esprits alourdis par ce qu'ils venaient d'apprendre.

Les habitants s'étaient rassemblés dans la grande caverne principale du *Refuge*, une zone naturelle dont les parois étaient éclairées par des cristaux luminescents incrustés dans la roche. L'atmosphère était pesante, saturée de murmures inquiets et de regards furtifs échangés entre les hommes, les femmes et même les enfants qui se pressaient dans l'espace. On sentait la peur, mais également une colère sourde, une tension palpable qui montait à chaque instant.

Eldrin se tenait au centre, debout sur une estrade de fortune faite de vieilles planches et de pierres empilées. À ses côtés, deux silhouettes étaient agenouillées, leurs poignets attachés dans le dos. Les traîtres. Ils avaient la tête baissée, néanmoins leurs visages ne montraient ni la honte ni le regret. Plutôt de la résignation mêlée à une froide détermination, comme s'ils étaient encore convaincus d'avoir agi pour une cause supérieure.

Le dirigeant de la colonie leva une main pour réclamer le calme. Le brouhaha s'éteignit progressivement, laissant place à un silence assourdissant, où l'on entendait seulement le goutte-à-goutte d'une source cachée quelque part dans la grotte.

— Aujourd'hui, commença-t-il, sa voix résonnant dans la salle, nous faisons face à l'un des pires crimes que notre communauté puisse connaître. La trahison.

Il marqua une pause dans son discours, son regard perçant balayant la foule. Les réfugiés le fixaient avec une intensité fébrile, leurs traits crispés par l'indignation et l'angoisse. Certains serraient les poings, d'autres avaient les bras croisés, se protégeant instinctivement contre la réalité brutale qui se déroulait devant eux.

— Ces hommes, reprit-il en désignant les deux captifs d'un geste, faisaient partie de notre congrégation. Ils partageaient notre pain, dormaient sous notre toit, et pourtant, ils ont choisi de nous livrer aux alchimistes en échange d'espoirs fallacieux.

Un murmure collectif parcourut l'assistance telle une vague. Des exclamations étouffées jaillirent ici et là, suivies de chuchotements scandalisés.

— Ils nous ont trahis pour de l'immortalité, continua-t-il durement. Mais, ils ont été naïfs. Les tyrans ne donnent pas leur pouvoir. Pas avec des humains. Et, sûrement pas avec ceux qu'ils considèrent comme inférieurs.

Les félons levèrent enfin les yeux, toutefois, ce fut pour jeter des coups d'œil haineux vers le chef et l'auditoire.

— Nous voulions simplement protéger nos familles, cracha l'un d'eux, brisant son mutisme. Vous ne comprenez pas ce que c'est que de vivre dans cette angoisse constante !

Eldrin ne bougea pas, cependant son regard se fit encore plus froid.

— La peur est notre quotidien, répondit-il lentement, chaque mot pesant telle une pierre. Mais, trahir votre peuple pour des chimères… c'est impardonnable.

La foule explosa en une cacophonie de voix courroucées. Une femme à l'arrière lança :

— Ils méritent pire que la mort !

Eldrin leva de nouveau la main, rétablissant le calme.

— Que ceci soit une leçon pour nous tous, dit-il. La traîtrise n'aura aucune place ici. Si nous tolérons un tel acte, nous signons notre propre arrêt de mort. Ces individus seront exécutés, et que cela serve d'avertissement à tous ceux qui songeraient à nous vendre pour de vaines promesses.

Les deux félons échangèrent un regard. Celui qui avait parlé plus tôt murmura quelque chose à son compagnon, qui hocha tranquillement la tête. Peut-être un dernier accord muet, une tentative de conserver un semblant de dignité. Néanmoins, dans leurs yeux, on pouvait lire la peur, une peur froide et viscérale, qui montait à mesure que l'inéluctable se rapprochait.

Eldrin fit un signe, et deux rebelles s'avancèrent, masquant leur propre hésitation sous une façade résolue. Ils saisirent les traîtres par les bras et les conduisirent au centre de l'estrade, sous les regards anxieux de l'assemblée. Ils levèrent leurs mains, faisant apparaître des glyphes brillants dans l'air. Les symboles gravés par la magie vibrèrent, se liant pour former une sphère incandescente qui flottait entre eux.

— Par le jugement de la communauté et pour préserver notre *Refuge*, que cette magie purifie vos actes et efface votre perfidie, déclara Eldrin, solennel.

La boule se mit à pulser, émettant une lumière aveuglante. Puis, dans un souffle soudain, elle se divisa en deux éclairs qui frappèrent les captifs. Leurs cris se mêlèrent au crépitement de l'énergie qui les consumait. Un halo intense inonda la caverne, et lorsque les foudres s'éteignirent, il ne restait que deux tas de cendres fumantes sur la plateforme.

Le public demeura figé un moment, hypnotisé par la scène. Puis, doucement, les murmures reprirent, un mélange de soulagement, de tristesse et de crainte pour l'avenir.

Eldrin, les mâchoires serrées, fixa un instant les résidus avant de se tourner vers la foule.

— Nous continuerons à nous battre, conclut-il. Pour que plus personne ici n'ait à faire de tels choix. Pour que nos enfants ne grandissent pas dans la peur.

Il descendit du podium, laissant les spectateurs digérer ce qu'ils venaient de voir. Certains pleuraient sans bruit, d'autres se détournaient, l'air sombre.

Sélène, qui avait assisté à toute la scène, sentit une étrange amertume l'envahir. Elle se demanda combien d'autres sacrifices seraient nécessaires avant que cette guerre ne prenne fin. À ses côtés, Cælum observait, son visage impassible, mais son silence parlait pour lui.

Les jours qui passèrent furent marqués par une tension palpable dans le *Refuge*. Les rebelles, renforcés par leur succès partiel au Vortex, s'affairaient à préparer la suite. Pourtant, au cœur de cette effervescence, Sélène sentait une distance s'installer entre elle et Cælum. Pas physique — ils ne pouvaient pas s'éloigner de plus de quelques mètres sans ressentir cette souffrance insupportable — mais émotionnelle.

Il s'isolait, muré dans un mutisme qui la rendait folle.

Un soir, incapable d'accepter cette séparation, elle le trouva de nouveau seul, dans cette alcôve à l'écart qu'il semblait avoir adoptée.

— On ne peut pas continuer comme ça, dit-elle d'emblée, croisant les bras pour masquer l'agitation qui bouillait en elle.

Il leva à peine les yeux de la lame qu'il aiguisait.

— Comment ça ?

— Comme si rien ne s'était passé, rétorqua-t-elle, la colère perçant dans sa voix.

Il ferma les doigts autour de la poignée de la dague et se redressa lentement.

— Beaucoup de choses sont arrivées, Sélène. Peut-être trop.

Elle refusa de reculer, même si sa proximité, cette ombre qu'il dégageait, la faisait vaciller.

— Alors, parle-moi, supplia-t-elle.

Ses prunelles, dorées et profondes, rencontrèrent les siennes, et pour la première fois, elle vit autre chose que la douleur et la haine. Il y avait une vulnérabilité qu'il avait l'air de vouloir cacher et partager en même temps.

— Ces fragments, souffla-t-il en posant une main sur sa poitrine, ce sont des morceaux de ce que j'étais. De ce que j'ai perdu.

Il se détourna, comme s'il avait besoin de mettre de l'espace entre lui et cette vérité.

— Et maintenant que j'ai récupéré une partie de ces morceaux, je me souviens. De la trahison. De ma chute.

— Et de ce que tu étais avant tout ça ?

Il hocha calmement la tête, les épaules tendues.

— Oui. Mais, ce n'est pas suffisant. Pour retrouver ce que j'étais… pour redevenir entier…

Il se tourna vers elle, et dans son regard, elle vit un supplice qu'elle ne pouvait qu'imaginer.

— Je dois récupérer ce qu'ils m'ont pris. Tout. Et, les empêcher de recommencer. Définitivement.

Elle sentit une boule se former dans sa gorge.

— Tu veux dire tous les tuer ?

Il acquiesça, un éclat féroce dans les iris.

Elle glissa sa paume dans la sienne, un geste instinctif pour le ramener à elle, pour lui montrer qu'il n'était pas seul.

— Alors, on ira, dit-elle résolument.

— Ce n'est pas si simple, répliqua-t-il, sa voix se faisant plus rauque. Ce qu'ils m'ont volé... ils ne le rendront pas sans se battre. Et toi...

Il s'interrompit, réfléchissant à une échappatoire.

— Moi quoi ? demanda-t-elle en serrant légèrement sa main, refusant de le laisser s'éloigner émotionnellement.

— Si je perds le contrôle à nouveau... Si l'Ombre prend le dessus...

Il inspira profondément, cherchant ses mots.

— ... Je pourrais devenir un danger pour tout le monde. Pour toi.

Son cœur frémit douloureusement à cette idée insupportable. Pourtant, elle comprenait son inquiétude.

— Il y a toujours un choix, affirma-t-elle, plus pour elle-même que pour lui.

— Parfois, non. Si cela devait arriver, je veux que tu promettes de m'arrêter.

Elle secoua la tête, son souffle se bloquant dans sa gorge.

— Tu sais que je ne peux pas faire ça. Si je te tue... si tu disparais, je ne survivrai pas non plus. Nous sommes liés, Cælum. Un seul de nous deux ne peut pas continuer sans l'autre.

Il détourna le regard, sa mâchoire se crispant. Elle était consciente qu'il le savait, cependant il n'aimait pas l'idée qu'elle puisse être entraînée avec lui dans sa chute.

— Dans ce cas, trouve une nouvelle solution, trancha-t-il. Parce que je ne veux pas devenir un monstre qui te fera du mal.

Elle posa une main sur son visage, l'obligeant à lui accorder son attention.

— Et moi, je ne veux pas perdre celui que tu es encore, murmura-t-elle, sa voix douce, bien que déterminée.

Ils restèrent là, leurs pupilles accrochées, comme si un fil invisible se tissait entre eux, plus fort même que leurs craintes respectives.

— Nous découvrirons un moyen, conclut-elle finalement, presque dans un chuchotement. Mais, je ne te laisserai pas tomber, quoi qu'il arrive.

Pour la première fois, il hésita, puis hocha lentement la tête. Une promesse tacite, un espoir fragile dans un moment où tout semblait prêt à basculer.

Une réunion se tint dans l'une des salles principales du *Refuge*. Eldrin, Kaera, et plusieurs autres rebelles étaient présents, leurs traits crispés et leurs regards durs. La nervosité dans la pièce était palpable, telle une tempête sur le point d'éclater.

— Le temple d'Euzohra est notre prochaine cible, déclara le dirigeant d'un ton grave. Nous savons qu'il abrite les reliques les plus précieuses des alchimistes. Mais, ce n'est pas qu'une simple forteresse.

Il indiqua une carte détaillée qu'il avait déployée sur la table, ses doigts traçant les lignes des remparts et des pièges magiques.

— Les protections autour de ce lieu sont quasi impossibles à franchir. Les murs sont enchantés, les patrouilles incessantes et les traquenards…

— Alors, pourquoi y aller ? grogna Garrik, l'un des lieutenants, croisant les bras.

— Parce que c'est là qu'ils détiennent ce qu'ils ont volé à Cælum, intervint Sélène, coupant court à tout débat.

— Pour quelle raison sacrifier nos forces pour une mission suicide qui ne sert qu'à récupérer ce qui lui appartient à lui ?, dit-il, en désignant Cælum d'un mouvement de tête.

Un murmure d'approbation parcourut l'assemblée. Plusieurs personnes se tournèrent vers Sélène, leur hostilité à peine voilée.

— C'est insensé ! renchérit une autre voix dans la foule. Nous avons assez de mal à protéger les nôtres ici. Pourquoi risquer la vie de nos camarades pour ça ?

La jeune femme, debout aux côtés de son partenaire, sentit son cœur se serrer. La colère monta en elle, cependant elle la contint, laissant ses yeux glisser sur chaque visage dans la pièce.

— Parce que ce n'est pas qu'une question de Cælum, répondit-elle d'une voix forte, son ton résonnant dans la salle. Vous croyez que les alchimistes s'arrêteront là ? Qu'ils cesseront leurs expériences une fois qu'ils auront fini avec lui ?

Son regard s'enflamma, défiant chaque rebelle qui la fixait.

— Si nous ne les stoppons pas, ils viendront pour chacun d'entre vous. Pour vos enfants. Pour vos amis. Pensez-vous vraiment qu'ils feront preuve de pitié ?

Les bavardages se turent, les paupières se baissèrent, néanmoins Garrik ne se laissa pas démonter.

— Et si nous échouons ? Si nous perdons nos meilleurs guerriers là-bas ? Nous aurons tout sacrifié pour rien.

— Échouer n'est pas une option, répliqua-t-elle immédiatement. Et, ce n'est pas seulement pour Cælum. Vous le savez aussi bien que moi : le temple d'Euzohra est un symbole. En frappant cet endroit précisément, nous ébranlerons leur contrôle, nous montrerons à tous ceux qui les craignent que même eux peuvent être vulnérables.

Elle inspira profondément, cherchant ses mots pour appuyer son argument.

— Ils détiennent peut-être ce qu'ils lui ont pris, mais ce n'est pas tout. Ils séquestrent d'autres captifs, des âmes torturées, utilisées comme des outils pour alimenter leur soif de pouvoir. Chaque jour qu'ils restent là-bas, ces vies s'éteignent un peu plus.

Cælum, muet depuis un moment, posa une main sur son épaule, un geste subtil, mais puissant qui paraissait dire qu'il se tenait à ses côtés.

— Je ne vous demande pas de faire ça pour moi, ajouta-t-il d'une voix grave, son regard balayant la salle. Faites-le pour eux. Pour les vies que nous pouvons encore sauver.

Un silence s'abattit sur l'assemblée. Eldrin, qui avait jusque-là observé, s'avança.

— Sélène a raison, déclara-t-il d'un ton calme, mais ferme. Les alchimistes sont notre véritable ennemi. Si nous voulons les affaiblir, c'est l'endroit où attaquer.

— Et si on meurt ? persista Garrik.

— Si on meurt, ce sera en combattant pour ce qui compte, rétorqua-t-il, son regard brûlant d'une détermination qui sembla disperser les doutes.

Un mutisme pesant s'installa, les rebelles échangeant des coups d'œil hésitants. Enfin, un homme plus âgé hocha lentement la tête.

— Nous sommes déjà morts si nous ne faisons rien, murmura-t-il.

Progressivement, d'autres acquiescèrent. Garrik, bien que réticent, finit par croiser les bras en grognant.

— Très bien, souffla-t-il. Mais, je vous préviens, si ça tourne mal, je ne veux pas qu'on sacrifie plus que nécessaire.

Eldrin opina.

— Nous nous préparerons du mieux possible. Mais, nous devons être tous unis.

— Alors, quel est le plan ? questionna Sélène.

Il remplit ses poumons d'air.

— Il est encore en construction. Cependant, une chose est certaine : ce sera notre mission la plus risquée.

Les dispositions pour le temple d'Euzohra commencèrent immédiatement après la réunion. L'atmosphère du *Refuge*, déjà tendue, devenait presque suffocante. Partout, les rebelles s'affairaient : vérification des armes, réplications de cartes, envois d'éclaireurs. Eldrin coordonnait les efforts avec une efficacité redoutable, pourtant l'esprit de Sélène, lui, était ailleurs.

Cælum.

Depuis cette conversation dans l'alcôve, une sorte de poids alourdissait sa poitrine. Elle ne cessait de repasser ses paroles en boucle. *« Je veux que tu promettes de m'arrêter. »*

Comment pourrait-elle lui garantir une telle chose ?

Tandis qu'elle rassemblait son équipement pour l'expédition, une voix familière la tira de ses pensées.

— Tu es sûre de souhaiter y aller ?

Elle se retourna pour voir Kaera, les bras croisés, un sourcil levé.

— Oui.

La rebelle soupira, secouant la tête.

— Je comprends pourquoi tu fais ça. Mais... fais attention. Ce que Cælum cherche à récupérer, ce n'est pas qu'une partie de lui-même. C'est un pouvoir immense, Sélène. Les alchimistes n'auraient pas pris ce risque si ce n'était pas dangereux.

— Je sais, assura-t-elle plus durement qu'elle ne l'avait prévu.

Kaera s'approcha, posant une main sur son épaule.

— Juste... souviens-toi que parfois, sauver quelqu'un signifie aussi le protéger de lui-même.

Elle détourna les yeux, incapable de répondre.

Le *Refuge* était étrangement silencieux, comme si tout le monde retenait son souffle avant le périple au temple d'Euzohra. Dans sa petite chambre, une simple alcôve éclairée par une lanterne vacillante, Sélène rangeait ses affaires pour la mission. Un arc, des flèches, une dague et quelques provisions. Une routine qui aurait dû la calmer, cependant son cœur battait trop vite, et ses pensées dérivaient constamment vers lui.

Cælum.

Depuis qu'ils avaient repris ses fragments, il semblait à la fois plus puissant et plus tourmenté. Une tempête contenue. Et, pourtant, quelque chose dans son regard avait changé. Il était plus proche... et par ailleurs plus lointain, comme s'il luttait contre une partie de lui-même.

La jeune femme était sur le point d'éteindre la lampe pour s'allonger quand une ombre dans l'encadrement de la porte la fit sursauter.

— Tu devrais dormir, remarqua-t-il, sa voix grave résonnant légèrement dans l'espace restreint.

— Toi aussi, riposta-t-elle, tentant de masquer son trouble.

Il entra, fermant le battant derrière lui. Ses yeux sombres étaient fixés sur elle, leur ardeur la clouant sur place.

— Je voulais te parler avant qu'on parte, annonça-t-il plus bas cette fois.

— De quoi ?

Il s'avança, et la respiration de Sélène se bloqua dans sa gorge. À proximité de son corps, la chaleur presque palpable qu'il dégageait malgré ses ombres... c'était écrasant.

— De toi, dit-il simplement.

Elle fronça les sourcils, cherchant à comprendre, quand il leva une main pour frôler sa joue.

— Sélène, je sais que je t'ai entraînée dans quelque chose qui te dépasse. Que tu aurais pu choisir une vie plus facile.

— Ne dis pas ça, protesta-t-elle.

Il pencha la tête avec un petit sourire triste.

— Tu mérites mieux. Mais... égoïstement, je ne peux pas te permettre de partir.

Son cœur se serra. Avant qu'elle ne puisse répondre, il s'inclina légèrement, ses lèvres effleurant les siennes. Ce n'était pas une demande, mais une invitation. Un frisson la parcourut alors qu'elle se laissait porter par ce contact, ses mains glissant instinctivement sur sa poitrine.

Le baiser s'approfondit, devenant plus urgent. Une fièvre naquit entre eux, irradiant dans chaque fibre de son être. Ses doigts trouvèrent sa taille, la tirant doucement contre lui. Elle sentit la tension dans ses muscles, comme s'il se retenait de ne pas aller plus loin.

— Tu es sûre ? susurra-t-il contre ses lèvres, ses yeux cherchant les siens avec une sensibilité qu'elle n'avait encore jamais vue.

— Oui, répondit-elle sans hésitation.

Alors, il n'attendit pas.

Il la souleva aisément, l'allongeant sur la couchette étroite. Ses ombres, habituellement si menaçantes, s'enroulaient autour d'eux, créant un cocon protecteur. Ses mains caressèrent ses courbes tout en continuant à fouiller sa bouche avec sa langue. Il rompit le baiser pour lui laisser reprendre son souffle, mais persista à embrasser sa mâchoire et son cou. Puis il reprit possession de ses lèvres, tel un assoiffé buvant à une source fraîche, tout en passant son bras sous la chemise de nuit de Sélène. Ses doigts la firent frissonner et la chair de poule couvrit son épiderme pendant qu'il explorait chaque centimètre de peau avec une tendresse inattendue. Saisissant son vêtement, il le lui retira doucement, entrecoupant ses gestes de baisers enflammés. Il s'immobilisa soudain, son regard incandescent parcourant chaque courbe de son corps nu, déclenchant un feu dévorant qui lui embrasa les joues. Avec dévotion, il se pencha sur elle et lui bécota la clavicule. Il suivit un chemin exaspérément lent jusqu'à ses seins, en câlinant chaque contour avec une précision calculée. Sa bouche se referma sur un mamelon, attisant une brûlure torride dans l'organisme de Sélène, d'où s'échappaient des gémissements incontrôlables. Sa langue se mit à jouer avec son téton tandis que ses mains poursuivaient leur voyage sensuel, traçant des caresses passionnées sur son ventre puis le long de ses cuisses. Il fit délicatement glisser sa culotte, sans interrompre ses taquineries buccales, et lorsqu'il effleura son intimité, une vibration électrique parcourut les terminaisons nerveuses de Sélène. Sa peau bourdonnait de plaisir.

Il finit par abandonner ses seins enfiévrés et lorsqu'il emprisonna son bouton sensible entre ses lèvres, un cri éclata dans sa gorge. Ses hanches ondulèrent, comme mues par une existence propre. Tandis qu'il léchait toujours, des sons indécents sortaient de la bouche de la jeune femme. Au moment où elle pensait ne pas pouvoir en supporter davantage, il introduisit un doigt en elle. Elle cessa de respirer, son cœur martelant sa poitrine. Une vague de sensations submergeait son corps, la tension s'intensifiant à chaque instant, jusqu'à ce qu'elle se brise en une myriade d'éclats de plaisir.

Cælum releva la tête. La profondeur de son regard lui coupa le souffle. Il remonta le long de sa silhouette, sa peau frôlant la sienne, laissant une traînée de feu sur son passage.

Elle sentait chaque mouvement, chaque soupir, comme s'il cherchait à l'ancrer dans le moment présent, à la graver dans sa mémoire.

Après cela, il captura sa bouche de ses lèvres. Elle perçut son propre goût sur sa langue et cette idée envoya une décharge de plaisir dans son ventre. Elle s'enhardit et ses mains s'égarèrent, suivant les lignes de son torse, discernant la puissance contenue sous la surface. Ses doigts effleurèrent son membre dur et soyeux. Il frissonna contre elle. Lorsqu'elle referma sa paume sur lui, ses yeux se plantèrent dans les siens, leur éclat doré la transperçant.

— Sélène…

Il murmura son nom telle une prière, et cela suffit à lui faire perdre le peu de contrôle qu'elle avait encore. Elle le caressa sur toute la longueur, provoquant des tremblements dans son corps si puissant et musclé. Quand il ne tint plus, il se positionna à l'entrée de son sexe et commença à s'enfoncer en elle. Une brûlure lui déchira le ventre et elle se crispa contre lui. Il appuya alors tendrement ses lèvres sur les siennes et attendit, sans bouger, que son anatomie s'habitue à sa présence en elle.

Elle leva ses hanches vers lui. La douleur était beaucoup moins forte. Elle recommença et sentit une lame de désir prendre le dessus sur la gêne. Elle laissa échapper un gémissement de plaisir. Dès lors, il se remit en mouvement avec une extrême douceur.

Leurs corps se trouvèrent, se mêlant dans une danse aussi délicate que passionnée. Le temps sembla se suspendre, le monde extérieur s'effaçant entièrement. Les sensations inondaient de nouveau chaque fibre, lui arrachant des soupirs d'extase.

Puis Cælum accéléra, allant plus profondément. Sa peau claquait contre la sienne. Elle ressentit encore une fois cette tension monter crescendo jusqu'à exploser. Elle ne put retenir un cri tandis que les vagues de plaisir déferlaient en elle. Lorsqu'elle rouvrit les yeux pour ancrer son regard dans le sien, il rejeta la tête en arrière, poussant un râle puissant de satisfaction.

Quand enfin ils s'effondrèrent enlacés, haletants et apaisés, il resta étendu à ses côtés, son bras passé autour de sa taille.

— Je ne te laisserai jamais tomber, murmura-t-il, sa voix à peine audible.

Elle pivota vers lui, voyant dans son expression une promesse qu'il ne romprait jamais.

— Moi non plus, répondit-elle, posant sa main sur sa joue.

Pour la première fois depuis longtemps, une paix inattendue vint l'envahir. Elle ressentait intensément la connexion qui les unissait, comme si leur moment de tendresse l'avait considérablement amplifiée. Pourtant, elle ne pouvait ignorer cette vérité sous-jacente qu'au fond d'elle, le calme ne serait qu'éphémère. Demain, les événements prendraient un tout autre tournant.

CHAPITRE 9

La nuit était tombée lorsque leur équipe quitta le *Refuge*. Eldrin, Kaera, Garrik, Sélène, Cælum, et quelques autres rebelles avançaient en silence à travers le réseau souterrain, leurs pas résonnant vaguement contre les parois de pierre.

Cælum marchait aux côtés de sa protégée, son visage fermé. Elle sentait son énergie, cette aura sombre et puissante qu'il ne pouvait plus contenir depuis qu'il avait récupéré ses fragments. C'était comme si une tempête grondait sous sa peau.

Ils parvinrent à la sortie des tunnels et émergèrent dans une forêt dense, à l'écart des curieux. Le temple d'Euzohra était encore loin, mais déjà, Sélène pouvait deviner une tension étrange dans l'air.

— On y sera avant l'aube, chuchota Eldrin, sa voix à peine audible.

Elle jeta un coup d'œil à Cælum. Son regard était fixé sur l'horizon, là où un reflet d'or pâle trahissait la présence du bâtiment.

— Ça va ? souffla-t-elle.

Il la dévisagea, et elle vit de la tendresse dans ses yeux.

— Je vais mieux, dit-il simplement.

Cependant, elle savait que ce n'était qu'une demi-vérité.

Le chemin avait été long et périlleux. La traversée des montagnes et des ravins corrompus par la magie des alchimistes les avait épuisés, néanmoins quand le groupe atteignit enfin le sommet de la dernière crête, la respiration manqua à Sélène.

Le temple d'Euzohra apparut au détour d'un sentier escarpé. Il s'étalait devant eux, majestueux et inquiétant à la fois. Niché dans une immense vallée entourée de pics déchiquetés, il prenait un aspect presque surnaturel, telle une vision échappée d'un rêve ancien.

Un vaste édifice en forme de dôme dominait le paysage, fait d'un métal scintillant qui semblait capturer et refléter la lumière lunaire, projetant des éclats d'argent et de bleu. Autour de la coupole, des tours élancées s'élevaient, leurs crêtes disparaissant dans une brume éthérée qui flottait à la façon d'un voile protecteur. Les murs étaient ornés de gravures délicates et de runes qui pulsaient faiblement, témoignant d'une magie primitive et toujours active.

Un dédale de ponts suspendus s'étendait entre les différentes sections du temple, faits de pierres translucides qui brillaient semblables à du cristal. En dessous, une rivière noire et luisante serpentait, bordée de sculptures colossales incarnant des Veilleurs d'autrefois. Leurs traits étaient graves, leurs regards vides, néanmoins ils dégageaient une aura de puissance intacte malgré le passage du temps.

— C'est… immense, s'exclama Sélène, impressionnée.

— C'est bien plus que cela, précisa Cælum, ses prunelles dorées rivées sur la structure.

Il se révélait en même temps fasciné et troublé. La jeune femme pouvait pratiquement sentir son lien avec cet endroit, comme si les ombres elles-mêmes reconnaissaient leur origine.

— C'était l'un des derniers bastions des Veilleurs avant leur chute, expliqua-t-il. Ce lieu est une archive, une forteresse et un sanctuaire sacré. Chaque pierre, chaque symbole a été conçu pour maintenir l'équilibre.

Ils descendirent prudemment la pente rocheuse qui menait à l'entrée principale, un portail monumental encadré par deux statues massives représentant des Veilleurs en pleine garde. L'une tenait une lance, l'autre un sablier géant. Leurs regards semblaient les jauger, et un frisson parcourut l'échine de Sélène.

— Croient-ils que nous sommes des ennemis ? chuchota-t-elle en levant les yeux vers leurs expressions austères.

Cælum secoua la tête.

— Non. Ce lieu reconnaît ce que je suis, ou ce que j'étais. Mais, il ne nous fera pas de cadeaux.

Lorsqu'ils atteignirent le seuil du portail, les runes gravées dessus s'illuminèrent brusquement, diffusant des motifs complexes sur leurs visages. Une voix résonna, majestueuse et antique, bien qu'aucune bouche ne bougeât :

— **Ceux qui souhaitent entrer doivent prouver leur valeur. Vos intentions sont-elles pures ? Vos cœurs prêts à supporter le poids de la vérité ?**

Sélène observa Cælum, incertaine.

— Que faisons-nous ?

— Nous entrons, proposa-t-il simplement.

Il posa une main sur la surface froide et lisse de la porte titanesque. Les ombres autour de lui s'intensifièrent, dansant et tourbillonnant comme si elles répondaient à un appel ancien. Après un instant d'hésitation, elle fit de même, et une chaleur familière se diffusa dans sa paume.

Le battant s'ouvrit lentement, révélant un couloir immense baigné d'une lumière dorée, douce, quasi irréelle. L'atmosphère était lourde, chargée d'une énergie palpable. À l'intérieur, le temple avait l'air bien plus vaste qu'il ne l'était vu de l'extérieur.

Les murs étaient incrustés de cristaux irisés qui projetaient des reflets colorés sur le sol en marbre noir. Des fresques gigantesques ornaient les plafonds voûtés, racontant des histoires que Sélène ne comprenait pas totalement, mais qui parlaient d'équilibre, de cycles et de conflits éternels entre les vivants et les morts.

Au centre de la pièce d'entrée se trouvait une fontaine imposante. Un liquide y coulait en silence, mais ce n'était pas de l'eau. C'était une substance lumineuse, fluide telle de l'argent en fusion, qui paraissait mener sa propre vie.

— C'est l'Éther, indiqua Cælum, s'agenouillant pour l'examiner de plus près.

— L'Éther ?

— L'essence pure du cycle des âmes. Cet endroit repose entièrement sur elle.

Alors qu'il se relevait, les portes du couloir suivant s'écartèrent seules, comme si le temple lui-même les invitait à avancer.

— Ce ne sera pas facile, avertit-il, son regard d'ambre croisant celui de sa compagne.

Elle déglutit et hocha la tête.

— Je suis prête.

Cependant, au fond d'elle, elle avait peur. Pas uniquement de ce qui les guettait, mais de ce que ce site dévoilerait sur lui. Sur eux.

— Attendez, les protections sont enclenchées, constata Kaera en se rapprochant d'Eldrin.

— Pas pour longtemps, garantit-il en dépliant un dispositif complexe composé de cristaux et de câbles.

Cælum observait sans bruit, ses ombres frémissant timidement autour de lui.

— C'est un point d'accès ici, ajouta le dirigeant des opérations, désignant une fissure discrète à la base de la paroi. Elle mène directement à un conduit sous la salle principale.

— Et les pièges ? grogna Garrik.

— On les désactivera en chemin, répliqua Kaera.

Sélène serra son arc, ses doigts légèrement tremblants. Ce n'était pas la première fois qu'elle se lançait dans une mission aussi périlleuse, en revanche cette fois, tout semblait plus… oppressant.

— En avant, commanda Eldrin fermement.

Ils pénétrèrent dans le boyau. Les murs de pierre étaient étroits, froids et glissants. La seule lumière provenait des minéraux qu'Eldrin portait pour neutraliser les pièges.

— Ça va ? murmura-t-elle à Cælum.

Il acquiesça d'un signe de tête, mais ne répondit pas. Ses ombres donnaient l'impression de danser autour de lui, plus agitées à mesure qu'ils progressaient vers le cœur de l'édifice.

Une vibration étrange résonna à travers le tunnel, et le chef rebelle s'arrêta net.

— On est proche, déclara-t-il.

Il posa une main sur la cloison, en quête d'une ouverture. Finalement, il trouva un mécanisme caché et l'activa. Un passage se déploya devant eux, dévoilant une vaste galerie faiblement éclairée.

La voie vers le centre du temple.

Mais, à peine avaient-ils franchi le seuil que la terre se mit à vibrer. Un rugissement sourd retentit dans la pièce.

— Préparez-vous ! cria Eldrin.

Sélène brandit son arc, cherchant la source du bruit. Une silhouette massive émergea des ténèbres : un golem de cendres.

La créature, haute de plusieurs mètres, était un amas compact de résidus de charbon sombres, constellé de veines rougeoyantes pulsant comme des artères. Ses yeux brûlaient d'un éclat malveillant, et chaque pas qu'elle faisait ébranlait le sol, répandant des volutes de poussière ardente autour d'elle.

— Reculez ! ordonna Eldrin d'une voix rauque.

Néanmoins, le colosse ne leur laissa pas le temps de réagir. Il balaya l'air de son bras massif, projetant Garrik contre un mur avec une force terrifiante. Le lieutenant s'effondra, son arme tombant à ses pieds.

— Cælum ! lança Sélène, le souffle court.

Ce dernier s'élança en avant, ses ombres prenant vie à ses côtés. Elles s'étirèrent et se tordirent, formant des chaînes noires qui s'enroulèrent autour des jambes du golem. Mais, le monstre résista, tirant violemment sur ses liens. Les ténèbres vacillèrent sous la tension, et l'ancien Veilleur grimaça de douleur.

— Toi, trouve une faille ! intima-t-il, son regard brillant d'autorité.

Sélène hésita une seconde, ses mains tremblant autour de son arme. Puis, elle aperçut une gemme alchimique scintillante incrustée dans la poitrine du géant. Elle comprit immédiatement : c'était son noyau.

Elle décocha une flèche avec précision, toutefois le projectile ricocha sans effet, laissant une légère fissure sur la pierre. La créature beugla, levant un poing titanesque pour l'abattre sur Cælum.

— Sélène ! Fais quelque chose !, rugit-il, ses ombres se déchirant sous la pression.

Elle grimpa sur une colonne écroulée pour avoir une meilleure vue, son cœur tambourinant. Inspirant profondément, elle encocha une flèche une deuxième fois, y infusant une partie de l'aura qu'elle portait en elle. Le projectile jaillit, frappant de nouveau la gemme et élargissant la fissure.

Malheureusement, le golem ne faiblit pas. Au contraire, il sembla puiser dans une énergie encore plus féroce, ses mouvements devenant frénétiques. Ses poings massifs pulvérisaient les murs autour d'eux, dispersant des éclats de pierre et de cendres.

— Ça ne suffira pas ! hurla Eldrin.

La magicienne ferma les yeux un instant, sentant une vague de désespoir l'engloutir. Toutefois, une voix intérieure, ténue, mais claire, murmura : **Utilise ton lien. L'énergie est là, à ta portée.**

Elle emplit ses poumons d'air, posant une main sur son propre cœur. Une chaleur étrange l'envahit alors qu'elle puisait dans la connexion qui l'unissait à Cælum. L'essence sombre et lumineuse en même temps traversa ses veines, se concentrant dans ses paumes.

Avec une détermination farouche, elle banda son arc une dernière fois, ses doigts tressaillant sous l'intensité de la puissance qu'elle manipulait. La flèche qu'elle décocha n'était pas ordinaire : elle brillait d'une lueur sinistre, presque liquide.

Elle frappa la gemme en plein centre. L'impact déclencha une explosion éblouissante, répandant des résidus de cendres dans toute la salle. Le golem s'immobilisa, son corps convulsant avant de se disloquant dans un nuage de poussière ardente.

Sélène tomba à genoux, haletante, le regard rivé sur les débris qui tourbillonnaient encore dans l'air.

— Tu l'as fait, souffla Cælum en se dirigeant vers elle, son visage pâle, mais vivant.

Elle leva les yeux vers lui, un faible sourire étirant ses lèvres.

— Pas sans toi, murmura-t-elle, sa voix cassée par l'épuisement.

Autour d'eux, le silence se fit, lourd, mais empreint d'un soulagement palpable.

Un bruit de gravats déplacés attira leur attention. Eldrin se précipita vers l'endroit où Garrik était tombé, son cœur battant furieusement. Il trouva le lieutenant affalé contre le mur, son visage couvert de poussière et de suie, mais ses yeux s'ouvrirent lentement, clignant sous la lumière tamisée par la cendre en suspension.

— Garrik ! appela Eldrin, posant une poigne ferme sur son épaule.

Le guerrier grogna en se redressant légèrement, portant une main à son front. Ses traits se crispèrent un instant, mais il hocha la tête.

— Je vais bien... juste un peu sonné, murmura-t-il d'une voix rauque.

Sélène, encore à genoux, poussa un soupir de soulagement en le voyant reprendre ses esprits. Cælum s'approcha à son tour, s'accroupissant à côté d'eux.

— Tu peux bouger ? demanda-t-il en scrutant Garrik d'un regard perçant.

Le lieutenant inspira profondément et fit un mouvement prudent de ses bras et de ses jambes avant de répondre :

— Rien de cassé... J'ai connu pire.

Eldrin esquissa un sourire en coin avant de lui tendre la main pour l'aider à se relever. Garrik l'attrapa fermement et se remit debout en chancelant à peine.

— On a cru que ce monstre t'avait broyé, commenta Sélène en essuyant son front perlé de sueur.

— Il s'en est fallu de peu, admit Garrik en ramassant son arme tombée à ses pieds. Mais je suis encore là.

Cælum lui tapota l'épaule avant de balayer la salle du regard. Les volutes de cendre commençaient à redescendre, révélant un carrelage fissuré et des murs meurtris par le combat. Le golem n'était plus qu'un tas de gravats inerte, son noyau réduit en éclats.

Ils s'avancèrent dans le couloir, leurs pas résonnant doucement contre le sol en marbre poli. Chaque détail du temple était conçu pour intimider et inspirer la peur. Les parois chuchotaient, porteurs d'une mémoire antique, et il leur semblait parfois apercevoir des silhouettes fugaces dans l'obscurité, comme si les âmes des anciens Veilleurs les observaient.

— Ils nous surveillent, lâcha Sélène.

Son partenaire ne répondit pas immédiatement. Ses pupilles scrutaient chaque recoin, et il paraissait attentif et troublé.

— Cet endroit est vivant, dit-il finalement. Il nous juge.

Ils débouchèrent sur un vaste hall circulaire, une sorte de croisement entre plusieurs chemins. Au centre, une immense sphère flottait au-dessus d'un piédestal. Elle donnait l'impression d'être composée de fragments d'étoiles, scintillant d'une lumière douce, mais pénétrante.

— Une carte astrale, remarqua Cælum en s'approchant.

— Une carte de quoi ?

— Pas des étoiles. Des âmes.

En plissant les yeux, la jeune femme distingua les motifs mouvants dans le globe : des lignes d'énergie et des points chatoyants qui se rejoignaient, se séparaient, puis disparaissaient. C'était pareil à un cœur battant, un flux constant et organique.

— Le cycle des âmes, expliqua-t-il respectueusement. Ce lieu n'est pas seulement un sanctuaire. C'est un lien entre les mondes.

— Alors pourquoi les Veilleurs ont-ils abandonné cet endroit ?

Il s'immobilisa, ses doigts effleurant la surface lumineuse de l'orbe.

— Ils ne l'ont pas choisi. Ils ont été vaincus.

Son ton était dur, presque tranchant.

Avant qu'elle puisse répondre, un grondement sourd ébranla la salle. La lueur de la sphère vacilla, et l'obscurité autour d'eux s'intensifia.

— Quelqu'un approche, prévint Cælum, ses ombres s'étendant telles des lames autour de lui.

Sélène se tourna, son souffle se coupant. Une silhouette massive émergeait du couloir opposé. C'était une créature gigantesque, une chimère de noirceur et de lumière. Son corps, semi-transparent, semblait tissé d'énergie brute, ses contours changeants semblables à de la fumée.

— Un gardien, constata l'ancien Veilleur.

Le monstre poussa un cri guttural, un mélange de rage et de désespoir, avant de charger.

— Cours ! hurla-t-il.

Pourtant, elle ne bougea pas. Son instinct lui disait que fuir était inutile.

— Ce n'est pas un ennemi ! clama-t-elle, captant l'attention de Cælum.

Il lui lança un regard incrédule, mais quelque chose dans ses paroles le fit hésiter. La créature s'arrêta à quelques mètres d'eux, son énorme masse vibrante d'énergie contenue.

La magicienne s'avança prudemment, levant les mains en signe de paix.

— Nous ne sommes pas là pour vous détruire, murmura-t-elle.

La silhouette parut chanceler, comme si ses mots atteignaient une part d'elle encore consciente.

— Elle protège quelque chose, supposa Cælum en s'approchant, ses ombres prêtes à intervenir au moindre signe d'hostilité.

Sélène ferma les yeux un instant, cherchant à ressentir la même énergie que dans la sphère astrale. Une sensation de douleur et de devoir la submergea.

— Elle est piégée ici, affirma-t-elle finalement. Ce n'est pas un ennemi.

Cælum resta silencieux, observant le gardien avec intérêt.

— Alors, libérons-le, dit-il enfin.

Il tendit une main, et les ombres se dispersent, formant un cercle autour de la chimère. Sélène s'avança vers une pierre gravée qui pulsait au même rythme que la créature. Un mécanisme ancien.

— Je pense que ça la maintient ici, affirma-t-elle, posant ses paumes sur la surface rugueuse.

Le guerrier confirma d'un signe et, d'un mouvement coordonné, ils activèrent leurs énergies. Son ombre à lui s'infiltra dans les runes, tandis que sa lumière à elle — ou ce qu'il restait de sa force — s'alignait sur elles.

Le gardien rugit une dernière fois avant de s'effondrer dans une explosion d'étincelles. Quand la lueur se dissipa, une silhouette humaine se tenait à sa place : un Veilleur ancien, ses traits graves, mais apaisés.

— Merci, balbutia-t-il avant de disparaître, laissant derrière lui un pendentif brillant.

Sélène ramassa l'objet, sentant un frisson la parcourir.

— Ça pourrait nous être utile, suggéra-t-elle en le passant à Cælum.

— Oui, par contre cet épisode signifie aussi que nous sommes attendus, prévint-il sombrement.

Ils reprirent leur chemin, l'atmosphère encore plus inquiétante qu'avant.

Le temple avait révélé son premier secret.

Eldrin, Garrik et Kaera les rejoignirent rapidement, leurs visages marqués par l'anxiété.

— Qu'est-ce que c'était ? demanda le dirigeant en essuyant une goutte de sueur sur son front.

— Un gardien, répéta Cælum en fixant le pendentif qu'il tenait toujours. Pas une simple créature d'ombre ou d'alchimie, mais une âme prisonnière, piégée ici depuis des siècles.

— Et tu l'as délivré ? s'exclama le lieutenant grincheux, son ton oscillant entre incrédulité et colère.

— Oui, intervint Sélène calmement avant que Cælum ne puisse répondre. Il n'était pas un ennemi.

Kaera s'agenouilla à côté de la pierre gravée qu'ils avaient activée pour libérer l'entité. Ses doigts effleurèrent les runes éteintes.

— Ces glyphes… Ce sont des signes d'origine divine, annonça-t-elle. Ce lieu ne servait pas seulement à surveiller les âmes, mais également à enfermer celles qui étaient jugées dangereuses.

Cælum hocha la tête, son expression grave.

— Ce gardien n'était pas menaçant. Juste piégé par un devoir qui n'était plus le sien.

Eldrin croisa les bras, son regard passant de la sphère astrale flottante au sautoir dans les mains de Cælum.

— Et qu'est-ce que c'est ?

Il lui tendit l'objet, toutefois quand Eldrin tenta de le toucher, le bijou réagit violemment, émettant une lumière aveuglante. Le chef rebelle recula en jurant, une petite brûlure apparaissant sur sa paume.

— Il me rejette, grommela-t-il.

L'ancien Veilleur haussa un sourcil avant de ranger le pendentif dans une poche intérieure.

— Peut-être parce qu'il est destiné à quelqu'un qui partage son essence, dit-il avec un soupçon de défi dans la voix.

— Vous voulez dire que ça pourrait vous ouvrir des portes ici ? intervint Kaera.

— C'est probable, allégua-t-il en regardant autour de lui. Mais, cela signifie aussi que nous devrons avancer avec encore plus de prudence. Chaque pas pourrait déclencher quelque chose d'inattendu.

Garrik grogna.

— Fantastique. Juste ce qu'il nous fallait : un temple vivant, des gardiens morts, et à présent des reliques capricieuses.

— Tu es libre de repartir, Garrik, riposta sèchement Sélène.

Il lui lança un regard noir, néanmoins il se tut, serrant son arme avec plus de force.

Ils s'engagèrent dans un nouveau couloir, ses murs décorés de fresques décrivant le cycle des âmes, les Veilleurs surveillant des silhouettes humaines et des créatures ailées qui semblaient guider les défunts.

Kaera examinait les gravures avec fascination.

— Tout cela raconte une histoire, affirma-t-elle doucement. Les Veilleurs… Ils avaient pour mission de protéger l'équilibre entre les vivants et les morts, mais aussi d'affronter ce qui cherchait à briser cette stabilité.

— Et maintenant ? Ils ne sont plus que des souvenirs, murmura Eldrin, amer.

— Pas tous, corrigea Cælum.

Ils continuèrent, le silence seulement troublé par le bruit de leurs chaussures crissant sur le sol et le grincement lointain du temple qui avait l'air de respirer.

Au bout d'un long passage, ils arrivèrent devant une porte massive. Elle était taillée dans une pierre noire ornée de complexes runiques, et au centre brillait une empreinte lumineuse.

— Une serrure magique, observa Eldrin. Et, je parie qu'on ne peut pas la forcer.

Cælum s'avança, ses ombres tourbillonnant autour de lui. Il tendit la main vers la trace.

— Attendez ! s'écria Kaera. Vous ne savez pas ce que ça déclenchera !

— C'est un risque que nous devons prendre, répondit-il calmement.

Lorsque sa paume entra en contact avec la lumière, les symboles sur la porte s'éclairèrent, se connectant dans une danse hypnotique. Un grondement sourd résonna, et le battant s'ouvrit lentement, révélant une salle encore plus imposante que celle du Vortex.

Ils pénétrèrent dans ce qui semblait être le Cœur du temple. La pièce était gigantesque, une voûte céleste s'étendant au-dessus d'eux, baignée de reflets épars évoquant des étoiles. Au centre se dressait un autel en pierre blanche, entouré de piliers sur lesquels flottait une ancienne relique alchimique : un anneau d'obsidienne bordé de runes gravées qui paraissaient vivantes, vibrant faiblement d'une lueur éthérée.

— Ce n'est pas... commença Sélène, mais Cælum la coupa.

— Non, ce n'est pas mon essence, détrompa-t-il en tendant la main vers la bague. Mais, c'est quelque chose de tout aussi dangereux.

— Qu'est-ce que c'est ? demanda Eldrin, les sourcils froncés en examinant l'antiquité de loin.

Cælum effleura l'artefact du bout des doigts, une ombre ondulant tel un fauve en cage.

— Un catalyseur. Ils ont conçu cet objet pour renforcer les sceaux sur mon énergie. Mais, s'ils l'ont laissé dans cet endroit, cela signifie qu'il est instable… ou inutilisable.

— Instable ? répéta Garrik, le regard inquiet. Comment ça instable ?

Cælum retira sa main, une expression grave sur le visage.

— Si nous l'abandonnons ici, il finira par se détruire lui-même… et entraîner tout le temple avec lui.

Sélène observa la relique, un nœud d'appréhension se formant dans son estomac.

— Alors, on doit l'anéantir maintenant, dit-elle, déterminée.

— Pas si vite, intervint Eldrin, scrutant les runes gravées. Ce genre de magie est rarement aussi simple. Si nous brisons ce catalyseur sans précaution, cela pourrait libérer une énergie incontrôlable… ou même activer une défense du temple.

— Une défense ? gronda Garrik. Et c'est quoi cette fois ? Un autre golem ?

Eldrin secoua la tête.

— Pire. Ces runes sont anciennes, bien avant les créatures que nous avons déjà affrontées. Si je lis bien… elles pourraient invoquer une sentinelle élémentaire, une entité conçue pour protéger ce lieu contre toute intrusion.

Sélène tourna son regard vers son partenaire, une question silencieuse dans ses yeux.

— Tu crois qu'on peut le détruire sans réveiller cette chose ?

Il hésita, puis hocha lentement la tête.

— Peut-être... par contre, je vais avoir besoin de toi.

Elle acquiesça. Ensemble, ils commencèrent à canaliser leurs flux, Sélène infusant l'anneau d'une lumière pure tandis que Cælum y dirigeait ses ombres. Les symboles réagirent violemment, scintillant d'un rayonnement rouge avant de virer à un bleu aveuglant.

Puis, tout s'effondra.

Un rugissement profond retentit, et le sol trembla brutalement. Une colonne de feu jaillit de l'autel alors que la relique explosait, libérant une énergie brute. De cette énergie naquit une créature colossale, mi-feu, mi-pierre, ses yeux incandescents de rage.

— La sentinelle... souffla Eldrin, reculant instinctivement.

Il lança une incantation pour ériger une barrière, mais le géant frappa avec une telle force qu'ils furent tous dispersés.

— On doit la neutraliser ! cria Kaera.

Cælum se releva, ses ombres s'étendirent autour de lui pareille à une cape vivante.

La bataille éclata immédiatement, le monstre attaquant avec une puissance implacable. Ses poings massifs s'abattaient comme des marteaux, pulvérisant le sol et envoyant des morceaux de pierre dans toutes les directions.

Pendant que le reste de l'équipe tentait de contenir la créature, Sélène et Cælum profitèrent du chaos pour analyser son point faible.

— Là, à la base de son cou ! clama l'ancien Veilleur, désignant une concentration de lumière pulsante.

— Compris, répondit-elle, se préparant à décocher une flèche imprégnée d'énergie.

Cælum tendit ses ténèbres vers le noyau. La jeune femme vit son visage se contracter sous l'effort, mais il réussit à enfermer le monstre dans une prison d'ombres. Alors, elle lâcha son projectile et l'essence frappa le centre de vie.

L'explosion qui suivit fut dévastatrice. La sentinelle se dissipa dans un hurlement agonisant, et la salle retrouva un calme inquiétant.

Le guerrier s'approcha, ses filets obscurs s'évanouissant peu à peu.

— C'est fini, murmura-t-il.

Sélène hocha la tête, son cœur tambourinant dans sa poitrine alors qu'elle réalisait ce qu'elle venait d'accomplir.

Une angoisse subsistait dans la pièce. Ce n'était que le début de la fin. Ils savaient que le temple leur réservait encore des épreuves... et des révélations.

Tandis que les échos de la créature s'estompaient, une paix oppressante s'abattit sur eux. La lumière de l'édifice semblait vaciller, comme si l'affrontement avait perturbé l'équilibre fragile qui le maintenait en vie.

La magicienne posa une main sur sa poitrine, reprenant difficilement son souffle. Autour d'elle, le groupe se rassemblait lentement. Garrik boitait, une profonde entaille sur sa cuisse, toutefois il esquissa un sourire fatigué.

— Si c'est ça leur comité d'accueil, je n'ose pas imaginer ce qui nous attend plus loin, grogna-t-il, essuyant le sang de son front.

Kaera l'aida à se stabiliser avant de lever les yeux vers Eldrin, qui scrutait la sainte table détruite.

— Eldrin ? Ça va ? demanda-t-elle.

Il ne répondit pas immédiatement, son regard fixé sur les fragments de l'anneau éparpillés autour de l'autel. Enfin, il tourna la tête.

— Ce n'était qu'un test, dit-il doucement. Une distraction.

Sélène fronça les sourcils.

— Une distraction ?

Il lui coupa la parole.

— Si cette relique était ici, cela signifie qu'ils savent que nous approchons de la vraie cible. Ce catalyseur n'était qu'une barrière, un dernier obstacle avant que nous ne découvrions où l'essence a réellement été scellée.

Ses pas lents trahissaient l'inquiétude qui pesait sur lui.

— Nous ne pouvons pas rester là. Ce combat a sûrement alerté d'autres forces.

— D'accord, mais on va où ? gronda Garrik. Ce temple est gigantesque, et on n'a pas encore trouvé ce qu'on cherchait.

Kaera pointa du doigt une porte massive située sur la partie opposée de la salle. Elle était également ornée de gravures complexes, représentant des âmes et des ombres entrelacées.

— Là-bas. Je parie que cette porte mène à la prochaine étape.

Eldrin s'en approcha, étudiant les runes ciselées.

— Elle est verrouillée... Mais pas indéfiniment. Avec Cælum, nous allons pouvoir la forcer.

Ce dernier s'avança à son tour.

— Très bien, mais je vais avoir besoin de ton aide, Eldrin.

Le chef rebelle acquiesça, tendant ses mains vers les symboles. Tandis qu'ils commençaient à manipuler l'énergie du sceau, Sélène resta en arrière avec Kaera et Garrik, les surveillant d'un œil attentif.

— Tu sais, dit Garrik à voix basse, il n'est pas trop tard pour renoncer.

Sélène tourna la tête vers lui, surprise.

— Renoncer ?

Il haussa les épaules.

— Tout ça… Cette quête, ce temple, tout ce qui nous attend. Ce n'est pas exactement une promenade de santé.

— Et alors ? interrogea-t-elle, les yeux fixés sur son partenaire.

Kaera intervint, croisant les bras.

— Garrik plaisante, mais il n'a pas tort. Nous sommes dans un territoire inconnu. Ce sanctuaire… Ce n'est pas seulement un lieu. Il réagit à vous deux.

Elle la dévisagea.

— Toi et Cælum, vous êtes la clé de tout ça. Mais, tu sais aussi ce que ça signifie, n'est-ce pas ?

Elle ne répondit pas, sentant l'angoisse la submerger.

Un grincement résonna dans la salle, brisant la tension. La porte massive s'écartait lentement, libérant un souffle d'air ancien chargé d'un mélange de magie et de pourriture.

Cælum et Eldrin se retournèrent vers leurs compagnons, l'expression grave.

— C'est ouvert, annonça Cælum.

Sélène s'avança, cherchant son regard.

— Donc, on continue.

Personne ne protesta. Un par un, ils franchirent l'accès, entrant dans une longue coursive faiblement éclairée par des lucarnes. Là encore, aucun bruit ne filtrait.

Au bout du couloir, une lueur azurée se faisait plus forte. Quand ils atteignirent l'ouverture, la vue qui s'offrit à eux leur coupa la respiration.

La pièce dans laquelle ils pénétrèrent était immense, paraissant irréelle. Une mer d'énergie bleutée s'étendait sous leurs pieds, alimentée par des piliers qui s'élevaient vers un plafond si haut qu'il semblait se perdre dans l'infini.

Au centre, un piédestal trônait, baigné dans une lumière aveuglante. Sur celui-ci, un cristal sombre, donnait l'impression de pulser au rythme d'un battement de cœur.

Cælum s'arrêta, figé par l'intensité de la puissance qui émanait de ce lieu.

— C'est ici... murmura-t-il.

— Ici quoi ? questionna Garrik, ses yeux scrutant la pièce avec méfiance.

— Là où ils ont scellé une autre partie de mon essence, articula-t-il faiblement, sa voix réduite à un filament.

Eldrin se tourna vers eux, le visage morose.

— Si nous le brisons, il retrouvera ce qu'ils lui ont volé. Cependant, ce ne sera pas sans conséquence.

— Quelles conséquences ? demanda Sélène en changeant de posture.

Kaera répondit à sa place.

— On ne peut pas manipuler une énergie de cette ampleur sans déclencher un autre chaos. Une telle puissance pourrait... détruire ce lieu.

Cælum fit un signe affirmatif, son attention dirigée vers le cristal.

— Dans ce cas, nous devrons être rapides.

Sélène se pétrifia en entendant les mots de Cælum. Ses yeux passèrent de lui à Eldrin, puis au minéral sombre qui pulsait au centre de la salle. Le temple résonnait d'une énergie ancienne, pourtant dans cette force, il y avait autre chose : des vies. Des fragments d'âme et de souffrance enfermés ici par les alchimistes.

— Non, dit-elle, sa voix claire brisant le silence tendu.

Tous les regards convergèrent vers elle.

— Quoi ? s'étonna Garrik en plissant les yeux. Tu veux dire que tu refuses ?

Elle hocha la tête, ses iris plantés dans ceux de son protecteur.

— Si nous le réduisons en poussière, ce bâtiment tout entier pourrait être anéanti. Mais, ce n'est pas qu'un lieu !

Elle fit un pas en avant, montrant les colonnes qui se dressaient autour d'eux, saturées d'énergie.

— Ce sanctuaire ne sert pas juste à sceller ton essence, Cælum. Les alchimistes l'utilisent pour emprisonner des gens. Des humains qu'ils jugent... spéciaux. Mira, ma mère adoptive... Elles pourraient être ici, quelque part. Je ne peux pas risquer de sacrifier toutes ces vies pour sauver une seule personne.

Il resta silencieux, ses yeux d'or brillants d'une lumière indéchiffrable.

— Tu veux dire que tu es prête à m'abandonner ? exigea-t-il enfin, sa voix basse, mais tranchante.

Elle pivota vers lui, les mains tremblantes.

— Ce n'est pas ce que je désire ! Mais, il doit y avoir une autre solution !

Kaera intervint, tendue.

— Et si elle a raison ? Si nous détruisons cet endroit, nous effaçons tout : les prisonniers, leurs vies, et peut-être des informations essentielles pour combattre les alchimistes.

Garrik soupira, son arme reposant lourdement sur son épaule.

— Alors quoi ? On cherche à sauver tout le monde, même si ça signifie qu'on ne récupère jamais ce que Cælum a perdu ?

Eldrin leva une main pour calmer les esprits.

— Nous devons réfléchir. Ce cristal est un lien d'énergie. Peut-être que nous pouvons désactiver les engrenages un par un, sans tout détruire.

Sélène secoua la tête, son attention toujours fixée sur Cælum.

— Ce temple est une énigme. Nous devons comprendre ses secrets avant de prendre une décision irréversible.

Cælum tapota du bout des doigts sur sa cuisse, comme pour marquer le rythme de ses pensées.

— Et pendant ce temps, je reste incomplet, à moitié brisé.

Elle posa une main sur son bras, sentant la tension dans ses muscles.

— Tu n'es pas brisé, murmura-t-elle. Tu es plus fort que tu ne le crois.

Il détourna les yeux, sa mâchoire serrée, et se dégagea brusquement.

Eldrin avala une grande goulée d'air, comme pour se préparer à ce qui allait suivre.

— Très bien, se lança-t-il enfin. Nous cherchons un moyen de libérer les prisonniers sans pulvériser le temple. Mais, si cela devient impossible, nous devrons faire un choix.

Kaera et Garrik acquiescèrent, bien que leur méfiance restât palpable.

Cælum, cependant, ne dit rien. Il se contenta de fixer le cristal sombre, son regard brillant d'un mélange de colère et de résignation.

Ils se dispersèrent pour explorer la salle et les couloirs adjacents, recherchant des indices sur les mécanismes du temple. Eldrin et Kaera étudièrent les piliers, tentant de comprendre leur rôle exact.

Quant à Sélène, elle s'enfonça dans un passage latéral qui semblait mener à des cellules. L'air y était plus froid, saturé d'une odeur métallique.

Lorsqu'elle atteignit une rangée de cages, son cœur se serra. À l'intérieur, des silhouettes floues, à peine humaines, se pressaient contre les barreaux. Leurs yeux ternes se levèrent vers elle, emplis d'une douleur indescriptible.

— Mira...? souffla-t-elle, une boule d'angoisse dans la gorge.

Une voix faible se fit entendre depuis l'obscurité d'une geôle voisine.

— Qui...?

Elle s'approcha, ses mains tremblantes agrippant la grille.

— C'est moi, Sélène. Je suis là pour vous sortir de cette prison.

La silhouette recula légèrement, puis s'avança dans la lumière. Ce n'était pas Mira, ni sa mère, mais une jeune femme aux traits émaciés, ses cheveux collés à son visage par la saleté et la sueur.

— Ils nous retiennent ici... comme des outils, sanglota-t-elle.

— Nous allons vous libérer, promit-elle fermement.

Pourtant, au fond d'elle, l'incertitude grandissait. Combien de temps avaient-ils avant que les alchimistes ne découvrent leur présence ? Et, si elle faisait fausse route ?

Elle prit une profonde inspiration, luttant contre la panique qui menaçait de l'envahir. La jeune femme dans la cellule la regardait avec une lueur d'espoir, si fragile qu'elle semblait pouvoir se briser à tout moment.

— Combien êtes-vous ? demanda-t-elle avec douceur.

— Ici, dans ce couloir ? Peut-être une vingtaine, répondit-elle faiblement. Mais, il y en a d'autres, dans d'autres sections...

Sélène serra les dents, la gravité de la situation lui pesait énormément. Elle devait agir, mais comment ?

Un bruissement derrière elle la fit sursauter. Elle se retourna pour voir Cælum dans l'ombre, son regard fixé sur les cellules.

— Tu ne devrais pas être seule ici, déclara-t-il, avec un mélange d'inquiétude et de reproches dans la voix.

— Je ne pouvais pas attendre, avoua-t-elle, détournant les yeux. Ces gens... Ils ne peuvent pas rester enfermés là.

Il se déplaça, ses pas silencieux sur le sol de pierre, et s'arrêta à ses côtés.

— Je sais ce que tu ressens, dit-il doucement, mais nous devons être stratégiques. Si nous libérons ces prisonniers sans avoir neutralisé le temple correctement, les alchimistes les reprendront aussitôt.

— Alors, on fait quoi ? On les laisse ? lâcha-t-elle, tremblant de frustration.

Il posa une main légère sur son épaule, un geste autant apaisant que rageant.

— Non. On trouve comment tout détruire sans les sacrifier.

Ses yeux montèrent lentement jusqu'à croiser les siens, et pour un instant, les ténèbres dans ses prunelles se dissipèrent.

— Je ne peux pas perdre Mira et ma mère, murmura-t-elle.

— Et tu ne les perdras pas, répondit-il avec assurance.

Ils rejoignirent leurs coéquipiers dans la salle principale, où ils étaient plongés dans une étude soutenue des piliers et des runes gravées sur les murs.

— Il y a des détenus dans les couloirs, déclara Sélène en entrant.

Eldrin releva la tête, les sourcils froncés.

— Combien ?

— Des dizaines, assura-t-elle. Peut-être plus dans d'autres sections.

Kaera échangea un coup d'œil inquiet avec Garrik.

— Si on tente de les libérer sans neutraliser le temple, on risque de tout déclencher : pièges, alarmes… tout.

— Donc on doit trouver un moyen de désactiver les protections sans tout détruire, insista Sélène.

Eldrin se pinça l'arête du nez, réfléchissant intensément.

— Les piliers sont liés au cristal central. Si nous parvenons à modifier leur configuration, nous pourrons peut-être briser leur connexion sans endommager la structure.

— Ça peut marcher ? demanda Garrik, sceptique.
— Peut-être, répondit-il. Mais c'est risqué.
— Tout ce que nous faisons déjà l'est, intervint Cælum, sa voix calme, mais tranchante.
Kaera se redressa, son regard perçant fixant Eldrin.
— Et si on désamorce les protections, les alchimistes ne se rendront-ils pas compte que quelque chose ne va pas ?
— Ils le sauront, confirma-t-il. Toutefois, si nous sommes rapides, nous pourrons agir avant qu'ils ne se mobilisent.
Sélène aspira l'air froid, s'efforçant d'atténuer le chaos dans son esprit.
— Alors, faisons-le, dit-elle enfin. Nous n'avons pas d'autre choix.
Guidés par Eldrin, ils se dispersèrent pour activer les mécanismes nécessaires. Les piliers de pierre vibraient sous leurs doigts, leurs gravures brillantes réagissant à leurs manipulations.
Néanmoins, à chaque seconde, une tension grandissait dans l'atmosphère. Sélène pouvait sentir le temple lui-même lutter contre leur intrusion, à l'image d'une bête blessée.
— Ça y est, décréta le chef rebelle en levant une main, son regard rivé sur le cristal central.
Ce dernier pulsa violemment, projetant une onde d'énergie à travers la pièce. La jeune femme perdit l'équilibre un instant, mais Cælum la rattrapa.
— Et maintenant ? grogna Garrik, ses muscles tendus comme un arc prêt à tirer.
— Maintenant, on libère les prisonniers, répondit-elle, déterminée.

Cælum, de son côté, se dirigea vers le centre de la salle. Là, sur l'autel gravé de runes, le cristal avait laissé la place à une sphère noire palpitante : un fragment de son essence.

Il appuya une main dessus, et une vague d'énergie traversa son corps. Une partie de son pouvoir revenait à lui, ravivant sa force et sa clarté.

Alors qu'ils retournaient dans les couloirs pour ouvrir les cellules, une alarme retentit, aiguë, désespérée.

— Qu'est-ce que c'est ? cria Kaera, ses yeux parcourant la salle.

Cælum se tourna brusquement vers l'autel, la tempête faisant rage dans ses iris.

— Ils savent qu'on est ici.

Eldrin se précipita vers les runes, mais il était trop tard.

Un grondement profond résonna dans le bâtiment, et une voix gutturale emplit l'espace.

— Intrus… Vous ne toucherez pas à nos œuvres.

Le son était omniprésent, terrifiant, et son écho secoua les murs.

Sélène serra sa lame, le cœur battant à tout rompre. Ce n'était pas terminé. Pas encore.

Le grognement se transforma en une vibration sourde qui ébranla le sol. Une lumière sinistre émanait des cloisons, et une silhouette imposante se matérialisa lentement devant eux.

C'était une forme humanoïde, titanesque, faite de pierre noire et de métal tordu. Des marques rougeoyantes parsemaient son corps telles des veines, et ses yeux, deux orbes incandescents, se fixèrent sur le groupe avec une intelligence malveillante.

— C'est… un Gardien du Vortex, murmura Eldrin, choqué.

— Non, corrigea Cælum, son ombre s'étendant pour former un bouclier autour d'eux. C'est pire.

Le golem ouvrit une bouche béante, laissant échapper un cri strident. Puis, il chargea, chaque pas faisant trembler le sol.

— Dispersez-vous ! hurla-t-il.

Ils s'éparpillèrent, évitant de justesse le premier coup du géant qui pulvérisa le plancher sur lequel ils se trouvaient quelques secondes plus tôt.

— Il faut l'arrêter avant qu'il ne détruise tout ! aboya Kaera, décochant une flèche qui ricocha inutilement contre la carapace du monstre.

— Ses runes ! Elles alimentent son énergie ! hurla Eldrin. Nous devons les désactiver !

Sélène se faufila sur le côté, cherchant une ouverture, tandis que Garrik attirait l'attention du golem en frappant ses jambes massives avec sa hache. Chaque impact ne semblait être qu'une piqûre d'épingle, mais cela suffit à le ralentir.

Cælum, quant à lui, était déjà en mouvement. Ses ombres s'élancèrent vers le colosse, enveloppant ses membres pour l'immobiliser.

— Sélène ! Trouve le mécanisme d'arrêt !

Elle hocha la tête, son regard balayant frénétiquement la pièce. Eldrin avait raison : les runes sur le corps du golem paraissaient liées aux symboles gravés sur les murs.

— Là-bas ! cria-t-elle en désignant une console ancienne incrustée dans un pilier.

Elle courut vers elle, sa respiration saccadée. Derrière la jeune femme, les ombres de Cælum retenaient le monstre, toutefois elle sentait que ce n'était qu'une question de temps avant qu'il ne se libère.

— Dépêche-toi ! rugit Garrik en esquivant un coup mortel.

Ses mains tremblaient en déchiffrant les gravures complexes sur la console. Ce n'était pas seulement un mécanisme d'arrêt, c'était une clé. Si elle commettait une erreur en l'activant, qui sait quelle nouvelle catastrophe s'abattrait sur eux.

— Sélène, maintenant ! pressa Cælum, sa voix tendue.

Elle fit un choix, en appuyant sur une série de glyphes dans un ordre qu'elle espérait correct.

Un éclat de lumière jaillit du pilier, et les runes du colosse vacillèrent. Il hurla, son cri résonnant dans tout le temple, mais ses mouvements devinrent laborieux.

— Continue ! enjoignit Eldrin.

Sélène entra une dernière séquence sur la console et une explosion rayonnante émana du monstre. Ses glyphes s'éteignirent un à un, et il s'effondra dans un fracas assourdissant.

La poussière retomba, et un silence de plomb envahit la pièce.

La jeune femme se retourna, haletante, pour voir Cælum à genoux, les ombres autour de lui se rétractant lentement.

— Tu vas bien ? s'inquiéta-t-elle en se précipitant vers lui.

— Oui, la rassura-t-il faiblement, les traits empreints d'un épuisement palpable.

— Regarde ! s'exclama Kaera.

Ils levèrent les yeux vers le pilier central. Avec la destruction du golem, un nouveau passage était apparu, révélant un escalier en colimaçon qui descendait profondément dans le sol.

— C'est sûrement là qu'ils retiennent les prisonniers spéciaux, suggéra Eldrin, fasciné et horrifié en même temps.

Cælum se redressa avec difficulté, ses pupilles fixant l'ouverture.

— Alors, allons les chercher, dit-il d'une voix sombre.

Ils échangèrent un regard, une détermination silencieuse entre eux. Le combat n'était pas terminé. Le temple avait encore des secrets à divulguer, et ils n'avaient pas le droit d'échouer.

Les marches s'enfonçaient dans les entrailles de l'édifice, chacune de leurs respirations retentissant dans l'air humide. Les murs étaient toujours ornés de fresques gravées, des scènes d'expériences alchimiques entrelacées de runes étincelantes. Chaque détail murmurait un avertissement ancien.

Cælum restait devant Sélène, sa posture aux aguets. Derrière eux, Eldrin tenait une torche, la flamme tressautant et projetant des formes mouvantes dans l'escalier. Garrik et Kaera fermaient la marche, leurs armes prêtes à les défendre.

— Vous ressentez ça ? demanda Eldrin à voix basse.

— Oui, répondit Cælum, son ton glacial. Ce lieu est saturé d'énergie... corrompue.

Chaque pas les rapprochait de ce qu'ils escomptaient être les cellules d'autres prisonniers, mais également de l'inconnu terrifiant que le temple dissimulait.

Ils débouchèrent enfin dans une vaste crypte souterraine, froide et austère. Des cages de métal suspendues au plafond se balançaient lentement, leur grincement ajoutant une sinistre mélodie à l'atmosphère oppressante.

À l'intérieur des geôles, des silhouettes humaines. Certaines étaient immobiles, d'autres les observaient avec des regards ternes, vides d'espoir. Une odeur de souffrance et de magie imprégnait l'air.

— Les alchimistes ont transformé cet endroit en une prison d'horreurs, balbutia Kaera, une expression de dégoût sur le visage.

Sélène s'avança, son cœur battant à tout rompre.

— Mira ? Maman ? appela-t-elle, sa voix se brisant.

Aucune réponse. Elle fit le tour de la salle, scrutant chaque cage, recommençant encore et encore.

— Elles ne sont pas là, soupira-t-elle finalement, le désespoir nouant sa gorge.

Cælum la rejoignit, posant une main sur son épaule.

— Nous ne savons pas tout, dit-il doucement. Peut-être qu'elles sont retenues ailleurs.

— Sélène, regarde ça, interrompit Eldrin.

Il se tenait près d'un autel, au centre de la pièce, où un registre était installé, entouré de flacons contenant des substances inconnues.

Elle se précipita, ouvrant le document d'une main tremblante. Les pages étaient remplies de noms, suivis de termes cryptiques et de marques rituelles. Elle parcourut frénétiquement la liste, mais aucune trace de Mira ou de sa mère adoptive.

— Ce carnet recense les captifs utilisés pour leurs expériences, expliqua sombrement Eldrin.

— Où sont les autres ? demanda-t-elle, la rage mêlée à l'angoisse montant en elle.

Il désigna une mention fréquente sur plusieurs pages : *Transfert à l'Obélisque de la Purification.*

— L'Obélisque... répéta Garrik en serrant les dents. Encore un de leurs repaires maudits.

Sélène ferma le livre, la colère grondant en elle.

— Alors c'est là que nous devons aller, décréta-t-elle.

Cælum fit un signe affirmatif.

— Nous ne pouvons pas les laisser faire ça, confirma-t-il.

— Mais... et ces personnes ? demanda Kaera en indiquant les prisonniers autour d'eux.

Un lourd silence s'abattit sur le groupe. Libérer les captifs ici signifiait probablement nuire à leur fuite. Les alchimistes pourraient arriver d'un instant à l'autre, et ils n'étaient pas en état d'affronter une nouvelle menace.

— On ne peut pas tous les emmener, avoua Garrik à contrecœur.

— On ne peut pas non plus les laisser mourir là ! s'insurgea Sélène.

— Si nous tombons maintenant, personne ne reviendra pour eux, prévint Cælum calmement, bien qu'elle puisse sentir la tension dans sa voix.

Elle ferma les yeux, serrant les poings. Chaque fibre de son être criait de rester et de les sauver. Cependant, il avait raison. Ils devaient être stratégiques s'ils voulaient abattre les alchimistes une bonne fois pour toutes.

— Très bien, capitula-t-elle finalement. Mais, je vous promets qu'on sera de retour pour eux sous peu.

Tandis qu'ils gravissaient les marches pour quitter la crypte, Sélène lança un dernier regard aux prisonniers. Leur mutisme, leur résignation... c'était insupportable.

Une fois de retour dans la salle principale, Eldrin s'arrêta.

— L'Obélisque de la Purification est loin d'ici, et il est encore mieux gardé que ce temple. Nous devons préparer notre prochain mouvement.

Elle acquiesça, bien que son esprit fût déjà ailleurs, son cœur rempli de peur et de culpabilité.

Cælum posa une main rassurante dans le creux de son dos.

— On les retrouvera, Sélène, murmura-t-il. Je te le promets.

Ses paroles portaient une force qu'elle ne pouvait pas ignorer. Pourtant, pour la première fois, un doute insidieux s'installa en elle. Combien de temps cela prendrait-il ? Et, Mira et sa mère auraient-elles encore une chance lorsqu'ils y arriveraient ?

CHAPITRE 10

Le temple était derrière eux, pourtant ses ombres restaient gravées dans l'esprit de Sélène. Chaque pas loin de cette sinistre prison lui semblait un abandon, un échec à ceux qu'elle avait promis de sauver. Mais, le regard insistant de Cælum et le soutien tacite de ses compagnons lui rappelaient la nécessité d'avancer.

Ils avaient quitté les profondeurs, retrouvant la surface et l'air frais de la nuit. Une fois à l'abri dans une clairière entourée de roches, Garrik alluma un feu tandis que Kaera sortait quelques provisions.

Eldrin déploya une carte ancienne qu'il avait dans son sac.

— L'Obélisque de la Purification, dit-il en pointant un endroit marqué par des glyphes sur le plan. Si ce registre est correct, il se situe dans une région isolée, protégée par un réseau de rivières et d'enchantements. Les alchimistes l'ont conçu comme une forteresse.

— Un autre lieu maudit, murmura Kaera en rangeant son épée.

Garrik hocha la tête.

— Et certainement mieux gardé que celui-ci.

Sélène les écoutait à peine, ses pensées attachées à ces noms qu'elle n'avait pas trouvés. Mira. Maman. Ces visages qu'elle n'avait pas vus depuis des semaines.

Cælum s'assit à ses côtés.

— Tu ne pourras pas porter ça seule, dit-il doucement.

— Je suis au courant, répondit-elle, bien que son cœur hurlait le contraire.

Il resta muet un moment, puis reporta son attention sur Eldrin.

— Nous devrons être mieux préparés cette fois. Ce temple nous a surpris, mais nous savions à quoi nous attendre.

— Cela prendra un certain temps, soupira Eldrin. Des jours, peut-être des semaines, pour contourner leurs protections.

— Si on patiente trop, il sera trop tard, intervint Sélène brusquement.

Tous les regards se tournèrent vers elle.

— Sélène... commença Kaera, mais elle leva une main pour l'arrêter.

— Ces personnes sont déjà condamnées, Kaera. Chaque heure qui passe, Mira et ma mère... Si elles sont là-bas, elles...

Sa voix se brisa, et Cælum lui caressa l'épaule.

— Nous allons les retrouver, dit-il avec une certitude inébranlable. Mais, si nous nous précipitons, nous mourrons. Et, alors, elles n'auront plus personne pour venir les chercher.

Elle le fixa, sa colère vacillante face à son calme glacé.

— Donc qu'est-ce qu'on fait ? interrogea-t-elle finalement, plus doucement, mais tout aussi désespérée.

Eldrin désigna la carte.

— L'Obélisque est entouré d'une barrière magique qui rend l'approche frontale impossible. Néanmoins, il y a des failles. De vieux chemins, des tunnels que les alchimistes eux-mêmes utilisent parfois pour éviter leurs propres pièges quand ils transportent des matériaux sensibles ou des captifs.

— Des captifs ! gronda Garrik sombrement.
— Ces autres accès sont surveillés ? demanda Cælum.
Le chef rebelle acquiesça.
— Probablement. Mais, avec la bonne diversion, on pourrait passer inaperçus.
— Une diversion ? Kaera plissa les yeux. Quel genre de diversion ?
Il sourit.
— Si on attaque un avant-poste alchimique à proximité, ils enverront des renforts pour le défendre. Ça pourrait nous donner le temps de pénétrer dans l'Obélisque.

Il poursuivit son explication, les doigts effleurant les lignes complexes du plan.

— Les maléfices autour du bâtiment ne protègent pas uniquement les murs. Ils sécurisent également les rivières qui l'entourent. Ces eaux sont enchantées pour désorienter et engloutir quiconque essaie de les traverser sans les clés alchimiques appropriées.

— Des clés ? releva Garrik, les sourcils froncés.
Eldrin fit un signe affirmatif.
— Des dispositifs que seuls les sorciers supérieurs possèdent. Sans elles, les flots agissent comme des pièges. Mais, il y a les failles dont j'ai parlé dans le réseau, si on sait où chercher.

Kaera se pencha sur la carte, traçant une ligne du doigt.
Cælum intervint, son ton calme, mais tranchant.
— Si ces tunnels sont surveillés, nous devons être sûrs que la diversion accapare assez leur vigilance. Un assaut direct pourrait suffire.

La soldate rebelle serra la mâchoire.

— Ce type de stratagème fonctionne, à condition de sacrifier un groupe pour l'opération de leurre.

Eldrin secoua la tête.

— Pas nécessairement. Pas si nous utilisons des illusions.

Tous les regards se tournèrent vers lui. Il expliqua, son enthousiasme était perceptible.

— Les sortilèges des alchimistes sont conçus pour répondre à la menace physique, pas aux manifestations trompeuses. Avec un peu de temps, je peux créer des mirages convaincants : des silhouettes, des cris, des feux. Ils croiront à une attaque massive sur un avant-poste voisin.

— Et si quelqu'un vérifie ? s'enquit Kaera, sceptique.

— Ce ne sera pas parfait, avoua-t-il. En revanche, ça suffira pour détourner leur attention juste assez longtemps.

— Au même moment, nous entrerons par les tunnels, ajouta Cælum.

Kaera acquiesça, bien que l'incertitude dans ses yeux demeurât.

— Et les rivières ? s'inquiéta Garrik. Nous devrons les traverser pour atteindre les galeries.

Eldrin pointa une autre zone de la carte, là où les cours d'eau se resserraient en un passage étroit.

— Ce guet, précisa-t-il. Les enchantements y sont moins actifs. L'onde y est toujours dangereuse, mais pas impénétrable. Avec les bonnes protections…

— Les bonnes protections ? répéta Sélène, se courbant pour mieux voir.

Il sortit un petit cristal de sa poche.

— Une pierre de nullité. Si je parviens à l'ajuster correctement, elle pourra momentanément interrompre les maléfices des rivières sur une zone limitée. Par contre, il faudra se dépêcher.

— Combien de temps ? interrogea Cælum.

— Peut-être une minute, répondit Eldrin. Deux, si j'ai de la chance.

— Ce sera suffisant, dit Cælum.

La discussion s'éternisa alors qu'ils affinaient les détails du plan.

— Très bien, conclut l'ancien Veilleur. Mais, nous devons nous reposer d'abord. Si nous avançons dans cet état, nous ne survivrons pas.

Tandis que la réunion se terminait et que chacun se préparait à dormir, Sélène resta en retrait, observant la carte. Mira, sa mère... l'idée de les savoir si près et pourtant si loin la bouleversait.

Cælum s'approcha sans bruit, sa présence rassurante.

— Tu as peur, énonça-t-il calmement.

— Oui, admit-elle. Pas seulement pour moi. Pour nous tous.

Il l'enlaça, son regard intense et plein de promesses.

— Nous allons réussir, Sélène. Pas parce que nous sommes sûrs de nous. Mais, parce que nous n'avons pas le choix.

La clairière était calme, mais la magicienne ne pouvait pas trouver le sommeil. Les visages des prisonniers dans le temple hantaient ses pensées, et le fardeau de son engagement à revenir lui semblait insurmontable.

Elle se redressa, s'éloignant du camp pour se tenir près d'un ruisseau qui serpentait entre les arbres. La clarté de la Lune scintillait sur l'eau, créant des éclats argentés dans l'obscurité.

— Tu devrais dormir, murmura une voix derrière elle.

Elle se retourna pour apercevoir Cælum, ses traits adoucis dans la lumière astrale.

— Je n'y arrive pas, avoua-t-elle.

Il s'avança, ses pas quasi silencieux sur la mousse.

— Je sais ce que c'est, dit-il paisiblement. La charge de ces vies que tu ne peux pas sauver.

— Et toi ? Tu endures le manque de tes fragments volés. Comment fais-tu pour ne pas t'effondrer ?

Il détourna le regard, une ombre brouillant ses traits.

— Peut-être que je m'effondre. Mais, je n'ai pas d'autres options.

Ils restèrent muets un instant, le clapotis de la rivière remplissant l'air.

— Nous trouverons Mira et ta mère, affirma-t-il finalement, son ton chargé d'une force qui lui fit presque croire à ses mots.

Elle hocha la tête, pourtant au fond d'elle, elle n'était pas sûre de pouvoir garder l'espoir.

— Merci, chuchota-t-elle.

Il posa une paume sur sa joue, un geste d'une telle tendresse que son cœur fit un bond.

— Je connais un moyen infaillible pour te relaxer, dit-il avec un sourire mutin.

Ses mains s'enroulèrent dans ses cheveux, tirant en arrière et dégageant son cou. Sa bouche fondit sur elle et marqua une traînée brûlante partout où elle passait. Son souffle s'accéléra au rythme de ses baisers.

Puis, il lâcha sa crinière et verrouilla son regard dans le sien. Sans un mot, il la déshabilla et elle le laissa faire. La chaleur enflamma ses joues quand elle se retrouva nue devant lui, frissonnante. Il tournait autour d'elle, ses yeux détaillant chaque recoin de son corps. Le cœur de Sélène battait la chamade, tant d'excitation que d'appréhension.

Il se plaqua dans son dos et ses doigts se mirent à courir sur ses épaules. Elles dégringolèrent progressivement vers sa poitrine et l'une d'elles se referma dessus pendant que l'autre continuait son exploration sur son ventre. Des éclairs de désir et de plaisir la traversaient, la faisant trembler. Il la contourna et sa bouche happa son sein, titillant puis malmenant son téton. Sélène se cambra, poussant son buste en avant pour amplifier les sensations qu'elle ressentait.

Quand elle voulut le caresser, il esquiva et lui bloqua le bras.

Ses lèvres abandonnèrent son mamelon, lui arrachant un gémissement de frustration, et descendirent sur son ventre. Il embrassait chaque centimètre de sa peau avec dévotion, tandis que ses mains progressaient plus bas, effleurant sa toison, mais sans jamais la toucher vraiment. Elle avait envie de plus et essayait de lui faire comprendre en tortillant son bassin. Elle sentit sa bouche s'incurver en un sourire amusé. Le calvaire dura encore quelques minutes et enfin, ses doigts se posèrent sur ses lèvres gorgées d'humidité. Puis il introduisit l'index dans son intimité et elle tressaillit violemment. Il amorça des va-et-vient lents qui la mirent au supplice. Son pouce se joignit à la danse et traça des cercles sur son petit bouton.

Malgré la fraîcheur de la nuit, la jeune femme était en sueur. Elle sentait la tension monter et ses jambes tremblaient de plus en plus. Des sons sans aucun sens sortaient de sa bouche, entrecoupés de soupirs.

Soudain, les lèvres de Cælum capturèrent celles de Sélène et sa langue se fraya un passage jusqu'à la sienne. Elles entamèrent une chorégraphie langoureuse qui bloqua le souffle de la magicienne. C'est ce moment que son amant choisit pour glisser un deuxième doigt. Alors, elle perdit tout contrôle. Ses hanches ondulaient en rythme avec le mouvement de ses mains. Elle explosa, des vagues brûlantes de plaisir qui ne cessaient pas.

Lorsque son corps se détendit enfin, repu et engourdi, ses jambes se dérobèrent et Cælum la rattrapa. Il s'assit sur l'herbe, contre un arbre, et la plaça sur ses genoux, sa tête blottie contre mon torse. Sa chaleur et son odeur si particulière l'enveloppaient, la faisant plonger dans la torpeur du sommeil. Avant de sombrer complètement, elle l'entendit murmurer :

— Je t'avais dit que je pouvais t'aider.

Ils avaient pris la décision de revenir au *Refuge*, un choix nécessaire, bien que frustrant. Le chemin du retour fut silencieux, chacun absorbé par ses réflexions. Ils avaient vu l'horreur du temple et ressentaient la puissance du réseau alchimique. Ils savaient que l'Obélisque serait pire encore.

Quand ils atteignirent enfin le village, l'aube commençait à poindre, peignant le ciel de teintes rose et orangée. La chaleur familière du lieu était réconfortante, bien que l'atmosphère fût lourde de tension.

Les survivants et les résistants s'approchèrent d'eux, leurs regards remplis d'espoir et d'appréhension. Garrik prit la parole d'une voix grave.

— Le temple est une prison, un endroit où les alchimistes enferment leurs captifs avant de les « transférer » à l'Obélisque de la Purification. C'est là que nous devons aller maintenant.

Une rumeur s'éleva dans la foule, une vague de peur palpable.

— L'Obélisque ? Ce lieu maudit ? souffla une femme au premier rang.

— Oui, répondit Cælum calmement. Et, nous aurons besoin de renforts.

Une réunion fut convoquée dans la grande salle du *Refuge*, où le groupe exposa la situation. Eldrin déroula la carte sur une table, indiquant l'emplacement de l'Obélisque et les avant-postes voisins.

— Voici notre plan, débuta-t-il. Une distraction est essentielle. Nous frappons l'un de ces avant-postes ici, ajouta-t-il en pointant un lieu marqué sur le schéma. Cela attirera leurs forces loin de l'édifice, nous laissant une fenêtre pour infiltrer leurs tunnels.

— Et si la diversion échoue ? questionna un jeune résistant, l'air inquiet.

— Elle ne doit pas échouer, rétorqua Garrik. C'est pour ça que nous devons avoir de meilleurs combattants et tacticiens pour la mener.

Kaera entra dans le débat.

— Nous avons également besoin de reconnaissance. L'Obélisque est un mystère. Nous savons qu'il est gardé, mais par qui et par quoi ? Envoyer des éclaireurs est notre seule option avant de tenter quoi que ce soit.

Un brouhaha favorable se fit entendre, et plusieurs rebelles se portèrent volontaires pour la mission.

— Sélène et moi guiderons l'équipe principale, ajouta Cælum. Nous devrons être rapides et précis. Une fois à l'intérieur, nous chercherons les captifs et détruirons leur réseau s'il y a une opportunité.

Eldrin fronça les sourcils, croisant les bras sur sa poitrine alors qu'il avançait d'un pas ferme vers le centre de la pièce.

— Attends une seconde, intervint-il, son ton tranchant coupant court aux murmures d'approbation. Je ne me souviens pas t'avoir donné l'autorisation de décider de la direction des opérations, Cælum.

L'atmosphère s'alourdit immédiatement. Les résistants présents échangèrent des coups d'œil hésitants, certains se reculant vaguement face à la tension croissante.

L'ancien Veilleur tourna lentement la tête vers Eldrin, ses ombres frémissant imperceptiblement autour de lui.

— Je ne choisis pas pour toi, Eldrin. Cependant, cette mission exige des compétences spécifiques que Sélène et moi possédons. C'est logique.

Le chef des rebelles ne bougea pas, son regard brûlant d'une autorité incontestée.

— Logique ? répéta-t-il, sa voix teintée de sarcasme. Peut-être. Pourtant, je te rappelle que ce n'est pas toi qui diriges cette opération, ni toi, ni Sélène. Notre communauté existe parce que nous avons décidé de nous battre pour quelque chose de plus grand. Et, tant que ce sera le cas, je suis celui qui donne les ordres ici. Pas toi.

Sélène, qui se tenait un peu en retrait, ressentait un frisson d'inconfort face à la confrontation. Elle ouvrit la bouche pour intervenir, mais Eldrin leva une main pour l'interrompre avant même qu'elle ne puisse parler.

— Je respecte vos compétences, à tous les deux, reprit-il, cette fois sur un ton plus mesuré. Mais, ne confondez pas vos objectifs personnels avec ceux de la résistance. Tu veux retrouver ton essence, Cælum ? Très bien. Mais, cette mission n'est pas uniquement une quête pour toi. Elle concerne la survie de chacun ici.

Ce dernier ne cilla pas, néanmoins ses ombres s'épaissirent légèrement, signe d'une tension intérieure.

— Je n'oublie pas les enjeux, Eldrin, répliqua-t-il d'une voix calme, mais dure. Mais, si tu veux réussir cette expédition, tu devras accepter que certaines décisions ne soient pas simplement militaires.

Un silence chargé s'installa, chaque mot semblant peser davantage que le précédent. Eldrin scruta Cælum un moment, avant de détourner les yeux vers l'assemblée des résistants.

— Très bien, dit-il finalement. Je décide des rôles. Vous guiderez peut-être la troupe centrale, mais exclusivement parce que cela sert la mission, pas parce que vous l'avez choisi.

Il s'adressa alors au reste du groupe, sa voix retrouvant son assurance habituelle.

— Sélène, Cælum, vous dirigez l'équipe principale. Garrik et Kaera, vous serez en soutien. Moi, je coordonnerai avec l'unité de tête. Et, si quelqu'un ici pense qu'il peut passer outre mes ordres, qu'il parle maintenant.

Personne ne répondit, toutefois les coups d'œil jetés entre certains membres trahissaient une tension palpable.

Cælum hocha lentement la tête, un sourire effleurant ses lèvres.

— Comme tu veux, chef, déclara-t-il avec une pointe d'ironie.

Sélène se tourna vers Eldrin, tentant d'apaiser les choses.

— Nous suivrons tes instructions, Eldrin. Tu as raison. Mais, nous devrons tous collaborer pour que cette opération soit une réussite.

Il l'observa un instant, puis acquiesça, bien qu'un éclair de défi persistât dans ses yeux.

— Ce plan suppose que nous repérions une faille dans leurs défenses, souligna Eldrin.

— Nous en trouverons une, affirma Cælum avec aplomb.

Trois éclaireurs furent envoyés en reconnaissance. Des experts en infiltration, légers et silencieux, capables de se fondre dans l'obscurité. Leur but : observer les mouvements autour de l'Obélisque, noter les effectifs ennemis, et cartographier les entrées possibles des tunnels.

Pendant leur absence, les participants à la prochaine mission se préparèrent au mieux. Des plans furent dessinés, des lames forgées, et des potions récupérées pour soigner les blessés.

Kaera formait les nouvelles recrues, leur enseignant comment désarmer rapidement un adversaire ou neutraliser un alchimiste. Garrik supervisait les réparations de cuirasses et les provisions pour le voyage.

De son côté, Sélène rassemblait tout ce qu'elle pouvait trouver sur l'Obélisque. D'anciens textes, des récits, même des chansons. Chaque fragment d'information pouvait être vital.

Cælum, lui, s'isolait souvent. La jeune femme savait qu'il tentait de maîtriser son pouvoir restauré, mais il semblait aussi lutter contre une menace invisible.

Les jours précédant l'expédition parurent à Sélène étrangement calmes, malgré l'orage qui menaçait à l'horizon. Le *Refuge*, bien qu'austère, commençait à lui être familier, presque comme un foyer temporaire. Ses couloirs froids de pierre et ses vastes salles d'entraînement étaient remplis d'une énergie fébrile, les habitants se préparant pour ce qui donnait l'image d'une mission désespérée.

Un matin, alors qu'elle s'échappait de la cour principale pour trouver un peu de solitude, elle se retrouva dans un jardin caché au cœur du village. C'était un endroit simple, mais calme : une clairière entourée de hauts murs de roche, où poussaient des plantes médicinales entretenues avec soin. Là, elle rencontra une guérisseuse penchée sur un parterre de végétaux aromatiques.

— Tu cherches quelque chose ? interrogea la jeune fille sans redresser la tête, sa voix douce et amusée.

— Pas vraiment, répondit-elle, légèrement prise au dépourvu. Je voulais juste… respirer un peu.

L'herboriste releva enfin les yeux. Elle avait des traits fins et un sourire chaleureux qui contrastait avec l'austérité ambiante du *Refuge*. Ses cheveux bruns étaient attachés en une tresse lâche qui lui donnait un air de simplicité rassurante.

— Moi, c'est Lyanna, se présenta-t-elle en tendant une main terreuse. Je suis l'herboriste de ce joyeux trou.

Elle la serra, incapable de retenir un sourire.

— Sélène. Nouvelle arrivante dans ce… joyeux trou.

Au fil des jours, elle trouva en Lyanna une compagnie apaisante. Elle n'était pas une guerrière ni une stratège. Elle s'occupait des blessés, concoctait des potions pour fortifier les combattants, et réparait les vêtements abîmés. Elle avait un humour piquant qui allégeait les lourdes discussions sur la mission à venir, et une manière unique de voir la vie au *Refuge*.

— Pourquoi as-tu rejoint ce groupe ? demanda Sélène un soir, alors qu'elles étaient assises près d'un feu de camp improvisé dans le jardin.

Lyanna haussa les épaules.

— Je n'ai jamais vraiment eu le choix. Les alchimistes ont détruit mon village quand j'étais petite. Ma mère était guérisseuse, et elle leur a résisté. Ils ont décidé qu'aucun de nous ne méritait de vivre. Je suis la seule à m'en être sortie.

Sélène sentit une boule se former dans sa gorge. Elle connaissait aussi la douleur de perdre des proches, même si ses souvenirs étaient flous. Cependant, Lyanna ne semblait pas chercher de la pitié. Elle continuait à sourire, un éclat de défi dans les yeux.

— Et toi ? répéta Lyanna. Tu as l'air de porter tous les problèmes du monde sur tes épaules.

Elle hésita, mais finit par parler de Mira et de sa mère adoptive. Elle raconta leur capture par les alchimistes, sa quête désespérée pour les retrouver, et le fardeau de ne pas savoir si elles étaient encore vivantes.

Lyanna l'écouta sans l'interrompre, son expression devenant plus douce.

— Alors, nous avons quelque chose en commun, dit-elle paisiblement. Nous connaissons le sentiment de perte. Mais, au moins, ici, nous avons une chance de nous battre dans un but précis. Pour les retrouver.

Lorsqu'elle n'était pas avec Lyanna, Sélène passait ses journées à s'entraîner avec Cælum, Garrik et Kaera. Les séances étaient intenses, visant à renforcer leur coordination pour l'expédition. Chaque geste comptait, chaque erreur pourrait leur coûter la vie. Néanmoins, elle remarqua que, malgré l'exigence des exercices, une étrange synergie se développait entre eux. Garrik, en dépit de son tempérament bourru, faisait preuve d'une précision étonnante. Kaera montrait une patience rare, répétant les mouvements jusqu'à ce que chacun les maîtrise.

Cælum, lui, restait une présence constante et rassurante. Il l'encourageait sans la brusquer, corrigeant ses postures avec une attention presque protectrice. Parfois, leurs regards se croisaient, et elle sentait son cœur battre plus fort. Pourtant, elle repoussait ces pensées, concentrée sur leur mission.

Un soir, après une journée d'entraînement exténuante, Lyanna et Sélène se retrouvèrent dans le jardin, un endroit devenu leur refuge au sein du village. Elles s'assirent sur un banc de pierre, partageant un moment de calme sous un ciel constellé. Lyanna brisait les tiges d'herbes aromatiques pour en faire des sachets médicinaux, tandis que Sélène jouait avec un brin de menthe entre ses doigts.

La guérisseuse lui jeta un coup d'œil furtif, un sourire espiègle naissant sur ses lèvres.

— Alors, Sélène… interrogea-t-elle, son ton faussement nonchalant. Cælum et toi… c'est sérieux, non ?

Elle tourna brusquement la tête, ses joues s'embrasant immédiatement.

— Quoi ? Non, enfin… Ce n'est pas… Pourquoi tu me demandes ça ?

Lyanna éclata d'un rire léger, s'appuyant sur ses genoux.

— Allez, je ne suis pas aveugle. Vous avez cette façon de vous regarder, comme si le reste du monde n'existait pas. Et, puis, je vois comment il te protège. Alors ? C'est quoi l'histoire ?

La magicienne détourna les yeux, mordillant son brin de menthe pour masquer son embarras.

— C'est compliqué, précisa-t-elle.

Lyanna posa ses sachets d'herbes et se pencha vers sa nouvelle amie, un sourire malicieux toujours présent.

— Eh bien, j'adore les récits compliqués. Raconte-moi. Ça te fera du bien de parler.

Sélène soupira, hésitante. Une part d'elle voulait éviter la conversation, mais une autre était étrangement soulagée d'avoir quelqu'un à qui se confier.

— On a vécu beaucoup de choses ensemble, commença-t-elle courageusement. Quand je l'ai rencontré, c'était… différent. Il n'était pas réellement… humain.

Elle haussa un sourcil, intriguée.

— Pas humain ? Comment ça ?

— C'est une longue histoire, répondit-elle avec un petit sourire. Mais, disons qu'il a été… brisé, en partie par les alchimistes. Une partie de lui-même lui avait été volée, son essence, sa lumière. Il était… incomplet. Il l'est toujours un peu d'ailleurs. Au début, il était distant, sombre, parfois effrayant. Mais, il y avait également cette douleur en lui, cette humanité qu'il essayait de cacher.

Lyanna écoutait avec fascination, ses yeux grands ouverts.

— Et toi, tu as lu à travers ça, dit-elle doucement.

— Je suppose, avoua-t-elle. Mais, ce n'était pas seulement ça. Il m'a sauvée plusieurs fois, mais il m'a aussi... Il m'a vue, vraiment. Il me comprend d'une façon que personne d'autre ne fait. Il sait ce que c'est que de perdre des personnes qu'on aime, d'être brisé par la vie.

Lyanna sourit, son regard s'adoucissant.

— Ça a dû être puissant. Mais... ce n'est pas juste ça, pas vrai ?

Sélène sentit son visage chauffer de nouveau.

— Non, pas juste ça, confirma-t-elle.

— Alors ? C'est comment ? poursuivit Lyanna, son sourire devenant taquin. Entre vous, je veux dire.

Elle hésita, cependant la guérisseuse ne montra aucun signe de renoncement.

— C'est... intense, murmura-t-elle finalement. Lorsqu'il est avec moi, tout disparaît. C'est comme si rien d'autre n'importait. Et... il sait comment me faire sentir... vivante.

Son amie rougit légèrement, mais son expression restait avide.

— Vivante ? De quelle façon ?

— Lyanna ! protesta-t-elle, mi-choquée, mi-amusée.

— Quoi ? s'exclama Lyanna, riant doucement. Je n'ai aucune expérience, d'accord ? Je n'ai même jamais... Enfin, bref. Je suis juste curieuse. Alors, dis-moi !

Sélène posa une main sur sa joue, penchant la tête, mais un sourire trahissait son amusement.

— Il est très… attentif, finit-elle par dire, cherchant ses mots. Il sait ce que je sens, même quand je ne l'exprime pas. Et, il est tellement… passionné. Chaque fois, c'est comme si c'était la première, mais également comme si c'était la dernière.

Lyanna ouvrait grand la bouche, visiblement émerveillée.

— Ça a l'air incroyable, souffla-t-elle.

Sélène arqua un sourcil.

— Tu sembles bien romantique pour quelqu'un qui n'a jamais eu d'expérience.

— Eh bien, c'est facile de rêver quand on n'a jamais rien connu, répondit-elle en riant. Et, maintenant, tu me rends encore plus curieuse. Ça doit être… magique, non ? Être avec quelqu'un qui te comprend ainsi. Et, qu'est-ce que vous faites exactement ?

La jeune femme cacha son visage dans ses paumes.

— Il fait des choses fantastiques avec ses mains, chuchota-t-elle. Et, avec sa langue…

La bouche de Lyanna s'arrondit en un « Oh » d'intérêt.

— Quand il t'embrasse ? demanda-t-elle sur le même ton.

— Quand il m'embrasse là, dit-elle en indiquant son bas-ventre.

Puis, elles éclatèrent de rire.

Lyanna posa une main sur le bras de son amie, son sourire devenant sincère.

— Je pense que tu as trouvé quelqu'un qui te complète, même si c'est compliqué. Et, quoi qu'il arrive, tu mérites d'être heureuse, Sélène.

Cette dernière perçut une chaleur dans sa poitrine, une reconnaissance profondément bienveillante pour cette nouvelle amie.

— Merci, Lyanna. Tu ignores à quel point ça fait du bien de pouvoir parler de ça avec quelqu'un.

Elle hocha la tête, son expression malicieuse revenant.

— Alors, promets-moi une chose. Quand vous aurez retrouvé ta famille et détruit tous ces alchimistes, tu me raconteras *tout*. En détail.

Sélène pouffa de rire de nouveau, l'air un peu plus léger.

— Promis.

En attendant le retour des éclaireurs, Sélène et Cælum décidèrent d'aller interroger leur alchimiste captif pour savoir les informations qu'il détenait sur l'Obélisque.

Ils déambulèrent dans les couloirs sombres de la base rebelle, leurs pas résonnant légèrement contre les parois de pierre.

— Je ne comprends pas pourquoi Eldrin n'a pas déjà questionné ce prisonnier, marmonna Sélène.

— Peut-être qu'il espérait que notre charme naturel ferait le travail, suggéra Cælum, un sourire en coin.

— Ton « charme naturel » est fait d'ombre et de menaces. Pas sûr que ce soit efficace sur un alchimiste terrifié.

— Touché, admit-il en haussant les épaules.

Lorsqu'ils arrivèrent devant la cellule, une étrange odeur flottait dans l'air. Sélène fronça les sourcils.

— Tu sens ça ?

— Oui. Et, je préférerais ne pas avoir à le décrire, répondit Cælum, une main sur la poignée de la porte.

Il la poussa, et ils découvrirent le prisonnier, affalé contre le mur, immobile. L'air était lourd et oppressant, un silence morbide les entourant.

Sélène s'approcha prudemment, puis s'arrêta, le visage figé dans une expression d'incrédulité.

— Ne me dis pas qu'il…

Cælum s'accroupit près du corps, examinant rapidement la scène avant de se redresser.

— Eh bien… il est mort.

— Mais de quoi ?!

— De soif, semble-t-il, déclara-t-il d'un ton neutre, comme s'il annonçait la météo.

Elle écarquilla les yeux.

— Tu plaisantes ?!

— Je ne plaisante jamais sur la déshydratation, Sélène. C'est une affaire sérieuse.

— Mais… il était notre prisonnier ! Quelqu'un aurait dû le surveiller, ou au moins lui donner de l'eau, non ?

Cælum haussa un sourcil.

— Manifestement, personne n'a jugé bon de s'en charger.

Elle se tourna brusquement vers l'entrée, une main sur la hanche, agacée.

— Eldrin ! Eldrin, tu es là ?

Le chef rebelle apparut à l'angle du couloir, l'air fatigué.

— Quoi ? grogna-t-il en avançant.

— L'alchimiste est mort, dit-elle en pointant le corps d'un geste théâtral.

— Comment ça, mort ? demanda Eldrin, son visage se décomposant.

— Tu veux le mode « sérieux » ou le mode « comique » ? intervint Cælum. Parce que dans tous les cas, il a littéralement séché sur place.

Eldrin se pinça l'arête du nez, soupirant profondément.

— Et personne n'a pensé à le surveiller ?

— Apparemment, tout le monde l'évitait, répondit Cælum, un sourire en coin. Trop effrayant, trop mystérieux. Résultat, il n'a pas bu une goutte d'eau depuis… quoi, trois jours ?

La jeune femme lança un regard noir à Cælum.

— Ce n'est pas drôle.

— Ce n'est pas sensé l'être. Mais, avouez que c'est un peu… ironique.

— Ironique ? hurla-t-elle presque. Ce type détenait des informations cruciales sur la base ennemie, et maintenant, il est MORT, parce que personne ne s'est dit que, peut-être, un prisonnier a besoin de survivre pour être utile !

Eldrin, l'air de plus en plus las, leva une main pour calmer les esprits.

— D'accord, on a fait une erreur.

— Une erreur ? répéta-t-elle, incrédule. Eldrin, ce n'est pas une erreur, c'est un fiasco logistique !

— Et toi, tu faisais quoi, hein ? rétorqua-t-il en croisant les bras.

Elle ouvrit la bouche pour répondre, mais aucun son n'en sortit.

— Voilà, conclut-il en pointant un doigt accusateur.

— Bon, intervint Cælum, brisant la tension avec une voix désinvolte. On fait quoi à présent ? On enterre l'alchimiste avec dignité ou on prétend que tout ça n'a jamais existé ?

Eldrin secoua la tête, visiblement au bord de l'explosion, puis finit par lâcher un juron.

— Vous deux, nettoyez ce bazar. Et, essayez de trouver un moyen de récupérer les informations qu'il avait.

— On pourrait demander à son fantôme ? proposa Cælum, son sourire revenant.

— Dehors ! rugit Eldrin.

L'ancien Veilleur leva les mains en signe de reddition, et Sélène, malgré elle, émit un petit rire nerveux.

Ils sortirent de la cellule, laissant le dirigeant marmonner des malédictions à voix basse.

— C'est officiel, dit-elle en marchant à côté de son protecteur. On est les pires geôliers de l'histoire.

— Mais les plus mémorables, répliqua-t-il avec un clin d'œil.

— Ce n'est pas un compliment, grogna-t-elle.

Et, pourtant, elle ne put s'empêcher de sourire en imaginant la tête d'Eldrin lorsqu'il devrait expliquer cette « situation » au reste des résistants.

Les éclaireurs revinrent trois jours plus tard, exténués, mais vivants. Ils apportèrent des nouvelles qui firent taire toute la salle.

— L'Obélisque est bien gardé, rapporta l'un d'eux. Des patrouilles d'alchimistes et de créatures. Des golems semblables à celui du temple, mais plus grands.

Un frisson parcourut l'assemblée.

— Les tunnels existent, continua un autre. Nous avons trouvé une entrée dissimulée dans un ravin au sud. En revanche, elle est surveillée.

— Nous avons également vu... autre chose, ajouta le troisième éclaireur, sa voix tremblant légèrement.
— Quoi ? demanda Cælum, les yeux plissés.
— Une lumière. Une lueur étrange qui émane du sommet de l'Obélisque, visible même de loin. Nous ignorons ce que c'est, mais... elle semble vivante.

Les mots laissèrent un silence pensif. Une énergie vive ? Était-ce une partie de ce réseau alchimique, ou quelque chose de pire encore ?

— Nous avons ce qu'il nous faut, dit Eldrin. Nous savons où frapper et comment entrer.

— Nous devons agir vite, poursuivit Garrik. Si cette lumière est une sorte d'arme ou de rituel en préparation, nous ne pouvons pas lui permettre de s'accomplir.

Sélène leva les yeux vers Cælum, cherchant un signe dans son expression. Il était toujours calme, toujours concentré.

— Alors, nous partons demain, déclara-t-il.

— Tout le monde doit se reposer, ajouta Kaera. Ce qui nous attend là-bas...

Elle ne termina pas sa phrase, pourtant ils savaient tous ce qu'elle pensait dire. Ce serait leur mission la plus dangereuse. Et, peut-être leur dernière.

La veille du départ, Sélène retrouva Lyanna dans le jardin, où elle préparait une série de fioles remplies de liquides colorés.

— Ce sont des fortifiants, expliqua la guérisseuse. Je veux que tu en prennes quelques-uns. On ne sait jamais ce qui vous attend là-bas.

— Merci, murmura Sélène, touchée.

Lyanna la fixa un instant, son sourire s'effaçant.

— Promets-moi de réapparaître, réclama-t-elle soudain. Les gens qui partent à l'Obélisque... ils ne rentrent pas toujours.

La jeune femme sentit une pointe d'angoisse dans sa voix, et elle posa une main sur son bras.

— Je reviendrai, assura-t-elle. Avec eux, et avec ma famille, si elles y sont.

Son amie hocha la tête, néanmoins l'inquiétude ne quitta pas ses prunelles.

La chambre était baignée d'une lumière tamisée, projetée par une lanterne unique oscillant au rythme des courants d'air discrets. Le *Refuge* était muré dans un silence que les pierres reflétaient, comme si l'imminence de l'expédition pesait sur chaque âme présente.

Sélène se tenait près de la fenêtre étroite, le regard perdu dans l'obscurité de la nuit. Le visage crispé, elle serrait ses bras autour d'elle, comme pour contenir un flot d'émotions qui menaçaient de la submerger. Elle entendit le léger grincement de la porte, suivi de pas familiers. La chaleur de la présence de Cælum s'approcha lentement.

— Tu es si silencieuse, murmura-t-il.

Sa voix était douce, mais teintée d'une inquiétude sincère. Il s'arrêta juste derrière elle, tendant une main hésitante pour frôler son épaule.

— Je réfléchissais, répondit-elle, le ton lointain. À ce que nous allons affronter. À tout ce que nous avons déjà perdu.

Elle tourna légèrement la tête pour croiser ses iris, ces yeux dorés et insondables dans lesquels elle avait trouvé tant de réconfort. Cælum ne dit rien, cependant son expression parlait pour lui. La fatigue, la peine et une infinie détermination se mêlaient dans ses traits.

Sélène se retourna pleinement pour lui faire face, posant ses paumes sur son torse, là où son cœur aurait dû battre, s'il était encore humain. Il n'y avait rien, bien sûr, toutefois elle pouvait percevoir la force qui émanait de lui, une puissance qu'il semblait lui offrir sans retenue.

— J'ai peur, avoua-t-elle dans un souffle. Pas seulement pour ce qui nous attend, mais pour ce que je ressens maintenant. Chaque fois que nous avançons, j'ai l'impression qu'une partie de moi-même s'efface... que nous sommes en train de perdre plus que ce que nous espérions sauver.

Cælum lui prit doucement les mains, ses doigts froids contre sa peau brûlante.

— Je sais, murmura-t-il. Mais nous évoluons ensemble. Tant que nous sommes là, l'un pour l'autre... rien ne peut nous enlever ça.

Elle ferma les paupières un instant, permettant à ses mots d'imprégner son esprit. Puis, sitôt qu'elle les rouvrit, une nouvelle assurance illuminait son regard. Elle se rapprocha, laissant ses doigts effleurer son visage, traçant les lignes sombres qui bordaient ses joues.

— Ce soir... Je ne veux pas penser à demain, dit-elle, la voix presque tremblante. Fais-moi oublier.

Il resta immobile quelques secondes, ses yeux sondant ceux de la jeune femme. Il y avait une douleur qu'il connaissait bien, mêlée à un désir brut d'échapper, ne serait-ce qu'un moment, à l'inévitable.

Il répondit par un geste doux, mais irrévocable, se penchant pour poser ses lèvres sur les siennes. Le baiser était lent, presque hésitant, comme s'il cherchait à vérifier que c'était bien ce qu'elle voulait. Lorsqu'elle réagit avec plus d'ardeur, il abandonna toute réserve. Sa langue força sa bouche pour s'entortiller autour de la sienne.

Le monde autour d'eux parut se dissoudre, réduit à cette connexion électrique entre leurs corps et leurs âmes. Il la serra contre lui, ses mains s'égarant sur ses hanches, tandis qu'elle enfouissait ses doigts dans ses cheveux. Chaque mouvement, chaque contact s'apparentait à des promesses silencieuses, de tout ce qu'ils ne pouvaient exprimer avec des mots.

Ils s'écartèrent à peine pour reprendre leur souffle, leurs regards verrouillés dans une intensité qui dépassait le physique. Elle sentit ses genoux faiblir sous le poids de l'émotion, mais Cælum la soutint, la guidant avec impatience vers le lit.

Les draps rêches furent oubliés alors qu'ils s'effondraient ensemble, leurs corps s'enchevêtraient dans une danse lente et passionnée. Chaque baiser, chaque caresse traduisait leurs craintes et leurs espoirs, une manière de se promettre l'un à l'autre qu'ils continueraient, qu'ils survivraient.

Leurs souffles se mêlèrent, des murmures épars de leurs noms, et des paroles étouffées d'encouragement et d'amour emplirent l'espace clos. Cælum, malgré sa nature d'ombre, semblait rayonner d'un halo chaud, pendant que Sélène laissait ses émotions se déverser à travers chaque geste.

Ils s'arrêtèrent un instant pour se déshabiller en silence, les yeux dans les yeux. Cælum détailla chaque partie de la silhouette de la jeune femme et son regard s'enflamma. Dès la seconde où il l'embrassa, elle détecta toute son impatience. Puis, il se redressa et la mit à genoux sur le lit. Il se colla à son dos et elle sentit son membre dur contre ses fesses. Ses mains reprirent leur course sur son corps nu.

Il la pencha brusquement en avant et se positionna derrière elle. Son cœur martelait sa poitrine. Il lui empoigna les hanches pour la maintenir et s'enfonça en elle d'un puissant coup de reins, lui tirant un cri. Ses parois s'étirèrent pour l'accueillir pleinement. Et, il se mit à bouger, s'enfouissant profondément à chaque fois puis se retirant lentement. Elle le sentait buter tout au fond d'elle et chaque impulsion était un mélange de plaisir intense et de douleur. Le moment n'était pas à la tendresse, mais c'était exaltant. Ses mouvements s'accélérèrent, son bassin claquant contre ses fesses.

Elle discerna sa main s'insinuer entre ses jambes et ses doigts pincèrent délicatement son centre névralgique. La jeune femme se cambra et lâcha un cri. Ses hanches se déchaînèrent contre ses phalanges. La tension montait tellement qu'elle avait l'impression qu'elle allait la tuer. Au moment où elle explosa, après une dernière poussée brutale, elle le sentit se raidir et émettre un râle. Ils avaient atteint le plaisir simultanément.

Ils s'effondrèrent sur le lit, épuisés, mais étrangement apaisés, et elle se blottit contre lui, écoutant le silence qui les entourait. Cælum passa un bras protecteur autour d'elle, traçant des cercles distraits sur sa peau.

— Je ne laisserai rien nous séparer, murmura-t-il dans ses cheveux.

Elle ferma les yeux, devinant la vérité dans ses mots. Pour ce soir, au moins, la peur n'avait pas sa place entre eux.

CHAPITRE 11

L'aube était pâle au moment où ils quittèrent le *Refuge*, leurs silhouettes se fondaient dans la brume du matin. Chaque membre du groupe était silencieux, focalisé sur la mission à venir. La tension dans l'air était presque palpable.

Eldrin ouvrait la marche, la carte en main, les guidant à travers les plaines vallonnées qui s'étendaient vers les rivières maudites. Garrik et Kaera le suivaient de près, leurs armes prêtes, tandis que Cælum et Sélène arrivaient en dernier.

— Comment te sens-tu ? lui demanda-t-il à voix basse, son regard scrutant les alentours.

— D'attaque, affirma-t-elle, même si son cœur battait à tout rompre.

Il lui jeta un coup d'œil, un mince sourire jouant sur ses lèvres.

— Tu es plus forte que tu ne le penses.

Elle n'avait pas de réponse, mais ses mots lui fournirent une inattendue forme de courage.

Dès lors qu'ils parvinrent aux rivières, le clapotis des flots se transforma en un grondement sourd. Les courants sombres donnaient l'impression d'être vivants, scintillants de reflets dorés sous les premiers rayons du soleil. Les charmes des alchimistes étaient visibles dans l'air, des cordons chatoyants flottant au-dessus des eaux comme des serpents de lumière.

Eldrin s'agenouilla sur la rive, tirant la pierre de nullité de son sac.

— Ça va fonctionner ? interrogea Garrik, son ton pragmatique trahissant une pointe d'inquiétude.

— Ça doit fonctionner, répliqua-t-il, concentré. Il plaça le cristal au centre d'un cercle runique qu'il avait tracé hâtivement sur le sol.

Lorsque la gemme s'activa, une vague bleutée ondoya au sein du courant, repoussant temporairement les filaments lumineux. Une zone dégagée d'environ dix mètres apparut entre les eaux tourbillonnantes, mais calmes.

— Allez-y ! cria-t-il.

Ils se précipitèrent, chacun traversant aussi vite que possible. L'écume glacée atteignit leurs genoux, puis leurs cuisses, cependant elle ne les affectait tant qu'ils restaient dans le rayon d'action du cristal.

Au moment où ils touchèrent l'autre berge, un grincement insolite retentit derrière eux.

— Les enchantements se referment ! hurla Kaera.

Eldrin saisit la pierre et s'élança, mais une éclaboussure violente surgit alors qu'un fil de lumière vive s'efforçait de l'agripper. Garrik réagit rapidement, son épée coupant au cœur de l'étrange énergie, et ils bondirent tous deux hors de la rivière au dernier moment.

Après avoir repris leur souffle, ils s'engouffrèrent dans les bois bordant le rivage, jusqu'à atteindre une entrée de tunnel dissimulée sous une végétation épaisse. Le chef rebelle marmonna des incantations pour désactiver les glyphes de protection autour du passage, puis ils plongèrent dans l'obscurité.

La galerie était étroite et humide, éclairée seulement par la faible lueur de la torche d'Eldrin. Les murs suintaient d'une substance noire, et des échos sinistres résonnaient autour du groupe.

— Ces tunnels ne sont pas utilisés depuis longtemps, remarqua Kaera en serrant son arme.

— Cela ne veut pas dire qu'ils sont inoccupés, rétorqua Garrik, son regard balayant les ténèbres mouvantes.

Tandis qu'ils progressaient, un cri aigu déchira le silence. Une forme indistincte se jeta sur eux depuis le plafond, un amas indéfinissable de chair et de magie alchimique.

— Un autre de leurs Échappés ! grogna Cælum, ses ombres jaillissant pour intercepter la créature.

Le combat fut brutal. Les démons avaient l'air de surgir de nulle part, leurs corps tordus par des expériences ratées. Kaera et Garrik tinrent la ligne, leurs lames dansant avec une précision mortelle, tandis qu'Eldrin tentait de maintenir une barrière protectrice autour d'eux.

— Cælum, à droite ! hurla la lieutenante rebelle.

Ce dernier obéit, ses ombres s'enroulèrent autour d'un des monstres, le broyant dans un craquement sinistre. Malheureusement, pour chaque Échappé abattu, un autre surgissait.

Sélène leva les bras, une lumière éclatante fut projetée depuis ses mains, et les entités reculèrent brièvement, leurs vociférations perçant l'air.

— C'est maintenant ou jamais, prévint Cælum en la tirant en avant.

Ils profitèrent de leur désorientation pour s'enfoncer plus profondément dans le souterrain, laissant les abominations derrière.

Lorsqu'ils atteignirent enfin la sortie du passage, une vision terrifiante s'offrit à leur équipe. L'Obélisque de la Purification s'érigeait devant eux, une tour noire et lisse qui suggérait qu'elle absorbait la lueur environnante. Ses versants étaient ornés de runes étincelantes, et des sentinelles alchimiques parcouraient le périmètre.

Au sommet, un rayon pulsait doucement, un rappel cruel du genre des captifs à l'intérieur.

— C'est pire que ce que je pensais, souffla Eldrin.
— Maintenant, en avant, ordonna Cælum. Pas d'erreur.

Ils se fondirent dans les ténèbres, guettant les allées et venues des rondes et les mécanismes de défense. La prochaine étape serait cruciale : trouver une faille dans leur surveillance pour pénétrer l'Obélisque et, peut-être, sauver ceux qui pourraient encore l'être.

Sélène observa autour d'elle : les premières lueurs de l'aube enveloppaient la clairière dans laquelle l'édifice se dressait, tel un défi lancé à la nature elle-même. La citadelle de jais paraissait capturer la lumière du jour, ses flancs polis reflétant vaguement le ciel rougeoyant. À sa base, une énergie étrange palpitait, des filaments d'or et d'argent entrelacés, formant un voile protecteur mouvant qui ondulait à l'image d'un rideau vivant. Les runes gravées sur le sol à son pourtour luisaient d'un éclat menaçant, un avertissement pour quiconque oserait s'approcher.

Ils étaient tapis dans les buissons à une cinquantaine de mètres, les muscles crispés et la poitrine oppressée. Eldrin était agenouillé sur la surface humide, une vieille carte étalée devant lui, griffonnée de schémas succincts et de notes qu'il murmurait pour lui-même. Il leva la tête, ses yeux brillants d'une concentration fébrile.

— Les bastions périphériques, dit-il en pointant deux structures plus petites dissimulées parmi les arbres, approvisionnent ce bouclier. Si nous désactivons leurs glyphes d'alimentation, nous serons en mesure d'ouvrir une brèche.

— Et les sentinelles ? demanda Kaera, son ton aussi tranchant que la lame qu'elle tenait prête.

Sélène suivit son regard. Les vigiles alchimiques patrouillaient avec une précision mécanique, chacune d'elles faite d'un mélange grotesque de métal et de chair. Leurs membres étaient articulés de manière inhumaine, et leurs têtes n'avaient rien de normal : des masques lustrés et impassibles, percés de deux orbes lumineux. Ils se déplaçaient en silence, à la façon de prédateurs.

— Ce sont des créations instables, expliqua Eldrin. Si on ne les attaque pas, elles ne réagiront pas.

Garrik fronça les sourcils.

— Et si on les provoquait ?

Le dirigeant des opérations haussa les épaules, son expression sombre.

— Elles nous massacreront.

Le plan était simple, mais risqué : désactiver les deux pylônes pour ouvrir un passage, infiltrer l'Obélisque et atteindre ses profondeurs avant que les alchimistes ne réalisent leur présence. En revanche, simple ne signifiait pas facile.

Lorsque le signal de diversion parvint à leurs oreilles — une explosion lointaine, suivie de cris et d'un grondement sourd —, ils se mirent en mouvement. Eldrin guidait les autres, sa main serrant la pierre de nullité comme un talisman.

Les sentinelles pivotèrent vers le bruit, hésitantes, leurs routines désorientées. C'était leur chance. Ils foncèrent le long de l'herbe trempée, leurs respirations saccadées et leurs déplacements silencieux. Les tours secondaires étaient dissimulées derrière des buissons épineux, presque indiscernables parmi la végétation, toutefois Eldrin les atteignit sans difficulté.

Il disposa le cristal au pied de la première colonne, prononçant à voix basse une incantation. Une vague azurée frémit parmi les glyphes, les éteignant dans un grésillement.

— Un de moins, chuchota-t-il.

Ils se dirigeaient vers le second bastion, quand une silhouette bougea dans leur champ de vision. Un vigile, alerté par l'écho de la magie, approchait à pas lents, ses yeux bleus perçant les ténèbres.

Cælum s'activa le premier.

— Restez derrière moi.

Il étendit une main, et ses ombres jaillirent tels des serpents, enroulant la sentinelle avant qu'elle ne puisse exprimer un son. Kaera se précipita, sa lame tranchant proprement à travers les articulations mécaniques. La créature s'effondra dans un bruit métallique, inerte.

— Continuez, ordonna Cælum.

Le pylône fut rapidement mis hors service, et Eldrin se tourna vers Sélène, haletant.

— Le bouclier est affaibli. À toi de jouer, Sélène.

Elle se dirigea vers la barrière, sentant son énergie vibrer dans l'air. C'était une force oppressante, quasi vivante, qui semblait vouloir refouler tout intrus. Elle leva ses paumes, appelant à elle la lumière scintillante qui dormait dans ses veines. Les runes sur ses bras s'égayèrent, échos de la magie qui l'habitait.

Le voile protecteur résista, repoussant ses tentatives comme une vague contre un rocher. Mais, elle persista, tissant patiemment sa lueur avec ses fils d'or et d'argent. Petit à petit, une faille apparut, une déchirure étroite juste assez grande pour qu'ils passent.

— Allez, marmonna-t-elle, sa voix tremblante.

Un par un, ils se glissèrent au cœur de la brèche. Dernière à la franchir, Sélène laissa la barrière se refermer derrière elle, suspendant son souffle.

L'obscurité les enveloppa aussitôt. L'air à l'intérieur était saturé d'une énergie sinistre qui faisait frissonner la peau de Sélène. Des couloirs interminables s'étendaient devant eux, leurs murs noirs suintant une substance visqueuse. Des torches magiques, fixées à intervalles irréguliers, projetaient un rayonnement vacillant.

— Cela dépasse mes pires attentes, bredouilla Eldrin en observant les runes gravées sur les parois.

— Un labyrinthe, grogna Garrik.

Un gémissement faible, presque imperceptible, se répercuta dans l'air. Sélène tendit l'oreille, et son cœur se pinça en reconnaissant le son : une voix humaine, brisée, pleurant dans les profondeurs.

— Il y a des gens ici, souffla-t-elle, la respiration hachée.

Cælum posa une main sur son épaule, la retenant.

— Concentre-toi. On les sauvera, mais pas si on se perd ou si on tombe dans un piège.

Elle acquiesça silencieusement, bien que ses poings soient serrés de frustration.

Kaera s'avança avec précaution, son arme prête.

— Ces cris... ils pourraient être un leurre, avertit-elle.

Eldrin hocha la tête.

— C'est probable. Les alchimistes exploitent les âmes à la manière de simples outils.

Ils s'enfoncèrent dans le dédale, chaque pas les rapprochant de l'inconnu terrifiant qui se tapissait dans les entrailles de l'Obélisque. Et bien qu'ils progressassent ensemble, un sentiment de solitude l'envahissait, comme si l'édifice lui-même cherchait à les diviser.

Les artères semblaient vivantes, leur architecture se tordait insensiblement en donnant l'illusion que les murs respiraient. Des paroles insaisissables flottaient dans l'air, un chœur invisible de voix plaintives. Chaque pas vibrait étrangement, le son répercuté évoquant un écho déformé.

Eldrin s'arrêta brusquement, levant une main.

— Ne bougez pas, commanda-t-il.

Tous se figèrent, sur le qui-vive. Un bruit insolite résonnait dans le lointain, un cliquetis d'acier froissé suivi d'un grincement prolongé.

— Qu'est-ce que c'est ? demanda Kaera, les mâchoires crispées.

Le chef rebelle scruta les runes sur les cloisons, ses doigts effleurant les symboles gravés.

— Ce son... il vient de mécanismes anciens, expliqua-t-il. Peut-être une partie de leurs systèmes de sécurité. Mais, cela pourrait aussi être...

Un hurlement rauque, non humain, coupa sa phrase. Le bruit partait d'un croisement plus loin dans le couloir. Garrik dégaina son épée, ses muscles tendus.

— Une autre de leurs abominations ?

— Selon toute vraisemblance, répondit Cælum en évoluant calmement, ses ombres se mouvant autour de lui comme des sentinelles.

Ils avancèrent prudemment, leurs pas légers sur le sol humide. Les murmures se faisaient plus insistants, se mélangeant parfois à des gémissements distincts.

— Là ! s'écria Garrik.

Une créature émergea de l'obscurité au bout du couloir. Elle était tordue, ses membres disproportionnés et couverts d'une carapace luisante. Ses globes oculaires les scrutaient, débordant d'une haine brûlante mêlée d'une détresse sourde.

— Préparez-vous, ordonna Cælum.

La monstruosité bondit, ses serres raclant le sol tandis qu'elle chargeait à une vitesse redoutable. Garrik et Kaera se placèrent en première ligne, leurs armes s'abattant sur la bête dans un fracas métallique.

— Restez derrière moi ! cria Eldrin en levant un bras.

Un bouclier magique apparut, repoussant les fragments de coquille qui volaient dans toutes les directions.

Le prédateur riposta, ses griffes s'enfonçant dans le dôme de protection avec une force brutale. Ce dernier commença à se fissurer, et le chef rebelle grimaça sous l'effort.

— Elle est trop puissante !

Cælum fit un pas en avant, ses ombres s'élançant à l'instar de lances noires pour saisir les articulations de l'entité. Les tentacules ténébreux s'enroulèrent autour d'elle, l'immobilisant partiellement.

— Maintenant, frappez ! hurla-t-il.

Kaera et Garrik s'exécutèrent simultanément, leurs lames trouvant des brèches dans son armure naturelle. Elle poussa un cri déchirant, un son qui fit vibrer les murs du labyrinthe, avant de s'effondrer dans un râle étouffé.

— C'est fini ? s'inquiéta Kaera, essoufflée, mais toujours sur ses gardes.

Eldrin scruta l'obscurité, puis hocha la tête.

— Pour le moment.

Alors qu'ils reprenaient leur respiration, un détail attira l'attention de Sélène. Derrière l'endroit où la créature était tombée, une partie de la cloison semblait différente. Les runes y étaient plus patinées, leur éclat légèrement terni.

— Regardez là, dit-elle en pointant l'anomalie.

Eldrin s'inclina pour mieux voir, ses doigts frôlant la surface.

— Une porte cachée, déclara-t-il, son ton teinté de fascination. Probablement, un accès à une section plus ancienne de l'Obélisque.

Il posa ses mains sur les symboles et psalmodia une incantation. Les runes s'illuminèrent brièvement, puis disparurent, laissant place à une ouverture sombre. Une odeur rance s'en échappa, comme si l'air n'y avait pas circulé depuis des siècles.

— Vous êtes sûr de ce que vous faites ? demanda Garrik, sceptique.

— Pas du tout, répondit-il en pénétrant par le passage. Mais, c'est la seule voie non protégée que nous avons repérée.

Tout le monde le suivit, chacun surveillant ses arrières. L'espace derrière la porte était étroit, presque oppressant, cependant il menait à une vaste salle souterraine.

La pièce était éclairée par une lumière pâle et spectrale émanant de cristaux suspendus au plafond. Au centre se trouvait un cercle gravé dans le sol, entouré de plusieurs personnes allongées, immobiles.

— Ce sont... des captifs ? murmura Kaera, horrifiée.

Sélène s'approcha prudemment. Il s'agissait de corps humains, néanmoins une inspection plus poussée révéla des traces d'expérimentations : des membres déformés, des veines phosphorescentes sous leur peau, des expressions figées dans une douleur muette.

— Ils ne sont pas morts, constata Eldrin.

— Pas encore, ajouta Garrik sombrement.

Le regard de la jeune magicienne se posa sur une femme, son visage étrangement familier. Son cœur s'arrêta.

Elle s'agenouilla auprès d'elle, ses doigts tremblants effleurant ses cheveux. Ses paupières s'ouvrirent faiblement, malheureusement, il n'y avait pas de reconnaissance dans ses pupilles, seulement un vide terrible.

— Maman, c'est moi, gémit-elle, la gorge nouée.

Aucune réponse.

Cælum posa une main sur son épaule, sa voix basse et rauque.

— Nous devons les sortir de là, Sélène. Mais, pour cela, il faut détruire l'Obélisque.

Elle releva la tête, ses yeux brûlant de colère et de détermination.

— Alors, allons jusqu'au bout.

Toutefois, avant qu'elle ne se redresse, Eldrin s'avança et serra son autre articulation d'une poigne ferme, son expression empreinte de gravité.

— Sélène, écoute-moi, dit-il doucement. Ta mère... Elle est trop affaiblie. Ces tests macabres l'ont brisée, son esprit comme son corps. Même si on la sort d'ici, elle ne survivra pas.

Ces mots frappèrent Sélène telle une lame glacée. Elle secoua la tête, refusant d'y croire.

— Non... Non, elle est vivante. On peut la sauver.

Il serra un peu plus son épaule pour capter son attention.

— Je suis désolé, mais regarde-la, Sélène. Tu sais que j'ai raison.

Les larmes commencèrent à perler aux yeux de Sélène alors qu'elle examinait de nouveau sa mère. Le néant dans ses rétines, la maigreur de son corps, la lenteur de sa respiration... Tout confirmait les paroles d'Eldrin, même si elle voulait désespérément les nier.

— Non, murmura-t-elle, sa voix se brisant. Ce n'est pas juste. Ce n'est pas...

Elle se recouvrit le visage de ses mains, incapable de contenir un sanglot.

— Sélène, prononça avec tendresse Cælum, toujours à ses côtés. Nous allons honorer sa mémoire. Mais, maintenant, tu dois rester forte.

Elle opina de la tête en fixant le sol, cependant son buste tremblait sous l'effort qu'elle fournissait pour retenir ses émotions.

— Je... je comprends, articula-t-elle enfin, son timbre enroué et fragile.

Elle se releva, entraînant le regard des autres, tandis que les larmes continuaient de couler silencieusement sur ses joues.

— On les sortira d'ici, dit-elle, déterminée. Pas seulement ma mère, mais tous ceux qui sont pris au piège.

Eldrin hocha la tête, bien que son visage restât grave.

— Nous n'avons pas beaucoup de temps. Les enchantements autour de ce lieu se renforcent à mesure que nous avançons. Plus nous traînons, plus les chances de nous faire repérer augmentent.

Sélène ne répondit pas, cela dit une rage froide bouillonnait désormais en elle. Elle avait perdu sa mère, mais elle ne laisserait personne d'autre périr ici.

Cælum se tourna vers le chef, ses yeux dorés brillants dans la lumière spectrale.

— Où se trouve le cœur de cet endroit ? Où les captifs sont-ils transformés ?

Il hésita, scrutant les runes sur les murs et les gravures autour du cercle central.

— Le sommet de l'Obélisque, commenta-t-il finalement. Par contre, l'accès est verrouillé par des protections redoutables. Il nous faudra un rituel ou un sacrifice...

Ses prunelles croisèrent celles de Sélène, et il détourna les yeux.

— Un sacrifice ? demanda-t-elle, sa voix trahissant une note de panique.

— Pas avec une vie, ajouta-t-il rapidement. Mais une énergie puissante. La pierre de nullité pourrait suffire, en revanche une fois utilisée, elle sera détruite.

— Alors, on la détruira, intervint Cælum, tranchant. Ce n'est qu'un outil.

Kaera fit un pas en avant, son arme toujours en main.

— Et ensuite ? Si nous atteignons le sommet, comment abattons-nous cette chose ?

Eldrin hésita.

— Les cristaux qu'on trouvera doivent agir de la même façon que des catalyseurs, focalisant l'énergie alchimique. Si nous pouvons les neutraliser, cela devrait provoquer l'effondrement de l'ensemble de la structure. Mais, ça ne sera pas instantané.

— Ce qui signifie qu'on devra se battre pour sortir, conclut Garrik avec un sourire sombre. Rien de nouveau, donc.

Pendant qu'ils avançaient vers un escalier sinueux menant plus haut dans l'Obélisque, Sélène sentit un poids s'abattre sur elle, une lourdeur étrange, comme si l'air lui-même devenait hostile.

— Vous ressentez ça ? interrogea-t-elle.

Cælum acquiesça, son regard se durcissant.

— Ce lieu nous pousse à abandonner. C'est une vieille magie. Ignore-la.

Elle prit une inspiration profonde, cependant son esprit était déjà encombré de pensées tourmentées. Chaque pas semblait l'éloigner de ceux qu'elle aimait, et une peur viscérale s'installa en elle.

Ils émergèrent dans une vaste salle circulaire où plusieurs gardes alchimiques patrouillaient. Leurs silhouettes métalliques reflétaient une lumière verdâtre émanant des murs, et leurs mouvements étaient précis, presque mécaniques.

— Ces machines n'ont pas d'âme, commenta Garrik. Mais elles sont mortelles.

— Eldrin, commanda Cælum. Désactive-les.

Ce dernier secoua la tête.

— Ces gardiens sont alimentés par les cristaux au sommet. Les rendre inertes depuis ici est impossible.

— Dans ce cas, on les détruit, intervint Kaera.

Cælum leva une main pour l'arrêter.

— Pas de bruit inutile. Si nous attirons l'attention de la garnison entière, nous sommes morts.

Ils progressèrent lentement, se glissant dans l'ombre des piliers et des alcôves. Le cœur de Sélène battait si fort qu'elle était sûre que les gardes pouvaient l'entendre.

Alors qu'ils atteignaient les marches qui conduisaient au dernier étage, un fracas résonna derrière eux.

— Une sentinelle nous a repérés ! chuchota Garrik, son épée jaillissant de son fourreau.

Avant que Sélène ne puisse réagir, Cælum se plaça devant elle, ses ombres s'élançant pour envelopper le gardien. Le métal grinça sous la pression des ténèbres, et en quelques instants, la créature s'effondra.

— On ne peut pas faire ça pour tous, murmura Cælum, essoufflé. Avançons.

Ils gravirent les marches, chaque pas les rapprochant de leur objectif, mais aussi du danger croissant.

Tandis qu'ils progressaient du haut de la tour, une réflexion assaillit Sélène : elle n'en sortirait peut-être pas vivante. Cependant, cela n'avait pas d'importance. Si elle pouvait sauver Mira, et même Cælum, alors sa vie aurait eu un sens.

Elle lança un regard furtif à son partenaire, son visage concentré, tendu et déterminé. Une vague de chaleur l'envahit. Il ne le savait pas encore, pourtant elle ferait tout pour lui, quitte à tout perdre.

Dans le silence pesant du groupe, elle marmonna pour elle-même :

— Peu importe ce qui advient, je tiendrai ma promesse.

Enfin, des portes se dressèrent devant eux, ornées de glyphes complexes qui semblaient vibrer sous une énergie invisible, comme toutes celles qu'ils avaient rencontrées depuis leur arrivée dans le bâtiment. Eldrin s'avança, sa mine empreinte de solennité.

— Voici notre dernière épreuve. Une fois le seuil franchi, il n'y aurait plus de retour en arrière.

Cælum posa une main sur la poignée, impatient.

Les lourds battants s'ouvrirent dans un grincement sinistre, révélant une salle immense et oppressante. Les murs noirs étaient striés de veines dorées qui palpitaient à la manière d'une pulsation cardiaque. Au centre de la pièce trônait un cristal massif, brillant d'une lumière aveuglante.

Autour du minéral, des silhouettes en robe d'alchimiste s'affairaient, leurs gestes coordonnés, semblant suivre une chorégraphie secrète. Mais, ce qui attira le regard de Sélène fut une cage suspendue au plafond, un éclat faible émanant de ses barreaux. À l'intérieur, plusieurs formes humaines se tenaient immobiles, comme vidées de leur essence. Et, elle la reconnut immédiatement.

— Mira... murmura-t-elle, une main invisible lui broyant le cœur.

— Pas encore, l'arrêta Cælum à voix basse. Concentre-toi.

Elle dut détourner les yeux, néanmoins la douleur de la vue de ces captifs ne la quittait pas.

D'autres cachots se trouvaient au fond de la zone, et eux non plus n'étaient pas vides.

Eldrin observa la pièce, proférant rapidement des incantations.

— Le cristal est protégé par un réseau de glyphes. Ils sont ancrés dans ces piliers, expliqua-t-il en désignant quatre colonnes scintillantes disposées autour de la salle. Si on veut le détruire, il faut briser ces sécurités d'abord.

Kaera serra son arme, son expression dure.

— Et les alchimistes ?

Cælum surveillait les silhouettes en robe.

— Ils ne nous laisseront pas faire.

Garrik dégaina son épée.

— Alors, occupons-nous-en.

Ils se dispersèrent. Eldrin se mit à déchiffrer les runes des pylônes tandis que Kaera et Garrik engageaient le combat contre les sorciers. Leurs attaques étaient brutales et précises, toutefois leurs ennemis répliquaient avec des sorts mortels, des éclairs de feu et des nuages de fumée toxiques.

Cælum et Sélène progressèrent vers un des piliers. Il tendit la main, ses ombres s'enroulant autour des gravures pour les fracturer.

— Sélène, protège-moi, exigea-t-il, sa voix crispée.

Elle leva les bras, invoquant une barrière lumineuse qui contra un maléfice jeté dans leur direction. Mais, à chaque coup, elle sentait sa magie s'épuiser.

Un alchimiste s'approcha, brandissant un sceptre. Avant qu'il ne puisse lancer son sort, Kaera surgit derrière lui, une dague dans sa paume. Elle attaqua, malheureusement l'enchantement jaillit quand même, envoyant la jeune ensorceleuse rouler sur le sol.

— Sélène ! cria Cælum.

Elle se releva, titubante, juste à temps pour voir un autre ennemi viser l'ancien Veilleur.

Sans réfléchir, elle propulsa un rayon de lumière, frappant l'alchimiste de plein fouet. Il s'écroula, et Cælum lui adressa un coup d'œil rapide.

— Reste focalisée, dit-il sèchement.

— Je fais de mon mieux ! s'insurgea-t-elle en serrant les dents.

Pendant que la bataille faisait rage, un bruit insolite attira son attention. La cage suspendue au plafond commençait à trembler, et les captifs à l'intérieur se redressèrent lentement.

— Que se passe-t-il ? demanda-t-elle à Eldrin.

Il lança un regard au cristal central, son visage pâlissant.

— Le minéral les utilise comme source d'énergie. Plus nous l'attaquons, plus il pompe leur essence.

— Non..., souffla-t-elle.

Elle observa Mira attentivement, mais elle semblait insensible, ses yeux fixant le vide.

— Sélène, concentre-toi ! reprocha Kaera, refoulant un alchimiste qui s'était infiltré trop près.

Elle se força à reprendre sa tâche.

Un à un, les piliers tombèrent, Eldrin et Cælum brisant leurs enchantements avec une précision impitoyable. Quand le dernier s'effondra, un grondement sourd se propagea dans la pièce, et le cristal se mit à vibrer.

— C'est maintenant, avertit le chef rebelle. Détruisez-le !

Cælum s'avança, ses ombres se déchaînant, mais un mur rayonnant émanant du minéral le repoussa. Il grimaça, son regard se posa sur sa protégée.

— Sélène, il a besoin de ta lumière.

Elle s'élança, joignant sa magie à la sienne. Le halo et les ténèbres s'entrelacèrent, heurtant la pierre dans une explosion dévastatrice.

La roche transparente se fractura, puis éclata, provoquant une onde de choc qui les envoya tous au sol. Les alchimistes restants s'écroulèrent, leurs sortilèges s'interrompirent brutalement. Finalement, ils n'avaient pas eu besoin de la gemme de nullité.

Sélène remarqua que Cælum s'était arrêté au milieu de la salle. Il sondait quelque chose derrière le nuage de poussière et les débris lumineux. Dès que la fumée se dissipa, une lueur étrange dansa dans l'air, flottant tel un feu follet.

Eldrin, haletant, s'appuya sur son bâton.

— Ça doit être... un fragment d'essence divine, murmura-t-il.

L'élément se mit à pulser, comme s'il réagissait à l'appel silencieux de Cælum. Il tendit une main tremblante, ses ombres s'agitant autour de lui.

— Cælum, qu'est-ce que c'est ? demanda Sélène, troublée par l'intensité de son expression.

Il ne répondit pas immédiatement, son regard rivé sur le morceau. Quand il parla enfin, sa voix était basse, presque révérencielle.

— C'est une partie de moi, dit-il. Ce que j'étais avant... avant que tout ne soit brisé.

Elle sentit un frisson la parcourir. Son esprit lui avait déjà soufflé ce qu'il venait de dire, mais l'entendre confirmer cette réalité lui donna le vertige.

— C'est dangereux, intervint Kaera, toujours sur ses gardes. Ces choses sont liées à leur magie corrompue, non ?

— Non, affirma Cælum d'un ton tranchant. Ces fragments sont tout ce qu'il me reste de ma véritable nature.

Il s'avança lentement, dirigeant les doigts vers la lumière. Lorsqu'il la toucha, une vague de force se propagea dans la pièce, projetant tous ceux qui se trouvaient à proximité. Sélène se releva rapidement, le cœur battant à tout rompre.

Cælum était encore debout, enveloppé d'un halo éthéré. Son visage semblait radieux et terrible à la fois, un éclat de douleur et de puissance dans ses yeux.

— Ça va ? questionna-t-elle, s'approchant prudemment.

Il hocha la tête, pourtant sa voix était différente, plus profonde, comme si elle résonnait avec une énergie venue d'ailleurs.

— C'est un pas de plus. Mais, ce n'est pas terminé.

Eldrin s'était redressé, l'air grave.

— Les alchimistes savaient ce qu'ils faisaient en fragmentant ton essence. S'il te manque encore des extraits, tu ne seras pas complet.

Cælum acquiesça.

— Il reste un dernier morceau, souffla-t-il. Je peux le sentir... mais il est loin, au-delà de cet endroit.

Kaera fronça les sourcils.

— Et si tu récupères tout ? Qu'est-ce que ça changera pour nous ?

Il détourna le regard, hésitant un instant avant de répondre.

— Alors, je deviendrai de nouveau ce que j'étais. Mais, ce que cela signifie... pour vous, pour moi... je ne le sais pas encore.

Le silence retomba. Sélène s'aperçut à cet instant que la cage au plafond s'était abaissée, néanmoins les prisonniers restaient immobiles. Elle se précipita vers son amie, appuyant doucement sur son épaule.

— Mira ? C'est moi... Sélène.

Elle ouvrit les yeux, mais ils étaient voilés.

— Sélène... geignit-elle faiblement.

— Oui, c'est moi ! On va te sortir d'ici. Tout ira bien.

Elle esquissa un sourire furtif, toutefois la jeune femme savait qu'elle était épuisée, dévastée par les enchantements de l'Obélisque.

Le chaos régnait dans les couloirs du bâtiment. Les alarmes grondaient, et les murs vibraient sous l'effet des explosions provoquées par les pièges laissés par les alchimistes en fuite. Les captifs, éparpillés dans plusieurs cellules, étaient en grande partie inconscients, leurs corps affaiblis par les expériences qu'ils avaient subies.

Mira était l'une des premières qu'ils avaient trouvées, cependant elle était loin d'être seule. Une dizaine d'autres, principalement des enfants et des jeunes adultes, étaient retenus dans des cages similaires, leurs visages marqués par la souffrance et la peur.

— On doit les emmener, déclara Garrik, sa voix tendue alors qu'il brisait une serrure avec son épée.

Kaera hocha la tête, mais son attention se porta sur les diverses galeries dans lesquelles des cris d'angoisse résonnaient encore.

— On ne pourra pas sauver tout le monde, dit-elle sombrement.

— Quoi ? s'insurgea Sélène, le souffle court. On ne peut pas les abandonner !

— Nous n'avons pas assez de temps ! hurla Eldrin, qui maintenait une barrière magique pour empêcher les Échappés de les atteindre.

Cælum posa une main sur son bras, l'air très sérieux.

— Sélène… Si nous restons, nous mourrons. Et, si nous mourons, personne ne pourra revenir pour eux.

Ces mots frappèrent son cœur comme une lame froide. Ses poings se serrèrent, ses ongles s'enfonçant dans ses paumes.

— Alors… qui ? Qui peut-on sauver ? questionna-t-elle, tremblante de colère et d'impuissance.

Eldrin pointa du doigt les prisonniers les plus proches.

— Ceux-ci sont assez conscients pour marcher. Les autres… il faudrait les porter, et nous n'avons pas les moyens.

Sélène aperçut une femme âgée, prostrée dans un coin, ses yeux vides de tout espoir. Un petit garçon pleurait doucement à côté d'elle.

Elle voulait les sauver tous. Chaque. Dernière. Âme.

Pourtant, elle savait qu'Eldrin avait raison.

Avec une amertume insoutenable, ils firent le choix de prioriser les captifs en état de se déplacer ou qu'ils pouvaient transporter sans tarder. Garrik et Kaera soulevèrent deux des enfants les plus faibles, tandis que Cælum et Sélène aidaient Mira à se lever.

— On reviendra, murmura Sélène à la vieille femme en lui serrant la main, une promesse qu'elle s'imposerait de tenir.

Son regard brisé la poursuivit pendant qu'ils se dirigeaient vers la sortie, les créatures alchimiques se rapprochant à chaque instant.

À mi-chemin, une explosion retentit, faisant frémir les murs. Eldrin cria une incantation pour stabiliser les structures autour d'eux, mais son visage était livide.

— Nous devons partir maintenant ! aboya-t-il.

Ils franchirent les derniers mètres dans un chaos total, des gravats tombant autour d'eux et les hurlements des Échappés remplissant l'air.

Sélène avançait dans les couloirs sombres de l'Obélisque, chaque enjambée alourdissant un peu plus son cœur. La décision avait été prise, une fois encore, de laisser les prisonniers derrière eux. À nouveau, elle devait ignorer les visages ravagés par la souffrance, les murmures à peine audibles implorant une aide qu'elle ne pouvait leur offrir. Et, cela la déchirait.

Ses mains tremblaient tandis qu'elle serrait les poings, comme si la tension de ses muscles pouvait retenir le flot de pensées qui tourbillonnaient dans son esprit. Néanmoins, c'était impossible. La culpabilité s'insinuait, tenace et implacable. Elle se revoyait, agenouillée dans la poussière du temple, promettant qu'elle ne les abandonnerait pas. Cet engagement lui semblait désormais aussi creux qu'un écho perdu dans un abîme.

Elle se haïssait.

Dans sa poitrine, une douleur sourde pulsait, familière et pourtant insupportable. Elle l'avait ressentie avant, bien avant tout cela. Lorsqu'elle avait saisi, dans l'effroi glacé d'un instant, que sa propre famille l'avait offerte en sacrifice. Ils avaient affirmé l'aimer, vouloir son bien, mais au moment crucial, ils l'avaient trahie pour accomplir un rituel insensé. Aujourd'hui, dans cette obscurité oppressante, elle se demandait si elle était si différente d'eux.

Les captifs n'étaient-ils pas, eux aussi, des victimes pour une cause qu'ils ne comprenaient pas ? Et, elle, qui prétendait lutter pour la justice et la liberté, n'était-elle pas en train de les tromper d'une manière identique ?

Une sinistre vérité s'abattit sur sa conscience. Les alchimistes, ces monstres qui avaient orchestré tant de souffrances, agissaient sous le prétexte de promouvoir un bien majeur. Et, elle, qui s'évertuait à se tenir du côté de la morale, n'était-elle pas en train de prendre la même voie ? Celle où les vies de quelques-uns étaient sacrifiées pour sauver un plus grand nombre ?

Elle se sentit sale, souillée par ses propres choix. La nausée la gagna alors qu'elle se rappelait les visages des détenus. Certains étaient à peine conscients, mais leurs yeux... Ces yeux qui s'accrochaient à elle avec l'attente désespérée qu'elle puisse les secourir. Elle avait voulu leur promettre qu'ils ne seraient pas oubliés, qu'ils ne seraient pas abandonnés. Toutefois, les mots s'étaient coincés dans sa gorge, car elle savait qu'elle mentirait.

Sa vision se brouilla. Elle songeait à s'arrêter, cependant ses jambes la portaient mécaniquement, comme si elles refusaient de s'écrouler sous le fardeau de son désarroi. Elle essaya de se raisonner. Si elle et les autres mouraient ici, qui leur viendrait en aide ? Ils ne pouvaient rien accomplir en périssant au milieu des dédales de l'Obélisque. C'était logique. La survie immédiate primait. Mais, cette pensée se révélait vide, une excuse qu'elle se répétait pour apaiser ses scrupules sans jamais y parvenir.

Elle serra les dents, s'efforçant de contenir le flot de sa colère et de son chagrin. Pourquoi cela devait-il toujours se terminer ainsi ? Pourquoi devait-elle choisir constamment entre son devoir et son humanité ?

Sélène avait grandi en croyant que le bien et le mal étaient des concepts clairs, des forces opposées faciles à distinguer. Néanmoins, désormais, elle voyait à quel point la frontière était tenue. Se battre pour un idéal impliquait souvent de renoncer à ce qui semblait juste sur le moment. Chaque décision alourdissait davantage son âme, comme une chaîne invisible qui l'enserrait chaque jour un peu plus.

Elle leva les yeux vers le plafond voûté de l'Obélisque, ses réflexions s'égarant. Peut-être était-ce là le fardeau de ceux qui cherchaient à changer le monde. Peut-être fallait-il sacrifier une partie de soi-même pour avancer. Mais à quel prix ?

Elle se rappela une fois de plus ce qu'elle avait vécu. Cette impuissance absolue lorsqu'elle avait compris qu'elle n'était rien d'autre qu'un outil dans un plan qui la dépassait. Aujourd'hui, les otages de l'Obélisque devaient ressentir la même chose. Une douleur lancinante la traversa : elle n'était pas celle qu'elle avait promis d'être. Pas encore.

Mais elle devait continuer. Pas pour se racheter — elle n'en avait plus le droit — mais pour que cette culpabilité ait un sens.

Si elle devait être marquée à jamais par ces choix, alors ils devaient servir à quelque chose de plus grand.

Sélène inspira profondément, chassant les larmes qui menaçaient de couler. Elle n'avait pas le luxe de s'effondrer, pas maintenant. Toutefois, une chose était certaine : les captifs n'étaient pas oubliés. Leur souffrance, leur détresse, leur espoir déçu, elle les portait avec elle, gravés dans son esprit et dans son cœur.

Et, si un jour elle survivait à tout cela, ce poids serait son véritable héritage.

Lorsqu'ils atteignirent la sortie, le crépuscule baignait l'horizon d'une lumière orangée. Ils avaient libéré Mira et quelques autres prisonniers, malheureusement une grande partie était restée derrière.

— Ce n'est pas suffisant, murmura Sélène en observant les visages épuisés, mais vivants autour d'eux.

Cælum s'approcha, ses traits marqués par une fatigue visible.

— C'est un début, dit-il avec tendresse. Nous avons fait tout ce que nous pouvions.

Elle baissa les paupières, une boule d'émotion bloquant sa gorge.

— Ce n'est pas assez, répéta-t-elle faiblement.

Il posa une main sur sa joue, son regard ancré dans le sien.

— Si nous avons sauvé une vie, ça suffit pour cette fois. Mais, ça ne veut pas dire que nous arrêterons.

Elle sentit des larmes brûlantes remplir ses yeux, cependant elle les retint. Il avait raison, et pourtant, l'Obélisque hantait déjà ses pensées.

— On reviendra, affirma-t-elle avec une force nouvelle. Et, cette fois, on les délivrera tous.

Cælum acquiesça, malgré tout elle vit une ombre dans ses prunelles, comme s'il savait que cette promesse ne serait pas aussi simple à tenir.

Les personnes qu'ils avaient arrachées à la mort étaient dans un état de vulnérabilité extrême, néanmoins, ils faisaient preuve d'une admirable résilience, agrippant les maigres couvertures que Kaera et Garrik avaient dénichées. Mira, silencieuse depuis leur évasion de l'Obélisque, s'appuyait lourdement sur le bras de Sélène, ses jambes tremblant sous son poids. Sa figure émaciée et ses yeux cernés parlaient d'une souffrance qu'elle n'osait imaginer.

— On doit bouger vite, décréta le lieutenant rebelle, ses iris parcourant les alentours. Les patrouilles alchimiques ne vont pas tarder à chercher ceux qui manquent.

— Eldrin, est-ce que tes enchantements de dissimulation tiendront ? demanda Cælum.

Ce dernier, essoufflé, secoua la tête.

— Que brièvement. Ce n'est qu'un subterfuge de surface. Si on reste ici, ils nous trouveront.

Sélène serra Mira contre elle, déterminée à la protéger. Malgré sa fragilité, elle tourna le visage vers son amie, son expression lourde de reconnaissance.

— Merci, souffla-t-elle d'une voix rauque.

— Ce n'est pas fini, lui répondit Sélène doucement. Tiens bon, Mira. On va rentrer à la maison.

Le chemin jusqu'aux rivières semblait à la fois familier et infiniment plus dangereux. Les captifs ralentissaient leur progression. Kaera et Garrik, les plus endurants du groupe, aidaient les plus faibles à avancer. Eldrin fermait la marche, lançant de temps à autre des sorts pour effacer leurs traces.

Le grondement des flots se rapprocha, et avec lui, la crainte des maléfices alchimiques qu'ils devaient encore affronter.

— Ils seront renforcés, alerta Cælum en s'adressant au dirigeant des opérations. Tu peux maintenir la pierre de nullité assez longtemps cette fois ?

— Pas seul, avoua-t-il en fouillant dans son sac. Je vais devoir combiner plusieurs sources d'énergie.

— Tu pourras compter sur moi, dit Sélène en le rejoignant.

Il hésita, mais il finit par incliner la tête d'un air entendu.

— Je vais avoir besoin de ta lumière.

Ils parvinrent enfin à la rive, et la jeune femme fut envahie par une vague d'inquiétude en voyant les filaments resplendissants danser au-dessus des eaux, plus intenses et plus menaçants que lors de leur première traversée. Eldrin s'employa immédiatement à tracer des runes au sol, ses doigts tremblants d'épuisement.

— Cælum, tiens-les à distance si quelque chose bouge, ordonna-t-il.

L'ancien Veilleur se positionna, ses ombres tourbillonnant autour de lui comme des sentinelles silencieuses. Sélène prit une profonde inspiration.

— Prête ? murmura-t-il.

— Toujours.

Elle leva les mains, et une lumière douce et pure s'échappa de ses paumes. Eldrin canalisa ce flux dans la pierre de nullité, qui se mit à pulser violemment. Une vague d'énergie déferla sur l'onde, ouvrant un passage étroit, mais stable.

— Maintenant ! vociféra Garrik.

Ils se précipitèrent dans l'eau glaciale, chaque pas s'enfonçant dans la boue glissante du fond de la rivière. Les rescapés vacillaient, certains trébuchant, mais ils les soutenaient autant que possible.

Un cri soudain déchira l'air derrière eux.

Une créature émergea de l'obscurité, un Échappé monstrueux qui s'était faufilé dans leur sillage. Il était bien plus grand et plus tordu que ceux qu'ils avaient combattus dans l'Obélisque, ses membres allongés et sa peau marquée par d'étranges glyphes luminescents.

— Continuez ! hurla Cælum en se tournant pour faire face au colosse.

Kaera et Garrik se retournèrent aussi, leurs armes à la main, toutefois Cælum les arrêta d'un geste.

— Je m'en charge. Protégez-les.

Sélène fit demi-tour malgré elle, sa poitrine comprimée d'angoisse. Cælum, entouré de ses ombres, avançait vers le monstre avec une détermination inflexible.

— Fais-lui confiance, lui conseilla Kaera en la poussant en avant.

Elle poursuivit son chemin, aidant Mira à franchir les courants agités. Dans leur dos, les rugissements de la bête et le grondement des ténèbres de Cælum s'amplifiaient dans l'air.

La dernière portion de la traversée se fit dans un silence de mort, chaque membre du groupe conscient qu'ils avaient frôlé la catastrophe. Peu après, Cælum les rejoignit, indemne, son regard encore brûlant du combat. Il hocha simplement la tête en signe de succès et le soulagement envahit l'équipe.

Lorsqu'ils atteignirent enfin le *Refuge*, le soleil se levait à peine, drapant la cité d'une aura ambrée.

Les guérisseurs du village accoururent pour prodiguer des soins aux blessés, Mira incluse. Sélène les suivit jusqu'à l'infirmerie, son regard fixé sur elle. Lyanna était déjà à l'œuvre, prête à sauver tout le monde.

— Sélène, reste avec nous, exigea Cælum en posant une main sur son épaule.

Elle pivota, surprise de le voir aussi calme après l'affrontement avec l'Échappé. Une part d'elle voulait lui demander ce qu'il s'était passé, pourtant elle savait qu'il ne répondrait pas maintenant.

— Nous avons fait tout ce que nous pouvions, murmura-t-il.

Elle hocha la tête, bien que sa conscience lui criât une vérité différente.

Kaera s'approcha, ses traits tirés malgré la faible lueur d'espoir dans les yeux.

— C'était une victoire. Petite, mais une victoire.

— Oui, concéda-t-elle doucement. Et ce n'est qu'un début.

Dans son esprit, les visages de ceux qu'ils avaient laissés derrière continuaient de la poursuivre.

Cælum semblait lire dans ses pensées.

— On y retournera, dit-il simplement.

Et, malgré la fatigue, malgré le doute, elle crut en sa promesse.

CHAPITRE 12

Au *Refuge*, la tension qui avait marqué le retour de mission s'apaisa légèrement, mais pas totalement. Les guérisseurs travaillaient sans relâche pour soigner les captifs qu'ils avaient sauvés. Leur état était critique, cependant aucun d'entre eux n'avait succombé. Mira, bien que faible, montra des signes de rétablissement, et elle s'accrochait au soutien de Sélène comme à une bouée.

Dans les couloirs et les salles du *Refuge*, les rumeurs couraient. Certains célébraient leur audace, d'autres s'inquiétaient des représailles inévitables des alchimistes. Sélène, elle, se sentait à la dérive.

— Tu devrais te détendre, proposa Cælum un soir, en entrant dans la petite pièce qui leur servait de chambre.

Elle leva les yeux de la modeste table où elle griffonnait des notes sur ce qu'ils avaient vu dans l'Obélisque.

— Je ne peux pas. Il y a trop à faire.

Il s'accroupit devant elle, posant une main sur ses genoux.

— Tu te consumes, Sélène. Même toi, tu as des limites.

Elle détourna ses prunelles, néanmoins il attrapa doucement son menton pour attirer son attention.

— Ils ont besoin de toi en forme, murmura-t-il. Et, moi aussi.

Son regard, si plein de force et de vulnérabilité à la fois, fit céder quelque chose en elle.

— D'accord, dit-elle à contrecœur. Par contre, demain, on commence à planifier.

Il hocha la tête, satisfait, avant de se lever.

— Viens dormir, Sélène.

Elle s'allongea sur le lit. Cælum s'étendit contre elle et la saisit dans ses bras. Sa présence réconfortante lui permit de se détendre instantanément. Elle se laissa lentement glisser dans le sommeil.

Le lendemain matin, après une nuit de repos trop courte, Sélène retrouva Lyanna dans les jardins du *Refuge*. Elle avait pris l'habitude de l'y attendre, une tasse de thé fumante entre les mains.

— Toujours aussi têtue, hein ? lança-t-elle en guise de salutation.

— C'est toi qui dis ça ? répliqua Sélène en s'asseyant à ses côtés.

Un sourire complice passa entre elles. Depuis leur première rencontre, une étrange amitié s'était formée, et la jeune femme appréciait ses piques autant que ses moments de sérieux.

— Alors, ça avance ? demanda Lyanna. Les plans, tout ça ?

— Pas encore. On a besoin de temps.

Elle opina du chef, pensive, avant de changer brusquement de sujet.

— Et Cælum ?

Sélène la fixa, surprise par la question.

— Quoi, Cælum ?

Elle sourit, un rictus plutôt malicieux.

— Ne fais pas semblant. Tu sais très bien de quoi je parle.
— Lyanna...
Elle l'interrompit d'un geste.
— Attends, laisse-moi deviner. Vous êtes inséparables sur le terrain, vous avez une alchimie évidente, et je ne te vois jamais aussi calme qu'après avoir discuté avec lui.

En proie à une rougeur soudaine, la magicienne baissa les yeux avec embarras.

— Ce n'est pas si simple.
— Oh, mais je souhaite comprendre ! s'exclama-t-elle avec une sincérité enfantine. Alors... qu'est-ce qui t'attire chez lui ? interrogea-t-elle après un silence. Je veux dire, ce n'est pas exactement le genre d'homme qu'on rencontre tous les jours.

Sélène réfléchit, troublée. Le sujet paraissait anodin, pourtant il avait une gravité surprenante, presque intimidante.

— C'est difficile à expliquer, murmura-t-elle.

Lyanna esquissa un sourire, l'air taquin.

— Essaie. Je suis curieuse.

Sélène joua distraitement avec une mèche de cheveux, cherchant ses mots. Les souvenirs défilèrent dans son esprit : la première fois où elle avait vu Cælum, sa silhouette sombre émergeant des ombres avec cette aura indéchiffrable. Ses yeux perçants qui semblaient traverser chaque barrière, son calme inébranlable face au chaos...

— Il est... fascinant, dit-elle finalement. C'est une sorte de force tranquille. Même quand tout s'effondre autour de lui, il demeure debout, comme s'il portait le monde sur ses épaules sans fléchir.

La guérisseuse l'encouragea à poursuivre d'un signe.

— Et il y a autre chose, reprit-elle, incertaine. Chaque fois qu'il me regarde... c'est comme si tout le reste s'évanouissait. Comme si j'étais sa priorité absolue.

Lyanna plissa les paupières, intriguée.

— Et toi, tu fais quoi, alors ?

Elle gloussa nerveusement, et son visage s'enflamma.

— Je... je perds tous mes moyens.

Son amie éclata de rire, un son léger et cristallin qui adoucit l'atmosphère.

— C'est mignon, remarqua-t-elle en secouant la tête. Mais, sérieusement, tu crois qu'il partage les mêmes sentiments ?

Elle haussa les épaules, évitant son regard.

— Parfois, je pense que oui. Il y a des moments où il est tellement protecteur, tellement attentif... Mais, d'autres fois, il paraît si distant. Comme s'il essayait de garder ses émotions pour lui.

Lyanna se pencha légèrement en avant, le menton posé sur ses mains jointes.

— Peut-être qu'il a peur, tout autant que toi.

Sélène releva les yeux vers elle, surprise.

— Peur de quoi ?

— De te perdre, répondit-elle simplement. Ou de ce que ça pourrait signifier pour lui de t'aimer.

Ses paroles frappèrent juste, réveillant en elle un frisson de doute et d'espoir mêlés.

— Peut-être, admit-elle.

Lyanna esquissa un sourire avant de se redresser, croisant les bras sur sa poitrine.

— Et… hum, désolée si ça paraît indiscret, mais… lorsque vous êtes proches… ça se passe toujours bien ?

Elle mordilla sa lèvre inférieure, visiblement mal à l'aise.

— Qu'est-ce que tu veux dire ? s'informa-t-elle prudemment, même si elle connaissait déjà la réponse.

Les joues de sa confidente s'empourprèrent, cependant son expression était résolument curieuse.

— Eh bien… tu sais, intimes. Est-ce que ça continue… enfin, j'ai cru comprendre que c'était bien, mais est-ce que c'est toujours le cas ?

Sélène passa sa langue sur ses lèvres sèches, hésitante.

— Oui, confessa-t-elle finalement, à voix basse.

Les pupilles de Lyanna s'élargirent quelque peu, toutefois elle ne dit rien, attendant que son amie poursuive.

— C'est… intense, avoua-t-elle. Chaque fois que je suis avec lui, c'est comme si le reste de l'univers s'évanouissait. C'est difficile à décrire, mais… il sait exactement quoi dire, quoi faire pour me faire… tout oublier.

Lyanna demeura silencieuse un instant, puis, avec une curiosité désarmante, elle ajouta :

— Et… ?

Sélène rit doucement, embarrassée, mais amusée par son insistance.

— C'est… c'est différent de tout ce que j'aurais imaginé. Avec lui, il n'y a pas de gêne, pas de doute. Juste… nous deux. On pourrait croire que nos âmes se connectent au-delà de tout le reste.

La guérisseuse écouta avec fascination, ses iris brillants d'une lumière vive.

— Ça a l'air magique, murmura-t-elle.

— Ça l'est.

Un silence confortable s'installa, interrompu seulement par le crépitement du feu. Puis Lyanna, toujours intriguée, ajouta :

— Sélène... tu crois que je vivrai quelque chose identique, un jour ?

Elle lui sourit, émue par la vulnérabilité dans sa voix.

— Bien sûr que oui. Quand ce sera le moment opportun, et la bonne personne.

Lyanna acquiesça, songeuse, et elles restèrent là, partageant un instant de calme et de complicité avant que l'obscurité du monde extérieur ne les rappelle à leurs devoirs.

— Tu l'aimes ?

La magicienne demeura figée.

— J'ai peur de ce que ça signifie, confia-t-elle.

— Parce qu'il est un être divin ? interrogea-t-elle avec intérêt.

Sélène baissa la tête.

— Et parce qu'il a un passé, un rôle dans ce monde que je ne peux pas vraiment comprendre. Parfois, je me demande si ce que je ressens pour lui est égoïste.

Lyanna fronça les sourcils, l'air contrarié.

— Égoïste ? Pourquoi ça ?

— Parce qu'il porte tellement de responsabilités... et moi, je veux seulement qu'il reste à mes côtés. Mais, ce n'est pas le moment de penser à ça.

Elle posa une main sur le bras de son amie.

— Peut-être que si, justement. Ce genre de lien, Sélène... c'est rare. Et précieux.

Cette dernière acquiesça d'un signe, pourtant dans son cœur, un doute demeurait. L'avenir lui semblait incertain, et elle ne pouvait s'empêcher de craindre que cette lumière que Cælum lui offrait ne soit qu'éphémère.

Elle soupira, glissant une main dans ses cheveux.

— Peut-être. Mais, avec tout ce qui se passe, est-ce que ça a vraiment de l'importance ?

— Bien sûr que oui, rétorqua Lyanna avec une intensité inattendue. Sélène, ce que tu ressens pour lui, et ce qu'il éprouve pour toi, c'est ce qui vous donne de la force. Ce n'est pas un fardeau.

Ses mots résonnèrent en Sélène, éclairant un coin de son esprit qu'elle avait longtemps gardé dans l'ombre.

— Peut-être que tu as raison, murmura-t-elle.

Lyanna se redressa, un sourire éclatant sur les lèvres.

— Alors, quand tout ça sera fini, tu feras quoi ?

La jeune femme la regarda, indécise.

— Je ne sais pas. Je suppose que je lui dirai ce que je ressens.

La guérisseuse lui donna une légère tape sur l'épaule.

— Tâche de rester en vie pour ça, d'accord ?

Sélène rit doucement, malgré le poids qui pesait encore sur sa poitrine.

— D'accord.

Quelques jours plus tard, une nouvelle réunion fut organisée.

Dans la grande salle du *Refuge*, l'air était saturé d'anticipation et de concentration. Des dizaines de bougies éclairaient la pièce d'une lueur vacillante, projetant des ombres dansantes sur les murs de pierre rugueuse. La longue table de bois, marquée par les années et les batailles, était recouverte de cartes, de paperasses annotées, et de quelques armes.

Postée à l'extrémité du meuble, Sélène encaissait les regards braqués sur elle. Ses doigts jouaient nerveusement avec un pli de sa tunique, mais son expression était dure, déterminée. Lyanna se tenait à ses côtés, un rouleau de parchemin sous le bras. Garrik et Kaera étaient en face, en pleine discussion, leurs voix basses et pressantes. Eldrin, lui, inspectait un cristal, sa magie imprégnant l'air d'un faible murmure électrique.

Cælum était en retrait, adossé contre un mur, ses yeux d'or fixant les autres avec calme, mais son corps tendu trahissait une vigilance prête à exploser.

— On doit faire vite, déclara Sélène fermement. Les captifs restés là-bas n'ont pas des semaines devant eux.

Garrik fronça les sourcils, croisant ses bras massifs sur sa poitrine.

— Faire vite ? Tu as vu ce qu'il y a dans cet endroit, Sélène. Ce n'est pas une mission rapide, et on n'aura pas une seconde chance si on échoue.

Kaera hocha la tête, le visage fermé.

— Garrik a raison. Ces alchimistes renforcent probablement leur défense après notre intrusion. On doit se préparer à quelque chose de bien pire qu'avant.

La jeune femme se redressa, les poings serrés.

— Alors, on s'organise ! On recrute plus de monde, on prend du matériel, mais on ne les abandonne pas. Pas après ce qu'on a vu.

Le silence tomba. Son regard glissa sur chaque visage autour de la table. Ses mots résonnaient en elle : **ne pas renoncer.**

— Elle a raison, intervint Eldrin. Ce n'est pas une question de *si*. C'est une question de *comment*.

Il déploya une carte grossière de l'Obélisque, annotée de repères et de détails qu'il avait griffonnés après leur expédition précédente.

— Voici ce que nous savons, reprit-il. L'Obélisque est toujours entouré de rivières enchantées et protégé par des sentinelles alchimiques. En revanche, il y a des failles dans leur surveillance. À la dernière tentative, on a utilisé ces tunnels souterrains pour nous introduire.

Il pointa une entrée sur le plan avec un doigt fin et précis.

— Ils auront sûrement renforcé ces passages. Mais...

Eldrin tira un autre parchemin d'un sac, et le déplia avec soin. C'était un schéma complexe, probablement récupéré sur un alchimiste ou trouvé dans leurs archives.

— ... il y a un second accès. Une vieille route de maintenance utilisée il y a longtemps par les sorciers. Elle est encore plus dangereuse, mais elle pourrait nous permettre de nous introduire sans alerter immédiatement leur garnison.

Kaera plissa les yeux, son expression sceptique.

— Et qu'est-ce qu'on fait une fois là-dedans ? On a à peine pu sortir la dernière fois, et maintenant, tu parles de transporter des captifs ?

— C'est pour ça qu'on a besoin de secours, déclara Garrik, cette fois plus conciliant. Et, de chars, de quoi porter ceux qui ne peuvent pas marcher.

Eldrin secoua la tête.

— Les galeries sont trop étroites pour des voitures. On devra compter sur des brancards et notre force.

— C'est suicidaire, lâcha Kaera.

— C'est nécessaire, coupa Cælum depuis le fond de la salle.

Tous se tournèrent vers lui. Sa voix n'était pas violente, mais son ton vibrait comme une évidence inébranlable. Il s'avança, ses pas résonnant dans la pièce.

— Nous sommes les seuls capables de le faire. Si nous n'y retournons pas, personne ne le fera.

Il porta son attention sur Kaera.

— Si tu veux appeler ça un suicide, libre à toi. Mais, Sélène a raison : on ne les abandonnera pas.

La rebelle resta un moment silencieuse, déstabilisée par sa conviction. Elle finit par soupirer.

— Très bien. Mais, il est impératif que nous ayons un plan précis, pas d'un rêve de sauveurs.

La réunion dura des heures. Les voix s'élevaient parfois, des débats enflammés éclataient, mais peu à peu, une stratégie bien définie émergea.

Eldrin et Lyanna furent chargés de fortifier les cristaux de nullité pour sécuriser les passages à travers les enchantements. Garrik et Kaera s'occupèrent de recruter une équipe de combattants aptes à tenir une ligne face aux Échappés et autres créations alchimiques.

Sélène insista pour préparer des civières légères, faites de bois et de toile, que le groupe pourrait porter à tour de rôle.

— On doit être prêt à déplacer au moins une dizaine de personnes incapables de marcher, dit-elle fermement.

Cælum supervisait en silence, néanmoins ses iris ne quittaient jamais Sélène. Il semblait percevoir la flamme qui brûlait en elle, une force indomptable, mais dangereusement fragile.

Alors que le débat touchait à sa fin, Eldrin posa une main sur la carte, son expression grave.

— Une dernière chose. Si nous déclenchons l'alerte, nous devrons nous attendre à une poursuite. Ces alchimistes ne nous permettront pas de partir facilement.

Il observait chaque membre présent.

— Êtes-vous disposés à accepter ce risque ?

Un silence nerveux s'installa. Les regards se cherchèrent, chacun en quête d'approbation. Puis, un par un, tous acquiescèrent.

Sélène serra les poings. Elle savait que le chemin serait difficile, mais pour elle, il n'y avait pas d'autre choix.

Les jours suivants furent une tempête d'activité au *Refuge*, et Sélène s'y noya volontairement. Autoriser son esprit à vagabonder aurait été un luxe qu'elle ne pouvait pas se permettre. Chaque instant de calme la ramenait à l'Obélisque, à ses ténèbres oppressantes, et aux captifs qu'ils avaient abandonnés derrière. Sa mère.

Les couloirs du village vibraient d'une énergie fébrile. Les marteaux des forgerons résonnaient en écho dans les cavernes, des éclats de voix s'élevaient depuis les entraînements, et l'odeur d'huile et de métal flottait dans l'air. C'était presque rassurant. Une cadence mécanique, un rappel que, même dans ce chaos, il y avait une sorte d'ordre.

Cependant, la jeune femme ne pouvait ignorer l'inquiétude dans chaque regard qu'elle croisait. Tout le monde savait pourquoi ils se préparaient.

Elle passait ses journées à s'occuper de la logistique, épaulée par Lyanna, qui était devenue une ombre discrète, mais fidèle à ses côtés.

— Cette toile est trop fragile, dit-elle en tirant sur le tissu d'un des brancards. Elle ne tiendra pas.

— Alors, on n'aura plus rien, à moins de déchirer nos tentes, répondit Lyanna, les bras croisés, le front plissé par une réflexion intense.

Sélène laissa échapper un soupir frustré, observant autour d'elles dans la petite réserve encombrée. Ses yeux tombèrent sur un tas de vieilles cordes empilées dans un coin. Elle fut frappée par une idée.

— Les cordes ! On peut les tresser pour renforcer les civières. Ça prendra du temps, mais ça tiendra.

Lyanna la regarda avec une expression presque moqueuse.

— Pourquoi tu as toujours des propositions compliquées ?

— Parce que les simples ne suffisent jamais, rétorqua-t-elle en attrapant une ficelle épaisse.

Pendant des heures, elles travaillèrent sans un mot.

Quand Sélène passa près de l'armurerie, les voix de Cælum et Garrik lui parvinrent clairement.

— Ces épées ne sont bonnes qu'à couper des branches, grogna Garrik, jetant une lame sur une table.

— Ce ne sont pas les armes qui font le combattant, mais celui qui les manie, répliqua patiemment Cælum.

Elle s'arrêta juste assez longtemps pour observer la scène. Garrik fronçait les sourcils, peu convaincu par les paroles de son coéquipier. Toutefois, la magicienne savait que, sous ses airs pragmatiques, il choisissait chaque détail avec une attention minutieuse. Rien ne lui échappait.

— Poétique, mais donne-moi une lame qui ne casse pas sous la pression, bougonna Garrik.

Un sourire en coin éclaira le visage de Cælum, fugace, mais réel. Sélène s'éclipsa avant qu'ils ne remarquent sa présence, l'esprit un peu plus apaisé.

Les veillées étaient les seuls moments où le *Refuge* retrouvait un soupçon de paix. Sélène s'asseyait souvent près du feu, cherchant une chaleur qui ne semblait jamais vraiment atteindre son âme. Ce soir-là, alors qu'elle fixait les flammes, Cælum s'installa à ses côtés.

— Tu crois qu'on a une chance ? murmura-t-elle, incapable de détourner son regard des langues ardentes.

Il la dévisagea, ses yeux ambrés brillant légèrement dans la lueur du foyer.

— Ce n'est pas une question de chance. C'est une question de volonté.

Elle baissa la tête, songeant à tout ce qu'ils avaient à affronter.

— Parfois, je me demande si je peux encore tenir.

Sa main vint se poser timidement sur celle de la jeune femme. Un contact simple, mais qui chassait un peu de l'angoisse qui pesait sur elle.

— Comme je te l'ai déjà dit, tu es plus forte que tu ne le crois, souligna-t-il doucement.

Elle observa son visage, et pour un instant, elle imagina presque qu'il avait raison.

L'aube, pâle et froide, enveloppait à peine la cité lorsque l'équipe se rassembla dans la grande caverne. L'air était chargé de ce silence tendu qui précède les batailles. Chaque souffle paraissait porter un poids invisible.

Sélène regardait les préparatifs se terminer autour d'elle, les bruits familiers des armes soudées et des sacs vérifiés remplissant l'espace. Les visages étaient graves, déterminés. Certains psalmodiaient des prières aux divinités oubliées, d'autres échangeaient des salutations muettes avec leurs camarades.

Lyanna s'affairait près d'un des brancards qu'elles avaient fabriqués. Ses doigts agiles nouaient les dernières cordes, néanmoins Sélène pouvait observer la nervosité dans son expression.

— C'est solide, dit-elle pour la rassurer, lui serrant l'épaule.

Elle releva la tête, ses yeux gris-vert reflétant une étrange intensité.

— C'est toi que je veux être sûre de voir tenir, remarqua-t-elle.

Sélène accueillit ses paroles avec un sourire fragile.

— Je résisterai.

Pourtant, elle doutait intérieurement que ce soit vrai.

Quand ils franchirent les portes principales, elle se retourna une ultime fois. Les lumières du *Refuge* luisaient discrètement dans l'obscurité, tel un cœur battant encore malgré la pierre qui l'entourait.

C'était déconcertant, cependant elle se rendit compte que cet endroit, avec ses murs humides et son air austère, était devenu un foyer. Pas par choix, mais par nécessité. Et, dans cette maison, il y avait une famille : Lyanna, Garrik, Eldrin, Kaera, Mira... Cælum.

Une chaleur douce la traversa en dépit des bourrasques glaciales qui s'engouffraient dans les tunnels.

Ils reviendraient. Ils devaient rentrer.

Le premier jour fut long, quasi interminable. Leurs pas glissaient sur les chemins gelés, un rythme monotone que seule la nature rompait : le craquement des branches sous le poids du givre, le sifflement du vent à travers la végétation.

Sélène ouvrait la voie, près de Cælum, qui avançait avec une assurance tranquille, ses prunelles scrutant l'horizon. Sa présence était tel un ancrage pour elle. Même lorsque le froid mordait ou que ses réflexions voguaient vers des lieux sombres, il était là, solide et inébranlable.

Lyanna restait tout près, discutant parfois avec Kaera ou Eldrin. Garrik, quant à lui, fermait la marche, constamment alerte, une main jamais loin de son arme.

Sitôt que le jour déclina, ils établirent un camp précaire dans une clairière à l'abri des rafales. Les flammes de leur feu éclairaient faiblement les mines fatiguées, dessinant des ombres mouvantes sur les troncs d'arbres autour d'eux.

Sélène mangeait en silence, une ration sèche qui semblait impossible à avaler. Pourtant, elle sentait son estomac gronder.

Cælum s'assit près d'elle, ses gestes toujours empreints de cette élégance pour ainsi dire surnaturelle. Il tendit une gourde dans sa direction.

— Bois.

Elle la prit sans un mot et but une gorgée d'eau froide, mais revigorante.

— Demain, déclara-t-il calmement, nous atteindrons la rivière.

Elle hocha la tête, ses pensées dérivant vers ce qui les attendait. L'idée de traverser de nouveau ces eaux enchantées, de revoir les murs de l'Obélisque, la glaçait autant que l'air ambiant.

— Tu as peur ? demanda-t-il soudain, sa voix basse et tendre.

Elle porta ses yeux vers lui.

— Je serais stupide de ne pas avoir peur.

Il inclina légèrement la tête, un sourire presque imperceptible jouant sur ses lèvres.

— Cette émotion est une arme, si elle est bien utilisée.

Elle se mura dans le silence, toutefois ses paroles restèrent gravées dans son esprit pendant qu'elle s'enroulait dans sa couverture pour la nuit.

Le sommeil ne vint pas facilement. Quand elle sombra enfin, ses rêves furent envahis par des visions de l'Obélisque : ses façades noires, luisantes, les hurlements des captifs et cette lumière pulsante au sommet, à l'image d'un cœur dément.

Elle se réveilla en sursaut, sa respiration rapide, la gorge serrée. L'obscurité était calme autour d'elle, seulement troublée par les crépitements du feu et les ronflements discrets de Garrik.

À quelques pas, Cælum veillait, son visage baigné par l'éclat des braises mourantes. Ses iris glissèrent doucement jusqu'à croiser les siens et elle crut y voir une lueur d'inquiétude. Pourtant, il ne dit rien.

Quand l'aube pointa, ils étaient déjà en route. Les arbres se faisaient plus clairsemés, et le tumulte lointain des vagues atteignit bientôt leurs oreilles.

La rivière.

Un poids invisible écrasa le cœur de Sélène à l'instant où elle repensa à leur expédition précédente. La réminiscence des enchantements, des fils incandescents et des Échappés lui revint avec une clarté douloureuse.

— Cette fois, tout sera différent, murmura-t-elle pour elle-même.

Lyanna l'entendit et lui jeta un coup d'œil interrogateur, mais elle ne répondit pas.

Lorsqu'ils parvinrent enfin aux rives, l'eau tourbillonnante et les filaments de lumière étaient exactement pareils à son souvenir. Et, pourtant, tout semblait encore plus oppressant.

Cælum se tourna vers eux, son regard parcourant chaque membre de leur équipe.

— C'est ici que ça commence. Préparez-vous.

Sélène serra la mâchoire, posant une main sur la poignée de son épée. Cette fois, il n'y aurait pas de retour en arrière.

Le grondement des flots s'intensifiait tandis qu'ils s'approchaient du bord. Les volutes lumineuses dansaient au-dessus de la surface telle des serpents, leur éclat hypnotique dissimulant leur danger. Elle se rappela le froid mordant, la sensation de la magie alchimique, et un frisson remonta le long de sa colonne.

Eldrin s'avança, sortant la pierre de nullité de son sac. Ce coup-ci, son expression trahissait une confiance nerveuse, renforcée par l'expérience de la dernière traversée.

— Donnez-moi quelques instants, réclama-t-il en traçant les runes avec une concentration absolue.

Tout le monde observait en silence alors que les lignes brillantes prenaient forme par ses gestes. Garrik gardait son épée dégainée, ses yeux scrutant les environs comme s'il projetait qu'une attaque surgisse à tout moment.

— Prêts ? questionna le chef rebelle, levant la pierre, ses doigts tremblants légèrement.

— Toujours, assura Kaera fermement, ses prunelles fixées sur l'onde.

Quand il activa le cristal, un courant bleuté se propagea sur la rivière, chassant les filaments lumineux dans une détonation silencieuse. Une zone dégagée apparut, et sans perdre de temps, ils se lancèrent.

L'eau glacée piqua les jambes de Sélène dès qu'elle y pénétra, cependant elle se focalisa sur le passage ouvert. Autour d'eux, les traînées étincelaient, mais elle sentait qu'elles attendaient une faiblesse, une hésitation.

— Restez groupés ! cria Cælum depuis l'avant de la troupe, sa voix tranchante à l'instar d'une lame.

Lyanna marchait juste derrière son amie, sa respiration rapide et audible.

— C'est comme un cauchemar, balbutia-t-elle en observant les fils tourbillonner autour d'elle.

— Ne pense pas, ordonna Sélène en serrant les dents. Regarde où tu mets les pieds et avance.

Le périple parut durer une éternité. Chaque pas les conduisait à redouter que le sort ne s'écroule, que les filaments ne jaillissent pour les engloutir. Toutefois, ils atteignirent finalement le bord opposé, et la jeune femme s'effondra à genoux, le souffle court, la sueur froide collant ses vêtements à sa peau.

— Tout le monde se porte bien ? demanda Garrik en balayant l'équipe des yeux.

Un murmure d'assentiment se fit entendre. Eldrin, cependant, restait immobile, fixant le cristal.

— Quelque chose ne va pas, remarqua-t-il lentement.

Sélène suivit son regard. Les volutes, auparavant repoussées, se regroupaient, formant des vagues d'énergie lumineuse.

— Ils réagissent différemment... comme s'ils apprenaient, précisa-t-il.

— Alors, il faut bouger, répliqua Kaera en attrapant son sac. Ces choses ne vont pas patienter pour nous attaquer.

Ils quittèrent rapidement les rives pour s'enfoncer dans la forêt dense qui bordait l'Obélisque. Le chemin était encore plus pesant que dans la mémoire de Sélène. Les branches s'entrelaçaient au-dessus de leurs crânes, bloquant presque toute lumière, et les cliquetis des Échappés rôdaient dans l'obscurité.

— On doit être proche, prévint Lyanna près d'elle.

Elle acquiesça. Son cœur battait à tout rompre alors que les souvenirs du dernier affrontement lui revenaient en tête : ces créatures tordues, leurs hurlements, et cette odeur de chair brûlée et de magie corrompue.

Cælum devançait les autres, son ombre se diluant dans les ténèbres alentour. Il s'arrêta soudainement et leva une main.

— Silence.

La troupe s'immobilisa, et Sélène tendit l'oreille. Au loin, des bruits métalliques résonnaient. Des patrouilles.

— Ils ont renforcé la sécurité, marmonna Garrik en se baissant derrière une souche épaisse.

— On aurait dû s'y attendre, répondit Eldrin, sa voix à peine audible.

Cælum se tourna vers eux, ses prunelles perçantes.

— Restez discrets.

La structure massive de l'Obélisque apparut entre les arbres, sombre et imposante. Ses murs noirs semblaient absorber la clarté environnante, et des éclats de magie couraient sur sa surface, pulsant comme un cœur.

La jeune femme sentit son souffle se couper en voyant les sentinelles : des silhouettes vêtues de capes d'ébène, leurs visages masqués, entourées par des automates alchimiques qui surveillaient à leurs côtés.

— Eldrin, l'entrée souterraine ? chuchota Cælum.

Ce dernier consulta hâtivement sa carte avant de désigner un point à gauche, presque caché sous un amas de rochers.

— Là-bas. Mais, il faudra distraire les gardes pour s'y introduire.

— Je peux m'en charger, proposa Kaera, un sourire carnassier sur les lèvres.

— Non, intervint l'ancien Veilleur. On ne prend aucun risque inutile. On se sépare. Lyanna, Sélène et moi, on longe le périmètre pour les attirer. Garrik, Eldrin, Kaera et les autres, vous vous faufilez jusqu'à l'entrée.

La magicienne voulut protester, toutefois le regard de Cælum était sans appel.

— Tu es prête ? demanda-t-il discrètement.

Elle prit une grande inspiration, chassant ses doutes.

— Toujours.

L'air était gelé alors qu'ils gagnaient la périphérie, à quelques mètres seulement des sentinelles. Elle entendait leurs voix, basses et étouffées, discutant en une langue qu'elle ne comprenait pas.

Cælum tendit le bras, et dans un murmure, il invoqua ses ombres. Elles s'étendirent autour d'eux, se mêlant aux ténèbres naturelles de la forêt.

— Maintenant, ordonna-t-il.

Elle ramassa une pierre et la lança dans leur direction. Elle heurta un tronc d'arbre avec un bruit sec, et aussitôt, les vigiles se redressèrent.

— Là-bas ! cria l'un d'eux.

Les patrouilles se mirent en mouvement, se dirigeant vers eux avec précaution. Ils reculèrent lentement, guidant leur attention loin de l'accès.

L'estomac noué, Sélène jeta un coup d'œil furtif vers l'Obélisque. La lumière pulsante au sommet donnait l'impression de les observer, un rappel cruel du danger qui les attendait à l'intérieur.

Les gardes mordirent à l'hameçon, suivant les sons qu'ils avaient soigneusement dispersés. Cælum, Lyanna et Sélène avançaient à pas feutrés, leurs ombres fusionnant avec celles des arbres. Le silence était suffocant, uniquement interrompu par les murmures des patrouilles derrière eux.

— Continuez, intima Cælum. Ils ne savent pas encore exactement où chercher.

Sélène hocha la tête, mais son cœur battait à tout rompre. Ce n'était pas la première fois qu'ils approchaient l'Obélisque, néanmoins quelque chose dans l'atmosphère pesante de ce lieu paraissait différent, plus... affûté. Comme si la structure elle-même devinait qu'ils étaient là.

Soudain, un cri étouffé résonna dans l'obscurité. La jeune femme se figea, son sang se glaça.

— Qu'est-ce que c'était ? chuchota Lyanna, ses yeux agrandis par la peur.

Cælum leur fit signe de se taire. Il écouta un instant, ses ombres se tendant autour de lui telles des sentinelles.

— Ça vient de l'entrée, murmura-t-il.

Ils rebroussèrent chemin aussi rapidement et silencieusement que possible. Sélène sentait son souffle se raccourcir à chaque mètre parcouru, un mélange de panique et de fatigue lui brûlant la poitrine.

Ils arrivaient à la zone dans laquelle le reste de l'équipe devait se faufiler dans le tunnel, lorsqu'un spectacle cauchemardesque apparut.

Un des gardes était étendu sur le sol, son torse transpercé par l'épée de Garrik. Mais, autour de lui, des filaments lumineux s'enroulaient, émettant une lueur malsaine. Eldrin se tenait au-dessus d'un cercle runique, tentant de désactiver une barrière d'urgence qui s'était élevée devant l'ouverture.

Kaera, elle, faisait face à un automate alchimique de grande taille, ses lames cliquetant contre les appendices métalliques de la créature.

— On les aide ! cria Cælum.

Lyanna décocha une flèche sur le robot, malheureusement celle-ci ricocha contre son blindage. Sélène leva les mains, invoquant sa lumière, et un rayon jaillit, éclairant le champ de bataille.

Le monstre se cabra, déstabilisé, et Kaera en profita pour abattre son épée sur ce qui semblait être son point faible.

La machine s'écroula avec un craquement sinistre, mais pas avant que l'un de ses bras d'acier n'atteigne Kaera en plein thorax.

— Kaera ! hurla Sélène, sa voix se brisant.

Elle tomba à genoux, sa paume serrant la blessure béante où du sang s'échappait à flot. Garrik bondit près d'elle, son visage blême.

— Reste avec nous, rugit-il.

— Continuez... murmura Kaera, ses lèvres tremblantes.

Sélène s'agenouilla à ses côtés, posant ses mains sur sa plaie, cherchant désespérément à canaliser sa magie pour la guérir. Mais, la perforation était trop profonde, trop brutale.

— Non, non, non, sanglota-t-elle en voyant sa respiration devenir erratique.

— Tu dois y aller, Sélène, dit-elle faiblement. Elle lui agrippa les doigts, sa force s'amenuisant. Protège-les...

Ses pupilles s'éteignirent, et son corps s'affaissa, inerte.

Le choc de sa mort se propagea comme une onde à travers le groupe. Garrik demeura immobile, fixant la forme de Kaera avec une intensité presque surnaturelle, tandis qu'Eldrin s'acharnait sans relâche à neutraliser les runes autour de l'entrée.

— Nous ne pouvons pas rester ici, articula Cælum durement. Son emprise ferme bloqua son épaule. Sélène. Relève-toi.

Elle leva les yeux vers lui, ses joues ruisselantes de larmes.

— Elle est morte... Elle est morte à cause de nous.

— Elle est morte pour la mission, répondit-il, ses mots tranchants s'apparentant à une lame. Ne souille pas son sacrifice en t'attardant ici à te lamenter.

Elle se remit debout, fébrile, incapable de détourner le regard du corps de Kaera. Lyanna effleura son bras d'une main hésitante, ses propres yeux embués.

— On ne l'oubliera pas, murmura-t-elle.

Un déclic retentit. Eldrin se redressa, épuisé, mais triomphant.

— La voie est ouverte.

Cælum fit un signe de tête à Garrik, qui reprit contenance lentement, son expression figée dans une douleur muette.

— Saisissez ses armes, décréta-t-il d'une voix rauque. Elle aurait voulu qu'elles servent à l'opération.

Garrik récupéra l'épée de Kaera, son visage fermé, et ils pénétrèrent dans le tunnel, laissant derrière eux une partie d'eux-mêmes.

L'intérieur du souterrain était accablant, une cavité étroite creusée à même la roche, suintant d'humidité et de magie corrompue. Les murs semblaient vibrer timidement, comme si l'Obélisque lui-même reniflait.

— Il y aura d'autres pertes si nous n'agissons pas vite, signala Cælum, ouvrant la marche.

Chaque pas se propageait dans le silence, leurs mouvements ponctués par des respirations hachées. Garrik veillait sur leurs arrières, son épée serrée dans sa main, le poids du deuil écrasant chacun de ses gestes.

Sélène se raccrocha à la perspective des captifs, à l'espoir qu'elle puisse en sauver beaucoup, que tout cela ne soit pas vain.

Cependant, les traits de Kaera hantaient ses pensées. Combien seraient-ils à ne pas revenir ? Kaera était morte. Morte à cause d'elle. Elle avait insisté pour cette expédition, convaincue qu'ils pouvaient y parvenir, qu'ils devaient y arriver. Ses mots résonnaient dans sa tête, devenus une condamnation : *C'est nécessaire. Nous sommes prêts. Nous devons agir.*

Néanmoins, elle n'avait pas prévu cela. Pas vraiment. Bien sûr, elle avait su, rationnellement, que la mission était périlleuse. Qu'il y aurait des dangers. Mais, dans un recoin de son esprit, elle s'était perpétuellement accrochée à cette idée naïve, presque absurde, que tout le monde reviendrait. Ils avaient triomphé de tant d'épreuves depuis le début, défié des forces bien plus grandes qu'eux. La mort, réelle, brutale, avait toujours été lointaine, quasi abstraite. Jusqu'à maintenant.

Et Kaera... Kaera avait été l'expression du doute, elle avait prévenu que c'était du suicide. Mais, elle avait finalement cédé. Et, pour quoi ? Pour finir abandonnée à l'entrée d'un tunnel sombre, son sang mêlé à la poussière et aux attentes brisées.

Un nœud se forma dans la gorge de Sélène tandis que des images flottaient devant ses yeux : le sourire de Kaera, son regard farouche et déterminé, sa voix ferme lorsqu'elle avait juré de se battre à leurs côtés. Ces images du passé étaient désormais souillées par l'ultime vision qu'elle avait eue d'elle, ce moment où la vie l'avait quittée, malgré ses tentatives désespérées de la retenir.

La culpabilité était une charge intolérable. Elle souhaitait savoir si Kaera avait hésité, si elle avait eu peur, si elle avait pensé à sa famille ou à ses rêves. Elle se demandait surtout si, dans ses derniers instants, elle l'avait maudite pour l'avoir embarquée dans cette folie.

Une terreur viscérale s'installa alors dans tout son être, une panique qu'elle n'avait jamais ressentie aussi intensément. Avant cela, elle s'était crue capable de tout surmonter, de tout affronter. Mais, désormais, les risques qu'elle avait régulièrement minimisés devenaient concrets, tangibles. Kaera n'était que la première. D'autres mouraient. Peut-être Eldrin, Garrik, Lyanna… Peut-être elle-même. L'idée la pétrifia, toutefois ce n'était pas pour elle qu'elle tremblait. C'était pour eux. Elle les avait entraînés dans ce cauchemar, et elle ignorait si elle pouvait les en sortir vivants.

Ses réflexions la ramenèrent à des souvenirs qu'elle aurait voulu oublier. Elle se revoyait dans ce rituel maudit, entourée de regards froids et avides, comprenant qu'elle n'était qu'un pion sacrifié pour un objectif plus grand. Une nouvelle fois, cette sensation d'impuissance la submergea, cependant cette fois, c'était elle qui tenait le rôle du bourreau. Elle avait insisté pour cette mission, persuadée que les captifs comptaient plus que tout, mais n'était-elle pas en train de condamner ceux qui lui faisaient confiance pour une cause qu'elle ne maîtrisait même pas ?

Une voix s'éleva dans son esprit, cruelle et impitoyable : « Tu *ne vaux pas mieux qu'eux.* »

Elle voulait protester, se convaincre que ce n'était pas vrai, qu'ils agissaient pour le bien. Néanmoins, la crainte et le remords envahissant étouffaient tout raisonnement. *Kaera est morte à cause de toi*, répétait ce murmure, implacable.

Elle ferma les yeux un instant, sa respiration saccadée. Elle tenta de se raccrocher à une analyse rationnelle : si elle et les autres ne parvenaient pas à atteindre leur but, tout cela aurait été en vain. Ils devaient poursuivre, pour Kaera, pour les prisonniers, pour tous ceux qui souffraient sous le joug des alchimistes. Mais, cette pensée sonnait creux. Que valait une victoire s'il ne restait plus personne pour la savourer ?

Chaque foulée dans le souterrain résonnait comme un rappel de son échec, de sa responsabilité. Elle réalisait qu'ils ne pouvaient pas s'arrêter. Qu'ils ne pouvaient pas pleurer leur perte maintenant. Pourtant, dans un coin de son cœur, une douleur aigre hurlait inlassablement.

Kaera était morte, et rien ne pourrait réparer cela. Sélène pouvait avancer, continuer à se battre, mais elle savait que cette blessure-là ne guérirait jamais. Et, avec cette prise de conscience venait une peur plus grande encore : celle de ne pas être assez forte pour porter ce poids.

La lumière au bout du tunnel la ramena à l'instant présent, un éclat doré qui n'avait rien de normal.

En émergeant de la galerie, ils furent immédiatement frappés par la froideur presque surnaturelle qui régnait autour de l'Obélisque. Le paysage, baigné dans une lueur blafarde et fantomatique, paraissait figé, comme si le temps lui-même hésitait à progresser. Les murs de la tour s'étiraient vers le ciel, noirs et lisses, tandis que des runes luisantes parcouraient sa surface dans un rythme hypnotique.

Sélène frissonna, pas seulement à cause du froid. L'air était chargé de magie ancienne, oppressant, et chaque inspiration semblait lui brûler la gorge.

— Voilà où ça commence, murmura Eldrin en désignant une entrée étroite sur le flanc gauche de l'Obélisque.

— Et où ça pourrait finir, rétorqua Garrik d'un ton sombre.

Cælum scruta les alentours, ses yeux détaillant les ténèbres instables. Des sentinelles alchimiques patrouillaient, chacune semblable à celles qu'ils avaient affrontées auparavant, mais plus grandes, plus menaçantes. Elles marchaient avec une précision mécanique, leurs mouvements trahissant une puissance redoutable.

— On ne passera pas sans une diversion, annonça Cælum.

— Je peux créer une explosion à distance, proposa Lyanna en ajustant son carquois. Ça attirera leur attention vers l'arrière de la structure.

Eldrin approuva d'un signe de tête.

— Bonne idée. Mais, il faudra être rapide. Dès qu'ils comprendront que c'est une ruse, ils reviendront en force.

— Alors, on ne traîne pas, intervint Cælum.

Sélène ne se mêla pas à la discussion, elle avait l'impression d'avoir perdu sa légitimité à donner son avis à présent que ses décisions avaient coûté la vie de Kaera.

Lyanna prépara une flèche enchantée, la pointant vers un amas de débris d'acier situés non loin de l'arrière-garde. Une brève incantation s'échappa de ses lèvres, et le projectile s'illumina d'une lueur bleue avant de fendre l'air dans un sifflement discret.

La détonation qui suivit fut assourdissante, projetant des étincelles et des résidus de métal dans toutes les directions. Les patrouilleurs réagirent instantanément, se ruant vers le point d'impact avec une coordination effrayante.

— Maintenant, ordonna Cælum.

Ils se glissèrent entre les ombres, leurs pas précipités, mais prudents. Le sol autour de l'entrée était couvert de gravats et de morceaux de pierre, vestiges d'une attaque passée ou d'un effondrement volontaire. Eldrin s'arrêta devant une porte massive ornée de runes complexes.

— Protégée, évidemment, grogna-t-il en sortant ses outils.

Il traça des symboles dans l'air, ses mains tremblant légèrement sous l'intensité de la concentration. La magie dans l'atmosphère s'anima avec une violence palpable, et une série de cliquetis se fit entendre lorsque le mécanisme céda enfin.

— à l'intérieur, vite !

Ils s'y précipitèrent, et la porte se referma derrière eux dans un grondement lourd.

Les entrailles de l'Obélisque étaient encore plus incommodantes que l'extérieur. Des couloirs étroits s'étendaient devant eux, éclairés par une lumière verdâtre qui provenait directement des murs. L'air était chargé d'une odeur métallique et âcre.

Ils progressèrent en silence, suivant les indications de Cælum, qui semblait étrangement sûr de lui malgré le labyrinthe de corridors. Finalement, ils atteignirent une vaste salle, dominée par un puits central d'où émanait une lueur clignotante.

Des cages suspendues se balançaient doucement juste au-dessus du sol, contenant chacune une silhouette émaciée. Sélène reconnut aussitôt certains des détenus.

— Siska ! cria une voix familière.

Elle se tourna pour voir Lyanna courir vers une des cellules, ses yeux écarquillés d'horreur. Elle tenta de forcer la serrure, mais celle-ci résista.

— Eldrin, aide-moi !

Eldrin s'empressa de la rejoindre, toutefois Cælum tendit un bras pour l'arrêter.

— Ne fonce pas. Ce trou est une ancre pour les enchantements de l'Obélisque.
— Qu'est-ce que ça signifie ?
Il lui indiqua la lumière.
— Si nous brisons le puits, nous affaiblirons la structure entière. Mais, cela pourrait aussi détruire tout ce qui est lié à lui...
Sélène comprit immédiatement. Les captifs.
— Il doit y avoir une autre solution, répliqua-t-elle, son regard cherchant désespérément une alternative.
Cælum posa une main sur son épaule, ses prunelles empreintes d'une profonde tristesse.
— Parfois, il n'y en a pas.
Alors qu'ils débattaient à voix basse, un hurlement retentit derrière eux. Une patrouille d'alchimistes et de sentinelles avait repéré leur intrusion et accourait dans la pièce.
— Occupez-vous des cages ! aboya Garrik en levant son épée. Je vais les retenir.
— Garrik, attends ! protesta Sélène, sauf qu'il était déjà parti.
Son cri de guerre se répercuta dans l'espace tandis qu'il s'élançait vers les ennemis. Il fendit l'air avec une puissance dévastatrice, abattant les premiers gardes d'un seul coup.
— On ne peut pas le laisser seul, s'écria Lyanna, mais Eldrin l'attrapa par le bras.
— Si on ne libère pas les otages maintenant, son sacrifice n'aura servi à rien.
Les larmes aux yeux, la guérisseuse hocha la tête et reprit son travail sur les enclos suspendus.
Garrik combattit avec une férocité qui déchira le cœur de Sélène. Elle savait qu'il n'avait aucune chance contre une telle

vague d'adversaires, pourtant il continuait, inébranlable, son épée traçant des arcs lumineux dans l'air.

Eldrin réussit à ouvrir les cages une par une, et les captifs, trop faibles pour marcher, furent soutenus par ceux de l'équipe qui le pouvaient.

— On ne peut pas tous sortir vivants, dit Cælum en fixant sa protégée.

— Alors, fais en sorte que ça ne soit pas toi qui meures, rétorqua-t-elle, la gorge nouée.

Ils se jetèrent hors de la salle, portant les survivants sur les brancards qu'ils avaient amenés. Dans leur dos, le rugissement de Garrik cessa brusquement, remplacé par le silence accablant de l'Obélisque.

La sortie fut un chaos de bruit et de panique. Les couloirs de l'édifice résonnaient d'une alarme stridente, une magie rougeoyante sur les murs, pulsant à chaque seconde tel un cœur battant. Leurs respirations saccadées et les gémissements des rescapés se mêlaient à l'écho oppressant des lieux.

Eldrin menait le groupe avec une détermination farouche, ses yeux constamment fixés sur la carte qu'il semblait suivre. Derrière eux, les ombres des patrouilles s'allongeaient, se rapprochaient à chaque instant.

— Plus vite ! cria Cælum, ses propres pouvoirs jaillissant pour dresser des barrières temporaires contre leurs poursuivants.

Lyanna, le visage baigné de larmes, soutenait un vieil homme à moitié conscient, ses lèvres bougeant dans une prière muette. Sélène supportait une jeune femme dont les jambes avaient été brisées par les alchimistes. Son poids n'était rien comparé à la douleur écrasante qui lui tordait la poitrine.

Garrik...

L'image de son dernier combat hantait ses pensées. Sa silhouette se tenant seule contre les monstres, l'épée levée, son cri de défi déchirant l'air... Et, ensuite, le silence.

« *Tu dois avancer* », répétait-elle dans sa tête. Cependant, la culpabilité s'accrochait à elle comme des chaînes invisibles.

Ils parvinrent à la sortie. Le tunnel par lequel ils étaient entrés était béant devant eux, son obscurité offrant une promesse de répit. Eldrin s'arrêta pour les faire passer un à un, vérifiant que personne ne restait derrière.

Mais juste avant de franchir la porte, une vibration intense toucha l'Obélisque. Des éclats de lumière surgirent de la salle principale, dessinant des ombres mouvantes sur les murs.

— Ils utilisent le puits pour renforcer leurs défenses, comprit Eldrin, le visage blême.

— On n'a plus le temps, répliqua Cælum.

Alors qu'ils se précipitaient dans le souterrain, une déflagration retentit à leur suite. Le souffle de l'explosion les projeta au sol, et des gravats tombèrent en pluie autour d'eux.

— Eldrin, ça va ? s'enquit Lyanna.

Il hocha la tête, bien qu'une coupure grave lui ornât la joue.

— Continuez !

Ils traversèrent le passage en courant, les otages gémissant à cause des secousses. Les Échappés qui rôdaient dans les profondeurs du labyrinthe semblaient avoir disparu, attirés par le chaos qu'ils laissaient sur leurs talons.

Lorsqu'enfin, ils débouchèrent à l'extérieur, les rayons solaires les frappèrent telle une vague.

Sur la rive opposée, ils s'effondrèrent un à un. Le ciel, d'un bleu éclatant, paraissait presque ironique après l'obscurité suffocante de l'Obélisque. Lyanna pleurait silencieusement, soutenant toujours le vieil homme dans ses bras. Eldrin s'assit lourdement sur un rocher, l'attention fixée sur le chemin d'où ils venaient.

— Garrik... murmura-t-il, troublant l'immobilité sonore.

Personne ne répondit.

Sélène serra la paume de la jeune femme qu'elle avait aidée. Elle ouvrit les yeux un instant, lui lançant un regard empreint de gratitude, puis sombra de nouveau dans l'inconscience.

Cælum s'approcha, son visage aussi impénétrable qu'une statue, en revanche, elle percevait la douleur dans ses gestes. Il posa une main sur son épaule.

— Il a fait son choix, dit-il doucement.

Ces mots, bien que rationnels, ne lui apportèrent aucun réconfort. Une colère aigre monta en elle, une révolte contre l'injustice de cette guerre qu'ils ne semblaient jamais pouvoir gagner.

— Il n'aurait pas dû avoir à le faire, rétorqua-t-elle, sa voix tremblante.

Cælum demeura muet.

Ils abordèrent le trajet du retour avec un mélange de soulagement et de désespoir. Les captifs, affaiblis, mais vivants, représentaient une victoire que Sélène ne pouvait s'empêcher de trouver amère. Chaque pas était alourdi par l'absence de Garrik et de Kaera.

Au *Refuge*, les expressions s'éclairèrent de joie à la vue des survivants. Des guérisseurs se précipitèrent pour les prendre en charge, des bras tendus pour aider à porter ceux incapables de se déplacer par leurs propres moyens.

Néanmoins, l'ombre de leurs pertes planait sur eux.

Sélène vit Lyanna se détourner, ses épaules secouées par des sanglots qu'elle tentait de contenir. Eldrin se mura dans le mutisme, plongeant immédiatement dans ses recherches comme pour échapper à la réalité.

Quant à la magicienne, elle se retira dans une des grottes reculées. Cælum la rejoignit peu après, par contre, il resta en arrière, respectant son besoin de solitude.

Assise sur un bloc de pierre, elle observait les étoiles à travers une fissure dans la paroi.

— Garrik, Kaera, bredouilla-t-elle, sa voix emportée par les courants d'air. Je vous promets que votre sacrifice ne sera pas vain.

La disparition de Garrik et Kaera avait changé quelque chose en elle. Une nouvelle résolution s'était ancrée dans son cœur. Ils avaient sauvé des vies, mais l'Obélisque, avec ses horreurs et ses secrets, demeurait un symbole de tout ce qu'ils devaient détruire.

Et, au fond d'elle, elle savait que le jour viendrait où elle devrait choisir entre son existence et celles des autres.

CHAPITRE 13

Les jours qui suivirent la mission de secours furent un mélange de frénésie et de silence pesant. La vie s'était rallumée parmi les captifs sauvés de l'Obélisque, cependant la disparition tragique de Garrik et Kaera flottait sur chaque conversation. Certains survivants pleuraient sans bruit, d'autres se risquaient maladroitement à sourire. Quant à Sélène, elle se réfugiait dans l'action, incapable de s'attarder trop longtemps sur sa propre douleur.

Eldrin passait ses journées enfermé avec ses parchemins et ses grimoires, tentant de localiser une trace du dernier fragment de Cælum. Lyanna aidait à organiser le quotidien et les soins pour les blessés, mais Sélène voyait bien qu'elle jetait des regards fréquents vers l'ancien Veilleur, comme si elle espérait trouver en lui des réponses.

Cælum, lui, restait lointain, presque inaccessible. Ses ombres ne quittaient pas ses pas, à croire qu'elles s'étaient amplifiées depuis la perte de leurs compagnons. Il n'était plus un être intangible, contraint par les cycles du jour et de la nuit, cependant il n'était pas pour autant redevenu totalement humain. Ses mouvements avaient quelque chose d'étrangement fluide, quasi spectral, et les ténèbres qui le suivaient palpitaient en écho à ses émotions, même malgré le fait qu'il faisait tout pour les dissimuler. Si sa forme était à présent solide à toute heure, son essence demeurait marquée par une nature énigmatique et incomplète.

Pour la magicienne, cela rendait ses interactions avec lui encore plus frustrantes. Là où, autrefois, elle décryptait ses silences et éprouvait ses humeurs, il s'avérait désormais avoir établi une barrière infranchissable. Cet éloignement émotionnel la troublait profondément. Elle ne savait plus ce qu'il ressentait, ni même s'il la laissait toujours voir une partie de son vrai visage.

Il avait pris ses distances avec elle, ne mettant plus les pieds dans la chambre au moment où elle s'y trouvait et évitait soigneusement tout moment où ils pourraient se retrouver seuls. Ses voiles obscurs dansaient plus vigoureusement lorsqu'elle était à proximité, comme si elles sentaient ce qu'il cherchait à cacher. La jeune femme savait qu'il s'en voulait, qu'il s'accablait du souvenir des défunts. Pourtant, cette nouvelle froideur, ce masque impénétrable, l'affectait bien plus qu'elle ne consentait à l'admettre. Elle comprenait son besoin de solitude, néanmoins chaque geste, chaque silence résonnait en elle telle une trahison, un éloignement qu'elle n'arrivait pas à combler.

Sélène se surprit à vouloir lui parler, à briser cette paroi invisible, mais chaque fois qu'elle ouvrait la bouche, le regard détaché de son partenaire la figeait. Il semblait appartenir à un monde différent, à une autre vie, et elle se demandait s'il pourrait ne jamais revenir vers elle.

Un soir, les lieutenants rebelles et les participants aux missions se rassemblèrent autour de la grande table dans la salle commune. Les torches projetaient des ombres dansantes sur les murs de pierre, et l'atmosphère était lourde. Eldrin déposa un parchemin jauni par le temps devant eux, ses doigts tremblants d'excitation.

— J'ai peut-être trouvé quelque chose, annonça-t-il.

Ils se penchèrent tous sur la carte. De vieilles annotations couraient le long des marges, écrites dans une langue ancienne que seul Eldrin pouvait lire. Une région isolée était encerclée d'un trait rouge, loin à l'est, au-delà des montagnes de l'Aube.

— Une cité alchimique oubliée, expliqua-t-il. Abandonnée depuis des siècles, si l'on en croit les archives. Mais... tout indique que c'était l'un des premiers endroits où leur magie a été perfectionnée.

— Et tu penses que le fragment y est ? demanda Lyanna, sceptique.

Il inclina la tête d'un air entendu.

— Les éclats d'essence n'ont pas été dispersés au hasard. Ils ont été placés dans des lieux de puissance. Si cette cité était il y a longtemps un centre d'alchimie, dans ce cas, elle pourrait abriter ce que nous cherchons.

Cælum resta muet, la carte se reflétant sur ses rétines. Finalement, il parla d'une voix grave :

— Alors, il faut aller vérifier. Par contre, cette fois, préparons-nous mieux. Pas d'imprévu, pas de sacrifices inutiles.

Son regard croisa celui de Sélène, et elle comprit qu'il songeait à Garrik et Kaera. Elle hocha doucement la tête.

Un des membres présents, un homme robuste au visage marqué par les années de lutte, frappa du poing sur la table, faisant sursauter plusieurs personnes.

— Non, ça suffit !, rugit-il, ses prunelles passant de Cælum à Eldrin. On a déjà sacrifié trop de temps, de ressources et de vies pour cette histoire de fragments. En attendant, les alchimistes poursuivent leurs rituels, et nous, on fait du surplace !

Les murmures s'élevèrent dans la pièce, certains approuvant à mi-voix. Le lieutenant, qui se nommait Jorad, continua dans la foulée :

— C'est le moment de se recentrer sur l'objectif principal : la Pierre Alchimique. Où en sont les investigations là-dessus, Eldrin ? Quels progrès avez-vous faits pour trouver comment la détruire ou, au moins, neutraliser ces maudits alchimistes ?

Eldrin hésita, visiblement mal à l'aise devant cette interruption.

— Les recherches avancent, mais c'est un sujet complexe. La Pierre n'est pas un simple artefact ; elle est liée à des forces magiques qu'on ne comprend pas encore totalement. Ce que nous savons, c'est qu'elle tire son pouvoir des rituels, et si nous pouvons localiser ses failles, nous pourrons...

— Alors, pourquoi gaspiller davantage d'hommes pour Cælum ? coupa Jorad. Il tourna son regard accusateur vers l'intéressé. En quoi est-ce important pour notre cause de l'aider à retrouver ses fragments ? Que nous apporteront-ils, concrètement ?

Un silence tendu s'installa dans la salle. Cælum resta impassible, toutefois Sélène sentit la crispation dans ses épaules. Il répondit d'un ton glacial, maîtrisé :

— Les éclats ne me concernent pas uniquement. Chaque morceau que je récupère me rend plus puissant et affaiblit les alchimistes. Vous l'avez vu vous-mêmes lors de nos dernières batailles : leurs créatures sont moins résistantes, leurs barrières magiques plus fragiles. Si je suis entier, je pourrai les affronter directement et leur faire payer tout ce qu'ils ont fait. Vous ne pouvez pas espérer vaincre des immortels sans une arme à leur hauteur.

Jorad plissa les yeux, toujours méfiant.

— Et si c'était faux ? Si, une fois complet, tu nous tournais le dos ou devenais une menace encore pire qu'eux ?

Un grondement s'éleva, cette fois plus réprobateur. Lyanna intervint d'une voix forte et posée :

— Nous avons tous vu Cælum risquer sa vie pour cette cause. Il n'a rien à prouver. Et, franchement, Jorad, si tu penses que nous avons une chance contre les alchimistes sans lui, tu te berces d'illusions.

Le regard de ce dernier se troubla, pourtant il ne céda pas entièrement.

— Très bien, grogna-t-il finalement. Mais, je veux des résultats concrets sur la Pierre. Pas seulement des suppositions et des cartes anciennes. Sinon, je ne soutiendrai plus ces expéditions.

Il se rassit lourdement, posant les mains sur la table.

Eldrin, percevant l'attention du groupe converger vers lui après la tirade de Jorad, se racla la gorge pour reprendre la parole.

— D'accord, Jorad. Tes préoccupations sont légitimes, concéda-t-il d'un ton mesuré, bien que son expression trahît une pointe d'agacement. Je vais accentuer mes recherches sur la Pierre Alchimique et ses failles. Cependant, il y a quelque chose que je dois vous révéler.

Tous les yeux se fixèrent sur lui. Le dirigeant inspira profondément avant de continuer.

— J'ai un homme infiltré chez les alchimistes. Depuis plusieurs mois. Je ne l'ai jamais mentionné auparavant pour garantir sa sécurité, surtout après ce que nous avons découvert concernant les deux traîtres parmi nous. Si j'avais parlé de lui avant cela, il aurait pu être compromis.

Un murmure parcourut la table, certains visages montrant de l'incrédulité, d'autres une fascination mêlée d'inquiétude. Lyanna fronça les sourcils, visiblement surprise par cette confession.

— Pourquoi nous le dire maintenant ? s'informa-t-elle d'un ton prudent.

— Parce que, répondit Eldrin, il m'a déjà transmis des renseignements précieux, mais je ne peux les partager sans vérifier leur exactitude. Je sais que cette personne est en train de se rapprocher de l'un des secrets les mieux gardés des alchimistes. Si elle réussissait, cela pourrait bouleverser la guerre.

Il leva la main pour couper court aux questions qui naissaient sur les lèvres des lieutenants.

— Je ne peux pas en dire davantage pour le moment. Ce silence est nécessaire, croyez-moi. Mais, je vous promets de vous tenir informés dès que j'aurai des éléments solides.

Jorad, toujours méfiant, grommela des paroles incompréhensibles, toutefois il sembla accepter, au moins temporairement, cette explication. Les autres, bien qu'intrigués, n'insistèrent pas plus. Eldrin profita de cette accalmie pour recentrer la discussion sur la carte.

— En attendant, la cité que nous avons identifiée pourrait nous offrir des indices, qu'ils soient sur le fragment ou la Pierre elle-même. Nous devons agir sur plusieurs fronts si nous voulons gagner cette guerre.

Le silence tomba de nouveau, néanmoins cette fois, il était empreint de résignation nuancée par un soupçon d'espoir. Eldrin savait qu'il jouait une partie risquée, pourtant il n'avait pas le choix. Trop de vies en dépendaient.

Les jours suivants furent une course contre-la-montre. Les survivants du *Refuge*, quoique fragiles, proposaient leur assistance avec une détermination touchante. Certains s'entraînaient aux armes, d'autres fabriquaient des provisions ou réparaient les équipements endommagés.

Sélène s'occupait principalement des plans de route avec Eldrin. La traversée des montagnes de l'Aube serait périlleuse, cependant il y avait des passages connus par des marchands nomades. Il leur faudrait également des vêtements adaptés au froid glacial qui régnait dans cette région.

Lyanna, de son côté, s'efforçait de renforcer le *Refuge* en prévision de leur absence. Elle s'impliquait dans tout, de la construction de nouvelles défenses à l'entraînement des volontaires. Mais, à chaque fin de journée, elle venait trouver son amie, lui posant mille questions sur leur mission et, parfois, sur Cælum. Sa curiosité était un baume sur les propres inquiétudes de Sélène, et leurs conversations, bien que légères, l'aidaient à supporter le fardeau des responsabilités.

La nervosité dans le *Refuge* était palpable alors que l'organisation pour la prochaine expédition battait son plein, néanmoins une autre personne hantait Sélène, plus intime, plus urgente. Mira. Sa sœur adoptive, sa meilleure amie.

Depuis qu'elle l'avait ramenée de l'Obélisque, elle avait à peine parlé. La plupart du temps, elle restait recluse, se rendant utile ici et là avec les rescapés, toutefois elle évitait soigneusement tout contact prolongé avec Sélène. Cette dernière avait respecté son silence, pensant qu'elle avait besoin de temps pour se remettre. Mais, tous ces non-dits étaient devenus insupportables.

Cette nuit-là, après avoir vérifié une ultime fois leurs préparatifs, elle monta les escaliers jusqu'à sa chambre. Une petite lanterne diffusait une faible lumière sous la porte. Elle frappa doucement.

— Entre, répondit une voix.

Elle ouvrit pour découvrir Mira, assise sur un lit rudimentaire, une couverture sur ses genoux. Ses longs cheveux sombres étaient noués en une tresse lâche, et ses traits semblaient fatigués, comme si elle endurait encore la gravité des jours passés à l'Obélisque.

— Sélène, déclara-t-elle, hésitante. Tu veux quelque chose ?

La jeune femme ferma la porte derrière elle et s'avança lentement.

— Oui, répliqua-t-elle, incapable de masquer l'émotion dans son timbre. J'espère des réponses.

Elle détourna les yeux, jouant nerveusement avec le coin du plaid.

— Je ne sais pas de quoi tu parles…

— Arrête, la coupa-t-elle, plus fermement. Tu sais exactement de quoi je parle. Pourquoi ne m'as-tu pas prévenue ? Pourquoi ne m'as-tu rien dévoilé sur ce que les alchimistes prévoyaient de faire ? Le village tout entier avait l'air au courant, et pourtant… toi, ma propre sœur, tu n'as rien dit.

Elle tressaillit, et pendant un instant, Sélène crut qu'elle allait pleurer. Mais, elle se contenta de secouer la tête.

— Je... Je ne pouvais pas, avoua-t-elle.

— Tu ne pouvais pas ? répéta-t-elle, incrédule. Mira, ils allaient me tuer. Me sacrifier. Tu savais que j'étais celle qu'ils avaient choisie. Pourquoi ?

Elle releva les paupières, et cette fois, la magicienne vit la douleur dans ses iris.

— Parce que j'avais peur, confessa-t-elle enfin, sa voix brisée. J'avais peur de ce qu'ils feraient si je parlais. Peur de ce qu'ils feraient à toi... à moi... à tout le monde.

— Peur ? rétorqua-t-elle, embrasée par la colère. Et, tu pensais quoi ? Que me regarder marcher vers la mort serait plus facile ?

Elle serra la couverture contre elle, comme si elle cherchait un bouclier.

— Ils surveillaient tout, Sélène. Tout le village. Ils avaient des espions, des enchantements. Même les murmures pouvaient les atteindre. Si j'avais essayé de te prévenir, ils auraient su, et ils m'auraient sacrifiée à ta place. Ou pire... ils auraient arrêté Maman.

Son nom, celui de leur mère, fit l'effet d'un coup de poignard. Sélène sentit sa fureur vaciller.

— Maman, poursuivit-elle doucement. De quoi était-elle au courant ?

Mira l'observa, ses épaules se voûtant.

— Elle savait... ce qu'ils faisaient. Mais, elle pensait qu'elle pourrait te sauver. Elle cherchait un moyen, Sélène. Je te le jure. Malheureusement, elle a n'a pas pu, ils ont découvert ce qu'elle faisait et l'ont menacée de s'en prendre à moi. Comprends-la, je suis sa fille de sang, toi, tu es seulement sa fille adoptive.

Sélène resta figée, les mots grondant dans sa boîte crânienne. Ses paroles l'avaient blessée, pourtant, elle saisissait le choix auquel sa mère avait été confrontée. Tout cela… tout ce mutisme… tout ce qu'elle pensait être de l'indifférence ou de la trahison… n'était qu'une façade pour cacher la peur et l'impuissance. Elle ne savait pas si cela la mettait en colère ou la brisait davantage.

— Tu aurais dû me faire confiance, objecta-t-elle finalement, sa voix tremblante. Peu importe le danger, Mira. Je suis ta sœur.

Elle hocha la tête, des larmes coulant silencieusement sur ses joues.

— Je suis désolée, souffla-t-elle. Tellement désolée.

Sélène s'approcha, s'asseyant à côté d'elle sur le lit. Pendant un moment, aucune d'elles ne parla. Puis, elle posa une main sur la sienne.

— J'ai retrouvé Maman, dit-elle, émue, mais il était trop tard, il n'y avait plus rien à faire.

Les yeux de Mira se remplirent de larmes et elle se mit à sangloter. Sélène reprit, plus déterminée :

— On doit détruire les alchimistes. Tous autant qu'ils sont.

Sa sœur releva ses paupières et cette fois, malgré les pleurs, il y avait une résolution remarquable dans ses prunelles.

— Alors, je t'aiderai, affirma-t-elle. Je ne fuirai plus.

Sélène serra doucement ses doigts, un mélange de douleur et d'espoir emplissant sa poitrine. Peut-être qu'il y avait encore une chance de réparer ce qui avait été cassé entre elles. Elle souhaitait pouvoir se convaincre que ces mots suffisaient, que cette promesse effacerait tout le poids de leur passé. Cependant, une partie d'elle doutait. Une fissure s'était formée entre elles, si profonde qu'elle se demandait si elle pouvait véritablement être comblée.

Elle voulait pardonner à Mira, de tout son cœur. Mais, les blessures laissées par sa désertion, même involontaire, étaient toujours à vif. Pouvait-elle réellement dépasser tout cela ? Pouvait-elle retrouver cette complicité qu'elles avaient partagée avant que leur monde ne s'effondre ?

Et, même si elles y parvenaient, qu'adviendrait-il de leur relation une fois la guerre finie ? Si elles réussissaient à anéantir les alchimistes, si elles survivaient à cette quête suicidaire... que resterait-il ? Mira retournerait-elle au village, là où Sélène ne pourrait plus jamais poser les pieds, ou demeurerait-elle à ses côtés, à endurer le fardeau de leurs souvenirs et de leurs pertes ?

Un frisson la traversa à cette idée. Elle n'arrivait pas à envisager un avenir clair. Chaque scénario semblait imprégné de douleur et d'incertitude. Par contre, une chose était indéniable : elle ne pouvait pas continuer d'avancer seule. Elle avait besoin de Mira, comme elle avait besoin de Cælum, de Lyanna, d'Eldrin. Même si cela signifiait devoir lutter avec ses propres émotions, devoir faire face à la peur constante d'être de nouveau trahie.

Elle serra un peu plus fort la main de sa sœur. « *Je désire te faire confiance pleinement, Mira*, pensa-t-elle, sans oser dire les mots à voix haute. *J'aspire à un avenir dans lequel nous serons réunies, toi et moi. Mais, est-ce que je le peux vraiment ? Est-ce que tu le veux autant que moi ?* »

L'écho silencieux de cette question résonna dans son esprit alors qu'elles s'attardaient là, toutes deux assises sur ce lit rudimentaire, enlacées par le souvenir d'un passé trop lourd à porter.

La veille du départ, Sélène trouva Cælum seul dans la cour, ses ombres ondulant autour de lui comme des êtres vivants. Il fixait le plafond de la grotte parsemé de cristaux, le visage fermé.

— Tu devrais te reposer, lui dit-elle doucement.

Il ne répondit pas immédiatement, puis tourna son regard vers elle. Dans ses yeux, elle vit une tempête d'émotions : culpabilité, détermination, et un reflet de quelque chose d'indéfinissable.

— Sélène, murmura-t-il, si nous échouons... Je veux que tu saches que tout ce que j'ai fait, tout ce que je fais, c'est pour toi. Pour toi et pour eux.

Elle s'approcha, attrapant son bras.

— Et si nous ratons notre coup, ce ne sera pas ta faute. Nous supportons ce fardeau ensemble.

Il hésita une fraction de seconde, puis posa son front contre le sien. Ses ombres les enveloppèrent, et pendant un bref instant, le froid nocturne disparut. Il goûta ses lèvres dans un geste tendre et son baiser lui fit chavirer le cœur. Il portait le gage d'une nuit d'amour et de plaisir.

Le matin venu, ils quittèrent le *Refuge* sous les premières lueurs de l'aube. Eldrin menait la marche, ses notes pressées contre sa poitrine. Ivryn et Kael s'étaient joints à leur expédition. Lyanna, bien que mécontente de rester, les salua avec une résolution nouvelle dans les yeux.

— Revenez en un seul morceau, dit-elle simplement.

Cælum acquiesça d'un hochement de tête, cependant Sélène savait qu'il ne faisait aucune promesse.

Ils étaient prêts, du moins autant qu'il était possible de l'être pour un voyage dont ils ignoraient les risques exacts.

La route à travers les montagnes de l'Aube les attendait, et au-delà, une antique métropole qui pourrait changer le cours de leur lutte contre les alchimistes. La cité oubliée, un nom à la fois évocateur et mystérieux, ne figurait sur aucune carte récente. Selon les bribes d'information arrachées aux sorciers capturés, elle se trouvait plus loin que les frontières connues, au bout d'un chemin sillonnant des terres sauvages et dangereuses. Ce lieu abritait peut-être le dernier fragment de Cælum, et avec lui, l'espoir d'une victoire contre leurs ennemis. Mais, au fond de Sélène, une ombre grandissait. Si ce fragment était la clé du succès, quel prix seraient-ils disposés à payer pour l'obtenir ?

Le ciel était gris. La première partie du parcours leur permit de franchir une forêt dense et séculaire. Les arbres étaient si hauts qu'ils semblaient percer la voûte céleste, leurs troncs recouverts de mousses épaisses et leur canopée plongeant le sentier dans une pénombre permanente. Des racines noueuses s'entremêlaient sur le sol, formant des pièges naturels où leurs bottes se prenaient parfois.

Les bois regorgeaient de vie : des oiseaux aux plumages éclatants voletaient entre les branches, leurs chants résonnant tels des murmures cristallins, tandis que des bruits furtifs dans les fourrés leur rappelaient qu'ils n'étaient pas seuls. Une fois, au crépuscule, ils surprirent un troupeau de cerfs argentés parcourant le clair-obscur. Leur beauté silencieuse arracha un sourire même à Cælum, d'ordinaire si réservé.

— Cet endroit est presque trop paisible, remarqua Ivryn.

Kaera n'aurait pas dit mieux, pensa Sélène avec un pincement au cœur.

Après plusieurs jours à travers bois, ils atteignirent le petit village de Brynem, niché au pied de collines verdoyantes. Ses maisons en pierre aux toits de chaume avaient l'air quasi irréelles, comme sorties d'un conte ancien. La vie y était simple, et ses habitants, bien qu'initialement méfiants à l'égard de leur groupe armé, furent chaleureux une fois rassurés sur leurs intentions.

Le soir, ils se réunirent dans la salle commune de l'auberge, une bâtisse rustique où le feu crépitait joyeusement dans l'âtre. L'air était empli de l'odeur du pain frais et d'un ragoût épicé. Pour la première fois depuis longtemps, Sélène ressentit un semblant de normalité. Mais, ce calme apparent ne faisait qu'amplifier la douleur de la perte de Garrik et Kaera.

Assise près du foyer, elle tendit l'oreille à une vieille femme qui contait des histoires sur la région.

— Les collines au sud, racontait-elle d'une voix basse et mystérieuse, abritent des choses antiques. Des créatures que nous, simples villageois, préférons éviter.

Elle prit note de ses paroles. Peut-être que ces vestiges du passé allaient croiser leur chemin.

Le lendemain, ils quittèrent Brynem pour pénétrer dans les reliefs dont elle avait parlé. Le paysage changea radicalement : les forêts cédèrent la place à des landes sauvages, où le vent soufflait librement, portant avec lui une odeur d'herbe sèche et de terre. Les vallons paraissaient onduler à l'infini, parsemés de pierres levées recouvertes de runes effacées par le temps.

À la tombée de la nuit, une étrange lueur se profila au loin, un halo bleuté dansant comme un mirage.

— C'est un feu follet, expliqua Eldrin en fronçant les sourcils. Restez sur vos gardes.

Les manifestations lumineuses ne furent pas le seul danger. Un soir, alors qu'ils s'étaient arrêtés près d'un petit ruisseau, un hurlement lointain déchira le silence. Ils se regroupèrent autour du feu, armes dégainées, pourtant rien n'apparut. Le jour suivant, cependant, ils découvrirent des traces inhabituelles : des empreintes larges et profondément enfoncées dans le sol.

— Une bête traque cette province, murmura Cælum. Et, maintenant, elle sait que nous sommes là.

Après les monts doux, ils parvinrent à un autre village, mais celui-ci était bien différent de Brynem. Les maisons étaient en ruines, des pans de murs effondrés et des portes défoncées. Les champs autour étaient à l'abandon, envahis par des herbes folles.

Ils ne trouvèrent aucun signe de vie, néanmoins le calme angoissant hurlait l'histoire de ce lieu. Sur une place centrale, un symbole gravé sur un panneau attira leur attention : une marque alchimique.

— Ils sont passés par ici, observa Eldrin en serrant les mâchoires.

Un malaise parcourut le groupe. Ce hameau avait été un avertissement muet : l'ombre des tyrans s'étendait plus loin qu'ils ne l'avaient imaginé.

Enfin, au bout de plusieurs jours de marche, les montagnes apparurent à l'horizon, leur silhouette dentelée se détachait contre le ciel pâle. Eldrin consulta la carte qu'il avait reconstituée à partir des informations récoltées.

— La cité oubliée se situe quelque part au-delà de ces sommets, annonça-t-il en traçant une ligne fictive avec son doigt.

Le chemin allait s'avérer plus ardu. Toutefois, la vision des hauteurs les emplit aussi d'un curieux sentiment d'espoir : chaque pas les rapprochait de leur but, et peut-être, des réponses.

Les massifs étaient plus près qu'ils n'y paraissaient, et dès le deuxième jour, ils arrivèrent aux contreforts rocheux qui marquaient leur début. Le terrain devint plus escarpé, la végétation clairsemée, remplacée par des buissons épineux et des herbes rases. Le vent, déjà vif dans les collines, évoluait pour être glaciaire, mordant leurs visages et s'infiltrant dans leurs vêtements malgré leurs capes épaisses.

Ils firent une halte dans un repli ouvert, où un feu fut allumé pour réchauffer leurs membres engourdis. Autour des flammes, ils parlèrent peu. L'atmosphère paraissait inquiétante du fait de la proximité de leur objectif et de l'imprévisibilité des dangers à venir.

— Ces montagnes... Elles semblent mortes, dit Ivryn en regardant les sommets enneigés.

— Pas mortes, répondit Eldrin, mais anciennes. Il y a une différence.

Sélène frissonna. Les lieux d'antan avaient souvent une manière particulière de vous rappeler à votre insignifiance.

Ils découvrirent une chaussée pavée, datant d'une autre époque tout en affichant une activité récente, serpentant entre les falaises. Elle donnait l'impression d'avoir été abandonnée depuis des siècles, envahie par des fissures et des touffes d'herbes tenaces.

— Une route, murmura Cælum en fronçant les sourcils. Pas un bon signe.

— Pourquoi ? demanda Sélène en s'approchant de lui.

— Si elle mène à la cité oubliée, alors quelqu'un ou quelque chose l'a empruntée avant nous. Et, ceux qui l'ont fait n'étaient probablement pas des amis.

Ils continuèrent malgré tout, en suivant les méandres de cette piste délaissée. À plusieurs reprises, ils rencontrèrent des signes intrigants : des gravures sur des rochers, presque effacées, mais encore discernables. Des figures humaines stylisées, certaines entourées d'auréoles de lumière, d'autres agenouillées devant ce qui ressemblait à des obélisques ou des tours.

— Les bâtisseurs de la ville, peut-être, suggéra Eldrin.

Ces traces de civilisation d'avant ne faisaient qu'intensifier le malaise de Sélène.

Après trois jours en altitude, ils atteignirent un passage étriqué surnommé par les habitants des environs *le col du vent hurlant*. À juste titre : les rafales soufflaient ici avec une telle force qu'elles transportaient des cris fantomatiques, se répercutant entre les flancs rocheux, pareils à des lamentations venues d'un autre monde.

— Avancez groupés, ordonna Cælum. Si l'un de nous tombe là...

Il n'avait pas besoin de terminer sa phrase.

Ils progressèrent lentement, chaque pas mesuré, leurs mains s'accrochant aux parois pour éviter de trébucher. Sous leurs pieds, le précipice donnait le sentiment d'être sans fond, avalant tout bruit qui s'y perdait, même le roulement d'une pierre déplacée.

Un cri soudain les fit sursauter. Sélène se retourna, le cœur battant, mais ce n'était qu'un oiseau noir, gigantesque, qui avait jailli d'une anfractuosité dans la roche. Il s'éloigna dans le ciel tourmenté, son hurlement perçant se fondant dans la brise.

De l'autre côté du col, le paysage changea de nouveau. Les montagnes s'ouvraient sur une vallée étroite où des vestiges épars gisaient, couvertes de neige et d'herbes gelées. Eldrin s'arrêta net en les voyant.

— Ce ne sont pas des ruines ordinaires, dit-il en examinant l'une des pierres effondrées. Regardez ces runes.

Sélène se pencha à son tour. Les marques, bien que partiellement altérées, luisaient faiblement sous la lumière blafarde.

— Une protection ? demanda-t-elle.

— Ou un avertissement, proposa-t-il.

Ils décidèrent de ne pas camper dans le canyon. Une tension subtile emplissait l'air, comme si le sol même s'abstenait de respirer.

Ce soir-là, ils installèrent leur bivouac sur une crête surplombant la vallée. Le froid était mordant, et le silence pesant. Aucun d'eux ne trouvait vraiment le sommeil. Au milieu de la nuit, un grondement lointain retentit, tel un éboulement ou un rugissement assourdi.

— Ce n'était pas naturel, murmura Kael en s'asseyant près du feu, sa couverture serrée autour de ses épaules.

Cælum, qui montait la garde, acquiesça avec inquiétude.

— Quelque chose nous attend là-bas, confirma-t-il.

Sélène ne pouvait s'empêcher de penser qu'il avait raison. Le voyage jusqu'à la cité oubliée n'était pas simplement difficile : il était émaillé de présages sombres, de la même façon que si le chemin lui-même cherchait à les repousser.

Alors qu'ils progressaient dans le bassin gelé, les vestiges autour d'eux se resserraient, créant une atmosphère étouffante. Le calme était étrange, presque trop lourd, à l'instar de la nature qui retiendrait son souffle. Leurs pas crissaient sur le sol glacé, et le vent aussi semblait s'être tu.

Soudain, un tumulte résonna à travers les décombres, un son guttural qui faisait écho entre les parois rocheuses. Instinctivement, ils s'immobilisèrent, leurs mains se portant à leurs armes.

— Qu'est-ce que c'était ? chuchota Ivryn, ses yeux écarquillés fixant l'obscurité devant eux.

Cælum s'avança légèrement, ses ombres frémissant autour de lui comme des serpents en alerte.

— Restez groupés, répondit-il.

Le grondement se répéta, plus proche cette fois, suivi d'un bruit de pierres déplacées. Une silhouette massive émergea de la pénombre : une créature monstrueuse, évoquant un mélange grotesque de loup et de cerf. Sa fourrure noire était hérissée de pointes osseuses, et ses yeux brillaient d'une lueur rouge inquiétante.

— Une aberration ! cria Eldrin.

La bête bondit sans avertissement, ses crocs scintillants visant Garrick — non, Garrick n'était plus là. C'était Kael. Le cœur de Sélène se serra à cette réflexion, mais elle n'eut pas le temps de s'y attarder. Elle leva les mains et une lumière aveuglante jaillit de ses paumes, projetant la chose impie en arrière.

Elle roula sur le sol, mais se releva aussitôt, son rugissement emplissant l'air tel un tonnerre.

— Formez un cercle ! commanda Cælum.

Ils obéirent immédiatement, chacun couvrant un angle, leurs armes prêtes. Ivryn tremblait, mais elle n'hésita pas à dégainer son arc et à encocher une flèche.

L'ennemi chargea de nouveau, cette fois vers Kaera. Non... Kaera n'était plus là non plus. Ce rôle incomba à Eldrin, dans les souvenirs brouillés de Sélène. Sa main se crispa sur la garde de son épée, et elle fit un pas en avant pour intercepter le monstre.

Cælum fut plus rapide. Ses ombres s'enroulèrent autour des pattes antérieures de l'animal, le retenant juste assez longtemps pour que Garrick... non, Eldrin, puisse lancer un sort d'éclats d'énergie. Les impacts firent reculer la créature, mais à peine.

Elle poussa un rugissement de rage, et cette fois, ce fut vers Sélène qu'elle se dirigea.

Le monde sembla ralentir alors qu'elle s'élançait, ses dents aiguisées, démesurées luisant à la lumière diffuse. Le corps de la jeune femme bougea avant que sa pensée ne suive. Elle brandit son épée et l'abattit, cependant la force du coup la propulsa en arrière. Elle tomba lourdement, la respiration coupée par le choc.

Ivryn appela son nom, mais elle ne put pas répondre. La bête s'approcha, ses griffes raclant le sol.

— Pas cette fois, murmura Cælum.

Il surgit devant elle, ses ombres formant une barrière impénétrable entre la créature et Sélène. Elle se heurta violemment à cette défense, se repliant en grondant. Cælum tourna la tête vers sa protégée.

— Lève-toi, Sélène. Je ne peux pas te préserver indéfiniment.

Elle se redressa, encore étourdie, mais aux aguets. Ivryn, de son côté, lâcha une flèche, qui se ficha dans l'œil gauche de l'entité. Elle hurla de douleur, et Eldrin en profita pour invoquer une série de lames éthérées qui transpercèrent son flanc.

— C'est notre chance ! clama-t-il.

Ils se précipitèrent ensemble, frappant d'un mouvement coordonné. L'épée de Cælum trouva sa gorge, tandis que la lumière de Sélène l'aveuglait, la forçant à se pivoter dans un dernier spasme de fureur. Enfin, elle s'effondra, son corps énorme soulevant un nuage de poussière.

Le silence retomba, brisé seulement par les halètements rauques. Ivryn baissa son arc, ses mains tremblantes.

— C'était quoi, ça ? demanda-t-elle d'une voix étranglée.

— Une création alchimique, répondit Eldrin, essuyant le sang de son visage. Ils ont laissé leurs monstres derrière eux pour défendre cette route.

Sélène regarda la carcasse, sentant une colère aigre monter en elle. Combien de ces horreurs avaient-ils conçu ? Combien d'autres les attendaient encore ?

Cælum lui effleura la joue.

— Tu vas bien ?

Elle hocha la tête, pendant que son cœur battait toujours à tout rompre.

— Oui. Mais, cette voie... elle ne sera pas facile.

— Rien de ce que nous faisons ne l'est, dit-il avec un sourire amer.

Ils reprirent leur progression après avoir enterré la bête dans une fosse improvisée. Le chemin vers la cité oubliée venait de devenir d'autant plus périlleux.

Au matin du huitième jour, ils atteignirent enfin un plateau surélevé. Devant eux, des structures massives se dressaient, à moitié enfouies dans la montagne. Les portes de la ville étaient là, gigantesques et imposantes, gravées de symboles antiques que Sélène ne pouvait comprendre, mais qui paraissaient vibrer d'une énergie latente.

— Nous y sommes, annonça Eldrin.

— Donc, c'est ça, murmura Ivryn, sa voix cassant tout juste la quiétude environnante.

— La cité oubliée, indiqua Cælum, ses ombres communiant avec la vivacité étrange de cet endroit.

Eldrin s'approcha prudemment, son bâton à la main.

— Les légendes disaient qu'elle avait été scellée il y a des siècles, une prison pour des secrets qu'aucun mortel ne devrait découvrir.

La métropole perdue ne ressemblait à rien de ce que Sélène avait imaginé. Ses tours fracassées et ses dômes fissurés semblaient taillés dans la roche même de la montagne. Une lumière surnaturelle flottait dans l'air, un kaléidoscope de contrastes ombrageux et de miroitements furtifs, à croire que le temps lui-même vacillait ici.

— Et maintenant ? demanda-t-elle, un frisson la parcourant malgré elle.

Cælum avança le premier, son regard fixé sur les portes.

— Maintenant, nous entrons.

Un silence oppressant régnait, laissant penser que le monde hésitait à troubler ce lieu. Pas un souffle de vent, pas un cri d'oiseau. Juste le ton monotone de sa cadence cardiaque, écho de l'appréhension qui la rongeait.

Elle posa les yeux sur les immenses battants, décorés de glyphes anciens et de sculptures représentant des figures grotesques, un mélange de bêtes et d'humains. Une peur glacée l'envahit tandis qu'elle comprenait que ces portes n'étaient pas fermées — elles étaient légèrement entrebâillées, de la même manière que si elles attendaient leur arrivée.

— Elles sont déjà déverrouillées, commenta-t-elle, sa voix à peine un souffle.

— Pas tout à fait, objecta Eldrin. Elles n'ont pas été ouvertes de l'extérieur. C'est l'intérieur qui appelle.

Kael, muet jusqu'à présent, saisit fermement la garde de son épée.

— Si c'est un piège, nous allons nous jeter directement dans la gueule du loup.

Cælum secoua la tête.

— Même si c'est une ruse, nous n'avons plus le choix. Le fragment est dedans. Et, avec lui, nos chances de mettre fin à cette guerre.

Sélène vit le conflit dans les yeux de chacun, la crainte de ce qu'ils allaient trouver, mais également la détermination de poursuivre coûte que coûte.

— Alors, allons-y, décida-t-elle plus fermement qu'elle ne l'aurait cru possible.

Cælum fit un signe affirmatif et se dirigea vers l'ouverture. Avec un geste précis, il fit appel à ses ombres, qui glissèrent entre les battants pour les pousser doucement.

Un grincement sinistre se répercuta dans l'air, et les portes s'écartèrent complètement, révélant un escalier s'enfonçant dans les profondeurs. Un halo verdâtre et vacillant éclairait le passage, et une odeur de moisi et de magie ancienne monta jusqu'à eux.

— Restez ensemble, exigea Cælum. Pas de place pour l'erreur.

Ils descendirent les marches une à une, leurs pas résonnant dans le couloir de pierre. Les murs, couverts de runes scintillantes, semblaient chuchoter, leurs murmures incompréhensibles emplissant l'air tel un chant lointain.

— Vous entendez ça ? demanda Ivryn, sa voix tendue.

— Ignore-les, répliqua Eldrin. Ce sont des sorts d'intimidation. Ils cherchent à nous affaiblir.

Toutefois, ne pas y prêter attention était plus facile à dire qu'à faire. Ils s'insinuaient dans l'esprit de Sélène, réveillant des souvenirs douloureux, des regrets enfouis. Des images de Mira et de sa mère, prisonnières des alchimistes, dansaient devant ses rétines. Elle plissa les paupières pour chasser ces visions.

Cælum posa une main sur son épaule.

— Reste avec moi, dit-il doucement.

Elle s'accrocha à sa voix, à sa présence, et continua d'aller de l'avant.

Ils atteignirent finalement une immense salle souterraine. Des piliers colossaux soutenaient un plafond si haut qu'il disparaissait dans l'obscurité. Au centre de la pièce, un autel de pierre noire diffusait une lumière verte malsaine.

— Là, murmura Cælum.

Ils avancèrent prudemment, leurs sens en alerte. L'air était lourd, saturé d'énergie magique. Plus ils approchaient, plus Sélène ressentait une pression écrasante, comme si la stèle elle-même cherchait à les repousser.

— Ce n'est pas naturel, observa Eldrin.

— Rien ici ne l'est, répondit Kael en dégainant son épée.

Cælum s'arrêta devant l'autel et tendit la main.

— Le fragment... il est là, dit-il, ses prunelles animées d'une lueur insolite.

— Mais qu'est-ce que... commença Ivryn, avant qu'un rugissement déchirant ne remplisse l'espace.

Des spectres se matérialisèrent autour de la table rituelle, prenant la forme de créatures grotesques. Leurs corps étaient faits de magie pure, leurs yeux brillants d'une haine palpable.

— Défendez-vous ! cria Cælum, ses ombres se dressant autour de lui à l'image d'une armée.

La bataille fut immédiate et brutale. Les apparitions se jetèrent sur eux avec une férocité inhumaine, leurs griffes lacérant l'air. Sélène brandit son épée, la lumière jaillissant de ses paumes pour éloigner l'une d'elles.

Kael et Ivryn combattaient dos à dos, leurs lames tranchant à travers les ténèbres. Eldrin lançait des éclats de magie, éclairant la pièce d'explosions éphémères.

Néanmoins, les entités semblaient infinies, se reformant dès qu'elles étaient détruites.

— Nous ne pouvons pas les vaincre ! hurla Ivryn.

— Ce n'est pas le but ! aboya Cælum. Protégez-moi pendant que je récupère le fragment !

Il tendit de nouveau la main vers le piédestal d'obsidienne, ses ombres s'enroulant autour du cristal posé dessus. Un rayonnement aveuglant emplit la salle, et Sélène sentit l'énergie changer brusquement.

— Maintenant ! clama-t-il.

Elle fit surgir toute sa lumière, et une déflagration de courant cosmique éclaira la pièce, consumant les chimères une bonne fois pour toutes.

Lorsque la clarté retomba, Cælum se tenait debout, le fragment entre ses doigts, ses yeux brûlant d'un éclat divin.

— Il est temps, dit-il, sa voix étrangement calme, mais pleine de puissance.

Sélène ignorait ce qui allait suivre, toutefois elle savait une chose : leur combat contre les alchimistes venait de prendre un tournant décisif.

CHAPITRE 14

Tandis que chacun reprenait son souffle, la lueur provenant du morceau dans la paume de Cælum s'intensifia, baignant toute la salle d'un éclat doré. Il ferma les paupières et tendit sa main libre vers Sélène, comme pour l'ancrer à lui alors que l'énergie l'entourait.

— Qu'est-ce qui se passe ? demanda-t-elle, son cœur battant à tout rompre.

— Le fragment... murmura Eldrin, ses yeux rivés sur Cælum. Il commence à s'intégrer à lui.

L'ancien Veilleur tremblait, ses ombres frémissant et se rétractant pendant que la lumière luttait pour s'établir en lui. Il s'écroula sur un genou, des lignes brillantes parcourant sa peau, créant des motifs complexes qui s'animaient.

— Ça ne peut pas être bon, dit Kael, son épée toujours prête.

— Ne bougez pas ! ordonna le chef rebelle. S'il perd le contrôle maintenant...

Cælum poussa un cri étouffé, et une onde d'énergie se déploya dans la pièce. Sélène se précipita vers lui, ignorant les avertissements des autres.

— Cælum ! s'exclama-t-elle, s'accroupissant à ses côtés.

Il ouvrit les yeux, et elle recula malgré elle. Ses iris, d'un éclat doré précédemment, scintillèrent soudain d'une lueur verte, laissant penser que le fragment avait fusionné avec son âme. Puis, ils retrouvèrent leur couleur incandescente.

— Je vais bien, affirma-t-il, son timbre de voix devenant plus riche, presque vibrant.

Il se releva lentement, une aura nouvelle émanant de lui. Ses ombres n'étaient plus aussi volatiles qu'avant ; elles semblaient domptées, maîtrisées. Il inspira profondément, et un calme imposant se propagea dans la salle.

— C'est fait, ajouta-t-il. Ce que j'étais... m'est revenu.

— Et ? s'enquit Ivryn.

— Et je comprends mieux. Les alchimistes ne cherchent pas seulement à nous détruire. Ils s'efforcent de transformer l'humanité elle-même.

Ils se regroupèrent autour de l'autel, Eldrin examinant les glyphes gravés sur les pierres.

— Qu'est-ce que tu veux dire ? interrogea Kael durement.

Cælum serra les poings.

— Ils exploitent la magie ancienne, celle de cette cité et des fragments qu'ils ont trouvés, pour remanier l'espèce humaine. Leur motivation n'est pas juste la vie éternelle ou le pouvoir, mais de créer une nouvelle forme d'humanité. Une humanité supérieure, débarrassée de toutes ses imperfections : plus forte, plus résiliente, mais essentiellement... obéissante.

Il fit une pause, l'air sinistre, son regard s'assombrissant significativement.

— Ils espèrent que les personnes deviennent des instruments, totalement soumis à leur volonté. Une population docile, sans révolte, sans résistance, qui ne remettrait jamais en question leur autorité. Mais, ce n'est pas tout. Cette évolution a aussi un but bien précis : produire davantage d'énergie. Ils veulent que les hommes et les femmes, dans leur nouvel état, génèrent sans cesse le flux vital nécessaire à la Pierre Alchimique pour maintenir leur immortalité.

Il se redressa, son expression se durcissant.

— Ces êtres « nouveaux » seraient plus que disciplinés. Ils seraient des batteries vivantes, permettant aux alchimistes de continuer leur existence éternelle sans jamais manquer de ce pouvoir indispensable.

Un frisson parcourut Sélène. Eldrin leva les yeux du piédestal, une lueur d'inquiétude dans son regard.

Le silence qui suivit fut lourd. Chaque visage exprimait une forme différente de peur et de détermination.

— Alors, il faut agir vite, déclara Sélène. Les affronter maintenant, avant qu'ils ne deviennent encore plus puissants.

— Et pour ça, nous avons besoin d'alliés, dit Eldrin. Nous sommes trop peu nombreux.

Cælum acquiesça.

— Peut-être que nous ne pourrons pas les vaincre seuls. Mais, il est surtout nécessaire d'apprendre comment les battre.

Après avoir quitté les profondeurs de la salle principale de la ville, le groupe décida d'explorer les ruines avant de repartir. Eldrin était catégorique : les alchimistes ne laissaient jamais rien au hasard, et même dans l'abandon, un vestige de leur savoir pouvait s'y cacher.

La cité s'étendait sur plusieurs niveaux, un entrelacement labyrinthique de galeries et de lieux désertés. Les structures, malgré les siècles écoulés, étaient presque intactes, leurs murs ornés de runes désormais éteintes. Une étrange tension flottait dans l'air, comme si l'endroit lui-même était conscient de leur présence.

— Si ces anciennes bâtisses pouvaient parler, elles crieraient, marmonna Ivryn, scrutant les ombres mouvantes.

Kael opina du chef, une main sur la garde de son épée.

— Restons en alerte. Je n'aime pas ce lieu.

Ils progressèrent prudemment à travers ce qui semblait être une zone résidentielle, des édifices simples alignés le long de rues pavées. Des marques d'une vie éteinte subsistaient : des meubles décomposés, des fragments de poteries brisées, et ici et là, des livres désintégrés par le temps.

Eldrin s'arrêta devant une porte massive, sculptée de symboles complexes.

— Ça, dit-il en désignant les gravures, ce n'est pas un logement ordinaire.

Il sortit un outil finement ouvragé et se mit à s'activer sur la serrure, récitant des incantations pour contourner les glyphes de protection. Après quelques instants, un clic retentit, et le battant s'ouvrit dans un souffle de poussière.

La pièce qu'ils découvrirent ressemblait à un bureau d'un autre siècle, ses murs garnis d'étagères remplies de parchemins et de manuscrits. Une grande table occupait le centre, et un globe de cristal fissuré reposait sur un socle.

— Incroyable, murmura Eldrin en s'approchant avec révérence. Ce n'est pas un simple office. C'est une salle d'archives.

— Et qu'est-ce qu'on cherche, exactement ? demanda Kael.

Il ne répondit pas, déjà absorbé par l'étude des documents. Ils restèrent sur leurs gardes tandis qu'il travaillait, explorant les alentours. Sélène s'immobilisa devant un tableau mural, illustrant un rituel d'antan.

— Eldrin, regarde ça, l'appela-t-elle.

Il se précipita, ses iris brillants d'excitation en examinant la peinture.

— Fascinant, souffla-t-il. Ces symboles... Ils racontent l'histoire des Veilleurs.

— Les Veilleurs ? répéta Cælum, s'avançant à son tour.

Eldrin hocha la tête, traçant du doigt une ligne représentée sur la toile.

— Les alchimistes n'ont pas seulement volé ton essence, Cælum. Ils cherchaient à capturer tout ce qui restait des Veilleurs. Mais, ce qui est intéressant ici, c'est que...

Il s'interrompit, ses yeux écarquillés en lisant un passage gravé en lettres anciennes.

— Ce n'était pas qu'une chasse. Ils ne t'ont pas pris pour rien. Il y avait un objectif... Ils voulaient recréer quelque chose.

— Récréer quoi ? interrogea Sélène.

— Leur propre Veilleur, annonça Eldrin d'une voix grave. Mais, jette un œil à ceci.

Il pointa un signe évoquant trois figures entourées de halos.

— Ils savaient qu'il y avait plusieurs Veilleurs. Trois, au moins. Si l'un d'eux existe encore...

— Il pourrait être un allié, compléta Cælum, son regard se durcissant.

Le silence tomba dans la pièce. Cette révélation changeait tout.

Ils décidèrent de passer la nuit dans l'une des résidences abandonnées des alchimistes. L'idée de rester dans ce lieu lugubre ne leur plaisait pas, cependant avancer dans l'obscurité aurait été suicidaire.

Le logement qu'ils avaient choisi était étrangement intact, comme si ses occupants avaient fui précipitamment. Une grande table se dressait dans la pièce centrale, encerclée de chaises usées. Les murs étaient ornés de fresques délavées représentant des paysages idéalisés, peut-être des souvenirs d'un monde avant leur corruption.

Kael alluma un feu dans l'âtre avec du bois récupéré dans une chambre voisine. La chaleur atténua l'atmosphère glaciale, pourtant l'inquiétude persistait.

Sélène s'assit près du foyer, observant Cælum, resté muet depuis la dernière trouvaille.

— À quoi penses-tu ? lui demanda-t-elle doucement.

— À ce que cela signifie, répondit-il sans détourner les yeux des flammes. Si un autre Veilleur est en vie, il est peut-être la clé pour finir ce que nous avons commencé.

— Et si ce n'est pas un allié ? s'enquit-elle, la voix plus basse.

Il tourna la tête vers elle, son expression indéchiffrable.

— Alors, nous trouverons un nouveau moyen.

Ses paroles, bien que rassurantes, ne dissipèrent pas sa peur.

Le silence de la nuit fut rompu par un craquement soudain. Sélène se redressa d'un bond, saisissant son arme.

— Qu'est-ce que c'était ? murmura Ivryn, déjà debout, ses yeux perçant l'obscurité.

Eldrin apparut dans l'embrasure d'une porte, ses mains chargées de parchemins.

— Rien de vivant, je pense, déclara-t-il calmement. Les structures ici bougent parfois. C'est une vieille cité.

Kael grogna, néanmoins il sembla se détendre. Malgré tout, Sélène ne parvint pas à se tranquilliser, son esprit hanté par la possibilité qu'il reste quelque chose, ou quelqu'un, dans cette ville déserte.

Le lendemain, ils quittèrent les ruines, portant avec eux non seulement les découvertes d'Eldrin, mais également un nouvel espoir. Si un autre Veilleur existait, il pourrait être l'unique capable d'inverser le cours de cette guerre.

Ils rentrèrent au *Refuge*, leurs esprits pleins des révélations de la cité oubliée, mais aussi animés d'une résolution renouvelée. La présence de Cælum, maintenant complète, renforçait le groupe. Pourtant, la réalité était brutale : même avec sa puissance restaurée, ils ne parviendraient pas à affronter seuls les alchimistes.

Eldrin, comme à son habitude, disparut presque immédiatement dans son atelier, marmonnant des idées pour adapter les fragments d'informations qu'ils avaient réunies en un plan concret. De son côté, Cælum se montrait plus lointain. Sa transformation l'avait changé, pas uniquement physiquement, mais aussi dans son comportement. Une effervescence électrique flottait autour de lui, de la même façon que si le pouvoir qu'il détenait pesait lourd sur ses épaules.

Quant à Sélène, elle avait besoin d'air. Elle passait ses journées à aider les rescapés qu'ils avaient ramenés de l'Obélisque, toutefois son esprit était ailleurs. Comment persuader des alliés de se joindre à eux dans une guerre que beaucoup voyaient perdue d'avance ?

Lors d'une réunion tendue autour de la grande table du *Refuge*, Eldrin exposa une nouvelle théorie.

— Si nous espérons vraiment mettre fin à leur domination, il faut leur opposer une puissance équivalente.

— Tu veux dire Cælum ? dit Ivryn en haussant un sourcil.

— Pas juste lui, répondit Eldrin. Les alchimistes ont constamment cherché à s'approprier les forces des Veilleurs. Mais, si Cælum n'est pas le seul...

Un murmure parcourut la salle.

— Tu parles des autres Veilleurs qui pourraient être toujours en vie ? interrogea Sélène, sceptique, bien qu'intriguée.

Il hocha la tête.

— Les textes que j'ai trouvés dans la cité évoquent qu'il y avait au moins trois Veilleurs qui ont survécu. Si l'un d'eux est encore actif, il pourrait être notre meilleur atout.

— Et tu sais où chercher ? questionna Kael, croisant les bras.

Eldrin hésita, sortant un vieux manuscrit abîmé qu'il étala sur la table.

— Ici. Une région appelée les Terres Grises. Presque habitable aujourd'hui, par contre autrefois, c'était un sanctuaire de pouvoir.

Cælum posa une main sur le bord du meuble.

— Si un Veilleur se situe là-bas, il faudra le convaincre de nous aider. Mais, ce ne sera pas simple.

— Rien ne l'est, rétorqua Ivryn sèchement.

La décision fut prise. Ils partiraient pour les Terres Grises, laissant Eldrin au *Refuge* pour poursuivre ses recherches sur la Pierre Alchimique et sur une façon de déjouer les alchimistes.

Eldrin était resté silencieux pendant l'organisation de la mission diplomatique, mais lorsqu'ils abordèrent la question d'une arme, il recouvra son entrain.

— Je travaille déjà sur quelque chose, confia-t-il, en se levant brusquement.

— Tu pourrais développer ? demanda Sélène.

Il inspira profondément, son regard s'illuminant de passion.

— Les alchimistes manipulent une énergie qui, à sa base, repose sur l'altération de l'essence vitale. Si je peux découvrir un moyen de retourner cette énergie contre eux, cela pourrait les affaiblir... voire les détruire.

— Et comment comptes-tu faire ça ? voulut savoir Ivryn, les sourcils froncés.

— Avec Cælum.

Le silence tomba dans la salle. Cælum le fixa, impassible.

— Explique, dit-il.

— Ton essence, ou du moins celle que tu possèdes en tant qu'ancien Veilleur, est pure. Elle pourrait servir de générateur pour créer une arme capable de contrer leur magie.

Sélène serra les poings.

— Et si ça lui fait du mal ?

Eldrin leva une main apaisante.

— Je ne ferai rien qui mette sa vie en danger. Mais, nous devons explorer toutes les options.

Cælum acquiesça.

— Fais ce que tu dois, Eldrin. Si cela peut nous donner une chance, ça en vaut la peine.

Quelques jours plus tard, ils quittaient de nouveau le *Refuge*, un convoi léger chargé de provisions et d'équipement. Le paysage changea rapidement : les vallées verdoyantes laissèrent place à des collines stériles, puis à des plaines arides où le vent hurlait en permanence.

Les Terres Grises portaient bien leur nom. Le sol était craquelé, d'une teinte cendrée, et les rares arbres qui subsistaient paraissaient morts depuis des siècles. La chaleur accablante alternait avec des bourrasques glaciaires, comme si même le climat était brisé ici.

Sélène marchait en silence, ses yeux fixés sur l'horizon, où le soleil déclinait lentement. Les ombres s'étiraient sur la terre désolée, des silhouettes éphémères qui avaient l'air de danser autour d'elle, reflétant l'agitation de ses réflexions. Une lassitude profonde pesait sur ses épaules, alourdissant chacun de ses mouvements, chaque pas qu'elle faisait.

Elle se sentait prisonnière d'un cycle interminable. Depuis qu'ils avaient quitté le camp rebelle, elle avait cette impression écrasante de tourner en rond, de pourchasser des chimères. Le Veilleur qu'ils cherchaient, cet être mystérieux supposé détenir des réponses, n'était qu'une étape de plus dans ce jeu de piste sans fin. Chaque indice menait à une quête supplémentaire, chaque succès était vite éclipsé par l'ampleur de ce qu'il restait à accomplir. Le Temple alchimique, le Vortex… tout cela leur avait coûté si cher, en vies, en espoir. Et, pourtant, rien n'avait évolué. Les alchimistes étaient toujours là, intouchables, omnipotents. Leur prise sur le monde semblait inébranlable.

Un soupir lui échappa, et elle serra la lanière de son sac entre ses doigts, dans l'illusion que ce geste pouvait étouffer la spirale de découragement qui l'envahissait. Tout cela avait-il un sens ? Chaque mission, chaque sacrifice, tout ce sang versé... À quoi cela servait-il ? Les tyrans étaient bien trop puissants. Même s'ils parvenaient à les affaiblir, même si, par miracle, ils détruisaient la Pierre Alchimique, elle ne pouvait s'empêcher d'imaginer un énième obstacle, encore plus insurmontable. Sélène se surprit à se demander si la victoire était tout simplement possible. Peut-être que non. Peut-être qu'ils se battaient contre quelque chose d'immuable, de trop grand pour eux.

L'espace d'un moment, une pensée plus douce, plus tentante, effleura son esprit. Elle se vit loin d'ici, dans un endroit paisible où elle n'aurait plus à se soucier des alchimistes, des rébellions, des combats incessants. Elle se projeta dans une maison simple, nichée au creux d'une vallée verdoyante, avec Cælum à ses côtés. Ses ombres ne seraient plus qu'une brume du souvenir, et lui-même se serait émancipé de cette charge invisible qui le rendait si distant quelquefois. Ils vivraient ensemble, indépendants, sans peur, sans douleur. Elle s'imagina les gestes du quotidien, les instants de calme partagés à deux, leurs rires. Un amour sincère, pur, libre des chaînes de leur histoire qui ne pourrait plus les tourmenter.

Cependant, cette vision s'effaça aussi vite qu'elle était venue, remplacée par une vague de culpabilité qui la submergea. Abandonner ? Comment pouvait-elle y songer ? Ce n'était pas uniquement une question de fierté ou de devoir, mais de responsabilité.

Elle savait, au plus profond d'elle-même, que renoncer signifierait condamner d'innombrables innocents à une vie de souffrance et de servitude sous le joug des sorciers maléfiques. Elle n'était pas seule à subir des tourments. Chaque village brûlé, chaque captif sacrifié pour alimenter la Pierre Alchimique, chaque enfant arraché à sa famille, tout cela continuerait si elle se voilait la face. Était-elle prête à porter le poids d'une telle lâcheté ?

Sélène baissa les yeux vers ses mains, les jointures blanchies par la force avec laquelle elle tenait les lanières. Elle devait être solide. Elle devait croire que leurs efforts n'étaient pas vains, bien que cela puisse parfois paraître improbable. Elle se redressa légèrement, tâchant de chasser la fatigue de ses membres et de son cœur. Ce chemin était peut-être interminable, néanmoins elle avait l'obligation de le suivre, pour ceux qui ne le pouvaient pas. Pour ceux qui comptaient sur elle.

Les pensées de cette vie rêvée avec Cælum s'attardèrent malgré tout, comme une lueur floue dans l'obscurité. Peut-être qu'un jour, après tout cela, ils pourraient la construire en tandem. Mais pas maintenant. Pas tant que le monde entier souffrait sous l'emprise des alchimistes. Pas tant qu'elle avait encore l'énergie de se battre.

Une nuit, alors qu'ils campaient près des ruines d'un village abandonné, Ivryn brisa le silence.

— Tu crois vraiment qu'on trouvera quelqu'un ici ?

— Pas quelqu'un, répondit Cælum en contemplant les étoiles. Quelque chose.

Trois jours après leur départ, pendant qu'ils progressaient dans un canyon étroit, un rugissement guttural fendit l'air. Une forme cauchemardesque émergea d'une crevasse, un amas grotesque de chair, de pierre, et de métal tordu, ses orbes brillants d'une radiation verdâtre et malsaine. Son apparence n'était pas uniquement terrifiante : elle semblait faite pour tuer.

— En garde ! hurla Kael en dégainant son épée.

La bête ne leur laissa pas le temps de se préparer. Elle chargea, chaque enjambée secouant le sol sous son poids massif. Des éclats de roche se détachaient des versants du passage escarpé, et un souffle de débris poudreux englobait l'équipe.

Cælum s'avança sans hésitation, ses ombres tourbillonnant tel un cyclone vivant. Elles fusèrent pour saisir la créature, l'enveloppant dans des liens noirs inébranlables. Pourtant, d'une impulsion brutale, le mastodonte les déchira, disséminant des gravats sombres autour d'elle.

— Arrière ! cria Sélène en tendant la main. Une lumière aveuglante jaillit de ses doigts, visant les yeux luisants du monstre. Toutefois, le colosse, implacable, continua sa charge, insensible à l'attaque.

Kael et Ivryn s'élancèrent sur les flancs de l'abomination, frappant avec leurs lames à la recherche d'une faille. Chaque coup rebondit sur l'armure naturelle de la bête avec un bruit métallique.

— Ça ne sert à rien ! pesta Ivryn, reculant juste à temps pour éviter une griffe énorme qui manqua de peu de l'éventrer.

En plein cœur de cette tempête chaotique, Cælum demeurait étrangement calme. Il leva une main, et ses ombres s'intensifièrent, s'étendant jusqu'à couvrir le sol et les parois du canyon. La créature verrouilla ses pupilles luisantes sur lui, comme si elle sentait une menace imminente.

— Assez, intima-t-il, sa voix résonnant tel un écho profond.

Dans un mouvement fluide, il concentra l'énergie des voiles ténébreux en une forme tranchante, une lance sombre et scintillante qui pulsait d'une puissance effrayante. Avec un simple geste, il la projeta. Le projectile fendit l'air à une vitesse fulgurante, transperçant l'entité en plein cœur.

Un silence assourdissant suivit. La bête tituba, son rugissement mourant dans un râle, avant de s'effondrer lourdement. Son corps gargantuesque se désintégra aussitôt, se dissipant en une poussière noire qui se mêla à l'oxygène.

Le groupe demeura figé, les yeux ronds devant l'ampleur de ce qu'ils venaient de voir. Kael baissa son épée, toujours haletant.

— Impressionnant, murmura-t-il, brisant la chape de plomb qui les cernait.

Ivryn dévisageait Cælum avec une expression entre la révérence et l'inquiétude.

Cependant, Cælum ne prêtait pas d'intérêt à leurs réactions. Il restait captivé par le nuage de particules qui s'élevait encore.

— Ce n'est pas une coïncidence, déclara-t-il gravement.

Sélène s'avança, le cœur tambourinant toujours au rythme de l'adrénaline.

— Qu'est-ce que tu veux dire ?

Il porta son attention vers elle, ses traits fermés.

— Les alchimistes. Ils savent que nous sommes en route. Et, ils n'envisagent pas que nous atteignions notre but.

Son ton était serein, mais une évidente gravité émanait de ses paroles. Il se détourna et commença à marcher, sans attendre une réponse.

Les autres échangèrent des regards troublés. L'air du canyon semblait plus dangereux, chargé d'une menace invisible. Et, avec la quiétude qui succéda, la certitude s'imposa à tous : leur chemin allait devenir bien plus périlleux.

Les jours suivants furent marqués par un silence tendu. Chaque pas dans les Terres Grises les rapprochait d'un point inconnu, mais aussi de dangers de plus en plus palpables. L'assaut de la créature avait laissé des traces : Kael boitait légèrement, une entaille profonde à la jambe malgré les soins d'Ivryn, et ils étaient tous nerveux à l'idée d'une autre embuscade.

Le paysage était devenu encore plus désolé à mesure qu'ils progressaient. Les plaines arides avaient cédé la place à des collines parsemées de piliers de pierre, vestiges d'un passé oublié. Le vent gémissait à travers ces structures comme une voix fantomatique, donnant l'impression que le terrain lui-même se lamentait.

— Ces lieux n'ont jamais été vivants, murmura Ivryn en observant un arbre mort, dont les branches tordues ressemblaient à des griffes.

Ils avançaient lentement, leurs sens constamment en alerte. Les Terres Grises dégageaient une atmosphère hantée par une magie résiduelle, une énergie oppressante qui rendait chaque respiration un peu plus difficile.

Une nuit, tandis qu'ils campaient à l'abri d'un surplomb rocheux, Cælum parla pour la première fois depuis l'attaque.

— Les Veilleurs, ceux que les alchimistes ont cherché à anéantir... Ils ne se sont pas simplement dispersés.

Il scrutait le feu d'un œil hypnotisé, les flammes dansant dans ses iris dorés.

— Ils se sont effacés pour protéger ce qu'ils représentaient. Si l'un d'eux est ici, il n'acceptera pas de se révéler facilement.

— Comment le trouver, alors ? interrogea Kael, qui bandait toujours sa jambe blessée.

— En prouvant que nous sommes dignes, répondit Cælum.

Sélène frissonna, et pas seulement à cause de la brise glaciale. Ce que Cælum sous-entendait signifiait probablement que d'autres épreuves les attendaient.

Le quatrième jour, ils atteignirent une vallée encaissée où le sol scintillait subtilement sous leurs pieds. En s'approchant, ils comprirent que ce n'était pas de la lumière, mais des traces de cristaux incrustés dans la roche, irradiant une faible énergie.

— Ces cristaux... ils sont identiques à ceux de la cité oubliée, observa Ivryn en s'accroupissant pour en examiner un.

Cælum posa une main sur le sol et ferma les yeux.

— Une barrière ancienne. Les Veilleurs l'ont placée pour dissimuler ce sanctuaire.

— Cela veut dire que nous sommes proches, déclara Sélène, un mélange d'excitation et d'appréhension lui serrant la poitrine.

Cependant, un nouveau problème se présenta rapidement. À l'entrée de la vallée, ils furent arrêtés par une série de symboles gravés dans la pierre, entourant une arche massive. Les runes brillaient faiblement, dégageant une chaleur déroutante.

— Une énigme, s'exclama Ivryn avec une pointe d'exaspération. Toujours des énigmes.

Elles étaient sculptées en cercles concentriques, contenant chacune des images différentes : un arbre, une flamme, un œil et une silhouette nimbée d'une aura.

— Cela désigne les Veilleurs, expliqua Cælum en effleurant la gravure de l'œil. Vision, force, création.
— Et toi, tu es lequel ? demanda Kael, intrigué.
— L'ombre, répondit-il. Le bouclier.

Un murmure étrange s'éleva quand ses doigts touchèrent la roche, et les marques changèrent imperceptiblement.

— Je crois qu'il faut aligner les symboles pour qu'ils racontent une histoire, dit Ivryn.

Ils se mirent à manipuler les anneaux ciselés, chacun d'entre eux s'efforçant de comprendre l'ordre correct. Après plusieurs heures et quelques disputes, ils parvinrent finalement à faire luire les signes d'une couleur dorée.

La porte de l'arche s'ouvrit dans un grondement sourd, dévoilant un tunnel qui descendait dans l'obscurité.

L'atmosphère se transforma immédiatement lorsqu'ils entrèrent dans le souterrain. L'air était lourd, saturé d'énergie magique qui faisait vibrer la peau. Leurs torches projetaient des ombres dansantes sur les murs, révélant des fresques qui racontaient une histoire ancienne : des batailles titanesques, des Veilleurs affrontant des entités sombres, et enfin, leur disparition dans des éclats de lumière.

Au bout de la galerie, ils débouchèrent sur une grande caverne naturelle, dont le plafond scintillait de cristaux brillants. Au centre, un piédestal de granit était cerné de statues représentant les Veilleurs.

— C'est ici, chuchota Cælum.

Avant qu'il puisse avancer, un bruit de craquement retentit derrière eux. En se retournant, ils découvrirent une forme imposante, enveloppée d'un manteau d'énergie blanche.

— Qui ose troubler le sanctuaire ? tonna une voix, résonnant tel un écho.

La silhouette se déplaça, dévoilant un être aux traits étrangement humains, cependant sa peau semblait composée de fluorescence solidifiée, et ses yeux ressemblaient à deux soleils.

— Un Veilleur, murmura Sélène, le souffle coupé.

L'apparition les observa un par un, puis son regard s'arrêta sur Cælum.

— Ombre. Tu as survécu.

Cælum hocha la tête, mais il restait méfiant.

— Nous avons besoin de votre assistance.

Le Veilleur éclata d'un rire sarcastique.

— Après tout ce temps ? Les humains ont oublié qui nous sommes. Pourquoi je vous aiderais ?

Sélène fit un pas en avant, sa voix incertaine.

— Parce que les alchimistes n'ont pas oublié. Ils détruisent tout ce que vous avez juré de protéger.

Le Veilleur hésita, sa lumière vacillant un instant.

— Vous portez des charges bien lourdes, mortelle. Mais, si vous êtes dignes… montrez-le-moi.

Sans avertissement, il tendit une main, et la terre sous leurs pieds se mit à trembler. Des noirceurs fuligineuses et des lames de feu surgirent, formant des créatures rugissantes qui se ruèrent sur eux.

— Défendez-vous, ou périssez.

La bataille pour prouver leur valeur venait de commencer.

Les monstres qui jaillirent du sol n'avaient rien de naturel. Leurs formes grotesques, mi-obscurité, mi-flamme, semblaient à peine contenues par les lois de ce monde. Leurs cris éclataient à l'image d'un mélange de métal gratté et de vent sifflant, touchant leurs nerfs avant même qu'elles n'attaquent.

— En formation ! hurla Kael, brandissant son bouclier.

Cælum fut le premier à réagir. Il s'avança calmement, levant une main pour invoquer ses propres ombres. Elles fusèrent telle une marée noire, se tordant et s'enroulant autour des abominations.

— Ces choses ne sont pas réelles, dit-il, sa voix basse, mais ferme. Elles sont faites pour tester notre esprit, pas seulement nos forces.

— Tu veux dire qu'elles ne peuvent pas nous nuire ? demanda Sélène tout en tirant une vague de lumière vers une créature.

— Absolument pas, répondit-il. Elles peuvent tuer.

L'éclair qu'elle avait projeté heurta l'une des bêtes et la fit reculer, néanmoins elle ne disparut pas. Au lieu de cela, elle se réforma, plus grande, plus menaçante.

— Elles apprennent ! cria Ivryn, esquivant de justesse une griffe enflammée.

Kael se jeta sur l'une d'elles, frappant avec une vigueur brutale, son épée mordant profondément dans ce qui ressemblait à un torse. Le monstre explosa en une gerbe d'étincelles, malheureusement deux autres émergèrent immédiatement de l'obscurité.

— On ne peut pas simplement les tuer comme ça, grogna-t-il.

Sélène se concentra, cherchant une approche différente. Son énergie lumineuse n'avait pas suffi, toutefois si ces choses étaient des émanations d'un pouvoir ancien, peut-être qu'ils devaient recourir à autre chose.

— Cælum, tonna-t-elle, peux-tu utiliser ton essence contre elles ?

Il tourna la tête vers la jeune femme, un éclat sombre dans ses prunelles.

— Si je le faisais, cela pourrait les renforcer davantage, murmura-t-il. Mais, je peux essayer quelque chose d'autre.

Cælum souleva ses paumes vers le haut, puis les abattit avec puissance. Une onde d'énergie noire se propagea dans la pièce, engloutissant les créatures dans une obscurité totale. Pendant un moment, tout devint silencieux, comme si le temps lui-même s'était arrêté. Juste après, une clarté apparut au centre des ténèbres, brillant de manière éclatante.

— Frappez la lumière ! ordonna Cælum.

Ils se précipitèrent, combinant leurs forces. Kael, Ivryn et Sélène attaquèrent le halo avec tout ce qu'ils avaient : lame, ombre, rayon. L'onde résultante les projeta en arrière, mais lorsque la poussière retomba, les monstres avaient disparu.

Le Veilleur brillant les observait, son expression indéchiffrable.

— Vous avez survécu, constata-t-il. Mais, ce n'est pas suffisant. Pourquoi luttez-vous ?

— Pour neutraliser les alchimistes, répondit Sélène sans hésitation.

— Faux, répliqua-t-il, sa voix tranchante. Vous résistez pour protéger ceux que vous aimez, pas pour les retenir. Et, c'est cette vérité qui vous rend dignes.

Il descendit lentement du piédestal, ses pas résonnant sur la pierre, chacun semblant soutenir un poids millénaire.

— Vous m'avez prouvé que vous êtes prêts à sacrifier vos vies pour cette cause. Cela mérite mon attention.

Le Veilleur posa une main lumineuse sur le torse de Cælum, et une onde de chaleur traversa la pièce, éclairant les murs de leurs reflets.

— Ombre, tu portes encore le fardeau de notre déclin. Je reconnais ton courage, mais également ta douleur. Je vais vous aider, mais à une condition.

— Laquelle ? demanda Cælum, ses yeux plissés de méfiance.

Le Veilleur contempla Sélène un moment, avant de dévier son regard vers les tierces personnes.

— Vous devrez m'amener aux ruines de Séryos. C'est ici que nous, les Veilleurs, avons fait notre dernier serment. C'est là que je pourrai libérer ce qui reste de mon pouvoir pour vous aider.

Ivryn fronça les sourcils.

— Séryos ? C'est à l'autre bout du continent. Il nous faudra des semaines pour y arriver.

— Et des alliés, ajouta Kael. Nous ne survivrons pas seuls dans ce territoire.

Le Veilleur hocha la tête, un éclat sérieux dans ses pupilles.

— Rencontrez vos partisans. Faites ce qui doit être fait. Mais dépêchez-vous. Les alchimistes sentent déjà ma présence, et ils viendront.

Sélène avança d'un pas, une détermination tremblante dans la voix.

— Vous nous dites de trouver des alliés... Mais, comment pouvez-vous nous aider concrètement ? Nous avons perdu beaucoup en chemin. Nous avons besoin de certitudes.

Il tourna son regard intense vers elle.

— La Pierre alchimique est le cœur de leur pouvoir. Tant qu'elle existe, leur immortalité et leur tyrannie continueront. Mais, elle ne peut être détruite que si au moins trois Veilleurs unissent leurs forces. Je suis le premier. Mais, vous avez déjà un deuxième Veilleur parmi vous.

Tous pivotèrent vers Cælum, qui resta impassible, en dépit du fait que ses ombres frémissent discrètement autour de lui.

— Moi ? dit-il d'un ton mesuré.

— Tu as retrouvé tes fragments, reprit le Veilleur. Ton pouvoir est complet, bien que marqué par les ténèbres. Cela fait de toi l'un des nôtres et ton rôle sera crucial dans cette lutte. Plus nous serons nombreux, plus nos chances de détruire la Pierre seront grandes.

Les membres de l'équipe échangèrent des coups d'œil surpris.

— Et les autres Veilleurs ? s'enquit Kael.

— Je peux vous conduire à deux semblables qui pourraient accepter de se joindre à nous. Mais les localiser demandera de la persévérance et du courage.

— Vous parlez de temps et de risques, grogna Ivryn. Chaque instant perdu joue en leur faveur.

— Et pourtant, c'est la seule voie, rétorqua l'être divin. Mais, je ne vous abandonnerai pas. Je vous accompagnerai jusqu'à Séryos. Ensemble, nous trouverons les autres.

Un silence pesa sur le groupe pendant que chacun assimilait ces paroles.

Sélène sentit alors le regard du Veilleur se poser de nouveau sur elle, cette fois avec une intensité presque palpable. Ses yeux lumineux semblaient la sonder, curieux, de la même façon que s'il cherchait à déceler un secret qu'elle-même ignorait. Il y avait dans cette attention quelque chose de plus profond, d'indéchiffrable. Un mélange de fascination et d'autre chose qu'elle ne parvenait pas à nommer.

Cela la mit mal à l'aise. Elle baissa les paupières, se concentrant sur ses bottes poussiéreuses, cependant elle percevait encore son regard sur elle, telle une chaleur pesante.

Cælum, à ses côtés, remarqua immédiatement la tension qui crispait ses épaules. Ses ombres s'intensifièrent subtilement tandis qu'il s'approchait d'elle, ses doigts s'enroulant sur son bras, possessifs.

— Tout va bien ? murmura-t-il.

— Oui, répondit-elle rapidement, bien qu'un peu trop vite.

Le Veilleur détourna enfin les yeux, mais pas avant d'avoir offert à Cælum un regard chargé de signification. Une atmosphère électrique s'installa entre eux, à l'image d'une force contradictoire entre lumière et ténèbres.

Cælum demeura près de Sélène, ancrant sa présence comme pour rappeler à tous — et surtout au Veilleur — qu'elle n'était pas seule.

Ils quittèrent les Terres Grises avec un but actualisé, mais également une nouvelle urgence. Les alchimistes savaient où ils étaient. Chaque halte devenait un jeu dangereux, chaque ombre une menace.

Le Veilleur lumineux, celui qu'ils désignaient désormais par son nom — Elyas — marchait parmi eux. Il s'était présenté le lendemain de leur départ, sans emphase, comme si son appellation n'avait pas grande importance. Toutefois, depuis, il avait très peu parlé. Ses paroles, rares et mystérieuses, portaient toujours un poids, donnant l'impression de réfléchir à chaque mot avant de le prononcer.

Elyas semblait éprouver une certaine fascination pour Sélène. Dès le début du voyage, il restait systématiquement près d'elle, se positionnant à ses côtés presque instinctivement. Parfois, en se déplaçant, son bras frôlait le sien, ou ses doigts s'attardaient en douceur contre les siens. C'était si subtil que cela aurait pu passer pour un accident... néanmoins, cela arrivait trop souvent pour être fortuit.

Cælum, qui n'avait jamais été particulièrement démonstratif, paraissait à présent incapable de masquer son agacement. Ses ombres vibraient autour de lui à chaque attouchement discret, et il veillait de plus en plus à se tenir proche de Sélène. Son attitude devenait ouvertement possessive, son regard défiant Elyas chaque fois qu'il s'immisçait trop près.

Les heures nocturnes étaient remarquablement tendues. Le froid mordant des Terres Grises s'insinuait dans leurs vêtements, rendant chaque moment de repos inconfortable. Fidèle à son habitude, Sélène se couchait près de Cælum, cherchant la chaleur de son corps et le réconfort de sa proximité.

Toutefois, une nuit, elle se réveilla avec une étrange sensation. Quelqu'un avait perturbé son sommeil. En ouvrant les paupières, elle découvrit Elyas, étendu sur le sol de l'autre côté d'elle, face à elle. Ses yeux étincelants l'observaient avec une intensité troublante, quasi hypnotique.

Sélène sentit son cœur s'emballer. Elle resta immobile, incertaine de ce qu'elle devait faire. Puis, avec une lenteur délibérée,

Elyas leva une main. Ses doigts glissèrent doucement dans ses cheveux, les cajolant comme si chaque mèche avait une valeur inestimable.

Elle voulut s'écarter, le repousser, mais elle était figée, assaillie par un mélange de peur et de confusion. Sa paume s'abaissa timidement sur sa joue, caressant sa peau telle une brise chaude.

— Tu es unique, murmura-t-il enfin, sa voix basse et pratiquement inaudible. Tu portes en toi une lumière que tu ne comprends pas encore.

Sa main continua son chemin, traçant une ligne délicate le long de son cou, lui arrachant un frisson. Elle descendit ensuite sur son bras, avant qu'il ne se redresse instantanément et s'éloigne, s'adossant à un arbre un peu plus à l'écart.

Sélène ne bougea pas, son souffle court et son esprit en tumulte. Elle jeta un coup d'œil à Cælum, endormi contre elle, ses ombres enveloppant son corps à l'image d'une couverture. Une vague de culpabilité l'envahit.

Le lendemain, elle tenta d'agir comme si rien ne s'était produit, pourtant elle ne pouvait ignorer le trouble que lui causait Elyas. Chaque regard qu'il lui lançait semblait plein de sous-entendus qu'elle ne décodait pas. Chaque effleurement, aussi subtil soit-il, permettait à cet événement de revenir hanter sa conscience.

Pour Cælum, le changement ne passait pas inaperçu. Il devenait de plus en plus protecteur, s'interposait systématiquement entre Elyas et elle dès que l'occasion se présentait. Les tensions étaient tangibles, et bien que personne n'en parle à voix haute, un malaise palpable flottait dans l'air.

Pourtant, au fond d'elle-même, Sélène savait qu'elle devait rester concentrée. Leur mission était trop importante pour se laisser distraire par les mystères d'Elyas ou la jalousie de Cælum. Mais cela ne rendait pas les choses plus simples.

À leur retour au *Refuge*, l'atmosphère vibrait d'impatience. Eldrin les attendait, entouré de parchemins, de grimoires, et de fragments d'artefacts éparpillés sur une grande table. Ses traits marquaient l'épuisement, cependant ses yeux pétillaient de curiosité.

— Vous avez trouvé quelque chose ? demanda-t-il d'une voix rauque.

— Plus qu'un « quelque chose », répondit Kael avec un sourire narquois. Nous avons découvert un Veilleur. Et il veut nous aider.

Eldrin se figea, le souffle coupé.

— Un Veilleur ? Vivant ? C'est… c'est incroyable.

— Elyas, dit Cælum en désignant l'homme lumineux à leurs côtés.

Elyas fit une courbette légère, une aura calme et imposante émanant de lui.

— Eldrin, ancien érudit de la Cité des Arcanes, se présenta Eldrin d'un ton agité. C'est un honneur.

— L'honneur sera complet lorsque nous aurons accompli notre tâche, rétorqua Elyas, impassible.

— Et quelle tâche serait-ce ? questionna-t-il, ses doigts tremblant en manipulant un vieux document.

Elyas se tourna vers eux tous, son regard pénétrant.

— La destruction de la Pierre Alchimique, déclara-t-il avec gravité.

Un silence pesant suivit ses paroles.

Elyas posa une main phosphorescente sur la table, projetant une lumière douce qui éclaira les parchemins épars.

— Le Rituel de l'Extinction, précisa-t-il. C'est le seul moyen de briser la Pierre Alchimique. Ce rituel ancien, issu des textes oubliés, ne peut être réalisé que par les Veilleurs.

Eldrin fronça les sourcils, attentif.

— Et qu'exige-t-il ?

— Trois Veilleurs, développa Elyas. Leurs pouvoirs combinés sont nécessaires pour canaliser l'énergie brute de la Pierre sans être consumés.

Il s'interrompit, jetant un coup d'œil à Cælum.

— L'un d'entre eux doit être à pleine puissance. Cælum, en tant que porteur de la stabilité entre ombre et lumière, est l'unique catalyseur capable de focaliser cette énergie destructrice. Mais, pour cela, il doit être entier.

— Entier ? répéta Sélène, inquiète.

Elyas inclina légèrement la tête.

— Cela signifie rompre votre lien, ajouta-t-il d'un ton mesuré, ses yeux se posant sur elle. Votre union psychique, bien que puissante, agit comme un ancrage émotionnel qui limite sa maîtrise totale de son essence.

Sélène blêmit, et Cælum serra les poings, ses ombres tressaillant autour de lui.

— Continue, dit Cælum d'une voix froide.

— Première étape : La Connexion des Veilleurs, expliqua-t-il. Trois Veilleurs doivent former un cercle autour de la Pierre.

Chacun régule un aspect de la magie ancienne. Le premier représente la stabilisation des énergies.

Il fait une pause.

— Le suivant incarne la force de vitalité et l'équilibre, reprit-il en scrutant Sélène. Et Cælum, restauré et complet, agira comme le vecteur indispensable de la destruction.

Eldrin semblait captivé, notant chaque détail.

— Deuxième étape : L'Offrande de Pouvoir. Chaque Veilleur devra sacrifier une part de son essence pour alimenter le rituel. C'est un processus douloureux, risquant de nous affaiblir durablement, voire de nous coûter la vie si la Pierre résiste.

Sélène sentit un frisson glacé parcourir son dos.

— Troisième étape : La Rupture du Lien, poursuivit Elyas, sa voix plus douce cette fois. Cælum devra renoncer à sa connexion avec toi, Sélène. Cela lui permettra d'atteindre sa pleine puissance… mais au prix de perdre une part de ce qui le rend humain.

L'intéressé échangea un regard avec elle, une souffrance muette passant entre eux.

— Enfin, l'Inversion de l'Énergie, conclut Elyas. Une fois les essences combinées, Cælum dirigera une attaque ultime sur la Pierre, retournant le flux d'énergie qui la maintient. Cela provoquera son effondrement de l'intérieur.

La pièce se figea dans un calme inquiétant.

Elyas détourna les yeux pour fixer Eldrin, néanmoins Sélène capta son regard qui glissait sur elle à nouveau, empreint de cette étrange curiosité. Cela la mettait mal à l'aise, et Cælum le remarqua immédiatement. Il se rapprocha d'elle instinctivement, ses ombres l'enveloppant telle une seconde peau protectrice.

— Et toi, Elyas ? demanda Cælum froidement. Tu fais partie de cette cérémonie, n'est-ce pas ?

Elyas hocha la tête, impassible.

— Oui. Mais plus nous serons nombreux, plus nos chances de réussite seront grandes. Nous devons trouver au moins un autre Veilleur avant de tenter le rituel.

Il prit un moment de réflexion.

— Je vous accompagnerai pour vous aider à les localiser.

Cælum adopta une posture fermée, une lueur sinistre dans les prunelles.

— Bien, mais souviens-toi que nous collaborons. Pas de pas de travers.

Elyas esquissa un sourire énigmatique, mais ne répondit pas.

Eldrin intervint, ses yeux brillants d'une résolution renouvelée.

— Alors, nous n'avons pas une seconde à perdre. Nous devons préparer cette célébration et dénicher d'autres Veilleurs.

Tous acquiescèrent, toutefois le poids de ce qui les attendait pesait lourd sur leurs épaules.

Sélène, toujours plongée dans ses pensées, creva la bulle de réflexions qui les enveloppait.

— Et... qu'est-ce qui arrivera quand on détruira la Pierre ? s'enquit-elle, hésitante.

Elyas se tourna lentement vers elle, son expression grave.

— La Pierre Alchimique est le cœur de leur substance, énonça-t-il, ses mots soigneusement choisis. Elle est la source de leur existence éternelle, de leur pouvoir et de leur domination.

Il marqua une pause, scrutant leurs visages pour s'assurer qu'ils comprenaient bien l'importance de ce qu'il allait dire.

— Lorsque la gemme sera anéantie, il n'y aura plus d'énergie pour les maintenir en vie. Leur immortalité prendra fin sur-le-champ.

— Sur-le-champ ? répéta Sélène, troublée.

— Oui, confirma Elyas. Les alchimistes s'effondreront instantanément, réduits à l'état qui aurait dû être le leur sans la Pierre. Certains deviendront des cadavres décrépis, d'autres... ne seront plus que poussière.

La brutalité de cette réponse fit trembler l'assemblée.

— Cela veut dire qu'ils... disparaîtront tous ? interrogea Kael, les sourcils froncés.

— Oui, confirma Elyas. Ce sera une extinction totale et irréversible.

Sélène croisa les bras, réfléchissants aux implications.

— C'est une fin... définitive, murmura-t-elle. Mais, ce n'est pas seulement eux. Leur empire, leur influence, tout ce qu'ils ont bâti... tout ça s'éteindra aussi.

— Exactement, valida Elyas. Ce sera le terme d'une ère, un basculement total de l'équilibre du pouvoir. Mais, cela ne viendra pas sans chaos.

Eldrin, qui avait jusque-là écouté en silence, prit la parole, sa voix chargée d'appréhension.

— Les peuples qu'ils maintiennent sous leur joug, les cités qu'ils dirigent, tout cela sera plongé dans une période de confusion et d'instabilité. Une fois les alchimistes partis, il faudra reconstruire.

— Si on y parvient, répliqua Sélène, toujours sceptique.

Elyas lui lança un regard perçant.

— C'est précisément pourquoi votre combat est essentiel, Sélène. Ce n'est pas uniquement pour exterminer les sorciers. C'est pour préparer un avenir dans lequel leur influence ne planera plus sur le monde.

Elle baissa les paupières, mal à l'aise.

— Et si la Pierre résistait ? s'inquiéta-t-elle après un moment, presque à contrecœur.

Elyas soupira doucement, son regard se durcissant.

— Alors, nous échouerons. Et, ceux qui participeront au rituel... n'en sortiront probablement pas vivants.

Un silence glaçant tomba sur la pièce, chacun assimilant la difficile réalité de son choix à venir. Cælum posa tendrement une main sur la nuque de Sélène, ses ombres flottant légèrement autour d'elle comme pour la protéger.

— On ne peut pas échouer, dit-il simplement, sa voix basse, mais ferme.

Sélène approuva d'un signe discret, pourtant dans son cœur, le doute persistait.

Cælum, qui jusque-là s'était tenu en retrait, serra les poings, son visage sombre.

— Tu oublies quelque chose, Veilleur, lança-t-il d'un ton glacial.

L'attention de tous se focalisa sur lui.

— Ce lien que tu veux que je brise... un alchimiste nous a dit ce que cela signifiait. Ce n'est pas juste une perte de pouvoir. Si je romps cette connexion avec Sélène, cela nous tuera tous les deux.

Sélène écarquilla les yeux, ses mains se crispant sur le bord de la table.

Cælum hocha la tête, son regard brûlant d'émotion.

— Le lien entre nous est bien plus qu'un simple ancrage. Il fait partie de ce que nous sommes. Si je le détruis, ni toi ni moi n'y survivrons. Et, si je meurs, il n'y aura pas de rituel. Pas d'élimination de la Pierre. Rien.

Un silence tendu s'installa. Elyas resta impassible, toutefois ses pupilles s'attardèrent un peu trop sur Sélène, et ce fut la goutte de trop pour Cælum.

— À moins, reprit Elyas, imperturbable, qu'une nouvelle connexion ne soit créée.

— Quoi ? s'étrangla la jeune femme.

Elyas tourna son visage lumineux vers elle, ses yeux brillants d'une intensité troublante.

— Si tu formes un lien avec un autre Veilleur, la rupture avec Cælum pourrait être compensée. Cela permettra de préserver ta vie et de libérer Cælum pour qu'il puisse accomplir son rôle dans le rituel.

Un cri furieux transperça le silence.

— *Jamais !* hurla Cælum.

En une fraction de seconde, il se jeta sur Elyas, ses ombres explosant autour de lui dans une manifestation de rage pure. Elyas, bien qu'immobile, fut entouré d'un éclat de lumière éblouissant, les deux puissances se heurtant dans une onde de choc qui fit reculer tout le monde.

— Tu n'as pas le droit de proposer ça ! vociféra Cælum, son expression déformée par la fureur.

Elyas ne broncha pas, ses traits calmes contrastant avec la violence de Cælum.

— Je vous montre seulement une solution, répondit-il d'un ton égal. La décision appartient à vous deux.

Sélène s'interposa, posant une main sur le torse de Cælum, ses propres pouvoirs crépitant faiblement sous la tension.

— Arrête, Cælum ! Ça ne sert à rien de se battre entre nous !

— Il veut te prendre, cracha Cælum, son regard fou de colère. Il espère te lier à lui !

Elle sentit son cœur se serrer, cependant elle ne découragea pas.

— Ce n'est pas ce que je souhaite, déclara-t-elle doucement, connectant ses pupilles à celles de Cælum. C'est toi que je désire. Toujours toi.

Cælum ferma les paupières un instant, ses ombres virevoltant autour de lui avant de se rétracter lentement. Il s'éloigna à contre-cœur, néanmoins ses yeux restèrent rivés sur Elyas, une menace muette dans ses prunelles.

— Suggère encore une fois de la toucher, et je te détruis, Veilleur, gronda-t-il.

Elyas se contenta d'incliner la tête, impassible.

Sélène soupira, la pression dans l'air encore palpable.

— On parlera de ça plus tard, dit-elle enfin, sa voix tremblante, mais résolue. Pour le moment, nous avons une guerre à mener.

Tous acquiescèrent, mais chacun savait que cette conversation était loin d'être terminée.

CHAPITRE 15

Sélène resserra son châle autour de ses épaules et descendit les escaliers creusés dans la roche. Le *Refuge*, avec ses souterrains complexes, rappelait une fourmilière dans laquelle la vie grouillait dans chaque recoin. Les maisons sculptées dans les parois, petites et rondes, dégageaient une chaleur inhabituelle pour un lieu aussi profondément enfoui sous terre. Des faisceaux vacillants, alimentés par des cristaux luminescents, éclairaient les chemins sinueux. De modestes ponts suspendus, tissés de cordes épaisses et de planches, reposaient sur des plateformes surplombant des crevasses insondables. Dès qu'elle empruntait l'une de ces passerelles, Sélène retenait son souffle, toujours impressionnée par l'ingéniosité des habitants du *Refuge*.

La source chaude était située à l'écart, dans une cavité naturelle protégée par des formations rocheuses imposantes. Sélène espérait, comme à chaque fois, y être seule. Quand elle poussa la porte de bois qui menait à la grotte, elle constata avec soulagement que personne ne s'y trouvait.

Le réservoir d'eau cristalline, noyé d'une vapeur douce, semblait l'attendre. La lumière diffuse des gemmes naturelles, enchâssées dans la paroi, baignait la pièce d'une lueur tamisée. Elle retira ses vêtements, gardant juste sa culotte, avant de glisser lentement dans l'écume. La chaleur l'enveloppa immédiatement, dénouant ses muscles tendus. Elle ferma les paupières, s'appuya contre une pierre plate qui bordait le bassin, et laissa échapper un soupir de plaisir.

Cependant, ses réflexions ne tardèrent pas à la ramener à la réalité.

Les paroles d'Elyas tournaient en boucle dans sa tête. Le lien. Cette connexion qu'elle partageait avec Cælum. Elle posa une main sur son cœur, comme si cela pouvait calmer le tumulte en elle. Rompre cet attachement... Cela impliquait bien plus qu'une simple séparation. Elle percevait la présence de Cælum dans son esprit depuis si longtemps qu'elle ne savait plus comment vivre autrement. Leurs émotions se mélangeaient parfois, leurs pensées se frôlaient dans une intimité indescriptible.

Et, s'il provoquait un vide ? Un gouffre qu'elle ne pourrait jamais combler ?

Elyas avait parlé d'un nouveau lien. Avec lui. Cette proposition la terrifiait autant qu'elle la troublait. Sélène savait qu'elle finirait par accepter, parce que c'était ce qu'il fallait faire pour détruire les alchimistes. Elle avait fait le serment de ne reculer sous aucun prétexte devant ce genre de choix, même si cela signifiait sacrifier une fraction de son bonheur. Mais à quel prix ?

Elle ouvrit les yeux et fixa la surface miroitante de l'eau, comme si elle cherchait des réponses dans ses reflets ondoyants. Que deviendrait Cælum ? Elyas avait insinué qu'il pourrait perdre sa part d'humanité. Cela voulait-il dire qu'il serait réduit à une coquille vide, incapable de chérir, de ressentir ? Elle crispa les mâchoires, le cœur serré à cette idée.

Et puis, il y avait Elyas lui-même.

Sélène toucha doucement l'eau, regardant les cercles s'étendre autour de ses doigts. Il y avait quelque chose d'indéfinissable chez lui. Ce n'était pas de l'amour, non. Avec Cælum, elle savait où elle en était. Ce qu'elle éprouvait pour lui était clair, brûlant, indéniable. Mais Elyas... Sa lumière l'attirait, presque contre sa volonté. Une curiosité étrange, une fascination qu'elle n'arrivait pas à expliquer.

Elle frissonna malgré la chaleur de l'eau.

L'éventualité qu'Elyas pouvait lire en elle, sentir chaque émotion qu'elle s'efforçait parfois de masquer, l'angoissait. Comment supporterait-elle cette intrusion constante ? Et, pire encore, que ressentirait-elle si elle déchiffrait ses sentiments à lui ?

Elle passa une main sur son visage et poussa un long soupir.

Tout était si compliqué. Une part d'elle voulait fuir cette responsabilité, partir loin avec Cælum et tout oublier. Néanmoins, elle avait conscience que ce n'était pas une option. Elle s'était promis de lutter pour ceux qui n'en étaient pas capables.

Les pensées tourbillonnaient dans son esprit alors qu'elle s'enfonçait un peu plus dans l'eau, s'efforçant d'apaiser son tumulte intérieur. Mais, la lueur diffuse des cristaux semblait danser autour d'elle, à l'instar d'un écho de ce qu'elle ne voulait pas admettre : elle était irrémédiablement liée à Elyas, d'une manière ou d'une autre, et cette réalité changeait tout.

Sélène sursauta en discernant un bruit derrière elle, un léger grincement, telle une pierre qui roule. Son cœur s'emballa, et elle se retourna brusquement. Ses yeux s'écarquillèrent quand elle aperçut Elyas, immobile, debout à l'entrée de la grotte.

Il la scrutait en silence, ses iris perçants brillants d'une intensité troublante dans la lumière tamisée. Sélène se figea, ses bras se croisant instinctivement sur sa poitrine, même si elle était déjà dissimulée par l'eau. L'air lui parut soudain plus lourd, chaque gouttelette de vapeur plus oppressante que réconfortante.

Elyas ne disait rien. Il avançait lentement, ses pas résonnant contre la roche. Puis, sans crier gare, il commença à se dévêtir.

D'abord, sa tunique, qu'il retira d'un geste fluide, révélant son torse sculpté et tatoué de motifs luminescents qui pulsaient faiblement. Ensuite ses bottes, qu'il défit avec une nonchalance presque étudiée. Sélène regarda ailleurs avec embarras, rougissant violemment. Elle l'entendit néanmoins déboucler sa ceinture et laisser tomber son pantalon sur le sol.

Elle risqua un coup d'œil furtif, et ses joues s'empourprèrent davantage lorsqu'elle comprit qu'il était complètement nu. Debout, sans gêne, il évoquait une illusion tangible, de la même façon que s'il appartenait à une autre dimension, une créature de lumière incarnée dans la chair.

Sélène se détourna vivement, fixant obstinément la surface de l'eau qui ondoyait autour d'elle. Elle distingua Elyas descendre sans hâte dans le bassin. Le bruit du liquide qui éclaboussait accompagna chacun de ses mouvements.

Elle sentit sa présence avant qu'il ne s'approche. Une étrange chaleur irradiait de lui, ou peut-être était-ce son propre corps qui réagissait à cette proximité. Son cœur tambourinait dans sa poitrine, et elle lutta pour reprendre haleine.

Elyas s'arrêta à un mètre d'elle, son regard planté dans le sien. Ce silence pesant, cette tension qui semblait s'étirer indéfiniment... Sélène ne savait plus quoi faire. Devait-elle parler ? S'enfuir ? Lui demander de s'écarter ?

Mais, avant qu'elle ne prenne une décision, il avança encore, si près que l'eau entre eux donnait l'impression de ne plus exister. Sa cage thoracique n'était qu'à quelques millimètres de son torse, et elle percevait pratiquement la température de sa peau à travers les flots.

Elyas se pencha doucement, son souffle effleurant son oreille.

— Tu es fascinante, murmura-t-il, sa voix veloutée et vibrante d'une intensité qui fit frissonner Sélène jusqu'à la moelle.

Une chaleur diffuse se propagea dans son ventre. Elle haleta légèrement, incapable de bouger, incapable même de penser clairement. Sa tête tournait, et elle ne parvenait plus à distinguer la frontière entre l'inconfort et l'attirance.

Puis, aussi brusquement qu'il s'était approché, Elyas recula. Il s'éloigna d'elle dans l'eau et se mit à nager lentement, comme si rien ne s'était passé.

Sélène resta paralysée un instant, les joues brûlantes, le cœur battant à tout rompre. Elle se sentit à la fois soulagée et profondément déçue.

Elle resserra ses bras autour de son buste et leva la voix, tentant de masquer le tremblement qui y persistait.

— À quoi est-ce que tu joues ? questionna-t-elle, une pointe de colère dans le ton, mais surtout une confusion qu'elle n'arrivait pas à réprimer.

Elyas s'immobilisa sans se retourner immédiatement. Lorsqu'il le fit, un sourire quasi imperceptible étira sa bouche, toutefois ses yeux, eux, demeuraient insondables.

— Je ne joue pas, déclara-t-il simplement, sa voix basse résonnant dans l'espace clos.

Sans transition, il dévia son attention et se remit à nager, laissant entendre que cette réponse suffisait.

Sélène se mordit la lèvre, frustrée et troublée à parts égales. Elle aurait voulu qu'il dise plus… ou qu'il dise moins.

Elle emplit ses poumons d'air frais pour calmer ses pulsations cardiaques chaotiques. Elle observa Elyas fendre la surface tranquillement, son attitude toujours aussi énigmatique. Hésitant, elle rassembla son courage et rompit le silence.

— Ce que tu as dit, tout à l'heure, à propos de briser le lien entre Cælum et moi… Comment faut-il s'y prendre exactement ?

Elyas ralentit ses mouvements, puis s'arrêta, debout dans l'eau qui lui arrivait à la taille. Il la fixa de ce regard qui semblait perpétuellement scruter plus loin que ce qu'elle était prête à offrir.

— C'est un processus complexe, dit-il après un moment. Il ne peut être accompli que si nous sommes tous les trois ensemble : toi, Cælum, et moi.

Il se rapprocha doucement, et Sélène recula instinctivement, mais elle se heurta à la paroi rocheuse derrière elle. Elyas fit halte à une distance respectable, cependant elle captait toujours sa présence pesante, électrisante.

— Le rituel nécessite une synchronisation parfaite entre nos énergies, continua-t-il d'un ton neutre. Je dois établir une connexion avec toi pendant que Cælum coupe celui qu'il a avec toi. Cela exige une proximité extrême, un alignement total entre nos essences.

Une vague de malaise l'envahit, pourtant elle ne détourna pas le regard.

— Que veux-tu dire par « proximité extrême » ? s'enquit-elle d'une voix moins assurée qu'elle ne l'aurait souhaité.

Elyas esquissa un sourire léger, presque insaisissable.

— Nos esprits doivent s'entrelacer, nos âmes se connecter. Cela demande un échange d'énergie… intime.

Le mot flotta dans l'air telle une menace douce, mais tangible. Sélène fronça les sourcils, comprenant immédiatement à quel point cela ne plairait pas à Cælum.

— Cælum ne sera jamais d'accord pour ça, souffla-t-elle, plus pour elle-même que pour lui.

Elyas avança d'un pas dans l'eau, comblant l'espace entre eux.

— Peut-être pas, admit-il. Mais, si c'est la seule solution pour sauver ce monde, il devra l'accepter. Et, toi aussi.

Sélène déglutit avec difficulté, mal à l'aise sous ses yeux pénétrants. Néanmoins, avant qu'elle ne puisse répondre, Elyas leva lentement une main, effleurant une mèche humide qui collait à son visage.

— Tu es bien plus forte que tu ne le crois, murmura-t-il, sa voix douce et envoûtante. Et bien plus fascinante que tu ne veux l'admettre.

Ses doigts glissèrent le long de sa joue, descendant jusqu'à son bras. Sélène resta immobile, partagée entre la surprise, l'intimidation, et une étrange sensation qui la troublait profondément.

Mais soudain, comme si un voile se dissipait dans son cerveau, elle retrouva sa lucidité. Elle recula brusquement, éclaboussant l'eau autour d'eux, et rompit le contact visuel.

— Je… Je dois partir, balbutia-t-elle, son ton fébrile.

Sans attendre de réponse, elle se hissa hors du bassin, attrapant sa serviette pour s'enrouler dedans en vitesse. Elle sentait encore les yeux d'Elyas sur elle, mais elle ne se retourna pas.

Tremblante et confuse, elle quitta la grotte, ses pensées ressemblant à un chaos de culpabilité, d'appréhension et d'émotions qu'elle ne voulait pas nommer.

La nécessité cruciale de bâtir des coalitions hantait les rebelles depuis leur arrivée au *Refuge*. Seryos était loin et traverser des territoires hostiles avec un Veilleur vulnérable exigeait une force bien plus grande que la petite bande qu'ils formaient. Lors d'une réunion autour de la vaste table, chacun proposa des pistes.

Eldrin, penché sur un parchemin annoté, lança une première idée :

— Il y a les clans nomades des Plaines Rougeoyantes, à l'est. Ils ne supportent pas les alchimistes, car leurs terres ont été ravagées par leurs expériences. Si nous parvenons à les convaincre, ils pourraient nous apporter des combattants agiles et déterminés.

Kael fronça les sourcils.

— Les itinérants sont imprévisibles. Ils n'aident personne sans recevoir quelque chose en retour. Qu'est-ce qu'on peut leur offrir ?

Eldrin haussa les épaules.

— La promesse de débarrasser leur territoire des sorciers devrait suffire.

— Pas sûr qu'un serment suffise, remarqua Ivryn. Ils ont besoin de preuves, pas de paroles.

Jusque-là silencieuse, Sélène intervint :

— Et les Sanctuaires cachés des anciennes guildes ? J'ai entendu parler d'un ordre dissident d'alchimistes. Ils se font appeler les « Hérauts d'Aether ». Apparemment, ils ont rejeté la corruption du grand conseil des sorciers.

Cælum la fixa, ses yeux perçants similaires à deux fragments de soleil.

— Si ces Hérauts existent vraiment, ils pourraient être des alliés précieux. Mais, les tyrans traquent leurs dissidents sans relâche. Les trouver ne sera pas facile.

Eldrin hocha la tête.

— Les archives que j'ai récupérées dans la cité oubliée mentionnent un réseau secret à travers les montagnes d'Obsidienne. Ce serait un point de départ.

Kael tapota la table de ses doigts, réfléchissant sur une autre piste.

— Et les royaumes libres du nord ? Ils ont résisté aux tyrans jusqu'à présent. Si nous leur montrons que leur souveraineté est menacée, ils pourraient être prêts à lutter à nos côtés.

— Les royaumes libres ? renifla Ivryn. Ils se battent entre eux autant qu'ils combattent les alchimistes. Obtenir leur coopération sera un défi quasi impossible.

Sélène se redressa.

— Alors, il faudra diviser nos efforts. Certains iront chercher les clans nomades, d'autres exploreront les montagnes d'Obsidienne.

Un silence pesant tomba sur la pièce. Finalement, Cælum acquiesça.

— C'est risqué, mais nous n'avons pas le choix. Chaque jour que nous passons ici permet aux sorciers de renforcer leur pouvoir. Nous devons agir vite.

Le groupe décida de se scinder en trois équipes.

La séparation n'était pas envisageable. La malédiction qui liait Sélène à Cælum rendait toute tentative d'éloignement insupportable. Cependant, cette fois, la perspective de partir ensemble fut accueillie avec un sentiment bien différent.

— Je viens avec toi, déclara Sélène fermement à Cælum.

Il répondit par un sourire rare, presque satisfait.

— Évidemment, dit-il, sans une seconde d'hésitation.

Peut-être comprenait-il que l'idée même de s'éloigner était intenable, pourtant Sélène sentit qu'il y avait autre chose. Un soupçon de soulagement dans ses prunelles, comme s'il se réjouissait de cette opportunité de l'avoir à ses côtés, à l'écart des autres, et surtout à mille lieues d'Elyas.

Elle-même ne pouvait pas s'empêcher de partager cette satisfaction. La pensée de quitter le *Refuge*, et en outre Elyas, l'apaisa d'une manière qu'elle n'aurait pas su expliquer. Ses regards insistants, sa lumière déroutante... tout cela avait commencé à l'opprimer.

Lorsque le plan fut organisé, Kael et Ivryn prirent la route des Plaines Rougeoyantes pour trouver les nomades, tandis que Cælum et Sélène partirent vers les montagnes d'Obsidienne pour chercher les Hérauts d'Aether. Eldrin, fidèle à lui-même, resta au quartier général, jurant de leur apporter des nouvelles de son agent infiltré chez les alchimistes.

Cælum jeta un coup d'œil à sa compagne alors qu'ils laissaient derrière eux la ville souterraine.

— Les montagnes d'Obsidienne, hein ? Ça devrait être intéressant.

Sélène arqua un sourcil.

— Tu as l'air très enthousiaste pour une mission dangereuse.

— Peut-être, répondit-il en haussant les épaules. Ou peut-être que je suis juste content d'avoir une bonne raison de t'emmener loin d'ici.

Ses mots la troublèrent, mais elle n'ajouta rien. Car, au fond, elle était tout aussi heureuse de cette expédition. Loin de la présence d'Elyas. Loin des tensions du *Refuge*. Loin de tout, juste pour un temps.

Le froid des montagnes mordait jusqu'à l'os. Chaque foulée sur les sentiers escarpés semblait vouloir les projeter dans le vide. Le vent sifflait entre les arbres, un hurlement constant qui faisait penser à un avertissement.

— Pourquoi faut-il que les lieux importants soient toujours les plus hostiles ? marmonna Sélène en grimpant sur un rocher instable.

Cælum, qui marchait devant elle, se retourna légèrement.

— Parce que les endroits faciles à atteindre sont souvent les premiers à tomber.

Son ton était calme, presque distant. Depuis qu'il avait récupéré ses fragments, une partie de lui paraissait s'être éloignée. Pourtant, elle sentait toujours ce lien intangible entre eux, une force vive et brûlante qui pulsait dans sa poitrine dès qu'elle s'approchait de lui... ou qu'elle s'écartait trop.

— Tout va bien ? demanda-t-il, remarquant son hésitation.

Elle hocha la tête, chassant ses pensées.

— Oui, continue.

Ils progressaient lentement. Les paysages des reliefs d'Obsidienne étaient austères, quasi irréels. Les roches noires étincelaient sous une lumière blafarde, et de larges crevasses zébraient le sol, dévoilant des profondeurs insondables. Parfois, une brume épaisse montait sans prévention, les enveloppant dans un silence oppressant.

À un moment, ils atteignirent un col en haut lequel le vent était si violent que chaque pas était un combat. Sélène perdit l'équilibre, glissant sur la pierre glacée. Avant qu'elle ne tombe, une main ferme saisit son bras.

— Fais attention, dit Cælum.

Elle s'accrocha à lui, sa respiration saccadée.

— Merci.

Il ne répondit pas, cependant son regard resta sur elle une seconde de plus que nécessaire, comme s'il voulait s'assurer qu'elle était vraiment en sécurité avant de la lâcher.

Les nuits, en revanche, étaient différentes. Une fois le camp installé, le froid pénétrant et l'immensité des montagnes les forçaient à se blottir l'un contre l'autre. La toile de la tente se révélait être bien fine face aux bourrasques, mais sous la couverture qu'ils partageaient, la température augmentait entre eux.

C'était dans ces moments-là qu'ils retrouvaient l'intimité qui leur avait échappé ces derniers temps. Cælum lui faisait l'amour avec une passion désespérée, on aurait dit qu'il sentait que bientôt rien ne serait plus pareil. Ses gestes étaient intenses, presque fébriles, mêlant tendresse et une sorte d'urgence qu'elle n'avait jamais perçue auparavant. Sélène se laissait emporter, réagissant à cette ardeur avec une douceur qui voulait apaiser ses tourments.

Après ce moment privilégié, il restait silencieux, néanmoins elle voyait dans ses yeux des questions qu'il ne posait pas. Ses mains, par contre, continuaient de la chercher, traçant des lignes invisibles sur sa peau, comme s'il souhaitait graver son souvenir.

Elle aurait désiré lui demander ce qu'il ressentait, ce qu'il pensait, mais les mots demeuraient coincés dans sa gorge. Alors, elle se contentait de le tenir contre elle, espérant que cela suffirait à combler le vide qui grandissait entre eux malgré leur proximité.

Chaque heure les poussait vers leur objectif et chaque nuit leur rappelait ce qu'ils risquaient de perdre.

Après plusieurs jours d'un voyage exténuant, ils parvinrent enfin à leur destination : une cascade gelée, ses eaux figées dans un instant éternel, masquant l'entrée d'une caverne.

— C'est là, observa la jeune femme, apercevant la lumière vacillante qui filtrait à travers les cristaux de glace.

Cælum hocha la tête et s'avança sans hésitation. Le froid s'intensifiait à mesure qu'ils approchaient. En passant derrière le rideau transparent, un frisson la parcourut. L'air à l'intérieur était humide, et la lueur instable provenait de torches rudimentaires plantées dans les parois.

Ils cheminèrent lentement. Une tension palpable emplissait l'atmosphère, évoquant un sanctuaire interdit. Finalement, des voix s'élevèrent, et plusieurs silhouettes émergèrent des ombres.

Ils étaient six, habillés de vêtements rapiécés, leurs visages marqués par des années de fuite et de peur. L'un d'eux, un vieil homme au regard acéré, les fixa avec suspicion.

— Qui êtes-vous, et que faites-vous ici ? interrogea-t-il d'un timbre rauque.

Avant que Cælum ne puisse répondre, Sélène prit la parole.

— Nous sommes venus chercher des alliés. Nous luttons contre les alchimistes, et nous avons besoin de votre aide.

Un silence tendu s'installa. Les Hérauts échangèrent des coups d'œil, méfiants.

— Et pourquoi devrions-nous vous faire confiance ? s'enquit une femme plus jeune, sa main posée sur la garde d'un couteau à sa ceinture.

Cælum fit un pas en avant, et l'atmosphère changea instantanément. La puissance qu'il dégageait était évidente, comme si l'air autour de lui vibrait sous son aura.

— Parce que nous avons un ennemi commun, déclara-t-il, sa voix résonnant dans la cavité naturelle. Et, parce que si vous refusez, votre lutte sera vaine.

Le doyen plissa les yeux, scrutant Cælum avec une intensité troublante.

— Vous n'êtes pas un individu ordinaire, observa-t-il.

Cælum ne répondit pas, toutefois il n'avait pas besoin de le faire. Sa simple présence suffisait à convaincre quiconque de son importance.

Après un long moment, le vieil homme leva une main pour apaiser ses compagnons.

— Très bien, dit-il. Parlez. Mais, sachez que si vos intentions sont fausses, vous ne quitterez pas cet endroit vivant.

Les Hérauts leur offrirent un espace pour passer la nuit dans l'une des grottes. Cælum et Sélène partageaient une alcôve, une mesure rendue nécessaire par leur lien. La jeune femme s'installa sur un tapis grossier, les prunelles fixées sur le flamboiement d'une torche.

— Tu crois qu'ils vont nous aider ? demanda-t-elle à voix basse.

Cælum, assis en tailleur, hésita avant de prendre la parole.

— Ils n'ont pas vraiment le choix, murmura-t-il finalement.

Elle soupira, épuisée, pourtant incapable de trouver le sommeil.

— Ce lien entre nous… commença-t-elle. Il nous a sauvés plusieurs fois, mais à certains moments, j'ai l'impression qu'il te pèse.

Il tourna la tête vers elle, ses yeux dorés et insondables.

— Ce n'est pas toi qui me pèses, Sélène. C'est ce que je suis devenu.

Ses propos étaient lourds de signification, mais avant qu'elle puisse répondre, une voix les appela depuis le couloir.

— Le vieux veut vous parler.

Ils se levèrent, jetant un dernier coup d'œil à leur réduit privé avant de suivre le messager. Peut-être, enfin, obtiendraient-ils les alliés dont ils avaient désespérément besoin.

Dans la salle principale de la caverne, les six Hérauts les attendaient, rassemblés autour d'un feu vacillant. La lumière projetait des ombres déformées sur les parois, donnant à la scène une atmosphère irréelle. L'aîné, qui semblait être leur chef, se tenait au centre, appuyé sur une longue canne gravée de runes anciennes.

— Vous dites vouloir notre aide, reprit-il, sa voix éraillée résonnant dans la cavité. Mais avez-vous conscience de ce que cela implique ?

Il les scruta l'un après l'autre, ses yeux perçants les sondant jusqu'à leur âme.

— Nous savons que les alchimistes ne tomberont pas sans résistance, répliqua Cælum d'un ton égal. Cependant, nous avons un plan.

— Un plan ? Le vieux haussa un sourcil, sceptique. Combien avant vous sont venus avec des *plans* ? Combien ont fini broyés par les sorciers ou pires, transformés en marionnettes ?

Une femme à sa droite, plus jeune, mais tout aussi sévère, intervint.

— Nous avons survécu en nous cachant. Aider quelqu'un, c'est nous exposer. Pourquoi devrions-nous risquer cela ?

Sélène prit une inspiration, sentant le poids de leurs regards.

— Parce que rester dissimulé ne suffira pas, contra-t-elle avec ferveur. Ils finiront par vous découvrir. Ils trouvent toujours tout le monde. Si nous unissons nos forces maintenant, nous avons une chance. Mais, si vous attendez, vous serez isolés lorsque leur attention se tournera vers vous.

Un silence tendu s'installa seulement troublé par le crépitement du feu.

— Vous parlez avec conviction, remarqua la femme. Néanmoins, les paroles ne suffisent pas. Nous avons besoin de preuves que vous pouvez tenir tête à ces monstres.

Cælum, jusqu'ici en retrait, avança d'un pas.

— Vous voulez des preuves ? Très bien.

Il tendit une main, et l'air autour de lui sembla se charger d'énergie. Une ombre dense jaillit de sa paume, prenant la forme d'une lame noire. Elle pulsa une fois, puis se dispersa dans un souffle.

Les Hérauts reculèrent instinctivement, l'homme âgé fronçant les sourcils.
— Un pouvoir ancien, devina-t-il. Vous n'êtes pas humain.
— Non, confirma Cælum. Mais, je me bats pour eux. Pour nous tous.
Un murmure agité parcourut les Hérauts. Finalement, le vieillard leva une main pour faire taire ses compagnons.
— Très bien, dit-il d'une voix grave. Nous vous suivrons. Mais, sachez une chose : si vous échouez, vos vies seront les premières à payer le prix de votre imprudence.
Plus tard, alors que les Hérauts s'étaient retirés pour préparer leurs affaires, Sélène resta assise près du foyer, le regard perdu dans les flammes. Cælum était silencieux à ses côtés, ses traits figés dans une expression indéchiffrable.
— Tu n'as rien dit après la façon dont il t'a appelé, lâcha-t-elle.
— Un pouvoir ancien ? répondit-il avec un léger sourire. Ce n'est pas la pire chose qu'on m'ait lancée.
Elle secoua la tête.
— Ce n'est pas ça. Il t'a traité comme quelque chose... d'autre. Comme si tu n'étais pas des nôtres.
Cælum contempla l'obscurité au-delà des langues de feu.
— Peut-être qu'il a raison.
— Ne dis pas ça.
Il inclina son visage vers elle, ses yeux étincelants croisant les siens.
— Et si c'était vrai, Sélène ? Et, si je n'étais plus véritablement comme vous ?

Elle se rapprocha spontanément, sentant ce lien invisible qui brûlait entre eux.

— Tu es différent, oui. Mais, tu es aussi toi. Tu es celui qui m'a sauvée, qui m'a protégée. Et, tu es celui qui a choisi de se battre pour ce monde, malgré tout.

Un calme s'étira entre eux, chargé d'émotions que ni lui ni elle ne savaient réellement exprimer.

— Merci, souffla-t-il après une longue pause.

Ils demeurèrent là, près du feu, jusqu'à ce que la flambée ne soit plus qu'un souvenir rougeoyant.

Le lendemain matin, ils quittèrent les montagnes d'Obsidienne avec une petite troupe de Hérauts à leurs côtés. Leur chef, qu'ils avaient appris à appeler Mael, ouvrait la marche, sa canne résonnant sur la pierre. La femme qui avait douté de leur détermination, Ryn, restait en arrière, jetant des coups d'œil méfiants à Cælum.

Le paysage donnait l'impression d'être moins hostile au retour, comme si le poids de leur réussite rendait l'ascension moins ardue. Pourtant, une part de Sélène ne pouvait s'empêcher de se maintenir sur ses gardes.

— Ils ne nous font pas entièrement confiance, murmura-t-elle à Cælum alors qu'ils descendaient un sentier étroit.

— Ils n'ont aucune raison de le faire, répliqua-t-il. Pas encore.

Elle soupira, espérant que le temps leur permettrait de gagner leur loyauté.

Sélène marchait d'un pas plus léger, le souffle des montagnes glaciales lui paraissait moins oppressant qu'auparavant. Pour la première fois depuis des mois, elle ressentait autre chose que la fatigue ou l'incertitude. L'idée d'être sur le point d'atteindre leur but, de voir leurs efforts converger vers une solution tangible, insufflait en elle une énergie nouvelle.

Depuis leur rencontre avec le Veilleur, les pièces éparpillées du puzzle semblaient enfin s'assembler. Le Rituel de l'Extinction, bien qu'effrayant, était la réponse qu'ils avaient tant cherchée. La destruction de la Pierre Alchimique serait une fin définitive à la domination des alchimistes, et à la souffrance qu'ils infligeaient. Ce savoir donnait à leurs sacrifices un sens qu'elle avait souvent désespéré de trouver.

Elle observa Cælum, cheminant devant elle, son pas déterminé malgré la rudesse du terrain. Lui aussi avait l'air habité par cette nouvelle conviction, même si une ombre continuait de voiler son regard. Peut-être était-ce la conscience du prix qu'ils auraient à payer pour parvenir à leurs fins. Néanmoins, pour Sélène, cet objectif justifiait tout.

Enfin, elle osait imaginer un monde libéré de la peur, un monde dans lequel les peuples ne seraient plus asservis par la soif de pouvoir des alchimistes. Elle se surprit à rêver de terres fertiles, de rires d'enfants, et d'un avenir dans lequel elle pourrait simplement vivre, libre et en paix. Avec Cælum.

Cette perspective la réchauffait autant qu'elle la terrifiait. Tant d'inconnues troublantes subsistaient : leur connexion à rompre, les sacrifices à venir, les obstacles qu'ils devraient affronter pour réunir les Veilleurs. Pourtant, ces doutes n'étaient plus paralysants. Ils faisaient partie de la voie qu'ils avaient choisie, et dans un élan sans précédent, ce chemin se révélait fluide, éclairé par la lumière vacillante, mais persistante de l'espoir.

Chaque pas dans les montagnes d'Obsidienne la menait un peu plus vers ce futur, un avenir radieux pour lequel ils s'étaient battus, avaient souffert, et survécu. Et, si le voile de l'incertitude planait encore, il n'était plus seul : il portait avec lui la promesse d'une victoire qui, désormais, ne semblait plus impossible.

La traversée des chaînes montagneuses d'Obsidienne s'acheva sans encombre, cependant, à mesure qu'ils progressaient vers les plaines, une agitation palpable s'installait dans la troupe. Les Hérauts, bien que discrets, échangeaient des murmures à voix basse, leurs regards tantôt suspects, tantôt curieux, se posant sur Cælum.

Pour sa part, Sélène sentait toujours ce lien brûlant entre lui et elle, comme un fil tendu qui les empêchait de s'écarter l'un de l'autre. De temps en temps, elle le surprenait à avancer un peu trop loin, et la douleur lancinante qui irradiait dans sa poitrine la forçait à accélérer pour le rattraper.

— Tu fais exprès, souffla-t-elle après une énième fois.

Cælum tourna la tête, un sourire vaguement amusé sur les lèvres.

— Peut-être. Ou peut-être que je teste ta détermination.

— Ce n'est pas le moment, rétorqua-t-elle, exaspérée.

Il ralentit légèrement, marchant à ses côtés à un rythme plus calme.

Ils atteignirent une petite bourgade en bordure des champs ouverts, un site poussiéreux au sein duquel les maisons tenaient par un équilibre précaire. L'arrivée d'un groupe aussi disparate que le leur attira immédiatement l'attention des habitants.

Un vieil homme s'approcha, ses vêtements usés et son visage buriné par le soleil trahissant une vie de dur labeur.

— Vous êtes des voyageurs ? demanda-t-il d'une voix rauque.

— Et peut-être plus que ça, répondit Mael en avançant. Nous avons besoin de provisions et d'un endroit où passer la nuit.

L'individu plissa les yeux, jetant un regard méfiant à leurs armes et à leurs cuirasses.

— Ce n'est pas gratuit, prévint-il.

— Nous avons de quoi payer, intervint Ryn, sortant une bourse de son sac.

Après quelques négociations, ils furent conduits dans une grange vétuste reconvertie en dortoir. L'intérieur sentait le foin et la poussière, mais c'était mieux que de coucher dehors.

— Pas un mot, à personne, sur ce que vous avez vu, dit Ryn au vieillard avant qu'il ne parte.

Sélène s'installa dans un coin de l'abri, observant les autres alors qu'ils se préparaient pour la nuit. Mael parlait à voix basse avec Cælum, probablement de stratégie, tandis que Ryn nettoyait soigneusement sa lame.

Trudi, une femme d'une trentaine d'années, faisant partie du clan des Hérauts, prit place près de la magicienne, arborant un sourire épuisé, mais sincère.

— Ça fait du bien de voir un lieu encore intact, constata-t-elle.

— Intact, peut-être. Mais ils ont peur, rétorqua Sélène. Et, avec raison.

Trudi hocha la tête, son expression devenant plus grave.

— Tout le monde est effrayé, Sélène. Ce qu'on fait… c'est marcher contre le vent.

Elle baissa les yeux, le poids de ses mots s'ajoutant à celui qui pesait déjà sur ses épaules.

L'équipe quitta le village à l'aube, leurs sacs remplis de vivres. Les plaines s'étendaient à perte de vue, leur surface monotone seulement brisée par de rares bosquets d'arbres noueux.

La matinée se déroula sans incident, mais à midi, alors que le soleil atteignait son zénith, le calme fut rompu par un bruit strident.

— À couvert ! hurla Mael, se jetant derrière un rocher.

Une flèche siffla à quelques centimètres de la tête de Sélène, se plantant dans le sol à ses pieds. Instinctivement, elle leva une barrière de lumière autour d'elle, les autres se dispersant pour éviter la salve.

Les assaillants apparurent bientôt : une troupe d'hommes et de femmes habillés de vêtements usés, leurs visages masqués par des foulards. Des maraudeurs, visiblement, cependant leur coordination était inhabituelle.

— Ce ne sont pas des brigands ordinaires, grogna Ryn en empoignant son épée.

Cælum se plaça devant Sélène, ses ombres tourbillonnant autour de lui tels des serpents enragés.

— Reste près de moi, murmura-t-il.

— Comme si j'avais le choix, rétorqua-t-elle en dégainant sa dague.

Le combat fut brutal. Les Hérauts se battaient avec une efficacité froide, leurs gestes coordonnés témoignant d'années d'expérience. Cælum, lui, était une tempête en pleine action, ses ténèbres frappant avec une précision implacable. En voyant sa puissance, les agresseurs encore debout prirent peur et s'enfuirent.

Après l'affrontement, ils fouillèrent les corps des bandits pour en savoir plus.

— Ce n'étaient pas des amateurs, dit Mael, montrant une dague finement ouvragée qu'il avait récupérée.

Cælum fronça les sourcils, sa main effleurant la lame d'une des épées ennemies.

— Ils étaient armés comme des sorciers, observa-t-il.

— Des alchimistes déguisés ? demanda Sélène.

— Ou leurs marionnettes, suggéra-t-il sombrement.

Une fois encore, les tyrans semblaient anticiper leurs mouvements. Leur portée et leur influence étaient bien plus vastes qu'ils ne l'avaient imaginé, et chaque pas qu'ils faisaient les rapprochait d'eux.

Mais ils ne pouvaient pas reculer.

Elyas et les Veilleurs à chercher étaient leur seul espoir. Et, rien, ni flèche, ni ombre, ne leur ferait rebrousser chemin.

Après l'embuscade, l'ambiance du groupe changea. Le silence, déjà pesant, était devenu oppressant. Même Trudi, habituellement prompte à des remarques rassurantes, paraissait perdue dans ses pensées. Seuls leurs pas réguliers brisaient la monotonie de leur progression vers le *Refuge*.

Le paysage commença à se transformer. Les plaines cédèrent la place à des collines rocailleuses, d'où émergeaient des formations rocheuses étranges, comme si la terre elle-même avait été sculptée par des mains immenses. L'air se faisait plus froid, malgré le soleil qui brillait haut dans le ciel.

— On y est presque, constata Mael en consultant une vieille carte qu'il avait étalée sur une pierre.

Sélène jeta un coup d'œil à Cælum, marchant près d'elle. Il semblait absorbé, ses yeux fixant l'horizon comme s'il percevait quelque chose que les autres ne pouvaient discerner.

— Tu sens quelque chose ? lui demanda-t-elle à voix basse.

Il hocha la tête, mais ne répondit pas immédiatement. Lorsqu'il parla enfin, sa voix était grave, presque étouffée.

— Il y a une présence ici. Ancienne, puissante... mais elle est dissimulée.

Son regard sombre croisa celui de la jeune femme, et une vague de chaleur traversa le lien qui les unissait.

— Sois sur tes gardes, Sélène.

La nuit tomba rapidement, les forçant à installer un campement près d'un groupe de rochers qui offraient un semblant d'abri contre le vent glacial.

Alors qu'ils étaient rassemblés autour d'un feu vacillant, un Héraut se leva brusquement, la main sur la garde de son épée.

— Quelqu'un s'approche, chuchota-t-il.

En un instant, tout le monde fut en alerte. Cælum se redressa, ses ombres prêtes à frapper. Ryn dégaina son arc, une flèche déjà encochée, tandis que Sélène se concentrait, une lumière douce, mais tranchante émanant de ses paumes.

Une silhouette surgit des ténèbres, avançant lentement vers eux. C'était un homme, ou du moins, il en avait l'apparence. Sa peau était pâle comme la cendre, ses yeux brillants d'une lueur surnaturelle, et ses vêtements évoquaient des lambeaux de tissu et de cuir usés.

— Vous êtes loin de chez vous, dit-il d'une voix rauque, mais étonnamment claire.

Personne ne répondit. La tension était palpable, chaque membre de la troupe paré à riposter au moindre mouvement suspect.

— Qui êtes-vous ? exigea finalement Cælum, ses mots résonnant tel un écho dans la nuit.

L'homme inclina légèrement la tête, comme amusé par la requête.

— Je pourrais poser la même question. Mais, je suppose que vous cherchez quelque chose, n'est-ce pas ?

— Peut-être, répliqua Sélène prudemment. Et, vous, que faites-vous ici ?

Il esquissa un sourire étrange, presque triste.

— Moi ? Je garde ce qui reste.

— Ce qui reste de quoi ? demanda Ryn, son ton méfiant.

— Du sanctuaire des Veilleurs, répondit-il calmement.

L'homme, qui se présentait simplement comme « Aran », les guida à travers un passage dissimulé dans les rochers. Malgré leurs réticences, quelque chose dans son attitude — ou peut-être dans les murmures anciens qui flottaient dans l'air — les incita à le suivre.

Ils débouchèrent au bout d'un moment dans une vaste clairière entourée de piliers de pierre. En son centre, une structure massive, à moitié ensevelie sous la terre et la végétation, émettait une faible lueur bleutée.

— Voici l'Oracle des Veilleurs, déclara Aran posément. L'endroit où nos secrets ont été enfermés pour ne jamais tomber entre de mauvaises mains.

Sélène scruta les symboles gravés sur les murs, une déroutante sensation s'éveillant en elle.

— Pourquoi nous amener ici ? interrogea-t-elle, la voix tremblante d'un mélange d'appréhension et de curiosité.

Aran croisa les bras, son regard se verrouilla sur Cælum.

— Parce que vous avez déjà ce qu'il faut pour détruire la Pierre. Mais, ce sanctuaire... il recèle quelque chose de différent.

— De quoi parles-tu ? rétorqua Cælum.

Aran pointa une porte imposante ornée de glyphes scintillants.

— Vous allez devoir entrer pour le découvrir par vous-mêmes. Mais, sachez ceci : ce que vous identifierez ici n'est pas une arme ni un pouvoir supplémentaire. C'est une vérité.

Sélène fronça les sourcils.

— Une vérité ?

— Oui, confirma-t-il, son ton empreint de gravité. Ce refuge sacré comporte les souvenirs des Veilleurs, leur histoire et celle de la Pierre alchimique authentique. Ce que vous trouverez à l'intérieur pourrait changer votre vision de ce que vous êtes en train d'accomplir.

Cælum serra les poings, ses ombres se repliant légèrement comme pour contenir une colère naissante.

— Nous savons déjà ce que nous devons faire. Pourquoi perdre du temps ici ?

— Parce que ce n'est pas qu'une question de faire, mais de comprendre, répliqua Aran. La destruction de la Pierre n'est pas la fin, mais un commencement. Si vous n'êtes pas préparés à ce que cela signifie, vous pourriez déclencher des conséquences encore plus terribles.

Un silence lourd s'installa. En définitive, Cælum fit un signe de tête, bien que son regard restât sombre.
— Très bien. On entre.
Ils se rassemblèrent devant l'ouverture, leurs silhouettes baignées par l'éclat des glyphes. L'air semblait chargé d'électricité, chaque souffle évoquant un écho dans le sanctuaire désert.
— Ça pourrait tout changer, chuchota Sélène à Cælum en se tenant près de lui.
Il lui répondit d'un murmure tout aussi doux :
— Peu importe ce qu'on découvre, on fera ce qu'il faut. Mais, quoi qu'il arrive, je ne te laisserai pas seule face à ça.
Elle hocha la tête, puis ils franchirent ensemble l'entrée du site immémorial, la lumière bleutée les enveloppant alors que les secrets des Veilleurs s'apprêtaient à leur être révélés.
Les entrailles du lieu saint étaient à la fois austères et étrangement majestueuses. De larges colonnes de pierre soutenaient un plafond voûté, tandis que des murs gravés de symboles anciens luisaient faiblement. Une énergie palpable flottait dans l'air, telle une rumeur venant d'une tradition oubliée.
Ils se déplacèrent prudemment, leurs pas se répercutant dans l'immensité silencieuse. Sélène sentit son cœur battre plus vite, comme si chaque cloison, chaque ornement abritait une réponse qu'elle attendait depuis toujours.
— Ces symboles... ils racontent le passé, chuchota-t-elle, effleurant du bout des doigts une paroi sculptée.
Aran s'était arrêté, observant de loin, comme pour leur laisser le temps d'appréhender par eux-mêmes.
— L'histoire des Veilleurs, précisa-t-il. De leur création... et de leur chute.

Cælum se pencha sur une fresque qui représentait une bataille. Des formes éthérées se dressaient contre des présences sombres et menaçantes.

— C'est un avertissement, expliqua-t-il, ses prunelles brillant dans la pénombre. Les Veilleurs ont affronté quelque chose de pire que les sorciers, et ils ont échoué.

Aran acquiesça.

— Ils ont été conçus pour stabiliser les forces de l'univers, cependant ils se sont eux-mêmes égarés. La Pierre alchimique... elle est le fruit de cet échec.

Sélène sentit un frisson le parcourir.

— Tu veux dire que la Pierre...

— ... n'est pas simplement une arme créée par les tyrans, coupa Aran. Elle est bien plus vieille. Elle contient l'énergie de tout ce qui a été corrompu quand l'équilibre a été brisé. La détruire ne réparera pas seulement le présent, mais effacera aussi une erreur qui a modifié le cours du monde.

Cælum serra les mâchoires, ses ombres s'étirant doucement autour de lui.

— Mais cela ne change rien à notre but, dit-il. Nous anéantirons la Pierre, quoi qu'il en coûte.

Aran le fixa un instant, puis désigna le centre de la salle où trônait une structure cristalline.

— Approchez. Ce qui se trouve ici est pour vous, Veilleur.

Sélène et Cælum avancèrent ensemble, leur progression ralentie par une appréhension mutuelle. Lorsqu'ils furent à quelques mètres de la construction, un halo intense jaillit, les obligeant à plisser les yeux.

Un timbre ancien éclata alors, profond et vibrant :

— Qui cherche à porter le fardeau des Veilleurs ?

Cælum s'immobilisa, ses mains tremblant légèrement, toutefois il répondit avec assurance :

— Moi.

La lumière sembla s'adoucir, et un écho de la voix résonna dans la pièce, empli de tristesse et de sagesse.

— Celui qui accepte ce fardeau doit aussi endosser ses vérités. La destruction de la Pierre alchimique restaurera l'équilibre... néanmoins, son énergie libérée ne disparaîtra pas. Elle cherchera un nouveau porteur.

Un silence pesant tomba. Sélène sentit son souffle se couper.

— Un nouveau porteur ? répéta-t-elle.

— Oui, reprit la voix. Cette essence ne peut être supprimée. Uniquement transformée. Si vous voulez sauver ce monde, l'un de vous devra l'absorber.

Cælum pivota brusquement vers Aran.

— Tu savais ça ?

Aran ne détourna pas le regard.

— Bien sûr. Mais, je ne pouvais pas vous en parler avant que vous soyez prêt à entendre cette vérité.

Une désillusion s'abattit sur les épaules de la magicienne.

— Et si personne ne l'absorbe ?

— Alors l'univers sera anéanti par l'énergie libérée, énonça la voix, implacable.

Cælum observa Sélène, son visage sombre, mais résolu.

— Je le ferais, décréta-t-il.

— Non ! s'écria-t-elle, ses pupilles brillantes de panique. Tu ne peux pas...

Il l'interrompit d'un geste doux, posant une main dans le creux de ses reins.

— Sélène, c'est ma responsabilité. C'est pour cela que je suis un Veilleur.

Elle secoua la tête, les larmes aux yeux.

— Non... ce n'est pas juste.

Il lui offrit un sourire triste, ses ombres dansant autour de lui comme pour apaiser sa douleur.

— Rien de tout ça ne l'a jamais été. Mais, je ferai ce qu'il faut. Pour toi. Pour nous tous.

Elle sentit son cœur se briser, cependant elle sut qu'il était inutile de discuter. Les Veilleurs étaient faits pour protéger, et Cælum avait endossé ce rôle depuis bien avant qu'elle ne le rencontre.

Elle serra sa main dans la sienne, murmurant :

— Dans ce cas, je serai avec toi, quoi qu'il arrive.

Ils échangèrent un regard empli d'émotions, tandis que la lumière de la structure cristalline s'intensifiait, les inondant d'un halo suggérant le poids des responsabilités à venir, ne laissant que leur détermination.

CHAPITRE 16

La route vers le *Refuge* était marquée par un mutisme pesant. Chacun semblait absorbé par ses pensées, digérant les révélations du sanctuaire. La lumière diffuse du crépuscule baignait le paysage, et Sélène ne pouvait s'empêcher de jeter des coups d'œil vers Cælum à ses côtés. Ses traits étaient pétrifiés, son regard figé sur la ligne d'horizon.

— Tu ne dis rien, murmura-t-elle, rompant finalement le silence.

Il tourna légèrement la tête vers elle, ses yeux brillants s'adoucissant un instant.

— Je réfléchis, répondit-il simplement.

Elle voulait le presser, comprendre ce qui se tramait dans son esprit, pourtant elle savait qu'il avait besoin de cette solitude. La force qui les liait était une constante brûlante entre eux, mais elle n'avait pas encore appris à ne pas s'y perdre complètement.

Ils atteignirent le *Refuge* à la tombée de la nuit. La vue des lourdes portes de bois sculptées la remplit d'un étrange mélange de soulagement et d'appréhension. Derrière ces murs, des révélations attendaient peut-être... mais également de nouvelles questions.

À peine avaient-ils passé l'entrée qu'ils furent accueillis par une agitation inhabituelle. Ivryn et Kael les guettaient depuis la grande salle, leurs expressions graves. Ils s'avancèrent à leur rencontre, et Ivryn fut la première à parler.

— Vous êtes enfin là. Avez-vous trouvé quelque chose à Aether ?

— Ce n'est pas rien, déclara Cælum en croisant les bras. Nous avons découvert un Veilleur... et une mission bien plus vaste que prévu.

Le regard d'Ivryn se durcit, tandis qu'elle hochait la tête.

— Bonne nouvelle alors. Parce que de notre côté, ce n'est pas si glorieux.

Elle lança une œillade à Kael, qui soupira lourdement avant de prendre la parole.

— Les Plaines Rougeoyantes ne sont plus ce qu'elles étaient. Les clans qui y survivent se méfient de tout le monde. Nous avons réussi à rallier une poignée de guerriers, mais ce n'est pas suffisant pour affronter une armée d'alchimistes.

— Une poignée ? souffla Sélène, déçue malgré elle.

— Ce sont des combattants endurcis, répliqua Kael avec un éclat de défi dans la voix. Mais oui, leur nombre est maigre.

— Ce n'est pas un échec, intervint Cælum calmement, mais fermement. Ce que nous avons, nous devons le fortifier. Chaque allié compte.

La réunion autour de la table centrale fut plus tendue que jamais. Les cartes étalées devant eux étaient marquées de notes précises sur les positions des alchimistes, les zones à éviter, et les territoires sur lesquels des renforts pourraient éventuellement être obtenus.

— Si nous voulons les autres Veilleurs, il nous faudra chercher un soutien logistique que nous n'avons pas, ajouta Ivryn en pointant une région au sud des Plaines Rougeoyantes.

— Nous n'avons pas non plus le luxe du temps, rétorqua Kael. Chaque jour passé ici est une opportunité pour les tyrans de consolider leur pouvoir.

— Et tu proposes quoi ? riposta Sélène, irritée par son ton brusque.

Kael la dévisagea, néanmoins cette fois, il n'y avait pas d'agressivité dans son regard.

— Je suggère qu'on se concentre sur ce qu'on a. Les Veilleurs, les guerriers des Plaines, les Hérauts d'Aether... et les captifs que vous avez sauvés.

— Les captifs ? intervint Eldrin, qui émergeait d'un coin sombre de la salle. Ils sont à peine remis de ce qu'ils ont subi.

— Pas tous, démentit Kael. Certains désirent se battre. Ils ont perdu des familles entières à cause des alchimistes. Ils ont des raisons de vouloir lutter autant que nous.

Un silence tomba, pesant. Sélène scruta Cælum, quêtant une réponse dans son expression impassible.

— Qu'en dis-tu ? chuchota-t-elle.

Il posa une main sur la table, ses ombres s'étendant imperceptiblement.

— Nous prenons tout ce que nous pouvons. Les Plaines Rougeoyantes, les captifs, tout. Et, nous allons à Seryos avec Elyas pour qu'il puisse nous aider à chercher d'autres Veilleurs.

Il redressa la tête, ses prunelles dorées brûlant d'une détermination implacable.

— Ce n'est qu'une fois que nous aurons un Veilleur supplémentaire à nos côtés que nous pourrons vraiment envisager de frapper les alchimistes.

Cælum laissa son regard grave planer sur le groupe avant de continuer.

— Où est Elyas ? Sa présence est nécessaire pour la s...

— Je suis là, le coupa l'intéressé en s'appuyant nonchalamment sur la paroi rocheuse.

Les deux Veilleurs se jaugèrent avec insistance. Eldrin interrompit ce duel silencieux en prenant la parole.

— Nous t'écoutons pour la suite, Cælum.

Ce dernier finit par reporter son attention sur le chef rebelle.

— La destruction de la Pierre ne fera pas que rétablir l'équilibre, expliqua-t-il. Son énergie doit être absorbée, sinon elle pulvérisera tout.

Un murmure de choc parcourut l'assemblée. Elyas fronça les sourcils, se redressant.

— Et c'est toi qui comptes l'assimiler, n'est-ce pas ? l'interpella-t-il, son ton neutre, mais ses yeux perçants.

Cælum fit un mouvement de tête bref, mais significatif.

— Oui.

— Et ça veut dire aussi que tu dois rompre ton lien avec Sélène, poursuivit Elyas d'une voix calme.

L'attention se tourna vers Sélène, dont le visage s'empourpra.

— Attends une seconde, dit-elle, se levant brusquement. Tu étais au courant pour ça ?

Cælum détourna légèrement les yeux.

— Je l'ai compris en cours de route...

Avant qu'il ne puisse finir sa phrase, Sélène serra les poings.

— Et tu ne m'en as pas parlé ? Tu as décidé ça tout seul ?

— C'est mon rôle de protéger le monde, Sélène, répliqua Cælum, la voix empreinte de fatigue et de conviction.

Elle ouvrit la bouche pour rétorquer, toutefois son regard croisa celui d'Elyas. Il arborait un petit sourire, satisfait, comme s'il savourait la tension entre eux.

— Oh, je vois, fit-elle sèchement. Tout ça te fait bien plaisir, pas vrai, Elyas ?

Il haussa les épaules avec un calme exaspérant.

— Ce n'est pas une question de plaisir, Sélène. C'est une nécessité. Tu devrais peut-être apprendre à l'accepter.

Sélène lança un regard noir à Elyas avant de quitter la salle d'un pas vif.

Ivryn la rejoignit et l'intercepta d'un geste ferme, mais doux.

— Un instant, Sélène. Eldrin a encore des éléments importants à partager.

Elle hésita, trouvant les yeux de Cælum, puis opina du chef et regagna sa place, bien qu'elle bouillonne intérieurement. Eldrin se leva, ses traits marqués par des heures de réflexion intense.

— Je vais être direct, indiqua-t-il gravement. Voici Aslaug.

Il désigna un homme qui se tenait près de l'entrée, à moitié dissimulé dans l'ombre. Grand et mince, il portait une cape usée et baissa la capuche pour révéler des lignes anguleuses et une expression dure.

— Il travaille comme serviteur chez les alchimistes, continua Eldrin. Et, il a des informations cruciales sur leurs plans.

Un murmure d'étonnement parcourut la pièce, néanmoins l'espion ne broncha pas, ses iris sombres balayant l'assemblée.

— Je sais que certains d'entre vous pourraient douter de moi, commença-t-il d'un timbre grave. Mais, je suis ici sur l'ordre d'Eldrin. Ma position me permet d'entendre ce que peu osent même chuchoter.

Il s'interrompit brusquement, pour mesurer l'effet de ses paroles, avant de reprendre.

— Un autre rituel de recharge de la Pierre Alchimique est prévu le mois prochain. Ils ont trouvé un nouveau sacrifié.

Cette annonce provoqua une onde de choc parmi les présents.

— En quoi consiste cette pratique ? demanda Sélène, sa voix plus élevée qu'elle ne l'avait voulu.

Aslaug croisa ses mains, les jointures blanchies par la pression, avant de répondre :

— La Pierre Alchimique fonctionne comme un réceptacle et un catalyseur d'énergie vitale. Lorsqu'ils sacrifient une personne, l'âme est absorbée par la Pierre et devient une force brute, presque indomptable.

Il s'avança vers la table, traçant du doigt une esquisse de runes complexes sur le bois poussiéreux.

— Une fois que l'essence s'accumule, les alchimistes procèdent au transfert. Ils utilisent une salle spécialement préparée, gravée de symboles qui contrôlent le flux d'énergie.

Il effectua une pause, observant leurs réactions avant d'enchaîner.

— Le rituel exige qu'ils se connectent à la Pierre pour canaliser cette puissance. La gemme est insérée dans un réservoir, puis les sorciers apposent leurs mains dessus et le carburant est transmis à leur corps, ce qui restaure leur immortalité et leur vitalité.

— Et si l'opération est interrompue ? questionna Kael, les sourcils froncés.

— Cela dépend, concéda Aslaug. Si l'acte sacrificiel échoue, la Pierre ne peut pas être rechargée, et ils s'affaiblissent. En revanche, si le transfert est arrêté après que l'énergie a été libérée, cela pourrait fragiliser tout le processus. Peut-être même causer un effondrement... ou une explosion.

Un silence sidéré suivit cette déclaration.

— C'est un mécanisme dangereux, y compris pour eux, ajouta-t-il. S'ils rechargent trop souvent, ou si leur cercle grandit, leur immortalité devient moins stable. C'est pourquoi ils limitent leur nombre et choisissent leurs sacrifices avec soin.

Eldrin, qui avait écouté sans un mot, intervint alors.

— Grâce à Aslaug, nous connaissons où et quand le rituel aura lieu. Cela pourrait être notre meilleure chance d'agir.

Cælum, toujours crispé, fixa l'espion intensément.

— Pourquoi fais-tu ça ? Pourquoi risquer ta vie pour nous ?

L'homme soutint son regard, imperturbable.

— Parce que je sais ce qu'ils sont, confessa-t-il. Et, je sais ce qu'ils ont fait à ma famille.

L'aveu, murmuré, mais rempli de douleur, laissa l'assemblée sans voix.

Sélène serra les poings, son esprit en ébullition. La colère qu'elle ressentait envers Cælum s'estompa un instant, remplacée par une résolution sans faille.

— Alors, annonça-t-elle, brisant le silence, il ne nous reste plus qu'à décider comment frapper.

Elyas se redressa lentement, son expression révélant une détermination inflexible.

— Nous ne pouvons pas attendre le jour du rituel, objecta-t-il fermement. Ce serait une erreur. La sécurité sera renforcée ce jour-là, et nous serions en désavantage face à une telle préparation.

Sélène se tendit, cependant Elyas poursuivit, implacable.

— Si nous espérons vraiment mettre fin à leur domination, nous devons détruire la Pierre avant qu'elle ne soit rechargée.

Un murmure parcourut le groupe. Certains semblaient approuver, d'autres étaient franchement réticents à l'idée de se précipiter sans un plan détaillé.

— Et où veux-tu qu'on trouve la gemme ? rétorqua Kael, les bras croisés. Ce n'est pas comme si elle était posée sur un plateau d'argent.

Elyas tourna son attention vers Aslaug, qui observait la scène avec un calme troublant.

— Tu travailles pour eux. Tu dois être au fait d'où la Pierre est conservée, remarqua Elyas.

Il hocha posément la tête.

— Oui, je sais, confirma-t-il. Mais, je ne vais pas prétendre que ce sera facile. Le minéral est gardé dans un asile caché, un endroit sous l'autorité directe du Grand Maître des Alchimistes, Morten.

Ses propos furent suivis d'un mutisme glaçant.

— Le Grand Maître, articula Eldrin, comme s'il pesait chaque mot.

L'espion continua, impassible :

— Morten est plus qu'un simple chef. C'est le défenseur ultime de la Pierre, et c'est lui qui supervise chaque rituel de recharge. Sa position en fait l'une des figures les plus protégées de leur ordre. L'asile est un lieu scellé par des incantations complexes et accessibles uniquement grâce à des clés ou des runes détenues par des membres influents.

— Pourquoi lui ? demanda Sélène, intriguée malgré elle.

— Parce que son statut et son rôle en font le défenseur naturel de la Pierre, expliqua Aslaug. Il est le seul à pouvoir en encadrer l'usage en dehors des cérémonies. Tant qu'elle est entre ses mains, aucun alchimiste ne peut contester son autorité.

— Et si on élimine Morten ? intervint Cælum, ses ombres frémissant autour de lui.

— Cela créerait un vide de pouvoir, répliqua-t-il. Les sorciers se battraient entre eux pour contrôler la Pierre. Mais, cela ne résoudrait pas notre problème principal. Tant qu'elle existe, elle reste une menace.

Elyas, qui n'avait pas quitté le serviteur des alchimistes des yeux, reprit la parole.

— Comment accéder à l'asile ?

Aslaug hésita un instant avant de répondre :

— C'est un lieu tenu secret, précisa-t-il. Il est conçu pour empêcher toute intrusion. Mais, cela signifie aussi que le trouver et y entrer sans être repéré sera un défi colossal.

Le Veilleur haussa les épaules, un sourire ironique sur les lèvres.

— Un défi, oui, en revanche pas impossible. Tant qu'on agit avant le rituel, on a une chance.

— Une chance, répéta Sélène, ses yeux lançant des éclairs. Tu parles comme si c'était un jeu !

Il croisa les bras, imperturbable.

— Ce n'est pas un jeu. C'est notre seule option.

La tension dans la pièce monta d'un cran tandis que chacun réalisait l'ampleur de la tâche à venir.

Elyas se tourna vers Eldrin.

— Nous devons planifier immédiatement. Chaque minute que nous perdons nous rapproche du rituel, et une fois qu'il aura eu lieu, nos probabilités de réussite s'amenuiseront.

La jeune femme, bouillonnant, se leva brusquement.

— Et moi ? Vous n'allez même pas demander mon avis ?

Le Veilleur répondit par un sourire énigmatique, un éclat de satisfaction dans les prunelles.

— Tu seras impliquée, évidemment. Ton lien avec Cælum pourrait être une clé pour contourner certaines de leurs protections.

Furieuse, Sélène quitta la salle d'un pas rageur.

Sélène attendit de se retrouver seule avec Cælum dans leur chambre pour le confronter. Il était adossé à un mur, les bras croisés, visiblement sur la défensive.

— Donc, c'est comme ça maintenant ? Tu prends des décisions qui nous concernent tous les deux sans même me consulter ? lança-t-elle, les mains sur les hanches.

Cælum poussa un soupir, levant les yeux au ciel.

— Ce n'est pas un choix que j'ai fait à la légère, Sélène. Je fais ce qu'il faut.

— Tu fais ce qu'il faut ? répéta-t-elle, sa voix montant dans les aigus. Et moi ? Moi, je suis censée juste accepter ça sans me prononcer ?

— Ce n'est pas comme si tu avais une autre solution, marmonna-t-il, un brin d'impatience perçant dans ses paroles.

La jeune femme sentit sa poitrine se serrer.

— Tu penses vraiment ça ? Que je n'ai pas mon mot à dire dans tout ça ?

— Ce n'est pas ce que je veux dire, mais…

— Mais quoi, Cælum ? Je suis fatiguée d'être mise de côté. Nous sommes supposés être une équipe, pourtant tu agis comme si tout reposait sur toi.

Il baissa les paupières, son expression se durcissant.

— Parce que c'est le cas, Sélène. Si je ne fais pas ça, tout le monde mourra.

Un silence tendu s'installa entre eux.

— Et nous, alors ? souffla-t-elle, sa voix tremblant légèrement. Qu'est-ce qui va nous arriver ?

Cælum releva enfin les yeux vers elle, et ses prunelles étaient emplies de douleur.

— Je ne sais pas, murmura-t-il.

Elle secoua la tête, les larmes menaçant de couler.

— Ce n'est pas suffisant, Cælum.

Elle se détourna, son cœur battant à tout rompre, et se dirigea vers la porte, déterminée à sortir. Mais, avant qu'elle ne l'atteigne, une main ferme attrapa son bras.

— Laisse-moi partir, Cælum, gronda-t-elle en se dégageant.

Il ne répondit pas. Il la tira brusquement vers lui, l'obligeant à se retourner. Sélène tenta de repousser sa poigne, mais il la serra contre lui, si fort qu'elle pouvait sentir les pulsations erratiques de sa poitrine contre ses seins.

— Lâche-moi ! protesta-t-elle, sa voix étranglée par la colère.

Cependant, Cælum ne bougea pas. Au contraire, son regard brûlant s'enfonça dans le sien, et avant qu'elle ne puisse dire un mot de plus, il écrasa ses lèvres contre les siennes.

Le baiser était brutal, désespéré. Sélène s'efforça de se débattre, de reprendre le contrôle, mais l'intensité de sa passion finit par briser ses résistances. Quand il força l'entrée de sa cavité buccale avec sa langue, elle abandonna la lutte, répondant à l'étreinte de sa bouche avec une ferveur égale à la sienne.

Le reste se perdit dans une fièvre indomptable. Les mots, les reproches, la douleur... tout s'effaça alors qu'ils s'effondraient ensemble, leurs corps cherchant à combler le vide béant laissé par leur dispute. Ils firent l'amour comme si c'était la dernière fois, avec une ardeur frénétique, presque violente, de la même façon que si le monde allait disparaître autour d'eux à tout instant.

Cælum pétrissait la peau de sa partenaire comme s'il voulait s'en gorger, ne gardant aucune parcelle intacte. En même temps, il donnait des coups de reins toujours plus puissants, provoquant des gémissements de plus en plus sonores chez la jeune femme.

Quand tout fut terminé, ils restèrent enlacés dans le silence, leurs respirations mêlées, mais leurs esprits encore brouillés. Le poids de leur conflit n'avait pas disparu, toutefois pour ce moment, il était suspendu dans l'intimité fragile qu'ils avaient retrouvée.

Les jours suivants furent un tourbillon d'activité au *Refuge*. Ceux qui avaient répondu à l'appel des Plaines Rougeoyantes arrivaient, revêtant des pièces de protection rudimentaires et des armes forgées dans des conditions difficiles. Leur chef, une femme robuste nommée Hadria, s'entretint longuement avec Cælum et Kael sur les stratégies possibles.

De son côté, Sélène passait ses journées à parler avec les anciens captifs. Certains étaient encore trop faibles, mais d'autres, comme Clervie, une jeune fille au regard de feu, s'étaient portés volontaires pour se joindre à eux.

— Ils ont détruit tout ce que j'avais, dit-elle en serrant le manche d'une lance sommaire qu'Eldrin avait fabriquée. Je ne peux pas rester ici à attendre qu'ils nous trouvent.

Sélène acquiesça, admirative de son courage, mais inquiète pour elle et pour tous ceux qui allaient se battre.

Elle profita de ces quelques jours de répit pour retrouver Lyanna dans le jardin. Sa compagnie lui avait manqué et elle avait besoin d'une oreille réconfortante. Elle se sentait un peu perdue ces derniers temps. La situation entre elle et Cælum était devenue très compliquée et elle ne savait plus quoi penser. C'était très déstabilisant, d'autant qu'il était passé maître dans l'art de dissimuler ses émotions. Sélène avait dorénavant beaucoup de mal à capter ce qu'il ressentait, et le fait qu'il soit de nouveau un être divin y était sûrement pour quelque chose.

Le carré de verdure du *Refuge* était l'un des rares endroits où Sélène pouvait trouver un semblant de paix. Les plantes sauvages y poussaient librement, mais quelques parcelles portaient encore la trace de mains attentives qui les avaient façonnées jadis. Une fontaine délabrée trônait en son centre, son eau limpide offrant une mélodie discrète au silence environnant.

Elle s'assit sur le rebord de la margelle, les doigts frôlant distraitement la mousse qui l'enveloppait. Son esprit était un chaos de pensées, toutes tournées vers Cælum.

Elle ne l'entendit pas arriver.

— Tu sembles porter la misère du monde sur tes épaules, ma chère Sélène.

Elle leva brusquement la tête pour voir Lyanna, adossée nonchalamment à un tronc d'arbre, un sourire espiègle illuminant son visage. Elle avait sa tenue habituelle, simple et pratique, cependant son attitude désinvolte faisait toujours paraître qu'elle venait de sortir d'un bal.

— Lyanna... Je ne t'ai pas entendue.

— Je suis une maîtresse du silence, déclara-t-elle en riant doucement, avant de s'approcher et de s'asseoir à côté d'elle. Enfin, silence... jusqu'à ce que je parle, bien sûr. Alors, qu'est-ce qui te tracasse autant ?

Elle voulut protester, dire que ce n'était rien, mais elle pencha la tête et plissa les yeux d'un air qui disait : n'essaie même pas.

— Très bien, soupira Sélène. C'est... Cælum.

Son sourire s'élargit.

— Ah, je vois ! Enfin, des confidences intéressantes. Vas-y, raconte. Je suis tout ouïe.

La jeune femme détourna les prunelles, embarrassée, mais aussi soulagée de pouvoir finalement mettre des mots sur ce qu'elle ressentait.

— Il a décidé de rompre notre lien... sans même m'en parler.

Lyanna fronça les sourcils, perplexe.

— Quoi ? Pourquoi ?

— Pour protéger tout le monde, répondit Sélène dans un souffle tremblant. J'ai conscience que c'est inévitable. Je sais que la connexion que nous partageons l'empêche d'atteindre sa pleine puissance... mais...

Elle baissa la tête, son regard se perdant dans les ombres du sol.

— Mais tu es blessée qu'il n'en ait pas discuté avec toi, compléta Lyanna avec douceur.

Sélène releva les paupières, brillantes de larmes qu'elle refusait de laisser couler.

— Oui. On était censés tout affronter ensemble, lui et moi. Mais là, il décide pour nous deux comme si mon avis n'avait aucune importance. Je n'ai aucune idée de ce qu'on va devenir après ça.

Lyanna posa une main réconfortante sur la sienne, l'invitant à continuer.

— Et ce rituel qui doit rompre l'attachement... Je ne maîtrise rien de ce qu'il implique vraiment. Tout ce que je sais, c'est que ça va me lier à Elyas.

— À Elyas ? s'étonna Lyanna, l'inquiétude voilant ses traits.

La magicienne acquiesça.

— C'est un échange d'énergie intime, a-t-il dit. Mais, personne ne m'a expliqué en quoi ça consiste exactement. Je déteste cette incertitude.

Elle prit une profonde inspiration, son émoi devenant palpable.

— Et puis... il y a Elyas lui-même.

Lyanna l'observa attentivement, attendant qu'elle développe.

— Je ne sais pas pourquoi, mais il me fascine d'une manière que je n'arrive pas à interpréter. Quand il est près de moi, je suis troublée, et j'ignore si c'est à cause de ce lien naissant ou si c'est... autre chose.

Elle détourna les yeux, honteuse d'avouer ce qu'elle ressentait.

— Et lui ? demanda la guérisseuse après un moment. Comment agit-il avec toi ?

— Bizarrement, confessa Sélène, ses doigts se crispant sur le tissu de sa robe. Parfois, il me dévisage comme si j'étais la clé de tout ce qu'il cherche. Et, d'autres fois, il semble lointain, presque froid.

Ses yeux se tournèrent vers son amie, sa voix empreinte d'un mélange de confusion et de nervosité.

— Je ne sais pas quoi faire, Lyanna. Entre Cælum, ce lien à briser, Elyas et tout le reste... c'est comme si je perdais le contrôle de tout ce que je suis.

Lyanna serra légèrement sa main, son expression devenant plus grave.

— Et Cælum, dans tout ça ? As-tu pensé à ce qu'il éprouve ?

Sélène fronça les sourcils, un peu prise au dépourvu.

— Ce qu'il éprouve ?

— Oui, Sélène. Tu dis qu'il n'a pas discuté avec toi, et je comprends que ça t'a blessé. Mais, pour lui aussi, c'est sûrement un énorme sacrifice. Couper cette connexion... c'est probablement insupportable. Imagine ce que ça doit lui coûter de prendre cette décision. Il doit souffrir, tout autant que toi, sinon plus.

Les mots de Lyanna frappèrent Sélène telle une gifle. Elle ouvrit la bouche pour répondre, mais aucun son n'en sortit. Elle réalisa qu'elle n'avait pensé qu'à elle-même depuis le début. Elle voyait maintenant l'ombre de douleur dans les regards furtifs de Cælum, la tension dans ses mâchoires quand il parlait du rituel.

— Je... Je n'avais pas songé à ça, murmura-t-elle, sa voix tremblante.

Lyanna lui adressa un sourire compatissant.

— Sélène, vous êtes tous les deux pris dans quelque chose de plus grand que vous. Mais, ne laissez pas cette peine créer une distance entre vous. Parle-lui. Avant que ce choix ne vous détruise tous les deux.

Sélène baissa la tête, submergée par les émotions contradictoires qui bouillonnaient en elle.

— Tu as raison, finit-elle par admettre. J'ai été égoïste.

— Non, corrigea doucement Lyanna. Tu es humaine.

Une quiétude soudaine s'installa entre elles, rompue simplement par le chant lointain des oiseaux dans le jardin. Puis Lyanna partit en sifflotant, laissant Sélène seule dans sa retraite verdoyante, mais avec un léger poids en moins sur mes épaules.

Elle resta assise sur le rebord de la fontaine, les yeux plongés dans l'eau du bassin qui clapotait paisiblement. La conversation avec son amie tournait encore en boucle dans son esprit, une spirale de doute et d'angoisse. Elle ne leva pas les paupières lorsque le bruit de pas s'approcha, néanmoins le silence tendu lui suffit pour deviner qui se trouvait là.

— On peut te déranger ? interrogea Cælum, sa voix rauque et basse.

Sélène haussa un sourcil avant de pivoter lentement vers eux. Elyas se tenait un peu en retrait, les mains sagement nouées, son visage étrangement calme.

— Je suppose que je n'ai pas le choix, souffla-t-elle, croisant les bras. Allez-y.

Elyas avança d'un pas, son ton mesuré.

— Nous devons te parler du rituel. Tu mérites de savoir ce qu'il comporte avant que nous décidions quand le faire.

— Décidions ? répéta-t-elle avec un rire désabusé. Je suis certaine que tout est déjà statué, non ? Après tout, pourquoi m'impliquer maintenant ?

Cælum tressaillit à ses paroles, toutefois Elyas ne sembla pas perturbé.

— Ce rituel est complexe, Sélène. Il ne peut pas fonctionner sans toi, Cælum et moi. Et, surtout, il exige une… collaboration intime.

Sélène fit une grimace d'inquiétude et se redressa.

— Intime comment ? Sois clair, Elyas.

Il hocha la tête, sa voix se faisant plus douce, presque pédagogique.

— Tout commence par une préparation fortifiante. Nous serons tous les trois dans un cercle gravé de runes spécifiques. Toi, au centre, avec des marques tracées sur ta peau pour canaliser le flux d'énergie.

La jeune femme frissonna légèrement, cependant elle ne dit rien, l'incitant d'un regard à continuer.

— Cælum devra maintenir un contact physique avec toi pendant qu'il dissout son lien. Cela exigera qu'il garde ses mains sur des endroits précis — la base de ta nuque, ton cœur, ou d'autres points d'ancrage. Simultanément, il faudra que j'établisse ma propre connexion avec toi.

Il marqua une pause, cherchant ses mots.

— Cela signifie que je vais devoir te toucher aussi. Les énergies doivent circuler entre nous trois pour que le transfert soit stable.

Cælum serra les poings, visiblement mal à l'aise.

— Me toucher de quelle façon ? demanda Sélène sèchement.

Le Veilleur prit une source d'inspiration profonde.

— Cela nécessitera une proximité. Physique. Prolongée. Je devrais synchroniser ma respiration avec la tienne, établir un flux constant... Cela pourrait inclure un contact plus direct, comme presser nos fronts ensemble ou... des gestes symboliques pour ancrer notre lien.

Sélène ouvrit la bouche pour parler, mais il leva une main pour la devancer.

— Et il est possible qu'un baiser soit nécessaire. C'est une méthode traditionnelle pour réaliser une connexion énergétique, mais...

— Un baiser ?! interrompit Cælum, sa voix éclatant comme une décharge.

— Ça suffit, Elyas ! trancha Sélène, son visage rougi par un mélange de colère et d'embarras. Tout cela est... absurde. Et, vous pensez que je vais simplement accepter ça ?

— L'approbation n'entre pas en ligne de compte ici, rétorqua Elyas avec calme. C'est indispensable pour dénouer l'attache que tu partages avec Cælum et pour transférer l'énergie. Si le rituel est mal exécuté, cela pourrait vous blesser tous les deux. Ou pire.

Un silence lourd s'abattit sur le groupe. Sélène détourna les yeux, les mains tremblantes sur ses genoux.

— Quand ? murmura-t-elle finalement, sa voix presque inaudible.

Elyas jeta un coup d'œil vers Cælum, qui semblait lutter contre un torrent d'émotions.

— Dans trois jours, dit-il au bout d'un moment. Cela nous laissera le temps de tout mettre en place. Et, à toi, Sélène, le temps de te… préparer mentalement.

— Mentalement, répéta-t-elle avec un rire sec. Tu n'as aucune idée de ce que ça représente, n'est-ce pas ?

Sans attendre de réponse, elle se leva brusquement et se détourna d'eux.

— Trois jours. Très bien. Je serai prête.

Et, sur ces mots, elle quitta le jardin, laissant derrière elle une atmosphère lourde de chagrin que ni Cælum ni Elyas ne paraissaient savoir comment briser.

Il était encore très tôt et Sélène était déjà réveillée, mais elle était restée cloîtrée dans sa chambre. Ses pensées tournaient en boucle, lui interdisant un instant de détente. Allongée sur son lit, elle fixait le plafond, son esprit envahi par une combinaison de ressentiment et de tristesse. La décision de Cælum, le mystère du rituel, l'étrange attitude d'Elyas… Tout cela formait un tourbillon dont elle n'arrivait pas à s'extirper.

Lorsqu'elle ne put supporter plus longtemps l'immobilité, Sélène quitta enfin la pièce. Elle marcha lentement vers son havre de paix, espérant que l'air vivifiant et les parfums de fleurs lui apporteraient un semblant de clarté.

Le jardin était calme, presque désert. Elle trouva refuge sous un grand arbre, à l'abri du regard des autres. Assise sur l'herbe fraîche, elle sortit un petit carnet en cuir qu'elle gardait toujours avec elle. C'était là qu'elle consignait ses réflexions, ses désirs, et parfois ses peurs. Aujourd'hui, les mots pesaient une tonne sur sa plume.

« Je pensais que nous étions unis, Cælum et moi. Que rien ne pourrait briser ce lien. Et, pourtant, il a décidé de le rompre sans même m'en parler. Est-ce que cela signifie que je ne compte pas autant que je le croyais ? Ou peut-être qu'il souffre autant que moi et qu'il ne veut pas me le montrer ? »

Elle s'interrompit, son crayon tremblant légèrement entre ses doigts. Une larme roula sur sa joue, qu'elle essuya rapidement. Elle n'avait pas le temps pour les pleurs, pas maintenant.

Au loin, elle aperçut Cælum dans une des salles souterraines proches du jardin. Il s'entraînait, comme il le faisait souvent quand il était préoccupé. Son épée traçait des arcs précis dans l'air et ses mouvements étaient empreints d'une violence contenue. Son expression trahissait une intense concentration, cependant Sélène connaissait assez bien ses gestes pour voir les petites erreurs, les moments où son courroux débordait et perturbait son rythme.

Elle l'observa un instant, incapable de détourner son attention. C'était comme si une barrière invisible les séparait désormais, une distance qu'elle ne savait pas comment franchir.

« Il est en colère aussi », songea-t-elle à contrecœur. *« Mais est-ce contre moi ? Contre lui-même ? »*

Une sensation de pincement lui traversa le cœur. Malgré sa frustration, elle ne pouvait pas s'empêcher d'éprouver de la compassion pour lui.

Plus tard dans la journée, Elyas vint la chercher. Il était vêtu simplement, néanmoins son allure dégageait toujours cette aura d'autorité et de mystère.

— Nous devons commencer à préparer nos essences pour le rituel, expliqua-t-il, son ton autant sérieux qu'apaisant.

Sélène hésita. Elle n'avait pas envie de passer du temps seule avec lui, surtout pas après les émotions tumultueuses du matin. Malgré tout, elle savait qu'elle n'avait pas le choix.

Ils s'installèrent dans une alcôve isolée du *Refuge*, un espace consacré à la méditation. Elyas lui demanda de s'asseoir en face de lui, suffisamment proche pour que leurs genoux se touchent presque.

— Ferme les yeux, murmura-t-il. Respire profondément. Tu dois apprendre à ressentir le flux de ton énergie, à l'écouter.

Elle obéit, bien qu'elle se sente curieusement vulnérable si près de lui. Sa voix, basse et contrôlée, la guidait à travers les exercices de ventilation. À mesure qu'elle se détendait, elle percevait une chaleur étrange émaner de lui, une ardeur subtile, mais puissante qui semblait chercher à entrer en résonance avec la sienne.

— Bien. Tu as une force en toi que tu ne soupçonnes pas, dit-il doucement, de la même façon que s'il se parlait à lui-même.

Ses paroles la troublèrent. Elle ouvrit les yeux pour le scruter, toutefois il garda les siens clos, son expression calme et concentrée. Elle en profita pour l'observer plus attentivement, s'autorisant à laisser son regard glisser sur son visage comme si, pour un instant, le reste du monde avait cessé d'exister.

La lumière douce qui baignait la pièce caressait sa peau, accentuant la netteté de sa mâchoire et la courbe de ses pommettes hautes. Ses traits étaient harmonieux et sévères en même temps, marqués par une beauté indéniable, mais empreinte d'une force brute, presque intimidante. Ses cheveux noirs, d'une épaisseur soyeuse, encadraient sa tête, et une mèche rebelle effleurait son front, ajoutant une touche inattendue de désinvolture à son allure toujours maîtrisée.

Son regard s'abaissa vers son cou, où la tension légère de ses muscles se devinait sous sa peau. Ses épaules larges et sa posture droite suggéraient une puissance tranquille, une confiance en lui inébranlable. Même assis là, immobile, Elyas possédait une aura magnétique, une présence qui semblait tout aspirer autour de lui.

Sélène détourna rapidement les yeux, consciente que son propre trouble devenait trop évident, y compris pour elle-même. Pourtant, elle ne pouvait nier l'effet qu'il avait sur elle. Il y avait quelque chose d'inexplicable, d'ineffable dans son charme. Pas seulement dans son apparence physique, mais dans ce mélange de mystère, d'autorité et de vulnérabilité qu'il dégageait.

« *Pourquoi est-ce que j'éprouve ça ?* », se demanda-t-elle, ses joues chauffant légèrement à la suite de ses pensées. Elle ferma les paupières à son tour, tentant de revenir à une neutralité qu'elle n'était plus sûre de pouvoir maintenir.

Le soir venu, elle retourna au jardin, espérant retrouver un peu de paix. La fraîcheur de la nuit tombante la fit frissonner. Elle s'assit sur un banc, admirant le plafond sombre, se sentant petite et dépassée par ce qui l'attendait.

« *Trois jours* », se dit-elle. « *Trois jours pour dire au revoir à ce que j'ai connu, à ce que je suis.* »

Elle resta là longtemps, le regard perdu dans le vague, jusqu'à ce que le froid la contraigne à rentrer. Ce premier jour s'acheva dans une grande solitude, mais aussi avec une détermination naissante : elle allait affronter ce qui venait, quoi qu'il lui en coûte.

Le matin suivant, Sélène se réveilla avant l'aube, le cœur troublé d'une agitation qu'elle ne parvenait pas à apaiser. La conversation de la veille avec Elyas hantait encore ses réflexions, tout comme le souvenir de la proximité qu'ils avaient partagée. Elle se redressa lentement, la lumière blafarde filtrant à travers les rideaux, et se dirigea vers la fenêtre pour observer la galerie baignée dans la lueur argentée des cristaux.

Un désir impérieux de se retrouver seule la poussa à enfiler une cape et à sortir sans bruit. Les premières heures du jour étaient fraîches, et un courant d'air caressait son visage alors qu'elle parcourait les chemins serpentant dans les souterrains. Elle trouva refuge près de la vieille fontaine, son rebord froid lui offrant un soutien réconfortant. Là, elle ferma les yeux et entreprit de calmer le tumulte en elle.

Cependant, ses cogitations revenaient inlassablement à Cælum. Elle se demanda ce qu'il ressentait à l'approche de ce rituel qui allait les séparer. L'avait-il toujours voulu, ou était-ce un fardeau qu'il portait en silence pour protéger les autres ? Elle se souvenait de ses coups d'œil furtifs, de la tension palpable entre eux chaque fois qu'ils se retrouvaient seuls. Une vague de culpabilité l'envahit en réalisant qu'elle n'avait pas cherché à comprendre sa douleur autant qu'elle aurait dû.

Lorsque la matinée avança, Sélène se força à se lever. Elle traversa la salle d'entraînement où un groupe s'était rassemblé pour pratiquer. Parmi eux se trouvait Cælum, épée en main, guidant les mouvements avec une intensité presque oppressante. Ses muscles tendus, ses gestes précis et sa vigilance farouche affichaient une volonté féroce.

Elle resta à distance, contemplant discrètement. Elle le découvrit magnifique dans sa concentration, une force brute incarnée. Néanmoins, derrière cette façade implacable, elle percevait une détresse qu'il dissimulait habilement. « *Il ne veut pas révéler qu'il souffre. Mais, je le visualise, dans ses actes, dans la manière dont il évite mon regard.* »

Quand il la remarqua enfin, ses yeux s'adoucirent un instant avant qu'il ne détourne son attention et reprenne son exercice.

Plus tard dans la journée, Sélène se donna la force d'aller le voir. Elle le découvrit dans l'armurerie, en train d'affûter sa lame. Le grincement métallique du frottement contre la pierre résonnait dans la pièce exiguë.

— Cælum, commença-t-elle timidement.

Ses iris se posèrent sur elle, pourtant son expression resta fermée.

— Je… je veux qu'on parle.

Il rangea son épée et s'essuya les mains sur un chiffon.

— Parler de quoi ?

— De nous. De ce rituel. De ce que ça signifie pour toi, répondit-elle, sa voix tremblante.

Cælum soupira, s'adossant à une table derrière lui.

— Ce n'est pas facile, Sélène. Mais c'est nécessaire.

— Pas facile ? répéta-t-elle avec amertume. Tu ne m'as même pas demandé ce que j'en pensais.

— Parce que je savais que tu ne voudrais pas, dit-il, ses traits durs. Mais, ça ne change rien au fait que c'est la seule option.

— Et toi ? Qu'est-ce que ça te coûte ?

Pour la première fois, une fissure apparut dans son armure émotionnelle. Il détourna le regard, serrant les poings.

— Ça me coûte tout, murmura-t-il.

Son aveu la laissa sans voix. Elle avait toujours considéré Cælum comme un roc, incapable de fléchir. Le voir ainsi, vulnérable, lui rappela qu'il portait un poids immense.

Elle s'approcha de lui, glissant une main hésitante sur son bras.

— Je suis désolée... pour tout. Je n'ai pas réfléchi à ce que tu ressens.

Il releva les yeux vers elle, et pour un instant, elle découvrit toute la douleur qu'il tentait de contenir.

— Tu n'as pas à t'excuser, Sélène. C'est moi qui ai pris cette décision. Mais, crois-moi, ça me déchire autant que toi.

Ils restèrent ainsi, silencieux, avant qu'il ne s'éloigne et saisisse son épée, marquant la fin de leur échange.

Le dîner ce soir-là fut une épreuve. Elyas était assis en face de Sélène, et chaque fois qu'elle croisait son regard, une chaleur inattendue montait en elle. Il était détendu, comme à son habitude, toutefois elle pouvait sentir une tension sous-jacente dans ses mouvements, un intérêt qu'il ne cachait pas totalement.

Après le repas, alors qu'elle s'apprêtait à rejoindre sa chambre, Elyas l'arrêta.

— Sélène. Une promenade ?

Elle s'immobilisa, indécise, consciente de l'effet qu'il avait sur elle, mais hocha la tête.

Ils marchèrent dans les tunnels déserts à cette heure. Elyas finit par briser le silence.

— Tu es nerveuse pour ce qu'on va faire ?

— Bien sûr que je le suis, répondit-elle. Qui ne le serait pas ?

Il sourit doucement.

— Tu es plus forte que tu ne le crois. Et, quoi qu'il arrive, je serai là pour toi.

Ses mots résonnèrent étrangement en elle. Il avait un don pour trouver les phrases qui la réconfortaient et la troublaient en même temps, les mêmes que celles de Cælum.

Quand ils se séparèrent enfin, Sélène s'endormit tard, ses pensées encore agitées par les événements de la journée.

Le matin du troisième jour, elle se réveilla avec une inexplicable gêne dans la poitrine. L'aube artificielle du *village*, simulée par un système d'alchimie complexe, projetait une lumière tamisée sur les murs de pierre. L'idée que tout ce qu'elle connaissait allait changer pesait sur son esprit tel un fardeau qu'elle ne pouvait secouer.

Elle s'habilla lentement, choisissant une robe simple aux tons clairs, un contraste avec l'atmosphère écrasante du lieu. Au moment où elle quitta son logement, les couloirs du *Refuge* étaient vides, les seules sonorités étant le bruit lointain des flots s'écoulant dans les canalisations et les échos de ses pas sur le sol en terre.

Elle aperçut Cælum près de la fontaine du jardin souterrain. L'onde y ruisselait paisiblement, son flux régulier se répercutant à travers la vaste cavité. Il était adossé à la pierre froide, les bras croisés, son visage fermé.

Il ne leva pas immédiatement les yeux lorsqu'elle s'approcha, cependant elle sentait qu'il avait remarqué sa présence.

— Tu évites mon regard, dit-elle gentiment.

Il soupira et détourna finalement son attention du jet d'eau.
— Je ne t'évite pas.
— Alors pourquoi ne me parles-tu plus ?
Il hésita, ses doigts se crispant imperceptiblement contre la roche.
— Parce que si je commence, j'ignore si je pourrai arrêter.
Sélène s'avança, ses prunelles cherchant les siennes.
— Cælum, nous devons affronter ça ensemble. Si tu me laisses seule avec tout ça…
— Ce n'est pas toi que je laisse seule, coupa-t-il, sa voix emplie d'une douleur contenue. C'est moi que je perds.
Un silence tendu s'installa entre eux. Elle envisageait de poser une main sur son bras, mais il recula légèrement, comme s'il craignait que ce contact le brise davantage.
— Nous serons différents après demain, Sélène. Je ne peux pas prétendre que ça ne me terrifie pas.
Elle voulut répondre, mais il s'éloigna avant qu'elle ne puisse trouver les mots. Elle resta là, seule près de la fontaine, écrasée par une tristesse sans remède.
Plus tard dans la matinée, Elyas exigea de la voir. Il l'attendait dans l'alcôve prévue pour la méditation, la même où ils s'étaient retrouvés deux jours auparavant. Les murs de pierre autour d'eux étaient gravés de runes alchimiques qui pulsaient d'une faible lumière, créant une ambiance quasi irréelle.
— Je voulais m'assurer que tu étais prête pour demain, dit-il en l'invitant à s'asseoir face à lui.
— Prête ? répondit-elle avec un léger rire nerveux. Je doute que ce soit possible.

Elyas la fixa de son regard perçant, son expression plus sérieuse qu'à l'accoutumée.

— Le rituel demandera beaucoup de toi. Et de moi. Si nous ne sommes pas parfaitement alignés, cela pourrait échouer... ou pire.

Sélène sentit une boule se former dans sa gorge.

— Que veux-tu dire par « pire » ?

— Une désynchronisation pourrait entraîner une perte partielle de ton énergie vitale. Cela ne te tuerait pas, mais cela te conduirait à être affaiblie. Ou... Cela pourrait m'affecter de manière similaire.

Ses paroles la glacèrent, néanmoins elle serra les poings, cherchant à maîtriser sa peur.

— Alors, dis-moi ce que je dois faire.

Il lui tendit la main, et elle la prit avec hésitation.

— Nous allons nous concentrer sur l'alignement de nos énergies, expliqua-t-il. Cela implique une connexion profonde, au-delà des mots ou des gestes. Tu dois te laisser aller à la confiance totale.

Ils s'assirent face à face, leurs genoux presque en contact. Elyas ferma les yeux, l'invitant à faire de même.

— Respire avec moi, chuchota-t-il.

Leurs souffles s'entrelacèrent, lents et réguliers, jusqu'à ce qu'elle éprouve une étrange chaleur émaner de lui. C'était comme si une partie de son essence cherchait à entrer en contact avec la sienne.

— Tu vois ? continua-t-il, sa voix douce. Ce n'est pas si difficile.

Mais, pour Sélène, c'était tout sauf simple. La proximité d'Elyas la troublait, et chaque seconde passée dans cette posture faisait battre son cœur plus vite. Elle ouvrit les yeux un instant, croisant ses iris. Ses traits étaient détendus, mais sa concentration était intense, presque hypnotique.

Elle détourna le regard, le rouge lui montant aux joues.

Le reste de la journée s'écoula dans un brouillard. Sélène se donna du temps avec Lyanna, toutefois leur conversation était plus calme, comme si son amie percevait qu'elle avait besoin de réfléchir en paix.

Au dîner, Cælum et Elyas étaient présents, pourtant aucun mot ne fut échangé. Le silence était plus lourd que jamais. L'air était imprégné d'une tension palpable, chacun se préparant à sa manière pour le rituel.

Quand la nuit tomba, Sélène se retira tôt dans sa chambre. Elle se tenait près de la fenêtre scellée d'une paroi d'obsidienne enchantée, ruminant ce qui l'attendait le lendemain.

Elle n'entendit pas la porte s'ouvrir derrière elle, mais un frisson la parcourut lorsqu'elle détecta une présence familière.

— Cælum ? murmura-t-elle sans se retourner.

Il ne répondit pas. À la place, elle sentit ses bras autour de sa taille, son étreinte ferme, mais apaisante. Il l'attira doucement contre lui, son souffle chaud effleurant son épaule.

— Je suis désolé, prononça-t-il enfin, sa voix à peine audible.

Sélène soupira, un poids qu'elle ignorait qu'elle portait se levant légèrement de sa poitrine. Elle posa ses mains sur les siennes, l'invitant à ne pas bouger, à ne pas s'éloigner.

Ils restèrent ainsi, enlacés dans un vide sonore chargé de tout ce qu'ils ne parvenaient pas à dire. Finalement, épuisés par leurs émotions, ils se glissèrent dans le lit. Cælum la garda contre lui, son corps chaud et protecteur.

Ils s'endormirent dans cette posture, sans un mot de plus, mais avec une intimité silencieuse qui parlait pour eux.

CHAPITRE 17

Sélène se réveilla avec une boule au ventre, la lumière veloutée des runes alchimiques projetant des ombres dans la chambre. Elle resta immobile un instant, son cœur battant lourdement dans sa poitrine. Ce jour marquait un virage irrévocable, et bien qu'elle soit préparée mentalement autant que possible, la réalité s'abattait sur elle avec une intensité presque écrasante.

Elle tourna la tête. Cælum était déjà alerte, allongé sur le dos, ses yeux fixant le plafond. Ses traits étaient tirés, et elle pouvait sentir l'agitation qui émanait de lui, même sans qu'il prononce un mot.

— Tu es prêt ? demanda-t-elle doucement.

Il acquiesça sans la regarder, un simple mouvement qui en disait beaucoup sur l'état de son esprit.

— Et toi ? répondit-il enfin, sa voix rauque.

— Je crois.

Ils se levèrent en silence, chacun se préparant pour le rituel avec un fardeau invisible pesant sur leurs épaules.

Elyas les attendait à l'entrée du *village*, vêtu d'une tenue sombre et austère, adaptée à la solennité de l'événement. Il ne dit rien lorsque Cælum et Sélène le rejoignirent, se contentant d'un regard évaluateur avant de tourner les talons et de leur indiquer de le suivre.

Le voyage vers le Sanctuaire fut court, pourtant chaque pas semblait durer une éternité. Les couloirs étroits du *Refuge* cédèrent la place aux arbres de la forêt. Le trio atteignit finalement une bâtisse ancienne dissimulée par la végétation, l'accès conduisant au repaire sacré que Sélène reconnut immédiatement.

Quand ils pénétrèrent dans le lieu, son souffle se coupa.

C'était exactement comme elle s'en souvenait : majestueux et intimidant en même temps. Les immenses colonnes gravées de runes étincelaient d'une lueur dorée, et un bassin central rempli d'une eau cristalline reflétait la lumière ambiante.

Sélène sentit un mélange de nostalgie et de tristesse l'envahir. C'était ici qu'elle avait fait ses premiers pas avec Cælum, ici qu'il lui avait montré la complexité et la beauté du monde qu'ils partageaient. Cet endroit était empli de souvenirs, de promesses implicites qui paraissaient aujourd'hui s'effriter sous le poids des circonstances.

— C'est étrange, murmura-t-elle en s'arrêtant près de l'étendue d'eau. Je me rappelle ce jour comme si c'était hier.

Cælum demeura muet, cependant ses prunelles se perdirent un instant sur la surface frémissante, trahissant une émotion qu'il n'aurait jamais exprimée à haute voix. Elyas, de son côté, observait la scène avec une neutralité calculée, mais son silence était plus éloquent que n'importe quelle parole.

Alors qu'ils se préparaient à s'installer pour le rituel, l'atmosphère entre les deux hommes devint de plus en plus électrique. Cælum brisa enfin le calme, ses mots tranchants tels une lame.

— On va vraiment faire ça ici, alors. Retourner là où tout a commencé. Quelle ironie, n'est-ce pas ?

Elyas croisa les bras, son visage restant froid.

— Si tu as quelque chose à dire, dis-le maintenant. Nous n'avons pas le temps pour des remarques inutiles.

Cælum fit un pas vers lui, son timbre bas et menaçant.

— Je n'aime pas l'idée que tu la touches.

— Et moi, je n'aime pas l'idée de devoir réparer tes erreurs, répliqua Elyas sans sourciller.

— Répète ça, gronda Cælum en serrant les poings.

— Ça suffit ! intervint Sélène, sa voix forte résonnant dans le Sanctuaire.

Les deux Veilleurs se figèrent, surpris par sa soudaine autorité. Elle les dévisagea tour à tour, les yeux brillants de colère et de détermination.

— Vous pensez que c'est facile pour moi ? Que je ne conçois pas ce que vous ressentez ? Mais, je refuse que votre rivalité gâche ce moment. Nous avons un objectif. Donc, mettez votre fierté de côté et concentrez-vous.

Elyas inclina discrètement la tête, une expression de respect passant rapidement sur ses traits.

— Très bien.

Cælum détourna les yeux, sa mâchoire toujours serrée, cependant il recula sans un mot.

Avant que la cérémonie ne débute, Sélène s'avança vers le bassin et y trempa les doigts. La fraîcheur de l'eau était saisissante, néanmoins elle la découvrit étrangement apaisante. Elle ferma les paupières, cherchant à calmer son esprit.

Quand elle se redressa, Elyas et Cælum l'attendaient, chacun à sa place respective. La tension était encore palpable, mais ils semblaient enfin prêts à mettre en suspens leurs différends pour accomplir ce qui devait être fait.

L'échéance tant redoutée était là.

Sélène se tenait immobile, le regard baissé, les bras croisés sur son ventre dans une tentative vaine de masquer sa gêne. La tunique qu'elle portait avait été ôtée jusqu'à sa taille, laissant sa poitrine exposée à la lumière tamisée du Sanctuaire. L'air ambiant paraissait presque trop froid sur sa peau, la rendant hypersensible à tout contact.

Elyas et Cælum, chacun armé d'un pinceau imbibé d'encre sombre et scintillante, étaient positionnés devant elle, leurs visages témoignant d'une attention soutenue.

— Sélène, murmura Elyas, sa voix douce, mais ferme. Tu dois te détendre. Si ton énergie est instable, le rituel ne pourra pas fonctionner correctement.

Elle hocha la tête sans relever les yeux, ses joues déjà rouges de honte. Mais, comment pouvait-elle se relaxer dans une situation pareille ? Deux hommes, si proches, traçant des symboles intimes sur une partie de son corps qu'elle n'avait jamais dévoilé ainsi sauf à Cælum.

Le Veilleur fut le premier à avancer. Il posa une paume légère sur son épaule pour stabiliser son mouvement, tandis que l'autre commençait à dessiner le centre de la rune, juste au-dessus de son cœur. Sa main, bien que précise et experte, laissa une traînée de chaleur sur sa peau, affolant son rythme cardiaque.

Puis ce fut au tour de Cælum. Il plaça ses doigts sur son flanc pour maintenir sa posture, cependant le contact, bien que respectueux, était électrisant. Sa paume était chaude, et ses gestes, plus hésitants que ceux d'Elyas, ajoutaient une tension supplémentaire.

— Ne bouge pas, prononça-t-il d'un ton feutré, sa voix plus rauque qu'elle ne l'avait jamais entendue.

Les instruments effleuraient son épiderme avec une délicatesse troublante. Chaque mouvement, chaque pression donnait l'impression d'envoyer une onde d'énergie à travers son organisme. Malgré tous ses efforts pour rester calme, elle sentit son souffle s'accélérer.

Elle ne pouvait ignorer la réaction de son propre corps. Ses tétons se durcirent contre sa volonté, un détail qu'elle savait impossible à cacher. Elle espérait de toutes ses forces qu'ils n'y prêteraient pas attention, malheureusement l'ambiance était trop chargée pour que cet élément passe inaperçu.

Elyas, concentré sur la partie supérieure de la rune, ne put s'empêcher de remarquer, mais il ne dit rien, ses gestes restant précis et mesurés. Cælum, en revanche, détourna brièvement les yeux, son visage prenant une teinte un peu plus sombre, toutefois il continua à dessiner sans un mot.

Quand le Veilleur déplaça sa main pour esquisser un arc délicat sur le côté de son buste, ses doigts frôlèrent sa peau. La sensation subtile fit frémir Sélène, et malgré elle, un faible gémissement lui échappa.

Ce bruit, bien que quasi inaudible, résonna comme un écho dans le silence tendu de la pièce. Elyas ralentit un instant, son regard s'assombrissant alors qu'il se reprenait, mais il poursuivit son tracé. Cælum, quant à lui, se raidit, sa poigne devenant légèrement plus ferme contre elle.

Sélène, rouge de honte, mordit l'intérieur de sa joue pour ne pas exprimer un autre son, ses muscles contractés à l'extrême.

— C'est presque fini, murmura Elyas, sa voix étrangement douce dans l'atmosphère poignante.

Ils apportèrent les touches finales, leurs mains alternant sur son épiderme, traçant les dernières lignes du complexe runique. Chaque seconde semblait durer une éternité pour la jeune femme, mais elle savait qu'elle devait tenir bon.

Enfin, Elyas recula, et Cælum déposa le pinceau avec une lenteur quelque peu cérémonieuse.

— C'est terminé, déclara Elyas.

Sélène prit une inspiration tremblante, repliant rapidement les bras autour de sa poitrine pour se couvrir. Ses joues brûlaient de gêne, cependant elle ne pouvait se permettre de montrer davantage son trouble.

— Prépare-toi, Sélène, dit Cælum d'une voix grave. Le rituel débute bientôt.

Elle hocha la tête sans répondre, s'efforçant de calmer les battements frénétiques de son cœur, bien consciente que rien ne serait plus pareil après cet événement.

Le Sanctuaire était baigné d'une lumière dorée émanant des runes gravées dans le sol. Au centre de la salle, un cercle avait été réalisé, sa courbe parcourue d'une énergie vibrante. La magicienne, de nouveau vêtue de sa tunique légère qui laissait son sternum dégagé, avançait à pas hésitants. Le motif arcanique qui avait été tracé sur sa peau précisément au-dessus de son cœur, brillait faiblement d'une lueur bleutée.

Cælum et Elyas prirent leurs positions, chacun de part et d'autre d'elle. Leurs regards étaient chargés de tension et de ressentiment. Cælum appuya sa paume sur la nuque de Sélène, son toucher autant protecteur que réticent. Elyas, de son côté, plaça une main ferme sur son sternum, juste au-dessus du glyphe, ses doigts s'enfonçant insensiblement dans sa chair pour assurer le contact direct.

L'air était saturé par une présence énergétique presque tangible, chaque particule palpitant de la puissance du rituel qui allait s'amorcer.

Elyas commença à psalmodier une incantation ancienne, sa voix profonde résonnant dans l'espace sacré. La rune sur le buste de Sélène se fit plus vive, diffusant une chaleur qu'elle ressentit jusque dans ses entrailles.

— Regarde-moi, ordonna gentiment Elyas, ses yeux s'ancrant dans les siens.

Incertaine, elle leva les paupières, sa bouche légèrement tremblante. Elyas, toujours absorbé, la tira doucement vers lui. Il glissa sa main autour de sa taille pour stabiliser leur connexion, leur proximité devenant suffocante. Leurs fronts se touchèrent, et le souffle d'Elyas caressa ses lèvres.

— Inhale avec moi, chuchota-t-il.

La poitrine de la magicienne s'emplit d'un rythme effréné tandis qu'elle essayait d'harmoniser sa respiration avec celle du Veilleur. Leurs essences s'entrelaçaient, une sensation étrange, presque intime, qui brouillait la frontière entre leurs esprits. Pourtant, son rôle dans le rituel exigeait une concentration absolue.

La voix de Cælum s'éleva, basse et éraillée au début, alors qu'il entamait le chant de dissolution, une invocation ancestrale destinée à couper progressivement le lien qui l'unissait à l'homme qu'elle aimait. Chaque parole avait l'air de lui arracher un morceau de lui-même, sa douleur transparaissant dans les vibrations de son timbre.

Sélène sentit immédiatement l'effet de la mélodie. Une sensation de vide croissant s'immisçait en elle, comme si une partie d'elle-même lui était retirée. L'attachement, qui avait grandi si profondément en elle et Cælum, tissant leurs âmes ensemble, se fragmentait. Une souffrance aigre, pratiquement physique, irradiait dans son être, lui tirant des larmes qu'elle ne pouvait retenir.

Son partenaire, lui aussi, chancelait sous l'impact du chant. Chaque mot prononcé évoquait un coup porté à son propre cœur. Il avait l'impression de se déchirer de l'intérieur, de perdre une partie de lui qu'il ne pourrait jamais récupérer.

Alors que le lien entre eux s'affaiblissait, Elyas intensifia sa connexion. Ses murmures se firent plus pressants, presque hypnotiques. Dans un mouvement calculé, il inclina Sélène subtilement vers lui, son souffle se mêlant au sien.

— Pardonne-moi, chuchota-t-il avant d'effleurer ses lèvres des siennes.

Le baiser, bien que léger, envoya une onde d'énergie à travers leurs corps, marquant symboliquement la fin de l'attachement entre Sélène et Cælum.

— Non... gémit Cælum, détournant les yeux, incapable de supporter la scène.

Sa paume se détacha avec lenteur de la nuque de la jeune femme, ses doigts traînant une dernière fois sur sa peau avant de s'écarter définitivement. Son rôle dans la cérémonie arrivait à son terme. Il recula de quelques pas, ses poings serrés, ses traits figés dans une expression de douleur muette.

La fin de la litanie se fractura dans le silence tel un éclat irisé. Le lien entre Sélène et Cælum avait été rompu, mais le poids de cette séparation imprégnait l'air d'une tristesse et d'un vide impossible à ignorer.

Pour la magicienne, le moment était quasiment insoutenable. La proximité d'Elyas, l'intensité de son regard, la chaleur de ses mains sur elle... tout cela la troublait intimement. Son corps répondait instinctivement à cette connexion, en revanche son esprit était en proie à une culpabilité déchirante.

Elle chercha brièvement Cælum des yeux, cependant il avait tourné la tête, son attitude dure et fermée. La voir ainsi proche d'un autre homme était une trahison silencieuse qu'il était obligé de subir.

Les runes autour d'eux commencèrent à briller vivement, signe que le rituel touchait son point culminant. Elyas entoura Sélène de ses bras, la serrant contre lui pour maintenir la relation énergétique. Ses mains glissèrent sur ses omoplates, suivant le tracé d'un signe magique dessiné à cet endroit.

— Tiens bon, susurra-t-il près de son oreille, sa voix douce, mais insistante.

Leurs respirations se synchronisèrent une fois encore alors que les symboles autour d'eux arrivaient à leur luminosité maximale. Une chaleur ardente, presque écrasante, emplit le cercle, vibrant avec l'énergie du rite.

Elyas saisit le visage de Sélène entre ses doigts, ses pupilles s'ancrèrent profondément dans les siennes.

— Une ultime étape, souffla-t-il.

D'une voix grave et chargée de pouvoir, le Veilleur entama une incantation finale, ses paroles résonnant dans l'air à l'image d'une mélodie ancienne et solennelle. Chaque mot semblait infuser l'espace autour d'eux, comme si le Sanctuaire lui-même réagissait à son appel.

Sélène sentit un frisson parcourir son épiderme, une sensation perturbante et en partie irréelle de symbiose totale avec son nouveau partenaire. Une dernière vague d'énergie déferla entre eux, de la même façon que si leurs âmes s'entrelaçaient définitivement.

Les symboles gravés à la lisière du cercle s'éclairèrent d'une lueur éclatante, projetant des ombres mouvantes sur les murs du lieu saint. La lumière atteignit son apogée, marquant le lien irrévocable scellé entre les deux protagonistes.

À l'écart, Cælum serra les poings, ses doigts blanchissant sous la pression. Les muscles de sa mâchoire se contractèrent violemment pendant qu'il observait la scène. Une douleur aigre et inexorable pulsait dans sa poitrine, malgré cela il ne bougea pas, son attention fixée sur Sélène, le cœur brisé par ce qu'il venait de perdre.

Lorsque les runes s'estompèrent et que l'éclat se dissipa, la pièce retrouva son calme. Le rituel était terminé, mais l'atmosphère était imprégnée de tension et de non-dits. La jeune femme, encore tremblante, baissa les yeux, ne pouvant se résoudre à soutenir le regard de l'un ou de l'autre. Elle fut envahie par un profond vide, comme si une partie d'elle-même avait été arrachée. Elyas relâcha lentement sa prise et s'écarta légèrement, ses traits affichant une satisfaction froide. Le silence qui suivit fut assourdissant, chacun prenant conscience de l'ampleur de ce qui venait de se produire.

Cælum, quant à lui, se détourna complètement, ses épaules raides.

— C'est fait, dit simplement le Veilleur, rompant le calme ambiant.

Le cœur de la magicienne se noua, submergé de tristesse. Elle voulait parler, trouver les paroles pour apaiser l'homme qu'elle aimait, néanmoins elle savait qu'aucun discours ne suffirait à guérir cette blessure.

Cælum quitta le Sanctuaire sans se retourner, abandonnant Sélène et Elyas seuls dans le cercle où tout avait changé.

Sélène éprouva une curieuse douleur s'installer dans son crâne en même temps que le vide sonore retombait autour d'elle. Sa respiration, d'abord régulière, devint saccadée, avec l'impression que l'air qu'elle inspirait peinait à atteindre ses poumons. Un poids, pénétrant et implacable, s'intensifia dans sa tête, palpitant avec une constance terrifiante.

Elle porta les mains à ses tempes, essayant de comprimer cette souffrance, mais cela ne fit qu'aggraver la sensation. Un bourdonnement envahit ses oreilles, masquant tout autre son, tandis qu'elle percevait chaque battement de cœur comme une onde traversant son esprit. Les pulsations cardiaques résonnaient, sourdes et omniprésentes, telle une symphonie de chaos vibrant.

— Qu'est-ce... gémit-elle, incapable de finir sa phrase.

Son champ de vision commença à rétrécir. Les contours de la pièce se floutèrent, les couleurs se mêlèrent dans un tourbillon vertigineux. Sa conception du monde se réduisait à des perceptions discordantes : la pression insoutenable dans sa tête, les coups étouffés de son cœur, et cette chaleur étrange, presque oppressante, qui s'insinuait dans ses membres.

Une nausée soudaine la submergea. Ses jambes fléchirent, son corps flageolant alors qu'elle tentait de garder son équilibre. Le sol semblait s'effondrer sous ses pieds, comme si elle sombrait dans un vide sans fin.

— Elyas... parvint-elle à souffler, la voix à peine audible.

Puis, tout s'éteint. Le supplice disparut subitement, laissant place à une obscurité totale et protectrice. Elle s'affaissa progressivement, à l'instar d'une feuille tombant à terre, ses jambes refusant de lui obéir. Le dernier son qu'elle perçut fut le tempo régulier de son propre cœur, tel un écho lointain.

Quand elle ouvrit les yeux, une chaleur tiédeur familière l'entourait, et une odeur réconfortante flottait dans l'air. Elle réalisa qu'elle était étendue contre un torse musclé, des bras puissants l'enveloppant avec une délicatesse inattendue.

— Cælum, murmura-t-elle avec un soupir de soulagement, rassurée qu'il soit revenu.

Sa gratitude débordante se traduisit instinctivement en gestes. Sélène distribua une cascade de baisers doux sur le buste qu'elle caressait du bout des doigts, remontant lentement vers le cou de celui qui la tenait. Ses mains, animées par une tendresse avide, glissèrent sur la silhouette ferme jusqu'à ce qu'elles atteignent une dureté contre sa hanche. Sans réfléchir, elle saisit son membre dans sa paume, sentant sa chaleur et sa réaction sous son contact.

L'homme sous elle émit un léger grognement qui la fit frissonner et envoya une décharge de plaisir entre ses cuisses. Sélène redressa la tête, cherchant à capturer les lèvres de son compagnon, mais à ce moment précis, il leva le bras qu'il avait posé sur son visage, révélant ses traits.

Ce n'était pas Cælum.

— Elyas ! s'étrangla-t-elle, reculant brusquement, ses joues s'empourprant de honte et de panique.

Elyas, allongé avec nonchalance, affichait un sourire narquois.

— Eh bien, je ne m'attendais pas à un réveil aussi passionné, dit-il d'un ton taquin, ses prunelles brillantes d'amusement.

Sélène bondit sur ses jambes avec précipitation, toutefois le mouvement fut trop rapide. Elle vacilla, son équilibre précaire menacé par les séquelles de son malaise. Elyas tendit un bras pour la soutenir, mais elle le repoussa violemment.

— Ne me touche pas ! siffla-t-elle, mortifiée.

Elle inspira profondément, se stabilisant tant bien que mal, puis s'élança hors du Sanctuaire sans un mot de plus. Ses pieds martelèrent le sol de pierre avec une urgence désespérée alors qu'elle cherchait une seule chose : Cælum.

Sélène fonçait sans prêter attention à la douleur qui irradiait dans son corps. Les bois environnants s'étendaient à l'image d'une mer d'ombre, les troncs des arbres dressés telles des sentinelles muettes. Elle appela, sa voix résonnant dans l'espace vide :

— Cælum ! Où es-tu ?

Cependant, sa plainte ne reçut aucune réponse, uniquement le silence accablant de la nature endormie. Elle avançait à l'aveugle, ne sachant dans quelle direction aller, et pourtant poussée par une force intérieure qui lui hurlait de le trouver. Une terreur sourde s'insinuait en elle, un mélange de peur et d'un néant qu'elle n'avait jamais éprouvé précédemment.

Elle se figea quelques secondes, fermant les yeux pour essayer de ressentir ce qu'elle avait toujours perçu avant : l'aura puissante et familière de son protecteur, cette lueur dans son esprit qui l'avait invariablement guidée, même dans les moments les plus sombres. Mais, il n'y avait rien. Rien d'autre que le poids écrasant de son absence.

— Non... geignit-elle, la gorge nouée.

Elle reprit sa marche, s'époumonant encore et encore, sa voix devenant rauque à force de crier son nom. Ses pas la menèrent à distance du Sanctuaire, et à chaque mètre parcouru, la souffrance s'intensifia. C'était comme si une partie de son âme se déchirait un peu plus à chaque instant. Elle reconnaissait cette sensation, celle qu'elle avait connue lorsqu'ils se séparaient trop l'un de l'autre, pourtant cette fois, c'était pire.

Elle s'arrêta, une main pressée contre sa poitrine, luttant pour reprendre son souffle.

Et, c'est là que l'évidence la frappa. La douleur n'était pas seulement due à l'éloignement de Cælum, mais également à la présence accablante d'Elyas. Elle ne pouvait plus échapper à cette nouvelle connexion, à ce lien qui l'emprisonnait, l'entourait, la rendant incapable de s'en défaire. Le fardeau de cette prise de conscience fit monter un flot de larmes qu'elle ne chercha même pas à retenir.

— Pourquoi... pourquoi m'as-tu abandonné ?! clama-t-elle dans l'abîme silencieux, sa voix brisée.

Elle continua de marcher, malheureusement ses jambes, vacillantes, refusaient de la porter plus longtemps. Elle tituba, sa vision floue à cause des pleurs et de l'épuisement. Une nausée grandissante s'empara d'elle, et une souffrance lancinante vrilla son crâne.

Finalement, elle s'effondra par terre, privée de la capacité d'avancer. Le froid du sol se mêlait à la chaleur suffocante de son corps. Les sanglots, violents et irrépressibles, la secouaient, provoquant des soubresauts incontrôlables dans ses muscles.

— Cælum... je t'en prie...

Cependant, le vide ne répondit qu'avec le murmure lointain du vent entre les arbres. Elle resta là, à genoux dans les feuilles, ses doigts enfoncés dans la terre, pleurant jusqu'à ce que ses forces l'abandonnent presque entièrement. Elle n'avait jamais ressenti une solitude aussi profonde, aussi dévastatrice, et la conclusion que tout cela était irréversible se planta dans son cœur comme une lame affûtée.

Des bruits de pas précipités retentirent à travers les bois, et avant que Sélène n'ait pu relever la tête, Elyas et Cælum surgirent d'un même élan. Le Veilleur semblait mal en point, haletant, les traits tendus par la douleur d'avoir été si loin d'elle, privé de la proximité qu'il recherchait désespérément. Il s'appuya contre un tronc, la paume sur son torse, essayant de reprendre son souffle, mais ne fit aucun geste pour l'approcher.

Cælum, en revanche, ne prêtait aucune attention à Elyas. Il s'agenouilla auprès de Sélène, plaçant délicatement sa main sur son épaule, ses yeux remplis de remords et de désarroi en voyant son état. Il la hissa avec soin contre lui, la berçant doucement, caressant ses cheveux avec une tendresse qu'elle n'avait pas éprouvée depuis une éternité. Elle s'accrocha à lui comme à une bouée de sauvetage, ses sanglots devenant plus silencieux, mais tout aussi intenses.

— Je suis désolé, murmura-t-il d'une voix brisée. Je suis tellement désolé de m'être enfui. De t'avoir abandonnée avec tout ça.

Sélène n'eut même pas la force de répondre. Elle laissa ses doigts se serrer autour de lui, sa tête posée contre sa poitrine, oubliant tout sauf le réconfort qu'il lui apportait. Son corps se détendait peu à peu, chaque caresse semblant soulager un peu plus le tourment de la séparation qu'elle avait ressenti.

— Je suis là, Sélène... plus rien ne nous éloignera l'un de l'autre.

Cælum la redressa, la soulevant dans ses bras de la même façon que s'il la protégeait d'un monde trop cruel. Il la porta sans une parole de plus, se dirigeant vers le Sanctuaire, Elyas marchant derrière eux en silence. La jeune femme, encore absorbée par ses pensées, répétait des phrases sans suite, ses propos confus, tels des éclats de son esprit en miettes.

Arrivé devant la bâtisse, Cælum se tourna brusquement vers Elyas, lançant un regard froid et déterminé qui disait tout. Elyas comprit le message sans un mot et s'arrêta là, à l'écart, ses yeux sombres examinant Sélène, mais il ne tenta rien pour la suivre à l'intérieur.

Une fois dans l'intimité de l'édifice, il la déposa avec douceur sur le rebord du bassin, ses mains tremblantes enlevant lentement les morceaux de terre et de feuilles qui tapissaient sa peau. Il l'étudia, redoutant de la blesser, et se mit à la déshabiller délicatement, chaque mouvement témoignant sa tendresse.

— Tu es toute couverte de boue... observa-t-il, effleurant son visage, ses gestes empreints d'une passion infinie. Je vais te nettoyer, d'accord ?

Elle hocha la tête, le regard flou, perdue dans un tourbillon de sensations contradictoires. Il l'entoura de ses bras avec soin, la guidant vers l'eau claire. Celle-ci était chaude, relaxante, et l'enveloppait dans une perception de velours, pareil à un refuge contre tout ce qu'elle venait de traverser. Cælum resta là, près d'elle, l'attirant dans son étreinte rassurante, l'orientant pour la laver, ses doigts glissant doucement sur son épiderme, enlevant la saleté, effaçant la douleur.

— C'est fini maintenant, chuchota-t-il. Nous allons tout réparer, Sélène.

Les mots apaisants et le contact de ses mains sur sa peau la calmèrent graduellement. Elle se détendit dans ses bras, sentant le poids de son esprit se relâcher, même si le vide persistait encore, à l'intérieur, à l'endroit où le lien avec Cælum s'était dissous. Par contre, son corps, lui, baignait dans un cocon de chaleur et de sécurité.

Ils demeurèrent ainsi plusieurs minutes, sans parler, avant qu'il ne l'aide à sortir du bassin, l'essuyant avec une serviette moelleuse. Les mouvements étaient lents, minutieux, mais ses yeux... ses yeux la scrutaient sans fin, comme si chaque instant passé à ses côtés était précieux.

Finalement, une fois sèche et habillée, ils se dirigèrent vers la petite chambre, celle qu'ils avaient partagée si longtemps avant le départ vers le *Refuge*. Cælum ferma la porte derrière eux avec une légère pression, dans une tentative de sceller ce moment, et ils s'assirent ensemble sur le lit. Aucune parole ne fut échangée, néanmoins l'atmosphère était saturée de tendresse. Ils se regardaient en silence, leurs prunelles se rencontraient, se comprenant sans avoir besoin de phrases.

Ils se réfugièrent sous les couvertures, Sélène lovée contre Cælum, et, épuisés, ils se laissèrent emporter par le sommeil. Le monde extérieur, les tensions, et tout ce qui était hors de ce Sanctuaire se dissipèrent dans l'obscurité tranquille de la pièce. Elyas avait respecté leur espace et ne les avait pas dérangés. Cet instant était à eux, seulement à eux, et rien ne pouvait rompre cette douceur retrouvée.

Ils s'endormirent de la sorte, détendus, nichés dans le tendre foyer corporel de l'autre.

Le lendemain matin, une lumière feutrée filtrait à travers les volets de la petite chambre du Sanctuaire. Sélène ouvrit lentement les paupières, encore enveloppée dans la douceur réconfortante des bras de Cælum. Il était réveillé, son regard posé sur elle, comme s'il voulait graver chaque détail de son visage dans sa mémoire.

— Bien dormi ? murmura-t-il en effleurant une mèche de ses cheveux.

Elle hocha discrètement la tête avant de se redresser légèrement. Une détermination nouvelle brillait dans ses yeux.

— Je dois vous parler, annonça-t-elle avec précaution. À vous deux.

Cælum fronça les sourcils, cependant il acquiesça. Ensemble, ils se préparèrent, et après un dernier moment de sérénité, ils sortirent du logis pour rejoindre Elyas dans la pièce principale. Il se tenait là, appuyé contre un mur, l'air pensif. Lorsqu'ils entrèrent, il porta son attention sur eux, son visage impénétrable.

Sélène s'arrêta devant lui, l'observant un instant. Elle prit une inspiration profonde, aspirant à ancrer sa résolution.

— Je veux que les choses soient claires avant que nous repartions, déclara-t-elle calmement, mais fermement.

Le Veilleur contracta les épaules, intrigué, tandis que Cælum restait silencieux à ses côtés, une main discrètement placée dans le bas de son dos pour la soutenir.

— Elyas, je comprends que nous sommes liés maintenant, et je sais ce que cela implique. Mais, ce lien... ce lien n'est qu'un outil, une conséquence de ce rituel. Rien de plus.

L'intéressé arqua imperceptiblement les sourcils, néanmoins il ne l'interrompit pas, son regard fixé sur elle.

— Ce que je partage avec Cælum... elle pivota simplement vers lui, ses yeux s'adoucissant, c'est à lui seul que je l'offre. Mon cœur, mon âme, tout cela lui appartient.

Elle ajusta sa posture, défiant les iris d'Elyas.

— Je veux que tu saisisses que jamais, tu ne pourras t'immiscer dans cette intimité, dans cette relation. Ce que nous avons vécu hier pendant la cérémonie était nécessaire, mais ça ne se reproduira en aucune circonstance.

Une tension palpable s'installa dans la pièce. Le Veilleur la dévisagea, son expression indéchiffrable, toutefois elle crut percevoir un éclair de douleur dans ses pupilles.

— Je ne te laisserai pas utiliser ce lien comme prétexte pour franchir des limites. Si tu tentes quoi que ce soit qui va à l'encontre de mon choix, de mon amour pour Cælum, je te le ferai payer.

Sa voix, bien que ferme, tremblait légèrement d'émotion. Elle se tourna enfin vers Cælum, cherchant son appui dans ses yeux.

— C'est tout ce que j'avais à dire.

Elyas la fixa longuement, puis hocha la tête, ses traits se durcissant sensiblement.

— Très bien, répondit-il de manière laconique, d'un ton bas et mesuré.

Or, alors qu'il regardait ailleurs avec une attention feinte, elle fut envahie par une déflagration de sensations violentes, si soudaines et intenses qu'elle manqua de respirer correctement.

Une souffrance profonde, acérée, lui transperça le cœur. Un pli subtil barra son front. Ce n'était pas sa propre douleur. Elle provenait d'Elyas. Une blessure invisible, pourtant bien réelle, pulsait dans l'air autour d'eux, lui rappelant cruellement à quel point la connexion qui les unissait désormais était puissante.

Mais ce n'était pas tout.

Presque immédiatement après cette première impression, une colère aigre, quoique brûlante, jaillit comme une vague. Elle n'avait rien d'explosif, malgré cela, c'était une émotion pesante, ancrée dans la frustration et le rejet. Elle se mêlait à sa souffrance telle du venin, et Sélène ne put empêcher sa propre gorge de se nouer en réponse.

Elle inspira profondément, serrant ses bras contre elle pour masquer le tremblement qui parcourut conjointement ses mains. Le poids de ces sentiments la faisait presque vaciller, cependant elle se força à garder son calme.

Elyas le savait. Il savait qu'elle pouvait capter ce qu'il ressentait, et il n'essaya même pas de le cacher. Pourtant, il demeura muet. Pas un mot ne passa ses lèvres, toutefois la tension dans ses épaules, la crispation à peine visible de ses mâchoires, en disaient long.

La jeune femme détourna les yeux, refusant de céder à ce qu'elle percevait. Cela ne changerait rien. Ce qu'elle avait dit était la vérité, et elle ne pouvait se permettre de reculer ou de montrer le moindre doute.

— Nous devrions partir, suggéra-t-elle finalement, sa voix un peu plus faible qu'elle ne l'aurait voulu.

Sans une parole, Elyas fit volte-face et marcha vers la sortie. Ses pas, lents et maîtrisés, dégageaient une froideur calculée.

Sélène sentit une main effleurer la sienne : Cælum. Elle tourna la tête vers lui, trouvant un réconfort silencieux dans ses prunelles. Mais, les états d'âme d'Elyas persistaient en arrière-plan, similaires à une lame suspendue au-dessus d'elle.

Elle soupira doucement et suivit le Veilleur hors du Sanctuaire, son esprit embrouillé par un mélange d'apaisement et de trouble.

Cælum posa tendrement une paume sur la nuque de sa compagne, un geste rassurant.

— Merci, murmura-t-il à son oreille, assez bas pour qu'elle seule l'entende.

Sélène eut l'impression qu'une pression se levait sur sa poitrine. Elle avait dit ce qu'elle devait dire, et pour la première fois depuis le rituel, elle se vit maîtresse de ses choix, de son destin. Dans son for intérieur, elle savait que ce moment resterait gravé : celui où elle avait revendiqué son amour, son indépendance et sa loyauté envers Cælum, malgré le lien invisible qui l'attachait désormais à Elyas.

CHAPITRE 18

Enfin, le jour du départ se présenta. Le groupe avait grandi depuis leur arrivée au village : les guerriers des Plaines Rougeoyantes menés par Hadria, les anciens captifs désormais libres, les Hérauts et, au centre de tout, Sélène accompagnée de Cælum et d'Elyas, le Veilleur avec qui elle partageait dorénavant un lien qu'elle aurait préféré éviter.

Alors qu'ils quittaient les portes du *Refuge*, une tension palpable flottait dans l'air. Cælum avançait à côté de sa compagne, ses ombres fluctuant subtilement, comme un écho silencieux de ses pensées profondes. Elyas les suivait de près, ses pas calmes et réguliers, mais Sélène sentait l'agitation sourde émanant de lui par le biais de leur connexion.

— Prête ? demanda Cælum doucement, ses yeux cherchant ceux de Sélène.

Elle le contemplait avec un sourire hésitant.

— Tant que tu restes près de moi.

Il hocha la tête, et un éclat déterminé illumina son regard.

La route vers Séryos s'annonçait longue et semée d'embûches, en revanche, cette fois, ils étaient mieux préparés. Ils avaient des alliés, des armes, et un objectif clair : ramener Elyas à Seryos et trouver les autres Veilleurs. Le vrai combat venait tout juste de débuter.

La colonne s'étira sur le chemin rocailleux. Les bottes frappaient la terre sèche à une cadence régulière, et même les paroles échangées étaient rares. Le vent balayait les hautes plaines, faisant ployer les herbes sous un ciel d'un gris métallique, lourd de présages.

Sélène progressait près de Cælum, calant son rythme sur le sien. Ses ombres semblaient étrangement apaisées, cependant elle savait qu'elles n'étaient jamais loin de refaire surface. Derrière eux, Elyas avançait en silence. Sa présence la tourmentait comme une chaîne qu'elle traînait inexorablement. Les émotions qu'elle percevait à travers leur connexion étaient complexes : une résignation alliée à une détermination froide.

Hadria et ses guerriers ouvraient la marche. Leurs lances ornées de plumes rouges et leurs armures de cuir tanné renforçaient le moral du groupe. Les Hérauts, à distance, maintenaient un œil vigilant sur l'horizon, tandis que Kael et Ivryn discutaient de stratégie, leur échange à voix basse ponctué de gestes animés.

— On dirait que tu es perdue dans tes pensées, murmura Cælum en effleurant son bras, la ramenant brusquement à la réalité

Elle tourna la tête vers lui.

— Je songe à ce qui nous attend… et ce qu'il faudra faire ensuite, avoua-t-elle.

Les traits de Cælum s'assombrirent imperceptiblement.

— La route est encore longue. Mais, tu as raison, tout cela ne fait que commencer.

Elyas, à portée de voix, n'intervint pas. Pourtant, Sélène ressentit une légère fluctuation dans leur lien : un sentiment qu'elle identifia comme une pointe d'impatience ou de désaccord. Elle ne fit aucun commentaire, gardant les yeux fixés sur la piste devant elle.

La première nuit, ils s'arrêtèrent dans une vallée encaissée où un ruisseau serpentait entre des rochers recouverts de mousse. Le vent hurlait dans les hauteurs, néanmoins la végétation dense leur offrait un abri relatif.

Les soldats d'Hadria allumèrent plusieurs feux, et l'odeur de viande séchée mêlée à celle du pain rassis flotta dans l'air.

Sélène s'assit près de l'un des foyers, Cælum prenant place à ses côtés. Elyas resta légèrement en retrait, observant la scène depuis l'obscurité, son expression indéchiffrable.

Kael et Ivryn rejoignirent le couple, leurs visages illuminés par les flammes vacillantes.

— Les éclaireurs n'ont rien trouvé pour l'instant, rapporta Kael. Nous sommes encore loin de Séryos.

— Autant profiter de cette tranquillité tant qu'elle dure, ajouta Ivryn en s'asseyant sur une souche.

La magicienne scruta le brasier, ses réflexions tourbillonnant sans fin. Malgré leur nombre et leur préparation, une angoisse sourde ne la quittait pas. Elle avait conscience que les alchimistes avaient toujours un coup d'avance, et elle craignait qu'ils ne tombent dans un piège.

— Tu es tendue, lança Ivryn, arquant un sourcil.

Sélène releva la tête, prise sur le fait.

— Tu sais que c'est justifié, répliqua-t-elle doucement.

Ivryn haussa les épaules, un sourire en coin.

— Bien sûr que ça l'est. Mais, on a besoin que tu sois concentrée. Pas submergée par tes peurs.

Cælum glissa une main discrète sur le bras de sa compagne, un geste réconfortant.

— Elle a raison, chuchota-t-il. Focalise-toi sur ce qu'on peut contrôler.

La jeune femme acquiesça, serrant les dents. Elle détourna quelques secondes les yeux vers Elyas, qui regardait au loin, le visage éclairé par le feu. L'attachement qu'ils partageaient vibra faiblement ; elle perçut une détermination dure et inébranlable, mais également un trouble qu'elle ne parvenait pas à interpréter pleinement.

Elle inspira profondément et se recentra sur ses compagnons, repoussant l'inconfort de ce lien qui continuait de l'affecter. Le voyage était encore long.

Le chemin vers Seryos était plus ardu que tout ce que Sélène avait imaginé. Les terres qu'ils traversaient semblaient respirer l'anxiété de leur entreprise. Le vent glacial des plaines sifflait entre les rangs, emportant parfois les voix étouffées de ses équipiers. Chaque pas les rapprochait du but, mais également d'un danger plus tangible, plus accablant.

Elyas marchait à proximité. Une gravité silencieuse émanait de lui, et sa lumière, vacillante par instants, paraissait réagir à la tension ambiante. Malgré son calme apparent, la jeune femme pouvait percevoir par leur lien une douleur latente et une colère contenue depuis l'annonce qu'elle lui avait fait la veille.

— Vous ressentez ça ? demanda Ivryn en scrutant les collines qui s'étendaient autour d'eux.

Un murmure, quasiment inaudible, flottait dans l'air. Ce n'était pas la brise ni le bruissement de la végétation. C'était... autre chose.

— Une présence, dit Cælum, ses ombres frémissant légèrement. Ils savent que nous venons.

— « Ils » ? répéta Kael, jetant un coup d'œil inquiet à Ivryn.

Cælum hocha la tête.

— Les alchimistes. Ils surveillent les lignes énergétiques. Elyas est comme une torche dans l'obscurité pour eux.

Le Veilleur se tourna lentement vers Cælum, ses iris brillants déchirant la pénombre.

— Ils me cherchent, affirma-t-il calmement. Ils ont attendu ce moment depuis des siècles.

— Et ils ne nous laisseront pas atteindre Seryos sans un combat, ajouta Kael.

Un silence pesant s'installa, et malgré le froid mordant, Sélène sentit une sueur glacée courir dans son dos.

La nuit tomba rapidement, et avec elle, de lourdes ténèbres pénétrantes. Ils s'arrêtèrent dans un creux abrité par des rochers pour établir un campement. Les guerriers des Plaines Rougeoyantes formèrent un périmètre, tandis que les Hérauts commencèrent à dresser des protections surnaturelles.

La magicienne se tenait près du feu, ses prunelles hypnotisées par les flammes dansantes. À sa droite, l'homme qu'elle aimait surveillait les alentours, ses yeux scrutant la noirceur environnante. De l'autre côté du foyer, Elyas était assis, immobile, son éclat dessinait des figures animées sur les blocs de pierre.

— Tu ne devrais pas rester éveillée seule, murmura Cælum sans la regarder.

Elle haussa les épaules.

— Je ne suis pas seule.

Son attention se porta vers Elyas, qui détourna les yeux avec une expression indéchiffrable. Sélène perçut de nouveau cette colère enfouie, mais elle se força à l'ignorer.

— Je veux dire… émotionnellement, ajouta-t-elle finalement à Cælum, dans un souffle discret.

Il pivota vers elle, ses ombres s'apaisant sensiblement.

— Tu ne l'es pas, répondit-il doucement.

Le silence fut brisé par un hurlement lointain, perçant la quiétude de la nuit.

— Aux armes ! cria l'un des guerriers en se mettant debout précipitamment.

Des silhouettes sombres apparaissaient sur la crête voisine, se déplaçant avec une rapidité inhumaine.

— Les alchimistes, grogna Kael en dégainant son épée.

Elyas se leva lentement, son regard éclatant fixant l'horizon. Sa lumière s'intensifia faiblement, comme une réponse instinctive à la menace.

— Défendez le Veilleur ! tonna Ivryn en tendant ses paumes, invoquant un rempart chatoyant autour de leur groupe.

La troupe se prépara à l'affrontement. Cælum se plaça devant Sélène, ses ombres se déployèrent en une barrière mouvante.

— Je vais les retenir, annonça-t-il, sa voix glaciale.

— Pas seul, répliqua-t-elle, se postant à ses côtés.

Elyas s'avança légèrement, sa lueur douce couvrant le camp d'un cocon protecteur.

— Ils ne cherchent qu'à nous ralentir, dit-il, son ton étrangement calme.

Ils n'eurent pas le temps de discuter davantage. Les créatures alchimiques chargèrent, leurs corps grotesques émettant des cris gutturaux. La bataille s'engagea avec une intensité brutale.

Les premiers assauts furent les plus chaotiques. Les soldats d'Hadria se jetèrent dans la mêlée, leurs lames scintillant sous la clarté de la lune. Les Hérauts, quant à eux, lançaient des projectiles magiques qui explosaient en éclats multicolores, déchirant les rangs ennemis.

Sélène leva ses mains, projetant un rayon aveuglant qui repoussa une dizaine de monstres. À sa droite, Cælum se battait avec une efficacité froide et implacable, ses voiles sombres s'enroulaient autour des adversaires pour les broyer avant de les réduire en poussière. Elyas, au centre du campement, était une balise lumineuse, sa présence seule affaiblissant les abominations proches.

— Ils ne s'arrêtent pas, grogna Kael en fracassant le crâne d'une créature avec son bouclier.

— Ils ne sont que des pions, objecta Ivryn. Les alchimistes testent nos forces.

C'est alors qu'un nouvel assaut fut lancé, plus puissant. Un groupe de sorciers apparut sur une crête voisine, leurs mains tissant des flots d'énergie émeraude qui déferlaient vers eux.

— Abaissez-vous ! hurla Ivryn, élevant une barrière à la dernière seconde.

L'impact frappa le sol, dispersant des fragments de pierre et brisant leur formation.

— Je vais m'occuper d'eux, gronda Cælum, se préparant à bondir.

— Pas sans moi, précisa Sélène, son cœur tambourinant violemment.

Leurs yeux se croisèrent, et il hocha la tête sans répondre.

Ils avancèrent ensemble, sa lumière et ses ombres se combinant dans un tourbillon de destruction, tandis que derrière eux, leurs alliés refoulaient les assauts incessants de bêtes.

Au moment où ils atteignaient la crête, Elyas intervint finalement. Une pulsation de brillance absolue parcourut la zone d'affrontement. Les sorciers s'arrêtèrent net, leurs créations vacillant avant de s'effondrer. Le Veilleur leva une main, et une onde de lueur pure traversa de nouveau le champ, ravageant tout ce qui portait la marque de l'alchimie.

Le silence retomba, rompu seulement par les gémissements des blessés et le souffle court des survivants.

Elyas baissa les bras, visiblement épuisé, et échangea un regard avec Sélène. Elle sentit à travers leur lien sa douleur et son amertume. Mais, il ne dit rien et se détourna.

— Nous devons bouger, dit-il, sa voix résonnant dans l'air. Ils reviendront, plus nombreux.

Personne n'osa le contredire. Ils ramassèrent leurs affaires, aidant les éclopés à se relever, et reprirent leur route vers Seryos.

Cælum entrelaça ses doigts à ceux de Sélène, ignorant le coup d'œil d'Elyas.

— Nous restons ensemble, murmura-t-il à son oreille.

Elle acquiesça, rassurée par sa présence. Pourtant, le poids de la connexion avec Elyas persistait, une constante qu'elle ne pouvait éviter.

L'itinéraire pour atteindre Seryos les avait conduits à travers des paysages désolés, des plaines éventrées par d'anciennes guerres et des collines battues par des vents furieux. Mais, rien ne les avait préparés à la vue des ruines.

Seryos n'était pas une ville, ni même un temple, comme ils l'avaient imaginé. C'était un vaste complexe étendu sur plusieurs kilomètres, une cicatrice béante dans la terre elle-même. Les vestiges de tours gigantesques, réduites en miettes par un souffle apocalyptique, émergeaient de la poussière. Des colonnes gravées de runes, semblant éternellement vivantes, projetaient un halo fragile dans le crépuscule.

Elyas s'arrêta à l'orée des décombres, sa lumière ondulant anormalement.

— C'est ici, annonça-t-il, sa voix étrangement chargée d'émotion. Là où nous avons échoué et où tout a commencé.

Cælum se tenait aux côtés de Sélène, ses ténèbres frémissantes donnant l'illusion de percevoir une vérité ancestrale.

— Pourquoi cet emplacement est-il si important ? demanda-t-il, brisant le silence.

L'être divin se tourna vers lui, ses yeux brillants rencontrant ceux de l'Ombre.

— Parce que c'est ici que les Veilleurs ont fait leur dernier serment. En ce lieu que nous avons décidé de sacrifier notre immortalité pour protéger ce monde. Car c'est en cet endroit que ma puissance a été scellée. Et, c'est là que je dois la récupérer.

— Que s'est-il produit ? interrogea Sélène.

Elyas leva une main, et un rayonnement doux émana de ses doigts. Des images naquirent autour d'eux, des visions fantomatiques du passé.

Des silhouettes lumineuses apparurent dans l'air, représentant les protecteurs divins dans toute leur gloire. Ils étaient nombreux, bien plus que la jeune femme ne l'avait soupçonné : une vingtaine, peut-être davantage, chacun incarnant une facette différente de l'univers.

— Les Veilleurs ont été créés pour maintenir l'équilibre, expliqua-t-il. Mais, lorsque les entités de l'au-delà ont tenté de s'emparer de cette dimension, nous avons dû intervenir.

Les manifestations astrales révélaient une bataille titanesque. Les Veilleurs affrontaient des formes indistinctes, de sombres masses chaotiques qui semblaient suinter la pure destruction.

— Nous avons gagné, continua-t-il, mais à un prix terrible. Nous étions trop faibles pour contenir la totalité de leur pouvoir. Alors, nous avons confiné des fragments de notre propre essence pour renforcer les prisons que nous avions forgées.

Les projections montrèrent les protecteurs se tenant en cercle, chantant dans une langue ancienne. Une lumière éclatante s'éleva de leur union, cependant à mesure qu'elle grandissait, leurs formes devinrent floues, fragiles.

— Cette décision nous a divisés, reprit-il sombrement. Certains d'entre nous ont disparu, d'autres ont cherché des moyens de restaurer ce que nous avions perdu. Moi, j'ai choisi d'attendre. J'ai veillé, espérant que la menace ne reviendrait pas.

Les images se dissipèrent, laissant un silence lourd derrière elles. Sélène l'observa, un mélange de fascination et de peur dans les yeux.

Ivryn se risqua à parler pour briser la tension :

— Vous voulez dire que… vous allez défaire les sceaux ?

— Pas entièrement, répondit Elyas, une note de gravité dans la voix. Une partie de mon essence est enfermée ici. Sans elle, je ne suis pas assez puissant pour lutter contre ce qui nous attend.

Sélène fronça les sourcils.

— Les alchimistes le savent, n'est-ce pas ? C'est pour cela qu'ils te suivent.

Elyas acquiesça.

— Oui. S'ils parviennent à dérober cette substance avant moi, ils pourront la détourner pour alimenter leur Pierre Alchimique. Ils n'ont pas besoin de briser les scellés intégralement pour cela. Une fraction de l'énergie qu'elle contient suffirait à assurer leur immortalité... et à consolider leur domination en rendant leur pouvoir incontrôlable.

Cælum plissa les yeux, ses ombres s'étirant.

— Et les entités piégées ? demanda-t-il d'une voix grave. Si vous rompez même une partie du verrou, ne risquons-nous pas de les libérer ?

Elyas fixa le sol un instant avant de répondre.

— Les fermetures ont été conçues pour isoler ces êtres dans des fragments distincts, hors d'atteinte. Cependant, l'essence que je vais récupérer est proche de leur geôle. Interférer comporte une menace. Mais, ce danger existe déjà.

Il releva la tête, les prunelles emplies d'une étincelle déterminée.

— Les protections faiblissent avec le temps. Les alchimistes exploitent ces failles pour siphonner leur énergie. Si nous n'agissons pas d'urgence, ils finiront par déstabiliser les prisons elles-mêmes, libérant les entités qu'elles contiennent. Je dois reprendre cette quintessence pour les empêcher d'aller plus loin.

Un frémissement d'inquiétude passa dans les rangs. Même Ivryn, habituellement imperturbable, semblait troublée.

— C'est donc une course contre-la-montre, murmura-t-elle. Et ?

— Et les alchimistes cherchent à s'approprier cette énergie pour eux-mêmes. Si nous la leur laissons, les scellés ne tiendront pas, et les entités qu'ils retiennent s'échapperont.

Un frisson parcourut Sélène en entendant ces mots.

— Et si tu récupères ton essence ? insista Cælum. Cela affaiblira-t-il les serrures davantage ?

Elyas hocha lentement la tête.

— Oui. Mais, en redevenant entier, je pourrai intervenir pour stabiliser ce qui reste. C'est un équilibre délicat, mais c'est le seul moyen d'éviter le pire.

Ils pénétrèrent dans les ruines, guidés par la lumière vacillante d'Elyas. L'air était lourd, chargé d'une aura primordiale qui faisait vibrer la peau de Sélène. Chaque pas résonnait dans les vastes couloirs, déchirant un silence séculaire.

Ils atteignirent enfin une salle arrondie, au cœur de Seryos. Le plafond, bien qu'effondré par endroits, laissait entrevoir un ciel constellé. Au centre, une structure imposante se dressait : une plateforme gravée de symboles anciens.

Elyas se tenait au milieu du podium circulaire, ses mains effleurant les ornements qui pulsaient d'une énergie sourde et électrisante. Ses yeux brillants d'or avaient l'air de plonger dans un abîme éternel.

Le souffle de la jeune femme se coupa tandis qu'elle l'observait. L'atmosphère elle-même semblait saturée, presque magnétique, comme si le monde retenait sa respiration en prévision de ce qui allait suivre.

— Ce que nous allons tenter est risqué, commença Elyas, sa voix calme, mais teintée d'un sérieux implacable. Ces scellés ne se briseront pas sans résistance. Pour que je récupère mon essence, il faudra une synergie parfaite... et une grande puissance.

— Que devons-nous faire ? demanda Sélène, s'avançant d'un pas.

Elyas porta tranquillement son regard vers elle, et malgré la gravité de la situation, un faible sourire étira ses lèvres.

— Toi, Sélène, tu seras le pilier. Ton lien avec moi est la clé.

Sélène sentit son cœur s'accélérer.

— Pourquoi ?

— Parce que cette substance n'est pas qu'un pouvoir emprisonné, expliqua Elyas. Elle est une partie de ce que je suis. Et, maintenant que nous sommes connectés, elle se propage en toi autant qu'en moi.

Les mots résonnèrent tel un écho dans l'esprit de Sélène.

— Et nous ? intervint Ivryn, l'expression pénétrante.

Elyas lui adressa un regard reconnaissant.

— Toi et les autres, vous protégez le rituel. La libération de mon essence ne passera pas inaperçue. Les entités scellées ressentiront le déséquilibre. Les alchimistes, eux aussi, pourraient agir.

Cælum, à quelques pas de Sélène, plissa les yeux.

— Et qu'arrive-t-il si ces entités parviennent à franchir les barrières ?

Le Veilleur inspira profondément, une ombre de douleur traversant son visage.

— Alors ce monde sera perdu.

Un silence glacé s'abattit sur le groupe, brisé seulement par Sélène.

— Nous réussirons, dit-elle fermement.

Elyas hocha la tête, et ses mains tracèrent un grand cercle dans l'air. À mesure qu'il se concentrait, des lignes scintillantes s'élevaient du sol, entourant la plateforme d'un réseau complexe de glyphes qui tourbillonnaient paresseusement.

— Sélène, viens au centre avec moi, ordonna-t-il doucement.

Elle obéit, ses mouvements lents, mais décidés. Quand elle pénétra dans l'anneau dessiné, une aura inattendue l'enveloppa, l'embrassant d'une étreinte radieuse.

Son compagnon leva les bras, et une lumière intense jaillit des gravures, formant un dôme doré autour d'eux.

— Tends-moi ta main, murmura-t-il.

Sélène s'exécuta, et lorsqu'ils se touchèrent, une décharge parcourut son corps. Une rivière d'énergie luisante coula de lui vers elle, et elle sentit une étrange harmonie naître entre leurs esprits.

— Maintenant, concentre-toi, exigea-t-il. Nous devons fusionner nos forces. Guide-moi vers l'essence.

Elle ferma les yeux, laissant son cerveau s'ouvrir à lui. Une vision surgit : un noyau brûlant, scellé dans des chaînes éthérées, au cœur d'un maelström.

— Je le vois, chuchota-t-elle.

— Amène-le vers moi. Mais, fais attention : le verrou résistera.

Une vibration explosive frappa l'estrade. Autour d'eux, les symboles tournaient comme des toupies à une vitesse croissante, projetant des éclats de lumière et d'ombre.

Soudain, une force invisible tenta de repousser Sélène. Elle faillit perdre l'équilibre, néanmoins Elyas raffermit sa prise sur sa main.

— Ne te laisse pas déstabiliser ! Je suis là, affirma-t-il, sa voix agissant tel un ancrage dans le chaos.

Une fissure apparut dans le scellé mental qu'elle percevait, et l'énergie ardente commença à se libérer.

C'est alors que tout changea.

Le sol sous leurs pieds se mit à trembler violemment. Une fêlure noire déchira l'air, et une silhouette indistincte, faite de pures ténèbres, émergea, hurlant dans une langue oubliée.

— Une entité éveillée ! rugit Ivryn, tirant son épée.

Kael se jeta en avant, son arme reflétant la lueur des runes.

— Ne les attaquez pas ! gronda Elyas. Protégez-nous !

Cælum, ses ombres déjà en mouvement, se plaça à leurs côtés, formant une barrière fluctuante autour du cercle.

Sélène, tremblante, mais concentrée, canalisa toute sa volonté pour attirer l'essence vers Elyas. La chaleur devenait étouffante, et une douleur intense s'insinua dans ses membres.

— Sélène, ne lâche pas, dit Elyas, sa voix plus forte, presque imposante.

L'éclairage autour d'eux fut soudain si aveuglant qu'il brûla les ombres de l'entité. Un cri strident retentit tandis qu'elle reculait, mais d'autres fissures s'étendaient, et des présences plus nombreuses s'efforçaient de faire surface.

— Accélère le processus, grogna Cælum, ses ténèbres vacillant sous la pression.

Elyas lâcha un rugissement guttural, et un éclat doré s'éleva tout à coup de son torse. L'essence avait traversé le maelström, brisant ses chaînes.

La magicienne ouvrit les yeux juste à temps pour voir la lumière s'écouler en lui, le transformant. Sa silhouette devint pratiquement divine, ses traits baignant dans une aura de pure énergie.

Un ultime souffle de pouvoir jaillit de lui, refermant les brèches une à une, bloquant les entités qui tentaient de s'échapper.

Quand le silence retomba, Elyas se tenait droit, rayonnant d'une nouvelle lueur.

— C'est fait, dit-il simplement.

Sélène s'effondra à genoux, épuisée, mais soulagée.

— Et qu'est-ce que ça change ? demanda Ivryn en se tournant vers le Veilleur.

Ce dernier regardait Sélène, une étincelle de gratitude dans ses prunelles.

— Dorénavant, nous avons une chance de gagner. Les alchimistes ne tarderont pas à sentir cette magie. Nous devons partir immédiatement.

Ils sortirent du sanctuaire à la hâte, mais une fois dehors, une tension palpable s'abattit sur eux. Le vent présentait une odeur de métal et de cire, un présage de sinistre.

— Ils sont déjà là, gémit Ivryn, ses yeux scrutant les horizons brisés.

Au loin, des silhouettes approchaient, des formes indistinctes dans la brume. Les alchimistes, accompagnés de leurs créations monstrueuses, convergeaient vers leur groupe.

Kael dégaina son épée, Ivryn se plaça à ses côtés, et les guerriers des Plaines Rougeoyantes formèrent un cercle protecteur.

— On ne pourra pas tous les affronter, remarqua Kael en resserrant sa prise sur son arme.

Elyas, brillant comme une torche dans l'obscurité croissante, s'avança.

— Je les retiendrai, intervint Cælum.

— Quoi ? Non ! s'opposa Sélène. Tu ne peux pas…

Il posa une main chaude sur son épaule, son regard étrangement doux.

— Mon rôle est de protéger, pas de fuir. Je resterai ici et les ralentirai. Vous devez aller chercher un autre Veilleur.

Cælum captura ses lèvres dans un baiser, l'arrachant à ses protestations. Elyas s'approcha.

— Sélène, nous devons partir.

— Mais…

— Fais-moi confiance, murmura Cælum, ses yeux rencontrant les siens avec une intensité qui lui coupa le souffle.

Elle ferma les paupières un instant, puis acquiesça.

— Très bien, mais tu as intérêt à survivre et à nous rejoindre. Comment feras-tu pour nous retrouver ?

Cælum examina Elyas d'un œil interrogateur.

— Les Ruines de Varinas, répondit ce dernier.

Sélène se détourna à contrecœur, son cœur meurtri alors que Cælum restait en arrière. Elle sentit une main ferme, mais douce sur son bras, Elyas, l'incitant à avancer.

— Nous devons partir maintenant, répéta-t-il. Chaque seconde compte.

Kael jeta un autre regard à Cælum avant de serrer les dents.

— En formation, ordonna-t-il. On ne les laisse pas nous rattraper.

Sélène courait aux côtés d'Elyas, suivie de près par Ivryn et les guerriers des Plaines Rougeoyantes. Les bruits de la bataille imminente s'élevaient déjà dans l'air : des rugissements terrifiants, le choc métallique des armes et le cri de défi de Cælum. Elle lutta pour ne pas se retourner, sachant que si elle le faisait, elle risquait de céder à l'envie de revenir.

Elyas maintenait un rythme soutenu, ses pas guidés par une détermination inébranlable. Devant eux, la brume s'épaississait, masquant le chemin.

— Les Ruines de Varinas... où sont-elles exactement ? demanda Ivryn, essoufflée, mais concentrée.

— À l'ouest, déclara Elyas. Une journée de marche si nous réussissons à distancer nos poursuivants.

— Et si nous n'y arrivons pas ? intervint Kael.

Elyas ne répondit pas, mais son mutisme en disait long.

Sélène serra les poings, son esprit tiraillé entre l'urgence de leur mission et l'image de Cælum faisant face à une armée pour leur donner une chance.

Le groupe progressait à travers un dédale de roches et de racines, le paysage devenant de plus en plus sauvage et imprévisible. Le Veilleur s'arrêta soudain, levant une main pour les faire taire.

— Quoi ? questionna Ivryn à voix basse, dégainant son épée.

— Ils nous suivent, affirma-t-il, tendant l'oreille.

Un bruit sourd flottait au loin, comme des battements d'ailes lourdes.

— Ce n'est pas possible, murmura Kael. Ces abominations ont des bêtes volantes ?

Elyas hocha gravement la tête.

— Des chimères alchimiques. Elles sont rapides et difficiles à abattre.

— Alors, on les affronte ? proposa Ivryn, son regard brillant de défi.

— Non. Pas ici.

Il leva les bras, et une lumière étincelante émana de ses paumes. Les glyphes qu'il traça dans l'air s'étendirent, formant une barrière éthérée qui scintillait d'un éclat doré.

— Cela nous fera gagner du temps, dit-il.

— Mais pas beaucoup, observa Sélène.

Elyas la regarda, son expression grave.

— Chaque seconde compte. Nous devons atteindre les Ruines de Varinas avant qu'ils ne passent mes protections.

Ils se remirent en route, les sons des chimères et des poursuivants résonnants comme un tambour funeste dans leur dos.

La nuit était tombée lorsqu'ils arrivèrent dans un hameau déchu niché entre deux collines escarpées. Les maisons délabrées, couvertes de végétation et partiellement effondrées, étaient désertes depuis des décennies, toutefois elles offraient une cachette temporaire.

Elyas fit un signe de la main, et le groupe s'arrêta.

— Nous devrions nous reposer ici, déclara-t-il. Les défenses mystiques que j'ai mises en place tiendront encore un moment, mais nous devons récupérer des forces avant d'aller plus loin.

Kael acquiesça, épuisé.

— Très bien, mais nous ne resterons pas plus que nécessaire.

Ils s'éparpillèrent pour s'installer. Ivryn et Kael vérifièrent les environs, tandis qu'Elyas choisissait une habitation toujours debout pour préparer un abri sommaire. Sélène s'assit contre un mur, son esprit sans cesse embrumé par les événements récents.

Les pensées de Cælum la hantaient, son sacrifice, son assurance malgré le danger. L'idée qu'il puisse être blessé — ou pire — la rongeait.

Le Veilleur la dévisageait depuis l'autre bout de la pièce, ses yeux brillant faiblement dans l'obscurité. Finalement, il s'avança, une couverture dans les mains.

— Tu es frigorifiée, murmura-t-il en s'agenouillant à ses côtés.

Il la drapa sur ses épaules et s'assit près d'elle, suffisamment proche pour qu'elle sente la chaleur de son corps contre le sien.

— Tu ne peux pas tout porter seule, Sélène, dit-il doucement. Laisse-moi t'aider, ne serait-ce qu'un instant.

Elle le regardait, ses yeux fatigués, mais remplis de gratitude.

— Merci, Elyas.

Il leva une paume hésitante et la posa sur la sienne, créant un contact léger, mais ferme.

— Tu n'as pas à être forte tout le temps, remarqua-t-il. Laisse-toi aller.

La jeune femme sentit une chaleur confortable émaner de lui, chassant ses inquiétudes persistantes. Elle ferma les paupières alors qu'il traçait avec délicatesse des cercles sur le dos de son poignet, ses paroles mélodieuses l'enveloppèrent comme un plaid invisible.

Lentement, Elyas passa un bras autour de ses épaules. Elle ne protesta pas, trop épuisée pour résister à ce geste de réconfort. Il l'invita à se blottir contre lui, son autre main venant se perdre dans ses cheveux, les caressant avec précaution.

— Je sais que tu t'inquiètes pour lui, commenta-t-il à son oreille. Mais, il est fort, Sélène. Il reviendra.

Elle garda les paupières closes, se laissant bercer par sa voix et la bienveillance de son contact. Ses doigts glissèrent dans ses mèches, esquissant des mouvements rassurants qui faisaient taire, pour un moment, le tumulte en elle.

— Tu es plus solide que tu ne le penses, continua-t-il. Mais même les plus forts ont besoin de quelqu'un pour les épauler.

Il posa son menton contre le haut de son crâne, resserrant son étreinte. Sélène soupira tranquillement, cherchant inconsciemment ce soutien dont elle avait désespérément envie.

— Je suis là pour toi, susurra-t-il à nouveau, sa voix presque un souffle.

Elle ne répondit pas, laissant ses pensées s'apaiser sous ses caresses. Ses doigts effleurèrent timidement sa joue, son geste en même temps tendre et calculé. Il pencha la tête, ses lèvres frôlant les siennes avec une infinie lenteur.

Ce contact la fit émerger de sa torpeur. Sélène recula brusquement en poussant légèrement sur son torse pour introduire de la distance entre eux.

— Elyas, non, dit-elle fermement malgré la douceur de son acte.

Il leva les mains en signe de reddition, son expression pleine de contritions.

— Je suis désolé, murmura-t-il. Je voulais juste… te réconforter.

— Je sais, assura-t-elle, son regard sérieux. Mais, ce n'est pas le moment ni ce que je souhaite.

Elle se mit debout, serrant la couverture autour d'elle, et s'éloigna pour rejoindre Kael et Ivryn.

Elyas demeura immobile, son visage neutre, pourtant ses yeux brillaient d'une intensité indéchiffrable.

— Pas encore, marmonna-t-il pour lui-même, ses doigts se refermant lentement sur l'air vide là où elle avait été.

Le hameau abandonné était plongé dans un silence oppressant. Après un maigre repas constitué des restes qu'ils avaient pu dénicher dans les maisons désertées, le groupe s'était organisé pour la nuit. Kael et Ivryn prirent le premier tour de garde pendant qu'Elyas et Sélène s'installaient dans un coin de la pièce principale pour se reposer. Le froid était mordant, et les flammes du feu de camp vacillaient sous les courants d'air qui traversaient la vieille bâtisse.

Sélène s'endormit rapidement, malgré l'effervescence de la journée, cependant son sommeil fut loin d'être paisible.

Dans son rêve, elle se tenait au centre d'un champ de bataille. Les cris déchirants, les silhouettes indistinctes, tout semblait vouloir l'écraser. Puis, un visage familier apparut dans la tourmente : celui de Cælum. Il tendait la main vers elle, mais lorsqu'elle tenta de l'attraper, il s'éloigna, happé par l'obscurité.

Elle se réveilla en sursaut, le souffle court et le cœur battant à tout rompre.

Elyas, qui dormait à proximité, se redressa immédiatement, les sens en alerte.

— Sélène ? demanda-t-il en se rapprochant. Qu'est-ce qui ne va pas ?

Elle tremblait, incapable de réagir. Ses paumes serrèrent la couverture comme un bouclier.

— Juste... un cauchemar, balbutia-t-elle finalement. Rien de grave.

Mais, il ne se contenta pas de sa réponse. S'agenouillant à côté d'elle, il posa une main rassurante sur son épaule.

— Hé, ça va. Je suis là, murmura-t-il.

Il l'entoura de ses bras, l'étreignant calmement contre lui. Son geste était réconfortant, protecteur, et elle ne trouva pas la force de le repousser.

— Tu es en sécurité, continua-t-il en lissant ses cheveux. Plus rien ne peut t'atteindre ici.

Les battements frénétiques de son cœur commencèrent à ralentir sous l'effet de sa voix apaisante et de sa chaleur. Elyas s'installa contre elle, l'enveloppant dans son étreinte, et elle se laissa aller à ce répit qu'il lui offrait.

— Dors, chuchota-t-il. Je veillerai sur toi.

Fatiguée, Sélène finit par céder, s'abandonnant à ses bras et sombrant de nouveau dans le sommeil.

Dans ses rêves, une tout autre scène se déroula. Elle se tenait dans un endroit indéfinissable, baignée d'une lumière tamisée et chaude. Les paumes de Cælum glissèrent sur elle, explorant son corps avec une tendresse mêlée de désir.

Ses doigts caressaient ses épaules, descendaient sur ses seins, les effleuraient doucement, éveillant un frisson qu'elle n'avait jamais ressenti auparavant. Puis, ils continuèrent leur incursion, traçant des lignes brûlantes sur son ventre, ses hanches.

Elle sentait une fièvre intense monter en elle, et son souffle devenait plus court tandis qu'il insinuait une main entre ses cuisses, frôlant son intimité à travers le fin tissu de sa culotte. Ses attouchements étaient délicats, mais terriblement efficaces, éveillant en elle un mélange de plaisir et de désir qu'elle ne pouvait réprimer.

Un gémissement s'échappa de ses lèvres lorsqu'il s'introduisit sous le vêtement, son pouce trouvant son bouton de délice. Il dessinait des cercles autour, le survolant à chaque passage. La tension enflait en elle, prête à l'inonder d'un instant à l'autre. Quand il inséra son index en elle, une vague de sensations la submergea.

C'est alors qu'un éclair de lucidité traversa son esprit. Ce n'était pas un rêve.

Sélène ouvrit brusquement les yeux et se figea en découvrant Elyas penché sur elle, son visage tout près du sien, ses doigts toujours en elle.

— Elyas ?!

Elle le repoussa violemment, se redressant à moitié, le regard rempli de confusion et de colère.

— Qu'est-ce que tu fais ?!

Il recula légèrement, levant les mains en signe d'apaisement.

— Sélène, calme-toi. Ce n'était pas...

— Pas quoi ? cria-t-elle, les joues en feu. Tu essaies de profiter de moi ?

Il fronça les sourcils, blessé par ses mots.

— Non, ce n'est pas ça, répondit-il fermement. Ce n'est pas de la manipulation. C'est notre lien, Sélène.

Elle secoua la tête, troublée.

— Notre lien ? Ne commence pas avec ça.
— C'est la vérité, insista-t-il. Ce lien que nous partageons, il nous attire l'un vers l'autre. Tu le perçois également, n'est-ce pas ?

Elle ouvrit la bouche pour protester, mais aucun mot ne vint. Une partie d'elle savait qu'il disait vrai. Cette attraction étrange, presque magnétique, elle ne pouvait la nier entièrement.

— C'est pour ça que tu te sentais liée à Cælum aussi, reprit-il, sa voix douce, bien que teintée d'une certaine urgence. Ce n'était pas qu'une question de choix ou de sentiments. C'est cette connexion qui cherche à s'exprimer, physiquement, émotionnellement.

Elle secoua de nouveau la tête, les mains tremblantes.
— Je refuse de croire ça.
— Tu peux refuser, murmura-t-il en s'approchant d'elle, pourtant tu sais que j'ai raison.

Sélène se leva d'un bond, croisant les bras comme pour se protéger.
— Je ne veux pas entendre ça, Elyas.

Il la regarda longuement, un mélange de regret et de compréhension dans ses yeux.
— Très bien. Mais, un jour, tu devras accepter ce que nous sommes.

Elle tourna le dos, cherchant à mettre de l'éloignement entre eux. Néanmoins, à l'intérieur, un doute naissant la rongeait. Et, si Elyas disait vrai ?

La matinée était fraîche, la lumière pâle du soleil levant peignant le paysage désertique d'ombres interminables. Sélène, encore perturbée par les événements de la nuit, marchait en tête du groupe, gardant une distance délibérée avec Elyas. Elle esquivait systématiquement son regard et feignait de ne pas entendre lorsqu'il tentait de lui parler. Ivryn, fidèle à elle-même, comblait le silence avec des commentaires légers, mais même elle semblait sentir la tension palpable.

Alors qu'ils traversaient une série de ravins rocailleux, Ivryn perdit pied en escaladant une paroi abrupte. Elle glissa, et une pierre tranchante entama profondément sa jambe.

— Ivryn ! cria Kael en se précipitant vers elle.

Sélène accourut, son instinct de guérisseuse prenant le dessus sur ses préoccupations personnelles.

— Laisse-moi voir, dit-elle en s'agenouillant près d'Ivryn.

La blessure était grave, mais pas mortelle. Elle déchira un pan de son manteau pour improviser un bandage.

— Tu devras éviter de trop bouger jusqu'à ce qu'on puisse faire mieux, recommanda-t-elle en nouant fermement le tissu autour de la plaie.

— Bien sûr, répondit Ivryn avec un sourire forcé. J'adorerais me reposer un peu, si ça ne dérange personne.

Kael porta Ivryn sur son dos pour les aider à avancer, toutefois leur progression ralentit considérablement.

Le soleil déclinait quand ils atteignirent enfin les ruines. Dominant l'horizon, elles avaient l'air de provenir d'un autre monde. Les vestiges de colonnes massives et les dômes effondrés étaient illuminés par l'éclairage doré du crépuscule, projetant une atmosphère aussi majestueuse que sinistre.

— Nous y sommes, annonça Elyas, sa voix basse et teintée d'émotion.

— On ne peut pas chercher le Veilleur maintenant, fit remarquer Sélène en s'écartant de lui. Ivryn a besoin de soins, et il fait déjà presque noir.

— Elle a raison, ajouta Kael. Nous ferions mieux de monter un bivouac pour la nuit.

Ils s'installèrent à l'abri d'un ancien mur, dressant un feu de camp pour repousser le froid mordant. Sélène s'occupa d'Ivryn avec des herbes médicinales qu'elle avait conservées. Le groupe partagea un repas frugal, mais l'ambiance restait anxiogène.

Alors que l'obscurité enveloppait leur base d'un voile protecteur, une présence familière émergea des ombres.

— Vous avez pris votre temps, déclara une voix rauque.

Tous se tournèrent, en alerte, or Sélène reconnut immédiatement la silhouette qui s'approchait.

— Cælum !

Il portait des traces de combat sur ses vêtements et paraissait épuisé, en revanche, il était vivant et indemne.

— Je vous avais dit que je vous retrouverais, poursuivit-il en se dirigeant vers le foyer, un sourire en coin malgré la fatigue.

— Tu es en retard, nota Kael, mais son ton trahissait le soulagement.

Sélène, incapable de retenir son émotion, se leva pour aller à sa rencontre.

— Je craignais que…

Elle s'interrompit, les mots lui manquant. Cælum lui posa une main rassurante sur la joue.

— Je suis là, murmura-t-il, ses yeux cherchant les siens.

Elyas, qui observait la scène en silence, détourna le regard, son visage indéchiffrable dans la lumière vacillante des flammes.

— Détends-toi, dit Cælum à Sélène. Nous aurons besoin de toutes nos forces demain.

Elle hocha la tête, le cœur encore agité, et retourna s'asseoir près du feu. La compagnie de son amant, agréable et sécurisante, adoucissait l'atmosphère pesante. Mais, elle sentait aussi le spectre d'une confrontation à venir, entre le passé, le présent, et les vérités qu'elle devait affronter.

Autour du brasier crépitant, la troupe se rassembla, la chaleur et la luminosité offrant un répit bienvenu contre la nuit glaciale. Cælum, toujours sur ses gardes, avait pris place à côté de Sélène, tandis qu'Elyas restait légèrement en retrait, l'ombre du mur derrière lui accentuant l'éclat fantomatique de sa lueur intérieure.

— Maintenant que nous sommes tous réunis, annonça Cælum d'un ton tranquille, mais direct, il est temps de parler sérieusement. Comment allons-nous trouver ce Veilleur ?

Elyas posa son regard perçant sur lui, puis sur les autres membres du groupe.

— Les Veilleurs laissent des traces, répondit-il. Des résidus d'énergie, des changements dans l'environnement. Ici, à Varinas, l'essence de celui qu'on cherche est probablement encore liée à ces ruines.

— C'est bien beau tout ça, intervint Kael, mais comment sait-on s'il acceptera de nous aider ?

— Bonne question, ajouta Ivryn en grimaçant quelque peu à cause de sa blessure. Après tout, si ce Veilleur est dans un état semblable à celui d'Elyas, il pourrait être amoindri... ou peu coopératif.

— Je n'étais pas faible, rétorqua Elyas, sa voix trahissant une pointe d'agacement. Et, je peux vous assurer qu'il comprendra la gravité de la situation.

— Cela dépend, répliqua Cælum en croisant les bras. Est-il comme toi ? Doit-il aussi récupérer une partie de son essence ?

Le silence tomba l'espace d'une seconde. Sélène scruta Elyas, cherchant à cerner ce qu'il ne disait pas.

— Oui, finit par admettre ce dernier. Il est probable qu'il ait également scellé une fraction de son âme pour maintenir l'équilibre.

— Alors c'est un problème, déclara Cælum en fronçant les sourcils. Si nous devons le convaincre, et en plus l'aider à retrouver sa pleine puissance, cela prendra du temps. Et, pendant ce temps, les alchimistes ne resteront pas inactifs.

— Ce n'est pas si simple, répliqua Elyas. Nous ne pouvons pas nous permettre de sauter cette étape. Le Veilleur en question, Thalios, était autrefois le plus sage et le plus redoutable d'entre nous. Avec son aide, nous aurons plus de chance de renverser la situation.

— Mais cela suppose qu'il soit encore... lui-même, murmura Sélène, pensive.

Elyas se tourna vers elle, captant son regard.

— C'est vrai. Si une période trop longue s'est écoulée, ou si son essence scellée l'a trop affaibli, il pourrait être méfiant, ou même hostile. Mais c'est crucial.

— Comment le trouverons-nous ? demanda Kael. Ces ruines s'étendent sur des kilomètres, et nous n'avons pas de temps à perdre à fouiller chaque recoin.

Elyas ferma les yeux un instant, cherchant à canaliser son énergie. Une douce lueur émana de lui, projetant des ombres dansant sur les pierres environnantes.

— Je peux sentir sa présence, répondit-il. C'est ténu, mais elle est là, quelque part au cœur des décombres. Demain, nous suivrons cette trace.

Sélène plissa le front, mal à l'aise.

— Et s'il refuse de nous aider ?

— Il ne refusera pas, assura Elyas avec une conviction presque trop parfaite pour être honnête.

— Et si tu te trompes ? insista-t-elle.

Il la fixa, et un sourire mystérieux naquit sur ses lèvres.

— Alors, nous le persuaderons.

Le feu grésilla, comblant le silence lourd de sens qui suivit ses paroles.

— Très bien, conclut Cælum, son ton pragmatique tranchant dans l'atmosphère. Mais, si cela tourne mal, nous devrons être prêts à agir rapidement. Pas de demi-mesures.

— Cela ne tournera pas mal, contra Elyas, toutefois son regard s'attarda un peu trop longtemps sur Sélène, suscitant en elle une nouvelle vague de méfiance.

Le groupe finit par se disperser, chacun se préparant à une nuit de repos bien méritée.

La Lune était haute, ses rayons argentés glissant entre les ruines comme des spectres muets. Le camp était calme, bercé par les crépitements apaisants des flammes mourantes et les respirations profondes des membres endormis. Néanmoins, Sélène ne trouvait pas le sommeil. Son esprit tourbillonnait, encombré par des émotions conflictuelles qu'elle n'arrivait pas à tempérer.

Elle était agenouillée un peu à l'écart, observant le ciel constellé, quand elle sentit une présence familière derrière elle.

— Tu es encore éveillée, murmura Cælum en s'approchant.

Elle sursauta légèrement, mais se détendit en voyant son ombre se découper dans la lumière vacillante.

— Toi aussi, répliqua-t-elle doucement, un sourire timide aux lèvres.

Il s'assit à côté d'elle, son regard suivit le sien vers les étoiles.

— J'avais besoin de te parler, dit-il après un moment de silence.

Sélène baissa les yeux, jouant nerveusement avec un brin d'herbe entre ses doigts.

— Pareil pour moi.

Le calme s'étira, cependant il n'était pas inconfortable. C'était un espace chargé de tension, mais également d'un réconfort étrange. Finalement, Cælum porta son attention vers elle.

— Tu m'as manqué, confia-t-il, sa voix basse et rauque, pleine d'émotion.

Les mots frappèrent Sélène telle une vague, faisant naître en elle une chaleur qu'elle avait tenté de refouler depuis leur séparation.

— Toi aussi, répondit-elle dans un souffle.

Il glissa vers elle, posant une main douce sur la sienne. Son contact était électrique, une sensation qui provoqua des frissons le long de son bras.

— Je n'ai pas arrêté de penser à toi, avoua-t-il. À ce que j'aurais pu dire, ce que j'aurais dû faire avant que tout cela ne devienne... ce chaos.

Elle leva les yeux vers lui, et dans la lumière de la lune, elle vit une vulnérabilité rare dans ses prunelles.

— On a tous fait des choix, bredouilla-t-elle. Parfois, ils étaient les bons. Dans certains cas, non.

Cælum serra tendrement ses doigts, son pouce dessinant des cercles rassurants sur son épiderme.

— Mais je sais ce que je ressens, Sélène. Je le savais alors, et je le sais maintenant.

Tandis qu'elle s'apprêtait à répondre, il se pencha vers elle avec précaution, ses lèvres effleurant les siennes avec une délicatesse qui fit chavirer son cœur.

Elle lui rendit son baiser, laissant son esprit s'abandonner à cette étreinte. Tout ce qu'elle avait retenu depuis des semaines s'effondra, remplacé par un tourbillon de désir, de détente et d'amour. Ses mains trouvèrent naturellement leur place contre son torse. Leurs bouches se rencontrèrent dans un échange plus intense, et une fièvre familière monta en elle, chassant ses doutes et ses peurs.

Les gestes devinrent plus pressants, plus tumultueux. Ses phalanges glissèrent le long de ses épaules, effleurant délicatement sa peau à travers le tissu. Cælum, de son côté, traça des lignes sur ses bras et son dos, son toucher éveillant des frissons sur tout son épiderme.

Ils s'allongèrent lentement sur la couverture qu'elle avait étalée plus tôt pour observer les étoiles. Leurs corps s'imbriquaient parfaitement, comme s'ils avaient été faits pour se retrouver ainsi.

— Sélène... souffla-t-il contre son oreille, sa voix rauque, presque suppliante.

Elle hocha la tête, incapable de parler, ses pensées noyées dans une marée de sensations. Leurs caresses s'approfondissaient, chaque mouvement empreint de passion et de tendresse. Elle trouva sa virilité en passant la main dans son pantalon et sentit sa respiration s'accélérer lorsqu'elle l'empoigna. Un grognement lui échappa quand elle commença à bouger sa paume sans hâte sur son membre dur.

Cælum captura ses lèvres et enroula sa langue autour de la sienne dans une danse sensuelle qui la laissa pantelante. N'y tenant plus, il la mit sur le dos et lui retira ses vêtements tout en faisant courir ses doigts sur ses seins aux pointes raidies. Il se redressa un instant pour enlever ses habits, la fixant d'un regard débordant de promesses.

Enfin, il la pénétra, centimètre après centimètre, ses yeux soudés aux siens, lui arrachant un gémissement de plaisir. Mais, alors qu'elle s'abandonnait au rythme de ses hanches, Sélène perçut une présence, quelque chose de lourd qui flottait dans l'air.

Elyas.

Elle n'avait pas besoin de voir pour ressentir son attention, sa frustration, sa colère et quelque chose de plus profond encore : une douleur silencieuse qui semblait résonner avec ses propres sensations.

La culpabilité monta en elle comme une tempête, mêlée d'un écho lointain de son lien avec Elyas. Elle savait qu'il observait, qu'il éprouvait tout, et cela la déchirait.

Cælum murmura des mots passionnés dans son cou, néanmoins elle ne put s'empêcher de jeter un coup d'œil discret vers les ombres. Là, juste à la limite de la lumière du feu, elle aperçut une silhouette immobile. Elyas.

Leurs iris se croisèrent brièvement, et un flot d'émotions la traversa : fureur contenue, tristesse, et une jalousie pratiquement palpable. Il tourna finalement les talons et disparut dans l'obscurité, mais l'impact de ce moment resta.

Sélène se blottit un peu plus contre Cælum, s'imposant de chasser le remords qui s'installait en elle. Cependant, même dans les bras de celui qu'elle aimait, une partie d'elle ne pouvait ignorer l'importance de son lien avec Elyas.

CHAPITRE 19

Le lendemain matin, le camp s'éveilla sous une lumière froide et diffuse. Une brume épaisse s'accrochait aux ruines, rendant chaque pierre et chaque ombre indistincte. Sélène, les yeux cernés par une nuit de sommeil troublé, se força à participer aux préparatifs malgré son esprit alourdi par les événements de la veille.

Elyas dirigea le groupe, son visage fermé, son attitude distante. Sélène sentait sa présence étouffante, cependant elle s'efforçait de ne pas croiser son regard. Cælum restait près d'elle, son soutien silencieux apaisant ses nerfs à vif.

— Les Veilleurs ne sont pas simplement cachés, expliqua Elyas en examinant une tablette gravée qu'il avait trouvée parmi les débris. Ils s'intègrent à leur environnement, devenant presque une partie de celui-ci. Ce ne sera pas aussi facile que de les appeler.

Ivryn, dont la blessure à la jambe avait été soignée sommairement, boitillait en s'appuyant sur Kael. En dépit de la douleur, elle ne se plaignait pas, ses traits déterminés.

— Qu'est-ce qu'on cherche exactement ? demanda-t-elle en serrant les dents.

Elyas leva les yeux de la tablette.

— Des signes. Des perturbations magiques. Ce Veilleur a scellé une partie de son essence ici pour des raisons spécifiques.

Quelque chose dans ces vestiges reflète son pouvoir. Nous devons repérer ce point d'ancrage.

Ils se mirent en marche, avançant avec précaution à travers les décombres. Chaque foulée paraissait réanimer les anciennes bâtisses elles-mêmes, des murmures lointains s'élevaient parfois dans l'air lourd, comme si les pierres chuchotaient leurs secrets oubliés.

Sélène s'arrêta près d'un pilier brisé, ses doigts effleurant les runes gravées à sa surface.

— Ces inscriptions... elles semblent bouger, observa-t-elle.

Elyas se pencha à ses côtés, étudiant les signes avec attention. Il hocha la tête.

— Ce sont des symboles d'éveil. Elles réagissent à la magie, ou à ceux qui portent un lien avec les Veilleurs. Continuez à chercher. Si elles s'intensifient, nous saurons que nous sommes proches.

Au bout de plusieurs heures d'explorations infructueuses, Cælum remarqua une structure partiellement enfouie sous un éboulis. Une arche délabrée, sa surface noircie par le temps, paraissait émettre une secousse faible, mais constante.

— Là, appela-t-il. Quelque chose ne va pas avec ces blocs.

Ils se regroupèrent autour de la voûte, Elyas tendant une main prudente vers elle. La vibration s'intensifia légèrement, et une lumière vacillante émana des fissures.

— C'est ici, confirma Elyas. Le point d'ancrage.

Sélène sentit son estomac se nouer.

— Et maintenant ? interrogea-t-elle.

— Je dois le sortir de son sommeil, répondit Elyas. Mais, cela pourrait être... risqué. Si le Veilleur est encore affaibli ou s'il rejette notre intrusion, il pourrait nous attaquer avant même de nous reconnaître.

— Et si ce Veilleur refuse de nous aider ? insista Ivryn.

Elyas la scruta, impassible.

— Alors, nous devrons trouver un autre moyen. Mais, nous ne pouvons pas abandonner.

Il posa ses deux mains sur l'arche, murmurant une incantation dans une langue ancienne. Les vibrations devinrent plus fortes, presque assourdissantes, et le rayonnement s'amplifia jusqu'à éclairer les ruines aux alentours.

Soudain, une silhouette imposante commença d'émerger de la lumière, comme sculptée dans l'air lui-même. Une voix grave et résonnante déchira le silence :

— Qui ose troubler mon sommeil ?

Le groupe recula instinctivement sauf Elyas qui resta immobile.

— Veilleur de la Mémoire, c'est moi, Elyas, ton frère d'armes. Nous avons besoin de ton assistance.

L'apparition, désormais pleinement visible, semblait formée de fragments d'énergie pure, ses traits indistincts, mais puissants. Ses yeux, des orbes lumineux, se fixèrent sur Elyas.

— Elyas. Le parjure. Pourquoi viendrais-je en aide à celui qui a renoncé à sa mission ?

Un mutisme glacial s'abattit sur l'assemblée, et le cœur de Sélène se contracta douloureusement.

— Nous devons le convaincre, murmura Cælum, s'avançant d'un pas.

Sélène jeta un regard à son allié, dont le visage reflétait une détermination froide. Elle se demanda si cette rencontre serait leur salut… ou leur perte.

Le Veilleur de la Mémoire détailla Elyas avec une intensité quasiment insoutenable. L'air autour d'eux donnait l'impression de vibrer sous l'effet de sa puissance.

— Parjure ? questionna Sélène à mi-voix, incapable de réprimer sa confusion.

Elyas ne détourna pas les yeux de la silhouette.

— Je n'ai jamais abandonné ma mission, riposta-t-il fermement. J'ai fait des choix difficiles, oui, mais toujours pour préserver l'équilibre.

Le Veilleur émit un grondement sourd, quelque part entre un rire méprisant et une menace.

— Préserver l'équilibre ? répéta-t-il avec ironie. En sacrifiant une partie de notre essence, nous avons scellé plus qu'un simple péril latent. Nous avons également laissé tomber ceux qui comptaient sur nous. Et toi, Elyas, tu oses maintenant réclamer ce qu'on a refusé aux autres.

— Je ne réclame pas pour moi, répliqua-t-il. Nous avons besoin de ton aide pour affronter ce qui vient. Les alchimistes ont réduit ce monde en servitude et ils cherchent à briser les scellés. Si nous ne faisons rien, ils libéreront les entités et tout plongera dans le chaos.

L'apparition recula légèrement, ses contours frémissants.

— Les alchimistes, souffla-t-il. Toujours avides, éternellement destructeurs.

Sélène sentit un frisson lui parcourir l'échine. Le Veilleur semblait partager une haine viscérale pour leurs ennemis, néanmoins cela suffirait-il à le persuader ?

— Vous ne comprenez pas, intervint-elle soudain. Nous ne sommes pas ici pour vous forcer la main ou pour voler ce qui est à vous. Nous avons besoin de votre sagesse et de votre force. Si vous refusez, tout ce que vous avez protégé disparaîtra.

Les yeux rayonnants du Veilleur se tournèrent vers elle, sondant son âme.

— Toi, la porteuse de la lumière. Je ressens en toi une flamme indomptable, mais également un doute. Pourquoi te bats-tu, jeune fille ? Pour ton peuple ? Pour ton cœur ? Ou pour échapper à tes propres démons ?

Sélène serra les poings.

— Je me bats parce que je n'ai pas d'autre choix. Parce que je crois que nous pouvons encore sauver ce monde.

Un long silence s'installa, puis le Veilleur porta son attention vers Cælum.

— Et toi, Ombre incarnée, te battras-tu pour une société qui te craint et te rejette ?

Ce dernier redressa les épaules.

— Je me bats pour ceux qui m'acceptent, déclara-t-il calmement. Pour ceux qui croient en moi, malgré mes ténèbres.

Le Veilleur de la Mémoire demeura immobile un instant, ses limites incertaines comme s'il pesait le pour et le contre.

— Très bien, dit-il finalement. Je vous aiderai. Mais, sachez ceci : mon pouvoir ne viendra pas sans un prix. Et, je n'accorde pas ma confiance.

— Quel prix ? demanda Ivryn, méfiante.

Il ne répondit pas immédiatement. Il se tourna vers Elyas.

— Une partie de mon essence peut être rendue à celui qui la réclame, mais seulement si celui-ci prouve sa valeur. Elyas, tu devras affronter tes propres failles. Les scellés ne peuvent être brisés sans que tu te confrontes à ce que tu redoutes le plus.

L'intéressé inclina la tête.

— Je suis prêt.

Le Veilleur s'avança, tendant une main faite d'énergie pure.

— Alors, approche. Nous commençons.

Sélène sentit son cœur s'alourdir de nouveau. Elle le regarda franchir la distance qui le séparait de leur possible futur partenaire, une expression de détermination mêlée d'une pointe de peur sur son visage.

Les vibrations de la force environnante s'intensifiaient à chaque pas. La lumière qui émanait de la silhouette de l'être divin devint plus vive, à l'image d'un soleil naissant. Le reste du groupe demeura en retrait, observant avec inquiétude et appréhension.

— Préparez-vous, murmura le Veilleur, sa voix résonnant à l'instar d'un millier d'échos dans les ruines.

Une chaleur envahit l'air, presque suffocante, et instinctivement, la jeune femme recula. Elyas, lui, ferma les yeux et se tendit, résolu à faire face à l'épreuve qui l'attendait.

Le nouvel arrivant, aussi immobile qu'une statue, avait levé une paume vers le ciel, tandis qu'un courant d'énergie jaillissait de lui, encerclant Elyas dans une aura éblouissante.

Sélène serra les poings, luttant contre l'envie de s'interposer. Chaque fibre de son être lui criait de l'aider, malheureusement, elle savait que cela était au-delà de ses capacités.

— Combien de temps cela prendra-t-il ? s'enquit-elle.

— Cela dépend de sa volonté et de sa force, répondit-il.

Le ton du Veilleur était calme, cependant Sélène y décelait une gravité qui n'augurait rien de bon. Elle jeta un coup d'œil vers Cælum, qui contemplait la situation avec une moue préoccupée. Il croisa son regard et haussa légèrement les épaules, comme pour dire qu'il ne pouvait pas faire grand-chose de plus.

L'air autour d'Elyas se chargea subitement d'une pression étrange. Ses paupières se fermèrent, et une lumière bleu pâle l'enveloppa. Les autres membres du groupe se tenaient à l'écart, témoins silencieux, incapables de comprendre ce qui se passait. Les yeux d'Elyas étaient désormais vides de toute émotion, comme s'il était plongé dans une réalité différente. Et puis, tout à coup, une vision se déploya devant lui.

La scène se déroulait dans une ville qu'il reconnaissait vaguement, une cité qu'il avait jadis protégée contre des envahisseurs. Il se trouvait entouré de ruines et de débris. Des éclats de verre et de pierre brillaient sous un ciel menaçant. Au loin, des silhouettes s'agitaient, des bruits de souffrance se répercutaient, et des cris de détresse s'élevaient dans l'air. Le vent soufflait fort, et l'environnement vibrait de douleur.

Soudain, il aperçut une forme familière au milieu du chaos. Sélène, coincée dans une ruelle, affrontait créatures à moitié humaines, déformées par la magie noire. Ses gestes étaient désespérés, son corps vacillant sous l'attaque. Une partie de lui hurla de se ruer vers elle, de la sauver à tout prix. Il savait qu'elle était en danger, qu'elle allait bientôt succomber si personne ne l'aidait.

Mais alors, un cri perça l'air, bien plus lointain, venant du cœur de la ville. Elyas tourna la tête et distingua un gigantesque cercle d'énergie noirâtre au centre de la bourgade. Des monstres immenses s'étaient rassemblés autour, occupant chaque recoin de la place, préparant un rituel pour anéantir la cité entière. Les gens fuyaient en panique, se précipitant dans les artères secondaires pour échapper à la menace, cependant cela semblait inutile. La destruction était inévitable.

Sélène était là, si proche, portant l'avenir de toute la ville reposait sur lui.

— Elyas, vociféra une voix. Tu as un choix à faire. Secourir celle que tu as à peine appris à aimer ou garantir la survie de cette métropole. Statue maintenant.

Les mots résonnaient tel un coup de tonnerre dans sa tête. La douleur de la décision le frappa violemment, néanmoins il savait que, s'il adoptait la mauvaise option, la vie de milliers de personnes en dépendrait. Pourtant, le visage de Sélène restait ancré dans son esprit, et l'idée de la perdre pesait sur lui comme un fardeau insupportable.

Il se tourna alors vers la ville, vers les habitants qui se battaient pour leur survie, et la réalité de son pouvoir prit toute son ampleur. Si la cité était anéantie, ce serait une catastrophe au-delà de ce qu'il pouvait imaginer. Mais, s'il laissait Sélène mourir sous les griffes de ces créatures, le supplice qu'il ressentirait serait dévastateur. La responsabilité l'écrasait.

Ses yeux se fermèrent brièvement. Il pensa à tout ce qu'il avait sacrifié, à tout ce qu'il avait abandonné derrière lui, aux liens qu'il avait tissés et détruits. La vérité était là : sauver Sélène ne suffisait pas. Sauver la commune non plus. Malheureusement, il n'avait pas le choix.

Il fit un pas en avant, résolu. Mais, avant qu'il ait pu en faire un de plus, une voix, celle du Veilleur, se fit entendre de nouveau.

— Elyas... Souviens-toi, ce que tu détermines aujourd'hui conditionne ton avenir. Si tu décides de préserver la population, tu pourrais dire adieu à celle que tu aimes. Si tu choisis de protéger Sélène, tu seras coupable de la perte de tant d'innocents.

Les mots tourbillonnaient autour de lui, pourtant il savait qu'il n'avait pas d'autre option. Son cœur se brisa en deux à chaque pas qu'il faisait vers la ville. Sélène, elle, risquait de mourir, malgré cela cette cité, pleine de personnes sans défense, ne devait pas tomber. Il devait choisir l'humanité avant son propre désir.

Quand il se précipita enfin vers la grande place, la vision se dissipa brutalement, et Elyas se retrouva dans les ruines, haletant, sa respiration coupée. Il n'était plus seul, et le groupe observait, figé par la scène qu'il venait de vivre. Sélène se tenait là, les pupilles fixées sur lui, silencieuse, l'air perplexe et inquiet.

Le Veilleur, dans son mutisme immobile, considérait l'épreuve d'un œil lointain, comme un juge jaugeant une créature en train de se forger son destin.

— Tu as fait ton choix, Elyas, dit-il lentement. Mais, n'oublie jamais : ce monde est fait de sacrifices. Tu as maintenant prouvé ta valeur.

Elyas baissa la tête, épuisé par le test. Les images de la ville sauvée, mais à quel prix, se bousculaient encore dans son esprit. Et Sélène... sa souffrance, ses regrets... il les sentait plus profondément que jamais. Mais il avait agi. Et, tout ce qu'il pouvait faire à présent, c'était en accepter les conséquences.

Sélène s'approcha alors de lui, son regard plus doux que ce qu'il avait imaginé. Peut-être que, dans ses yeux, il pourrait trouver un peu de compréhension. Peut-être que cette aventure, aussi douloureuse soit-elle, les unirait d'une manière nouvelle.

Elle posa une main hésitante sur son épaule.

— Ça va ?

Il acquiesça, en revanche sa voix était rauque lorsqu'il répondit :

— Je suis… entier.

Cælum les rejoignit, jetant un coup d'œil méfiant à Elyas avant de s'adresser au Veilleur.

— Et maintenant ?

L'intéressé inclina la tête, comme s'il écoutait une parole distante.

— Elyas a établi sa légitimité. Il peut briser les scellés pour me restituer mon essence. Puis je vous apporterai mon aide.

Il s'avança vers le centre des ruines, guidant Elyas et les autres à travers les décombres. La lumière mourante du crépuscule peignait des ombres longues sur le sol, rendant l'atmosphère encore plus solennelle. Chaque pas semblait conduire le groupe à un point d'énergie palpable, une force invisible, mais irrésistible qui pesait dans l'air.

— L'essence que j'ai abandonnée repose ici, déclara le Veilleur, sa voix basse et résonnante. Elle est emprisonnée dans ce point d'ancrage depuis des millénaires.

Elyas s'arrêta, les prunelles fixées sur une colonne effondrée. Ses runes anciennes brillaient faiblement, répondant à la présence du Veilleur. Une pulsation douce, presque imperceptible, émanait de la pierre. Il n'y avait aucun doute : c'était là que le pouvoir originel était enfermé.

— Comment pouvons-nous la libérer ? s'enquit Sélène, déchirant le silence.

Le Veilleur se tourna vers elle, son regard grave.

— Le sceau ne peut être détruit que par une main de chair dirigée par l'aura d'un Veilleur. Et, même ainsi, cela demandera un équilibre absolu entre vigueur et contrôle.

Il porta son attention sur Elyas, puis sur Sélène.

— Elyas, tu es lié à moi par la magie que nous partageons. Néanmoins, ta force seule ne suffira pas. Sélène, tu es le catalyseur. Ton couplage avec lui, bien qu'imparfait, est essentiel.

Cette dernière tressaillit à cette déclaration. Elle ne comprenait pas de quelle façon le Veilleur était au courant de la connexion qui les unissait, mais elle sentait sa véracité dans chaque fibre de son être.

— Très bien, dit Elyas, sa voix chargée de résolution. Que devons-nous faire ?

L'être divin tendit la main, et un cercle d'énergie lumineuse se forma autour du pilier. Les runes gravées s'embrasèrent d'une lueur dorée, tandis que le sol sous leurs pieds vibrait doucement.

— Vous devez canaliser mon essence, expliqua-t-il. Elyas, concentre-toi sur la magie que tu possèdes. Sélène, place tes doigts sur le montant et laisse-toi guider par lui.

Elyas prit une profonde inspiration et leva les mains. Une lumière argentée jaillit de ses paumes, répondant à l'énergie du Veilleur. Sélène hésita un instant avant de saisir la surface froide de la pierre. Une décharge électrique parcourut son bras, la faisant haleter.

— Respire, murmura Elyas à côté d'elle. Fais-moi confiance.

Elle ferma les yeux, laissant la magie circuler à travers elle. Une sensation étrange, autant effrayante qu'exaltante, l'envahit. Elle percevait la puissance d'Elyas, mais également celle du Veilleur, converger en elle comme un courant incontrôlable.

— Maintenant ! ordonna le Veilleur.

Elyas articula à voix basse des incantations, ses mots remplissant l'air d'une vibration presque musicale. Le rayonnement autour d'eux devint éblouissant, projetant des ombres mouvantes sur les ruines. La colonne trembla sous sa main, et les runes gravées commencèrent à se fissurer.

Un cri sourd résonna, et une explosion d'énergie s'échappa soudainement de la pierre. Sélène recula instinctivement, mais Elyas l'attrapa pour la stabiliser. Devant eux, une sphère de lumière dorée s'éleva, flottant dans les airs tel un soleil miniature.

Le Veilleur tendit les bras, et la boule dériva lentement vers lui. Lorsqu'elle le toucha, un souffle de vent se propagea dans les ruines, emportant poussière et gravats. L'essence, enfin libérée, réintégra le corps de son propriétaire dans une explosion aveuglante.

Quand il rouvrit les yeux, sa silhouette semblait plus définie, plus réelle. Une aura de puissance émanait de lui, et ses traits, autrefois effacés, avaient retrouvé une netteté impressionnante.

— C'est fait, murmura-t-il, sa voix vibrante de gratitude.

Sélène, encore tremblante, observait Elyas. Il avait l'air épuisé, bien que satisfait.

— Vous avez réalisé ce qui paraissait impossible, dit le Veilleur. Avec ce potentiel reconstitué, je peux à présent vous aider dans votre quête.

Un silence lourd tomba, seulement troublé par le sifflement du vent entre les pierres effondrées.

De retour au campement, le groupe savoura une douce consolation autour d'un nouveau brasero. La fatigue tombait sur leurs épaules, mais l'atmosphère était différente : ils avaient franchi une étape cruciale. Sélène s'assit près d'Ivryn, qui se reposait, sa blessure soigneusement bandée, tandis que Cælum et Elyas prenaient place de part et d'autre du feu. Le Veilleur, maintenant connu sous le nom de Magnus, s'installa avec une grâce sereine, ses prunelles brillant d'une sagesse millénaire.

Après un moment de silence où les flammes dansaient dans leurs regards épuisés, Magnus prit la parole.

— Expliquez-moi ce que vous attendez de moi.

Elyas échangea un coup d'œil avec Sélène avant de s'exprimer.

— La Pierre Alchimique est le cœur de la puissance des alchimistes. Elle leur confère leur longévité, leurs facultés de création... et leur folie dévastatrice. Tant qu'elle existe, ils peuvent se régénérer, même après une défaite.

Sélène reprit, sa voix plus posée malgré la tension sous-jacente :

— Nous avons découvert un rituel capable de détruire la Pierre. Mais, il exige une puissance que nous seuls ne pouvons rassembler. C'est pourquoi nous avons besoin de toi, Magnus. Trois Veilleurs sont nécessaires pour accomplir cette cérémonie. Avec ton essence restaurée, tu es le troisième Veilleur, après Cælum et Elyas.

Magnus écouta attentivement, ses traits graves, mais sans jugement.

— Vous comprenez que détruire la Pierre ne se fera pas sans conséquence ? demanda-t-il.

Ivryn, qui s'était jusque-là contentée d'être spectatrice, intervint avec un froncement de sourcils.

— Quelles conséquences ?

— La Pierre contient une force primordiale, répondit Magnus. Une fois libérée, elle pourrait provoquer un chaos imprévisible. Vous devez être certain que c'est ce que vous voulez faire.

— Nous connaissons les répercussions et nous avons planifié que j'absorbe l'énergie dégagée par la gemme. Il n'y a pas d'autre choix, annonça Cælum d'un ton tranchant. Les alchimistes doivent être arrêtés. Définitivement.

Magnus inclina la tête, comme s'il pesait ces mots.

— Très bien. Je vous prêterai ma force. Mais, dites-moi, où se trouve actuellement cette Pierre ?

— Dans un lieu tenu secret par les sorciers, expliqua Elyas. Il est scellé grâce à des incantations complexes et accessible uniquement au moyen de clés détenues par des membres influents.

Sélène ajouta, son regard tourné vers le feu :

— Nous devrons nous infiltrer et la récupérer avant de pouvoir lancer le rituel.

Magnus esquissa un sourire, un mélange de respect et de défi.

— Vous êtes audacieux, je vous accorde cela.

Les flammes crépitèrent doucement, emportant avec lui les murmures de la nuit. Sélène sentit le poids de la tâche à venir, mais également une étrange détermination. Ils avaient traversé tant d'épreuves pour arriver ici, et le Veilleur, leur nouvel allié, incarnait une chance de réussir.

— Nous partons à l'aube, conclut Elyas, brisant le silence. Nous devons être prêts.

Chacun acquiesça avant de se retirer pour dormir, se mettant à l'aise près du feu ou sous les étoiles. Sélène jeta un dernier regard à Magnus, se demandant ce que l'avenir leur réservait avec un tel compagnon à leurs côtés.

Sélène observait le campement baigné d'un calme relatif. Les autres étaient plongés dans le sommeil, mais son esprit, lui, ne se trouvait pas de repos. Les événements de la journée revenaient en boucle : Elyas affrontant un choix cruel, ses pupilles empreintes d'une douleur profonde. Un nœud se forma dans sa poitrine. Malgré tout ce qui les séparait, elle savait qu'elle comptait pour lui, bien plus qu'il ne le disait à voix haute.

Elle se leva avec précaution, s'écartant du cercle éclairé pour rejoindre Elyas, qui s'était isolé à distance. Il se tenait près d'un vieil arbre tordu, ses yeux rêveurs plongés dans les ombres mouvantes de l'obscurité.

— Elyas ?

Il porta son attention vers elle, surpris, mais visiblement satisfait de sa présence.

— Tu ne dors pas ? s'enquit-il, d'une voix apaisante.

— Non... j'espérais te parler.

Il lui fit signe de s'approcher, et elle s'assit sur un tronc renversé non loin de lui. Le silence s'étira quelques instants, jusqu'à ce qu'elle trouve le courage de s'exprimer.

— Ce que tu as fait aujourd'hui... la décision que tu as dû prendre... je voulais te dire que... je suis désolée.

Il arqua un sourcil, intrigué.

— Désolée de quoi ?

Elle baissa les yeux, jouant nerveusement avec une mèche de ses cheveux.

— Désolée que tu nous aies vus, Cælum et moi, la nuit dernière. Je... je n'y ai pas réfléchi.

Elyas la fixa longuement, son regard perçant.

— Ce n'est pas ce qui m'a le plus blessé, Sélène. Ce qui me fait mal, c'est que tu refuses toujours d'accepter la vérité.

Elle releva la tête, confuse.

— Quelle vérité ?

Il s'avança légèrement, son ton devenant plus insistant.

— Notre lien, Sélène. Il est réel. Et, il nous rend plus forts ensemble. Tu le sais, tu le ressens. Mais, chaque fois que tu me repousses, tu l'affaiblis. Nous l'affaiblissons.

— Ce n'est pas vrai, protesta-t-elle, troublée. Ce lien ne peut pas dicter ce que j'éprouve. Il ne peut pas décider de mes sentiments !

Elyas secoua lentement la tête.

— Ça n'a rien à voir avec les émotions. Je parle d'attirance, de connexion physique. Ton amour pour Cælum est sincère, je ne le nie pas. Mais, tu dois savoir que, au départ, cet attachement a influencé ton penchant pour lui.

Sélène resta bouche bée, cherchant une réponse.

— Ce... ce n'est pas possible. Si ce que tu dis est exact, pourquoi suis-je toujours séduite par lui ? Nous ne sommes plus connectés.

— Parce que l'inclination initiale a créé une base, expliqua-t-il calmement. Le lien ne t'a pas forcé à ressentir quelque chose, néanmoins il a ouvert une porte. Et maintenant, ces émotions sont ancrées en toi. Je suis certain que Cælum est au courant.

Le silence qui suivit fut coupé par une voix grave derrière eux.

— De quoi suis-je censé être au courant ?

Ils se tournèrent d'un même mouvement pour découvrir Cælum, les bras croisés, son regard inquisiteur rivé sur eux.

Sélène hésita, en quête des bons termes, toutefois Elyas prit les devants.

— Je lui ai expliqué que votre attirance mutuelle, à l'origine, a été conditionnée par votre lien. Ce lien vous a rapproché de façon naturelle.

Cælum resta figé, ses yeux passants de Sélène à Elyas.

— Et tu penses que c'est une excuse pour quoi, exactement ? demanda-t-il avec froideur.

Elyas demeura impassible.

— Ce n'est pas une excuse, mais un fait. Et tu le sais.

La tension monta d'un cran. Sélène sentait son cœur battre à tout rompre.

— Est-ce vrai ? souffla-t-elle, incertaine, s'adressant à Cælum.

Ses yeux fuirent les siens, les mâchoires serrées, avant de répondre :

— Oui... Je m'en doutais. Depuis le début, je pensais que ce lien nous rapprochait. Et, j'avais conscience aussi que si cet attachement se brisait, tu risquais d'être attirée par Elyas à cause de celui qu'il partage avec toi.

Elle le fixa, abasourdie.

— Pourquoi ne me l'as-tu jamais dit ?

Il soupira, son ton s'adoucissant.

— Parce que je savais que mes sentiments pour toi étaient réels, peu importe ce qui les avait commencés. J'espérais te donner le choix, Sélène. Je ne voulais pas que tu te croies piégée.

Elyas intervint calmement :

— Et elle a toujours le choix, Cælum. Par contre, ce lien, qu'elle l'accepte ou non, fait partie d'elle maintenant.

Sélène éprouva une vague de culpabilité et de confusion. Elle détourna les yeux, les larmes au bord des cils. Mais, quelque chose dans les paroles d'Elyas l'incita à relever la tête. Elle scruta Cælum, une lueur de détermination dans les prunelles.

— Alors, dis-moi, Cælum, était-ce aussi pour ça que tu ne m'as rien confié ? Tu savais que repousser cette... attirance, éviter cette connexion entre nous, risquait de nous affaiblir, n'est-ce pas ?

Il marqua une pause, évaluant ses options, cependant la tension dans ses épaules trahit son malaise.

— Réponds-moi, insista-t-elle, sa voix tremblant légèrement.

Cælum finit par acquiescer lentement, son expression à la fois coupable et résignée.

— Oui, murmura-t-il. J'étais au courant.

Sélène écarquilla les yeux, son souffle se coupant sous l'effet du choc.

— Et tu ne m'as rien dit ?!

— Parce que je ne voulais pas t'imposer ça, se justifia-t-il, le regard fuyant. Tu avais déjà tant à gérer, entre ce lien avec Elyas, notre quête, et tout le reste.

— Alors, tu savais que ça pouvait nous amoindrir ?

— Pas seulement, admit-il à contrecœur. Si vous ignorez cette interaction trop longtemps... si vous refusez de vous connecter, cela pourrait aller au-delà d'un simple affaiblissement. Cela pourrait mettre vos vies en danger.

Sélène recula d'un pas, ébranlée par sa confession.

— Nos vies... en danger ? répéta-t-elle, sa voix à peine un murmure.

Cælum releva enfin les yeux pour croiser les siens.

— Ce lien n'est pas seulement une question de pouvoir, Sélène. Il est vivant, il pulse en vous. Refuser de l'honorer, de le nourrir, c'est comme priver un corps de ce qui le maintient en vie. Il dépérira... et vous avec.

Le silence qui suivit fut lourd, presque suffocant. Les jambes de la jeune femme vacillèrent et elle dut s'appuyer contre un arbre pour rester debout.

— Et tu savais tout ça depuis le début...

Son amant hocha la tête, son visage marqué par une douleur sincère.

— Je souhaitais te protéger, Sélène. Je ne voulais pas que tu te sentes contrainte ou forcée à quoi que ce soit.

— Protéger ?! éclata-t-elle, sa colère prenant le dessus sur sa confusion. Me laisser dans l'ignorance, c'est ça, ta façon de me protéger ?

— J'espérais trouver un moyen de rompre ton lien avec Elyas pour que tu n'aies pas à en arriver là !

Elyas intervint, sa voix plus douce, mais tout aussi ferme.

— Elle n'a pas tort, Cælum. Ce lien est une force, mais également une responsabilité. Elle a le droit de ne pas vouloir de cette connexion, toutefois elle doit comprendre les conséquences de ce choix.

Sélène porta une main tremblante à son front, submergée par un mélange de colère, de peur et de culpabilité.

— Alors tout ça... tout ce que je ressens, tout ce que j'ai traversé, ça ne m'appartient même pas vraiment ?

Cælum fit un pas vers elle, tendant un bras qu'elle repoussa d'un geste brusque.

— Sélène... je suis désolé.

Mais, elle n'écoutait plus. Elle se détourna, son esprit en tumulte, les deux hommes en profitèrent partager un regard lourd de reproches et de regrets.

— Je... je ne peux pas... Laissez-moi seule, s'il vous plaît.

Ils respectèrent son souhait, suivant des yeux sa silhouette qui s'évanouit dans la nuit, isolée avec ses pensées et le poids de la vérité.

Sélène s'éloigna du campement, abandonnant derrière elle le crépitement du feu et les coups d'œil chargés de tension de Cælum et Elyas. Elle marcha jusqu'à ce qu'elle trouve un coin hors de la vue de tous, une clairière baignée par la lumière de la lune. Elle s'assit sur une souche d'arbre, ses préoccupations s'agitant dans sa conscience comme une tempête incontrôlable.

Elle porta ses mains à son visage, les faisant glisser lentement jusqu'à son cou. Une douleur sourde lui comprimait la poitrine. Elle avait l'impression d'être perdue, tiraillée entre des émotions contradictoires.

Le poids de ses réflexions lui sembla écrasant. Elle culpabilisait moins maintenant, après ce qu'elle avait appris, de s'être sentie troublée par Elyas. Ce désir qui avait surgi malgré elle, qu'elle avait d'abord rejeté, prenait soudain un sens qu'elle ne pouvait ignorer. Ce n'était pas uniquement une question de choix ou de sentiment. C'était ce lien, cette force étrange qui connectait leurs âmes et leurs corps.

Mais comment gérer ça ?

Sélène releva les yeux vers le ciel, cherchant des réponses dans les étoiles. Si pour être à leur pleine puissance, pour ne pas s'exposer à la faiblesse, elle devait se résoudre à accepter une union charnelle avec Elyas... que deviendrait sa relation avec Cælum ?

Elle imaginait déjà sa réaction. Il serait dévasté, incapable de comprendre, malgré tout ce qu'il savait. Cælum n'était pas du genre à partager. Son amour pour elle était intense, exclusif. Elle pensait qu'il la voyait comme son ancre dans ce chaos.

Mais alors, pourquoi ne lui avait-il jamais dit la vérité ?

Elle serra les poings, ressentant une nouvelle vague de colère mêlée de tristesse. Il était au courant de ce que cela impliquait. Il avait conscience que ce lien pouvait les affaiblir s'il n'était pas nourri, qu'à terme, cela pourrait même mettre leurs vies en danger. Et pourtant, il avait choisi de lui cacher cette vérité, de la laisser dans l'ignorance. Était-ce par affection, par convoitise, ou par peur ?

Sélène se mordit la lèvre, s'efforçant de calmer son cœur qui battait à tout rompre. Elle comprenait, en partie. Cælum avait dû lutter contre sa propre jalousie, tenter d'affronter un amour si puissant qu'il semblait parfois le dépasser. Or, cette décision de garder le silence avait aussi creusé un fossé entre eux, et elle ne savait pas quelle stratégie adopter pour le combler.

— Il faudra que je lui parle, murmura-t-elle à elle-même.

Elle passa une main dans ses cheveux, réfléchissant à des solutions. Peut-être qu'en discutant, ils pourraient trouver une issue ? Une manière de gérer cette connexion, de tolérer cette étrange dynamique sans que cela détruise leur relation.

Mais, de quelle façon lui demander d'accepter ce qu'il redoutait le plus ?

Elle ferma les yeux, laissant la brise fraîche apaiser son esprit. La nuit avançait, et chaque minute l'amenait vers des décisions qu'elle ne savait pas encore comment prendre. Une chose était sûre : elle ne pourrait pas continuer ainsi, tiraillée entre ces deux hommes et les conséquences de ce lien qui pesait sur eux tous.

Sélène resta un moment immobile, ses doigts pressant ses tempes, permettant à ses pensées de se calmer peu à peu. La fraîcheur nocturne et le silence réconfortant de la forêt l'aidèrent à retrouver une certaine clarté.

Elle savait qu'elle devait affronter la situation, même si cela lui paraissait insurmontable. Elle devait parler à Cælum, mais pas maintenant. Pas alors que sa propre confusion menaçait encore de la submerger.

Elle soupira et se releva, ses pas la ramenant lentement vers le campement. Le feu crépitait toujours, projetant des ombres dansantes sur les visages endormis de ses compagnons. Ivryn sommeillait profondément, enveloppée dans une couverture. Magnus était assis en retrait, ses pupilles brillantes fixant les flammes comme s'il y cherchait des réponses aux mystères du monde. Elyas et Cælum, eux, étaient éveillés, mais chacun restait à l'écart.

Elyas jeta un coup d'œil vers elle lorsqu'elle s'approcha, son regard empreint d'une douceur qui la troubla une fois de plus. Il ne dit rien, pourtant elle sentit la force de ce lien qui pulsait entre eux, invisible et par ailleurs si réel. Elle se détourna, explorant les alentours pour trouver Cælum.

Il était installé près d'un arbre, ses traits fermés, et il semblait perdu dans ses propres réflexions. Elle hésita, néanmoins elle savait qu'il n'y aurait pas de moment idéal pour aborder ce qu'elle devait lui dire. Prenant une profonde inspiration, elle se dirigea vers lui.

— Cælum ? murmura-t-elle en s'asseyant à ses côtés.

Il tourna sans hâte son visage vers elle, et ses prunelles s'adoucirent légèrement.

— Tu es allée réfléchir ? exigea-t-il simplement.

— Oui.

Un silence lourd s'installa entre eux. Elle rassembla son courage avant de s'exprimer.

— J'ai besoin qu'on parle.

Il hocha la tête, toutefois ses traits devinrent plus rigides, comme s'il se préparait à entendre les mots qu'il redoutait.

— Je sais que tu m'aimes, dit-elle d'une voix douce. Et, je t'aime aussi, Cælum. Rien ne pourra changer ça.

Elle vit une lueur d'espoir dans ses yeux, malgré cela, elle continua, posant une paume hésitante sur la sienne.

— Mais ce lien… cette connexion avec Elyas… je ne peux pas l'ignorer. Et, toi non plus.

Il retira doucement sa main, son regard s'embrasant d'une colère contenue.

— Je le sais, Sélène. J'ai toujours été au fait.

— Alors pourquoi ne m'en as-tu jamais parlé ?

Sa mâchoire se contracta, le masque amer.

— Parce que j'étais persuadé que ce serait une bataille que je ne pourrais pas gagner. Je ne voulais pas te perdre.

Un pincement lui serra le cœur, cependant elle força sa voix à rester calme.

— Tu ne me perdras pas. Mais, il faut qu'on trouve une solution, ensemble. Ce lien est présent, qu'on le veille ou non. Et, si nous ne le nourrissons pas, il risque de nous affaiblir... de me mettre en danger.

Il demeura muet, les poings fermés s'ouvrant et se resserrant.

— Et tu veux que j'accepte ça ? Que je reste là pendant que... pendant que toi et lui...

Il ne put pas terminer sa phrase, sa voix brisée par l'émotion.

Sélène sentit les larmes lui monter aux yeux, par contre, elle refusa de détourner le regard.

— Je n'ai aucune idée de la façon de gérer ça, Cælum. Je ne souhaite pas te faire de mal, mais je veux survivre. Et, je désire qu'on reste ensemble.

Il la fixa longuement, puis soupira, son expression s'adoucissant faiblement.

— Alors, trouve une solution. Mais, sache que ça ne sera pas facile pour moi.

Elle hocha la tête, reconnaissante qu'il soit prêt à essayer, même si la douleur était visible dans ses iris.

Ils demeurèrent là, côte à côte, le silence s'installant de nouveau, mais cette fois plus léger, comme une trêve fragile entre leurs cœurs tourmentés.

La nuit avait été longue et agitée pour Cælum. Les flammes du feu de camp, vacillantes et imprévisibles, ressemblaient au tumulte de ses pensées. Étendu près de Sélène, il avait tourné et retourné les événements dans son esprit, chaque souvenir venant raviver un mélange confus de culpabilité, de colère et de douleur. Elyas, Sélène, le lien, leur mission... tout s'embrouillait dans une toile complexe qu'il n'arrivait plus à démêler.

Au petit matin, alors que le ciel se teignait des premières lueurs de l'aube, il se redressa, la résolution gravée sur son visage fatigué. Assez d'hésitation. Assez de silence. Il était temps de parler à Sélène. De lui dévoiler la solution à laquelle il avait pensé, sans détour ni faux-semblant.

Il attendit qu'elle s'éveille à son tour et lui fit signe de le suivre. Ils se retrouvèrent seuls, loin du camp, à l'abri des regards curieux. Une clairière silencieuse, baignée par la lumière diffuse du soleil levant, offrit l'intimité qu'il recherchait. Là, entouré par le calme trompeur de la nature, Cælum s'arrêta et inspira profondément.

Il se doutait que cette conversation ne serait pas facile. Mais, il savait aussi qu'il n'avait plus le choix.

Elle se tenait face à lui, les bras croisés pour se protéger du froid... ou peut-être de la discussion qu'ils s'apprêtaient à avoir.

Après plusieurs minutes, Cælum prit une bouffée d'air intense.

— Très bien, dit-il enfin. Je vais l'accepter. Mais, j'ai une condition.

Sélène fronça les sourcils.

— Une condition ?

— Chaque fois que ce... rapprochement physique sera nécessaire, je veux être présent.

Les yeux de la jeune femme s'écarquillent sous la surprise.

— Quoi ? Mais pourquoi ?

— Parce que je ne pourrai pas supporter de vous imaginer tous les deux, seuls, sans savoir exactement ce qui se passe.

Elle resta interdite un moment, son esprit luttant pour comprendre ce qu'il venait de dire.

— Mais... Cælum, ce serait encore pire pour toi de regarder, non ? Ce serait comme... te torturer.

Il détourna les yeux, sa mâchoire se contracta légèrement.

— Peut-être, mais au moins, je saurai. Ce qui me détruirait, ce serait de me laisser emporter par mes propres peurs, par ce que mon imagination pourrait me montrer.

Elle ouvrit la bouche pour protester, mais il la coupa doucement.

— Sélène, je t'aime. Et, c'est justement pour ça que je dois être capable d'affronter cette réalité avec toi. Si je reste dans l'ombre, si je ne fais qu'endurer sans savoir... cela me brisera bien plus sûrement que de vous voir.

Sélène baissa les yeux, son cœur tiraillé entre la compréhension et la gêne.

— Je... j'entends, Cælum. Mais, c'est une situation tellement...

Elle hésita, cherchant les mots.

— Intime ? compléta-t-il, un sourire amer sur les lèvres.

Elle acquiesça d'un signe de tête, incapable de répondre.

— Tu n'as pas à choisir tout de suite, reprit-il, sa voix plus douce. Mais, si on doit traverser ça ensemble, j'exige que tu sois honnête avec moi. Il n'y a que de cette façon que je pourrai endurer cette… folie.

— Je suis d'accord, finit-elle par déclarer après un instant de réflexion.

— Je voudrais que nous allions parler de concert à Elyas pour lui expliquer ce que nous avons décidé.

Elle approuva et le laissa l'entraîner vers le camp. En y arrivant, les préparatifs de départ étaient déjà bien entamés. Ils aperçurent Elyas, assis quelque peu à l'écart, qui les observait s'approcher avec méfiance.

Les yeux des amants s'accrochèrent puis Sélène prit une profonde inspiration.

— Elyas, on doit te parler, commença-t-elle, sa voix incertaine.

Il tourna un peu le visage, ses traits fermes, quoique le regard attentif.

— Je t'écoute.

Sélène tergiversa quelques secondes, jetant un coup d'œil vers Cælum qui hocha la tête, l'encourageant.

— On a discuté… à propos de ce lien, et de ce que ça implique pour nous tous.

Elyas haussa un sourcil.

— Je vois. Et, vous êtes arrivé à une conclusion ?

Cælum intervint, son ton direct, mais maîtrisé :

— Oui. Nous savons que pour que la connexion soit efficace et ne mette pas Sélène en danger, il faudra…

Il pesa chaque mot avec soin, ses mâchoires se contractant imperceptiblement.

— Il faudra que vous mainteniez cette connexion physique, finit-il par dire.

Elyas resta impassible, cependant ses yeux se plissèrent subtilement, trahissant une lueur de surprise.

— Je vois. Et, tu es d'accord avec ça, Cælum ?

— À une condition, répliqua-t-il immédiatement, le regard acéré. Je veux être présent chaque fois que ce sera nécessaire.

Le silence tomba comme une chape de plomb. Elyas fixa Cælum, déterminé à saisir s'il plaisantait. Mais, il ne rit pas.

— C'est sérieux ? demanda-t-il, son ton plus grave.

Sélène, mal à l'aise, ajouta rapidement :

— Ce n'est pas contre toi, Elyas. C'est pour que Cælum puisse…

Elle marqua une pause, cherchant à ne pas envenimer les choses.

— Pour qu'il puisse gérer la situation, reprit-elle enfin.

Il croisa les bras, ses lèvres se pinçant légèrement.

— Tu m'expliques qu'il préfère voir ce qui se passe plutôt que d'imaginer le pire, devina-t-il.

— Oui, confirma Cælum fermement. Si je dois accepter ça, je ne veux pas être laissé dans l'ombre.

Elyas le dévisagea longuement avant de répondre.

— Très bien, dit-il finalement, son ton mesuré. Si c'est ce qu'il faut pour que ça fonctionne… j'y consens.

Il tourna ensuite son regard vers Sélène, son expression plus douce.

— Mais seulement si tu es à l'aise avec cette décision aussi, Sélène.

Elle se redressa timidement, étonnée qu'il lui adresse cette question directement.

— Oui, murmura-t-elle, bien que ses mots sonnent comme un poids. C'est… compliqué, mais je comprends pourquoi Cælum a besoin de ça.

Il fit un bref signe d'acceptation.

— Par contre, si tu fais le moindre faux pas, Elyas, le moindre…

Elyas inclina la tête, sérieux.

— Je saisis. Mais, sache que je ne cherche pas à prendre ta place. Ce lien est une nécessité, pas un choix.

— Bien, répondit Cælum.

— Alors, nous avons un accord.

Le silence retomba, plus pesant encore qu'avant. Ils avaient trouvé une solution, néanmoins personne n'ignorait que cette décision serait une épreuve pour eux trois.

CHAPITRE 20

Le retour au *Refuge* fut empreint d'une étrange sérénité pour Sélène. Alors que les imposantes arches de granit marquant l'entrée du sanctuaire souterrain se dévoilaient devant elle, elle sentit son cœur s'alléger. Une vague de soulagement, quasi euphorique, l'envahit. Ces tunnels sombres, aux parois veinées de cristaux luminescents, n'avaient rien d'accueillant au premier abord, cependant pour elle, ils étaient devenus synonymes de sécurité.

Elle laissa son regard errer sur les cheminées de pierre sculptées, d'où s'échappaient des volutes de fumée discrètes, et les ruelles tortueuses où quelques habitants s'affairaient malgré l'heure matinale. Chaque maison incrustée dans la roche semblait lui murmurer une promesse de repos, une invitation à déposer son fardeau, ne serait-ce qu'un instant.

Le paysage souterrain, autrefois oppressant, lui paraissait désormais presque chaleureux. Les lueurs diffuses des lanternes suspendues éclairaient les visages familiers qu'elle croisait, et les salutations dites à voix feutrée par les réfugiés renforçaient ce sentiment d'appartenance. Ici, elle n'était pas simplement une fugitive en quête d'un but ; elle était Sélène, une des leurs, une protectrice dans ce monde hostile.

Elle passa une main sur la paroi rocheuse en avançant, savourant la texture rugueuse sous ses doigts. Elle ne s'était jamais attendue à ressentir cela : un attachement intense pour cet endroit façonné par le besoin de survivre. C'était un havre, brut et fragile à la fois, mais indéniablement précieux.

Lorsqu'ils atteignirent la salle principale, où Eldrin les guettait, Sélène observa une dernière fois les vastes voûtes du *Refuge*. Elle inspira profondément. Le répit serait bref, néanmoins pour l'instant, elle était à la maison.

En pénétrant dans le lieu de réunion, l'ambiance changea du tout au tout. Eldrin était déjà là, une carte déployée devant lui, ses traits creusés par une tension qui trahissait l'urgence de la situation. Il se redressa en les voyant arriver.

— Vous voilà enfin, dit-il d'un ton grave. Nous avons beaucoup à discuter.

Sélène échangea un coup d'œil avec Cælum, puis avec Elyas. Les jours à venir étaient tous décisifs, et l'ombre du danger planait dès lors sur eux. Pourtant, elle sentait une étincelle d'espoir en elle. Le *Refuge* était prêt à se battre, et ils n'étaient plus seuls.

La nervosité dans la pièce de conférence était palpable quand Sélène, Cælum, Elyas, Ivryn, Magnus, et les autres prirent place autour de la grande table. Eldrin se tenait déjà debout, ses yeux fatigués quoique résolus balayant l'assemblée. Il hocha la tête en guise de salut avant de prendre la parole.

— Merci d'être là. Nous avons peu de temps, alors allons droit au but.

Il pointa une région sur le plan, annotée d'un symbole gravé à l'encre rouge.

— Aslaug a réussi à obtenir des informations cruciales. La Pierre Alchimique, celle dont dépend tout leur pouvoir, est cachée dans un lieu secret, au cœur des Monts Obscurs.

Un murmure parcourut la salle. Eldrin haussa la voix.

— Le sacrifice est prévu dans six jours. D'ici là, le Grand Maître des Alchimistes, Morten, doit se rendre à cet endroit pour récupérer la Pierre. C'est notre meilleure chance. Si nous le pistons discrètement et l'attaquons après qu'il a repris la gemme, nous pourrons l'intercepter avant qu'il ne la ramène pour la cérémonie.

Sélène fronça les sourcils, se penchant sur le croquis pour mieux observer la zone indiquée.

— Les Monts Obscurs… Ils sont vastes et dangereux. Comment allons-nous le suivre sans nous faire repérer ?

Eldrin opina lentement du chef, anticipant cette question.

— C'est là que réside le défi. Nous avons appris que Morten ne voyage jamais seul. Il sera accompagné de ses gardes d'élite et d'au moins un prêtre alchimiste. Mais, Aslaug a identifié une faille : leur convoi doit franchir un col étroit et escarpé, ici.

Il désigna un point sur la carte, où la montagne formait une sorte d'entonnoir naturel.

— Nous pouvons nous dissimuler dans les hauteurs et surveiller leurs mouvements. Une fois qu'ils auront la Pierre, ils seront las et vulnérables. C'est là que nous frapperons.

Cælum croisa les bras, son ton pragmatique tranchant le silence.

— Combien de personnes aurons-nous contre nous ?

— Aslaug évalue une dizaine de gardes, peut-être plus. Morten lui-même est un combattant redoutable. Nous ne devons pas le sous-estimer.

Elyas, qui était resté taciturne jusqu'ici, prit la parole.

— Et la Pierre ? Une fois que nous l'aurons, il faudra la protéger. Si elle tombe entre de mauvaises mains, tout sera perdu.

Magnus intervint, sa voix grave résonnant dans la pièce.

— La Pierre est puissante, mais instable. Nous devrons agir vite pour la rapporter ici et préparer le rituel. Chaque minute comptera.

Un calme pesant s'instilla. Sélène sentit le poids de la responsabilité écraser ses épaules. Elle jeta un regard à chacun de ses compagnons.

— D'accord, déclara-t-elle enfin. Nous savons ce que nous devons faire. Eldrin, quelles sont les prochaines étapes ?

Ce dernier prit une grande inspiration.

— Nous partons demain à l'aube. Aslaug a rassemblé des chevaux et des provisions. Nous devrons voyager vite et léger. Une fois sur place, nous établirons un campement discret et guetterons leurs faits et gestes. La moindre erreur pourrait nous coûter cher.

Cælum posa une main sur la nuque de Sélène.

— On y arrivera, dit-il d'un ton qui se voulait rassurant.

Elle acquiesça, bien qu'une ombre de doute persistât en elle. L'enjeu était colossal, et l'échec impensable. Pourtant, en voyant la détermination dans les yeux de ses coéquipiers, une flamme vacillante de courage se raviva en elle.

Eldrin conclut la réunion.

— Reposez-vous bien cette nuit. Demain, chaque seconde sera cruciale.

Ils quittèrent la salle un à un, le plan gravé dans leur esprit. La mission à venir serait périlleuse, néanmoins elle représentait leur meilleure chance de renverser les Alchimistes et de sauver leur monde.

Sélène n'attendit pas Cælum. Elle fila vers leur chambre pour y laisser ses affaires, attrapa une serviette et des vêtements propres et se dirigea d'un pas décidé vers l'alcôve du bassin. Après avoir vérifié que les lieux étaient vides, elle se déshabilla rapidement. Un soupir de soulagement lui échappa en entrant dans l'eau chaude. La vapeur douce embrumait l'air autour d'elle, formant un cocon de chaleur réconfortant. Ses muscles, courbaturés par des jours de marche, de combats et de stress, commencèrent à se relâcher. La caresse brûlante glissa sur sa peau, apaisant ses douleurs et chassant pour un instant les sombres pensées qui encombraient son esprit.

Elle s'enfonça un peu plus dans le flot, laissant le liquide atteindre ses épaules, puis son cou. Elle ferma les yeux, écoutant le doux clapotis de l'eau contre les parois de la source thermale. Le calme était un luxe qu'elle ne s'était pas permis depuis longtemps. Ici, dans ce sanctuaire souterrain, elle pouvait enfin s'autoriser une pause bien méritée.

Les événements de la journée tournaient encore dans sa tête, bien qu'elle essayât de les repousser. Le retour au *Refuge*, la réunion, le plan risqué pour récupérer la Pierre... Et, surtout, cette conversation avec Cælum et Elyas. Les sentiments contradictoires qu'elle ressentait à leur égard ne se clarifiaient toujours pas.

Elle inspira profondément, savourant la détente que l'eau chaude apportait à son corps. Elle voulait croire qu'elle pourrait tout gérer : la mission, le lien, les impressions, les sacrifices à venir. Toutefois, dans ce moment de solitude, elle perçut à quel point elle était épuisée, pas seulement physiquement, mais aussi émotionnellement.

La chaleur de la piscine naturelle semblait envelopper ses soucis, les rendant moins acérées, plus faciles à supporter. Elle resta immobile longtemps, simplement bercée par la sensation de l'onde contre sa peau.

Puis, elle rouvrit les yeux, ses prunelles rencontrant la surface miroitante du bassin, éclairée par les torches vacillantes accrochées aux murs. Ce reflet dans l'eau lui parut étranger. Une femme fatiguée, mais résolue. Une personne transformée par les épreuves.

Elle soupira, baissant légèrement la tête. Demain serait un autre jour, et elle aurait besoin de toute sa force pour ce qui les attendait. Pour l'heure, elle se permettait ce moment de répit, de calme, avant que la tempête ne reprenne.

De retour dans le dédale des tunnels qui menaient à sa chambre, Sélène s'arrêta en remarquant une silhouette familière appuyée contre sa porte. Elyas. Il releva le visage en la voyant arriver, son expression sérieuse. Ses iris, brillants dans la lumière tamisée des cristaux, la fixaient avec une intensité qui la fit ralentir.

— Elyas, qu'est-ce que tu fais ici ? s'enquit-elle en s'avançant.

Il se redressa, croisant les bras d'un air déterminé.

— On doit parler, murmura-t-il. C'est important.

Sélène sentit un sentiment aigre naître en elle. Ce ton sage, ce regard insistant... Elle savait déjà où il voulait en venir.

— Ce n'est pas vraiment le moment, lâcha-t-elle.

Malgré tout, Elyas hocha la tête, inflexible.

— Oui, justement. La connexion est affaiblie, Sélène. Et, si on part demain avec ce lien en l'état, on court tous un risque. Toi, moi... et Cælum.

Elle détourna le regard, mal à l'aise.

— Tu sais ce que ça implique.

Il s'approcha d'elle, sa voix devenant plus douce, mais non moins ferme.

— J'ai conscience que c'est difficile, mais on n'a pas le luxe d'ignorer ça. On ne peut pas se permettre d'être vulnérable, pas maintenant.

La jeune femme soupira profondément, sentant le poids de ses responsabilités peser encore plus lourd sur ses épaules. Sans une parole de plus, elle ouvrit la porte de sa chambre, et Elyas la suivit sans hésiter.

À l'intérieur, Cælum était assis sur le lit, en train de vérifier son équipement. Il leva les yeux en les entendant entrer, ses sourcils se fronçant légèrement en apercevant Elyas.

— Qu'est-ce qui se passe ? demanda-t-il, sa voix teintée de suspicion.

Sélène parut un moment perdue, à la recherche de ses mots. Ce fut le Veilleur qui répondit.

— Le lien entre Sélène et moi s'affaiblit. Si on ne le renforce pas au plus tôt, ça pourrait nous coûter cher.

Le silence s'installa, lourd et tendu. Cælum se redressa lentement, ses traits s'assombrissant.

— Et tu veux faire ça ce soir, je suppose, dit-il d'un ton glacial.

Elyas fit un mouvement de tête significatif, dévisageant Cælum.

— Plus on attend, plus le lien sera instable.

Sélène intervint avant que la tension ne dégénère.

— Cælum... tu sais qu'il a raison. Si on part demain pour suivre Morten, on doit être à notre pleine puissance. Je comprends que c'est beaucoup demander, mais...

Cælum ferma les yeux un instant, passant une main sur sa figure comme pour chasser un sentiment trop vif. Puis, à la surprise de Sélène, il acquiesça.

— Très bien, concéda-t-il d'une voix rauque.

— D'accord, finit-elle par murmurer, évitant le regard des deux hommes.

La soirée allait être longue, et Sélène n'était pas sûre d'avoir la force émotionnelle pour la traverser. Pourtant, elle n'avait pas le choix. Leur mission, leur survie, tout dépendait de cette connexion.

La chambre était plongée dans une semi-pénombre, éclairée seulement par la lueur vacillante d'une lanterne sur la table de chevet. L'ambiance était chargée, une nervosité presque palpable dans l'air. Sélène était assise sur le bord du lit, ses mains nouées sur ses genoux. Ses doigts tremblaient légèrement tandis qu'elle fixait un point invisible sur le sol, tentant d'apaiser les battements frénétiques de son cœur.

Cælum se tenait contre le mur, les bras croisés, son attention rivée sur Elyas. Il n'avait rien dit depuis qu'ils étaient entrés dans la pièce, mais sa posture rigide et sa mâchoire serrée trahissaient la colère qu'il contenait à grande peine.

Elyas, en revanche, semblait étonnamment calme, déterminé. Il s'agenouilla devant la jeune femme, capturant son regard avec le sien.

— Sélène, murmura-t-il, sa voix basse et rassurante. Il faut qu'on le fasse correctement. Si tu n'es pas entièrement présente, si tu te fermes à ce qui se passe, le lien restera affaibli.

Elle fit signe qu'elle comprenait, toutefois ses mains continuaient de s'agiter.

— Je... je vais essayer, Elyas.

Il entrelaça ses doigts avec les siens, sa fermeté contrastant avec sa fébrilité.

— Non, pas essayer. Tu dois vraiment le vouloir. Sinon, ça ne fonctionnera pas.

Sélène déglutit, levant les yeux vers Cælum, qui n'avait pas bougé. Son expression était illisible, cependant elle pouvait percevoir le courroux émaner de lui comme une vague brûlante. Elle détourna vite le regard.

Elyas soupira faiblement et releva son menton pour la forcer à l'observer.

— Juste moi, Sélène. Concentre-toi sur moi. Sur ce que tu ressens. Pas sur lui.

Elle ouvrit la bouche pour répondre, mais aucun mot n'en sortit. Frémissante, elle hocha simplement la tête. Elyas se rapprocha lentement, effleurant son visage du bout des doigts. Sa main glissa ensuite sur son épaule, ses mouvements mesurés, mais intimes.

Il commença à déboutonner doucement sa tunique, exposant sa peau un peu plus à chaque geste. Sélène sentit une chaleur se répandre en elle, un mélange de nervosité et de trouble qu'elle ne pouvait contrôler.

Elle ne put s'empêcher de jeter un nouveau coup d'œil vers Cælum. Cette fois, il baissa les paupières, les traits durs, cela dit il ne bougea pas.

— Regarde-moi, Sélène, insista le Veilleur, sa voix plus ferme.

Elle ramena ses prunelles vers lui, mais son esprit restait agité.

— Je... je n'y arrive pas, Elyas, bredouilla-t-elle, ses poings se crispant sur le tissu du lit.

Il s'approcha davantage, ses lèvres survolant tendrement sa mâchoire, son souffle chaud contre sa peau.

— Tu peux le faire, chuchota-t-il à son oreille. Fais-moi confiance.

Mais malgré ses efforts, elle ne pouvait ignorer la présence de Cælum dans la pièce. Sa conscience était scindée, et l'idée qu'il observait, qu'il endurait cela sans un son, la paralysait presque autant qu'elle la tourmentait.

— Ça suffit, Elyas, dit-elle soudain, posant ses mains sur son torse pour l'arrêter.

Ce dernier recula légèrement, son regard interrogateur, néanmoins il ne la lâcha pas.

— Qu'est-ce qui ne va pas ?

Elle chercha ses mots, mais sa voix se brisa lorsqu'elle parla.

— Je... je ne peux pas faire ça si Cælum est là. Je ne peux pas.

Un silence pesant s'installa dans la chambre, rompu uniquement par la respiration lourde de Sélène et la tension palpable entre les trois.

Alors, sans bruit, Cælum se redressa et s'avança vers le lit.

Elle l'observa, déconcertée, cependant il ne lui donna pas le temps de protester. Il monta sur la couche derrière elle et saisit ses épaules, sa proximité imposante et réconfortante tout à la fois. Lentement, il se pencha, sa bouche frôlant son oreille, puis sa mâchoire.

— Je suis là, murmura-t-il, sa voix rauque, mais douce. Laisse-toi aller.

Avant qu'elle ne puisse répondre, ses lèvres trouvèrent les siennes. Le baiser était d'abord tendre, hésitant, pourtant il gagna rapidement en vigueur. Il y avait une passion brute, une fougue qu'il ne tentait plus de contenir.

Sélène sentit son cœur s'accélérer alors que Cælum l'entourait de ses bras, sa chaleur irradiant dans tout son corps. Elle se tendit, troublée par l'ardeur qu'il mettait dans ses gestes, mais quelque chose en elle céda.

Derrière elle, Cælum fit un signe de tête à Elyas, l'autorisant à continuer. Elyas s'approcha, ses mouvements mesurés, son regard fixé sur elle avec une intensité qui lui enflamma ses joues.

Il posa ses mains sur les siennes, un contact doux, avant de les faire glisser sur ses bras, puis sa taille. Ses doigts agiles finirent de déboutonner tranquillement le tissu de sa tunique, exposant entièrement sa peau. Ses caresses étaient légères, presque électrisantes.

Une flamme silencieuse se mit à danser en elle, consumant ses doutes, une vague de désir qu'elle ne pouvait plus nier. La proximité des deux hommes la submergeait. Cælum, toujours dans son dos, la tenait fermement contre lui, sa bouche explorant chaque centimètre de sa nuque, mordillant parfois, ce qui lui arrachait de faibles gémissements.

Elle n'avait plus de contrôle sur ce qui se passait. Ses pensées s'embrouillaient, remplacées par un tourbillon de sensations. Les paumes d'Elyas poursuivaient leur découverte, traçant des chemins brûlants sur son épiderme. Cælum, quant à lui, joignit ses propres mains à celles d'Elyas, leurs mouvements s'harmonisant pour la caresser ensemble.

Les attouchements délicats se firent plus insistants, plus intimes. Sélène, consumée par une fièvre de convoitise torride, ferma les yeux. Elle ne savait plus distinguer à qui appartenaient les lèvres qui l'embrassaient ou les doigts qui glissaient sur sa peau. Tout ce dont elle était sûre, c'est qu'elle était totalement inondée de plaisir, son corps vibrant sous leurs attentions combinées.

Dans ce moment suspendu, elle se laissa enfin emporter, abandonnant toute résistance.

Lorsque Sélène ouvrit les yeux, les premières lueurs d'une nouvelle journée filaient à travers les rideaux, baignant la chambre d'une lumière douce. Elle mit un instant à se rappeler où elle était et ce qui s'était passé. Puis, les souvenirs de la nuit précédente l'assaillirent : une explosion sensorielle, émotionnelle et sensuelle partagée avec Elyas et Cælum.

Elle tourna la tête et vit Cælum, couché à sa droite, son bras autour de sa taille. Ses iris d'or étincelant la contemplaient avec une tendresse qui la fit frissonner. Un sourire doux éclairait ses traits, dépourvus de la moindre trace de colère ou de jalousie.

— Bonjour, murmura-t-il en effleurant son visage du bout des doigts.

La gorge de la jeune femme se serra d'émotion. Elle ne savait pas quoi dire, mais son cœur s'emballa sous son regard, empli d'amour et de compréhension.

De l'autre côté, elle sentit le matelas bouger. Elyas s'était levé silencieusement, ajustant ses vêtements. Leurs yeux s'accrochèrent, et il lui offrit un léger sourire, presque rassurant.

— Je vais vous laisser un peu d'intimité, annonça-t-il en se dirigeant vers la porte. Je vais me préparer pour le départ.

Il disparut, abandonnant Sélène à la compagnie de Cælum. Elle se redressa un peu, tirant le drap contre elle, un mélange d'embarras et de confusion dans les prunelles.

— Alors… commença-t-elle, incertaine.

Cælum la coupa en posant un doigt sur ses lèvres.

— Tu n'as rien à te reprocher, Sélène, dit-il doucement. Ce qui s'est passé cette nuit… C'était différent.

Elle chercha ses mots, cependant il continua avant qu'elle ne puisse répondre :

— Je ne vais pas te mentir. Oui, ça m'a fait souffrir de te voir avec Elyas, de t'observer réagir à ses caresses.

Sélène baissa les yeux, toutefois il lui releva le menton, l'obligeant à le regarder.

— Mais, en même temps… ça m'a aussi excité. Je n'aurais jamais pensé ressentir ça, mais c'est comme si… comme si nous étions en parfaite symbiose, tous les trois.

Les joues de la jeune femme s'empourprèrent, pourtant elle osa sourire légèrement.

— Tu étais plus qu'un peu excité, Cælum, fit-elle remarquer en un souffle, un brin taquine, malgré la gêne.

Il éclata d'un rire sincère, sa main venant se perdre dans ses cheveux.

— D'accord, peut-être plus qu'un peu, admit-il en riant.

La gaieté détendit l'atmosphère, et Sélène sentit une partie de la tension en elle se dissiper.

— Ça ne change rien à ce que je ressens pour toi, ajouta-t-il, sérieux cette fois. Je t'aime Sélène. Et, je ferai tout ce qu'il faut pour que nous puissions accomplir cette mission et… peut-être même trouver un équilibre entre nous.

Les larmes lui montèrent aux yeux, mais elle les refoula. Elle se pencha pour l'embrasser tendrement, un remerciement silencieux pour sa patience et sa compréhension.

— Je t'aime aussi, murmura-t-elle contre ses lèvres. Et, je suis désolée que tout cela te fasse souffrir.

Cælum secoua la tête.

— Ça ira, tant qu'on est honnêtes l'un envers l'autre.

Elle acquiesça, se promettant de tout faire pour préserver cette fragile harmonie qu'ils avaient trouvée.

Le soleil s'élevait lentement au-dessus de l'horizon, baignant cité d'une lumière dorée alors que le groupe se préparait pour leur départ. Sélène observait les animaux avec une pointe d'appréhension. Elle n'était jamais montée, et la pensée de se retrouver sur l'un de ces animaux imposants la rendait nerveuse.

— Tu vas voyager avec moi, dit Cælum en s'approchant d'elle, tenant les rênes d'un magnifique cheval à la robe brun sombre.

Elle le regarda, indécise.

— Je... Je ne suis pas sûre que ce soit une bonne idée, avoua-t-elle en triturant le bord de son manteau.

Cælum lui sourit avec douceur, tendant un bras vers elle.

— Fais-moi confiance. Je serai là pour te guider.

Après un moment d'hésitation, elle posa sa main dans la sienne. Avec une agilité surprenante, Cælum l'aida à se hisser derrière lui. Une fois en selle, elle s'agrippa instinctivement à sa taille, son cœur battant la chamade.

— Détends-toi, souffla-t-il en tournant légèrement la tête vers elle. Tu verras, ce n'est pas si terrible.

Malgré ses paroles rassurantes, Sélène resta rigide pendant les premières minutes du trajet, ses doigts crispés sur le manteau de Cælum. Mais, peu à peu, le rythme régulier des foulées de la monture et la chaleur réconfortante de son compagnon lui permirent de se relaxer.

La route serpentait à travers des vallées étroites et des sentiers escarpés, bordée de falaises abruptes et d'arbres aux branches torturées. Elyas chevauchait devant eux, son regard fixé sur l'horizon, tandis qu'Ivryn fermait la marche avec une vigilance constante. Magnus, le Veilleur, avançait à côté de son propre cheval, prétendant qu'il préférait sentir la terre sous ses pas.

Après plusieurs heures de voyage sans encombre, ils atteignirent enfin le col des Monts Obscurs. L'air était plus frais et le vent plus vif à cette altitude. Cælum choisit une petite clairière dissimulée derrière des rochers imposants pour établir leur campement.

— Ici, dit-il en mettant pied à terre et en faisant descendre sa partenaire. On sera à l'abri des regards, mais nous aurons une bonne vue sur le chemin en contrebas.

Les jambes de Sélène tremblaient faiblement en touchant le sol, à demi par manque d'habitude et à moitié en raison de la difficulté de l'expédition.

— Ça va ? s'enquit-il, en posant une main réconfortante sur son bras.

— Oui… Je pense, répondit-elle avec un sourire hésitant. Merci.

Ils s'attelèrent à installer les tentes et à allumer un feu discret pour la nuit. Une fois le bivouac établi, chacun se prépara à prendre son poste pour épier le passage du convoi de Morten.

Sélène s'assit un moment à l'écart, contemplant les montagnes qui s'étendaient à perte de vue, tout en imposant de calmer les papillons dans son ventre. Ce voyage marquait une nouvelle étape, et elle se demandait si elle était prête à affronter ce qui les guettait.

Les deux jours d'attente furent longs et éprouvants. Le froid mordant des hauteurs des Monts Obscurs s'infiltrait dans les vêtements malgré les couches de tissus, et les nuits semblaient interminables sous un ciel constellé d'étoiles. Sélène ressentait chaque pierre sous son matelas de fortune, mais elle s'efforçait de ne pas se plaindre.

Pendant ce temps, Elyas et Cælum peaufinèrent leur plan. Ils repérèrent les meilleurs endroits pour tendre une embuscade lors du retour du convoi et discutèrent des forces et des faiblesses de leur groupe. Ivryn, toujours méfiante, ne cessait de rappeler les dangers de leur entreprise.

Le matin du troisième jour, les éclaireurs, postés discrètement en hauteur, aperçurent enfin l'escorte de Morten.

— Quinze gardes, murmura Ivryn en revenant à leur cachette, le souffle court. Deux occupants dans la voiture principale. Ils se dirigent vers le sud.

— Ils se rendent au repaire de la Pierre, conclut Magnus d'un ton grave. Nous aurons une fenêtre limitée pour agir à leur retour.

Cælum se tourna vers les autres, son regard sérieux.

— À leur prochain passage, nous devrons être sur le pied de guerre. Pas d'erreurs possibles. Une fois la Pierre récupérée, Morten pourrait tenter de s'enfuir, mais il ne doit pas nous échapper.

L'embuscade fut mise en place à la tombée de la nuit. Le groupe se dispersera le long de la route escarpée qu'ils savaient que le cortège emprunterait au retour. Des pièges rudimentaires furent installés : des troncs positionnés pour bloquer la voie, des rochers prêts à être précipités en contrebas.

Sélène, son cœur battant à tout rompre, se tenait cachée derrière un tas de gravats avec son amant. À quelques mètres d'eux, Elyas, Kael et Ivryn patientaient en silence, en alerte pour agir. Magnus, quant à lui, était posté en retrait, son aura imposante semblait vibrer dans l'air.

Le bruit des sabots se fit entendre dans le lointain, résonnant sur les reliefs. Les gardes étaient à l'affût, leurs torches illuminant la piste plus bas dans la vallée.

Lorsque le convoi arriva au niveau de leur traquenard, tout se déroula en un éclair.

Cælum donna le signal, et une série de troncs s'abattirent sur le chemin, bloquant leur progression. Les chevaux paniquèrent, les soldats crièrent pour tenter de rétablir l'ordre. Avant qu'ils ne puissent réagir davantage, une pluie de flèches et de projectiles s'écrasèrent sur eux depuis les hauteurs.

Sélène, tremblante, mais déterminée, canalisa son énergie pour invoquer une barrière de lumière, coupant la voiture de la majorité des défenseurs postés à l'arrière. Cælum et Elyas en profitèrent pour plonger au cœur de la bataille, leurs lames scintillant sous l'éclairage des torches vacillantes.

Le combat fut brutal et chaotique. Les sentinelles, bien entraînées, opposèrent une résistance farouche ; or l'effet de surprise et la coordination de l'équipe firent pencher la balance.

L'enchanteresse, malgré son manque d'expérience, réussit à protéger Magnus et Ivryn des assauts de plusieurs ennemis grâce à des éclairs de magie pure.

Morten voulut s'éclipser, mais Magnus, avec une précision effrayante, libéra une rafale d'énergie qui immobilisa le Grand Maître alchimiste.

Quand le silence retomba enfin, la route était jonchée de corps et d'armes abandonnées. La voiture principale était renversée, son contenu éparpillé. Cælum et Elyas, haletants, mais indemnes, se tenaient devant Morten, qui les regardait avec une haine brûlante.

Alors que Morten se relevait lentement, un rictus de défi sur le visage, Sélène sentit une vague d'appréhension la traverser. L'homme, bien que maîtrisé par Magnus, paraissait étrangement calme pour quelqu'un en pareille situation.

— Vous croyez que tout est fini ? dit-il d'une voix grave et moqueuse. Que votre petite bande d'idéalistes pourra détruire la Pierre et vaincre notre Ordre ? Vous êtes aveuglés par votre arrogance.

Il leva soudain les mains, et un cercle complexe de glyphes alchimiques se matérialisa autour de lui, vibrant d'une lumière verdâtre. Une onde de choc s'en dégagea, propulsant Magnus et dispersant l'essence qui le maintenait en place.

— Reculez ! cria Cælum, ses ombres déjà en mouvement pour mettre en sécurité Sélène et Elyas.

Morten ne perdit pas une seconde. Il frappa le sol avec ses paumes, et des piliers de pierre s'élevèrent brusquement autour de lui, formant un bouclier qui repoussa les assaillants. S'élançant avec une vivacité surprenante pour son âge, il fit surgir des lames de puissance pure et se jeta dans la mêlée.

Elyas fut le premier à l'affronter, ses manœuvres précises et rapides, mais Morten, avec une agilité terrifiante, esquiva ses offensives et contre-attaqua avec une brutalité froide. Des éclats d'énergie jaillirent lorsque leurs sortilèges se percutèrent, égayant la scène d'éclairs intermittents.

Sélène tenta d'intervenir, lançant un rayon de lumière pour distraire le Grand Maître, malheureusement celui-ci réagit instantanément. Une déflagration de magie alchimique explosa devant elle, la projetant en arrière. Elle roula sur le sol, son souffle coupé, mais Magnus apparut à ses côtés, levant une barrière pour la protéger.

— Reste éloignée, lui ordonna-t-il. Ce sorcier est dangereux.

Pendant ce temps, Cælum rejoignit Elyas dans le combat. Ses ténèbres ondulaient autour de lui, se tordant et se déployant comme des serpents vivants. Il fit signe à Elyas de coordonner leurs attaques, et les deux hommes commencèrent à cerner Morten, le forçant à demeurer sur la défensive.

— Vous ne comprendrez jamais ce que nous faisons, vociféra Morten en esquivant un assaut des ombres. Ce sacrifice est nécessaire. Sans nous, ce monde sombrera dans le chaos !

— C'est déjà le chaos, rétorqua Cælum, sa voix froide et tranchante. À cause de vous.

Avec un cri, Morten invoqua une dernière vague d'énergie, refoulant Elyas et Cælum d'un coup. Il se tenait là, haletant, ses yeux brûlant de haine. Mais, Cælum n'avait pas fini.

— C'est terminé, cracha-t-il, une lueur sombre dans le regard.

Il tendit les bras, et les ombres s'épaissirent près de lui, se regroupant en une masse dense et menaçante. Elles fondirent sur l'alchimiste comme un prédateur sur sa proie, s'enroulant autour de ses membres, entravant ses mouvements.

— Vous pensez pouvoir me tuer avec ça ? ricana Morten, bien que son ton trahisse une pointe de panique.

— Pas seulement, répondit Cælum, ses pupilles brillants d'un reflet acéré. Je vais faire en sorte que vous ne puissiez plus nuire.

Les ombres se resserrèrent brutalement, brisant la concentration de Morten. Son dernier cri fut étouffé alors que les ténèbres l'enveloppaient complètement, le consumant dans une étreinte implacable. Quand elles se dissipèrent, son corps s'effondra sur le sol, inerte.

Un silence lourd s'abattit sur la scène. Cælum se redressa, ses épaules tendues, son visage fermé.

— C'est fait, dit-il simplement, sa voix rauque.

Elyas et Sélène se dirigèrent vers lui. Sélène posa une main tremblante sur son bras, mais il ne bougea pas, son regard fixé sur le cadavre de Morten.

— Nous avons la Pierre, murmura Magnus en ramassant le coffre d'un air grave. Mais, cela n'est que le début.

Sélène acquiesça, ses yeux glissant vers Cælum. Elle voyait la douleur dans ses prunelles, un mélange de colère et de regret. Elle serra sa main dans la sienne, silencieusement.

La Pierre Alchimique, protégée dans une malle lourde, était enfin entre leur possession.

Le groupe ne perdit pas de temps. À peine la gemme sécurisée, ils rassemblèrent leurs effets personnels avec une efficacité nerveuse. L'écho de l'affrontement avec Morten planait encore sur eux, et chaque seconde semblait les rapprocher du danger. Magnus, d'un calme impressionnant, se chargea de surveiller l'environnement tandis que les autres s'affairaient à démonter le camp.

Sélène s'efforça de rester concentrée, bien qu'elle sente toujours les résidus de l'intense confrontation. Elle rangea son équipement avec des gestes mécaniques, son esprit assailli par une myriade de pensées : le poids de la mission, la tension entre Cælum et Elyas, et surtout, l'incroyable pouvoir contenu dans la Pierre qu'elle tenait désormais dans son sac.

— Nous devons partir immédiatement, déclara Magnus, son ton ferme. Le Sanctuaire est encore à plusieurs jours de marche, et les alchimistes n'attendront pas pour venir nous traquer.

Elyas hocha la tête en serrant les lanières de sa besace.

— Plus nous mettons de distance entre eux et nous, mieux c'est. Ils ne tarderont pas à remarquer l'absence de Morten.

Sélène jeta un coup d'œil à Cælum, qui ajustait les harnais des chevaux. Il paraissait étrangement taciturne depuis leur victoire, et elle savait que les événements de la veille, combinés à ce qu'il avait dû faire pour tuer Morten, pesaient lourdement sur lui.

— Cælum, tout va bien ? murmura-t-elle en s'approchant de lui.

Il leva le regard vers elle, ses traits adoucis par un sourire faible, mais sincère.

— Je vais bien, répondit-il, bien que sa voix trahisse une certaine fatigue. On a encore beaucoup à faire.

Une fois tout rassemblés, ils montèrent à cheval. Cette fois, Magnus ouvrait la marche, ses sens aiguisés en alerte permanente. Sélène, toujours peu à l'aise, partagea de nouveau la selle avec Cælum, s'accrochant fermement à lui.

Leur route serpentait à travers des forêts épaisses et des chemins escarpés. Chaque bruit dans les arbres, chaque ombre entre les branches faisait tressaillir la troupe. Le stress était palpable, mais personne ne se plaignait. Le Sanctuaire représentait leur chance unique, et tous le savaient.

Après avoir avancé toute la nuit, à l'aube, ils installèrent un campement dans une petite clairière protégée par des rochers naturels. Ils firent un feu modeste, bien camouflé, et prirent des tours de garde pour assurer leur sécurité.

— Si tout se passe comme prévu, déclara Magnus en étudiant la Pierre, nous devrions atteindre le lieu saint avant que les alchimistes ne nous rattrapent. Mais, il faudra être rapide.

— Et prudents, ajouta Elyas, son regard sombre. Ils savent que nous avons leur trésor. Ils viendront avec tout ce qu'ils ont.

Sélène observait tour à tour ses compagnons. Malgré la lassitude et les blessures, un sentiment de détermination émanait de tous.

Au terme d'une course contre-la-montre, le Sanctuaire se dressait enfin devant eux, niché au creux de montagnes imposantes et dissimulé par l'épaisse végétation de la forêt environnante. Les ruines antiques baignées de lumière dorée semblaient presque irréelles, comme si elles défiaient le temps et l'existence. Pourtant, leur progression fut rapidement troublée par un éclat de voix et des mouvements dans les ombres.

— On n'est pas seuls, annonça Elyas, s'arrêtant brusquement et levant une main pour signaler à l'équipe de s'immobiliser.

Sélène scruta les environs, son cœur battant à tout rompre. Puis, elle les vit : un groupe d'Échappés, leurs silhouettes tordues et leurs visages déformés par des expériences alchimiques. Ils avançaient en titubant, leurs grognements gutturaux brisant le silence oppressant. Derrière eux, deux formes plus nettes : des sorciers, leurs capes marquées du symbole sinistre de leur ordre, inspectant les alentours avec vigilance.

— Ils ont trouvé le Sanctuaire avant nous, souffla Cælum en se mettant en position défensive, ses ombres s'agitant autour de lui comme des prédateurs en attente d'un signal.

— Pas question de les laisser nous barrer la route, répondit Magnus d'une voix grave, ses mains déjà embrasées par son énergie ancestrale.

Les Échappés furent les premiers à attaquer, leurs déplacements désordonnés dissimulant une férocité animale.

Sélène recula instinctivement, dégainant son épée tout en canalisant sa puissance pour protéger ses camarades.

— Reste près de moi, enjoignit Elyas en voyant une rafale de lumière qui frappa de plein fouet l'un des Échappés, le projetant contre un arbre.

Le combat s'engagea dans un chaos brutal. Magnus, avec une précision implacable, érigea un bouclier autour de la jeune femme pour lui permettre de réfléchir sa magie. Cælum, quant à lui, se déchaîna avec ses ombres, les utilisant pour immobiliser les créatures les plus dangereuses et désarmer l'un des alchimistes.

Un hurlement perça l'atmosphère au moment où Sélène sentit une main griffue frôler son épaule. Elle pivota, son épée tranchant l'air et rencontrant la chair d'un Échappé qui s'effondra dans un gargouillement.

— Concentre-toi, Sélène ! cria Elyas, son propre souffle court alors qu'il échangeait des sorts avec le second sorcier.

Les deux ennemis restants s'avérèrent plus coriaces. Le premier alchimiste, un homme au regard glacial, invoqua une nuée de projectiles d'énergie qui fusa vers eux. Cælum bloqua l'attaque avec un mur d'ombre, mais l'effort le conduisit à vaciller.

— C'est notre chance ! hurla Magnus.

Profitant de la diversion, Elyas se précipita vers le tyran en duel avec lui. Dans une explosion de lumière limpide, il fit sauter son rempart, laissant l'individu sans défense et vulnérable. Un instant plus tard, Magnus intervint pour le neutraliser définitivement.

Sélène, quant à elle, fit face au dernier sorcier. L'essence chaotique de son ennemi s'enroula autour d'elle, risquant d'éclater à tout moment.
— Pas cette fois, murmura-t-elle avec une détermination froide.
Focalisant sa magie, elle généra une lame scintillante d'énergie pure et la projeta directement sur l'alchimiste, brisant sa concentration. Une ombre jaillit à ce moment précis : Cælum acheva leur adversaire d'un coup précis.
Le silence retomba brusquement, les gémissements des Échappés se dissipant avec les dernières lueurs de leur vie. Sélène regardait autour d'elle, son souffle rauque.
— Ça va ? demanda Cælum en s'approchant d'elle, scrutant ses blessures, son expression inquiète.
— Oui, parfaitement bien, répondit-elle, même si ses mains tremblaient encore.
Magnus se redressa, les yeux rivés sur le Sanctuaire désormais paisible.
— Nous avons gagné cette bataille. Mais, le vrai combat nous attend à l'intérieur.
La troupe échangea un regard entendu. L'épuisement et les plaies étaient secondaires : la mission devait continuer. Ils s'avancèrent prudemment vers les portes du bâtiment, prêts à affronter l'ultime épreuve.
Une paix solennelle habitait l'édifice, empreint d'une aura presque sacrée, alors que Sélène, Cælum, Elyas et Magnus se tenaient autour de la Pierre Alchimique. La gemme, d'une teinte d'ombre et de lumière en fusion, émettait une chaleur étrange, menaçant de consumer tout ce qui l'approchait. C'était la der-

nière phase de leur quête périlleuse. Le rituel de l'Extinction. Sélène savait que s'ils échouaient, ce monde succomberait à l'emprise des alchimistes et à la puissance de cette Pierre. Chaque respiration semblait se suspendre dans l'air lourd de tension.

La première étape était la Connexion des Veilleurs. Les trois hommes se mirent en place, formant un cercle parfait autour du minéral. Cælum était planté devant la Pierre, ses yeux intenses fixés sur elle. Il était l'élément central, le catalyseur de la célébration, l'unique à pouvoir libérer l'énergie destructrice qu'elle renfermait. Elyas et Magnus se disposèrent de part et d'autre, leurs postures aussi cérémonieuses que celles d'un antique office. Sélène se trouvait en retrait, observatrice, consciente que son rôle était à présent plus spectateur que participant. Elle devait simplement faire attention à leur sécurité.

Cælum leva les bras, son essence en ébullition. Le cercle des Veilleurs vibrait, chaque membre de la triade en parfaite harmonie. La force de la Pierre répondait, frémissant dans l'atmosphère, à l'instar d'un tambour sinistre.

— Nous devons être un, dit Magnus, sa voix basse, mais ferme. Une fraction de seconde peut tout changer.

Elyas hocha la tête, se concentra, fermant les yeux, ses mains effleurant l'air en mouvement. La stabilisation des flux énergétiques était essentielle. Sans lui, la fusion des puissances surnaturelles pourrait se briser en une explosion apocalyptique. La magie des Veilleurs commença à se mélanger, leurs forces se tissant comme un fil invisible autour de la Pierre, cherchant à l'apprivoiser, à la contrôler.

La deuxième étape du rituel se lançait. L'Offrande de Pouvoir. La lumière de la gemme parut s'intensifier tandis que Cælum baissait les paupières, canalisant son essence pour préparer l'attaque. Magnus fit de même, et son visage se crispa en réponse à l'effort acharné. Elyas, à ses côtés, récitait une incantation ancienne, une prière muette aux forces qui les soutiendraient. Chaque Veilleur devait sacrifier une part de son âme, offrir un peu de leur vitalité pour alimenter la magie destructrice.

Cælum perçut les émanations de Magnus et Elyas converger vers lui, une onde de pouvoir qui venait se fixer dans son corps. Ses muscles se tendirent sous l'effort, et un léger frisson parcourut son échine. La douleur n'était pas immédiate, cependant il pouvait déjà la sentir, l'extraction de sa propre puissance en train de s'amorcer. La Pierre semblait se nourrir de cette offrande, absorbant leur essence en une décharge magnétique, prête à se déchaîner.

Elyas s'effondra presque sous la pression. Il avait abandonné une grande part de sa vitalité et la souffrance le rongeait de l'intérieur. Pourtant, il se redressa. Il savait que c'était nécessaire. La survie de tous reposait sur l'issue de cette bataille silencieuse.

Cælum, le plus affecté, laissa échapper un soupir douloureux. Le processus de destruction exigeait bien plus qu'un sacrifice physique ; il devait manipuler l'énergie brute de la Pierre, l'amener à sa rupture. Mais, au moment où il était sur le point d'exécuter l'ultime étape du rituel, la force d'Elyas sembla vaciller, menaçant de faire basculer le tout.

— Nous devons aller plus loin ! cria Cælum dans un dernier effort.

Les trois Veilleurs unirent leurs puissances d'une manière inédite, chacun déversant sa propre vie dans le minéral, en une explosion de frénésie pure.

La phase finale se profilait, l'Inversion de l'Énergie.

La pression était insupportable. Cælum s'approcha enfin de la Pierre, ses paumes s'ouvrant dans la direction du cœur. Il devait maintenant renverser le flux d'essence. Il plongea ses mains dans le halo vibrant et perçut la force de la gemme s'infiltrer dans son être. Il la contrôlerait, mais à quel prix ?

Les ténèbres et la lumière se mélangèrent en une chaleur vive et intenable, une brûlure qu'il ne pouvait ignorer. Il la sentait dévorer son essence même, chaque fraction de son pouvoir aspirée dans la Pierre, chaque portion de sa vie comprimée dans cet instant terrible. Néanmoins, au lieu de la détruire, il la transforma, concentrant sa puissance dans un seul point.

— Cælum ! cria Magnus, mais il ne pouvait plus rien faire.

Les ombres de Cælum se tendirent, parcourant son corps, se propageant dans le caillou, canalisant l'énergie inversée à travers lui. Le minéral trembla soudain, comme si un hurlement assourdissant résonnait dans l'air. Le souffle de Cælum se coupa, alors que la roche éclatait dans une lumière aveuglante.

Au moment de l'explosion finale, la Pierre se brisa, toutefois son pouvoir ne disparut pas. Elle se résorba dans Cælum, se fondant en lui. Ses ombres, toujours puissantes, paraissaient plus sombres que jamais, plus solides. Cælum s'effondra sur le sol, vidé, la peau pâle, les yeux brûlants de fatigue.

Les autres, debout, observaient avec une inquiétude palpable, cependant ils savaient que le rituel avait été accompli. La Pierre était détruite. La mission était terminée.

Mais, quelle était la rançon de leur succès ?

Sélène, agenouillée près de Cælum, avait assisté, à la fois fascinée et horrifiée, au changement de Cælum en catalyseur d'une énergie qu'il ne pouvait qu'à peine contenir. À l'instant où la dernière onde de choc de la magie s'était dissipée, il était tombé inconscient, son organisme épuisé au-delà de ce qu'il pouvait supporter.

Les bruits de l'arrivée de Kael et Ivryn la firent sursauter. Ils franchirent l'entrée du Sanctuaire, leurs corps marqués par les combats, la poussière et le sang recouvrant leurs armures et leurs visages. L'agitation dans leurs yeux était indéniable : ils avaient survécu, et ce qu'ils annonçaient ne pouvait qu'être une bonne nouvelle.

— Sélène, dit Kael, un sourire en coin malgré ses blessures, les alchimistes... ils ont disparu. Il ne reste plus rien d'eux. Pas même leurs cendres. Tout a été réduit en poussière.

Ivryn, qui semblait encore légèrement sous le choc, hocha la tête en signe de confirmation. Le soulagement était perceptible dans leur voix, et une vague de joie avait l'air de vouloir envahir la pièce, pourtant Sélène, elle, ne bougea pas. Ses mains tremblaient alors qu'elles se posaient sur le torse de Cælum, en quête d'une preuve de vie. Mais, il n'y avait rien. Aucun mouvement, aucun souffle. Juste l'immobilité totale.

Elle se redressa soudainement, ses pupilles s'agrandirent de panique. Elle poussa un cri presque inhumain.

— Cælum... réveille-toi !

Elle essaya de le secouer doucement, mais rien n'y fit. Ses bras étaient tendus, ses yeux écarquillés, remplis d'angoisse. Elle ignorait si le rituel avait trop vidé son corps, si la puissance qu'il avait canalisée l'avait terrassé. Ses doigts s'agitèrent autour de son cou, cherchant son pouls, et elle sentit son dernier petit espoir s'éteindre alors qu'elle ne trouvait rien.

— Sélène, laisse-moi faire. C'est peut-être plus compliqué que ça... il faut être patient, dit Ivryn, en s'approchant d'elle, les yeux débordant de bienveillance.

Mais, Sélène n'entendait pas. Elle ne percevait que le bruit de son cœur battant à tout rompre dans sa poitrine, le sentiment oppressant que tout était en train de lui échapper. Elle s'écarta de Cælum, incapable de contenir sa terreur. Les autres, autour d'elle, étaient suspendus à ses gestes, s'efforçant de comprendre.

Kael, plus calme que jamais, s'avança à son tour et posa une main sur son épaule.

— Il a traversé une épreuve immense, Sélène. Ce qu'il a fait... c'était plus que tout ce qu'il avait déjà affronté. Il est peut-être juste harassé, au point de... d'être complètement vide.

Mais Sélène secoua la tête. L'épuisement ne pouvait pas être la seule raison. Elle l'avait vu, elle avait regardé Cælum se sacrifier, se livrer entièrement pour qu'ils réussissent. Et, maintenant, il était là, dans cet état de sommeil qui ne présentait rien de naturel. Elle succomba à une peur paralysante, et les paroles de Kael et Ivryn n'arrivaient pas à dissiper l'ombre qui se cachait dans son cœur.

— Il ne peut pas... non, il ne peut pas être parti ainsi. Pas après tout ce qu'il a fait.

Elle ferma les yeux, serra les poings, et souffla profondément. Elle devait faire quelque chose. Elle n'était pas prête à renoncer à lui. Pas après avoir surmonté tellement d'obstacles ensemble.

— Il faut que je fasse quelque chose. Un rituel... un procédé pour le ramener, murmura-t-elle plus pour elle-même que pour les autres.

Ivryn et Kael échangèrent un regard inquiet, néanmoins ils n'interrompirent pas ses divagations. Ils savaient que cette situation était aussi nouvelle pour Sélène qu'angoissante. Impossible pour elle de concevoir qu'il s'en aille après son immense sacrifice pour elle et le monde.

Elle se tourna alors vers le Sanctuaire, cherchant dans ses entrailles un moyen de le sauver, une solution. Elle pensa au pouvoir qu'elle possédait, aux connaissances anciennes qui existaient encore. Si le rituel d'Extinction avait un prix, peut-être qu'il y avait aussi une façon de rétablir ce qui avait été brisé. Peut-être qu'il y avait une magie capable de réparer l'épuisement de Cælum, de le réanimer.

Ses yeux se portèrent de nouveau sur lui, son corps silencieux et sans vie. La poussière des anciens se déposa autour d'eux, une trace résiduelle du cérémonial qu'ils avaient accompli. Ses mains tremblèrent alors qu'elles effleuraient une dernière fois son visage, caressant ses traits, comme pour ancrer chaque instant qu'ils avaient partagé.

Il ne pouvait pas mourir ainsi. Pas maintenant.

Tout à coup, un mouvement subtil. Enfin, un souffle rauque s'échappa des lèvres de Cælum. Ses paupières tressaillirent et s'ouvrirent, dévoilant des iris transformés : un éclat rouge incandescent y tournoyait, presque irréel, mélange d'une beauté fascinante et d'une menace terrifiante.

Magnus s'approcha, la respiration coupée par ce qu'il voyait. Une étrange aura émanait de Cælum, comme si la Pierre Alchimique avait laissé en lui une empreinte indélébile. Les sourcils froncés, à croire que la vision qu'il avait sous les yeux le déroutait, il tendit une main vers Cælum, mais hésita, reculant légèrement.

— Ce n'est pas fini, murmura Magnus, sa voix teintée de crainte. Il a absorbé toute l'énergie de la Pierre... mais elle l'a métamorphosé.

Sélène, encore agenouillée, se redressa brusquement, ses traits ravagés par l'inquiétude.

— Cela veut dire qu'il va s'en remettre, n'est-ce pas ? demanda-t-elle précipitamment. Il est vivant, c'est tout ce qui compte !

Magnus croisa son regard, son expression grave. Il échangea un coup d'œil sombre avec Elyas avant de répondre, mesurant ses mots.

— Il est vivant, oui. Mais, ce que la Pierre contenait... ce n'était pas une énergie ordinaire. Elle représentait l'essence même de l'équilibre cosmique. Cette puissance n'a jamais été destinée à un être humain. Elle n'a pas simplement fusionné avec lui, Sélène. Elle le consume déjà.

— Je refuse d'y croire ! hurla Sélène. Elle posa ses mains sur son torse, dans le but d'ancrer son âme à la sienne. Il est là. Je le sens encore. Cælum, parle-moi.

Elyas examina Cælum, sa mine imprégnée d'un sérieux inhabituel.

— Il est présent, oui. Mais, pour combien de temps ? Cette énergie... elle n'est pas naturelle. Elle érode déjà ce qu'il est.

Cælum bougea enfin, lentement, tel un être qui redécouvrait son propre corps. Sa voix, rauque et distante, brisa le silence :

— Je suis là, Sélène. Mais, je ne suis plus tout à fait moi.

Il leva une main, fixant ses doigts tremblants alors qu'une aura sombre et rouge s'y mêlait, presque palpable. Ses yeux croisèrent les siens, et l'amour qu'elle y voyait autrefois semblait prisonnier, lointain, comme enfermé derrière une barrière invisible.

— Je ressens tout... et rien en même temps. Mes émotions, ma colère, ma peur... même mon affection pour toi. Tout s'efface, tout devient flou, comme si une partie de moi était déjà morte.

Sélène secoua la tête, ses larmes coulant librement.

— Non. Non, je refuse. Magnus, Elyas, aidez-moi ! Il doit y avoir un moyen de le ramener !

Elyas s'approcha, s'agenouilla près d'elle, posant une main rassurante sur son épaule. Sa voix était douce, mais grave.

— Si une méthode existe, elle est enfouie profondément dans les secrets que nous avons perdus depuis des siècles. Cela pourrait durer des années de la trouver, voire une vie entière.

Cælum se redressa, vacillant légèrement. Il appuya une paume fébrile sur la joue de Sélène, son toucher froid comme la mort.

— Vous ne devez pas gaspiller votre temps pour moi.

Magnus prit une inspiration intense, sa voix lourde de vérité.

— Un temps que nous n'avons pas. Cette énergie est instable. Plus il reste ici, plus il devient un danger pour nous tous.

Cælum se releva posément, titubant un instant avant de retrouver son équilibre.

— Ils ont raison, Sélène. Ses doigts caressèrent doucement sa pommette. Je t'aime. Mais, ce en quoi je suis en train de me transformer ne peut pas t'aimer en retour. Et, je ne veux pas te faire de mal.

— Tu ne peux pas partir, chuchota-t-elle, s'accrochant désespérément à lui.

Cælum posa son front contre le sien, sa voix empreinte d'une tendresse infinie :

— Je dois m'éloigner. Si je reste, je serai une menace. Je ne souhaite pas être la raison de ta souffrance ni celle du monde que nous avons sauvé.

Elyas, le regard sombre, mais résolu, se releva.

— Je te fais une promesse, Cælum. Nous trouverons une solution pour te récupérer. Peu importe la durée que ça prendra.

Ce dernier esquissa un sourire triste, ses prunelles brillant d'un éclat déchirant.

— Alors je vous attendrai... aussi longtemps que je le pourrai.

Il embrassa tendrement Sélène puis se détacha délicatement d'elle, ses doigts glissant des siens comme des feuilles emportées par le vent. Son pas était sûr alors qu'il se dirigeait vers l'entrée du Sanctuaire. Sur le seuil, il se retourna une dernière fois, ses globes oculaires luisaient d'un jeu d'ombres et de reflets lumineux.

— Prends soin d'elle, Elyas. Adieu.

Puis il disparut dans les ténèbres, laissant derrière lui un vide que rien ne semblait pouvoir combler.

Sélène s'effondra, ses sanglots étouffés dans ses mains tremblantes. Elyas la prit dans ses bras, lui caressant doucement les cheveux, silencieux, mais la flamme de la détermination rayonnait déjà dans ses prunelles.

— Nous allons le ramener, Sélène. Je te le promets.

Elle leva les yeux vers lui, la douleur toujours vive, néanmoins une étincelle d'espoir s'alluma de nouveau en elle.

— Pas seulement pour lui. Pour nous tous.

Au moment où ils quittaient le Sanctuaire, les ombres derrière eux parurent s'estomper. Cælum était parti, cependant son sacrifice avait ouvert un chemin. Le monde était à reconstruire, mais leur quête n'était pas terminée.

Et, au loin, Cælum attendait.

Remerciements

À mon mari, pour son amour inébranlable, son soutien sans faille et sa patience infinie. Sans toi, ce voyage n'aurait pas eu la même lumière.

À Christelle, ma précieuse bêta-lectrice, dont les conseils avisés et la bienveillance ont enrichi chaque page de cette histoire. Merci pour ton regard affûté et ton enthousiasme.

À ma fille Louna, qui a été bien plus qu'une simple spectatrice de cette aventure. Merci pour tes précieux avis, ton regard attentif et ton soutien sans faille à chaque étape de l'écriture. Ton enthousiasme et ta confiance en moi m'ont portée plus que tu ne l'imagines.

*Composition et mise en page réalisées
avec l'aide de WriteControl*